太阳花汽车旅馆

孙建军 / 著

中国言实出版社

图书在版编目（CIP）数据

太阳花汽车旅馆/ 孙建军著. —— 北京：中国言实出版
社，2023.6
ISBN 978-7-5171-4526-4

Ⅰ.①太… Ⅱ.①孙… Ⅲ.①自传体小说—中国—当代
Ⅳ.①I247.5

中国国家版本馆CIP数据核字(2023)第119417号

太阳花汽车旅馆

责任编辑：宫媛媛
责任校对：张国旗

出版发行：中国言实出版社
地　　址：北京市朝阳区北苑路180号加利大厦5号楼105室
邮　　编：100101
编辑部：北京市海淀区花园路6号院B座6层
邮　　编：100088
电　　话：010-64924853（总编室）　010-64924716（发行部）
网　　址：www.zgyscbs.cn　电子邮箱：zgyscbs@263.net

经　　销：新华书店
印　　刷：北京市玖仁伟业印刷有限公司
版　　次：2024年7月第1版　2024年7月第1次印刷
规　　格：710毫米×1000毫米　1/16　27印张
字　　数：406千字

定　　价：68.00元
书　　号：ISBN 978-7-5171-4526-4

此书献给中国体育人

·关于作者·

孙建军，男，美籍华人、汽车旅馆专家。1955年12月出生于安徽省合肥市；1974年下放到安徽省定远县藕塘公社插队落户；1979年毕业于安徽师范大学体育系；1988年结业于上海体育学院体操助教进修班，发表过多篇体育学术论文；1992年6月旅居美国，在美30多年一直从事汽车旅馆业工作；曾任《休斯顿华商报》体育记者；目前在美仍经营三家汽车旅馆。

·关于本书·

　　这是一部半自传体小说，也是一部凄美的爱情悲剧。年轻学者潘军到美国参加国际体育学术会议。在杨玫瑰的帮助下，他认识了在汽车旅馆打工的三个海员，从此与汽车旅馆结下了不解之缘。在一次汽车旅馆大火中，潘军被烧得面目全非，从此他开始放浪形骸、游戏人生。几经蹉跎，他和杨玫瑰生下小安妮，两人开始同居生活。在杨玫瑰的帮助下，潘军在美国的事业风生水起，他们先后经营了三家汽车旅馆。后因来美旅游的金总不经意的一句话，打破了这份岁月静好，故事情节也开始峰回路转。金总说："杨玫瑰中文名叫杨柳絮，是三胞胎姐姐张柳叶的妹妹……"

　　在中国，张柳叶与潘军相爱相知，由于张柳叶妈妈的偏见而生生被拆散。结果却是，张柳叶嫁给了博士夏阳，后因不能生育而劳燕分飞。几经波折，张柳叶与夏阳的导师结婚并生下了女儿康尼。在康尼的帮助下，潘军终于和张柳叶见了面。康尼得了白血病，爱屋及乌，潘军毅然捐了骨髓给她。这反倒引起张柳叶的误会，加之间歇性精神病复发，张柳叶心生杀机。在他俩准备回国结婚的前夜，张柳叶打开了煤气灶。当煤气弥漫整个办公室时，潘军明白了这一切。他主动打开电开关，欲拼一个共赴黄泉……

　　小说通过讲述一个体育人与三胞胎姊妹、三个海员、三个博士之间错综复杂的关系和感情纠葛的故事，演绎出一幕幕凄美的爱情悲剧，同时也细致刻画出一幅幅挣扎于生活、拼命于明日的普通人的真实画卷，体现出在美华人生活的艰辛，揭露了汽车旅馆业的龌龊和美国繁荣背后的社会真相。潘军死于张柳叶点燃的那场大火；仨姐妹依然在美国颠沛流离；三个海员死于同一天……张柳叶妈妈从以死相逼拆散大女儿和潘军的姻缘，到最后拼命要把三个女儿都嫁给潘军，小说的结局看似有些荒唐，却揭示了一条真理：只要自强不息，锐意进取，就能够改变社会的偏见和命运的轨迹。

异域艰难与生命坚韧

文/柳建伟

　　读罢《太阳花汽车旅馆》，作为一个读了无数作品，写了许多作品的资深读者、老作家的我，却心潮起伏，久久无法平复。鲁迅给叶紫的小说集《丰收》序中说"都是太平世界的奇闻，而现在却是极平常的事情"，《太阳花汽车旅馆》里所描述的事情，不仅颠覆了我们对于这地球另一面的大国在舆论和传闻中所长期树立的理想形象，甚至正好南辕北辙，和我们在美国亲自旅行或者访问的见闻也不同。究其缘由，盖因身处之社会环境层次不同。

　　郁达夫有言曰"小说是作者的自叙传"。《太阳花汽车旅馆》作者非文学圈中人，是二十世纪七十年代中期体育专业出身，而后到美国的。这部小说，虽然不能说就是作者亲身经历的摄影、复写、反映，却的确源于真实到了骨髓的生活。如何准确表达主人公到美国的经历呢？"谋生"？不是，他在国内作大学教师，虽然受到不公平对待，但"潘书记"从来就没有真实出场，类似于《日出》里的金八。"发展"？也不准确，小说结束时，主人公打开保险柜，里面不仅有大把美元，还藏了大小长短许多枪，但却没有成功的喜悦，反而走上了不归路。"实现理想"？依然不是。通篇看不出主人公的"美国梦"是什么内容。忽然想到一个既非成语，又非俗语的四字动词"摸爬滚打"，可以将主人公在美二十多年的经历表达得淋漓尽致，活色生香，不由赞叹祖国语言之博大精深，无远弗届。

　　"摸"。对于二十世纪八十年代的绝大多数中国人，美国只是天边一片桃色的云。潘军虽是大学教师，对美国的了解也非常有限，工农民大学生起步的他，英语水平可想而知。不同的社会构成、文化背景、民族特色，都需要一头扎进去的人自己去摸索、去体会。没有路线图和指南针，有的，只是一个又一个坑。从生活起居，到职业选择，到与不同的人打交道的方方面面，全如探险般一点点前行。"初极狭，仿佛若有光"，但却没有出现"复行数十步，豁然开朗"的世外桃源。有的，只是无尽的残酷现实。

"爬"。主人公所处的，是美国社会最底层。这也正是小说描绘的事物与我们通常的印象不一致的根本原因，也正是作品最难能可贵之处。巴尔扎克说"小说是一个民族的秘史"，这句经典论述被陈忠实引述到《白鹿原》的扉页上。然而，无论巴尔扎克还是陈忠实，都没有反映出完全的社会底层，《太阳花汽车旅馆》却做到了。这里面几乎所有的人，无论哪个国籍、何种肤色、小有钱财、还是无家可归，都匍匐在最底层，为生存而拼命挣扎，却几乎看不到好转的希望。连中餐馆的"炒锅"，都成了高端职业。鲁迅有杂文《爬和撞》，跨时空地生动概括着《太阳花汽车旅馆》里各位业主和房客的命运。

"滚"。这里的"滚"除通常的意思外，还有"滚水"，即开水之含义。励志心灵鸡汤常说，要想成功，必须"油锅里炸三炸，开水中滚三滚"。主人公的确经历了水与火的生死考验。住客浇上汽油点燃床垫，为救火，只穿内衣的他冲入房间，被重度烧伤。以至于面部植皮，面目全非，连旧日朋友、情人都不认识他了，还取名为"金宝"。"金宝"是主人公到美之后改的第二个名字，第一个叫"吉姆"。由潘军而为"吉姆"，应该是融入美国社会的需要，许多中国人都取了英文名。然而，美国社会却迟迟不能接纳他。人们常说，融入不进主流社会，小说中完全是边缘社会，却依然如铜墙铁壁。

"打"。从五月花号开始，暴力便是美国社会的底色。这种底色，在底层，就更以n次方的级数呈现出来。《太阳花汽车旅馆》可以说从头打到尾，有旅馆经营者与房客之间的冲突、有警察和旅馆经营者之间的博弈、有经营者之间的争斗……如果把小说中的每个人作为一个点，那么这些点之间，便无时无刻不在相互缠斗，但不是量子纠缠，而是利益纠葛。常说"爱恨情仇"，这里没有"爱"和"情"，充斥的，是恨与仇。即使爱情、婚姻，也完全沦为工具，为一张"绿卡"，可以进行任何交易。所有有形或无形的东西，都成为可以交换的物。作者不加掩饰地揭出本相，便构成对这没有人情、人性社会的鞭打。

"大团圆"不仅是中国古代才子佳人小说常用的套路，也是美国好莱坞大片的固定模式。只有《阿Q正传》的"大团圆"是让主人公往死路上走，《太阳花汽车旅馆》也一样。金宝在美开汽车旅馆多年，九死一生，终于成了有钱人，并且重新遇到了旧时恋人。境遇更不一般，从被女方母亲尚未见面就直接否定，到三姐妹竞相争夺，可谓衣锦还乡、不一而足。然而，最后却选择了点爆煤气，与准备回国结婚的张柳叶同归于尽。人死了，但读者似乎不能确定死者为谁。潘军？吉姆？金宝？都是，又好像都不是。

是为序。

（作者系中国作协主席团委员、著名作家）

目 录

第一章　幕天席地　　　　　　　／001

第二章　情定汽车旅馆　　　　　／017

第三章　相煎何太急　　　　　　／032

第四章　落叶随风　　　　　　　／051

第五章　身世浮沉雨打萍　　　　／066

第六章　二进中餐馆　　　　　　／097

第七章　三进汽车旅馆　　　　　／111

第八章　引火烧身　　　　　　　／133

第九章　涅槃　　　　　　　　　／149

第十章　我的野蛮女友　　　　　／167

第十一章　太阳花汽车旅馆　　　／187

第十二章　疯子汽车旅馆　　　　／210

第十三章　鬼妹也疯狂　　　　　／235

第十四章　龙游浅滩　　　　　　／254

第十五章　老骥伏枥　　　　　　／275

第十六章　飓风"艾克"　　　　　／295

第十七章　疯狂的杀手　　　　　／319

第十八章　野蛮其体魄　　　　　／342

第十九章　疯狂的世界　　　　　／355

第二十章　君生我未生　　　　　／374

第二十一章　最后的疯狂　　　　／394

第二十二章　把美揉碎了给你看　／407

后记　　　　　　　　　　　　　／415

第一章 幕天席地

葡萄美酒夜光杯，

欲饮琵琶马上催。

醉卧沙场君莫笑，

古来征战几人回？

——《凉州词二首·其一》（唐朝·王翰）

休斯敦大学校园。风清月朗，蛙鼓虫吟。吟哦着唐诗，依偎着石椅，潘军渐入梦乡。

1992年初夏。又一轮玫瑰花缤纷盛开，白的如雪、红的像火、黄的似金、粉红的如霞……

"第八届国际比较体育学术研讨会"在休斯敦大学隆重举行。年轻的中国学者潘军，正在宣读他的论文："弗洛伊德学说与体育运动——意识与无意识的比较研究"。

他目光敏锐，不卑不亢。

"……以研究意识为主的传统心理学，对人类的贡献是众所周知的。然而，由于它长期忽视了对无意识的研究，致使心理学中的许多问题都难以得到令人满意的解决。基于传统心理学的运动心理学无疑有着同样的不足与局限。以研究无意识为核心的弗洛伊德学说，对传统心理学起了补偏救弊的作用，它的无意识理论对心理学、医学、人类学、史学、文艺和哲学等领域都产生了深刻地影响。体育运动作为整个文化的一个组成部分，亦不可避免地受其影响。以弗洛伊德学说作为研究的理论依据，由此将产生一些人与体育运动关系的全新解释。它不仅拓宽了运动心理学研究的领域，加深了其研究层次，而且还促进了人们对弗洛伊德学说与体育运动关系的重新认识……"

研讨会顺利举行。各国学者纷纷离开。是去，是留？潘军陷入了两难。

留下吧，他对美国一无所知，其认知仍停留在小学阶段：原子弹，纸老虎，侵略者，和平演变，黑暗、腐朽、没落、人吃人，小黑孩汤姆生活在水深火热之中，啃着黑面包，卖着血……没亲戚，没朋友，没银子，甚至连个电话号码都没有，如何租房，能否找到工作，如何才能生存……他都没有谱。再说，他的英语确实不敢恭维，特别是听说他在研讨会上宣读的论文还算过得去，那是他没日没夜死记硬背、照本宣科的效果。

想到回去，他更是不寒而栗。潘书记、妒贤嫉能，钩心斗角，仕途渺茫，虎落平阳……此类关键词横在面前。他望而却步。

但那里有他的父母；有朋友；有未竟的事业；有剑走偏锋，尚未脱稿的论文："试论体育运动的残缺美——写给残疾人体育运动会"。此时，他的学术造诣正如日中天，中国体育科学殿堂将会有他一席之地；他生于斯，长于斯，自然也要死于斯……

他陷入了天人交战。

最后他决定还是留下来，是毛泽东的诗词给了他勇气和力量。

孩儿立志出乡关，
学不成名誓不还。
埋骨何须桑梓地，
人生无处不青山。

潘军决定留下来，还有另一个原因：他一定要找到她，一个让他魂牵梦绕的女人。

休斯敦大学对面有一排商家。潘军的目光定格在"中国之星餐馆"这一招牌上。他寻思着这应该是家中餐馆。

进去一看，果不其然，生意还很红火。客人和服务员大多是中国留学生。

他排进了松散的队伍。

收银的是位小巧玲珑的中年妇女。像是老板娘。她操着中国台湾口音，吐气若兰，"先生您好！请问您要点什么？"

潘军答非所问："你们这里要人吗？我想找工作。"

老板娘脸一沉，冷冷地说："你是从哪里来的，来美国多久了，有没有身份，有没有车？"

潘军后来才知道，在美国找工作，这些都是"必答题"。

潘军一一作答。老板娘浅浅一笑，"我知道你是从中国来的。我想知道，你是从台湾来，还是从大陆来？"

还有这讲究。潘军答，"哦，那我是从大陆来的。"

"你在大陆是做什么的？"

"我是体育老师。"

瞅了瞅潘军那粗壮的胳膊，C罩杯的胸脯，老板娘惭愧地缩了缩胸，难掩窃喜，"那你有什么打算？"

"我想上学。"潘军后来才知道，他这是犯了大忌。老板最不喜欢的员工，一是偷懒；二就是吃着碗里望着锅里。

老板娘显然有些失落，"上什么学啊。美国很现实，能挣到钱才是硬道理。在美国什么能挣钱，就干什么，不要考虑什么专业不专业的，趁着年轻力壮，多挣点钱，干不动了就回去。美国不好混。你刚来，什么也不懂。等会儿我叫杨玫瑰跟你聊聊。她在我这打钟点工。她也是从你们大陆来的。她下午两点上班。哦，对了，你住哪儿？"

"对面。休大校园。"

"住哪儿，休大校园？我说你这脸怎么被叮成这个样子，美国的蚊子厉害吧？在美国哪有住在外面的，这也太危险了。小鸟也还有个窝，早上飞出去，晚上还要飞回来。动物可以幕天席地，人必须结庐而居。没有住的地方哪行。我帮你打听打听，看有没有分租的，不管怎么讲，先住下来再说。你先留个电话。"

"我没有电话。"

"留个亲戚或者朋友的电话也行。"

"我也没有亲戚朋友。"

"没有亲戚朋友你也敢来美国？你胆子也真够大的。"惊诧之余，老板娘话题一转，"那饭总得要吃吧。你吃点什么？"

潘军点了个最便宜的蛋炒饭。

这是他在美国吃的第一顿中国饭。他能不狼吞虎咽吗？之前，饿了他就吃啃几片面包，渴了他就大口喝着"雪碧"。后来的雪碧，其实是大雪碧瓶里装的自来水。更难以启齿的是，他连有人扔在桌上一小块小点心，都悄悄装进了口袋。

一个学生模样，操着香港口音的女招待，递上一杯冰茶，"这是老板娘免费送给你的。"

道了声"谢谢"后，潘军抓紧问："在美国工作好找吗？一个月能挣多少钱？"

"怎么说呢，如果你不怕苦不嫌累，不挑肥拣瘦，什么活都愿意干，就好找。一个月挣个1000多美金应该不成问题。"她放低音量，"老板娘对你很有兴趣，你没看出来？"

听说一个月能挣1000美金，潘军那并不简单的脑袋迅速地打起了小九九，"1000美金乘以6，就是6000元人民币，我在大陆月工资是120元人民币。如此说来，在美国干1个月，相当于在大陆干4年。"

潘军满目金光。他摩拳擦掌。

下午2点。中餐馆最清闲时段。一位身材颀长、体态婀娜、扎着马尾辫的姑娘款款走来。她锁好自行车，插好玫瑰花，系好围裙就熟练地忙活起来。老板娘介绍说："这位就是杨玫瑰，中文叫什么名字我也不知道。"

"中文名字不重要，在美国都叫英文名，你叫我杨玫瑰就好了。"

知道了潘军的近况，杨玫瑰非常同情。

杨玫瑰边拾掇着碗筷边说："老板娘说得对，美国真的不好混，压力太大。要不是我丈夫死活不撒手，我早就回国了。我丈夫在休大读生物学博士。美国的消费这么高，他那点奖学金哪够开销，我只好出来打打工，挣点零花钱了。说来也不怕你笑话，我那个丈夫就是个书呆子，除了读书什么都不会，连车都不愿意开。在美国你不学会开车哪行，不会开车就等于没有腿啊。我一再逼着，他好不容易才考上了驾照。我们用省吃俭用的钱买了部老爷车。他第一天上路就一头撞到人家车屁股上了。祸不单行，没过两天车又'死'在高速公路上了。警察要帮他喊拖车。他一再哭穷，警察只好帮着他把车推下了高速公路。唉……"

长叹一声后，杨玫瑰接着说："你这副身板就像铁打的，一看就知道是搞体育的，在美国混，就得有副好身体。依我看啦，美国最适合你们这些搞体育的了。所以我也劝你，读什么书啊，抓紧时间多挣些钱。美国是不错，但国内现在发展得也很快，机会也很多。去也好、留也罢，手里都得有点钱。你说是不是这个理？"

她莞尔一笑，"听说你就睡在休大校园？"

潘军满脸尴尬，"在国内夏天我们经常睡在外面，习惯了。住学生公寓一天就要20美元，正好是我在国内1个月的工资，我睡不着啊。不好意思。"

杨玫瑰安慰，"这有什么不好意思的。刚到美国，谁还不遇上点困难。我虽然没睡过校园，但我睡过客厅，打过地铺，也在垃圾箱边捡过床垫，一个25美分硬币的微波炉都舍不得用，就吃凉饭。睡在休大校园需要有勇气，更是一种英雄气概。你这不是睡校园，你这叫'醉卧沙场'。这和当年红军爬雪山、过草地并无二致，都是人生的宝贵财富，都是革命传统教育的好教材。孟子曰：'天降大任于斯人也，必先苦其心志，劳其筋骨，饿其体肤。'所以，只要能坚持，你就一定能出人头地。"

潘军多少有些释怀。后来他才知道，与前赴后继的福州"偷渡客"相比，睡在休大校园，简直就是一种奢侈。

杨玫瑰起身，"不能再陪你聊了，我还要干活。这是我的电话号码。老板娘托我帮你打听住的地方。明天下午……哦，明天不行，那就后天吧，平时我都是骑自行车上班，后天我丈夫不上课，我才能用车。后天下午5点，我们还在这儿见。"

潘军对上学仍念兹在兹。其实他是在惦记自己的"身份"。美国海关发的I—94小白卡显示，他在美国合法居留的时间只有90天。

语言学校也可以签发I—20（学生签证）。中国城附近就有一所。从休大校园搭公交车只需换乘一班。

潘军起了个大早。他先到附近教学楼洗手间洗漱，然后顺着杨玫瑰画的草图摸了过去。

沿途，他只要看见中餐馆，都要下车去碰碰运气。奈何正值暑假期间，中国留学生倾巢而出，中餐馆早已座无虚席。

车上，他向一个名叫阿米哥的墨西哥青年问路。阿米哥很是热情，表示要亲自带潘军去，他也正想学英语。于是，两人边走边聊了起来。

阿米哥很年轻，20岁出头。来美已半年，他是花600美元偷渡过来的，6个人合租一个房间，每人每月租金五六十美元……潘军羡慕不已，竟然向他要了电话，可见当时潘军的无助、无奈到了何种程度。

当听说他也在中餐馆打工，月工资600美元。潘军吃惊不小。后来他才知道，中餐馆不能没有阿米哥，阿米哥也离不开中餐馆。双方是相依为命。

语言学校。接待潘军的是一位白人女人，一个台湾女士用电话做翻译。白人女人说："我们学校当然可以将你的签证由B1（商务考察）转为F1（学生签证），但你必须提供一份经济担保书，担保人最好是美国公民，至少要有绿卡，你能找到这样的人吗？"

潘军摇头。女士说："还有一个办法，就是你自己给自己做担保。"

"怎么担保？"

"你可以在银行里存一笔钱，然后开个银行存款证明给我们就行了。"

"要存多少？"

"至少6000美金，当然是越多越好。"

潘军再次摇头。

休斯敦大学校园的夜，静悄悄。警车呼啸而过，潘军置之不理，美国的蚊子又黑又大，隔着衣服咬你没有商量，潘军戏称是"阿帕奇武装直升机"。"阿帕奇武装直升机"的轮番轰炸，他的反击也是无意识的。潘军一挥手，五六只蚊子就死于鼓掌。他满脸是血，美梦继续。

东方航空公司的MU583国际航班，在洛杉矶国际机场徐徐降落。潘军恍如光着屁股降落在月球。

机场出口处，挤满了翘首以待的人群，各种肤色一应俱全。有的举牌，有的呼唤，使用的都是各自的语言。

潘军推着行李车，脸色凝重，目不斜视。大嫂手扶着行李，喜形于色，左顾右盼。他俩是在上海虹桥国际机场认识的。她丈夫有绿卡。她是来探亲的。

久别重逢，场面温馨。卸下行李后，大嫂丈夫紧紧握住潘军的手，京腔京韵，"谢谢，谢谢！我太太一句英语也不会，多亏你一路照顾。"转身对太太叮嘱，"你在这看着行李，千万别走开。我去开车，一会儿就来。"

羡慕之余，潘军抓紧问："请问，到休斯敦是坐飞机便宜，还是坐巴士便宜？"

大嫂的丈夫会心一笑，"坐巴士要好几天，中途还要换乘好几次，很累的，价格也就便宜一点点。坐飞机虽然贵点，但既快又省心。"

省一点，是一点。潘军选择了坐巴士。

从洛杉矶国际机场到灰狗长途巴士车站，出租车司机要价20美元。潘军说给10美元。白人司机说："不，不，不！"

潘军继续转悠。他想找个便宜的。

不一会儿，那个白人司机匆匆跑来，"客人都等得不耐烦了，都催我抓紧开车。我还剩最后一个座位，我就收你15美元吧。"

"不，不，不！"这回轮到潘军说不了。

"好的，好的！10美元就10美元吧，赶紧上车。"他迅速拎起潘军的旅行包，大步流星地上了车。

出租车在高速公路上飞驰。一路风光无限。

洛杉矶，这座怀抱碧海蓝波、背靠万里黄沙的美国西部重镇，摩天大楼鳞次栉比，高速公路纵横交错，立交桥下的各型汽车，如开闸泄洪，一泻千里。说洛杉矶是"车轮上的城市"，绝非浪得虚名。

车行大约45分钟，即进入洛杉矶市中心。出租车开始一路丢客。

不知是灰狗长途巴士车站最远，抑或是他出价最低，总之潘军是最后一个下的车，他还被转得七荤八素。

白人司机给潘军找了零钱后，拇指在中指和食指上直搓，"小费，小费！"

"不，不，不！"

白人司机耸耸肩，咕噜了一句，"真抠门。"

10号州际公路，美国东西向大动脉，西起加利福利亚，东止佛罗里达，途经休斯敦。灰狗巴士沿着10号州际公路向东，一路狂奔，星夜兼程。

途中，换乘了四次车；移民局带下去三个人，向前拨了两次表；出现一次尴尬场面。

长途车，除了换乘，还要休息或吃饭。

是夜。某巴士车站。乘客全都下了车。潘军买了一大杯冰雪碧，优哉游哉地满车站转。雪碧喝到一半，那些熟悉的身影怎么都不见了。潘军猛然意识到，这不是休息，是换乘。坏了，文件包还留在座位下，那是他当选"优秀班主任"时，学院发给他的奖品。包里虽然没有钱，可参加会议的论文、信件全都在里面。一着急。才喝了几口的雪碧也给碰翻了。

谢天谢地。灰狗巴士还卧在原地，车门依旧敞着。但司机已经入座，马达开始轰鸣。

潘军一个箭步，却一头撞到一堵"墙上"。

抬头一看，一位身高约两米，体重约130多千克，高大壮硕，身着黑制服，腰挂"大左轮"的西班牙裔保安，像一堵墙横在潘军面前，潘军向左，他挪向左，潘军向右，他挪向右，硬是不让潘军过去，嘴里还不停咕噜着鸟语。他误以为潘军也是"阿米哥"。很多人都这么说。也难怪，他长得确实很像墨西哥人，特别是他那粗短的身材和高挺的鼻梁。

鸡同鸭讲，越讲越糊涂。眼看巴士就要起步，潘军一个假动作，晃过了这只大狗熊。冲上车，取回包。给他看。保安傻笑。后来，多亏了这位保安的提醒，否则潘军差点儿误了休斯敦这趟班车。

两夜一天长途跋涉。早晨8点，灰狗巴士顺利抵达休斯敦市中心的灰狗巴士车站。

休斯敦市中心高楼林立，街道狭窄，如同上海的南京路。上海南京路摩肩接踵，人满为患，休斯敦的市中心怎么用机枪也扫不到一个人影，家家商店大门都紧闭？潘军后来才知道，市中心多是政府机关和大集团公司，那天正好是星期天，没人上班；某些商场开门也要到上午10点以后。

潘军走进一家小杂货店，买了一大瓶雪碧和一袋枕头面包。这一路，他近乎滴水没沾。

他在市中心云里雾里地转悠了一天。

晚上，他在市中心想找个地方过夜，转了一大圈，最后还是觉得灰狗车站最安全，于是他就在车站候车大厅的长椅上躺了下来。夜里，一保安来查问。潘军说他在等朋友，他的朋友下班车从洛杉矶来。保安查看了他的车票和护照后，说了声："好的！"

第二天一早，他就搭上了开往休斯敦大学的公交车。当时他耍了个小聪明，托运的大旅行包太重，提着到处转悠很不方便，于是他仍放在行李房暂时没取。当他被蚊子叮得惨不忍睹时，才想起风油精还在大旅行包里。

昨天，他从语言学校回休大途经市中心，他取出大旅行包，转存在台湾老板娘的中餐馆，他还是忘记取出风油精。忘记取出的还有一件塑料自行车雨披。好在这是最后一夜，明天他就要和蚊子说再见了。

小雨，淅淅沥沥。空气中充满了凉意。潘军惬意地抹了把脸上的雨水，翻身又睡，直到湿透了运动衣才猛醒。他提起当作枕头的文件包，三步并作两步蹿出草地。

他睡眼惺忪举目望去，皓月当空，满天繁星正调皮地向他眨着眼睛。没下雨啊，他试着走回草地。怪事出现了。只要一进草地就细雨纷纷，只要一蹿出，雨立马就停。他试了好几次。更神奇的是，这雨不是从天而降，而是由下向上喷。

完全清醒后，他才闹明白，这哪儿是下雨啊，原来是草地的自动洒水系统开始工作了。

下午5点，潘军和杨玫瑰在中国之星中餐馆准时会面。

杨玫瑰说："现在你有两个选择。一个是和一个上海留学生做室友，如果和他们住，你以后可能就走留学这条路了；另一个就是到汽车旅馆……"看到潘军一脸蒙圈，杨玫瑰解释："我曾在汽车旅馆打过工，但时间很短。与中餐馆相比汽车旅馆活比较轻，节奏也比较慢，我看挺不错。以后如果有机会的话，我也会去做汽车旅馆。只是汽车旅馆环境很差，藏污纳垢，住的大部分都是坏蛋，反正三言两语也说不清，你去以后就知道了。但那是他们的事，我们只管打工挣钱。那里有3个中国海员，他们混得都还不错，他们应该会帮助你。不过你以后可能就要和汽车旅馆打交道了。到底走哪条路，你自己考虑。"

自古华山一条路。潘军决定去汽车旅馆。

汽车旅馆顾名思义就是可以停放汽车的旅馆，但在美国任何一个做生意场所都必须有足够的停车位，所以这种解释尚不能反映出汽车旅馆的特点。正确的解释应当是：汽车旅馆皆为独立车库，驶入车库后即可下车直接至客房，完全与外界隔离，隐秘性高成为汽车旅馆的特性。另外，由于里面的设备比较简单，仅提供基本的床组、卫浴设备，所以汽车旅馆价格低廉，更适合普通大众，而且还有钟点房服务，你可以按小时入住不用一次就交足一天的房费，同时还免费播放录像，因而更适合情人约会，所以在日本汽车旅馆被称为"情人旅馆"。每个房间都有一间独立车库，这是早期的汽车旅馆，也就是市政府文件称之的"祖父级汽车旅馆"的长相，现在新建的汽车旅馆停车场和客房是分开的，因此休斯敦市政府给汽车旅馆和宾馆作出如下定义：客人一开门就能看见停车场的就叫汽车旅馆；客人一开门看见的是内走廊的就叫宾馆。也就是说，有外走廊的开放式建筑叫汽车旅馆；有内走廊的封闭式建筑叫宾馆。

听说潘军执意要去汽车旅馆，老板娘有些不舍。她递给潘军一张名片，"找到住处就说一声，保持联系。"转而低语，"我们这有个炒锅，说要回台湾去，我没搭理他。那天你正好来找工作，我们寻思，如果他走了，就让你来学炒锅，很快的，两三个月就学会了。后来他又不提走了。"

潘军困惑，"他说要回台湾，也没说要辞工啊？"

老板娘神神秘秘，"你刚来，不懂。在美国的中国人都要面子，如果嫌工资低，想叫老板加钱，从来都不直说，而说我要走了。如果老板需要你，愿意给你加钱，就说那我们再谈谈吧。如果老板不想给你加，就不理你，你走就走吧。"说完她咻咻地笑了。

人们都说香车美女。杨玫瑰长相和这部老爷车的状况反差也太大了，没有空调不说，除了喇叭不响，到处都叽叽歪歪，还是一只油老虎。

杨玫瑰说："这部老爷车跟我年龄都差不多。穷学生，没办法。等我丈夫毕业找到工作了，再换部好点的。"随后嫣然一笑，"哎，如果你以后在美国赚到钱了，你准备干什么？"

"我哪儿能赚到钱啊。"

"那不一定。性格决定命运。你就很特别。你个子虽小，但内心却非常强大。能不能赚到钱那是后话，眼下是要先找到住处。听说你就住在校园，我失眠了好几天，连我丈夫都开始吃醋了……"沉默了片刻，她不忘心意，"哎，告诉我，如果你以后赚到钱了，你准备干什么？我说的是如果。"

潘军回答得很响亮，"那，那我就像你一样，去帮助别人。"

杨玫瑰一再提醒，"美国竞争很激烈。三个海员之间都钩心斗角，现在又挤进一个外人，当然更不能容忍。所以你去了以后不要住客房，就在办公室打个地铺，反正都有空调，怎么也比睡休大校园强。没事就帮他们清清房间，找点事做做，联络一下感情，时间一长，也许就在那儿干上了。"

汽车旅馆的确切位置，杨玫瑰也不是很清楚。走了几趟冤枉路，加了10美元汽油，看到R汽车旅馆招牌时，已是万家灯火。

R汽车旅馆共有5栋平房。4栋围了个正方，中间是停车场，很像北京的四合院，面积比那要大得多；有两栋是背靠背，其中一栋临街。临街的那栋有个醒目的招牌：当铺；办公室当门就是间工具房，里面各种工具一应俱全，如同一个小型维修车间；左手是厨房，右手是办公室。R汽车旅馆大概就长成这个样。

杨玫瑰突然造访，三副喜出望外，知道来意后，他顿时不悦。他边往盛满冰块的塑料杯里放着自来水，边说，"先喝点冰水吧，你说的这事我一点也不知道。既然二水答应你了，你就跟他讲吧。他到超市买菜去了，一会儿就回来。"

话音还没落，一道车灯就射了进来。

热情寒暄，简短介绍。杨玫瑰轻握二水的手，"潘军就交给你了，我看你俩也挺谈得来的，他刚来两眼一抹黑，还请你们多多帮助。"转身对潘军，"我先走了，有什么困难就告诉二水，也可以给我打电话。"

三副冷眼旁观。

送走了杨玫瑰，二水摸出一串钥匙，"听说你好几天没睡觉了，我先给你开个房间，好好睡上一觉。以后有的是时间，我们再慢慢聊。"

"不要，不要，我在这打个地铺就行了，怎么也比睡外面强。"

"这怎么可以，都是中国人。你就不要客气啦，反正房间也多，空着也是空着。你先冲个澡，我去给你买份快餐。"

尽情洗个澡，睡个囫囵觉，是当务之急。他在休大校园大汗淋漓了一个多星期，曾经看到有人在游泳池里嬉戏，他真想跳下去泡一泡，但他忍了。美国到处都有热水，还是全天候。潘军很是好奇。

按说应该睡到自然醒。但前途未卜，压力巨大，潘军哪儿能睡得着？其实，他是被两声枪响惊醒的。当时天刚蒙蒙亮。昨晚二水买的麦当劳套餐还在床头柜上散发着香气。

听到三副在不停地咋呼，潘军奔过去问："怎么啦？"

"那个狗日的拼命往里面闯，我不让他进来，他就跟我闹了一夜。前门进不来，他就从后面翻墙头，再讲他也不听，被我一枪给冲了下去。狗日的再敢爬，我就崩了他。"

"如果真要打到他，怎么办？"

"活该！谁叫他侵入我的地盘？"

"有房间要清吗？"潘军问。

"有两间。那就麻烦你帮忙清一下，中午我请你吃饭。"

三副打开一个房间，场面惨不忍睹。空调轰鸣，异味扑鼻，桌椅板凳倒了一片。

潘军满脸疑惑，"这是怎么回事？怎么会弄成这样？"

三副边挂镜子边解释，"汽车旅馆住的都是些坏蛋，他们用家具堵住门，是怕有人闯进来，用床单蒙住窗户，是怕有人偷窥。他们做的都是些见不得人的勾当，当然就怕人知道啦。房间搞乱就算了，没蓄意破坏就谢天谢地了。"

"他们在房间里都干些什么？"

"我怎么知道，这是人家的隐私，不过时间一长你就知道了。总之，做汽车旅馆是很头疼的。"

按照三副的示范，两个房间潘军很快就清好了。

中午二水和三副开着各自的车，载着潘军和大卫上了288高速公路，直奔中国城方向。大卫是在R汽车旅馆打工的白人老头。

下了59号高速公路就是购物中心，比邻有家自助餐店。

推开餐馆大门，冷气扑面，客人熙熙攘攘，却异常安静。

带位的是位中国姑娘。她皮肤白皙，福建口音，背着固定的三句台词，"请问先生有几位？""喝点什么？""请慢用。"

射灯下的不锈钢布菲台锃光瓦亮。色香味俱全的菜肴少说也有几十道，还有各色水果，比年三十的七大碟八大碗还要丰盛得多。这只是中国博大精深美食文化的一个侧影。潘军一下子就迷恋上了它。后来他是每天吃一顿，每顿都吃到漫嗓子眼。以至于，他晚年患上的"三高"，跟这脱不了干系。

潘军饭量之大、速度之快令人咋舌。

二水乐了，"我们这一盘还没吃了，你这三盘就下肚了，看来你只能吃布菲了，这个点菜你也吃不饱啊。

三副打趣，"今天这家中餐馆没赚到你钱，如果人人都像你这么能吃，那还不要关门？"

都怪三副这张乌鸦嘴。两年后，这家餐馆果然歇业。

物以类聚，人以群分。大卫逛购物中心。中国人当然要去中国城。

休斯敦的中国城有新老之分。老中国城在市中心。由于越南人不停地扩张，华人不断被挤出，现在已经没落。休斯敦华人在西南区开疆辟土，又圈起了新的领地。随着中国新移民的不断涌入，新中国城的发展更是日新月异，前景不容小觑。

车还没停稳，超市里就飘出邓丽君柔美的歌声。

走进商场，中国元素更是扑面而来。中国商品、中文商标、中文广告、中文标签、中文报纸杂志……最亲切的还是黑头发、黄皮肤摩肩接踵的中国人。

国中之国。太神奇了。潘军在中国商品的海洋里畅游，在中华文化的氛围中徜徉，异国他乡的孤独感荡然无存。他仿佛又回到了故乡。

"老潘！你要不要买些什么，不买我们就走了。"二水推着满满一车食品走了过来。

刚走出商场，就碰上了谭老板。

听了二水的介绍，谭老板豪爽地说："就留在我们汽车旅馆做吧。我们这正需要人。"

事后二水说："谭老板一共有3家汽车旅馆，我和三副守一家，老鬼一人守一家；还有一家大点的汽车旅馆租了出去。租出去的这家摊上了大事，由于管理不善，跟警察摩擦不断，警察早就想把它关掉，现正在打官司。租赁合同这个月到期，谭老板决定把它收回来，然后派我去当经理。"他拍拍潘军肩，"如果我去了，我就带上你，我们一起去干。"

潘军一脸轻松，"那我能拿多少钱？"

"一个月600美元，外加一间免费住房。不错啦，美国人才500美元。"

"为什么？"

"因为老板是中国人，中国人不能剥削中国人啊。在中餐馆打杂也是，中国人每月800美元，墨西哥人每月也就600美元。"

潘军好奇，"那你们能拿多少钱？"

"我们3个是一起来的，他俩是经理，我负责修理，干的活不一样，但谭老板给的工钱都一样多，一个月1500美元，生意好的话还有红包。R汽车旅馆的可口可乐机由我和三副管理，赚的钱我俩平分，另外我们还卖些打火机、香烟、避孕套什么的，赚得不多，但不无小补。"

"你们是怎么来的？"

"我们是跳船来的。我们仁都是华东远洋公司的海员，满世界跑，经常来美国。上次来是3年前。那次如果跳船，我们就能拿到绿卡了。现在我们的身份早就黑了。老板要帮我们办绿卡，带我们去见律师，我和老鬼都不愿意办，只有三副愿意。我和老鬼都有护照，三副没骗到。没护照就不能在银行开户，三副就把钱存在谭老板那儿，剩余的钱就藏在可口可乐机里。"

"有绿卡不好吗，你俩为什么不愿意办？"

"办绿卡费钱、费时、手续繁杂，很是麻烦。在汽车旅馆办绿卡，要有酒店专业本科学历，或者3年以上旅馆经理工作经验，我们哪有。这个律师很聪明，他说，你从现在开始交3年税，然后把这3年税单呈给移民局，以此证明你有3年汽车旅馆工作经验。他用这个方法曾经帮不少人办过绿卡，屡试不爽。但不能保证你就百分之百成功。3年税要交很多钱的。老鬼舍不得，推说太太和女儿还在国内，他赚几年钱就回去。律师说我不要办，因为我还年轻，以后肯定要结婚，结婚肯定要找个美国公民或者绿卡。三副想早点把太太和女儿接过来，所以只有他愿意办。"

第二天傍晚，在当铺办公室，谭老板找潘军谈话，"你就在我这儿做，月工资600美元，给你一间免费住房，你今晚就到老鬼那个K Motel去上班，我那边急需要人。"

潘军嗫嚅，"我能不能跟二水到那家大汽车旅馆去？"

谭老板微笑："他们3个人都很好，你没有和他们处，处处你就知道了。"

听说潘军不想回国内，就在这儿干了，谭老板很是高兴。他说："在你签证没到期之前一定要办妥两件事：一是申请社会安全号码；二是申请一张得州身份证，能考到驾照当然更好，考驾照估计你是来不及了。"

"都在哪儿办？"

"社安号在社安局，身份证和驾照都在交通局。"

"离这儿远吗，我能走到吗？"

"休斯敦就没有你能走到的地方，到哪儿都要开车。你签证是3个月吧，不急，你先安心去上班，这事我来安排。"

第二章 情定汽车旅馆

三副的丰田卡罗拉载着潘军风驰电掣，上288北，换I－10东。与潘军同行的还有一台窗式空调。减速，下高速公路，沿着街道继续前行。"K汽车旅馆"小招牌进入视线。顺着小招牌箭头指示方向，向右猛打方向盘，进入一岔路。岔路是条死胡同，如同人的盲肠。"盲肠"两旁木屋破旧，杂草丛生。"盲肠"的尽头就是K汽车旅馆。

车还没停稳，一群黑人女性便围了上来。有的摇头晃脑，有的原地打转，有的抖动丰乳，有的扭动肥臀，有的掀开窗帘探头探脑……

三副惊天一吼："滚开！"

黑人女性们一哄而散。

潘军又是满脸的问号。三副浅浅一笑，"我不是告诉过你了吗，住汽车旅馆的都是些坏蛋，不要再问啦，你在汽车旅馆待长了就什么都知道了。"

K汽车旅馆由一大一小两栋楼和两栋平房组成，共有20间客房，属于小型汽车旅馆。大楼上下各5间，小楼上下各2间，都是外楼梯。小楼很袖珍，很别致，别具西方风情。中间是停车场。办公室在右侧平房，客人登记窗口很小，防弹玻璃上还焊着铁条，像监狱递饭的窗口，阴气逼人。

一个中国人，提着马桶撅子慢慢踱来。此人个头中等，体形微胖，顶秃，脸圆，阴冷。不用介绍就知道，他肯定是老鬼。老鬼似笑非笑，"这是小潘吧，谭老板打电话告诉我了，说你马上就到，欢迎，欢迎。"

跟老鬼交代了几句后，三副对潘军说："我把你丢下我就走了，我还要赶回去上夜班。"

老鬼对着潘军，"来，我们先把空调抬上小楼，安装到你的房间。你抬这头，这头轻，行不行？"

潘军没说话。他拨开老鬼，一弯腰，抄起空调三步并作两步就上了楼。

老鬼一脸惊讶，"不说你是知识分子吗，是做学问的，怎么劲比我还大？"

"嘿嘿，我是搞体育的。"

"搞什么项目？"

"体操。后来主要搞体育科研，写写论文。"

"嗯，一看你这体型就知道是搞体操的，就是李宁玩的那个单杠、吊环什么的？"

"是的。我可没他那本事。"

老鬼打开空调面板，把一个零件藏到旋钮后面。潘军好奇地问："你这是干什么？"

老鬼说："这个零件叫温控器，经常会被客人扳下来干坏事，这玩意一断，整台空调也就报废了。你当然不会啦。但生意好的时候，这个房间还要租出去，所以还是要藏起来。"

两人边装空调边唠嗑。老鬼说："我们这里是黑人区，喝酒、打架、抢劫的事经常发生。昨天又有一个客人被抢了，下面就要抢办公室了。这里住的都是疯子，很危险的，好客人不敢来住，中国人都不愿意到这里打工。我英语不好，目前还没买车，只能窝在这里。我一周7天，一天24小时，挣的都是玩命钱。最近这里因缺人手有些失控，我向老板要人，一直都找不到合适的，正好你来了。老板看重的是你年轻、健壮，又是搞体育的。我是不能长期在这干下去，再待下去我会发疯的，所以只要一有机会我就会离开。你如果想在汽车旅馆长期干，一定要学会维修，这点很重要，这样才会有人请你去当经理。"

潘军当晚就上岗。

给客人登记；坐在办公室门的转椅上，透过玻璃门观察K汽车旅馆的情况，发现有人偷用房间或者有异常情况，就去喊老鬼；钟点房客人离店，把脏房间清出来再租。这就是潘军的夜班工作。

潘军问："有没有人偷用房间，我怎么知道？"

老鬼答："没租出去的客房，门都敞开着。某个房间门被关上了，你又没租，就一定有人偷用。记住，千万不要开办公室的门，有事隔着门讲话，没事不要出去；出去清房间时，切记把办公室门锁上。"他像变魔术一样，摸出一铁疙瘩，"这把枪留给你，以防万一。如果有人敢进办公室打劫，你就开枪。记住两点，一是一定要等他进到里面再打，如果死在外面，就把他拖进来。二是要打就把他打死，没死再补几枪，死人不能说话，否则，麻烦就大了去了。这两点老板是一再交代。这把是德国大左轮，一扣就响，注意别走火。没玩过吧，我示范给你看。"

上半夜，潘军两眼睁得像牛蛋子。那都是那把德国大左轮给闹的。他爱不释手。

下半夜清了两个房间后，眼皮就开始打架。潘军最怕熬夜。师院曾经安排教师在校园轮流巡夜。就那么一次，潘军就像害了一场大病，整整睡了一天。

潘军是被敲门声惊醒的。一个小个子黑人示意他开门，还不停地指着手中的拎包，应该是有什么东西要卖给他。

潘军糊里糊涂地开了门。黑人打开包，各种货物一应俱全，耳环、项链、手表、干电池、电动刮胡刀、各式小刀……都是"白菜价"，撩得潘军心痒痒。后来他才闹明白，这些都是偷的，买卖赃物都属违法。正在讨价还价，老鬼一声低吼："你怎么能让他进来了，这也太危险！出去，出去！"

为了驱走瞌睡虫，潘军只得到停车场转悠。

13号客房门关着，没开灯，空调低鸣。潘军犯了糊涂，"这个房间我到底租了还是没租？"查看了登记表后，他倒吸了一口凉气，"有人偷用房间！"

他推推门，门锁着；"你好"好几声，没反应，潘军只得喊老鬼。老鬼摸起无绳电话和一串钥匙，三步并作两步。

打开门，拨亮灯。一个黑人正满头大汗地坐在床沿。

老鬼怒火中烧，"又是你啊，给我滚出去！"

"我付过钱了。"指着潘军，"我付给他了。"他是在欺负新面孔。

余兴未消，所以他死活也不愿出去。两人开始拉扯。潘军迅速跑回办公室取出枪，悄悄塞给老鬼。

枪指着脑袋，黑人顿时安静了下来。他一语不发往外走。老鬼再吼："蹲下，双手抱头，动一动我就打死你。"

老鬼拨打911。半天没说清楚。话筒里忽然传来中文，"什么情况？请你慢慢说。"

老鬼是福州人，说普通话还有些绕口。听完叙述，911追问，"他们有几个人，对方有枪吗？"

对方明明没枪，老鬼硬说有。潘军很难理解。老鬼解释："警察一听说有枪，才会来得快。"

果不其然，警车风驰电掣般地赶来。

警察首先收了老鬼的枪，退出子弹后又递回。黑人被搜身，然后塞进警车，带走。

吃了两袋方便面。床单簇新。潘军一觉睡到日西斜。他一睁眼就闻到了盒饭的香气，那是老鬼中午送来的。

有了落脚点，该给爸妈报个平安了。潘军问老鬼，"邮电局在哪儿？"

"干吗，寄信？寄信就塞进外面的邮箱，邮递员每天会定时来取。我这儿有邮票。"

"我想打电话。"

老鬼指了指桌上的电话，"就在这儿打。先拨01186，再拨你要打的电话号码。世界各地任你打。你以为这是国内啊，打电话还要到邮电局？"

一听到妈妈慈祥的声音，潘军欲语泪先流。他紧闭感情的闸门。他不想让妈妈有太多的担心和牵挂。感情的风暴聚集，激荡。感情的洪流终于爆发。他哇的一声，哭得是酣畅淋漓，回肠荡气。来美国所受的压力、委屈、失落、无助……一泻千里。

R汽车旅馆清一色都是黑人。一个白人女子的出现，犹如黑夜里点亮了一盏灯。潘军眼前一亮。小女子金发碧眼，丰乳肥臀，珠润玉圆，天使般面孔，魔鬼般身材，蜂腰纤纤，风韵楚楚。其实用"金玉其外，败絮其中"来形容更恰当。

老鬼介绍说："她叫星星，是良家妇女，之前是我们这里的员工，后来染上了恶习，谭老板就把她给炒了，你现在顶的就是她的位置。她现在和一个黑人同居。黑人没天没夜地挣钱，也不够她用。这不，她已经欠我一个星期房钱了，今天再不付，我就要撵她出去了。"

潘军问："她染上了什么恶习，为什么一染上恶习，就不能在这干了？"

"不要问这么多啦，你在这干长了就什么都知道了。我们这收的都是现金，前一阵子营业款天天少，我和谭老板还产生了误会。终于有一天被我抓了个现行。原来钱是被星星偷去了。"

中午11点，是汽车旅馆离店时间。老鬼满脸桃花，"我说孙猴子逃不出如来佛手心吧。星星要陪我睡觉顶房钱了，是她主动提出来的。她正在我房间等我呢，你帮我照看一下生意。"

老鬼正在房间"办事"。一个瘦高个儿黑人捧着一大把零钱匆匆来到办理入住手续窗口，要付房租。他就是星星的男朋友，叫D。听说女友正在"付"房租，D颓坐在老鬼门前的楼梯口，双手抱头，目光空洞，神情木讷，可怜楚楚。

此后，只要一欠房钱，星星就陪老鬼睡觉。

老鬼淫笑，"他妈的，之前我说给她50美元陪我睡一次，她都不干，现在好了，5美元就行了。真贱。"

潘军说，"怎么是5美元，还有房钱呢。"

"房钱是老板的，反正也收不上来，不睡白不睡，就算是老板犒劳员工。反正我每次就付她5美元，权作小费。这种女人飘忽不定，说走就走。哪天碰到个有钱的，她就失踪了，等把对方的钱花完了又回来了。"

老鬼意犹未尽，"还是中国女人好，就是太少了。人又不是动物，除了干那档事，总还要进行感情交流，调调情说说话吧，你语言不好，就无法交流。早知道美国的中国女人这么稀缺，我就带一个过来了……"

潘军好奇，"你怎么带？"

"我们海员一人一个舱房，我把她藏在里面就行了。"

"如果被人发现了怎么办？"

"我就塞点钱给他。"

"他如果不要呢。"

"那我就把他扔到海里去。"

上午，二水顺路来看潘军，老鬼不理不睬，还意有所指，"你看他那个傻样，给人卖了还帮人家数钱呢。多管闲事。"潘军心里一咯噔。他显然说的是二水。

下午，谭老板来取营业款，老鬼鞍前马后，不时抱怨，"这里环境太恶劣，我已经在这干了1年多了，也该换换环境了。你不刚收回一个大汽车旅馆吗，听说那儿环境不错，把我和二水对调一下吧？"

谭老板笑笑，"这样恐怕不公平吧。你们仨都是一起到我这儿来的，你和三副一人守一家汽车旅馆，就二水一直在干维修，现在有机会了，当然应该轮到他啦。再说，他年龄最小，你们也应该多让着他才对啊。"

老鬼无言以对。他眼珠一转，"那你看看，能不能给我长点工钱。"

"你们3个工资都一样，要长就要一起长，光给你一个人长也不公平啊，等等再说吧。在汽车旅馆打工，目前就这行情，你们挣得都不少啦，不信你出去试试就知道了。"

临走，谭老板拍着潘军的肩，"老潘，辛苦你了，麻烦你帮我多照看点。"简单的一句问候，潘军至今难忘。

每天晚上老鬼都要和三副煲电话粥。

一天12小时，一周6天，白班，夜班，清房间……哪个岗位缺人他就往哪儿补，这就是潘军的工作。

这天，潘军轮休。他手持名片和公交车路线图，到律师楼赴约。名片是老鬼给的；图是清房间黑人女人帮他画的。在市中心换乘。潘军怎么也找不到2路车站，因为市中心都是单行道。他只得向一个黑人女保安打听。女保安费尽口舌地讲了半天，潘军也没弄懂。她干脆就亲自带路，走过好几条街，一直把潘军领到2路站牌下才离开。潘军好感动。他的记忆里浮出这样一个碎片：

梅小姐，是一位大律师，兼资深中文助理，马来西亚华人，虽年过半百但风韵犹存。大律师由于早年来美，抑或就在美国出生，总之她是一句中文也不会。

见到潘军，梅小姐一脸惊讶，"我天天开车，所以你问我怎么坐公交车，我真不知道。你一个人也能摸过来，真不简单。"她切入主题，"你美国有亲戚吗？"

"没有。"

"有雇主愿意帮你办绿卡吗？"

"没有。"

梅小姐翻看着护照，"你持的是B1商务考察签证，在美合法停留时间是3个月，9月5号到期。亲属移民和工作移民这两大类你都不具备，如果有学校愿意接受你，并有人给你提供经济担保，我们可以帮你转换成F1学生签证。"

潘军再摇头。

"那就先给你办签证延期吧，等以后会有什么机会再说。一次可延长3个月，可延长两次。律师费每次200美元，另外再加移民局的收费、邮寄费，等等。这个钱你有吗？"

"有，有，有。"

"哦，你持的还是公务护照？"

"公派自费。"

"这么说，你很有钱。"

"没有，没有，我一个穷教师，怎么会有钱。我一个月的工资才20美元，我买飞机票的钱还是凑的，我还欠人家一屁股债，我……"

梅小姐脸一沉，"既然没钱，就先不要办了，等有了钱再说。"

还没等潘军反应过来，护照就已经飞了回来。

乘兴而来，败兴而归。从律师楼回到R汽车旅馆后，潘军心灰意冷地瘫坐在办公室转椅上，满脸沮丧。

老鬼路见不平。他说："律师、牧师、卖车的被称为美国的三大骗子。他们从来就是只认钱不认人……"转念一想，"不对啊，梅小姐人还不错啊，你又没说不给她钱，她为什么不给你办呢？哦，你哭穷了。你不应该在她面前哭穷，你跟谁也不要哭穷，没人会同情你。这里是美国。所以我们要拼命挣钱，只有荷包满了，才不会被人看扁。等你挣到钱了，你再去找她，我保准她就不是这副嘴脸了。"

直到办公室里屋走出一个小女孩，老鬼才停止慷慨陈词。女孩身材高挑，皮肤黝黑，黑色鬈发披肩，金色刘海飘逸，一根金项链，两只玉手镯，三只银耳环，两只坠在娃娃脸上，一只挂在肚脐，腰间还别个BB机。

老鬼说："她叫黑利，就住在附近。她妈一不注意，她就溜进我们汽车旅馆转悠。"她向外眺望，"哎，怎么进来一个亚洲人？"

大门外停着一部上了档次的车。车上下来一个衣着考究的中年男人。他左顾右盼，步履从容，便轻叩办公室玻璃门便用中文问："请问老板在吗？"

老鬼慌忙把黑利推回里屋，"老板不在，请问您有什么事？"那人没有回答，而是转身又走回轿车。

此时一位年龄稍长的男人才从车上慢慢下来。

中年男人自我介绍，"鄙人免贵姓钱，曾经是你们谭老板的合伙人，我们一共有3家汽车旅馆，这家也是其中之一。后来生意做大了，都想自立门户。我们三个合伙人就凑一起抓阄。谭老板抓到了这一家，我抓到了另一家。这一家是在黑人区，生意一直都不错，就是太危险，说不定哪天小命就没了。我那一家是在白人区，环境比这好很多。你有空的话欢迎过去看看。"

钱老板伸出变了形的双手，指了指惨不忍睹的脸，"我就是在这值班时被烧伤的。为了省钱，做汽车旅馆的一般空调坏了都是自己修。一个客人抱怨她的空调光出风不制冷，我一听知道这是压缩机不工作了。空调没停机我就去捣鼓，结果压缩机突然爆炸。那是夏天，我穿的都是短袖短裤。我的烧伤面积达90%，动了十几次手术，总算保住这条命。那个罪真不是人受的，当时我真的不想活了，自杀了好几次都没成。当时我是一个人在美国，出于人道，我老婆孩子拿到了美国签证，我这才感到好死不如赖活着。当时我的身份也黑了，我的绿卡是1986年美国大赦时才拿到的。我和你们老板闹翻也是因为那次受伤……"

"你烧伤了，跟我们老板有什么关系？"老鬼好奇。

"我烧伤后，好多律师都主动要帮我打官司，状告空调生产厂家。美国的律师打赔偿官司都是免费的，官司赢了才一起分钱。这个官司一打就是十几年。其间，律师给出了个馊主意，就是连我们这家汽车旅馆也一起告。我当时也想不通，这不是自己告自己吗？律师可不管这些。他的眼里只认得钱。他坚持要这样做。当时法律程序都走得也差不多了，又不能换律师，一换律师就等于前功尽弃。但一告自己的汽车旅馆就等于把谭老板也告了。他当然生气了。"

"那后来呢？"

"后来，厂家抵挡不住律师的死缠烂打，赔了一大笔钱，就庭外和解了。对于空调生产厂家来说，官司输赢事小，影响产品信誉事大。"钱老板话锋一转："听说你在这干得不错，一直想过来看看，怕碰到谭老板会产生误会，所以就叫我的朋友先进来探探路。"

BB机任性地叫着。黑利匆匆从里屋走出，"我妈妈又开始找我了，我得赶紧回去。"

钱老板问老鬼，"你有车吗？要独立管理一家汽车旅馆，没有车可不行。"

"谭老板已经答应帮我买了，听说这两天就到。"

老鬼的爱车终于来了，那是一部老式福特旅行车。谭老板说："这种车叫STATION WAGON，后备厢可以掀开，长一点的东西也能放进去，相当于客货两用，做汽车旅馆最适用了。这下好了，以后再买什么维修材料，你就可以自己去了。"

老鬼的胆子贼大，没有实习驾照他也敢开车。好在每次他都拉一个客人坐在旁边给他壮胆。他是早也练，晚也开，恨不得一口就吃成个胖子。

潘军困惑，"以前你一直都不愿意买车，车刚买来你又这么拼命练习，为什么？"

老鬼笑容灿烂，"上次来的那个钱老板你还记得吧，就是被空调烧伤的那位。他回去后当晚就给我打电话了，说要请我去他那当经理。工资是1800美元，再给一个工人工资500美元，一共是2300美元。工资包干。工人请不请由我决定。那边钟点房客人少，没有这边这么累，我想一个人先干着，视情况再定。我也去他那看过了，环境比这好多了。他催我快点过去，我一直没有答应就是因为我还没有考到驾照。"

潘军窃喜，"原来他要另攀高枝了。"

黄昏。潘军才睡醒。老鬼的爱车不在，潘军心想他肯定又去练车了。一推办公室门，老鬼正在里面来回踱步，神色不安。

潘军还没开口，老鬼就滔滔不绝，"坏了，坏了，这次我真的亏大了。星星的黑人男友D，说要租我的车出去打工，每天给我100美元。一看钱这么好挣，我还准备叫你和他们一道干呢。他一直都很守信用，今天怎么到现在还没回来。刚才一个客人告诉我，D租我的车去干坏事，已经被警察盯上了，幸亏你还没去……"老鬼向外张望，"咦，他回来了，他回来了，有惊无险，有惊无险，下次我再也不贪这小便宜了。

潘军是在K汽车旅馆干一个星期，然后再到R汽车旅馆干一个星期，两边轮流着干，足见当时谭老板真的很缺人手。

潘军在R汽车旅馆的主要工作是清理房间。如果发现马桶不通了，吸尘器需要清理了，家具散架了此类小事，潘军也就随手干了。他从小就喜欢动手，动手能力也极强。

发善心也好，希望潘军快点长腿早日离开也好，对三副主动教潘军开车一事，潘军一直心存感激。那是回到R汽车旅馆上班的第一天晚上。

潘军有开幸福250摩托车的经验，三副稍一点拨，潘军就在停车场转起圈来。太简单，不过瘾。一转方向盘，谭老板的福特小皮卡就被潘军开上了路。

直到过足了车瘾，潘军才开回来。此时三副早已急得满头大汗，"你胆子真大，没有驾照，没有保险，也不会开车就敢上路，你太不知道轻重了，要是出了车祸怎么办？算了，算了，算我多管闲事。你以后买了车再自己练吧。"

第二天下午，警察抓坏蛋惊魂的一幕，潘军至今难忘。

清完房间没事干，潘军蹲在停车场拔草。一个矮胖黑女人从拐角处20号客房闪出，左顾右盼，然后匆匆向R旅馆外走去。

大约过了半个小时，一部雪佛兰老爷车径直开了进来，停在20号客房门口，但没人下车。潘军正在疑惑，四五部警车闪着警灯冲了进来，把20号客房围得水泄不通。此刻老爷车门才突然打开，一个便衣警察手执微型冲锋枪一脚就把20号门踹开，警察蜂拥而入。这阵仗简直像在拍电影。潘军是又紧张又好奇。

三男一女，双手抱着头，从屋里被押了出来，都是黑人。男的被强制趴在警车车头，双腿分开，开始搜身。黑人女子则被带到R旅馆办公室。一白人警察借用R旅馆办公室的电话，呼叫来一黑人女警察。女警察戴上蓝色橡胶手套，把R旅馆办公室里面的人都被撵了出去，然后关上了门。

潘军诧异，"她们要干什么？"

三副讪笑，"我也不知道，可能是要搜身吧。"

白人警察转身对着三副说了一大串。三副嘟哝，"他妈的，我听不懂，我要找个翻译。"他手一招，一个黑人女子扭着肥臀走了过来，她是R旅馆的老客人。于是就出现了这样不可思议的一幕。

白人警察说："这家汽车旅馆太乱了，尽是些坏蛋，我们警察感到很头疼。"

黑人女子翻译。三副用生硬的英语回答："我们是做生意的，坏蛋不坏蛋的跟我们有什么关系？"

白人警察说："你们要加强管理，一定不能再放任自流了。"

三副得理不饶人，"客房既然租给客人了，就属于他们的私人空间，客人在房间里做什么事，我们怎么知道，我们也不能过问啊？再说了，隐私权受法律保护，神圣不可侵犯。我可不想被他们告上法庭。你们上次讲的那几个坏蛋，都被我们撵走了，后来他们回来过好几次，要付好几倍的房钱，我们都没租给他们，你还要我们怎么做？"

"你们这家汽车旅馆的任何情况，我们都掌握，如果再发生今天这种事情，我们就要把它关掉了。"也不等黑人女子翻译，白人警察甩头就走了。

冲着白人警察的背影，三副用中文喊道："你看你那个屌样，你吓唬谁呀，你想关就关啦，法院又不是你家开的。你再敢恐吓我，老子就告你，叫你回家待业。"

坏蛋都被铐走了。潘军尾随着警车走到街口。R旅馆背后还停了一部警车，之前从20号客房走出R旅馆的矮胖黑人女子，从警车上走了出来。

潘军把这一幕告诉了三副。三副沉默了半晌，"那个矮胖黑人女子可能就是警察的线人，以后她要再来租房，不能再租给她了。"

潘军纳闷，"你怎么叫黑人给你做翻译？白人说话不是更标准吗？"

三副苦笑，"我们天天都和黑人打交道，听惯了黑人讲话，只要一张嘴，我们都知道对方在说什么。那个白人，自以为自己优越，不管你听懂听不懂，一个劲地往下讲，讲得还特别快。"

知足常乐。潘军对目前的工作十分满意。然而老朴一出现，潘军就开始颠沛流离。

三副介绍说："这位是朴先生，兰州人，跟你是同行，也是搞体育的，他还是国家一级足球裁判呢。他太太和两个小孩刚从国内移民过来，最近在奥斯汀买了家中餐馆。今天来休斯敦采购食材，顺便来放松放松。"

老朴皮笑肉不笑，"我一看就知道你是搞体操的，身板倍棒。在美国混没有一副好身板哪能赚到什么钱。"他指了指青筋直冒的结实的腿，大言不惭，"你看我这双腿多有力，我年轻时踢的是中锋。"

三副笑嘻嘻地说："老朴，有机会带老潘到你那去学炒锅吧。炒锅在美国可是铁饭碗，工资又高，连老板都得宠着你。干得好的话，老板还会帮你办绿卡。老朴的绿卡就是在餐馆办的，对吧？"

老朴走后，三副把手枪塞进裤兜，从墙旮旯翻出一沓美元，打开办公室外的可口可乐机，示意潘军帮他警戒，"不能在银行开账户真他妈的麻烦，有钱都没地方放。我大部分钱都存在谭老板那儿，随手用的就只能藏在可乐机里了。"

"放在这儿安全吗？"

"没事，这个机器可结实了，他一时半会儿根本就撬不开。我整天都在办公室，一有动静我立马就会冲出来，看我不一枪把他给毙了。哎，刚才我说叫你跟老朴学炒锅一事，你考虑考虑。你刚来，不懂。如果你要自己到中餐馆去打工，首先要从洗碗打杂开始，然后才是帮炒，抓码，油锅一步一步往上爬，还要看有没有机会。从洗碗打杂升到炒锅至少要六七年。你到老朴那去打工，这些环节都省了，是直接从学炒锅做起，熬个一两年一出师，你就赚大钱了。在我们这干，只能挣点生活费，发财你就别想了。

"朴先生同意让我直接去学炒锅吗？"

"一般人当然不行，我介绍的他一定会听。"

"为什么？"

"我们认识老朴，是因为他经常来我们汽车旅馆找女人。仅靠这点关系他当然不会听我的。但如果我说，他的老板梦是我们帮他圆的，你就知道他会不会听我的了。如果不是我们三个海员借钱给他，他永远也当不了老板。用四川话讲，他当个'锤子'。在美国做炒锅应该很赚钱的，但他这个人好吃懒做，吃喝嫖赌五毒俱全，干半年，歇半年，等钱花完了才找报纸打电话，因为他不愁找不到工作。老婆孩子都移民来了，他仍是两手空空。中国人哪个不想当老板？他老婆孩子移民来美后，一家人省吃俭用了一年，才凑足2万美元。2万美元只能摆个地摊。他没有房产做抵押，银行又不愿贷款给他，他只好厚着脸皮向我们求援，说愿意付我们高额利息。在美国，人们是不借钱的，亲爹都不借。他突然给我们下跪，声泪俱下，我们心都软了。因为是这层关系，我们又是朋友，我才介绍你去的，要是换了旁人，我才不管这闲事呢。你好好考虑考虑吧，机会难得。"

去老朴中餐馆的事，还没容潘军细想，汽车旅馆这边的机会又来了。

先说老鬼。黑利的母亲觉得女儿最近的状态有点不对劲，翻看来电显示她发现了一个细节，为什么女儿的电话每次都是从K汽车旅馆拨出，难道……

既然黑利妈妈起了疑心，老鬼必须赶紧离开K汽车旅馆，否则麻烦就大了去了。

再说二水。二水到大汽车旅馆当经理也有一个月了。表现如何，老板也收到不少反馈。一句话，"英语不行。"

大汽车旅馆的员工大都是中国人，这里可谓卧虎藏龙。员工中有一个教授，一个副研究员，一个讲师，还有一个访问学者，有的在那儿已经干了好几年了。

谭老板曾经提醒过二水，"像这种情况，我建议你去了以后把老员工全都炒掉，最多只能留一个，否则你以后不好领导。"

"都是中国人，出来混都不容易。"二水于心不忍。

之前就有人打小报告，说二水英语不好，谭老板淡然一笑，"英语不英语的事小。只要能赚钱就好。"

常言道，"三人成虎""众口铄金"。当有人反映二水的英语差到已经影响到生意了，这就不是小事了。

眼下三个汽车旅馆正急需一个维修工。如果让二水继续做维修，是不是更能发挥其特长？

于是谭老板做了个大胆的决定：提拔熊教授在大汽车旅馆当经理，调潘军到K汽车旅馆当经理。鉴于潘军刚来美国，对K汽车旅馆运转还不熟悉，二水随潘军同去，其任务是传、帮、带。等到潘军对K汽车旅馆各项工作都熟悉，能独立管理了，二水就负责三家汽车旅馆的维修工作。老板的小皮卡车给他开，每个月再补助他50美元汽油费。

上午，谭老板找潘军谈话。他递给潘军一个信封，"这是你这个月的工钱。明天你就到K汽车旅馆去当经理了，我让二水先带你，他一早就会过来接你。不要怕，放开手干，干干就熟了。不懂的地方就问二水，也可以打电话给我，不要客气，你就放心去吧，身份证和社安卡我会安排时间帮你办，还有什么问题？"潘军喜不自禁。他怯生生地说："没有，没有。只是，只是如果有机会的话，你能不能帮我办绿卡？"

"想办绿卡是好事啊，老鬼和二水我要帮他们办，他俩还不愿意呢。不过这件事比较复杂，得慢慢来，有时间我再和你慢慢聊，不管怎么说，首先要把工作做好。"

好消息当然要和朋友分享。然而，人心不古。

老鬼一脸坏笑，"我叫你不要多管闲事，不要多管闲事，你非要引狼入室。这下好了，连自己的饭碗也给砸了。搬起石头砸自己的脚，自作自受。"他显然又是在说二水。

三副一言不语，脸色铁青。

第三章 相煎何太急

这天下午，潘军去请一个钟点房，却意外地又撞见了老朴。老朴皮笑肉不笑地说："小潘，等你清好了房间，我俩再好好聊聊。"

潘军心里直犯嘀咕，"道不同不相为谋。你打你的麻将，我清我的房间，我俩有什么好聊的？"

回到办公室，没等潘军落座，三副首先开口，"老潘啊，机会来啦！老朴这次是专门来接你去学炒锅的，你把东西收拾收拾就跟他走吧。谭老板那我去说。你打往国内的两次电话费也不用付了，我帮你顶着。"

气氛突然凝固。潘军手足无措。他清楚：三副不仅要撵他走，还要断他的后路。

出来混，总是要还的。在你最困难的时候人家收留了你，现在你都开始与人家抢饭碗了，人家请你走，你总不能老赖着吧。潘军心情沉重地打点着简单的行李。

老朴似笑非笑，"还是去跟谭老板打个招呼吧，都是中国人，就说，感谢你这段时间对我的收留和照顾……"

当时潘军脑袋轰轰作响。他只能鹦鹉学舌。

谭老板虚怀若谷。他先是一怔，接着呵呵一笑，"不用谢啦，这都是相互的。你找到了新工作，我也替你高兴。以后到休斯敦来，如果不嫌我这汽车旅馆条件差的话就常来住住。如果在那儿做得不愉快，也欢迎你随时再回来。你的社安卡和身份证，就请朴先生帮你在奥斯汀办了，这个很重要，一定要赶在签证到期之前办好。"

环视着刚刚熟悉的环境，潘军依依不舍。他对三副说："这是100美元。等这个月的电话账单来了，麻烦你帮我结一下，我总共往国内打了两次电话。"

老朴在休斯敦买了一圈餐馆用品，转了几家中国超市，带潘军在山东大汉家蹭了顿便饭，天一擦黑就开着他的老爷车上了290高速公路，咿咿呀呀地向奥斯汀方向爬去。

奥斯汀，得克萨斯州首府。城市不大，风味十足。迷人的科罗拉多河穿城而过。全美8所"公立常春藤"之一：得州大学奥斯汀分校就坐落于此，在美华人无不以其子女能就读该校为荣。

老朴一路都在对潘军作"革命传统教育"。

他说他是来美探亲的。姑姑接待了他三天，带他买了辆二手车，刚学会开车他就到中餐馆打工了。在中餐馆他是如何吃苦耐劳，如何聪明能干，如何从打杂一步步升到炒锅，又如何得到老板赏识帮他办绿卡……

由于没有三年炒锅经验，老朴只能办"职业移民第六优先"，即"无技术劳工"。这是职业移民中排期最长的类别。这一等就是8年。其间，他还不能离开老板，一旦离开就前功尽弃。所以再苦、再累、受再多的委屈，他都只能忍着。他说："老板帮你办绿卡，老板就要多缴税，所以老板就付一点点工资。只有等你拿到绿卡了，才能出去赚钱。所以说，在美国这么多年，我根本就没赚到什么钱。"

根据当时的移民法，身份黑了的外国人，必须回到原居住国，取得移民签证后，才能重新进入美国。等到有了移民配额，老朴又怕回了国后回不来美国，于是又找律师办了个"回美证"。签证还算顺利。一拿到美国签证，他们一家就从广州直接飞到美国，也没敢再回兰州跟亲戚朋友告别，怕的是夜长梦多。

老朴长长舒了口气，"人一旦进入美国，什么事都好办了。在美国没有办不成的事，只要你肯花钱。同理，你人在美国，就不怕挣不到钱，机会有的是。我花了1500美元买了两辆二手车。儿女们考了驾照后立马就出去打工了。他们都是有备而来。儿子直接应聘了炒锅，女儿做了女招待，太太做住家保姆，全家齐上阵。一家人虽说在美国团聚了，但还是聚少离多，忙得是整天也见不到个面。"

中国人哪个不想当老板？启动资金凑得差不多了，老朴就开始到处张罗着看中餐馆。最后看中的是休斯敦附近小镇上的一家。美国的中餐馆业水很深，稍不留神阴沟里都能翻大船。大数据显示，全美每年都有三分之一中餐馆倒闭，同时又有三分之一新中餐馆开业。"金枪不倒"的中餐馆如同考中了状元。而决定中餐馆生死的关键因素有三：第一是地点；第二是地点；第三还是地点。重要的事情要说三遍。所以在交押金之前，老朴还是虚心地听取了朋友们的意见。

山东大汉说："这家中餐馆你不能买。要卖的中餐馆都有问题。赚钱的中餐馆谁也舍不得卖，你用膝盖想都知道。再说，休斯敦中餐馆也太多，竞争太激烈。要买，也不能在休斯敦买。如果你真想当老板的话，就到奥斯汀我的这家中餐馆来看看，我忍痛割爱让给你，价钱咱兄弟俩好商量。我做了半辈子中餐馆，也做烦了，我想改行做进出口贸易。我这家中餐馆生意一直都很好，我们是多年老朋友，我说了你也不要信，眼见为实，欢迎你随时来看生意。要看就抓紧来，最近已经有好几拨人来看了，有的急着都要下定金。来之前最好先给我打个电话，因为我经常出去度假。"

老朴一脸得意，"他约我星期五去看，我提前到星期三去。"

"有什么讲究？"

老朴嘿嘿一笑，"这里面的名堂可大了，只有我们这些老美国才知道。一、我打他个措手不及；二、星期五发工资，餐馆生意当然好，星期三美国人钱都花差不多了，是最穷的一天，所以只要看一眼星期三的生意，整个中餐馆的生意就一目了然了。"那天我们起了个大早，没想到半路上车子抛了锚。赶到山东大汉这家中餐馆正好是吃午饭时间，进去一看，妈呀，人山人海，中餐馆都快被挤炸了。

老爷车突然熄了火，滑行到路边后，老朴揭开引擎盖捣鼓了一阵又好了。老朴边擦手边说："于是我们就成交了。我不仅买了他的中餐馆，我们还互换了公寓。在美国住公寓是要签合约的，合约没到期搬走了租金也要照付。所以我就住他奥斯汀的公寓，他住我休斯敦的公寓。我说的这个朋友就是刚才我带你吃晚饭的那个山东大汉，怎么样，我的这个朋友豪爽吧。"

车行约3小时，终于在一家中餐馆门前停下。中餐馆已经打烊，湘辣饭店招牌依然闪亮。

这是一家自助餐店。店面不大，新装潢的痕迹随处可见。大约有40多个座位，中间有一排不锈钢布菲台。旁边还有个酒吧台，后面是厨房。收银台上方的电子钟告诉潘军，此时已是晚上10点30分。

老朴打开拐角一储藏室，把潘军的行李往里一扔，顺手拿出一台电扇，又从车厢式座椅背上揭下一片人造革海绵垫，往地下一扔，"你就在这睡吧，怎么也比睡休大校园强。"

潘军一愣，心想，"你有没有搞错，我好像是被你从汽车旅馆空调房间接来的吧。"

时值盛夏。门窗紧闭的餐厅热就像个大蒸笼。小风扇哇哇叫着，人造革又不吸汗，潘军整个人都浸在汗里。他不停地翻着身，口里念叨着，"他妈的，就像在洗桑拿浴，减肥还真不错。"热得实在受不了，潘军就起来找水喝。靠墙有一排"氧气瓶"，潘军好奇地打量着。他试着拿起喷枪一捏，清凉的雪碧立马喷涌而出。原来那都是散装饮料罐，各种品牌都有。潘军顿时睡意全无，尽情地畅饮了起来。

上午10点，是中餐馆上班时间。老朴一家4口开着3部老爷车准点到达。来了新人，自然要一一介绍。这家中餐馆是典型的家庭经营模式。太太和女儿管大堂，老朴和儿子小朴管厨房，两个老墨管打杂。一提到老墨，老朴一脸无奈，"他们总爱迟到，说不来就不来，辞工了连个招呼也不打。"

潘军好奇，"那你为什么还要用他们？"

"便宜呗。便宜没好货，所以才请你来。哦，我要提醒你一下，千万不要跟任何人讲你没有身份，特别是这两个老墨，也不要讲你在我这打工，就讲是在这帮忙，我们是亲戚或是朋友。"

"那两个老墨有身份吗？"潘军好奇地问。

"中餐馆用的老墨一般都没有身份。他们也不要身份。这个得州本来就属于人家的，后来硬是被美国佬给霸占了。"

朴太太打开餐厅的空调和布菲台的保温开关，女儿打开收银机，放进零钱，潘军随老朴走进厨房。

第一次走进美国厨房，你一定会眼花缭乱。那里简直就是一个不锈钢世界。老朴逐个介绍，"这是制冰机，这是洗碗机，这是油锅，这是炉头，煤气开关在这，这是大案板，切菜、切肉、劈鸡都在这……"

多年后，这些设备很快就被淡忘，但美国厨房"贼热"，却令潘军印象深刻。中餐馆厨房一般都没有空调，有空调也白搭。但有一台工业用大电扇，这是供炒锅专用。在这种高温环境下，别说干活了，就是站12个小时，人都会虚脱。

老朴给油锅加温，同时指导潘军把今天要用的食材，从冰柜里搬到案板上按顺序摆好，然后拖来一个垃圾桶，上面放一个托盘，拿出一颗西洋芹，用抹布抹了抹，边切边说，"我们是做生意的，不是在家里做饭。所以不管干什么都要快。我们搞体育的手脚本来就比一般人灵活，干活一定要利索。来，你先把这筐西洋芹给切了，就照我这个尺寸。"

潘军异讶，"这菜怎么也不洗？"

"美国餐馆的菜一般都不洗，菜一沾水就容易烂，不好保存。"

这时，走进一大一小两个老墨，虽然姗姗来迟，忙碌起来倒也挺熟练。老朴白了他俩一眼。潘军边切菜，边瞅着那个大老墨，越瞅越觉得眼熟……哦，这不就是那个主动要带他到语言学校去的阿米哥吗，他怎么也到这来了？潘军佯装不认识。

人人都忙得一塌糊涂，老朴还不停催促，"快点，快点，马上就要出菜了。"

潘军放下菜刀，活动了一下筋骨，"都准备好了，为什么还不炒菜？"

老朴愠怒，"话可以说，但手不能停。我们是上午11点开门，汤早点上没关系，菜炒早了就不新鲜了，炒迟了客人来了又没菜。所以，什么时候出菜这是门艺术。根据我的经验，一两分钟出一道菜，我们是20多道菜，炒菜提前半个小时正好，待会儿你就知道了。我负责油锅，我儿子掌大勺，大老墨传菜，小老墨和你打下手。"老朴抬头一看钟，突然一声大吼，"开始出菜！"

霎时，炉火熊熊，人头攒动，瓢走盆飞，叮叮咚咚。锅碗瓢盆交响曲拉开了序幕。人人都是一路小跑，老朴还嫌慢。他中英文掺杂，"快点！快点！快点！"气氛紧张到了极点，热浪、叫骂、菜香、汗臭互相交织，任何一丁点差池，后厨这个火药桶都会爆炸。好在紧张有序，忙而不乱。只有潘军晕头转向，手忙脚乱。

但他独具一格的走路姿势，却引来一片赞叹。老朴边擦汗，边竖起大拇指，"你不是搞体操的吗，怎么也会竞走？"

"我们是体育系，样样都会点。"

老朴浅笑，"哦，学以致用，专业对口。在中餐馆打工就像是在竞走，有时间你也教教我。不扯淡了，快把春卷拿来！"

"鸡肉！"小朴喊道。小老墨赶紧把鸡腿递给小朴。

"给我个托盘！"老朴大吼一声。潘军赶忙递过去一个碟子。

"你也太笨了！"老朴手一挥，碟子就像飞碟一样旋转着飞了回来。好在潘军躲闪得快。

这一幕恰巧被朴太太母女瞅见。她俩一起开骂，"真不是人！再着急也不能这样，他不是刚来美国嘛。"

老朴怒气未消，"托盘，就是外面布菲台上装菜的那个不锈钢盘子！"

潘军到处搜寻。老朴向后伸出的手还是没接到东西。他头也不回又大吼了一声："都在案板下面！真笨！"

潘军嘿嘿一笑，心里回骂道："谁笨还真不好说，老子睡着了也比你聪明。"

小朴喊了声："甜酸鸡炒好了。"大老墨端起烧好的甜酸鸡，朝布菲台一路小跑。

潘军手里干着活，眼睛却紧盯着炒锅。他就是冲着这个来的。

炉火一直不熄；小朴用铁勺敲开水龙头；往锅里注些水后再敲停；用铁勺捞起个钢丝球，在锅里快速地擦洗；反手将刷锅水和钢丝球一起倒在锅台上；舀半勺子油倒进被烧热的铁锅；反手把油再倒回油罐，就用锅上沾的油炒菜正好。

潘军暗自叫绝。

"呲啦"一声，葱姜蒜炝锅，香气四溢。腌制好的牛肉被倒进锅里；老朴左手端起锅，往前一送，突停后拉，右手持勺轻轻一推，整锅牛肉就像海浪拍岸，被高高抛起，又一滴不洒地回落进锅里，整套动作干净利落，一气呵成。

"把青椒递给我！"老朴一声吼，潘军这才如梦初醒。他训斥，"发什么呆啊，眼头要放活络点。干中餐馆这活就像阿庆嫂那样，要"眼观六路，耳听八方。胆大心细，遇事不慌"。我儿子这个动作叫"抛锅"，是炒锅的基本功，以后再慢慢教你，先给我油锅加点油！油桶在那儿。"

潘军仍继续瞅。小朴用勺舀了些酱油样东西，放进锅里。老朴解释，"这个叫酱汁，就是已经配好了的调味酱，酱汁分黑白两种。每家中餐馆酱汁的配方都不同，这就形成了各家中餐馆不同的风味。老板配酱汁的时候，都要背着人，这是中餐馆的秘籍，从不外传。这个你可不要偷学，不过偷了你也学不会。"

小朴将过了油的青椒倒进锅里，抛锅，放盐、糖、味精，再抛，加酱汁、勾芡，再抛，出锅装盘，上面再撒些碎葱。"青椒牛肉"就这样炒好了。大老墨迅速端了出去。

老朴说："这个装盘也是一门手艺，老师傅装的盘干净利索，造型丰满；新手装的盘撒得到处都是，就像一摊牛屎。还有，这个盐一定要少放，老美口味淡，每个桌上都有调料瓶，要的话可以自己加。这个芡又分生芡和熟芡两种，生芡容易沉淀，用起来不方便，早期来美国的广东人就发明了熟芡。我们所说的中餐，其实是经过改造的美式中餐，它更适合老美的口味。"

如法炮制。一盆盆热气腾腾、色香味俱全的美式中餐被端上了布菲台。有甜酸鸡、甜酸肉、炸鸡翅、炸鱼排、宫保鸡丁、清炒虾仁、素什锦、油炒面、蛋炒饭、酸辣汤、馄饨汤……

老朴招呼潘军到餐厅喘口气。餐厅凉气习习，与厨房相比简直就是冰火两重天。老朴倒了两杯可乐，递一杯给潘军，"这种忙碌的场面，在大陆只有救火的时候你才能看到。"

老朴一口气将可乐喝干，"餐馆这活又热又累，所以餐馆老板的脾气都不太好，火气都大，你既然选择了在中餐馆打工，就要做好受气的准备。"他调侃，"在美国，你要想害他，就劝他开中餐馆。中餐馆有生意时，忙死；没生意时，急死。反正都是一个死。嘿嘿嘿嘿……"

客人寥寥无几，最多的时候也不到一半。客人不多，但这菜还得上个不停。哪份菜快完了，就要通知厨房抓紧炒，这是大老墨的工作。小老墨推着车子满餐厅转悠，收拾碗筷，清理桌面，再推到后厨洗涮。

满桌的残汤剩羹。有的浪费比吃的还多。老朴心如刀绞，唉声叹气。他把客人吃剩的菜都尝了一遍，他想找出客人不喜欢吃的原因。

潘军不知道要干什么，就在那呆望。老朴四下一张望，拖出一筐鸡腿，"甜酸鸡没了，晚上一定要炸出来，我先教你如何劈鸡。美国人吃的鸡啊鱼啊都没有骨头，所以我们先要把鸡骨头剔出来。这里面还有一个笑话，学校老师问小朋友，你们说，鱼有没有骨头？美国小孩齐答：没有！只有中国小孩说有。老师竖起了大拇指，夸赞中国小孩真聪明。劈鸡的时候你可以用菜刀，也可以用尖刀。首先要把鸡皮扒掉，然后沿着骨头划开肌肉，再把骨头剔掉，最后切成鸡块。你看，就是这样……"

下午2点，员工午餐时间。员工们吃的也是布菲。潘军学着老墨的样子，端着盘子，挑着自己喜欢吃的。拣到清炒虾仁时，铁勺突然被按住，抬头一看是老朴。他说，"在中餐馆打工是不能吃海鲜的，这是条不成文的规定。"

潘军胃口特好，吃什么都香，他继续拣着布菲。老朴又是一声吼，"往旁边站站，来客人了！"

从吃完午饭到出晚餐，大约有一个小时的空当。两个老墨继续洗碗，收拾布菲台，老朴一家抓紧休息，潘军也破例躺在储藏室的折叠椅上小憩。老朴说："这是对你的特殊照顾，在美国，打工的哪还有睡午觉时间？"

道了声谢谢，潘军提出一个尴尬的问题："朴先生，那个青椒牛肉，我吃起来怎么像猪肉？是不是搞错了？"

老朴一愣，"你吃出来了？没错，那就是猪肉。猪肉要比牛肉便宜很多，美国佬吃不出来。你知道就算了，不要瞎咋呼。"

潘军知趣地闭上了眼睛，心想，"美国佬也不傻，吃不出来能浪费那么多？"

下午4点整，进来一位绅士。他径直走向吧台，优雅地落坐在高脚凳上。老朴笑吟吟地从冰箱里拿出百威啤酒和高脚啤酒杯。他用雪白的餐巾先把酒瓶包好，再倒进冰凉的杯里，恭恭敬敬地放在吧台上；然后打开墙上的大屏幕电视。白人男子跷着二郎腿，悠然地呷着啤酒，看着电视。电视机正在直播第25届奥运会女子体操比赛实况。

老朴告诉潘军，他是这家中餐馆的常客，小费给得也好。每天下班后，他总是先到这里，边喝啤酒边看电视，然后才回家，几年如一日。最近有奥运会实况转播，他更是每天必到。

晚餐比中餐多1美元，菜色依然不变。生意还是不死不活。营业时间应该到晚上10点，8点多一点老朴就招呼打烊了。

老朴把剩菜从托盘里仔细挑出，留着下次回锅。他苦笑："生意好的中餐馆剩菜一般都倒掉，我们是小本生意，省一点是一点。"

中餐馆里里外外都清理干净后，一天的工作才算结束。潘军还有事做。他要协助老朴炸甜酸鸡，否则明天就开不了门。往日这是老朴父子俩的活，今天，小朴把空调一关，跑得比兔子还快。

所需的食材都备齐了。老朴一脸严肃，"什么事我都只讲一遍，你不仅要仔细听，事后还要认真做笔记，听清楚了没有？"见到潘军点了头，他才继续说，"炸甜酸鸡的关键是配好发粉。生粉和面粉的比例，可以从1：1到1：8，生粉越多炸出来的东西就越脆，当然成本也就越高。"他舀出一大铲生粉，又舀出三大铲面粉，边操作边解释，"我们用的比例是1：3，另外再加10个鸡蛋，1把盐，2大碗香油，6匙发粉，黄水若干，胡椒粉、味精适量加水搅拌。加水时一定要慢慢加，水少了和不开，水多了又挂不住粉。好，就这样用劲搅。"

面糊搅得差不多了，老朴把切好的鸡肉一股脑全都倒了进去，拌匀后又随手拣出两粒，"你看，这就是你切的鸡肉，这块太大了，炸不透，这一块又太小了，骨头渣子还在上面，如果把客人牙磕掉了，不告死你才怪呢。要切得一样大，这样炸出来的才好看。"

油锅开始丝丝冒青烟了。老朴把面糊糊住双手和前臂，就像戴了副白护袖。他解释，"这样才不会被溅出来的油烫到。"潘军有样学样。老朴先从托盘里拣了一粒丢进油锅，看看效果如何。半天没浮出来，说明发粉少了。他加了一匙发粉搅了搅。再丢一粒，还是不行。直到加了第四匙，这时炸出来的甜酸鸡才肥胖、金黄。

凌晨一点，老朴哈欠连天地走了。

潘军脱下汗透了的衣服，先洗了起来。如果先洗澡，干净的衣服很快就会汗透。洗好的衣服被送到储藏室挂好，再把一桶桶的热水从头淋到脚。一天的疲劳顿时被冲跑。

潘军光着脊梁，肩搭着花条手巾，神清气爽地回到餐厅，先做笔记，然后"筑巢"。他拉下一块海绵靠背，打开电扇，枕着文件包，倒头就呼呼大睡。虽然整个人都浸在汗水中，脸上还不时露出惬意的微笑。

第二天晚上一打烊，老朴就教潘军如何翻锅。

老朴一再强调，"在美国，炒锅就是铁饭碗。中文报纸上整版都是高薪找炒锅的广告，你这边辞了工，那边摸起报纸，一个电话就搞定。但你要想做到炒锅，那可是多年的媳妇才能熬成婆。你要先从打杂开始。你要勤勤恳恳，任劳任怨，老板认为你人不错，又聪明，想培养你，等有机会了，就叫你学做油锅，再有机会了，才教你学炒锅，一步一步来，至少要三四年时间，还不一定有机会。你也知道，我这个中餐馆不缺人手，我叫你来，是纯粹想帮助你，因为我们都是搞体育的。只要你肯学，我直接教你学炒锅，省去了打杂、油锅这些环节。至于你什么时候能学会，全在于你自己了。"

潘军静静地听着。老朴继续说："抛锅，也叫翻锅，是炒锅的基本功。你看那个招工广告上都特别强调，一定要有3年以上抛锅经验，说白了，会抛就会炒，学炒先学抛。哪个中国人不会炒一两个拿手好菜，但抛锅都不会。"

老朴用铁勺舀了个钢丝球放进锅里，边示范边说："翻锅也有两种翻法，一种是我儿子的那种，端起锅来翻，这种翻法很费力，我儿子他年轻，无所谓。我可不行。多数人都用第二种翻法，叫拖锅，就是翻锅的时候，锅不离锅台，这样比较省力。餐馆工作都是一天12个小时，你端着锅抛一天，能吃得消吗？你现在年轻还行，等你老了呢？你看我这手，累得都变形了，一到天阴下雨，浑身骨骨节节都疼。我叫我儿子拖锅，不要抛，他就是不听。"老朴无奈地摇了摇头。

"我示范一下给你看。"老朴左手把锅往前一送，急停后拉，右手持勺轻轻一推，钢丝球被高高抛起，在空中翻了个后空翻，又落回到锅里。接着他又示范了前空翻，向左侧空翻，向右侧空翻。他补充说："为什么要向前翻呢？比如你在炕一块油饼，如果向后翻油就会溅到你，你向前翻就不会了。"

翻锅这活，对别人来说也许是件难事，但对潘军来说，就是小菜一碟。忆当年，潘军走在大街上一抱腿就是一个"原地后空翻"，别说操纵一个钢丝球了。

果不其然，没练几下钢丝球就言听计从，不光是前后左右，一高兴，潘军还能叫它还个"后空翻两周，加转体360°旋转"。

熟悉了如何翻钢丝球，下面就该练习怎样炒米了。炒米是开着火炒，一不注意就会炒煳，有点接近实战。先放三分之一米在锅里炒，再放二分之一，最后才炒满锅。

不管干什么事，潘军都有一套自己的方法。他把抛锅当成了"力量训练"，分组进行。一组20次，每天20组。做完一组休息5分钟。次数和组数逐步增加。烈火熊熊，电扇低鸣，潘军就像在洗桑拿浴。他索性光起了上身。要不是有冰雪碧降温，他真的会虚脱。直到完成了规定的数量，他才冲个凉，躺在那张特殊的床上，进入甜蜜的梦乡。

再高难的动作也招架不住这般折腾。潘军进步神速。

一天早晨，潘军忽然发现自己的右手连牙刷都握不住了。他只得把牙刷插在指缝间。再一照镜子，脸右侧长满了痱子。他喜欢右侧睡，人造革海绵垫和文件包又不吸汗，为他一个人开空调也太浪费。他淡然一笑。年少时为练胸大肌，他常练得拿筷子手都发抖。现在他要和时间赛跑，他要尽快"出师"，他要早日出去赚大钱，这点酸痛何足挂齿？

中餐馆的生意依然惨淡。老朴一筹莫展。一天突然来了一位神秘的客人。此君高大魁伟，一口广东腔，虽是盛夏，依然西装革履，手里还捧着一块砖头样的"大哥大"。

小朴说："此人叫大卫，在奥斯汀开了好几家中餐馆，是奥斯汀侨界首领，说话很有分量，一呼百应，得罪不起。"

送走了神秘的客人，老朴就像被打了鸡血，莫名地兴奋。他激动地对儿子说："大卫不愧是奥斯汀中餐馆业的老大，看的就是比我们远。他帮我支了个招，老美的生意做不起来，我们可以做老中的，奥斯汀的华人也不少啊。他们来美国久了，西餐也吃腻了，都想尝尝家乡菜。如果我们能把兰州拉面、芝麻大饼、绿豆粥……也搬到美国来，生意一定红火。"

老朴越说越激动，"大卫建议我们先搞个免费品尝，算是做广告，造造声势，扩大一下影响。他叫我们好好准备一下，拿出绝活，让奥斯汀的华人好好享受一顿我们兰州的传统美食，时间就定在这个星期六晚上，中餐馆下班后。出什么菜，我们负责，客人那块由他张罗。哪些是我们兰州的传统名菜，咱爷儿俩抓紧商量个菜单，明天一早我就到休斯敦去采购。"

奥斯汀唯一的一家中文报纸，《首府通讯》的老板也闻讯赶来。所谓的《首府通讯》，其实是一种八开纸电脑打印的宣传单。

广告费也好，赞助费也罢，总之老朴付了50美元后，"免费品尝兰州牛肉拉面"的好消息，才在奥斯汀华人圈中不胫而走。

兰州牛肉拉面，是兰州最具特色的风味小吃。它以"汤清者镜，肉烂者香，面细者精"的独特风味和"一清二白三红四绿五黄"，被誉为"中华第一面"。

潘军没吃过猪肉，但他见过猪走。

电视上，一面团被一点点拉成长条；滚上一层干面粉，握住两端再拉；两手同时上下摆动；将两端合并，再拽出新的一头，继续甩动；反复多次，不一会儿，面与面便分离了，细细的一根一根，在空中如银丝飘逸，眼花缭乱；又似蜻蜓飞动，轻盈乐舞，令人拍案叫绝。

老朴独辟蹊径。他是一根一根地拉。太慢了不说，他拉的面比筷子还粗。

老朴一家4口忙不过来，就叫潘军过来帮忙。还跟不上趟，干脆把两个老墨也喊来。7个人，围着一口大锅，排着队，轮流往锅里放。潘军就像在拉弹弓，两个老墨则像小孩拉橡皮糖，嘻嘻哈哈，乐不可支。

老朴用漏勺把煮好的拉面捞起来，放进托盘里，抹上油。等凉透了，放进冰箱备用。

厨房里弥漫着中国传统菜香。牛肉汤锅翻滚，卤肉吊桶沸腾，绿豆粥清香，芝麻大饼金黄……

星期六晚。中餐馆打烊。大卫首先登场。他一进中餐馆就不停地点击手中的"砖头"，联络着各个中餐馆的老板，催促他们早点把员工们都带过来。不知是《首府通讯》的广告效力，还是大卫的个人魅力，抑或思乡心切，总之，不大一会儿中餐馆的停车场就一位难求了。不大的餐厅，更是挤得满满当当，有的桌子还加了塞儿。

有老板、有员工、有学者、有学生，不乏金发碧眼，有的还扶老携幼……

来的都是客。每人一碗兰州牛肉拉面、一块芝麻大饼、一碗绿豆粥。不够再添。桌上还有各色小菜，如卤猪耳，卤猪肚、卤口条，五香干子，五香花生米，凉拌海带丝，葱姜皮蛋……

人声鼎沸，欢歌笑语。女儿笑脸相迎。太太挨桌子问："味道怎么祥？好吃不好吃？"儿子忙得不可收拾，老朴乐得忘乎所以。

"回头客"络绎不绝。"免费品尝"活动大获成功。"礼尚往来"这一中华美德，在海外也得到了充分发扬。

然而，"人无千日好，花无百日红。"中国人的生意也日渐冷淡。究其原因，除了奥斯汀华人太少之外，老朴的职业道德也难辞其咎。兰州美食如同甘肃人的性格，自然、淳朴、善良、厚道。老朴则不然。

一个中国老板带女友来吃夜宵。他点了两碗绿豆粥，两块芝麻大饼和几样卤菜。

所有的食物都在冰箱里，三五分钟就能上桌。芝麻大饼送进了微波炉；卤菜拿出来就切，淋上佐料就能吃；可这冰冷的绿豆粥该怎么办？

潘军正左右为难，老朴一把夺过粥盆，"你也太笨了！"他接了一大杯自来水，倒进咖啡壶，一按开关，热水就滴进咖啡杯里，再把冰绿豆粥分盛进两个碗，边兑着开水边用筷子不停搅动，搅到直冒泡。

这是在做生意吗？在国内剩粥一般都倒掉喂猪。据说，这冷粥经常吃了脸上会长冷饭斑，特别是女人。

客人悻悻而去。桌上留下4美元小费，3块卤猪肚和2碗就喝了几口的绿豆粥。

潘军赶忙收拾桌子，打烊后他还要继续练翻锅。

老朴一脸凝重。

夜半，潘军睡梦正酣，电话铃声突然大作。是朴太太打来的，"小潘，朴先生在你那儿吗？"

潘军云山雾罩，"不在啊。"

"他说要到中餐馆去看看你，你没见到他？"

"没有。"

"这就奇怪了，那他能到哪儿去呢？"

"这半夜三更的，老朴来中餐馆看什么？"潘军寻思，"哦，他想来看看我有没有开空调，怪不得他这一阵子一直在喊电费太高了呢。那后来呢？后来他肯定不是去赌就是去嫖了。他好的就是这一口。"

在潘军的一再催促下，老朴终于挤出时间带潘军去办身份证和社安卡了。社安局工作人员机械地问："你为什么要申请社会安全号？"

潘军答："我想在银行开个账户，随身带了许多现金也不安全。"

社安局工作人员答："那我们需要银行出个证明，说在银行开户需要社安号。"

银行工作人员二话没说，证明就开了出来。

漂洋过海的美元终于进了银行，挣的工钱也有地方存了，潘军顿感轻松。

餐馆打烊了。寻常两个老墨恨不得插上翅膀立刻飞走，今天到处磨蹭不说还莫名地兴奋，嘴里还不停咕噜，"发薪日！发薪日！"

掐指一算，潘军来奥斯汀迄今正好1个月。中餐馆一般都是半个月发一次工钱。上一次发工钱时，他只有看的份。他自我安慰，"一个月发一次也行，领了钱我也没地方放。"现在银行有账户了，今晚他是满心期待。

两个老墨各领了350美元，快活得像小鸟一样飞走了。

老朴亲切地招呼潘军坐下，拉起了家常，"小潘啊，你到我这中餐馆已经有1个月了。我这家中餐馆的生意你也看得见，不死不活，不仅没钱赚，还要倒贴。我们一家4口，以前在外面打工，1个月少说也要挣七八千美元。可现在，整个中餐馆一个月的营业额才这么多。为买这家中餐馆，我还欠3个海员一屁股债，原打算半年内就还清，照目前这个生意，唉……"

"现在看来，我这家中餐馆是买走眼了，其实就是给人骗了，骗我的竟然还是我处了10多年的老朋友。这就叫'鬼迷熟人'。我是怎么发现的？店里最近来了好几拨奇怪的小青年，拿着优惠券说要吃免费午餐。我一看餐券上的日期，正是我们来奥斯汀看生意那天。

"这家中餐馆是我朋友老山东自己装修的，买几台旧冰箱，再买一些旧的锅碗瓢盆，桌椅板凳，几千块钱就搞定了。生意本来就不好，一直想卖，又一直都卖不掉。

"老山东请的女经理是个老美国。听说我们要来看生意，她就动了手脚，原来那天满满的一餐厅客人都是她免费请来的。一想到这，我老婆就发疯，天天跟我吵，还说要和我离婚，逼得我都快疯了，所以只要一吵我就往外跑。你把这样的中餐馆卖给我也就算了，但也不是这个价啊。中餐馆的价值是由生意好坏决定的，一般是月营业额的3倍。按照目前的生意计算，我们就照月营业额8000美元算好了，共24000美元，他却要了我5万美元，害得我到处去借债。5万美元，我买两家这样的中餐馆还有得找。

"你也知道，我这中餐馆不缺人手，打杂有两个老墨就足够了。我们是同行，我叫你来纯粹是为了帮助你。三副给我打电话，说叫我当天就要把你接走，否则就要把你送回休大校园。我这才好心收留了你。你到我这来不是要挣我的钱，而是炒锅学成以后出去挣大钱。我说这么多，就是希望你能体谅我目前的困境和我对你的良苦用心。

"关于工钱嘛，你的吃住我都包了，我只能再给你点零花钱。这个月我给你100美元，从下个月开始，我每个月给你200美元。哦，我忘了告诉你，过几天我那3个海员朋友要来玩，顺便来看看你。"

一个月的汗水就换得100美元。这，这，这不就是那个吃人不吐骨头的大恶霸刘文彩吗？潘军恨得牙齿咬得咯嘣响。他仰天长啸，"煮豆燃豆萁，豆在釜中泣，本是同根生，相煎何太急。"

夜里。他扔掉上衣，掏出铁锅，膝盖一顶煤气阀，怒火熊熊。炉火映红了他刚毅的面庞，汗水冲刷着他钢铁般脊梁……他和铁锅整整搏斗了一夜。

3个海员来玩，招待他们的还是老朴的独门绝活：兰州牛肉面和家常卤菜。潘军以特邀嘉宾身份作陪。

一见面三副就递给潘军20美元，说这是付完电话费后剩的。

从他们的零星交谈中，潘军拼凑出他走后的完整画面。

熊教授如愿升任大汽车旅馆经理，月工资由600美元涨到900美元；白老头大卫顶了潘军的窝当了K汽车旅馆经理；二水负责3家汽车旅馆的维修；三副照旧；混得最好的就是老鬼，他没请帮手，两个人的工资一个人拿，就是太累，正在招兵买马。

三副说："哎，老朴，怎么没见到你儿子，叫他出来也陪我们喝一杯。"

"他到法院去了，还没回来。"

"有了罚单，是闯红灯还是超速？"

"都不是。他不是移民过来的吗，移民法规定，凡是符合当兵年龄的新移民，都必须和政府签个合约，在国家需要你的时候，你必须应征入伍，否则就要坐牢。我们收到过好几封这样的信，只要签个字寄回去就好了，我们不是英语不好吗，没弄懂。昨天收到一张法院的传票，要他到法院去一趟，如果再不去的话，就要吊销绿卡。这可不是闹着玩的，这次就是中餐馆关门了也得要去。"

"老潘在这儿干得怎么样？"二水问。

"老潘干得不错，锅翻得很好，有机会的话，我就要让他实际操作了。他不仅注重实践，他还研究理论，边干活还边背菜谱，国内亲戚还给他寄来一套烹调丛书呢。"老朴把胸脯拍得山响，"只要他从我这儿一出去，不仅能赚大钱，肯定还是一位名厨。"

3个海员前脚刚走，一位年轻人后脚就到。老朴介绍说："他是奥斯汀'中国咖啡'中餐馆的老板，东北人，也是工农兵大学生，来美国探母亲有些年头了。他妈妈和他舅舅合伙，花了16万美元买了这家中餐馆给他经营。"

听说潘军刚来，他热情鼓励，"我刚来美国时也吃了很多苦。我什么都干过，送过外卖，卖过旧车，开过杂货店。最后还是觉得干中餐馆这行比较适合自己。在美国大学毕业证就是工作证。我们来得太迟了，不能再上学了，你不干中餐馆又能干什么？在国内，餐馆都是些读不进书人干的，在美国干这行是为了生存。我们大学都能上，学个炒锅还不容易？干炒锅就是要快，客人在那儿等着，两三分钟就要炒一个菜。在我那儿做炒锅的一个台湾小伙子，干什么都快，锅洗完了，一摔，完事。你不要怕，厨房里的东西都不怕摔的。你要抓紧学。学会了以后就到小镇上去，那里管吃管住，没有2500美元不带他玩。小镇不好的地方就是没有娱乐，消息闭塞，但花销少存钱快。等有钱了就自己做老板了。美国每过个十几年就要来一次'大赦'，到小镇去了以后，还要经常和朴先生保持联系，要不然，这边都'大赦'完了，你那边都不知道呢。"

潘军感激地点着头。

如果一个人对另一个人有某种感受，却把他转移到了另外的人或事物上面，在自我防御机制中被称为"置换"，这是弗洛伊德经典精神分析的重要概念。

潘军明明是被老朴欺负了，却把气撒在小老墨身上，就是最典型的例子。

潘军认为，他之所以领不到工钱，是因为老墨挡了他的财路。于是他就开始处处和老墨叫板。老墨哪是他的对手。

切菜，一颗包菜切成丝只需40秒时间，不用看，光听那连绵不断的刀声，你一定会吃惊；劈鸡，三下五除二，骨肉分离，干净利索。剥虾，一、二、三，张牙舞爪的虾即刻变成裸体。掰手腕，潘军让他两只手。

听说要摔跤，两个老墨你推我让，还是小老墨硬着头皮上场。潘军一个"绞丝腿"小老墨就倒地了。又上，潘军一抄裆，就把他扔到菜堆上。还没起身，又是一个"大背"，就是让他搂后腰也不行。小老墨气得像只癞蛤蟆。

余兴未消。潘军又来了个后空翻，爬倒立，一段组合长拳，然后是二踢腿，旋风脚，接着又拍屁股又拍腿再拍胸，他要的就是"噼里啪啦"这个效果。

两个老墨还真被这阵仗唬住了，吓得躲在墙角直呼："中国功夫！中国功夫！"

其后，小老墨就成了潘军的出气筒，只要一有空，两人就摔跤。此时，大老墨总是哭着喊着向老朴报告。老朴是干着急不淌汗。

兔子急了还咬人。一天，小老墨从菜堆里爬出来，把上衣一脱，撂出一句狠话，"你会中国功夫，我有枪，明晚下班后，我俩到垃圾箱那儿去较量较量！"

再闹下去肯定要出人命，潘军能不服软？但他天生好斗。他把气又对准了老朴。

老朴和儿子也有矛盾，两人互不服气。老朴认为自己在美国餐馆摸爬滚打了10多年，一身都是本事；儿子虽然是科班出身，但那毕竟是在国内学的。儿子从来都不理他。甚至连儿子请人花了120美元打了一次蟑螂药，老朴都嫌贵了。

芙蓉鸡片应该是白酱汁，小朴却走了个黑酱汁，客人退了回来。

晚上员工开饭。老朴叫潘军把那黑色的芙蓉鸡片吃了。潘军饿死也不吃嗟来之食。老朴自己吃也就罢了，他偏要摆摆老板的架子，要潘军伺候他，"你去把它热好端来。"

潘军终于找到了发泄口，他"呸"的一声往盘里吐了一口唾沫。

此后，只要帮老朴端茶递饭，潘军总要加口"佐料"。一次他咳了口痰，正要吐出去，老朴突然出现，他只得将痰咽回。

夜里，潘军练完炒锅，他总忘不了要啃一个卤猪肚充充饥。冰箱里还剩几个猪肚老朴是有数的。他明知道是潘军偷吃了，也只能打碎了牙齿往肚里咽。

客人吃出的死蟑螂，也是潘军的恶作剧。

一晃半个月又过去了。

这晚刚发完工钱，小老墨就被炒了鱿鱼。"板凳队员终于要登场了。"潘军正在窃喜，却被一记闷棍打晕。老朴冷冷地说："你抓紧把东西拾一拾，我现在就送你回休斯敦。"

一上车，潘军就问："我的工钱呢？"老朴佯装没听见。

汽车发动了，潘军再问："我的工钱呢？"老朴还是没反应。

汽车上路了，潘军大吼一声，"我的工钱呢！"老朴这才把车停了下来。

老朴冷冷地说，"你还记得工钱啊。我是答应每个月给你200美元，可是我没钱付你啊，现在我只能给你50美元了，就这50美元也是我从自己的口袋里掏的。"

潘军伸手抢过钱，"我在你这干了一个半月，你就付我150美元。你只能欺负中国人了。你敢不付给老墨工钱试试，看他不一刀捅死你！"

老朴苦笑，语带威胁，"在美国，没有身份千万不要得罪人，如果你和谁结了仇，人家一个电话打到移民局，就把你给递解回国了。"

潘军牙齿咬得咯嘣响，心想，"那我就买把枪，把他一家子都给杀了。"

第四章 落叶随风

老爷车冲破黑暗，穿过流光溢彩、车水马龙的休斯敦市中心，开进A汽车旅馆时已是午夜。

A汽车旅馆由三栋平房组成，也是20间客房，因为有一大片空地，所以总面积有一个足球场大小。

A汽车旅馆的墙体是空心水泥砖，屋梁是工字钢，这在多以木材为建筑材料的美国实属少见。每间客房门前都附带一个车库，部分客房还带厨房，办公室客人登记窗口还有雨廊。上了年纪的美国人都说，早年的汽车旅馆长得就是这个样。

一阵急促的铃声，惊醒了睡意正浓的老鬼，"一直都没有客人，我刚睡下铃就响了，我还以为来生意了，没想到是你们。不说好明天来的吗，怎么这么匆忙？快进来，快进来。"

A汽车旅馆的办公室较之前那两家显得宽敞明亮，摆设也简单明快。正面一老板桌围着三把椅子，侧面有一3人沙发，上面的枕头和线毯说明那是老鬼值夜班的床。里面有两个卧室，一个半卫浴，厨房、冰箱、炊具等生活设施一应俱全。

老朴的兴趣全都集中在老板桌上那五颜六色的"刮刮乐"彩票上。

老鬼说："这是我们老板帮人代卖的，1美元钱一张。你现在是大老板了，要不要买几张试试手气？"

老朴试着买了6张，竟然中了10美元。他食髓知味，又一口气刮了44张，结果张张失望。如果没猜错，老朴输掉的这50美元，应该是他背着老婆克扣潘军用来吃喝嫖赌的。

汽车旅馆都是24小时营业。再小的汽车旅馆至少也需要两个人，"麻雀虽小，五脏俱全"。老鬼一个人没日没夜地折腾了好几个月，钱虽然没少赚，但人也累得够呛，生意没有起色，老板还经常抱怨，所以他急需找个帮手。有了潘军这个廉价壮劳力，老鬼顿感轻松。

管吃管住，月薪500美元，清清房间，看看办公室，工作也还轻松。随遇而安，知足常乐。怎么说也比老朴那儿强。

同中餐馆一样，汽车旅馆的生意也是由位置决定的。

钱老板把老鬼挖过来已经两个多月了，生意一直没见好，还多付了一大笔工钱，他夜不能寐。

一天凌晨，喧嚣一夜的A汽车旅馆刚刚安静，钱老板就悄悄溜了进来。他先在外面溜达了一圈，然后走进办公室，坐上老板椅，一脸不悦地翻看客人登记表。

看着看着他脸色突变，"老鬼啊，13号房明明有客人，这个表上怎么没有登记？"

老鬼正在梦乡，被钱老板突然惊醒后还分不清东南西北，当然也解释不清。潘军也是一头雾水。

面面相觑，气氛顿时尴尬。

老鬼拿着登记卡狐疑地走了出去。问过13号客人后，他才如释重负。13号客人昨晚住在5号房，今天一早就来付钱要继续住，但他嫌5号房空调不够冷，要求换房间。潘军把钱收了放在抽屉，房间钥匙也换了，但登记表上的房间号忘记改了。

气氛显然缓和不少，但钱老板仍一脸严肃，"老鬼啊，我这A汽车旅馆生意一直没有起色，究竟是怎么回事，你有没有找找原因？之前我亲自做的时候，哪个月都要往银行跑好几趟。自你来了以后，我一次银行也没去过。"

老鬼脸部僵硬，"是啊，我也感到奇怪。我对那些女孩子都很好啊，她们在这做生意，我都是睁一只眼闭一只眼。D跟我也很熟悉。生意好的时候，管得紧一点，生意不好的时候就松一点，这个道理我也懂啊，可这生意还是上不去。不过，生意往往就是这样，时好时坏，过过肯定会好起来的，你放心吧。"

说来也怪，奥斯汀一个半月的磨难，不仅没有使潘军对中餐馆产生反感，反倒念念不忘。谈感情说不上，想让翻锅手艺派上用场，多挣点银子倒是真真切切。至于中餐馆又热又累时间又长，身强力壮、桀骜不驯，稻田里摸爬、运动场上滚打的体育人从来就不在乎。忆当年，他是"哪里需要哪里去，哪里艰苦哪里安家"。现如今，他是"哪里有活哪里去，哪里挣钱哪里安家"。

临到奥斯汀，老朴带潘军到山东大汉家蹭饭。山东大汉当时把胸脯拍得山响，"以后有什么困难，尽管来找我。"潘军翻出电话号码，希望山东大汉能介绍一个洗碗打杂的活，最好是管吃管住的。病急乱投医，连客气话都当真，可见潘军当时的处境有多困难。

中文报纸上有一则招工广告：中餐馆急征洗碗打杂，薪优，包食宿……潘军急忙打去电话。除了那些简单必答题外，老板还特意强调了一句，"没有车我可以去接你，但你一定要有身份，否则有来无回。"

"为什么？"

"我这家中餐馆靠近美墨边界，进出都要通过移民局关卡，出来没问题，回去就要出示文件了。"

有一中文学校招中文老师。这活潘军能干。但招的是钟点工，只能挣个茶水费。潘军另有打算，"我免费给你们干5年，你们能不能帮我办绿卡？"

接电话小姐回答："这事你需要和我们校长亲自谈，我给你他的电话。"

二水住进了A汽车旅馆的1号客房，潘军这才知道谭老板那边发生了"地震"，震级还不小。

常言道，人比人气死人。3个海员同时跳船，跟了同一个老板，两个西装革履早就当上了经理，二水又脏又累一直在搞维修，好不容易熬到那个大汽车旅馆经理空缺吧，屁股还没捂热就被同袍挤对出局。看到老鬼另攀高枝赚得盆满钵满，二水越想越来气，终于拂袖而去。

屋漏偏逢连阴雨。大卫到K汽车旅馆当了经理，生意一落千丈不说，手脚还不干净，加上管理不严，与警察麻烦不断，谭老板正准备把他"炒"了，他却先炒了谭老板，卷走了全部营业款不算，还带走了那把德国大左轮。

看到谭先生登的招工广告，潘军刚拿起电话又放下是因为老鬼这句话，"好马不吃回头草。在美国的中国人，一旦离开了原来的老板就不再回头。"

20号客房住的是以A汽车旅馆为家的一对黑人夫妇，男的是退伍军人。他俩在A汽车旅馆已经住了8年。其间，夫妻俩从不出去干活，生活过得却很滋润，门口还停了一条游船。做些小生意、领取政府补助是他们主要生活来源。

过着这种蝇营狗苟的日子，总少不了麻烦，隔三岔五的不是吵嘴就是打架；要不就是门被踢坏，再不就是窗户玻璃又被砸碎，为他俩打911成了家常便饭。好端端一个汽车旅馆硬是被这对狗男女闹得鸡飞狗跳。

老鬼一直想撵他俩走，就是苦于没有借口。

20号付的是月租，450美元一个月的房租还是七八年前的白菜价，因为是老客户，所以租金才一直没涨。政府的支票一般都是月头发。他只要一拿到支票立马就到客人登记窗前，几年如一日。这次不知怎么都到月中了，他仍然说："明天付，明天付。"老鬼多次通知她离店，都不见动静。

忍无可忍的老鬼终于下了最后通牒。

20号那个肥得连路都走不动的胖婆娘，一步三摇地挪到窗口，猛按门铃，"你撵我走？我还不知道要撵谁走呢，我一个电话打到移民局，你立马就滚回国……"

老鬼脸色骤变。

钱先生风风火火地赶来。他面露愠色，"你没有身份这么大的事情，怎么能随便告诉别人呢？在美国一定要学会保护自己。"

半天无语的老鬼，突然一拍谢了顶的脑袋，"这事都怪二水，都怪二水。"

社会安全号，俗称工卡，也叫半个身份证。凡在美国工作、入学、做生意、交税、贷款、银行开户、申请信用卡……均需填报该号。如果没有社安号，在美国做什么事都不方便。社安号对美国人来说与生俱来，外国人则需申请。"9·11"事件之前，来美短期观光者也可申请；"9·11"事件之后，别说短期观光，就连有长期合法身份的外国人申请都不易。

老鬼没有社安号。A汽车旅馆这根大梁他一时还挑不起来。有些时候，有些地方还需要钱老板出面。如果老鬼有了社安号，钱老板不就可以彻底安心落意了吗？死马当作活马医。钱老板决定带老鬼到社会安全局碰碰运气。美国人头脑从来都是一根筋，办事机械不说还很浮躁。礼拜天，钱老板为此事特意到教堂做了祷告。

奇迹出现了。尽管老鬼的签证早已过期，但社安号竟然申请到了。

二水也想去试试。时间都约好了，钱先生突然有急事，于是他便拜托20号客人带二水到社安局跑一趟。结果，社安号没申请到，天机反被泄露。

解铃还须系铃人。钱先生诚恳表示，这事怪他，他愿意出面调停。

一波未平，一波又起。20号客人的问题还没解决，5号房客人又闹事了。

5号客房住的是一位身材火辣，性感撩人的美丽少妇，墨裔，单身，双语。潘军没来之前她偶尔帮老鬼清清房间，以工钱抵房租。潘军来了以后她就彻底没事做了。开始还有男人帮她付房租，后来迟付，再后来就拖欠，至今已经欠了一个多星期了。老鬼多次催她退房，她就是不理。老鬼只得亲自动手，把她的东西一件一件往外挪。

东西虽然搬出去了，人却仍然赖在房里不愿意走。任凭老鬼磨破了嘴皮，她硬是不挪窝。老鬼火了，伸手就拉，那娘儿们太丰腴，一只手劲根本就拉不动，老鬼双手一齐上，女老墨一个趔趄，被堆在门外的东西绊倒了。花容失色的她，伸手扇了老鬼一个耳光，声音清脆嘹亮，连正在隔壁清房间的潘军也被惊动了。大丈夫可杀不可辱。老鬼恼羞成怒，正要还击，被潘军及时制止。

下面发生的一幕，匪夷所思。

女老墨突然自己抓起了自己。顷刻，花容凋零，衣衫褴褛。然后，她拨打了911。

老鬼被警察铐走了。罪名是攻击罪。但他很快就被钱老板保释了出来。

罪名不大，又是初犯，大不了判个一年半载。问题是，老鬼如果坐牢，失去工作事小，如果牵扯出"非法移民"，被递解出境事大。

老鬼越想越害怕，思量再三，他决定花钱消灾，争取庭外和解。中间人非钱老板莫属。

经过几番讨价还价，女老墨终于撤诉。2个月的血汗钱卷走，老鬼心如刀剜。钱老板劝慰，"不错啰，这点小钱请个律师都不够。要不是我瞻前顾后，你损失更大，坐牢那是必须的，被递解出境也说不定。现在工作保住了，对你我都好，千万别再出事了。钱可以再慢慢挣，留得青山在，不怕没柴烧。"

在美国做生意，有三个关键词缺一不可，一是银子；二是人手；三是经验。钱先生的生意版图一直不敢扩张，缺的就是人手。收买了老鬼，若能把二水再收编于麾下，他一定能宏图大展。

二水离开谭老板后，钱老板天天带着他出去看生意。尽管当时汽车旅馆业不太景气，到处都在挂牌出售，而且都是白菜价，但性格决定命运，谨小慎微，瞻前顾后，钱老板还是错过了一次又一次机会。

一个月明如水的夜晚，二水带来了一则好消息。他对潘军说："汽车旅馆看来是买不成了。老鬼在这做得也不太好，钱老板对他很不满意，看来要撵他走了。他走后可能留你在这儿当经理。我呢？准备去租一家九间的小汽车旅馆。小汽车旅馆的老板是钱老板以前的合伙人。他正在帮我联系。记住，这事千万不能让老鬼知道。"

潘军踌躇满志。一切静谧无声。这也许是暴风雨来临前的平静。一天夜里，睡在地毯上的老鬼终于开始翻身打滚、辗转反侧了，口中还念念有词，"还是谭老板好，还是谭老板好。"

睡在沙发上的潘军轻声问："怎么啦？"

老鬼感慨万千，"在美国要找个好老板不容易；老板要找个好员工也不容易。像谭老板这样的好老板太难找了，当初我贸然离开他，就是最大的一步臭棋。"

潘军明知故问："难道钱老板要撵你走了？"

"还没到摊牌的时候，但我已经感觉到了。"

"此话怎讲？"

"老板想不想留你，看他愿不愿意帮你办身份就知道了。我试探地问他能不能帮我办绿卡，他答非所问，说要给我老婆发邀请函……"

"这不也挺好吗。"

"好什么好，这就是婉拒。人人都知道，福州人偷渡成风，早就上了美国驻广州总领事馆黑名单了，只要是非移民签证，来一个毙一个，所以你只能办移民。再说，老板帮你办绿卡，一般只付给你一点点工资，他现在付我这么高工资，怎么还能帮我办绿卡呢？"

"不帮你办绿卡，并不表示他就要撵你走啊？你一定是误会了。"

"没有，今天下午他就把话挑明了。他说，实在不行的话，他就自己亲自回来做。"

二水租9间客房小汽车旅馆的事，终于尘埃落定。这天下午他来搬行李。老鬼把他拉进办公室嘀咕了半天。

清完房间，回到办公室，潘军就嗅到一股诡异的气氛。二水把潘军拉到一边神秘地说："有一家大的汽车旅馆正在找维修工，月工资600美元，给你一间免费住房，工资比你在这还多100美元，你到那去干吧。怎么样？"

潘军没作声。二水又说："骑驴找马，你先干着再说。你可千万不能学我，一定要等找到新工作再辞工。在美国只要你肯干，机会有的是。怎么样，我现在就送你过去？"

沉思了半晌，潘军平静地说："我不想做汽车旅馆了，我想进中餐馆，那儿比这钱挣得多。我要先到中国城拿张报纸，找到一家管吃管住的中餐馆后就立马走人。"

道理劝了一箩筐，脾气执拗的潘军回答的还是那句，"我要进中餐馆。"

一看二水劝阻无效，老鬼赤膊上阵了。他把准备好的信封往潘军面前一扔："这是你的工钱。22天，一共是370美元，你数数。"他用气得发抖的手，点着潘军的脑门，"我实话跟你说啊，那天老朴打电话给我，说你这个人不是省油的灯，尽给他惹麻烦，不是和老墨打架，就是偷吃猪肚，要不然就往他饭碗里吐唾沫，扔死蟑螂，他下决心要撵你走了，问我这要不要，如果不要的话，他就把你扔在中国城不管了。我是出于同情才收留了你。现在我连自己的饭碗都保不住了，我怎么还能收留你呢？所以，你必须走，而且就是现在！如果你还不走的话，就别怪我不讲情面了，我立马就把你的东西扔到大街上去！"

话都说到这份儿上了，再不走就太无聊了。再说了，出来混，总是要还的。

潘军一路无语，心潮起伏。

世态炎凉，人心不古，尔虞我诈，弱肉强食。看来美国也不好混。

孤苦伶仃，四海飘零，有家不能回，有国不能归，这都是潘书记惹的祸。一想到潘书记，潘军总是心潮难平。

虎伏深山听风啸，龙卧浅滩等海潮。那就慢慢熬吧。

车行约半小时，一家大汽车旅馆挡住了去路。参天招牌需仰视才见，上面赫然写着，汽车旅馆6。

总经理CT正在大厅打电话。

CT，中国台湾人。3年前卖掉了台湾的全部房产，一家四口带着全部资金，名义来美旅游，实则就是奔着汽车旅馆这一行当来的。经朋友介绍落脚在汽车旅馆6学习经营管理。

3个月旅游签证到期，又延长了3个月后，全家就成了非法移民，再后来经律师操作，CT申请到了E－1签证。

根据当时的移民法，非法移民必须重新取得签证，再进入美国才能恢复合法身份。这应该不是问题。但中国台湾也有法规，男孩必须服完兵役后才能来美国。儿子只要一回台湾就出不来了，那是一定的。夫妻俩回台湾签通行证时，只好把一双儿女都留在了美国。

CT虽然是总经理，但自己当老板才是他的目的。所以，无论大事小情他都亲力亲为。从铺床叠被，到水、电、气，再到木工、瓦工他样样都能上手。工资也是从600美元起跳，每个月涨50美元，至今2000美元还不到。太太有时帮公司做做账，但没有薪水。为了树立员工的主人公精神，刘老板卖给他2%的股份。CT说："分的红比我的工资还要多。"

放下电话，CT热情地迎了上来。瞅着潘军小钢炮般的胳膊，滚圆的腰板，他乐得合不拢嘴，"欢迎，欢迎，你来得正是时候，我们这正缺人手。两个维修工，一个中国人走了，一个美国人坐牢了。害得我是白天黑夜连轴转。这下我总算可以打个盹了。"

潘军的房间被安排在2楼靠后。所有的房间都没有厨房。潘军第一次为如何烧饭犯了愁。

CT说："楼下有个餐厅，员工只需记个账，还可享受7折优惠，以后再从工资里面扣。今晚你先到那儿去凑合凑合，锅碗瓢盆的事，我再慢慢想办法。"

潘军要的还是蛋炒饭。餐厅老板说："还是要自己烧，你在这又不是一两天。虽然打7折，一份炒饭也要4美元多，你还吃不饱。如果自己烧的话，顶多2美元就够你吃一天，吃得还很好。"

一碗蛋炒饭，三下五除二下了肚后，潘军就到办公室接受工作。听说潘军是大学体育教师，CT满面春风，"我在台湾也是中学体育教师，原来我们还是同行啊。你的工作是，2天夜班保安，4天维修，一个星期干6天，一天12个小时，都是早7点到晚7点，月工资600美元，住房免费。"沉吟了一下，CT问："你是做6天，还是做7天？"

"7天。"潘军不假思索。其实，只要时间抓得紧点，工作效率提得高点，7天的活5天也能干完，何必要多付一天的工钱呢。CT这一建议后来被刘老板否决了。

CT竖起大拇指，"好！敢拼！今晚你就先做保安，我给你介绍一个师傅，他会教你怎么做，上半夜由他带你，下半夜你就要自己独立做了。哦，对了，跟美国人在一起你还要起个英文名字，这样叫起来才方便。你看取个什么名字好？"

几经斟酌，吉姆横空出世。妈妈听说后嗔怪，"什么名字不好起，偏偏起这么个难听的名字'继母'，你以为继母那么好当啊？"

CT从抽屉里取出几样工具，手一挥，"走，我先教你几手，今晚就能派上用场。"

调电视，做电缆线头，做电话线头，配钥匙……小菜一碟，吉姆一看就会。乐得CT大拇指都竖抽了筋，"我们中国人就是聪明，美国人那个笨啊，你要是教他，不把你累死也把你活活气死。"

"师傅"缓缓走来。他叫James，白人，40岁不到，瘦高，身手矫健，海军陆战队8年，退伍后居无定所，一直以汽车旅馆为家，由客人转为夜班保安后，一干就是8年。一天工作12个小时，一星期5天，日工资20美元外加免费住房一间。干一天活领一天钱，有时还要预支。不可理喻的是，他对现状很满意。吉姆问他为什么不结婚？他说："我没有钱，没有女人愿意嫁给我。"

6号汽车旅馆共有客房150间。偌大个6号汽车旅馆夜班只有两个人：一个柜台，一个保安。保安的职责有二：一是安全巡逻；二是接受柜台指示，为客人提供服务。总经理CT睡在办公室里面，有紧急情况时，他会出面处理。

零点一过，James刚走，吉姆腰间的BB机就响个不停。

吉姆用万能钥匙打开一个空房间，拿起电话问前台，"有什么需要帮忙？"回答，"没事，你在哪里，在干什么？"这种事每隔一段时间就要重复一次。这是前台的例行工作。同样，CT也叫吉姆监视柜台小姐的工作。说白了，这就叫互相监督，防止你睡觉。

BB机再次响起，这次是真的有事。

118房的电话不工作了，吉姆帮他换了根新线；260房的电视收不到信号，需要换一根新的电缆头；120房卫生纸没了……

夜越来越深，脚步也越来越沉。一个捡易拉罐的黑人，正在狼吞虎咽地撕扯着一块从垃圾桶里捡出的炸鸡腿。

二楼靠楼梯口的房间，怎么落下了窗帘，还亮了灯？那应该是个没租出去的空房间。James说过，空房间窗帘应该是拉开的。有人偷用？吉姆到前台查询。柜台小姐珍妮拨打了911。

一个偷用房间的客人被警察带走了。

离下班还有两个小时。为了打发时间，吉姆和前台小姐珍妮聊起了天。吉姆问："你信上帝吗？"

珍妮答："我信。"

"上帝在哪里？"

"上帝在我心中。你呢？"

吉姆答："我什么也不信。"

珍妮自问自答："你为什么要到美国来？到美国来是为了挣钱。全世界人都想到美国来挣钱。钱的力量才是巨大的。你有了钱就有了一切。所以大家拼命往美国跑。"

吉姆问："上帝，爱情和钱，这个顺序你怎么摆？"

她不假思索，"上帝第一，钱第二，爱情第三。"

"为什么？"

珍妮耸耸肩，"自由，我有，你也有，在美国人人都有……"

这一次触击灵魂的谈话。美国女人的现实和坦率令人吃惊。吉姆心情久久不能平静。

墙上的挂钟终于爬上了7点，吉姆正要回去睡觉，CT来了，"我有个做空调生意的台湾朋友林先生接了一单生意，要把一台大空调安装到房间的天花板里，需要几个帮手，麻烦你帮个忙。"

坐上大卡车，吉姆的眼皮直打架。CT一再叮嘱他不要睡。

4个大汉，使出吃奶的劲才把沉甸甸的空调挪进房间。CT从天花板上拉下一个隐藏的木梯，空调侧着身才被塞进天花板。里面又黑又闷，只有一盏像鬼火一样的灯忽明忽暗。CT不停地提醒，"脚踩稳了，脚踩稳了，听我口令再走。"

"踩稳了没有？好，一、二、三，走！""一、二、三，走！"

随着CT的号令，大伙一步一步地向前挪。

搏斗了大约半个小时，空调终于就位。CT边擦汗边说："挣钱真不容易啊，我们都拿命在美国打拼，一脚踩空，就没命了。好，谢了！"

回到房间，吉姆连饭都没吃，倒头就睡着了。

下午眼一睁，就看到了CT送来的电饭锅、电炉和几件炊具。他说："电饭锅是我多余的，其余都是从客人那儿拣的。做汽车旅馆最不缺的就是这些。"

饥肠辘辘的吉姆去了一趟杂货店后，电饭锅就米饭飘香；搪瓷锅里鸡腿翻滚。那是半锅水放两个鸡腿，倒点酱油、撒点盐，外加葱姜。好像还没煮烂，吉姆就狼吞虎咽地吃了起来。

吉姆的主要工作还是维修。汽车旅馆的维修活分两类：一类是紧急的，如急等着出租的房间，或水管爆裂了等这类活，连夜都要修好；另一类是非紧急的，就是暂时不修，也不影响客房出租的，如换地毯，油漆房间等，这类活可以缓一缓再做。

汽车旅馆有些疯子，有时会产生幻觉和狂躁，这类人具有很强破坏性和攻击性。其表现也是千奇百怪。有的把床单撕成碎片；有的用刀划开席梦思，有的把垃圾塞进厕所里，闹得厕所经常不通。有的疯子经常扳断厕所水箱里的浮球，就为了取一截铁丝；有的剪断电线，剥一截铜丝；有的甚至掰断空调冷凝管，破坏了你的空调，还说空调不工作，要求换房间，否则就要求退钱。

如果发现墙洞一定要及时补上，哪怕只有手指头大小。聪明人，害怕里面藏有"探头"，用东西把它堵住；糊涂者，怀疑里面可能藏有什么稀罕东西。他们就像只老鼠，把小洞扒成大洞。有的疯子以为自己法力无边，想试试身手，一拳砸在墙上或玻璃上，搞得人、物两伤……维修量太大，永远也修不完，更何况是一个150间的大型汽车旅馆呢。

教吉姆维修的美国佬叫Tom。CT也叫Tom。为了区分两个Tom，中国的Tom称之为Chinese Tom，简称CT；美国Tom称之为American Tom，简称AT。

AT，白人，越战老兵，单身，因欠下信用卡公司高额债务，宣布破产流落街头。5年前，6号汽车旅馆的刘老板到路易斯安那州旅游，遇到了在路边乞讨的AT，就把他带到休斯敦，留在6号汽车旅馆做维修至今。同James一样，20美元一天，免费住房一间，一天12小时，一星期工作5天，他也是干一天领一天工钱，预支也是常事，更别说交税了。AT身材高大，沉默寡言，性情孤僻，他喜欢穿反毛黄皮靴，腰间也总爱挂着一把丛林匕首。他待人接物的和善、耐心，你很难把他和当年越南战场上杀人不眨眼的美国大兵画上等号。

吉姆那些娴熟的维修活，大多是那时AT手把手教的。如：做石灰板墙、洗地毯、铺地毯、洗空调、漆房间、通厕所、通下水道、割草……

这天AT休息。有一批家具急需搬进客房。吉姆正在犯愁，帮手来了。

这是一个油头粉面，豆芽菜体型，罩着件花衬衫，开着日产跑车，抽着烟斗，一副花花公子派头的美籍华人。他叫亨特。

一个华人，一个故事。20前，亨特从中国台湾，辗转到老挝，再偷渡到美国。一落地，就搭讪上了一个白人女子。洋丈人嫌他穷，一千个不愿意。于是就打电话到移民局，告他没有身份还拐骗他女儿。无奈，他只好带着洋女人到处躲藏。熬过了3年，非法移民变成了美国公民。他向亲爱的说了声再见。

他后来又娶了个聪慧、能干，会过日子但苦于没有绿卡的中国女人。两人在纽约打点一家中餐馆。几经沉浮，这家曾经不起眼的小中餐馆被他俩做得风生水起，风光无限。月盈则亏，水满自溢。如今为了躲避追债公司，他不得不抛妻别子，只身来到休斯敦，投靠两位拜把子大哥。

大哥在休斯敦开了家地产公司，二哥在大哥的公司里当主管，年薪不菲，公司在6号汽车旅馆为他包了个房间，每到休息日，红光满面的二哥，总是背着一包高尔夫球杆去打高尔夫球，还热情地问吉姆去不去，日子过得很是悠闲。这次，亨特也想在大哥的公司里谋个差事，于是就睡在二哥房间的沙发上等回话，一睡就是近一个月。身上的钱耗干了也没等到回音。穷困潦倒的他，只好委曲求全，找CT要活干。

吉姆一看亨特那身板，就知道他不是干活的人。CT拿他开涮："没钱用，就把你这辆跑车卖了吧，肯定能卖个好价钱。"亨特不傻。卖了它就等于砍了他的腿，今后的日子更难过。

吉姆和他合抬一张桌子，与其说是抬，不如说是在挪。还没挪两趟，亨特就虚汗淋淋，脸色惨白，他气喘吁吁地哀求道："歇一歇吧，让我抽袋烟。我来美国20多年了，也没受过这洋罪。这不是人干的活，我是没有办法。唉！人一旦倒霉了，喝凉水都塞牙。"他拿出餐巾纸，拭着冷汗。拿出烟斗，边装烟丝，边端详着吉姆鼓胀胀的胸大肌，羡慕地说："你的身体真好，真有劲。怪不得CT一个劲夸你呢。光看你这身板，哪个老板不馋得淌口水？"

说是7点下班，可CT每次都要把你拖到7点半。亨特今天确实累熊了，7点一到就回房间休息去了，临走时他袖子一甩，"一分钟我都不会多干。"

每次下班，吉姆都到前台点个卯，要不然谁知道你什么时候回去的？

看到吉姆来了，CT瞥了眼挂钟，7点还差5分。他苦思了半天，"这样吧，你围着这Motel 6，再拣一圈垃圾。"偌大一个汽车旅馆，拣一圈垃圾至少也要半个小时。吉姆只好硬着头皮去了。

满满一袋垃圾刚被扔进大垃圾箱，CT又来了，"我太太在餐厅厨房里下了一锅蚵仔面线，你喊亨特一起去吃吧。"

亨特累得躺在沙发上直喘粗气，连澡都不想洗了，他说："我不去。你要是去吃了，他肯定要问你，好吃不好吃，味道怎么样？就是不好吃，你也得说好吃。"

吉姆可管不了那么多。烂糊糊的剩面，被他喝了个底朝天。CT果然问："怎么样？好吃不好吃？"吉姆没有回答。看到空空如也的锅，CT笑得合不拢嘴。

6号汽车旅馆大厅，亨特正在帮6号汽车旅馆餐厅老板往售货机里塞香烟。看到吉姆来了，就上前问他借20美元，并一再叮嘱，不要告诉任何人，过两天他就还。不知怎么了，吉姆还是鬼使神差地告诉了CT，转了一圈子后又传到亨特耳里，亨特恼羞成怒地把钱往吉姆面前一摔，说："我叫你不要说不要说，你却偏要说，都传到我大哥那儿去了，搞得我太难看了。哦，CT是你老板，你就拍他马屁，看我落难了，你就落井下石！"

一气之下，亨特就到一家美国餐馆当了经理，外卖兼打包。钱是比汽车旅馆多了不少，可还要自己付房租。为了省钱，他只得和一个美国人合租。老美睡在卧房，他就在客厅打了个地铺。听说6号汽车旅馆最近淘汰了一批家具，亨特就央求CT给他留两件。CT也够哥们儿，下班后连晚饭都没吃，就和吉姆开着6号汽车旅馆的卡车给他送了过去。

不久，大哥的地产公司也垮了。二哥开起了出租车。华人干这行的人很少。二哥也是纽约人，对休斯敦道路不是很熟，每次出车都要查看地图，生意自然不会太好，去掉每天付给出租车公司的70美元和汽油费后所剩无几。

二哥曾对吉姆说："哪天你休息，我带你到休斯敦各处转转。"这一承诺一直没能兑现。直到CT派人去清理二哥的房间，吉姆才知道他悄悄搬走了，留下了满屋带不走的东西和一个月房租的欠条。

此类事在汽车旅馆常有。

一个身材高大、绅士派头十足的德国裔白领，某公司在6号汽车旅馆给他包了一个房间。他嫌房间的档次不够高，就自己花钱重新装潢。宽大的水床，意大利双人皮沙发，大屏幕彩电，波斯地毯，精美的油画，就连电话都拉进了浴室……他也是因为公司倒闭，没人帮他付房租就失踪了。

德国裔白领再次出现时，已经是蓬头垢面。他是来处理家具的。CT只花了白菜价，就把他那全套高级家具搬进了自己的房间。

第五章 身世浮沉雨打萍

吉姆每顿饭都要吃得漫到喉咙，然后才去上班。每天要干哪些活，他早就烂熟于心。CT不安排，他也会自己找活干。

他先围着6号汽车旅馆拣一圈垃圾。

然后到洗衣房清理吸尘器。撒下吸尘器上的布袋，拉开拉链，翻个底朝天，倒出灰尘后再拍打。拍打时一定要站在上风，不然就会灰头土脸，还会吸进大量灰尘，灰吸进嗓子眼还有一丝丝甜。吉姆问："问什么不用一次性纸袋？"

CT答："不需要啊，我们有维修工。你别小看那些纸袋，一年省下来也是一笔不小的开支啊。"

挂回布袋，再把吸尘器倒立过来，用螺丝起子旋开底盖，清掉缠绕在滚轮上的头发、地毯线，再疏通管道。一台吸尘器就算清好了。十几分钟清理一台。清10台需要一个半小时，还必须是熟手。

清完吸尘器再到前台。如果没有待租的空房间，还要拣几个不太脏的客房抓紧打扫出来，以保持生意正常运转。清洁女工要到11点才来上班，登记牌告诉吉姆，昨晚又是客满。

记事牌上一纸条引起了吉姆的注意，那是客人的留言，"尊敬的老板：我是贵汽车旅馆的老客人，每个星期我们都会来此度周末。昨晚，我女朋友想换个片子，我多次打电话到前台，可半天也没给换。你们这服务也太差劲了吧。下个周末我们决定到其他汽车旅馆去了。谢谢！"

吉姆不解。

珍妮一脸无奈，"这是CT贴上去的，提醒我们大家对客人态度要好一点，服务热情点。CT说如果客人都跑光了，我们也要走人。"长叹一声后，珍妮摇着头，"众口难调啊。这个客人要看白的，那个要看黑的，就一个四频道，我们能有什么办法。之前我多次提议，要CT多增加几个频道，CT答应得好，就是不落实。"随后她话锋一转，"现在已经没房间了，昨晚我就退了好几拨客人。你抓紧清几个出来，否则CT脸色就更不好看了。"

中午11点，退房时间。前台小姐挨个儿打电话提醒客人离店，要继续住的就要到前台来付钱，没有回答的，吉姆就要去看看。客人走了要立刻关水，关电，关空调，关电视，然后开门开窗透气，等女佣来清。开门透气，是汽车旅馆祛除异味最常用的手段。

正忙得不亦乐乎，CT笑盈盈地走来，"克姆回来了。"

"克姆是谁？"

CT解释，"克姆就是从这离开的那个台湾小男生，在外混了2个月，昨晚又回来了，说好今天上班，这都11点了也没见他出来，他住在240房间，你去喊他一下。"

"他11点上班？"

"没有啦，和你一样也是早7点到晚7点。他是小老美，别看他年龄小，资格比我还老。一个星期只做5天不说，高兴什么时候上班就什么时候上班。刘老板心脏病都气犯了，也拿他没办法。250房间淋浴漏水，你带上工具，喊他一起去修，他会教你怎么做。去吧，这回就看你的了。"

此时珍妮递过来手中的饼干，"尝尝。"

CT拿了一块，吉姆摆手。CT边吃边说："老美跟中国人不一样，她要叫你吃，都是真心实意的，你如果想吃就别客气。"

吉姆敲了240房，好一会儿门才开。一个玉树临风的中国男孩，睡眼惺忪地立在门后。

克姆虽然年轻，干活却很老到。特别是他那一口地道的英语，与老美是一个腔调。

两人边干活边聊天。

克姆，今年25岁，14岁就随全家从中国移民来美国。父母离异，他随父生活。他的童年是在继母的冷眼中度过的。他每天骑着自行车风里来雨里去，在学校、家、超市三点一线之间来回奔波。他边上学边打工。高中毕业后，他想继续上大学，继母不愿意出钱。他想当警察，当警察要先在大学修满60学分。为了生存，他只好到6号汽车旅馆打工，一晃就是6个年头。一到法定年龄，他就和高中同学，一个娇小、秀美的墨西哥女人结了婚。日子虽然过得清淡，两人的感情却历久弥新。

同所有美国人一样，克姆一个星期只干5天，多一天也不愿意干，月工资只比吉姆多100美元他也满足。他是个典型的月光族。他没有追求，没有奢望，只有得过且过和无尽的怨恨。刘老板恨铁不成钢。他说："我本来就是铁，为什么一定要成钢？"

说他没有理想，也不尽然。他也曾经做过一些色彩缤纷的美国梦，但最后落下的却是多了几分与年龄不符的沧桑。

6年的汽车旅馆经验，加上流利的英语，外加太太的西班牙语，克姆独立经营一家小汽车旅馆绰绰有余。他说："我爸爸又懂电器，如果我们再把汽车旅馆的电视系统搞好，生意肯定不错。当时卖汽车旅馆的很多，也很便宜。我想参点小股，和爸爸合伙买一家。爸爸愿意，继母怕赔本。真没办法？"纵有凌云志，没钱也白搭。他从此一蹶不振。

吉姆问："你为什么要离开这儿？"

"我哥哥开了家电脑公司，需要英语和西班牙语的电话推销员，我哥哥喊我去帮忙。我在这干了6年了，工资才那么一点点，我太太也没工作，我们就过去试试。2个月干下来，情况不太好，我们就又回来了。之前，有家大的汽车旅馆找经理，月工资3000美元，我去应聘了，老板对我很感兴趣，但我没去。"

"为什么？"

"在美国工资越高，工作就越不稳定，一有风吹草动，第一个被炒鱿鱼的就是那个工资最高的。这里工资虽然低，但刘老板从不炒你鱿鱼，除非你自己走人。"

克姆得过且过，两个老美过一天是一日，6号汽车旅馆的脏活重活全指望吉姆。什么倒垃圾、洗垃圾桶、搬家具、抬空调、割草……无论工作量有多大量，他都能按时、按质、按量完成，CT总以为他的工作布置少了。刘老板也一再提醒CT，有什么活抓紧叫吉姆干，他说走就走了。血都被吸干了，吉姆还傻乎乎地说："钱拿得比国内多多了。"

一天，刘老板到客房小解，发现有些房间的墙上有污点，需要局部油漆。油漆有室内室外之分。他一再提醒CT，"把油漆准备好了再给吉姆漆，千万别弄错了。"

CT从仓库里翻出油漆后和克姆讨论了半天，又在墙上试刷了好几遍，这才小心翼翼地递给了吉姆。仅半天时间，吉姆一口气就刷了20多个房间。吃过午饭，吉姆准备再战。被气急败坏的刘老板叫停！原来油漆还是弄错了。

刘老板怪CT，CT怪克姆，克姆怪吉姆。其实，怪就怪吉姆动作太快。

漆错的房间，都要整间重漆。房间很大，地毯不能污染，家具还要挪到一起，再用塑料布蒙上，工作量确实很大。

吉姆早上7点上班，做完规定活计后，10点左右才开始漆房间。漆完一个房间后，一个小时吃午饭，然后再漆下一个房间。紧赶慢赶一天能漆两个房间。

就这样CT还不满意，他话中有话，"我们请黑人漆房间，漆一个就给10美元。克姆更厉害，他一天能漆4个房间。"言下之意，我们一天付你20美元，你就漆两个房间，太少了。

吉姆来了脾气，"那你就叫克姆来漆吧。"一天漆2个房间，吉姆就已经累成了狗熊。他躺在浴缸里长吁短叹，半天也爬不出来。好在他年轻力壮，一觉醒来又超量恢复。他懂得，"身世浮沉雨打萍"的道理。

在美国要想当老板，就一定要存钱，但克姆这个月光族也能当上老板，算是一个特例。那是10年后的事情。

有一家美国白人的150个房间的汽车旅馆，由于经营不善，银行的分期付款不能按期付，银行准备将其上市拍卖。刘老板得到此信息后，多次与这家汽车旅馆所有者洽谈想接手，由于价格压得过低，双方一直没有交集。直到第二天银行就要没收拍卖，所有者这才不得不含泪，以105万美元现金超低价出手给了刘老板，否则一旦被银行没收，就血本无归。

刘老板的财力"富可敌国"，105万美元对他来说只是小菜一碟，但他一是想把风险分担；二是要有人去管理；三是想给长期围着他转的弟兄们一次当老板的机会，于是他找了七八个人合伙买了下来。克姆身无分文，这10%的股份肯定拿不出来，但他鞍前马后跟着刘老板转了十几年，没有功劳也有苦劳，再说，刘老板在他身上没有少剥削。更主要的原因是刘老板看中了克姆流利的英语和丰富的管理经验，于是刘老板忽然发了善心，主动借给克姆10万美元，终于圆了他的老板梦。

刘老板找了几个玩得来的朋友在国内投资，明天他又要去国内一个星期。临行前，他客气地叫吉姆把他的车里外都洗了一遍。看着满身汗水，不惜力气的吉姆，他竖起了大拇指，"好好干。一定要存钱，以后有机会，我们合伙买家小汽车旅馆，你去管理。"台湾老板都喜欢这么说，CT也是。

刘老板刚走，CT就像被打了鸡血。他要把整个6号汽车旅馆外墙都油漆一遍，让刘老板回来耳目一新。他的算计是，刘老板的投资方向已经转移到了国内，刘老板一高兴，兴许还会再多卖点股份给他。

6号汽车旅馆两层楼高达8.33米。前面的大厅更高达10米有余。要完整油漆必须搭脚手架。脚手架重到4个大汉喊着号子才能一步一步挪动。

为了能赶在刘老板回国之前完工，CT又从旅馆的餐厅借调来两个打杂的萨尔瓦多小伙子。

CT先作示范。他爬上6米多高的脚手架，接过漆桶，用刮刀刮下斑驳的漆皮，再刷漆，递下漆桶，爬下来，4个大汉再"咳哟！咳哟！"把架子往前挪。CT拍了拍手，"就这样干。"

吉姆第一个爬了上去。一人半个小时轮流着上。AT和克姆怕高，就用延长杆在下面漆，挪架子的时候再帮忙。

两个萨尔瓦多的小伙子就累跑了。爬上爬下的活，全落到吉姆一个人肩上。CT也不得不亲自上阵。总经理事多，没干了一会儿，他太太就来喊他。每次都要爬上爬下，大家都累得头昏眼花，速度自然就慢了下来。

CT再回来时又精神抖擞，两眼放光。吉姆疑惑，"他哪来那么大劲？"

克姆说："你没看到，他两眼都睡肿了。"

拼死拼活，刘老板回国前总算完工。此时吉姆突然发现左手肘关节怎么也伸不直了。这叫劳损，是长时间过度疲劳所致。运动训练中这种现象较长见。油漆这活虽不重，可这爬上爬下一个星期，这个运动量也不容小觑。肘外旋，轻轻压，这是治疗关节弯曲常用的方法。吉姆压了小半年左手才被压直。

"今天干点轻活，我俩就把这个招牌漆一漆。"望着吉姆弯曲的手臂，CT爱怜地说。

那招牌高耸入云，招牌公司要用专门的云梯才能作业。

招牌分上下两块。CT艺高胆大。他先用梯子爬上下面一块，人站在上面，漆桶放在地上，用三节延长杆漆上面一块。吉姆打下手。不一会儿，CT就大汗淋漓，换吉姆做。

吉姆有恐高症。别说高空作业了，就是徒手站立，他也会心惊肉跳。因为受雇于人，他只能硬着头皮上。

立在10米多高的招牌上，手举着10米多长的油漆滚子，仰头向上，加上阳光耀眼，他还是头晕目眩，两腿哆嗦，这万一要是跌下去……他索性用绳子把自己捆在柱子上。CT一手搭凉棚一手竖起大拇指，"这个方法不错，安全第一，这样我也放心了。"

凌晨4点，万籁俱寂。一部福特金牛围着6号汽车旅馆转了一圈又一圈。吉姆以为是毒贩子，正要上前驱赶，刘老板从车窗里探出笑脸，竖起大拇指，"CT带你们干得不错啊，整个汽车旅馆看上去就像新的一样。不错，不错，好好干，好好干。"

"你怎么来这么早？"

"我刚下飞机还没回家，心里老惦记着这里的生意放心不下，就顺路过来看看。"

中午，收拾好工具，拍了拍酸痛的腰，吉姆正要回房间做午饭，CT满面春风地把他喊进餐厅，里面热闹异常。不锈钢布菲台热气腾腾，香味四溢。员工们个个喜气洋洋，谈笑风生，尽情吃喝。

CT说："今天是感恩节。每年这个时候，刘老板都会自掏腰包请全体员工打牙祭。你中午就不要烧饭了，尽情地吃，吃饱了抓紧干。"

这是吉姆在美国过的第一个感恩节，没有喜悦，心情反倒更加沉重。匆匆扒了几口饭，他起身正要走，被正在统计人数的CT挡下，"AT没来，就缺他一个，他可能忘了，麻烦你去喊一下他 。"

吉姆围着6号汽车旅馆转了一圈又一圈，也没看见AT的影子。敲了半天AT的房门也没回应。

克姆说："别喊他了，他不会去的。他很有个性。一逢节假日他心情就不好，不喜热闹。"

终于下班了。疲惫的吉姆朝房间走去，他要好好泡个澡放松一下。他忽然止住了脚步。今晚他还要教小CT武术，感恩节也不例外。

小CT是CT的儿子，体质一直不太好，小小年纪就开始发胖了。为了给儿子强身健体，CT给他买了跑步机，又把他抛进游泳池，还给他买了许多减肥药，都不见成效。听说吉姆会武术，小CT就像遇见了救星，哭着喊着要拜吉姆为师。

吉姆对体育早已厌倦，对武术他也是个半吊子，加之又这么累，纵有一万个不愿意，但在CT夫妇的再三哀求下，他还是收了这个关门弟子。

一星期3天，一天1小时。先从简单的基本功开始，到青年长拳，再到24式简化太极拳，原本想教了这些，应付一下就算了，岂不知小CT对武术的兴趣反而越来越大。弄得吉姆是骑虎难下，欲罢不能。

帮忙都是相互的。CT也帮了吉姆很多忙。如把奥斯汀一号银行存的钱，转存到中国城银行；换身份证地址；经常带他出去买菜、吃饭、散心；送点花生米什么的。一次CT点了个海鲜生蚝，想让吉姆尝个新鲜。他问："好吃吗，味道怎么样？"

吉姆答："这在大陆是喂鸭子的。"CT苦笑。一来二去，他们成了好朋友。

吉姆后来回忆，"我的事业得以发展，CT功不可没。他是我的贵人。"

太阳刚露脸，吉姆正在捡垃圾。刘老板满脸堆笑地塞给他一个红包，说："圣诞快乐！"

这是吉姆在美国过的第一个圣诞。时间过得真快，一晃，来美国已经半年多了。

CT早早就给员工安排妥了工作。今天他全家要去参加朋友的一个圣诞派对。

闷闷不乐的AT，在工具房里懒洋洋地翻找着工具。CT把今天的工钱提前递了过去。AT面无表情地塞进裤兜，连声谢谢都没说。

吉姆趋前，"圣诞节怎么过？"AT没有回答。

CT赶忙把吉姆拉到一边，"今天是圣诞节，他心情不好，你别惹他。今天就让他自己找点活干吧。你今天把210、216两个房间漆了。我们中国人不过老美的节日。圣诞节刘老板不是给你钱了吗，多少？"

"20美元。"

"哦，那克姆比你多多了。"

"那是应该的，他干的时间比我长。唉，他今天怎么没来？"

"他是小老美，圣诞节能不疯狂一下吗，一大早就带着墨西哥老婆回娘家了。唉，刘老板拿他也没办法，都6年了，一点钱也没存，一天活也不想多干。你可不要学他，我们中国人都是要做老板的。你一定要存钱，以后有机会，我们合伙买家小汽车旅馆，你去管理。"

吉姆苦笑："有工打就不错了，还当什么老板？"话锋一转，"听说你最近在看汽车旅馆，想自己做了？"

"再说啦，再说啦，好好干哪，加油啦！"CT匆匆走了。

AT和吉姆在忙碌中过了一个革命化的圣诞节。吉姆无所谓。AT确实可怜，圣诞老人给他的礼物，一直都是孤独和贫穷。年复一年。

连续两个夜班，把吉姆累得确实够呛。詹姆斯上夜班，就是安全巡逻、给客人提供服务，很单纯。吉姆则不然，他上夜班要干两份活。

这晚，前台又递给他一张纸条，今晚的工作除了安全巡逻外，额外要干的活都写在上面。活不太重，换三台电视机。

挂上BB机和万能钥匙，在夹板上抄下空房间的号码，拿上空气清新剂，吉姆正要出发，CT突然闯了进来，他气得脸色煞白。

几个客人围坐在草地上喝着啤酒，嬉戏打闹。一般来说，住汽车旅馆只能待在房间里面，如果在外面转悠，警察会误以为又在干什么坏事。可这伙人就是不听劝，发着酒疯不说，还出言不逊和CT大吵大闹。

吉姆要去理论，因为这正是他的工作，但被CT拦住。

吉姆说："那就撵他们走。"

"算了吧，这几天生意不太好，他们是一个公司的，在这租了好几个房间，这都是刘老板的钱。"看到CT受了这么大委屈，还惦记着老板的生意。吉姆就不再言语了。

平静了会儿，CT说："220房间有两条狗，叫得人心烦，客人早就抱怨了。我看见那个老美刚出去，我俩一起去看看。老美一般都是很古怪的，只要他付了钱就是他的房间，你是不能进去的，如果你进去少了东西，他还要告你。"

路过一个待清的房间。CT看到床单有点破，就"呲啦"一声撕成了两半，"这个床单不能用，要换掉。你如果不撕掉，女佣还会再铺上去。"

一个清好的房间，正开门透气，CT进去检查。洗澡间拐角有块肥皂，吉姆弯腰正要拣，被CT拦住，"你捡起来很容易，你总不能天天跟在后面拣吧？去把清房间的女佣叫来，叫她亲自拣，这样她才会长记性。"

220房间门刚被打开，一条白色的北京狗就从CT的腿裆下窜了出去。"逮住它。"CT边喊边追。第二只狗也要出来，吉姆一个正脚背，这个可怜的小东西就像只足球被射进了门内。

正要关门，220房间的客人回来了。

此时小狗还在外面左腾右挪，上蹿下跳。CT在后面是穷追不舍。不一会CT就累瘫了，小狗也失去了踪影。听说220的客人回来了，CT呼地站了起来，"这下麻烦大了。"

220的客人抱着那条鼻青脸肿的狗，在前台大吵大闹，不依不饶，"没有我的同意，你们为什么进我的房间？我有1500美元和一条小狗都不见了，我这条小狗要值1200美元，你们赔吧。"他久久注视着小狗，"我的这狗怎么会变成这样？

肯定是你们打的，你们虐待动物，我要告你们。"

CT说："如果有需要，我们有权进入你的房间，比如煤气泄漏，水管爆裂等。至于你说的丢了1500美元和一条狗的事……"CT取出客人登记卡，"这上面写得很清楚，你也签过字了，自己看吧。"

220客人说："字太小了，没眼镜我看不见。"

CT斜了他一眼，大声念道："客人注意：此处地产属于个人拥有，管理部门保留拒绝对任何的人服务的权利。注意听清楚下面这条，我们对客人发生的事故、受伤或者丢失现金、珠宝和任何有价值的东西，不负任何责任。再说了，我们这旅馆也不容许有宠物，你看这招牌上写得很清楚。"

CT一再提醒吉姆，"登记卡上的那段话一定要用英语背熟，那就是我们汽车旅馆的法律，是我们的护身符。"

处理完这些揪心的事，吉姆才开始了夜班工作。他挨个儿打开待租的房间：开灯、开空调、环顾四周看有无异常，小问题当即处理，不影响出租的问题，记下来第二天再修；不能出租的，就打电话告诉前台。然后喷三下空气清新剂、关门。每晚要检查70多个房间，没有足够的耐性哪行。

检查完房间，如果BB机没响，就可以做额外那份工作了。首先摘除旧电视上的警报线，这时前台的警报器立刻会响，尽快装上接头，有了回路警报器就不叫了。这个动作一定要快，如果警报器不停地叫，前台还以为出了故障，或者有人在偷电视，就会打电话到客房查询，或者叫保安去查看。撤掉旧电视；用电烙铁把新电视烫上6号汽车旅馆字样和电话号码。这样，即使被偷去他也卖不掉。再用安全螺丝把电视锁在电视架上。

如果光干这活也挺快。问题是他同时要做两份活。BB机一叫，就得停下手头活，接受前台指示去做另一份。可不，这字刚烫了一半，BB机就响了。

有两个很体面的黑人情侣要看房。看了一间、两间、三间，当吉姆打开第四间客房门的时候，客人说了句："我的天啊，这也太脏了。"扭头就走了。

但凡要看房间的，95%都看不中。又想好，又想巧，天下哪有这等好事。

继续烫字。BB机又响了，"208房来电话抱怨，电话杂音太大。"吉姆帮忙换了根新电话线。

"106房间说有人敲他的门。"吉姆去把她撵走了。

"203房说电视画面不清楚。"吉姆帮他换了根新有线电视电缆线。

擦了擦额头上的汗，吉姆又开始给电视上安全螺丝。

第三台电视装好天已大亮。经过一夜的折腾，筋疲力尽的吉姆回到自己的房间，澡也没洗，饭也没吃倒头就呼呼大睡。

第二个夜班，额外工作是揭3个房间的旧地毯，为第二天铺新地毯做好前期准备。地毯是胶在水泥地上的，上面还压着家具。首先要挪开家具；然后用刀割开地毯；再像拔河一样，把地毯一片片揭起；最后拖到45米外的大垃圾箱下，举起来扔进去。一个房间干下来，吉姆就累成了狗熊。他坐在垃圾箱旁，喘着粗气，掀起老头衫，擦了擦惨不忍睹的脸，老头衫瞬间变得乌黑。此时BB机又响了。

吉姆又被呼到前台。有客人抱怨，有人打骚扰电话。

珍妮紧盯着柜台上一台小型电话交换机。105和205房间灯亮了，灭了；105和208房间的灯又亮了，又灭了。105和265房间的灯再次亮了……据此推断，打骚扰电话的人就隐藏在105房间。珍妮立刻拨通105房间电话，警告他不要再骚扰客人，否则就报警了。105房间的灯再也没亮了。两人相视而笑。

三个房间地毯刚揭完，天就已经大亮了。

临下班，珍妮还叫吉姆顺便检查一下260房间。这位客人7点的"叫醒电话"，电话已经自动打了好几遍了，一直没有回答。

两个夜班后休息一天，再换白班。休息这天，吉姆一觉睡到日西斜，才睡眼惺忪地起了床。

停车场上，几个老墨正在把四五辆小汽车串联成一列"小火车"。克姆说："他们是准备把它们拖到墨西哥去卖的。"

洗漱完毕，吃了两碗饭，喝了罐客人丢下的啤酒；洗了一堆衣服，吉姆要到附近农贸市场补充食品。

正要走，电话铃响了，是CT太太从前台打来的。她女儿要单独回房间，CT住的房间在二楼中间，要途经许多客房很不安全。女儿每次单独回去都是母亲在那头，吉姆在这头目送女儿走进房间。

吉姆到哪儿都是安步当车。75美分的公交车费，不是他舍不得花，而是休斯敦的公交车太慢，一小时才有1班不说，站与站之间的距离太短，走，比坐车要快得多。

到农贸市场必经谭老板的大汽车旅馆。两家汽车旅馆之间的距离不远，但吉姆从没去过，一是没有时间，二是没这份闲心。昨天熊教授向他发出了邀请。当时吉姆正在大垃圾箱上"跳舞"，因为垃圾箱堆得太满，压一压垃圾可以放得更多。

聊天也不能影响干活。看到吉姆把满满一大桶垃圾轻松举过头，倒进比他还高的大垃圾箱，一口气就是20多个。熊教授很是吃惊，"乖乖，你真有力气，怪不得刘老板和CT一个劲地夸你。做汽车旅馆钱少但活轻，因为干汽车旅馆这行的大都是老弱病残，可你干的这活比中餐馆还累，要是换作我，早就累走了。"

吉姆摇头，"没办法。等我喘过气了，我还要进中餐馆。""中国人做汽车旅馆一般都是看办公室，干些细活，这样的粗活重活一般都是老墨干。我们那中国人没你这么累，大家过得都很惬意。你有时间过去看看就知道了。"

吉姆要到农贸市场去买菜，正好也顺道到熊教授工作的大汽车旅馆去看看。

大汽车旅馆的招牌远远可见。上面赫然写着"疯子汽车旅馆"。吉姆吃惊，"什么名字不好起，怎么偏偏起个这么恐怖的名字？"他猛然顿悟，"汽车旅馆里面住的不全都是疯子吗，形象、形象、太形象了。"

"他乡遇故知"，乃人生三大喜事之一。大伙对吉姆都很热情。

熊教授说："我们四个中国人主要是坐办公室，清房间的活都是老墨干，老张虽然负责客房维修，可遇到重活，我们也找客人做。大伙谁有什么事要出去，招呼一声，大家都很帮忙。钱虽然挣得不多，相处得却很融洽。"

吉姆问："你们吃饭怎么安排？"

熊教授说："我们轮流做，每人一天。谁要想吃什么，就买什么，记个账，一个月结一次账。在一起吃很便宜，上个月，每个人才……"

"才30美元。"一个老者停住嘴上正在哼的小曲，接过话茬。

熊教授介绍，"这位是老古，机械总工程师，东北人，来美探亲，正在等待绿卡。他太太已有绿卡，休斯敦中国城唯一的一家中医诊所就是他太太开的。"

老古一脸幸福，"之前我也到你那家汽车旅馆应聘过，CT嫌我老了，没要。后来谭老板这家汽车旅馆招工，我就过来了。你那边的工资是600美元，我现在是650美元。嘿嘿嘿。"笑后，小曲又接着哼。

吉姆心理顿时失去了平衡。

要想改变现状，必须尽快离开。要想离开，必须有"腿"。CT说得对，"就算美国遍地都是黄金，你也要开着车去捡啊。否则等你走到了，金子也早给人捡光了。"

买车，考驾照，成了当务之急。

买二手车有大学问。休斯敦卖旧车的比比皆是，但要想买到一部价廉物美、称心如意的二手车太困难了。买走了眼更惨。买得起，你修不起。

买二手车有两大渠道，一是旧车经销商，价格较贵，但品质有保证；二是看报纸上的广告买私家车。买二手车一定要有足够经验。一旦成交，概不负责，这是二手车交易市场不成文的规定。

当时休斯敦有两大报刊：一是《休斯敦纪事报》；一是《休斯敦邮报》。后者虽是家百年老店，亦在商品经济大潮中关门歇业。每逢周六两家报纸都有整版的卖车广告。克姆说："看报纸真的能买到便宜车。曾经有人花1美元就买到过一部车。"为了能买到一部满意的车，吉姆一有空就翻阅报纸。

CT一再提醒，"买二手车一定要慎重。买走了眼，你那点工钱可能还不够修理费。你知道我现在开的那部日产面包车吗？那是我花了1万多美元，托谭老板帮我买的，他是专家，曾经做过旧车买卖生意。就这样，买到手还没开几天就坏了。你猜我花了多少钱修？2500美元！"

"怎么那么贵？"

"发动机坏了，就像人要换个心脏，还不贵死你。我去找谭老板，他说，我给你的时候是好的啊。一句话噎得我半天没喘过气来。"顿了顿，他说，"二水租了间小汽车旅馆，你知道吗？"

"知道，但我没去过。"

"听说肖老板把旅馆用的汽车也卖给他了。他要两部车干吗，有空我带你去，叫他卖一部给你。"

车行约10分钟，二水的小汽车旅馆就到了。

与其说这是家小汽车旅馆，倒不如说更像一农家小院。一棵橡树立在院中，枝繁叶茂，遮天蔽日，微风吹来，树枝轻轻地摇晃，好像在向人们招手。休斯敦到处都有橡树，它们就像一把大大的遮阳伞，在炎日的夏季给人们带来一片阴凉。几只小松鼠在树上玩耍，几只小鸟从"杜鹃花汽车旅馆"招牌上的巢里飞进飞出，叽叽喳喳。

小汽车旅馆的左边是一个房间，小窗口上挂着"办公室"招牌；同侧矗立着一栋小楼，别致、新颖，下面是车库，上面是客房；在办公室与小楼之间，加盖了个洗衣房，木楼梯划过门楣，进出都要低头；右面有一栋老旧的平顶建筑，有五间客房；吉姆最感兴趣的是对面的一部房车改造的客房，上面的"9"字，是这家小汽车旅馆的最大的房号。小汽车旅馆虽小，但干净温馨，给人一种家的感觉。

二水从冰箱里拿出两罐雪碧，"欢迎，欢迎，今天怎么有时间？"

CT要了杯冰块加自来水，"这个小汽车旅馆位置还不错，就是太小了，我看旁边还有片空地，那也是你们肖老板的？"

二水点头，"这家小汽车旅馆虽然小，但生意很好，钟点房很多。每天我都要退好几拨客人。肖老板准备在那片空地上再加盖10间，图纸都找朋友设计好了，就等择期开工了。"

CT问："你是怎么认识这家小汽车旅馆老板的？"

"是钱老板介绍的。他们和谭老板从前都是合作伙伴。"

"这么小的生意不值得亲自做，租出去是对的，这样可以腾出手来做其他的生意。你们是怎么谈的？"

"押金要1万美元，我只给他6000美元，我还要留点钱做维修呢。租金每月

2500美元，营业税对半，地产税和保险肖老板自付。自己做虽然辛苦点，但落个自由。省点水电，赚个辛苦钱，总比打工强。"

吉姆插话，"你没请人？"

"我请了个美国老太婆，她叫玛丽，她在这个小汽车旅馆帮肖老板做了七八年了。我一个星期只付她100美元，给她一间免费住房，她就住在办公室，反正我这办公室房间也多。"

吉姆这才注意到沙发上还躺着一个白人老太婆，一手举着啤酒罐，一手夹着香烟，在看电视。

吉姆惊诧，"你就付她这么点钱，她也干？"

"不干她能干什么？能有份工作就不错了，美国年轻力壮的没有工作的多得是。我一接手就给她长了点，以前肖老板给得更少。你别忘了她还有间免费住房呢，在美国这个住房可是个大头。"

CT说："租汽车旅馆这个方法还不错。借鸡下蛋，投资少风险也小。"目光移向窗外，"那部车是肖老板卖给你的？这车不错，叫'旅行车'，后背盖可以打开，买个长材料什么的很方便，做汽车旅馆最实用。"

"这部是日产，1987年，自动挡，才12.9公里，样样都工作，空调冷得很。"

"你要两部车干什么？把你那部没空调的卖给吉姆吧。"

"吉姆要买车也不早说。肖老板不做汽车旅馆了，硬要把他的车卖给我，我有车，就把这部车转卖给老太婆了。600美元她也付不起，只能每个月从她工资上扣。"

"太可惜了。你为什么不买下来自己开，把你那部没空调的车给卖掉，在休斯敦开车没空调怎么行？就算你不要，转手赚个一两百美元应该没问题。吉姆正在到处找车，你卖给老太婆干什么？"

二水没回答。

CT转身问老太婆，"玛丽，你的车卖不卖？我给你700美元，怎么样？"

老太婆摇头。

"800美元？"

老太婆还是摇头。

"你想要多少？"

"1600美元，一分也不能少。"老太婆狮子大开口。

刘老板虽然日进斗金，开的车却是普通的福特金牛，车的水箱还一直漏水。最近他换了部日本的丰田佳美。消息是CT透露给吉姆的。

听说吉姆想买他的旧车，刘老板说："我的车已经以旧换新了。我的车从来不卖给熟人。你卖给他了，他一会儿说这里不好，一会儿说那里有问题，很麻烦的。"

二水带一则好消息，"我在中国城的广告栏上看到一部车，要价1600美元，我已经联系好了，他一会儿就开过来。如果你喜欢的话就留下算了，省得折腾。"

"老太婆那部车呢，我们再加点价她肯定会卖！"

"老太婆已经把车卖给她的朋友，就是小汽车旅馆对面那个酒吧的女老板了，卖了1200美元。"

车开来了。卖车的是一个学成回国的马来西亚留学生。车保养得挺好。1986年福特Escort，10万迈，红色，确实不错。

留学生说："我是这部车的第一个车主，一直都是我自己开，保养得很好，一到时间我就换机油，记录都在车里。你要不要上高速试试？"

二水说："能不能便宜点？我这个朋友刚来美国，手头有点紧。"

"我只能让你100美元，多了不行。如果你决定买了，我们现在就到法院去办手续。先试试车吧，我保证你喜欢。不过，我这是手排挡的。"

二水一怔，"手排挡的？那就算了吧。"

留学生悻悻走后，二水才解释，"手排挡的车我不会开，也很难学，但劲大、省油，留学生都喜欢。"

报纸上一部日本"丰田Tercel"，引起了吉姆的兴趣。1983年，12万迈，手排挡，后开背，说是样样都工作，要价1150美元。

CT说："这部车还不错，价钱也适中，也就是刘老板太太宝马车一个轮子的价钱。"

"一个轮子有那么贵？"

"前天刘老板太太的宝马车轮子坏了，是我帮她去换的，一个轮子就要800美元。这部车你要是看中的话就要抓紧买，晚了就被别人抢去了。这样吧，你把钱准备好，一下班我和我太太就带你去。晚上买车有一点不好，就是看不清楚，可白天我们都要上班啊。"他忽然想起了什么，"我们先到130房间去一下，那里刚住进来一个黑人女子，我已经叫珍妮把钱退给她了。我们要看着她搬东西，要不然她会顺手牵羊或者搞破坏。"

"刚住进来，为什么就撵她走？"

"没办法，不撵不行啊，我们这里好像有便衣警察了，如果真的给他们盯上了，这生意就没法做了！"

130房客人的东西太多。黑人女子边往外搬东西边流泪，煞是可怜。

黑人女子的男朋友也在帮忙。一个趔趄，他摔了个狗吃屎。CT急忙把吉姆拉到一边，"你就装作没看见。"

黑人男子痛苦地爬了起来，看了看摔破的双肘，对吉姆说："我是被你们的地毯绊倒的，我要请律师告他们，你刚才看到了吧。"吉姆没言语。

洗好澡，穿戴整齐，吉姆等到的不是CT，而是CT的电话，"刘老板听说你要去买车，他不让我带你去。"

有的老板希望员工有车，工作、生活都方便，有老板害怕员工有车，是担心员工会随时走人。

刘老板的刁难，更坚定了吉姆一定要把这部车买回来的决心。他说："这次就算是一堆废铁，今晚我也要把它买回来。"车是克姆墨西哥的小舅子开回来的。这也是一部手排挡车，美国会开手排挡的人不多。吉姆给了克姆50美元权作感谢。

"咚咚咚……"的排气声惊动了CT。他围着车子转了一圈又一圈，"我还以为你买台拖拉机回来了。开个玩笑啦，这车看上去还不错，就是声音大点，换个排气管就好了，左转方向灯破了，到废车行买个换上就行了，买了旧车都要再花点钱整理整理的。"其实这些都是小毛病，吉姆后来发现这部车算是买走了眼，因为它没有空调。修一部汽车的空调就需要1000多美元。

有了车，生活似乎变得更有趣了。一下班，吉姆就开着车在6号汽车旅馆宽大的停车场上转悠。他有开幸福摩托车的经验，换挡自然不是问题。

刘老板可吓坏了。他对CT说，"吉姆一没驾照，二没保险，如果撞到客人怎么得了？"

CT也多次提醒吉姆，不要在6号汽车旅馆里练车，可吉姆就是不听。

吉姆正在吃午饭，BB机响了。CT问："你在干什么？"

"我正在吃饭。"

"你上午做了哪些活？"

吉姆一一报来。CT说："155号客房厕所不通了，你抓紧去看一下。"

坐便器里散发着腥臭。吉姆憋住气，手上套两层塑料袋，侧着头边掏边嘀咕，"怪不得AT和克姆都不愿意挂BB机呢。"

吉姆哪儿还有胃口再吃饭。

"扑步穿掌；提膝亮相；收势。"下班后一个小时的武术练习也结束了。

CT邀吉姆出去吃晚饭，然后去看一家要卖的汽车旅馆。这家汽车旅馆在一小镇上，离休斯敦约一小时车程。由于经营不善，无法按期偿还银行贷款，银行即将拍卖，CT准备参加竞拍。

路上，CT惋惜地说："德律芬路上有家18间的汽车旅馆，离45号高速公路很近，对面还有家超市，位置很好，就是太破了没有生意。老板是中国台湾人，年龄也大了，想卖了退休回台湾，要价18万美元。我和林师傅，还有二水准备把它买下来。冬天林师傅去做，他是修空调的，冬天没生意。夏天二水去做。你也可以随时过去帮帮忙。我们想等他再降降价时再出手。没想到半路杀出个程咬金，被人花17万美元给买去了。"一声长叹后，"银行要拍卖的这家汽车旅馆离休斯敦太远，生意也不知道怎样，整天都提心吊胆的。"

吉姆说："我做汽车旅馆时间不长，但我看出了点名堂。汽车旅馆生意的好坏完全取决于它的位置。"

CT插话："但是位置不好可以打广告啊。"

"打广告当然可以，但也太累了。汽车旅馆的任何条件，都能通过努力得到改变，房间状况不好可以修，设备不好可以换，管理不好可以花高薪请经理，唯独这个位置你一寸也不能挪。所以说，位置决定你的生死，其他只决定你生意的好坏。"

"说得在理，也很精辟。你很有商业头脑，以后做汽车旅馆你肯定能成功。"

说话间，小镇就到了。

先进一家小自助餐店用餐。然后步行到这家汽车旅馆，坐在暗处观察生意。吉姆问："为什么不把车开进来？"

CT说："我们这叫微服私访，就是不能让老板知道，他知道我们要来看生意一定会做假。"

吉姆问："怎么做假？"

CT说："你看，左边那部蓝色面包车，我什么时候来它都在，连个方向盘都没有，肯定是老板拉来滥竽充数的。楼上有几个房间，灯一直都亮着，连白天都亮，那也是想忽悠你；有时还会放些破衣烂衫在空房间，让你以为有人住……看生意头脑一定要清醒，千万不能被这些假象迷惑。记住，赔钱，比赚钱快得多。"夜，静谧无声，只有扑打蚊虫的声音。

四个小时过去了，也没见到一个人影。正要回程，灯光一闪，进来一部车。

CT掏出写得密密麻麻的小本子，赶忙记了下来。

CT全部精力都集中在买汽车旅馆上。吉姆一门心思扑在考驾照。考驾照分笔试和路考两块。笔试主要考交通规则，中国城还有中文试卷。笔试吉姆一次就过关了。笔试一过就发实习证，有了实习证就可以上路练习，但必须在有驾照人指导下。于是，CT、二水、熊教授，谁有空谁就被吉姆抓差当教官。

路考第一项就是检查车况。路考的车子不能有任何毛病。

排气管，是二水从旧车零件场买了一根刚换上。

右前轮挡泥板烂了，泥都甩进了车里，是吉姆钉了一块铁皮。

雨刷子是易损件。吉姆竟然也到旧车零件场去买，至今他都汗颜。

车灯表现汽车的不同的风格，各个车型的车灯都不一样。跑遍了休斯敦旧车零件场，吉姆也没买到他要的那种型号。丰田经销商那有，但价格太贵。

巧的是，星星的黑人男友D最近也住进了6号汽车旅馆，他开的那部车和吉姆的这部长得一模一样。D对吉姆说："我有一个预备用的前灯，你急着用就先拿去。"

车，整理得差不多了，再换个机油，就可以申请路考了。美国的修车师傅说："车有些跑偏，需要做四轮定位；轮胎铁线都磨出来了，一摸都扎手，需要换新的，如果在高速公路上爆胎，后果不堪设想。"

一问价格，一个月工钱都打不住。吉姆摇头。师傅说："至少两个前轮要换掉。"吉姆还是摇头，老美也很善良，"我帮你把四个轮子前后对调一下。不要钱的，等有时间你再抓紧换，人命关天啊。"

休息日。吉姆起了个大早。因为他是坐二水的车去交通局的，当然也只能用二水的车考试了。

查看实习证、保险、车况，都没问题；平行趴车，到位。考官是个白人女子。她坐进副驾驶，手一挥，示意上路。前面是十字路口，女考官发出的指令是，"在红绿灯处左转。"

吉姆却来了个180° 掉头。二水就是这么教他的。

女考官气得手一挥，"回去，回去，结束，结束。"

吉姆忙解释："对不起，对不起，我英语不好，我英语不好。"

女考官又给了他一次机会。他虽然没再出任何差错，但仍然没能通过。

又练了两个星期。第二次路考吉姆开着自己的车，尾随着二水，先到A汽车旅馆接老鬼，再一起去考场。老鬼运气也不太好，他也是考了好几次都没有考到驾照。

二水车在前，老鬼居中，吉姆殿后，三部车很快就被卷入滚滚车流。此时的吉姆感觉特好，"高速公路咱都敢上，这次路考肯定能过。"正在得意，车子突然熄火了。

高速公路顿时断流。没人催促，没人埋怨，连个按喇叭的也没有，只有静静地等待和缓缓地换道。吉姆试着发动了好几次，一点动静也没有。二水和老鬼早没了人影。他手足无措。

一部警车鸣笛疾驶。警察示意所有的车都停下。吉姆手握方向盘，警察和几个热心人合力把车推到了路肩。警察要打拖车，吉姆没同意。

半天不见吉姆，二水赶忙掉头。二水试着发动了好几次也没成功，他说："车先放这，等考完再说。考完老鬼还急着回去，他的汽车旅馆没人看，是钱老板在帮他顶着。"

这次，老鬼路考终于通过了。他开的是老板的五十铃皮卡。吉姆用的也是这部车。心情不好，车况不熟，还时时惦记着"死"在高速公路上的车，路考结果可想而知。

吉姆的车仍然停在路肩。他正要叫拖车，二水一拧车钥匙马达突然轰鸣了。但开到半路上又熄了一次火。

克姆说："可能是汽油过滤器太脏了，通透性不好，汽油供不上所以才熄火，休息一会儿，通透性又恢复了，所以又点着了。你换个新的汽油过滤器试试，过滤器就在车肚下面，可以自己换。我以前开的那部老爷车也是这种情况。"

"久病成良医。"换了新的汽油过滤器后，经常熄火这个臭毛病终于被彻底解决了。

第三次路考是吉姆自己开车摸去的。尽管之前他做足了功课，选择的路线都是非高速公路，地图早就烂熟于心，还是因为路况不熟，出尽了洋相。

一大早，天乌黑。他手握方向盘，眼紧盯路标，口中念念有词，"下一个路口是北牧羊人路，左转。"

左转后，他惊出了一身冷汗，"所有的车灯都扑面而来，有的还狂按喇叭。"他急忙闪到路边，停车观察。这是条单行道，只能南下，他在逆行。北上要到下一条路。

与之交叉的比索内特路就在高速公路右下方。吉姆在高速公路上兜了一圈又一圈，可怎么也下不去。前面有一条路，但要右转180°才能下去，这也太别扭了。又是车灯扑面，又是狂按喇叭。他又逆向行驶。他又错把高速公路进口当成了出口。

好不容易摸上了路，一抬头是红灯！他猛踩刹车，刹车皮发出刺耳的尖叫，车横在了十字路口正中。他羞愧难当，连连自责，"是不应该拿驾照，是不应该拿驾照。"

三次路考都没通过，吉姆沮丧到了极点。回程还迷了路，误撞进了老中国城，只得用公用电话向二水求救。

一次笔试管3次路考。吉姆只得又考了一次笔试。笔试小菜一碟，但第四次路考还是没过，原因是，速度低于15迈。CT平时就是这样教的。他曾说："你开得越慢，考官认为你对生命越负责任。"

吉姆共参加了五次路考，才最终拿到驾照。他一直为这个无人打破的纪录感到汗颜。

参加完银行拍卖会，CT满脸沮丧。

他说："参加竞标的只有两个人，出价是背靠背，谁出的价高谁得。虽然是明珠暗投，但那个汽车旅馆究竟值多少钱，我做了这么多年汽车旅馆，又考察了这么长时间心里当然有数。谁知对方是个刚从国内办投资移民来的，腰缠万贯出手阔绰，出价比我高得也太多了。刘老板帮我出的那个主意也不好，银行主要靠贷款赚钱，他叫我一次性付清，银行怎么会喜欢我呢？不过，我认为即使她抢到了，也做不好。因为她从来就没接触过这行，一点做汽车旅馆的经验也没有，怎么做？"他摇头，"国内真的变了，有钱人真的是也太有钱了。"

一语中的。得标方因缺乏做汽车旅馆经验，最终被银行拒绝。

刘老板对CT说："凭我在银行的信誉，我可以帮你把这家汽车旅馆拿到手，不过你要付我1万美金佣金。"

这无异于从CT身上割肉，他当然不会答应。

6号汽车旅馆生意风生水起，CT功不可没。他做汽车旅馆也称得上是一把好手，无论是管理、修理、能力，还是魄力，人人都竖大拇指，有"拼命三郎"之称。对自己都要求严格，对员工当然更吝啬。刘老板对他欣赏有加，员工则对他恨之入骨。

知道CT一心要走自己的路，刘老板就做个顺水人情，"我有一家200间客房的大型汽车旅馆，无人管理，经营也不善。你要买，要租，还是要当经理随你便。"

CT又带吉姆去看。途中，他方向盘一转，"我们先去看一个朋友，先听听他的高见。"

荒郊野外，一家孤零零的汽车旅馆被车灯罩住。

CT说："这个地方还会有汽车旅馆，你没想到吧？只要有汽车旅馆就会有生意。这家汽车旅馆是我一个台湾朋友租的，他没有身份也没结婚，就是特别喜欢玩股票。他在汽车旅馆里养了一只大狗和一个女人。"

这家汽车旅馆的生意十分冷淡。这位朋友这样解释："我有40多个房间，明天只有一个房间要清。生意不好，我才有时间玩玩股票养养狗喝点小酒，住房又不要钱，但我落得个快活，等夏天一到生意就会好起来。我这住的都是老墨，他们也会帮我介绍客人来，有了麻烦他们也会帮我。上次有个黑人，用过了房间还想退钱，老子把霰弹枪从窗户往外一伸，把狗往外一放，吓得狗日的跑得比兔子还快。"

听说CT想租刘老板那家大型汽车旅馆，他一怔，"大型汽车旅馆如果要赚的话赚死了，要赔的话也赔死了。那家汽车旅馆也太大了，负担太重，生意也不好，刘老板赔钱，他能赔得起，他有好几家汽车旅馆，有赔的，也有赚的。你就不行了，你赔不起啊，如果你租的话，还不赔死你？我认为不能租，千万不能租。"

CT顿时像泄了气的皮球，悻悻而归。

几天后，CT啼笑皆非，"你看呢，可好玩吧，前几天我带你去看那个养狗的朋友，你还记得吧？"

吉姆点头。

"我问他刘老板那家大型汽车旅馆能不能租，他是怎么回答的，你还记得吧？"

"他说不能租，租了还不赔死你？"

"对啊。他现在自己去做了。你说好玩不好玩，唉……"

中国城附近有一家200多间客房的大型汽车旅馆，已歇业多年，谭老板去买家具时发现了想合伙买下。

做歇了业的大型汽车旅馆不仅需要勇气和决心，还需要有大量资金。要筹措资金，谭老板手中有三张牌可打。

R汽车旅馆租给了三副，在情理之中，因为他有优先权。

K汽车旅馆租给了花花公子亨特，在意料之外，因为他是个十足的门外汉，既没经验又没钱，但他觉得做汽车旅馆比做餐馆要轻松得太多，于是就找朋友借了些钱，把K汽车旅馆的生意给盘了下来。

凡事都有利有弊。租汽车旅馆如同借鸡下蛋，花很少一点钱就能圆老板梦；但投资过多，把"鸡"养肥了，汽车旅馆一旦被收回就"鸡飞蛋打"。

从长计议，如果你具备这个能力，买当然比租要强。CT执意要买谭老板的疯子汽车旅馆，两人正在讨价还价。

谭老板说："56万，你要不要？"

CT说："要。"

"那我要回去和我太太商量商量。"

"58万，你要不要？"

CT皱了皱眉说："行。"

"那我要回去和我太太商量商量。"

"60万你要不要？"

CT把脸拉得老长，说："可以。"

"那我要回去和我太太商量商量。"

"我太太说要62万。"

CT一咬牙一跺脚，"没问题！"

"我还要回去和我太太商量商量。"

最后谭老板说，"我太太说疯子汽车旅馆不卖了。如果你愿意租的话，春节后我们再商量。"

吉姆来美国第一个年夜饭，是和CT全家在一家中餐馆吃的。当时小CT的武术练习刚结束，吉姆连衣服都没来得及换，就被CT拉上了车。

年初一，吉姆轮休。他开车转悠到二水的小汽车旅馆。

二水问他要不要看中央电视台1993年《春节联欢晚会》录像？吉姆摇头。他哪来这份闲心。

春节一过，CT就租下了疯子汽车旅馆。刘老板限定他一个星期内必须从总经理室搬出。

刘老板找吉姆谈话，"CT租了一家小汽车旅馆。他喜欢自己动手，做小汽车旅馆比较适合。做小汽车旅馆你可以亲力亲为，做大汽车旅馆你就忙不过来了。做大汽车旅馆要靠管理，我在管理方面比较有能力，所以我喜欢做大汽车旅馆。家得宝你知道吗？

吉姆摇头。刘老板说："家得宝是一家卖建筑材料的大连锁商场，我们做汽车旅馆的就要经常和它打交道，以后克姆去买材料时我叫他把你也带上。你的工钱从下个月开始增加50美元。还有，CT搬出后，麻烦你把经理室粉刷一下，我要搬进去住。""拼命三郎"CT要来疯子汽车旅馆当老板了，闻者色变，作鸟兽散。副研究员提前回了国；熊教授投奔了谭老板；唯有老古形影相吊。

CT用人是狠，但他从不炒人鱿鱼，除非你主动离开，特别是对中国人。

老古被"炒"是个例外。他也有责任。

一个黑人带个白人女子来租房。10分钟不到，他把钥匙往窗口一扔就离店了。

老古当班。是他清的房间。CT感到哪里有些不对劲，就到前台来查账。

CT本来就疑神生暗鬼，老古的假动作哪能逃过他鹰一样的眼睛。登记卡有一顺序号接不上，被CT从垃圾桶中找到时已被揉成了团。

CT脸气得铁青，"搞什么飞机？"

CT不好明着撵老古走，只得以房间要粉刷为由，要他暂时搬出疯子汽车旅馆和吉姆暂住。

吉姆放下油漆刷子，抡了抡胳膊要回房间喝口水。眼前的画面让他难堪：老古躺在床上，怀中正抱着个女人。

看到吉姆进来，两人闪电分开。

老古红着脸介绍："这位是季小姐，我的老乡。她到美国是来参加学术报告会的，坐出租车在高速公路上看到了疯子汽车旅馆招牌就下来了。听说我和你住在一起就来认认门。哦，认识一下，他就是吉姆。"

季小姐处变不惊，"你好！我刚来美国什么也不懂，想找份工作，也不知干什么好，你给介绍介绍？"

没等吉姆开口，老古就抢答："当然是做汽车旅馆好啦，做汽车旅馆能偷到钱。"

说好了老古只在吉姆这借住3天。结果老古都住了近一个月了CT也没叫他搬回去。老古惴惴不安。

老古一进门就连呼，"出事了，出事了！"吉姆以为他被炒了鱿鱼。他说："不是被炒鱿鱼，是我被打劫了，我这条老命差点就搭上了。没想到做汽车旅馆还这么危险。"

凌晨，一个黑人来喊老古，说那个拐角有人在打架。老古忘记锁门就奔了过去。啥事也没有。结果办公室的钱盒子被人给撬了，里面的营业款不翼而飞。

他慌忙喊CT。别看CT平时抠门，在这件事上他的表现可圈可点，"钱丢了是小事。没伤到人就是不幸中的万幸。"

老古既沮丧又自责，"这事都怪我，中了坏蛋的调虎离山计。唉，CT没叫我赔钱，肯定是想叫我走人。"

吉姆劝慰，"叫你走是肯定的，只是个时间问题。据我对他的理解，他就是想叫你走，他也不会明说，他只会用各种方法逼你主动离开，所以无论他给你什么压力，你都要能顶住，只要他不明说叫你走，你就装糊涂，只要你不给他找到借口，他就拿你没辙，你干一天是一天，你这大把年纪了，丢了这份工作真的是不好再找了。"

在吉姆的鼓励和点拨下，老古上下班按时按点，工作谨小慎微，风雨无阻，无论活多脏多重多累，他都说："是的，先生！"CT还真拿他没辙。

这天，老古又按时来上夜班，一进办公室就看见小CT又像往常一样端坐在办公桌前。老古又是不动声色地拖来一把椅子与之比邻而坐。这已经是第七天了。

往日小CT陪坐到夜里零点，就哈欠连天地睡觉去了。今夜则不然，老古开始忐忑不安。

CT终于下楼了。他说："老古，麻烦你去扫一下停车场。"

"老古，麻烦你去倒一下垃圾。"

"老古，还有好几个房间空着，你把这串钥匙拿去试试，看看哪个钥匙对哪个房间，然后再标上房间号码。"

CT是老古这，老古那，一夜都没消停。精疲力尽的老古终于熬不住了，他嗫嚅道："老板，眼看这天就要亮了，这活留着明晚再干行不行？"

CT突然提高了调门，"老古！你长本事了，我现在指挥不了你了，是不是？你要是嫌我这庙小，那就另请高就吧。"

老古老泪纵横，"既然这样，那我就走吧。"

CT动了恻隐之心，"刚才是我脾气不好，说话冲了点，我向你道歉，走的事你是不是再考虑考虑？"

老古泣不成声，"人挪活，树挪死。我早就该走了，是我不知趣。"接过CT早就准备好的装工资的信封，步履蹒跚地钻进了雨幕。

被打劫的体验一定非常恐怖。吉姆却经历了戏剧性的一幕。又轮到吉姆值夜班。今晚的额外工作是，先擦走廊灯管上的灰尘；再用油漆覆盖住走廊上的污渍；最后再用螺丝起子抠出水泥缝里的杂草，面积较大的就喷柴油。CT说："喷柴油比喷锄草剂的效果要好，还便宜，至少要管一年，就是污染环境，CT如果看到了肯定会给我们开罚单，所以我们只能选在晚上干。"

不知不觉就干到了凌晨。吉姆隔着柜台和珍妮聊天。

聊得正欢，正在数钱的珍妮突然定格，一只乌黑的枪口顶住了她的脑门。吉姆顿时魂飞魄散。一个口眼歪斜、涎水横流的黑人声嘶力竭地咆哮："钱、钱、大钱！"

珍妮颤抖地将钱递了出去。抢到钱的黑人好像无事人一样，从中抽出几张又递给珍妮，"请给我开个房间。"

珍妮惊魂未定，不知如何是好。见吉姆点头，她便收了客人的钱和ID，把客人的登记卡递了出去。

劫匪走后，珍妮边打911边说："他一定是药嗑多了，实在受不了了。"话音没落，黑人的房间便被警车包围。连直升机都来了。

这一奇葩事件被探头全程记录了下来。经十三频道播出后，迅速成为人们茶余饭后的谈资。

吉姆离开6号汽车旅馆不是怕打劫，而是因为王老太太一句话。

王老太太的丈夫是疯子汽车旅馆的维修工。刘老板听说王老太太赋闲在家，便盛情安排她在6号汽车旅馆上班。她第一天上班就碰到了吉姆。

吉姆问："刘老板叫你干什么工作？"

"他叫我没事就过来监视这些清房间的美国人。她们清过的房间，要我再检查一遍，看到什么地方没清干净就记下来，然后就告诉她们的头。"

"你会英语吗？"

"不会。"

"你不会英语，怎么与美国人沟通？刘老板付你多少钱？"

"没谈钱的事。我想他至少也要给我每个月800美元吧。"

"为什么？"

"我在美国不管在哪儿干，不管干什么，从来就没少过这个数。"

一听这话，吉姆顿感无地自容，"不可能，不可能。刘老板绝对不会付你800美元一个月。你猜猜他每个月付我多少钱？我每个月才拿650美元。我看他能付给你我这一半就算不错了。"

"就给这么点钱，那我绝对不干。"王老太太当时就拂袖而去。

年老体弱的王老太太都能"不为五斗米折腰"，更何况年轻力壮的吉姆？但二水的话仿佛还在耳边，"在美国绝不能凭感情用事，就是走，也要等找到新工作再走。当初我贸然离开谭老板就是一大错误，之前每月工资领一大把，离开后几个月一分钱没有，落差太大，你可千万不要学我。"

有些事，不是自己能够左右的。

这天又轮到吉姆值夜班，做安全巡逻的同时，还要洗四个房间的地毯。吉姆气鼓鼓地将纸条递还给了珍妮，"这活也太多了，我干不完。"

珍妮也很委屈，"我也不知道，刘老板叫我给你，我就给你了。"

刘老板通过探头看到了这一幕。他把吉姆喊进办公室，"你是不是嫌我们这钱付得太少了？在汽车旅馆你这个岗位就拿这么多钱，每个行业都有每个行业的规矩。"

吉姆说："我做过这两个夜班，就准备不做了。"

"那你什么时候搬走？"

"我会尽快搬走。"

"给我个具体时间。"

"那我现在就不做了。"

"你现在不做了，现在就得搬出去。"

"可以，你把护照和工钱给我。"

"你把行李搬上车，把工具和钥匙都交来后，我才能给你工钱。护照的事不知道。"

"护照就在这保险箱里。我刚来时，是CT主动要帮我保管的。我要过好几次，你们都说再找找看，现在我人都要走了，你们还要那个护照有什么用？"

刘老板说："好，好，好，这个保险箱很乱，我再找找看。听你的口气，你是不是已经找到工作了？"

"没有。但不管怎么说，总比刚到美国时强，至少现在我可以睡在车里了。"

一手交钱，一手交工具。吉姆开着车，摇摇晃晃地消失在黑暗中。

听说吉姆辞了工，二水先是一怔，转而安慰："有些事情并不是钱的问题，而是为了争一口气。你先在我这好好休息休息，工作以后再慢慢找。"

吉姆哪还有心情休息，第二天他就拿着报纸应聘去了。

这家汽车旅馆靠近码头，有16间客房，两栋低矮的平顶建筑之间是一个狭窄的停车场，车子只有开到对面的一个土包上，才能掉头。刚下过雨，汽车旅馆里积满了水，一片泥泞。

他和二水接连跨过好几个水洼，才进到零乱的办公室。老板又是台湾人，他早就等在那儿了。他说："这家汽车旅馆，我租给一对老墨夫妻，他们已经在这干了七八年了。头几年还好，从去年就开始拖欠我租金了，最近几个月，不仅不付租金，连房间也不修了，才会弄成现在这个样子，几乎就要关门了，所以我才收回来自己亲自做。我现在急需一个懂维修的中国人，这些美国人都不靠谱，说什么都会，其实什么都不会。干维修这类技术活，还是我们中国人在行。"

吉姆年轻力壮，又在6号汽车旅馆做过维修工，老板当然求贤若渴，"这太好了，你可以一个人顶着，办公室、清房间、带搞维修，每个月我付你800美元。等修好了，我还可以租给你。"

这也太抠门了吧？吉姆落荒而逃。

海湾小镇中餐馆请人。吉姆开着二水的车去应聘，是因为自己的车太老，他怕在路上抛锚。

10号高速公路往东，一小时车程就到。中餐馆不大，老板是位年轻的越南华侨，他劈头就问："你有工卡吗？"

吉姆一怔，"没有。我是学生，现在放暑假了，想出来找个工作。"

"学生我们不要，一开学就走了，我们还要重新找人。"吉姆一路沮丧。

找不到工作，吉姆整日闷闷不乐。二水提醒："附近有家台湾人开的汽车旅馆，前一阵子也在登报找人，不知道现在找到了没有？"

吉姆去一探究竟。

老板不在。正在上班的一个中国人说："登报找人那是很久以前的事了，现在还要不要人，你就要亲自问老板了。"

"老板什么时候会在这？"

"他刚去台湾，可能还要有一阵子才能回来。"

"你能给我老板的电话吗？"

"我没有。"

一华人殡仪馆招工。吉姆学过"运动生理"和"运动解剖"，好像还有点专业对口。一打听，在殡仪馆工作不仅需要工卡，还要有执照。这也太扯了。

终于寻觅到一则汽车旅馆招工广告。老板说："请你把电话留下，等几天我再给你回话。"

吉姆去看CT。CT也惦记着吉姆。他说："听说你离开6号汽车旅馆了，一直想去看你，太忙，总抽不出空。你来了正好，我们俩好好谈谈，如果你还没找到工作，可以先到我这来干，我这正缺人。"

"你付我多少钱？"吉姆终于懂事了。

"跟6号汽车旅馆一样。"

吉姆没作声。CT解释："每个行业都有每个行业的规矩，我们不能破了这个规矩。虽然你每月只拿650美元，但你可以加班加点，比如星期五、星期六晚上你可以帮忙清清钟点房，清一个房间1美元，这样一个月下来，700多美元应该没有问题。"

还是被吉姆婉拒。

第六章 二进中餐馆

沃顿小镇中餐馆找一位洗碗打杂，包吃包住月工资800美元。吉姆决定去试试。

次日凌晨。二水正在睡觉。吉姆连招呼都没打就融入了滚滚车流。

59南，朝墨西哥方向，风驰电掣一个多小时，便进入风景如画的田园小镇。

东张西望，左顾右盼，"WOKD'LITE CHINESE CAFE"招牌终于跃入眼帘。

独立建筑。铁将军把门，停车场一片空旷。他来得太早了。听着音乐，闭目养神。他睡了个回笼觉。

一阵响动把他惊醒。一个亚裔小伙正在开餐馆的大门。吉姆趋前自我介绍。小伙子有些茫然，"是我爸答应你来的？他没告诉你，我们这10点钟才上班，你来得也太早了？"他瞥了眼墙上的挂钟，"你坐会儿，他们一会儿就到。"

两部车尾随而至。卡迪拉克老爷车上钻出一位广东佬；豪华林肯车上下来一对台湾夫妇和一个小老墨。小老墨似曾相识，定睛一看，正是在奥斯汀经常和他摔跤的那位。两人都佯装不认识。老板开门见山，"你就是吉姆，我姓林。你不说你做过中餐馆吗，那就进去露两手。"

这是家点菜馆兼外卖，家庭式经营。老板的两个儿子负责大堂；太太负责油锅；广东佬是炒锅；老墨洗碗打杂，现在吉姆顶了他的窝，他就升格成帮炒；老板掌握全盘，哪儿忙到哪儿。

林老板从冷库里搬出一大盘包心菜，拿出一颗，"嚓，嚓，嚓……"圆圆的包菜顿时化成雪片。他把刀一扔，"这就是我们餐馆的尺寸，就照这个样子切！"

经过短暂地适应，吉姆切菜的刀声就开始连续不断。

脏碗碟堆积入山。

老板大声疾呼："别切了，快过来洗碗。"用的是中文，喊得当然是吉姆。

奥斯汀餐馆用的是洗碗机，吉姆四处张望。老板心急火燎，"就这么几个碗，用手洗就行了，快点吧，别再磨蹭了。"

脏碗碟堆在左面。第一个水槽倒进洗涤剂和漂白水，第二个水槽里是清水，水龙头不停地淌着，吉姆伸手要关，林老板一巴掌打来，"这碗不冲，能洗干净吗？餐馆的水是不要钱的，已经包括在租金里了。"

用钢丝球在第一个水槽里洗，在第二个水槽里冲，再用干毛巾擦干、摆好，送到灶台。吉姆感到动作够快了，可老板还不满意。他夺过碟子作示范，"你看，应该这样，你那也太慢了。你们不管干什么就是一个字：慢。"

要快还不容易。"唰，唰，唰……"吉姆模仿起了卓别林。林老板笑容可掬。

笑容还没收敛，老板的儿子就气鼓鼓地进来，"这样洗不行，客人都抱怨了。我爸，你看，这碟子没洗干净，油渍还在上面。"

仔细一检查，又发现了几个。老板赶忙纠正，"好，好，好，慢点，慢点，请你慢点。我算是给你打败了，不能光顾快，还要洗干净。"

吉姆在心里嘀咕："就给这么点钱还要快。又想马儿跑得快，又想马儿不吃草，哪有这等好事？"

有人送来了一筐洗得雪白的抹布，林老板大喊："吉姆！快把脏抹布收一收送去洗，清洗公司来收脏抹布了。"

吉姆好奇，"他们是用什么洗的，怎么洗得这么白？"

林老板说："不知道他们用的是什么化学药水，反正他们有办法，要不然怎么叫专业公司呢？今天晚上还要来人帮我们清洗排油烟机，抽油井。"

"也是他们？"

"不是他们，是另一家中国台湾人的公司。"

下午两点半，是员工吃午饭时间。老板的两儿子在美国长大，对中餐没兴趣，西餐自理。老板娘为员工们准备的午餐是，一个红烧蹄髈，台湾做法，放了罐啤酒和黄冰糖，色、香、味俱全；一大盘碧绿的炒青菜叶，这是餐馆的下脚料，是老广东的建议，它才从垃圾变成了员工的菜肴；还有一大盘红烧鸡块。

吉姆狼吞虎咽，一碗饭很快就下肚。论吃饭速度，从来就没人敢和他叫板，可一抬头老板已经干活去了，让他吃惊不小。环视四周，老广东不紧不慢；小老墨仍在细嚼慢咽。

老板娘扒进最后一口，安慰吉姆，"吃吧，吃吧，你能吃，就多吃点，能吃才能干啊。"

劈鸡、切肉、剥虾、切菜，这些都是饭后要做的事。大家围着案板，有条不紊，嘴更没闲着。

老板一家在小屋的躺椅上轮流小憩，吹着电扇，享受着特权。

林老板说他祖籍是山东，新中国成立前夕随国民党军队撤退到台湾后，一直在警察局工作，他喜欢摔跤，是典型的豪爽粗犷的北方爷们……林老板用刀背敲打着台面，"聊归聊，手不要停！"他倒了杯冰茶，"要喝自己倒，不要客气。"一仰脖子，"咕嘟，咕嘟"一口气喝了个精光。

林老板说："我说个笑话给你们听，也不算笑话，是真事。有三个博士，毕业以后一直找不到工作，吃饭都成问题。一合计，合伙开家中餐馆吧，自己当老板。开业的时候他们说，美国人不给我们饭吃，我们现在要给美国人饭吃了……"

吉姆插话："三个和尚没水喝，能开起来吗？"

"连锅都不会炒，还三个和尚呢？在美国，不懂这一行，千万别碰，你不懂就算了，你的合伙人一定要懂，三个人一个都不懂，全靠求人，那还不活受罪？听炒锅讲后来跟他们闹翻了，要甩手不干，他们赶快给他跪下，求他别走……"

吉姆不平，"走就走吧，还值得给他跪下？"

"如果你自己会炒，你可以这么说，现在你是要求人，你再不卑躬屈膝，中餐馆就要关门，中餐馆一关门就变得一文不名。炒锅说，不走也行，炒一个菜我提成5美元。"

晚10点，吉姆浑身乏力，全身都是汗，钻进像蒸笼样的车里，跟在老板的车后。车停在一栋公寓前，他正要上楼，被林老板喊住。他指着暖洋洋的台阶，"这里穿风，挺凉快的，就坐这儿我们聊聊。"

吉姆艰难地坐下。林老板说："干了一天了，感觉怎么样，是不是感到很累？"

"还行。"

"你还年轻，又是搞体育的。我年轻时候也像你一样，不觉得累，也不知道什么叫累。现在不行了，一天下来累得够呛，这个年龄不饶人啊。你说，我们在美国，不干中餐馆又能干什么呢？美国人能把好的工作给你干吗？"林老板顿了顿，"不错，你今天干得是不错，你今后有什么打算啊？"

"没什么打算，先干着再说吧。"吉姆欲言又止，"你知道我在奥斯汀餐馆，老板给我多少钱吗？"

"洗碗打杂都是800美元，中餐馆就这行情，他能给你多少？"

"一个半月才150美元。"

"多少？"

"150美元。"

"你在开玩笑吧？"见吉姆摇头，林老板义愤填膺，"这是人干的事吗？不过我可没有欺负你哦，你每月800美元，在中餐馆洗碗打杂就是这个价。"

"你给我800美元，现在还可以，过不久我就会不满意。我现在有车了，能进得来，我就能出得去。"

"那你说说看，你这个工资要怎么个长法？我就是要和你谈谈这个问题。"

"怎么长，那是你老板的事，反正不能总是这个价。"

"这要看你干什么活了，炒锅是炒锅的钱，油锅拿油锅的钱，都不一样。你现在是洗碗打杂，洗碗打杂都是800美元。"吉姆徒手做了个抛锅的动作，"我会翻锅。"

"嗯，不错，是会。"

"你怎么知道我会？"

"一看你那个动作我就知道啦。做了二十多年中餐馆了，连这个都看不出来还怎么混？我现在不缺炒锅，以后有机会再说吧。明天你可以试试，让我们都看看你的手艺，我要敲山震虎。"沉思片刻，"你看这样行不行，我每隔三个月给你长50美元，一直长下去，直到你拿到炒锅的工资，你看怎么样？"

"两个月长一次。"

"两个月长一次也太快了。这样吧，如果你愿意，我可以帮你办绿卡。"

浩瀚的夜空，一颗流星划过残月，稍纵即逝。吉姆似乎看到了一丝光亮。他压住喜悦，"那是以后的事。我现在考虑的是如何打工挣钱。就照你说的，三个月长一次，先干着再说。"

老板叮嘱，"你休息的时候到休斯敦，不要和你的朋友谈我中餐馆的事，也不要叫他们到这来玩。"

吉姆上楼时，老广东和小老墨已经冲完澡，上床睡觉了。

这是套两卧两卫一客厅的公寓。老板夫妇睡在主卧；老广东和吉姆睡宾房；小老墨睡客厅；两个儿子各自开车回休斯敦。

日上三竿，吉姆才醒来。老广东早已把床整理得干干净净，不知了去向；主卧房里不时传出叮咚声；客厅里小老鼾声依旧。充了一夜的电，吉姆脸泛红光，神清气爽。他伸了伸懒腰，习惯地做了几下扩胸动作。他感到精力更充沛，超量恢复。

洗漱完毕，走到阳台，凭栏眺望：湛蓝的天，洁白的云，花团锦簇，绿草如茵，小桥流水，绿树成荫，一栋栋别墅掩映其中，小松鼠上蹿下跳，鸟语蝉鸣……好一幅充满诗情画意的中国山水画卷。

一个晨练者进入视线，那是老广东在打太极拳。那动作舒缓飘逸、轻柔圆滑，柔和平稳、细腻委婉。动，如行云流水，连绵不断；静，稳如泰山，坚如磐石。一招一式都把太极拳含蓄内敛、动静结合、刚柔并济的神韵展现得淋漓尽致。一看就知道他是个行家里手。吉姆不禁暗自叫绝。

"走了，都走了！醒醒！还在睡。"林老板一声吆喝，小老墨倏地一下从床上弹下了楼。

"他怎么不洗脸，也不刷牙？"吉姆问。

林老板笑答："老墨也不要脸，还洗它干什么？就他那个样子。"

三部车相随到了中餐馆。大伙边忙碌，边吃着老板顺路买来的甜面包圈。

见吉姆没吃，林老板说："吃啊，这就是早饭了，中饭要到下午两点半，不吃你能撑得到？尝尝吧，很好吃，很甜，我就喜欢吃甜的，所以我有糖尿病。"

吉姆说："什么叫糖尿病？我也喜欢吃甜的，怎么没有？"

林老板说："你怎么知道你没有？糖尿病人都喜欢吃甜的，你一定要注意，要不然，以后也会像我这样，后悔都来不及了。"

老板娘问吉姆，"那你想吃什么？"

"稀饭。"

"稀饭？糖尿病人就是不能吃稀饭，再说我们也没时间熬啊。"

吃完两个甜面圈，林老板转身从小房间里摸出个样子丑丑的老式摄像机，对着吉姆直扫。吉姆忙躲闪。老广东窃笑。拍摄完后，林老板说："你的驾照和社会安全号还没给我呢！"看过吉姆的驾照和社安号，林老板转身递给儿子，"你拿到对面邮局复印一下。"

老广东开玩笑，"多印一张，给吉姆贴个征婚广告，找个白人女子，好办绿卡。"

林老板大儿子也跟着凑热闹，"我到大陆能不能找到女朋友？"

吉姆说："当然能，你人长得不错，个头又高，又是美国公民，一定能找到。就看你愿意不愿意了。"

儿子扑哧一笑，"听说你住在汽车旅馆，那里坏蛋多吗？"

接着是一阵哄笑。

沃顿是个只有四万人口的小镇，餐馆星罗棋布，但中餐馆仅此一家。

林老板说："6年前我忍痛卖掉了旧金山经营了十几年的老餐馆，举家搬迁到休斯敦，休息了很长一段时间。总闲着没事做就会感到无聊，总想再做点什么。其他生意也没做过，一直都在开餐馆，就想在休斯敦再开一家……"

吉姆插话，"做了十多年了，肯定有钱赚，为什么还要卖掉？"

"总不能说要钱不要命吧。我那家中餐馆生意很好，但在黑人区，杀人抢劫的事经常发生，天天都提心吊胆的，钱是赚了点，但也是活受罪。我和两个儿子成天枪不离身，中餐馆里还放了把AK-47……"

吉姆好奇，"AK-47，拿给我看看？"

林老板从小屋里抄出一把冲锋枪，"这就叫AK-47。"

吉姆笑，"原来是雷锋叔叔挂在胸前的那支。"

吉姆放下菜刀，上前就摸。老板一闪身，对吉姆胸部一个栽肩。吉姆后退了好几步扶住了案板，虽然没跌倒却又引来一阵哄笑。

吉姆愠怒，"乖乖，你会摔跤？"

林老板得意扬扬，"你怎么知道？"

"一看你那个动作我就知道，不仅会摔，还是把好手。不过今天你要是把我摔到那里，你麻烦就大了。"

老板端起AK-47，冲着后门作扫射状，"哪个要敢来抢，老子把他打成马蜂窝。"接着继续侃，"在旧金山时我还买了副对讲机，每天晚上回家，都是我儿子先进去，我们带着钱坐在车里。我儿子把整个屋子都检查了一遍，认为安全了，他才用对讲机招呼我们进去。太危险了，没办法，只好把餐馆卖了。为了能找家好餐馆，我和我太太天天开着车，绕着休斯敦周围转。"

吉姆问："为什么不在休斯敦中国城开？"

"中国城中餐馆太多，钱不好赚。后来我们终于相中了这家店。这是家美国人开的快餐店，为了看生意，熟悉它的运转过程，我免费在这家店里打了三个月的工。买下来后，我就把它改成了中餐馆。刚开张，我是买一送一，半价，生意一下子就火起来了。美国人都喜欢吃中餐，这个小镇上就我这一家。台湾的王永庆你知道吧，他有家塑料厂就在离这不远的小镇上，他们经常来订盒饭，一订就是好几十盒。"

林老板越说越兴奋，"美国有个怪现象，有钱的说没钱，没钱的说有钱，生意好的说不好，生意不好的说好。"

"为什么？"

"你真傻。人怕出名，猪怕壮呗，有钱的人当然说没钱啦；没钱的人心虚，怕人看不起，就穿得西装革履；生意好，谁都想来分一杯羹；生意不好，他要卖啊，臭名在外，怎么卖得出去？"

吉姆学着林老板样在磨刀石上撒了点盐，"咯吱，咯吱"地磨着刀，"怪不得你不叫我带朋友来这玩呢！"

林老板用抹布擦着西洋芹，"有些事情你是遮不住的。以前有个炒锅，在我这干了几个月，看我这生意还不错，就想自己也开一家。我说，这个小镇只能养活一家中餐馆。你真想开一家我就把我这家卖给你，价钱当然也不会便宜。他还坚持要开，我说，我一家有四口人，你就光棍条子一根，你能拼过我们吗？你餐馆一开门，我就买一送一，非叫你倾家荡产不可，他这才罢手。"接过林老板擦好的西洋芹，吉姆"嚓、嚓、嚓……"飞快地切着。

吉姆突然"哎哟"了一声，他的左中指被锋利的菜刀削掉一块肉，切口深可见骨，出血却不多。林老板从急救箱里拿出创可贴，贴上，裹了几层塑料布，再用胶布缠紧。他拍拍吉姆肩，"好了，快去洗碗吧，你不洗，谁洗？"

老广东和小老墨争先恐后冲完了澡，吉姆才不紧不慢地走进卫生间。缠在手指上的胶布早已脱落，伤口被漂得雪白，阵阵跳着疼。吉姆有些紧张，"如果发炎了，就麻烦了。"他草草收场。从不吃药的他，第一次吃了从国内带来的消炎药。

星期天打烊。每个星期六下班后都要做一次大扫除。

全员出动。老广东带老墨清洗锅台、抽油烟机；林老板带吉姆清洗工作间，大儿子挽着裤腿提着水枪快步走过来。他挪开一堆杂物，成百上千只蟑螂倾巢而出。一扣扳机，蟑螂全都被热水烫死。吉姆扫了好几簸箕。

看着干干净净的餐馆，林老板笑着说："这样就不怕卫生局来飞行检查了。"

大扫除一结束，老广东就仓皇逃窜；小老墨要搭林老板的顺风车回休斯敦。林老板临走一再叮嘱，"大家都回休斯敦了，你没事也出去转转，别老一个人待在公寓里，小心得了美国病。"

"什么叫美国病？"

"美国病就是抱着电线杆子说话，就是孤独、寂寞。你一定要注意安全，不能搞失火了，搞失火要坐牢的，反正你也跑不掉，你的资料我都有。好了，我要抓紧回去洗冲浪浴，好好放松一下了。"吉姆这才明白，老板为什么要给他摄像。

星期天，吉姆一觉睡到自然醒。

上午他围着小镇转悠一圈。中午他买了盒饼干权作午饭，又顺手买了个理发推子。他的理发技术不错。中学时他就是班级"学雷锋理发小组"的骨干，班上男生的头，哪个都被他摸过。来美国他只理过一次发还是免费的。克姆的胖小姨子在美容学校学习，毕业考试时抓吉姆去作试验品。那已经是两个月前的事了。老广东每个星期天晚上都要提前回到小镇。他和吉姆经常唠嗑。他问："你是怎么来美国的？你告诉我没关系，我是信佛的，我不会对别人乱讲的。"

吉姆实话实说后，反问一句，"那你呢？"

老广东洋洋自得，"我是全家移民，是我哥哥帮我们办的。我们仨姐弟都在国外，我姐姐在加拿大也开中餐馆。"

"你怎么不去帮忙？"

"我帮她干了半年才回来。那边的钱没有美国的好挣。"

"美国公民的兄弟姐妹办绿卡，时间很长吧？"

老广东支支吾吾，"还好，也就十七八年吧。"

"你们广东人海外亲戚多，出国就像走大路，不稀奇。我们其他省人就很稀罕了，没有两把刷子是出不来的。"吉姆话锋一转，"你的太极拳打得不错，一看就知道有功底。"

"我从小就喜欢武术，我是杨式太极拳的第十八代传人。你想学吗，我教你。"

"没兴趣。"

"你开的那部车好像不咋的。我开的那部车你认识吗，叫凯迪拉克，亲戚朋友听说我在美国开这种车都羡慕死了。哎，你不说你买了个理发推子吗，拿出来给我看看，好的话，我也想买一个。"

吉姆客气地递了过去。老广东仔细端详着。

"哪有电插头？"

老广东指了指自己的床头。插上电后吉姆说："不错啊，这声音很好听啊。"

老广东没有回答，突然把理发推子一扔，脸色铁青地瞅着吉姆。

吉姆这才意识到，原来他的屁股吻了老广东的枕头。

吉姆一夜无眠。早上老广东赔着笑脸要借他的车子点火，他还是愉快地答应了。

小镇的夏夜，皓月当空，静谧无声，可空气就像凝固了似的，没有一丝风。今天是星期六，吉姆计划去看二水。

二水正忙得跌跌爬爬。看见吉姆，他笑了，"你来得正好，快帮我把4号客房清一清，客人正等着呢。4号房时间还没到，我就把他给撵了出来了。"

"他不生气？"

"他都快活得天昏地暗，连白天黑夜都分不清，哪还记得什么时间。"

吉姆伸手正要揭床单，被二水一把按住，"床单不用换，扯扯平就行了，这个客人是来放松的，连手巾都没动。"

4号客人刚进去，二水又敲6号门，"离店时间到了！"

6号房的客人从门开缝里塞出8美元，又续了一个小时。

5号房的客人提前走了。新客人说："没关系，没关系，不用清了。"

又进来一部车，此时小汽车旅馆已经没有空房间了。

吉姆转动一下腰身，"终于可以喘口气了。"

二水说："两点钟酒吧关门，还要再来一拨客人。要不是你来，我早就挂客满牌子了，钱再多也不能要，累得实在够呛。"老太婆7点接班。二水和吉姆正在呼呼大睡。

吉姆睡意正酣，突然被二水喊醒，"快起来！快起来！今天我跟三副约好了，下午我们到湖边去游泳，那地方我不太熟还要找，所以我们要早去。"

"你们去吧，我再睡会儿，就回小镇了。"

"别一天到晚都愁眉苦脸的，日子还长着呢，有的是机会，现在不抓紧玩玩，以后当上老板就没有时间再玩了。走吧，去散散心。三副的新女朋友也去。

"他是怎么挂上的？"

"他俩都是上海人。女的在休斯敦大学读硕士。三副在中文报纸上招工广告一登，她来应聘了。她有个前男友，两人还在藕断丝连，三副就像被打翻了醋坛子。我劝他，她又不是你老婆，你管那么宽干什么？你就付她那么一点钱，学费又那么贵，你总得替人家想想。一天，他突然叫我去帮他看汽车旅馆，说他要去捉奸。三副尾随她的车，果然逮了个正着。三副恨得咬牙切齿，"你她妈的，吃我的，喝我的，花我的，还给我戴绿帽子，你滚吧。"她苦苦哀求，发誓再也不敢了，俩人这才又和好。现在三副把她看得可紧了。这个女人确实很漂亮，你去看看就知道了。"

吉姆好奇地上了车。

休斯敦湖，一颗镶嵌在石油之都的蓝宝石。说她是风骚少妇更形象，赤身裸体的纳凉者，无不被她毫无羞涩地揽入丰满温润的怀抱。

五颜六色的遮阳伞，把灼热的沙滩点缀得色彩斑斓。有人在小憩；有人在烧烤；一排排房车，空调低鸣；一排排重型卡车或越野吉普，蓄势待发，随时准备把湖中的游艇驮上背；最亮丽的风景当数身着比基尼，戴着太阳镜身姿曼妙的女人。有的款款行走，有的在打沙滩排球；有的在享受阳光浴……

波光粼粼，水天一色。有的尽情畅游；有的躺在气垫上和幼儿玩耍；摩托艇在湖面纵情穿梭；不时有鱼儿蹿出水面……清凉的湖水驱除了暑热，也缓解了人们的压力和烦恼。

三副和女友在水中嬉戏。

吉姆在岸边呆坐。这些离他似乎很远。

游累了，席地而坐。三副从车上搬下冷藏箱，拿出面包、各种饮料、矿泉水等，大家狼吞虎咽。吉姆仍然没有反应。

就这样，每到休息日吉姆就到二水那儿去放松一下心情。

又一个星期天，二水主动打电话叫吉姆帮他照看小汽车旅馆。他说老太婆被他炒鱿鱼了，他要去帮季小姐的A汽车旅馆抢修水管。

"哪个季小姐？"吉姆纳闷。

"就那个没有下巴的，在你房间被你撞见的老古的那个老情人。她现在是A汽车旅馆的经理了，老古也在那儿打工。"

吉姆惊诧。二水细说原委。

吉姆走后，老鬼一直没有找到帮手。他想找个女的，最好是单身，一来威胁不到他的饭碗，二来还能培养成女朋友，岂不美哉。

美事是二水成全的。当天两人就"白天吃的一锅饭，晚上睡的一个枕头"。

直到钱老板塞给季小姐一个LV包包，老鬼才如梦初醒。原来她同时伺候着两个男人。

《动物世界》里有这么一句旁白："……又到了发情期，为争夺'交配权'，体力稍逊的公狮子有的被咬得血肉模糊，有的因此而死于非命……"

动物如此，何况人乎？男人有两件事不共戴天：一个是"杀父之仇"；一个就是"夺妻之恨"。尤其是后者，它关系到男人的尊严，即使不是自己的妻子，横刀夺爱也最令男人热血沸腾，不与情敌拼个你死我活绝不罢休。老鬼则不然。他不仅视若无睹，还时常拱手相送。不是他肚大能撑船，而是现实残酷，他不想丢掉这个饭碗。

钱老板家庭美满，妻子贤惠漂亮，寻花觅柳只不过是逢场作戏罢了。

季小姐有自己的盘算。当"小三"想扶正有点奢侈，当个经理多捞些钱才货真价实。

枕头风一吹，钱老板又故伎重演。

冲锋陷阵的还是20号客人老黑。他首先拒付房租；其次招来坏蛋，引得警察频频上门；要不就贼喊捉贼拨打911；最毒的一招就是要告发老鬼是非法移民。

看到老鬼被折腾得日渐消瘦，季小姐心生怜悯，"这样待下去也不是个事，咱们还是走吧，你到哪儿，我就跟你到哪儿。"

老鬼筑好了爱巢，只等季小姐来栖息。左等右等，不见芳踪。一打听，她不仅荣升了经理，情敌老古还鹊巢鸠占，被放了鸽子的老鬼气得口吐白沫。

又一个星期天，二水很晚才从季小姐那儿回来。他一进门就说："季小姐摊上大事了。有人打电话给老古老婆，说他和季小姐在A汽车旅馆姘居。老古老婆又打电话给钱老板，叫他把这对奸夫淫妇撵走，要不然就打电话到移民局，告发他雇佣非法移民。现在麻烦大了去了。问题是现在季小姐怀疑打给老古老婆的这通电话是你打的，她说只有你才知道老古家的电话号码。她还说，她要打电话到移民局去，要把你也遣送回国，也不知道究竟是怎么回事。"

"躺着都中枪！"吉姆勃然大怒，"这个丑女人，她要敢打电话到移民局，看我不剥了她的皮。我都离开休斯敦了，整天累得像狗一样，哪有闲心管她那些丑事。老古老婆是中医师，经常在中文报纸上登广告，她的电话号码哪个不知道？奸情败露，跟我有什么关系，我招谁惹谁了？我来打电话问问她。"

二水忙阻止，"你不能打，不能打！你打了，她不说是我翻嘴吗？你没打就算了，我去跟她解释。可这个电话到底是谁打的呢？"

一份甜酸鸡，被退了回来，客人咬过地方露出了白色芡粉。老板娘说老广东没炒熟，老广东怪老板娘没炸透，两人争得是面红耳赤，互不相让。

最后，老广东使出撒手锏。他把围裙一摔，"我不干了，你另请高明吧。"林老板当时不在休斯敦。

第二天，老广东不仅没走，反倒好像打了鸡血样，动作更猛，干劲更大了。这个谜到晚上才解开。林老板不仅没有责怪他，还给他每月长了100美元工钱。在美国炒锅是老九，"老九不能走！"洗碗打杂的就无所谓了，要不然，林老板为什么总爱找吉姆的茬？

他一会儿说吉姆走得太慢，一会儿说他成天板着个脸，要不然就说进厕所时间太长。

吉姆反唇相讥："你进去的时间比我还长呢。"

林老板有口莫辩。老广东忙解围："你怎么能这么说呢？林老板年龄大了，有前列腺炎，解小便困难，很痛苦的。你老了，你就知道了。"

公寓卫生间抽水马桶的把手把断了，这事也迁怒到了吉姆头上。老板娘说得更荒唐："我们用了好几年了，一直都没坏，怎么你一来就坏了？"

老广东一个趔趄。老板怪吉姆没把地拖干净。吉姆回敬："对，我是卖保险的，专保跌跤滑倒。"

老板娘对吉姆说："看样子你对做餐馆没兴趣？"

吉姆回敬："我只对钱有兴趣。如果你这个餐馆没钱赚，你也不会有兴趣！"

"没钱赚那是没兴趣。不过赚钱也要一步步来，哪有一口吃个胖子的？我们也是吃了二十多年的苦，才熬成今天这个样子。"

正在针锋相对，突然一声"吉姆电话！"解了围。

今天是星期六，二水叫他一定回去，有要事商量。

第七章 三进汽车旅馆

　　二水要回国结婚。小汽车旅馆觊觎者很多。二水准备叫吉姆接手。

　　掐指一算，二水租下小汽车旅馆已经整整一年了。生意起死回生，房屋旧貌变新颜，二水的辛劳、责任、能力和担当，肖老板都看在眼里、记在心上。他主动提出要帮二水办绿卡，条件是：签10年合同。荷尔蒙正旺的二水不为所动。

　　吉姆好奇，"杨玫瑰不是帮你介绍一个广东女孩，又高又漂亮，还有绿卡，你们还在一起吃过饭，怎么不谈了？"

　　二水说："个子是挺高，长相也过得去，就是不来电，所以就算了。婚姻是终身大事勉强不得。哦，季小姐叫我转告你，她说对不起，误会你了，打给老古老婆的那通电话是老鬼打的。"

　　"她还在那儿当经理？"

　　"她早就不干了，和老古一起走的。后来她租了一家汽车旅馆，人家现在已经当上跷脚老板了。"

　　吉姆心中泛起一丝醋意。他一口气问了好几个问题："她租的这家汽车旅馆叫什么名字，她是怎么租到的，位置怎么样，生意如何？"

　　"这家汽车旅馆叫T汽车旅馆，离休斯敦大约一个小时车程。在跑狗场附近，是T汽车旅馆老板在中文报纸上登的招租广告。生意还不错。"

　　"她哪儿来这么多钱？"

　　"她当上经理后，A汽车旅馆的生意还真被她搞上去了，拿了不少奖金，老古的工资全归她所有，再加上连偷带卖，那吸金的速度还不一流？"

"A 汽车旅馆的生意一直都不好，她有什么法宝？"

"汽车旅馆生意就这样，你睁一只眼闭一只眼，最好什么都不管，生意一定红火，但警察会找你麻烦。季小姐什么也不懂，管理、修理一样也不会，但她放任自流，A汽车旅馆才会乱成了一锅粥，警察天天来，连便衣都住进去了，房间也是越做越破。就算老古老婆不打电话去，钱老板也准备叫她走人。"

"老鬼现在混得怎样？"

"他离开A汽车旅馆后一直没有找到工作，居无定所，就像一只丧家犬。之前我每次都邀请他来我这儿住住，他一直没好意思，最近突然对我说，他过几天就要搬过来了，估计是他听说我要回国，他想来接手我这家小汽车旅馆，他也没明说，只是不断重复，'朋友要多了没有用，有一个就行了'，我装作没听懂。"

"你准备什么时候回国？"

"感恩节那天，还有两个半月时间。你一定要把握好这次机会，抓紧过来。机会就是这样，稍纵即逝，可遇不可求。有好几个朋友都提出想来做，我都没答应。你的事我已经跟肖老板说好了，老太婆这个障碍我早就帮你清除了，万事俱备，你千万别再犹豫。你一回去就告诉你们中餐馆老板，叫他抓紧找人。你也要先过来熟悉一下生意。"

中餐馆生意太忙。吉姆一直没机会开口。说辞工这种事又不能当着众人。

这天，大儿子火急火燎地抱来一把电钻。吉姆眼睛一亮，"乖乖，这家伙厉害，还是崭新的，你买这个十什么？"

林老板指着墙角，"你看那个地方到处都是水。这个美国人头脑也不当家，好好的水管子非要埋在墙里，哪里漏水也看不见。只好先打个洞，把水放出去再说。这是水泥墙，非要冲击电钻不可。我们又不是干这行的，哪有这玩意？只好叫我儿子到商店先去买一个，用完了再去退掉。"

"用过的东西还能再退？"吉姆不免好奇。

"在美国买什么东西都能退，也不问理由；就是买汽车不能退，不论什么原因；另外，买什么东西都不能讨价还价，就是买汽车，价格可以商量。你看我买的那部林肯城市，经销商给了我5000美元优惠。"

"照你这么说，我要外出旅游，买个摄像机，用完了还可以再退掉？"

"当然可以了，你还可以再买一套西装，照完相一起拿去退，注意，别弄脏了。"老板笑了笑，"开句玩笑而已，别当真，不瞎聊了。你在汽车旅馆不是做过维修吗，漏水这事就交给你负责了。"

望着修好的水管，林老板脸色多云转晴。听说吉姆要辞工，霎时又晴转多云。他气急败坏地说："小老墨带着嫂子刚刚私奔，你又闹着要走，这不是拆我的台吗？还有两个星期我就要给你涨工资了，我这大厨朋友从台湾休假刚刚回来，我正寻思着一个星期开7天呢，这还开个屁嘛！就是走，你也要早点告诉我啊！"

第二天，林老板就带来一个萨尔瓦多小伙子，他警告吉姆："你不要乱讲话，他问你多少钱一个月也不要说。"

"一个青椒牛肉。"大儿子对着窗口一声吼。

老广东撂下菜刀，擦擦手，正要去，被林老板伸手挡住，"你等等，吉姆说他会翻锅，让他露一手。"

大伙都围了过来。吉姆用膝盖顶开炉火，舀了半勺油倒进锅里。林老板直呼多了。话音未落，吉姆反手把油又倒回罐里。葱、姜、蒜炝锅，倒进林老板递过来的牛肉，抛锅，倒进青椒，抛锅，放进配好的酱油、盐、糖、芡粉，抛锅，出锅。用铁勺敲开自来水，洗锅，关火。整套动作干净利落，一气呵成。

面面相觑。林老板斜了老广东一眼，"这就对了，刚开始还有人用冷水洗锅呢。"

林老板又找吉姆谈话："你想走，我也不拦你。你要是在汽车旅馆干得不愉快，欢迎你随时再回来。回来后，你这炒锅不是炒锅，打杂不是打杂，付你多少工资才合适，我们再商量。"

吉姆把车开进小汽车旅馆时，老鬼正在闲庭信步。他东瞅瞅、西望望，接手后如何整修的蓝图正在他心中酝酿。

看见吉姆下车，随口一问："今天你休息？"

吉姆心不在焉地"嗯"了一声后，开始把大包小包、锅碗瓢盆不停地往车下搬。

"你这是……"老鬼开始蒙圈，随后才恍然大悟。此刻他的脸色由红变白，再由白变青，秃顶上的冷汗噼里啪啦直往下滴。

夜里，老鬼再次翻身打滚睡不着，嘴里还不停嘀咕着："冤家路窄，冤家路窄啊！"

早上二水喊老鬼吃饭。早已人去楼空。

挣钱本来就不易，对一个即将回国的人来说，花钱更要多斟酌，分分厘厘都应花在刀刃上。二水花钱如流水，花的还都不在正道。

老朴找三个海员借钱时，曾把胸脯拍得山响，说半年后连本带利一次还清，就是把中餐馆卖了，也不能失信于朋友。这一年都过去了，推三阻四不说，还说催债如催命。现在二水要回国了，你总不能再推辞了吧？

现在二水每次打电话，老朴都答得嘎嘣脆，就是"只听楼梯响，不见人下来"。

后来干脆连人都找不到了。再后来接电话的是一个福州人，他说这家中餐馆已经被他盘下了，老朴现在有钱了，只是现在有点小中风，准备回国看病去。还好，不久二水就收到了老朴托人转给他的钱。

半年前二水就通知人寿保险代理商，叫他停止从银行自动支取，他要回国了。所交款项一分不退也就算了，可保险公司还是月复一月地从他银行账号上取钱，心疼得二水直打哆嗦，他只得亲自到银行去办了止付手续。三副和老鬼一看形势不对，也终止了与人寿保险公司的合约，交了一年多的人寿保险费全都扔进了水里。

三副怂恿二水到"跑狗场"捞一张回国机票。二水也信心满满。结果，输得连内裤都脱了。

肖老板邀请二水到拉斯维加斯游玩，一来是对他的感谢，二来算是给他饯行。

肖老板夫妇都是拉斯维加斯的贵宾，吃住不要钱，还时不时收到赌城远东部寄来的免费机票。二水这次顶的是肖太太的窝。"乘兴而来，败兴而归"是必然结果。

接手小汽车旅馆需要一笔押金。二水又借了一部分给吉姆。这一来二去，二水回国连买个"伴手礼"的钱都掏不出来了。他很是沮丧。

原先说好二水要做到感恩节那天才和吉姆交接班。为了熟悉小汽车旅馆生意如何运转，二水还要访亲拜友，吉姆只得提前接了手。看到二水捉襟见肘，连买"伴手礼"的钱都拿不出，吉姆不忍。他把这几天小汽车旅馆的营业额算了算，扣除各项开销，自己一分钱没留，把余款悉数交给了二水。二水这才又来了精气神。

1993年11月15日，吉姆正式接手小汽车旅馆，当上了小老板。从1992年6月5日落地美国，迄今总共1年5个月零10天，吉姆在美国总共挣了多少钱呢？说出来不怕你笑话，总共只挣了10270美元。这一组数字告诉我们，在美国靠打工致富几乎是不可能的。要想致富，必须当老板。

二水走的时候吉姆还在睡觉，是三副送的二水。二水说，他这次要从纽约出关，顺便要见一个朋友。

俗话说："麻雀虽小，五脏俱全。"小汽车旅馆再小，因为是24小时营业，所以至少也要两个人。办公室要看；房间要清，还有许多修理活急等着做。吉姆手忙脚乱。

连着几天不吃不睡。办公室的墙变白了，客房的墙洞补好了，水龙头不滴水了，大型垃圾也清走了……吉姆越干越有劲。

一不留神，干活的家伙没了。他在请客人甲帮他栽挡车杠时才发现的。他隐约想起，昨天傍晚窗口有客人，吉姆走时忘了关仓库门。他知道这事肯定客人甲干的，但又能怎样？活还等着他干，房租他还等着钱付，多剥削他几天也就回来了。

当务之急，他需要找一个帮手。

"嗨，吉姆！"被二水炒鱿鱼的白人老太婆Mary找工作来了。

"对，唉！你别把电脑条码撕坏了，我还要拿去退呢。"

"一星期6天，一天12小时，清房间，看办公室，每星期付你100美元，外加免费住房。你干不干？"

"干，干，干。"老太婆乐得合不拢嘴。

相较于肖老板每周付她的30美元，二水的90美元，她太满意了。有吃，有住，有烟抽，有酒喝，她别无他求。回想起被二水扫地出门的这些日子，她老泪纵横，"我实在是没办法了，把汽车卖了才又撑了一段日子。再后来，钱用光了，问我姐姐借，没有。打电话给我女儿，不借。儿子十几年没联系了。我在街上睡了三天三夜啊……"

老太婆早年离婚，儿女早已独立门户，50岁的她，金色马尾辫，体态轻盈，从背后看就像18，转过脸来就变成81了。这都是抽烟、喝酒惹的祸。同大多数无家可归的人一样，她一辈子都是以汽车旅馆为家。

因为老太婆没染恶习，所以肖老板时常找她帮忙。从清房间，到照看办公室，这一看就是15年。

有了经验的老太婆轻车熟路，吉姆才能腾出手来专注小汽车旅馆的管理和修理，生活也显得轻松而有节奏。

早上7点，老太婆准点出去关灯，检查客房，关水关电，清理房间。即使发现问题，也等吉姆醒了才告诉。老太婆俨然就是吉姆一条看家护院的狗。

为了招揽客人，吉姆挂出"免费咖啡"招牌。这一招还真灵，美国人对咖啡的喜好，胜过中国人的茶叶。每天早晨，老太婆都煮好咖啡和客人一起喝，她乐得合不拢嘴，"吉姆，真是好主意。肯定对生意有好处。"为了招揽客人，有时吉姆还亲自把咖啡壶送进客房，现在想来这种殷勤有些过分了。

CT在疯子汽车旅馆也开始效仿。可没几天他就抱怨："消耗太大，客人太能喝了。"

吉姆说："喝得越多，说明你生意越好啊！"

一个年轻的老墨，一句英语也不会，住到了刚修好的楼上7号房。干了一天活的吉姆躺在沙发上小憩。

"快起来，快起来，我闻到煤气味了。"老太婆突然把吉姆摇醒。

是有淡淡的异味，但也不能说这就是煤气味，汽车尾气也是这个味道，有时比这还浓。吉姆倒头又睡。

"快起来，快起来，真的是煤气，好像是楼上7号客房，要不要打911？"

吉姆再次被摇醒。

"等等！"吉姆倏地一下弹到楼上。7号房果然煤气弥漫。他憋住呼吸，冲进房间，关掉煤暖气阀门，摇晃着躺在床上的老墨。可怎么也摇不醒，一着急，吉姆拦腰把他抱了出来。

老墨睡眼惺忪，"怎么啦？"

原来老墨嫌冷，想开暖气。他拧开了煤气阀，不知道还要点火，便上床睡了，煤气呼呼直冒，好在门是大敞着的。

虚惊一场。老墨要到加油站杂货店买点吃喝。吉姆倒头再睡。

"我的上帝，完了，完了，这下真完了。"老太婆念念有词，加上阵阵呕吐声，吉姆第三次被惊醒。

老墨蹲在院中，苦胆都快吐出来了。

"煤气中毒，"吉姆转身吩咐，"打911，快叫救护车！"

救护人员边听老太婆叙述，边帮老墨检查。除了呕吐，瞳孔、心跳、血压各项指标都正常。大伙正纳闷，老墨举起了手中的瓶子，还没等墨裔救护员翻译，大伙都笑翻了天。原来老墨把漂白水错当雪碧买来喝了。

一天刚接班，一部黑色"陆地巡洋舰"呼啸进来，刹车声尖锐刺耳。车上跳下一个瘦高的黑人男子，仔细一看原来是D。他冲着正要离开的白人女子就是一拳，白人女子痛苦地捂住脸，蹲在地上，泪水从指缝间溢出。黑人男子还不罢休，扯过她的秀发，又是两记耳光。在她仰起脸的刹那，吉姆一惊，"星星，这不是星星吗？"

吉姆提起刚从老太婆手中买来的子母电话，冲了出去。

"住手！不能再打了，再打，我就报警了。"吉姆大吼。

D的手停在了空中。星星捂着左眼，"不要报警！不要报警！没关系，没关系。"

原来星星要离开，被D一顿毒打后才答应不走了。D高兴地对吉姆说："这是你的汽车旅馆？以后你有什么需要帮忙，尽管说。"

白天，D开车载着星星出去工作。晚上，D从大把的钞票中抽出两张付房钱。他从不拖欠。

星期天，老太婆休息。

上午11点客人离店，也是D带着女人们出去工作的时间。

这天客房都清理完了，还不见星星出去工作。

5号客房传出了争吵声。星星突然披头散发向办公室狂奔，边跑边喊："吉姆，吉姆！请打911，请打911！"

D提着乌兹冲锋枪紧随其后，但被吉姆关在了办公室门外。吉姆还没弄清楚是怎么回事，星星就拨通了911。

D边发动汽车边狂喊："快上车，快上车，她报警了，警察马上就来了！"

D领着一帮女人仓皇逃窜。星星撤销报警。

星星火辣辣地盯着吉姆，"我需要20美元，你能借给我吗？"吉姆随手抽出一张美元，递了过去，"这是20美元，你先拿去用。"

星星临走时一再交代，"5号房你不要清，我出去工作一会儿就回来，欠你的钱和今晚的房租，我一回来就付。D肯定要回来，我们俩经常吵架。"

傍晚，3号房的黑人吵着要退钱。如此简陋的汽车旅馆，想找个退款理由随手拣。为了防止有人吃"霸王餐"，所有汽车旅馆都在招牌上醒目写着"概不退款"。在美国，但凡被公示的条款就是法令，人人都必须遵守。就算警察想帮客人讲话，也只能用商量的口吻。

客人要退钱的理由也是千奇百怪：什么空调不冷啦；房间不干净啦；有气味啦；有蟑螂、有臭虫啦……

这个空调冷不冷该如何判断？根据吉姆的经验，只要空调背面热浪滚滚，里面就喷冷气。你再解释他也不听。这个房间干净不干净就更没有标准了。明明是干净的，他硬说不干净，这个淡永远也扯不清。蟑螂、臭虫本来是得州的一大特产。有蟑螂，吉姆承认，这个臭虫可真的没有。有的老赖"事"办完了，就以有臭虫为借口想退钱，还把手机上臭虫的照片秀给吉姆看，鬼知道你那个死臭虫是在哪儿拍的？你不退钱给他，他就打警察，警察不来，他就打市政府。市政府见风就是雨，你再解释他也不听，非要你花钱请一个有资质的杀虫公司提交一个检验报告才罢休。说白了，就是看到你赚钱他眼红，非叫你把钱吐出一部分。

这个黑人用房已经超过了半个小时，怎么还能再退钱？

吵得一塌糊涂。叫他打警察，他不打，吉姆摸起电话，他进了房间提起简单行李急忙溜了。吉姆刚刚松了口气，心脏又提到了嗓子眼。D匆忙跑来报告："3号房的煤气管被黑人扳断了，满屋子都是煤气，随时都会爆炸。"D果然回来了。

吉姆脑袋顿时一片空白。他正要冲进去，被D拦住。D好像很懂行，他先关掉煤气总阀，然后用湿手巾捂住口鼻冲进去开门开窗。待屋内煤气散尽后，他才让吉姆进去。他安慰："别急，问题不大，我抓紧到家得宝去买材料。有了材料一会就修好了。这个客人如果再敢来，看我不打断他的腿，这个家伙应该不会再来了，我认识他。"

电话铃响了。是杨玫瑰打来的，她要找二水。听说二水已经回国，接电话的是吉姆，她很是高兴，"有了英文名字，还当了老板，你在美国发展得真快，一定要请客哟。"杨玫瑰话锋一转，"我有件事想请你帮个忙，原来准备找二水，现在只有找你了。我丈夫和两个老乡都在休大读生物学博士，他们三个准备合伙买一家汽车旅馆自己当老板，双方都谈得差不多了，老板多次催着我们付款，说有个印度人也在跟他接洽，他给了我们个期限，期限一到仍不付款，他就要卖给印度人了。我们都是外行又没有经验，所以一直犹豫不决，我想请你去帮我们掌掌眼。"

"他们博士都读完了，又有了绿卡，完全可以找份体面的工作，为什么非要自己做汽车旅馆呢？"

"现在工作不好找，特别是学生物的。就算你找到了也没保障，随时都会被炒了，压力太大。不如自己当老板，钱赚得多还自由。前一阵子我在一家中国台湾人的汽车旅馆打工，一天进账好几千美元，我看干什么工作也不如当汽车旅馆老板。所以我们几个一合计，不如合伙买家汽车旅馆自主创业，省得到处求人。"

约好了时间，吉姆按时前往。一聊才知道，原来那家汽车旅馆的主人三年前也姓肖，与吉姆现在的小汽车旅馆是同一个主人。

肖老板，中国台湾人，来美已二十余载，从小就过继给膝下无子的叔叔，继承了一大笔遗产。美国有多处生意，台湾还有多处房产，生活优渥从不愁钱。亚洲人嗜赌，肖老板执迷不悟，二十多年痴心不改。夫妻俩都是拉斯维加斯的贵宾，信用特好，每过一段时间拉斯维加斯远东部就会打电话慰问或寄来免费机票。即便在家里他夫妻俩也不闲着，什么赌马、赌球，电话投注，五花八门花样繁多。遇到美国橄榄球比赛那更是巾帼不让须眉，太太下起注来比先生更豪爽。

一个风雨交加的夜里，肖老板突然打来电话，说赌瘾来了想玩两把，问吉姆有没有现金。他用支票从吉姆这换了1万美元现金后，夫妻俩迅速消失在雨夜中，星夜兼程直奔赌场。

早年，光在休斯敦肖老板就有三家汽车旅馆。R汽车旅馆也是他赌输了，卖给了谭老板，三个博士现在要买的这家汽车旅馆也是他一夜就输掉的。小汽车旅馆之所以屹立不倒，是因为一直挂在他叔叔的名下。

三个博士要买的这家汽车旅馆现在的主人也是台湾人，由于长期经营不善加上又缺人手，所以才想尽快脱手，好回台湾安度晚年。说是汽车旅馆，其实就是一座小型公寓，而且还很有特点。35套客房，套套带厨房。现在只住了几个老客人，现在大部分客房都空着。三个博士设想，买到后能否一改两，再提点价，这样就能赚得更多。吉姆提醒："不要提价，也不要改造，刷刷漆，换换地毯就行了。如果周末都能灌满，就够你们赚的了。"

杨玫瑰希望吉姆也能入股，一是他们没有做汽车旅馆经验，二是资金不足，连付头款都有困难。

吉姆租小汽车旅馆的押金还是二水都忙垫了一部分，他哪里还有多余的闲钱？吉姆想到了一个更好的合伙人，他就是CT。CT正为缺少人手找不到投资方向而发愁。他有钱，有经验；三个博士有头脑，有人手，故双方一拍即合。

谨小慎微，前怕狼后怕虎是CT唯一的短板。他说："不要急，这家汽车旅馆没有生意，老板坚持不了多久，我们趁机再杀杀价，到那时他不想出手也得出手。"

三个博士正在为谁当大股东而争执不休时，印度人出手了。

小汽车旅馆办公室窗前，星星正在给奄奄一息的小猫喂牛奶。吉姆隔着窗子戏谑："哟，是不是死了？"

星星立马变脸，"别开玩笑！"

说话间，D一行突然开车冲了回来，不由分说把房间里的东西纷纷搬上车，星星抱着小猫也蹿上了车。

老太婆说："他们肯定在外面犯了事，怕警察找过来。"话音没落，一部警车进来绕了一圈。老太婆得意，"你看，你看，我没说错吧？"

D走得太慌张，屋里丢了很多东西。老太婆拣了些可用的，吉姆拣了个摩托车模型，其余的都扔进了垃圾箱。

常住客走了，要修的地方很多。厕所的墙上发现了一个鸡蛋大小的洞，那肯定是D藏什么东西时挖的。"小洞不补，大洞吃苦。"你若不把小洞补上，疯子们一定以为里面藏有什么好东西，于是就会像老鼠一样，一个接一个地往下扒，直到把半边墙全部扒开。

一般情况，补这样的小洞只需钉上一小块石灰板，用白泥抹平，干后再刷上白漆就OK了。这次可没有这么简单。钉石灰板必须找到墙里2×4的木杠，可这根木杠已经腐烂，找到下一根，也烂了。依次扒了半边墙，也没发现一根好的，吉姆只得全部重做。天花板上有一窝小猫，在惊吓中也纷纷掉下来，它们与星星怀里的猫是同一个妈。原本半个小时的活，结果干了一整夜。

小汽车旅馆生意真的不错，一接班，刚修好的3号房就租了出去。累了一天的吉姆，就靠喝雪碧支撑了一天。雪碧是他的最爱。

自从进了小汽车旅馆，他终于有时间熬他爱吃的稀饭了。

有人按铃，是4号房的白人。他不是要服务，又是要求退钱。理由千篇一律：房间不干净。吉姆说："房间你都用过了，怎么还能再退钱呢？再说，我这招牌上写得清清楚楚，'不退款'。"

白人不依不饶，找出千般理由。吉姆不为所动。他失望地走了。

不一会儿，他又回来了，后面还跟了部警车。

听了吉姆的解释，女警察扔下一句话就走了，"人家这个招牌上说得明明白白不退钱，你还喊我来干什么？"白男人很绅士地把钥匙递给吉姆，一声不吭也走了。

4号客房刚刚清理完，白人男人又回来了。他乞求道："能让我再住回去吗？要不然我只有睡外面了。"吉姆 说了声"OK"。

美国人也太娇贵了，热不得也冷不得。热了你就开空调，冷了你就开暖气呗，有的客人竟然是空调、暖气一起开。为此吉姆只好把电暖器紧紧锁在空调旁，叫你只能二选一。更有甚者，有人为了取暖，竟然让热水肆意流淌，闹得热水炉经常入不敷出。还有，小到烟灰缸、草纸、毛巾、枕头套，大到床单、棉被甚至连抽屉都被客人顺手牵羊了。被带走的还有电视机、空调，这个就不能叫顺手牵羊而应该叫偷了。出现这种情况一般都要报警。

一个客人偷走了一台新空调。报警后半天才来了个老墨警察。望着空空如也的墙洞，他说："你亲眼看到他偷了？"吉姆谎称"是"。不是亲眼看到不算数。他又说："会不会是你本来就没有空调呢？"

吉姆有些激动，"这怎么可能，这么热的天没有空调，房间怎么出租？他夫妻俩已经住了一个星期了，还有个婴儿，没有空调怎么受得了？"

警察给了吉姆一个案件号码，草草了事。

不日，警察局打来电话，约吉姆到某当铺去认空调，这个龟儿子把它卖到了当铺，因为吉姆在每台空调上都安装了安全螺丝，他没办法打开才引起当铺怀疑而报警。

吉姆正在酣睡，门铃又响了。3号房的女客人说她的空调不工作了。

同屋的白人男子满头大汗地坐在里面，正用报纸当扇子。吉姆捣鼓了几下，是不工作。女客人说："能不能换个房间？"

"客满了，没有空房间了。"

"那你把钱退给我们，我们到其他汽车旅馆去，天太热，没空调怎么住啊？"

"OK！"

女客人走后，吉姆打开空调盖，才发现里面的温控器没了，那是空心铜管，坏蛋总是对它情有独钟，所以老鬼才把它藏在空调里面。当时买一台二手空调也要200多美元，这次亏大了，吉姆沮丧至极。

客人打架稀松平常。打架你就对打呗，他不打人，而是拿你汽车旅馆的电器出气，什么微波炉、电视机、门、窗都成了这些疯子的发泄对象；客房的门也经常被踹劈。有的是亢奋过度；也有的是钥匙忘在房间；更可恨的是，有的坏蛋为了毁灭证据，竟然把针头、铜管等塞进抽水马桶里，搞得厕所不通，水漫金山，臭气熏天。这不是偶尔，而是常态。每当这时吉姆总是忙得一个头两个大。

不可思议的事也常有。

5号房一个才32岁的黑人女子因酗酒过量猝死。男朋友竟然搂着尸体睡了一夜。最后还是被警察发现的。5号房这个客人整夜不睡觉，凌晨跑到加油站与人发生了纠纷，被一顿暴打后跑回太阳花汽车旅馆，叫吉姆为他报警。吉姆叫他自己报。5号房客人突然从怀中抽出一把铁锤，要与对方拼命。吉姆吓得一哆嗦，只得拿起电话。如果两人打了起来，房门要被踹碎不说，弄不好还会闹出人命。报警时吉姆说两人在打架，手里还有枪，所以电话还没放下警车就风驰电掣来了好几部。结果发现5号房黑人女子死于非命。

很久没有老鬼的消息了。这天他突然满面春风地来了。他说："我再也不用看人眼色，再也不用做流浪狗了，我与人合伙把R汽车旅馆给买了下来，我自己给自己当老板了。"令吉姆惊诧的是，老鬼的合伙人竟然是杨玫瑰。

谭老板大汽车旅馆的生意早已稳定。三家小汽车旅馆虽然租了出去，但仍挂在他的名下，出了事他仍然要负法律责任。最近他就不断收到警察局寄来的双挂号信，说他名下的三家汽车旅馆太乱，打911次数太多，投诉人不断，如不尽快整改将被起诉。

为了甩掉麻烦，谭老板决定将麾下的三家汽车旅馆全部脱手。疯子汽车旅馆租给了CT；K汽车旅馆卖给了花花公子亨特；R汽车旅馆自然要卖给三副了，因为同等条件下他有优先权。

老鬼在给亨特打工，每天都累得像条狗。他说："亨特人还不错，他老婆真不是个东西。她怕我走，竟然把我的电话本给藏了起来，她每天中午都做饭给我吃，那是怕你烧饭耽误时间，叫你早吃早干活。"

老鬼正憋屈，三副跑去臭显摆，"亨特，你买的这家K汽车旅馆手续办好了吗，是找哪个律师办的，你告诉我一下，我也去找他，R汽车旅馆我也买下了正准备找律师过户呢。"

三副的话句句戳心。老鬼恨得牙痒痒。他丢下手中活就跑去找谭老板，"你把R汽车旅馆卖给我吧，我也想做老板。"

谭老板说："R汽车旅馆我卖给三副是28万美元，同等条件下他有优先权，除非你出价比他高。"

"那我就出29万美元。"

谭老板对三副说："现在有人出价29万美元，你要还是不要？"三副一怔，"他是谁？"

"这个你就不要问了。买家叫我暂时不要说。我只能说你们都认识。你现在只要回答我，是要还是不要？"

三副一咬牙，"我要。"

老鬼对谭老板说："那我出30万美元。"

谭老板对三副说："现在有人出30万美元，你要还是不要？"

三副一跺脚，"我要。"

价码一直升到35万美元。三副开始怀疑是否真有其人，抑或就是一场骗局？他说："35万美元我要考虑考虑。"

谭老板说："我给你两个月时间，考虑好了就告诉我。"

感恩节、圣诞节、新年连着三个节日，就已经把人们乐得忘乎所以，更何况三副不是嫖就是赌呢。买R汽车旅馆这事早就被他忘到脑后去了。再想起来，已经是早春三月，蓝帽花开得漫山遍野。蓝帽花是得克萨斯州州花。

三副风风火火地闯进谭老板办公室，"我要，我要，35万美元我也要。"

"现在你给再多钱我也没办法了，人家的押金都已经交了。"

"你不是说，同等条件下我优先吗？"

"是啊。我给了你两个月时间考虑，你一直没来找我，我也找不到你，你叫我怎么办？"

"你把押金退给他，我出36万美元。"

"这怎么行，我们是在做生意，做生意讲的是信用。"

R汽车旅馆被老鬼抢到手后，杨玫瑰做白班，老鬼做夜班，两人配合得很是默契。这种美好维持不久，就被老鬼的一己之私打破了。

R汽车旅馆的生意太好了，天天都在退客人。如果能一个人吞下，赚得盆满钵满不说，还可以找个中国女人来打工。

R汽车旅馆卖35万美元，头款5万美元，两个合伙人各出一半，其余30万美元分15年付清，利息10%。想要独吞，首先要找到吞下另一半股份的资金。

谭老板答应借钱给老鬼。利息自然不会低。

于是老鬼便开始找茬。他一会儿说杨玫瑰房间清得不干净，一会儿说她对客人态度不好，这些还在合理范围。老鬼说她账目不清，有偷钱嫌疑，已经触碰了她的底线，杨玫瑰岂能服气。杨玫瑰也开始挑刺。她说汽车旅馆的活都在白天，夜班就看看办公室、收收钱，很轻松，"我也能做"。

杨玫瑰的话有些片面，她忘记了做夜班的老鬼，白天还要做维修。不过，杨玫瑰坚持要对换，那就换呗。自从接了白班后，老鬼每天累得腰酸背痛不说，连买菜的时间都没有。杨玫瑰有丈夫协助，夜班做得很是轻松，维修的活她从不沾手。老鬼是越想越憋屈。

窗户纸终究是要被戳破。老鬼决定单刀直入。他以退为进，"道不同，不相为谋。这样吵下去也不是个办法，这样吧，我把我的那一半股份卖给你吧。"

老鬼认定杨玫瑰不敢买。理由是，她没有做汽车旅馆的经验，又不会修理；这家汽车旅馆在黑人区很危险；关键是她根本就筹不到这笔资金。

杨玫瑰果然没吭气。

老鬼一看有戏，于是又进一步，"那你就卖给我吧？"

杨玫瑰还是没作声。她在打着自己的小九九。

和丈夫合计好后，她提议："咱们背靠背，谁出价高R汽车旅馆就归谁。请吉姆做裁判。"

吉姆也认为杨玫瑰不适合做汽车旅馆，便一再提醒老鬼："如果你真想要的话，出价不能低于35000美元，杨玫瑰说45000美元也要拿下，那是她放的烟幕。"

结果老鬼出了个29000美元，R汽车旅馆被杨玫瑰的3万美元当场拿下。

按照口头协议，杨玫瑰必须在10天之内把钱付给老鬼，老鬼接到钱三天内必须立刻搬出R汽车旅馆。

10天时间很快就到了。杨玫瑰说再等一等。又过了10天，杨玫瑰换了口风。她要老鬼先搬出去，然后再把钱打到他的账上。老鬼哪能答应？于是又吵得不可开交。

吉姆知道杨玫瑰拿不出钱，边出面缓和，"你们看这样行不行，先定一个书面协议，再出一次价，谁出价高谁就得，如果谁违反协议就法庭见。"

双方都同意。老鬼志在必得，这次他出了个天价。

25000美元的投资，3个月后就翻了一番，杨玫瑰乐不可支。她租了个公寓，怀胎生子去了。据说，夫妻俩很快又看中了一家台湾人开的连锁快餐店，杨玫瑰天天挺着个大肚子去看生意，直看到把小孩生了出来，夫妻俩终于决定下手了。按规矩，先交3万美元押金，再到连锁店总部培训了3个月。培训结束后夫妻俩摩拳擦掌上岗了。哪知仅仅干了3天，夫妻俩把营业款一卷就不干了。看，跟干，是两回事。一介书生，哪是当餐馆老板的料，3万美元押金自然也就打水漂了。

昨天是圣诞节，老太婆多休息了一天不说，还领到了20美元过节费。吉姆本来是不想给的，结果她发了疯，"哦，今年没有圣诞节了。哦，今年没有圣诞节了。哦……"

吉姆连续工作了72个小时，睡意正酣，突然被老太婆拉到洗衣机前，"吉姆，吉姆，快来看，快来看！"满满一洗衣机都是1美元，哪来的？"

面面相觑。

老太婆眉开眼笑，"这是上帝送给我们的礼物。一定是哪位客人毒吸多了，把钱忘在床上，被我连床单一起卷来了。这钱你我一人一半。"

"不能动。如果钱真是客人的，他一会儿回来找。会不会是……"

当看到值班睡觉的床上光秃秃时，吉姆哭笑不得。老太婆帮吉姆洗床单时，连同枕套里找客人的零钱一块给洗了。

老太婆边捞钱边唠叨："最近对面自动洗车场经常停着一部警车，面朝着我们旅馆，刚才进来的那部车子，好像是便衣警察。楼上的D一定被便衣盯上了。最好把他们撵走，省得惹麻烦。如果你舍不得，就看紧点。你看，你看，我的上帝，又来了，又来了。"顺着老太婆手指的方向，一部警车果然就停在对面洗车场。

小汽车旅馆最近麻烦确实不少。

楼上的两间客房给D全包了。晚上楼上好不热闹，车进车出，人来人往，通宵达旦。吉姆多次给D提出警告，每次他都虚心接受，就是死不悔改，仍然我行我素。

外面突然响起一阵嘈杂声，吉姆提起电话冲了出去。D正站在楼梯口端着乌兹冲锋枪，指着躲在楼梯下的老墨狂吼："吉姆躲开，躲开，看我不毙了他。"老墨想溜进办公室，被吉姆挡住。这个老墨是D的老客，由于欠账太多，D不愿再赊给他了，可他赖着不走，D只好用枪把他给顶了出来。

这时候来了一个醉鬼。他围着小汽车旅馆敲了一圈门，就靠着大门似睡非睡。眼还时不时地往楼上客房瞟。吉姆要撵他走。他喷着酒气，开始胡言乱语："我……我哥哥，是警察，你们这住的全都是坏蛋，我……要叫他来把你们统统都抓起来，把……把你这个小汽车旅馆给……给关掉。"

对面洗车场正停着一部警车。吉姆预感到可能真的要出事，特别交代老太婆："上午11点钟结账时间，一定要撵D他们走，如果不走，就打电话给警察。"

吉姆再次被老太婆喊醒时，小汽车旅馆里已经塞满了警车。不仅有休斯敦警察，还有穿着FBI字样的黑制服、手持重武器、蒙着脸的"佐罗"。他们的枪挂得很有特点，不是挂在腋下，就是挂在腿上，还有两条张着血盆大口的德国牧羊犬。警察先出手了。

吉姆想出去看看，被老太婆阻止，"警察没找你，你就不要出去，出去会妨碍他们工作。"老太婆吐着烟雾，喝着啤酒，叙述了经过，"你刚睡下不久就进来一个高大的白人男子，他问我有没有女人？我说没有。星星正好出来倒垃圾，他就上去搭讪，接着就来登记，他付了10美元作房租，我要找他2美元，他说不要就算给我的小费。他刚走不一会儿，警察就来了。"

"这个白人肯定是个便衣。"吉姆倒吸了一口凉气。

"你看，就是他，就是他！他再蒙脸我也能认出来。"老太婆指着一个"佐罗"说。

一个壮硕的德国裔警察走了进来，看样子像个小头目。他从老太婆手里要走了刚付的那10美元。说这是证据，上面有记号。美国人也够笨，美元上明明都有顺序号，还用得着做记号？

折腾了两个多小时，D被塞进了警车。星星也被一女警押下了楼。

老太婆把这事悄悄汇报给了肖老板。肖老板脸色阴郁地在电话上说："要小心，不要光看着钱，赚钱要慢慢来，钱是赚不完的……"

吉姆给老太婆发出最后通牒："下次如果再给肖老板打电话，我就撵你滚蛋！"楼上一片狼藉。垃圾成堆不说，墙上全都是洞，两间房中间有个被钉死的门也被撬开了，进天花板的入口的盖板也不知了去向……屁股只能慢慢擦了。

此后，警察夜夜都来，挨个儿敲开客房门检查身份证，形同上匪。客人本来就心虚，经这么一折腾，小汽车旅馆的生意顿时一落千丈。

生意不好，总得要想些法子补救。吉姆想到疯子旅馆窗口上"休斯敦警察协会"的贴花，就叫老太婆打电话联系。

听说要给赞助，哪还有不要的？　吉姆花了50美元先买了休斯敦警察的贴花，接着又买了哈里斯县的警官贴花。买前者，吉姆是自愿的；后者则是在系统中看到后来索取的。都是警察，当然不能厚此薄彼，花钱也不多，多贴一道"门神"又何妨？

赞助归赞助，警察仍是照来不误。

老太婆的女儿小玛丽和丈夫杰克从外州搬进了6号房，载他们来的是一部年代很久远的福特卡车。小玛丽自豪地说："这是部古董车，很值钱的，曾经有人要拿一部新车跟我换，我都没答应。"

9号房车里住的是一个体面的白人老头。他是老太婆的朋友。白人老头不仅健谈，更是古道热肠。他给吉姆介绍了许多生活常识，比如，哪个商店的货便宜，什么时候大拍卖，到哪儿去拿优惠券，什么样的车好，怎样保养，买什么样的汽车保险，哪家保险公司最便宜，并叫吉姆把汽车保险单拿给他看。最后还帮吉姆办了一张"山姆会员商店"会员卡。

吉姆感动不已。这天白人老头开口了："我的车正在修，不巧今天有点急事，我能借用一下你的车吗？"

可能是当时吉姆头脑短路。他递上汽车钥匙的同时也递上了自己的汽车保险单。现在想来，简直不可思议。

晚上，白人老头一回来就说："对不起，出车祸了。这是案件号码和对方保险公司的信息。明天我帮你打电话，找对方保险公司索赔。"吉姆满脸写的都是沮丧和懊悔。

对方保险公司信誉不错，没两天就派人来查看车子的损坏情况，临走时还征求吉姆的意见："是给钱你自己修，还是给你换一部？"

换一部肯定不是后开背的，再说，撞得也不太严重，修不修也无大碍，反正以后还是要换车的。吉姆就说："自己修。"

一个星期后，吉姆就收到了保险公司寄来的一张750美元支票。

吉姆高兴地说："塞翁失马，焉知非福？"

听说吉姆已经拿到保险公司的支票，小玛丽气急败坏。她向吉姆道出了实情，并扬言要把白人老头送进监狱。原来出车祸那天，她就坐在车上。她说，那场车祸是白人老头和他的朋友刻意制造的，他们需要个证人，就把她骗上了车。他们本想从吉姆的保险公司狠敲一笔，结果弄巧成拙，造成了"对方错"。真是人算不如天算。最无辜的当数小玛丽，吓了个半死，一分钱没得到不说，脖子到现在还酸疼。她能不气愤吗?

假车祸刚刚处理完,真车祸就接踵而至。

吃饱喝足了的吉姆准备到菲斯塔超市买点可口可乐,那里经常大削价。

去这家超市,可谓轻车熟路。吉姆这次另辟蹊径。他经常看到有些客人爱走这条岔道,出于好奇,他也准备试试。原来这条道直插45号高速,还可以避开好几个红绿灯。吉姆正在庆幸,突然"轰"的一声,顷刻天崩地陷。

吉姆的车子面目全非地歪倒在草丛里。另一部车子更是惨不忍睹,里面坐着一个惊魂未定的白人女子。吉姆赶忙跑过去,边拉车门边问:"你还好吗?"车门严重变形,已经无法打开。

白人女子惊恐地回答:"我还好。快打911,快打911。"

那时手机还不普及。吉姆到附近一个商家求助。店主告诉他,已经报过警了。

失魂落魄的吉姆这时才看见十字路口有个"停"字招牌。小时候,他常和小伙伴们玩"大路有水,小路有鬼"的游戏,没想到却在美国应验了。

吉姆打开白人女子另一侧车门,白人女子连声说谢谢,正要挪出来,围观的人群忙阻止,叫她就坐在里面等救护车。

警察来了。看了吉姆的驾照和保险单后,给了他一张罚单。

白人女子被抬上了救护车。拖车司机问吉姆:"拖到哪儿去?拖车费80美元。在这签字。"

望着一堆废铁,吉姆沮丧地说:"送给你了。"

第二天,在白人老头的帮助下,吉姆花了1300美元又买了部后开门的福特车。为了表示感谢,白人老头当天的房租被免了。

夜里,来了一部警车。白人老头被警察带走了。小玛丽掀开窗帘,窥视着这一幕。肯定是她报的警。

第一次出车祸,吉姆还真有些手足无措。

他首先收到拖车公司寄来的信,"3天之内来取,需付150美元,之后,每一天加10美元,直到你取走。如果3个月不取,这部车将会被拿去拍卖,所得归休斯敦警察局所有。如果你不想要这部车了，请把签好字的车主证明寄给我们。我们很乐意帮你妥善处理。"

没经过这阵仗的吉姆，不仅立马就把车主证明寄去，还用了挂号信，尽管邮局说用平信就可以了。

经过法官同意，吉姆参加了"汽车驾驶防卫课程"学习班，6个小时的课程需一天修完。老师是一个嫁给老美的中国女人，她在中国城办了这个班，收费35美元，比美国人办的班稍贵点，但她用中文讲课，中文考试，落个省劲。修完6个小时课程就可以取消罚单，免交罚款，下一年度汽车保险费还可以降低10%。

D在牢里没待多长时间，就又住进了小汽车旅馆。律师帮他办了假释。汲取了上次教训，吉姆对小汽车旅馆的管理更加严格。如客人不能在汽车旅馆内乱窜，更不能在小汽车旅馆内做生意等。就是没有身份证不租，这一关一直没能把住，美国没有身份证的人太多，恐怕要占到客人总量的四分之一，如果把这部分人也拒之门外，小汽车旅馆的生意恐怕难以为继。

没有身份证的原因各有不同：一是因为犯罪，身份证给警察没收了，这占很大比例；二是有身份证，但怕隐私暴露不愿意出示；三是非法移民，墨西哥人占多数。这三类人中特别是第一类，个个都是未爆弹，他们才是汽车旅馆的乱源。几乎所有的坏事都是他们干的，因为你没有他的信息，做了坏事你也找不到他，他们才会肆无忌惮。

6号客房住进的一对黑人兄弟都没有身份证，是姐姐来帮他俩登记的。从进小汽车旅馆那一刻起，兄弟俩就麻烦不断。一会儿进，一会儿出，一会儿敲客人门。吉姆决定明天上午11点一定要撵走他们，要不然警察嗅着味就又来了。

晚上，这哥儿俩仍不停地带人进房间，再劝也不听，还不愿付访客费。按汽车旅馆的规矩，每一个访客要付12美元。

为了不让他们占到便宜，吉姆提着电话站在外面，挡住了一拨又一拨的访客。财路被挡住了，兄弟俩气急败坏。两人突然向吉姆发动攻击。他俩首先夺过吉姆的电话，退出电池，扔进黑暗中，接着开始拳脚伺候。没一会儿，吉姆就被打得鼻青脸肿。他拼命冲进办公室，用另外一个电话报了警。

警察来的时候，兄弟俩早已跑得无影无踪。警察说："我把他俩的车先拖走，他们一回来你就给我打电话。"

车被拖走再取回，要付出很大一笔费用。他动了恻隐之心，"车就别拖了吧？"

警察狠狠瞪了他一眼，"那你以后就不要再给我们打电话了。"说完拂袖而去。

打人是要坐牢的。两个弟弟刚从监狱里保释出来，现在又要进去，姐姐吓坏了。

她把两个弟弟找来，给吉姆赔礼道歉，"只要你不打给警察，我们可以赔你钱，你要多少？"

吉姆说："200美元。"

姐弟仨一口答应。当吉姆只拿到40美元时，弟兄俩就说没钱了，还赖着不走。

是D把他俩撵走的。D直接走进6号客房。一阵叮叮咚咚后，兄弟俩大张旗鼓地滚了出来。

第八章 引火烧身

4号房灯火通明，门洞大开，车库里的卡车也不在了。

吉姆清楚地记得，4号房登记的是一个个子高大的黑人男子，他付的是1小时，而后又连续付了四次1小时，最后付了一个过夜。这种付法很常见，客人提前离开也是常态。抓紧清出来还可以再租一轮。小汽车旅馆靠的就是这样不停地折腾。

推开客房门，一个昏睡在席梦思上的女人怎么也喊不醒。

吉姆说了好几声"你好"，也没有回应，轻推了几下也没反应。吉姆头皮一麻，"难道又死了一个？"手中床单落地，他踉跄退出。

D见多识广。他瞅一眼就得出结论，"她酒喝多了。"

D找来一条手巾，浸透自来水，盖住小女子额头。掐灭烟头后，他对着小女子的脸左右开弓。这一招还真灵，小女子突然惊坐了起来，"怎么啦，怎么啦，这是哪里，这是哪里？"接着一声尖叫，便消失在夜幕里。

这天夜里吉姆清完房间，忽然发现抽屉里少了60美元。少钱只有两种可能，一是被人偷了，二是老太婆动了手脚。后者可能性更大。因为最近老太婆一直嚷着要涨工资，吉姆没有搭理她。

老太婆当然不会承认啦，又没有抓到她的把柄，即使抓到了又能怎样？吉姆也不敢炒了她，一是这么便宜的人太难找，二是换了其他人可能偷得更凶。羊毛出在羊身上，多剥削她几天，这钱也就回来了。从此吉姆对老太婆事事都起了戒心。

吉姆有自己的一套生意经。他认为汽车旅馆卖的不是房子，而是时间。时间一去不复返。时间就是金钱。所以，如果客人确实钱不够，他也租。有些客人就想钻这空子，有钱也说没钱。吉姆也同情无家可归的人，经常同意他们把车停在小汽车旅馆里，人睡在车上。自从知道客人还要吃喝拉撒以后，他再也不干这种傻事了。

但中国人例外。

一个亚洲女人租了个房间。寂静的夜空飘来了久违的乡音。吉姆奔窗口一看，两个中国男人正在拉扯。

"你进去睡，我睡在车里。"

"你进去睡，我睡在车里，我年轻。"

"还是你进去吧。要不然，你先进去洗个澡……"

男女群居，在美国来说司空见惯，可对中国人来说就太不顺眼了。这大热天的，汽车里怎么能睡人？更何况，来小旅馆的中国人就像大熊猫一样稀有。

于是，年轻点的被吉姆请进了办公室，躺在三人沙发上小憩。

原来两个男人是舅头和姐夫。姐姐和吉姆一样，也是76级北方某大学中文系工农兵学员，后来通过托福考试，被美国某大学教育专业录取。次年丈夫和独子申请来美陪读，丈夫获准，儿子多次被拒。千辛万苦苦熬4年，今年终于毕业。她要抓紧在一年实习期内找到工作，申请绿卡，好把儿子早点接过来。这次专程到休斯敦来，就是为了找工作。

舅头是位画家，毕业于鲁迅美术学院，这次来美是办画展，一切都是姐姐帮着张罗的。弟弟正在办特殊人才绿卡。为此，当地的市长还专门给移民局写了封推荐信。因为舅头给市长画的肖像惟妙惟肖。

同是天涯沦落人。第二天晚上，奔忙了一天的三人，再次被吉姆安排在自己的卧室里呼呼大睡。虽然他们临走互留了通信地址，由于各自都在为生计奔忙，所以从来都没有联系过。

在吉姆卧室里住过的还有三副。他还带了个女人。

自从R汽车旅馆被老鬼抢去以后，三副就成了条流浪狗，除了一张绿卡，他是一无所有。绿卡也是财富，三副的女人就是靠这张绿卡挂上的。他海誓山盟要娶她,两人又都是上海老乡。

无论是"出来混,迟早是要还的",还是为了报答刚到美国的收留之恩,总之吉姆答应了三副要在小汽车旅馆暂住的要求。但他要带个女人来,吉姆毫不知情。

女友在中餐馆当女服务生,无所事事的三副负责接送。

住了大约一个星期,女人面子就罩不住了。她逼着三副出去租公寓。囊中羞涩的三副耍了个心眼,他对吉姆说:"公寓不收支票,我开张支票给你,你给我200美元现金,行吗?"

"不行!"吉姆断然拒绝。三副在外面欠了一屁股债他早有耳闻。

这个星期六退房时间比哪天都忙。

1号房的客人丢了整整一卡车废轮胎在墙脚,堆得像座山。

3号房的客人昨夜出去就没回来,堆了一屋东西要搬出。

7号房要求迟付,他到教会讨钱去了,老婆孩子都留在房间。

汽车旅馆的档次,决定了客源。小汽车旅馆的客人可谓鱼龙混杂,藏污纳垢。除掉打工的,无家可归的,就是乞讨的和偷窃扒拿的……这类客人对汽车旅馆的要求都不高,只要有空调、有电视、有淋浴等基本设施就行了,缺两样也没关系,但门窗一定要严实。光严实还不够,有的客人还要用家具顶上门,用床单蒙上窗户,用胶带把门缝隙封住。甚至连绿豆大的洞也要用草纸塞上。最倒霉的要算装在房间里的烟雾警报器了,一吸烟它就叫,有的客人嫌吵,将电池抠下;有的客人害怕它是"探头",将其"肢解"。没有哪间客房能够幸免。

每年一次的冬季防火检查和保险公司验收,灭火器还好说,就数烟雾警报器最让人头疼。防火局和保险公司会给你一个月时间,你不能早装也不能迟装,早了客人会给你搞破坏,迟了又怕来不及。防火局来检查的前两天装上是最佳时间。

做低档次的汽车旅馆,能对付着营业就行了,千万不要想投入多少钱、花多少精力,把汽车旅馆的条件搞好,把档次提升。因为这类垃圾客人有时根本就控制不了自己,好端端的席梦思用刀划开,淋浴间陶瓷肥皂盘、灯泡被砸碎,稍微好一点的床单、枕头也会长上翅膀，就连几毛钱一个的烟灰缸也会被顺手牵羊。如此低的房价，如此高的消耗，决定了这类汽车旅馆只能用二手货。

每到星期五和星期六，美国人总爱把一些闲置的物品摆在路边卖，因为大多是摆在车库前卖，所以被称作车库出售。车库出售不仅物品十分丰富，价格也非常低廉。所以，每到车库出售那天，吉姆总要开着车围着居民区转一圈又一圈，收购些价廉物美的二手货供小汽车旅馆使用。诸如：席梦思、床头板、镜子、床单、枕头、毛巾、烟灰缸、电风扇，等等。

客人甲在一搬家公司打工。一天他偷了老板10多块搬家具用的包装皮卖给了吉姆，1美元一块。包装皮里面全是棕榈，铁硬，盖在身上都拉皮。就这么个东西，不到半年也被偷得精光。

还是这个客人甲。他把老板搬重物的手推车仅用10美元卖给吉姆。他说，他还有一个15厘米交直流两用黑白电视机，要价60美元。见吉姆摇头，他便说："那你借给我20美元，我把这小电视押给你，我来取时，给你30美元。"

"OK！"

这个动作重复了好几次。后来吉姆扳指头一算，他不仅白落了个小电视，还净赚了40美元。

做汽车旅馆的，这种便宜你想不占都不行。客人想换个片子，伸手就会给你个5美元权作小费；100美元换零，给你个10美元手续费；叫你保管笔钱，再给你个10美元保管费。有一次吉姆仅花了3美元，就从一客人手里买了一块日本西铁城全自动手表；一个客人用一个日本相机抵了一夜房钱；另一个客人硬塞给他一个汽车用雷达扫描仪，只为了在客房里多待上一小时，吉姆很喜欢这玩意，玩得很开心，警察之间的对话它能收听到。听说吉姆搬重物需要个护腰，热心的客人就会及时给他送来，崭新的不说价格还极低，显然是他刚从商店偷的。

这种偷，只能算小偷小摸，或者叫顺手牵羊。真正的大偷要数客人丙。

客人丙是个混血黑人，夫妻俩带个小女孩。一开始他也属于小偷小摸序列，因为拜师学艺才蜕变成了大偷。他的师傅是从新泽西流窜来的。一落脚休斯敦就住进了小汽车旅馆，是客人丙的邻居。师傅卖出的东西都是大件，没开箱还都有发票，这引起了客人丙的好奇。

两人混熟后，师傅就把他的这门绝活慢慢传授给了客人丙。小偷小摸和职业大盗的区别就在于：前者是他偷到什么卖什么；后者是你要什么他偷什么。

做汽车旅馆的最需要的当然是电视机和电动工具啦。客人丙会按照买家的要求当天就给送到，价格只是发票上的三分之一。发票只能给你看，但不能给你。

在美国买任何东西，只要在规定期限内都可以无条件退货。买汽车除外。客人丙的大部分商品都是从沃尔玛偷的。当客人将要退商品带进商店时，工作人员会在你商品上贴一个标记，以示这件商品是客人带进来的。如果你有发票，按付款方式原路退还；如果你没有发票，会给你一张商店信用卡，凭此卡可在商店内买任何商品。

客人丙夫妻俩推着小孩，拎着一件不值钱的小物品，首先骗取这一标记。然后找一个价格大的商品，推到僻静处悄悄换上骗取的标签，最后直接推到客人服务柜台退货，再用商店信用卡购买你所需要的商品。

所以说，美国的商场偷窃非常严重。吉姆经常从客人手中买商店信用卡，只需付一半价钱。现在家得宝退货时需出示驾照，使用商店信用卡时也必须出示相同驾照，偷窃风气这才被削弱。

说到偷窃，吉姆曾经也被误会过。

一次是到电器商店闲逛。出门时警报器突然响起。经理把他叫了回去，问有无夹带什么，吉姆拍了拍口袋说"没有"。出门时警报器又叫，他再次被叫回。如此重复了好几次，吉姆主动叫经理搜身，经理不敢，仍叫吉姆自查。吉姆突然想起，可能是脚上的皮鞋里包的铁皮在作祟，那是大头皮鞋。

经理摇着头说："我们的仪器只对商品上的磁条做出反应，与你脚上的皮鞋无关。"

吉姆做了个试验。他先脱下皮鞋，赤脚走出安全门，警报器没叫；然后手拿皮鞋，在安全门前一晃警报器立马就叫，再一晃又叫……引起哄堂大笑。

还有一次，吉姆到办公用品商店复印材料。出门时他将复印好的材料背在身后，踱着方步走出。黑人女经理和保安追了出来，叫他站住，说他手中的纸文件夹是商店的。听完吉姆解释，女经理一脸尴尬，保安也笑了。吉姆很气愤，冲着女经理的背影怒吼："你要再敢胡说八道，我就请律师告你！"

楼上又传出打斗声。D冲下楼，发动汽车。星星鼻青脸肿，从阳台上把钱往下一扔，就疯狂地冲了下来扒在引擎盖上。D一踩油门，车轮发出尖锐的空转声。他前冲、后退、左突、右闪，也没能把扒在车上的女人摔下来，一气之下他就开上了路。围观者瞠目之后，开始喜洋洋地捡钱，边拣还边埋怨："怎么都是1美元的？"

小汽车旅馆是20世纪50年代的木质建筑，年久失修，大部分已经被白蚁腐蚀。外面看只有巴掌大一个洞，结果你会扒掉半面墙。二水临走时一再交代，只要能营业就好，千万不能乱碰，一碰你就收不了场。

吉姆不信邪，他总想把它修好。

美国的内墙都是石灰板，一踢就是一个洞。肖老板懒得补来补去，在洞多的地方就贴块装饰板。时间一长，装饰板也烂了，小修小补挺麻烦，还不如整片扒掉。

每当大修时，杰克就给吉姆当助手。7美元一小时。每天付完杰克70美元后，吉姆还要继续打扫房间，铺床叠被，接着再上夜班。你说吉姆一天要干多少个小时？

干活时他几乎整天都不吃东西，只喝雪碧，忙清后，才会熬上一锅稀饭。如果收工早的话，他就到中餐馆饱餐一顿自助餐。他后来得的糖尿病与暴饮暴食脱不了干系。

当时吉姆的目标是一天修一间。当他把最后一间的内墙扒完，喊杰克来干活时，却找不到人了。老太婆说："他在酒吧。今天是星期六，他说要休息。"要休息当然可以，但你总得提前讲一声，我墙就不扒了。现在墙都扒完了，你才说不干了，这不是坑人吗？

吉姆只有硬着头皮自己干，晚上还等着出租呢。

直到次日凌晨，这最后一间客房才修好，也租了出去。吉姆没洗澡，没熬稀饭，只喝了几罐雪碧，就倒在沙发上呼呼大睡。

房间修好还要油漆。用传统的方法，一天只能漆一间。为了提高工作效率，吉姆引进了最新式的油漆工具。

他首先买了个肩背式喷枪。漆了一个房间，不太满意。缺点：一是漆雾弥漫，整个房间要全盖住，稍微露点儿点都会被漆上；二是太浪费。第二天他到家得宝又换了一个。

这个就像吉姆小时候玩的竹筒喷水枪，前端是毛滚子，油漆被抽进二节杆里，边漆边推，油漆就会从杆中被挤压进毛滚子，省出了不停往滚上沾漆的时间。但接缝密封不好，油漆常从接头处溢出。

吉姆又换了个电泵油漆工具。一试还挺好使，就是清洁机器太费时间。吉姆不好意思再换了。因为退的时候，工作人员就开玩笑说："是不是你的油漆活都干完了？"

在美国，一夜暴富的事常有。老太婆就是一例。

这天，老太婆神采飞扬地晃动着手中的一张支票，说要让吉姆开开眼。

"5万美金，你哪儿来这么多钱？"吉姆好奇地问。

老太婆说南北战争结束后，她祖上买了好大一片地，当时是25美分一英亩，后来家道中落，只剩下一座房产，最近母亲去世，兄弟姐妹几个均分了这笔遗产。支票是某律师楼寄来的。另外石油公司正在她家地上打井，每人还要分1000多美元钻探费，如果要探出石油了，那可就财源滚滚，她就可以坐享清福了。

吉姆说："你家房子不是卖了吗？有石油也是人家的。"

"美国法律规定，房子可以自由买卖，但地下的矿产资源，永远属于第一个主人。"

"那你以后就不用上班了？"

"我还要上，你付给我的钱虽然不多，但住房不要钱，所以我吸烟喝酒也够了。这笔钱我要把它存起来，以后作为遗产分给我的子女。"

吉姆提醒说："你忘了你睡在大街上的日子，当时没一个人帮助你，你现在还想着他们？"

老太婆说："我不计较。"

一天，老太婆告诉吉姆："1号房客人有些反常，开着新车西装革履不说，怎么总喜欢透过窗帘向外窥视？"

吉姆找他聊天，其实是想把他撵走。他说他是从外州来的，看到这个汽车旅馆便宜就住进来了。吉姆说这个汽车旅馆档次很低很脏，客人大多是打工仔和无家可归者，见到他这样的绅士还是头一遭。这个房间前一阵子才病死过一个人，好像是艾滋病……

绅士脸色骤变，拎起电脑包就钻进了车里。

1号房死过人不假，但他是老死的，和艾滋病半毛钱关系也没有。死去的这位老者是汽车旅馆的常客，之前经常和老伴一起来，这次来却是孤零零的一个人。是谁送来的也不知道，被丢下车后，他是扶着墙摸到办理入住手续窗口的。因为他总是病歪歪的，吉姆怕他死在这儿，就推说没房间了。老者一屁股瘫坐在地上，说不租给他房间就不走了。

老者住进1号房后，吃喝拉撒全都在床上。老太婆每天帮他从加油站杂货店买一份报纸和一些吃喝。

这天老太婆休息。昨晚交接班时老太婆还一再交代，老者说他房租明天到期，明天上午他女儿会来带他到银行去取钱，叫吉姆放心。

中午11点，吉姆敲老者房门没人应。等处理好其他房间结账退房后再敲门，还是没有回音。吉姆头皮一麻，"难道出事了？"他没敢贸然开门，而是跑步喊来小汽车旅馆的常客亨利。

亨利本应是一个阳光的大男孩，却因为长期烟熏火燎而显得面容憔悴。他曾在美国海军陆战队服过役，退伍后一直无所事事，所有开销都由母亲接济。他在家是独子，早年丧父。据说他父亲在得州炼油厂那次大爆炸事故中身亡，得到了一笔巨额赔款由他母亲掌管。每次想到汽车旅馆散散心，他就拼命吵闹，母亲迫不得已才会给他一点点钱，或者亲自把他送到小汽车旅馆。实在筹不到钱，亨利就会到卖血站卖一管血。据说卖一次血可以得到25美元。

亨利的母亲把钱攥得这么紧，也是迫于无奈。亨利疯狂时虽然不会杀人，但总是把家中值钱的东西拿出去变卖。吉姆从他那买的最多的就是万宝路香烟，那是他用妈妈信用卡刷的，要不就是电视机、吸尘器，再不就是他妈妈刚买的新衣服。一天半夜，亨利把他妈妈一对心爱的镀银咖啡壶也抱来卖给了吉姆。

亨利之所以喜欢小汽车旅馆，一是熟悉周遭环境；二是人少相对安静；三是母亲好找他。

亨利喜欢大功率汽车。他有一部悍马和一部经过改造的高底盘福特F350。他说，就是大树横在路中间，这种卡车也能一跃而过。一次，警察敲开了亨利的房间，可能是他妈妈报的警。警察和他叽叽咕咕了好一阵子，临走还一再交代，要吉姆再多给亨利一个小时，因为他找亨利谈话耽误了时间。

听到吉姆喊他，亨利很是热情。他把头往老者房间的门缝里一探，连声叫喊："死了，死了，快打911，快打911。"

吉姆头皮一麻。他看到老者赤身裸体僵硬在床下，取暖器还烈火熊熊。

首先来的是救护车，接着是警车。

警察检查了门窗，询问了一下情况，就联系了殡仪馆。在等待运尸车期间警察开玩笑说："看来这位老者这次不死在自己的房间，也要死在办理入住手续的窗口。"

老太婆有个朋友叫波，是个建筑商，意大利人，他说休斯敦许多汽车旅馆都是他建的。他围着老太婆转是因为老太婆手中那张支票给闹的，但任他磨破嘴皮，老太婆只吐出一个字："No！"

鲍是小汽车旅馆对面酒吧的常客。听说小汽车旅馆生意不错，就是"肚子"太小，经常往外"吐客人"，就想在旁边再建一个大点的汽车旅馆。于是他买下了酒吧及毗邻的一座旧房子，亲自开着"怪手"把旧建筑推平；谈妥银行贷款；设计图也报到了市政府，万事俱备只等开工。

鲍对吉姆谈了他的设想，这准备建一家20间客房的汽车旅馆，主要租钟点房，每个房间门口都装上电子计数器，客人进出都有记录。吉姆若有兴趣，也可以租给他，两家汽车旅馆相邻也方便管理。吉姆不屑。

推三阻四，市政府动工许可证一直下不来。左等右催，市政府最后说："经过社区开会讨论，左邻右舍都不同意。他们说，你做什么生意都行，就是不能建汽车旅馆。"

美国的汽车旅馆如同"屋檐下挂马桶——臭名在外"。从汽车旅馆周遭的房地产一跌再跌就可以看出，汽车旅馆有多么臭名昭著。市政府对修建新汽车旅馆有许多硬性规定，如150米内不得有学校、教堂、居民区，等等。吉姆这家小汽车旅馆就已经让社区头疼不已，现在又要再建个新汽车旅馆，左邻右舍说什么也不答应。为了阻止Bo建新汽车旅馆，社区多次开会，还状告市政府，最后还把休斯敦电视二台也搬来了。

傍晚，电视转播车就停在小汽车旅馆对面的空地上，高耸入云的天线缓缓升起，镜头就对着小汽车旅馆。它要告诉人们，这家小汽车旅馆有多么的邪恶。

吉姆挨个儿通知他的客人："电视台来拍照了，千万不要出来，一律待在屋里。"

客人们还真听话。拍了几个小时也没见到个鬼影，记者们沉不住气了，他们扛着"长枪"进了小汽车旅馆。

吉姆提着工作灯迎了上去。

记者问："听说你们这放黄色录像，是吗？"

吉姆答："是的，全休斯敦汽车旅馆都放黄色录像，违法吗？"

"听说你们这儿租钟点房是这样吗？"

"是的。租钟点房违法吗？"

"邻居们说你们这儿很乱，影响了他们的工作和休息，是这样吗？"

"不是。你们已经拍了好几个小时了，你们看到我这儿乱吗？"

事后老太婆说，她在电视上看到吉姆了，英语说得还真不错。

老太婆算是一个有文化的人，她说她读到高中毕业。吉姆的英语大多是跟她学的。中国人学英语有个习惯，光会说还不行，还要知道如何拼写，这样才能记得住。所以老太婆每次说出这个单词的发音和意思后，吉姆总要追问一句："如何拼写？"

大多单词老太婆都能拼写出来，但也有不会的。一遇到不会的，老太婆就会躲进自己房间翻看字典，然后再神气活现地告诉吉姆。要不然就去问她的朋友——酒吧老板娘。老太婆也承认她的文化比自己高。后来老太婆简直就不敢和吉姆多说话了，她被他问怕了。

酒吧老板娘也有答不上来的时候。

市政府要给休斯敦汽车旅馆业颁发新的"营业执照"。要想取得新营业执照，汽车旅馆的水、电、煤气、建筑物都必须符合一定的安全标准，市政府的专业团队到汽车旅馆检查后，会寄回一份报告，详细说明哪些地方需要整改。除建筑物外，其余各项都必须由有资质的专业公司，向市政府申请许可证方可施工。时间是两年。

整改报告很厚，都是专业术语，吉姆如看天书。

老太婆也看不懂，就去请教酒吧老板娘。

整改报告在酒吧足足放了半个月，原封不动递给吉姆时，老板娘连屁也没放一个。

老太婆对吉姆的剥削一直耿耿于怀。上次偷钱差点被炒鱿鱼，她也汲取了教训。她现在虽然不偷钱，但却"躺平"了。

吉姆在的时候还好。只要他一走，老太婆就喝得烂醉。人一喝醉了走路都要扶墙，怎么还能清房间呢。不能清房间，就要退客人。所以只要老太婆一喝醉，生意就往下掉，这个规律被吉姆发现，始于一次偶然。

吉姆出去忘记带驾照回头来取，迎头碰到一个客人正在跳脚。

客人说要租一小时。老太婆说没有。

客人说，4号房门不是开着吗？老太婆说，那是脏房间，还没来得及清理。

吉姆探头一看，4号房干干净净。客人抱怨，他来过好几次，老太婆每次都是这副德性。吉姆亲自给客人登记后，气得哪里也不想去了。

4号房退房了。吉姆叫老太婆把房间清好后再下班。老太婆说她不清理，她该下班了。吉姆说，离下班还有30分钟，清理一个房间的时间足够了。

老太婆喷着酒气，打着饱嗝说她就是不清，说着就扶着墙欲往自己房间走，谁知腿一打软跌倒在地。老太婆干脆匍匐前进，身后留下一片尿渍、酒气和满屋躁气。

吉姆只得自己去清。临走他丢下一句狠话，"你要是再喝醉，我就把你东西扔到大街上去。

吉姆正在清理房间。忽然进来一部警车，原来是老太婆报的警。老太婆蹒跚过去，满嘴喷着酒气，嘟嘟囔囔地问："吉姆说他要把我的东西扔到大街上去，他有这个权利吗？"老太婆恶人先告状。

警察最讨厌酒鬼。他说："如果他是老板，他可以这么做。"

D被吉姆撵出小汽车旅馆后，派来了黑利。黑利就是当年K汽车旅馆的那个娃娃脸，几年不见，她不仅长得又高又壮，还成了D不可或缺的左膀右臂。

黑利在小汽车旅馆楼上包了两个房间。

黑利做的是蝇营狗苟生意，少不了经常会和客人产生矛盾。

客人甲在小汽车旅馆游荡了整整一天，欠了黑利的钱一直谎称朋友一会儿就送来，明摆着想吃"霸王餐"。客人的车钥匙被黑利扣下，并火速通知D。

D风驰电掣般赶来，二话不说抡起棒球棒就是一顿暴打。

汽车旅馆不像中餐馆，中餐馆是生意越红火越好，汽车旅馆生意不能好得太离谱，太离谱了容易出纰漏。小汽车旅馆打911数量激增也引起了警方注意，巡逻的次数明显增多，还时常有便衣光顾。

一个黑人一直纠缠着黑利。是便衣是客人，没人说得准。黑利耍了个小聪明，他叫D藏在卫生间，自己和黑人周旋。

"钓鱼执法"一般都用录音机。无论黑人如何引诱，黑利除了说"不"，就是不出声。黑人没辙，起身要走，D提着棒球棒冲了出来，"你他妈的勾引我老婆，看我不砸断你的腿。"

黑人边退边掏出警察证，"你不要乱来，不要乱来，我是警察，我是警察。"

D怒目圆睁，手起棒落，"你他妈的还敢冒充警察，警察也不能勾引我老婆，我有录音为证。"

黑人也不是吃素的，他好像受过专门训练。他左闪右挪，前突后挡，一不注意钻进了床下。

这回摊上大事了，他真的是便衣。黑人在床下用对讲机呼唤来同伴。D拉起黑利迅速蹿上汽车。

凡事都有正反面。D虽然会引来警察，但他们绅士，听话，帮汽车旅馆拉生意，还能保一方平安。黑利和D走后，涌进一帮"臭鱼烂虾"，小汽车旅馆顿时乱成了一锅粥，处于严重失控状态。肖老板最近就经常收到警察局来信，"如不加强管理，继续放任自流，主人将被起诉，小汽车旅馆将被关门。"

加强管理，驱赶"臭鱼烂虾"，成了当务之急。

再急也急不过办绿卡，对此吉姆一直念兹在兹。听说肖老板和中文学校杨校长是朋友，吉姆窃喜。办绿卡是好事，肖老板也乐意撮合。

得州牛排店。杨校长和夫人如约而至。肖老板做东。

杨校长也是个爽快人。他说办绿卡没问题，但有一个条件，吉姆每星期要到中文学校免费教学两天，星期六教中文，星期天教基本体操。

吉姆满口答应。他只坚持了一条，律师一定要自己找。肖老板事后责怪他，"在美国一定要学会保护自己，不要什么事都说好好好。"

兵贵神速。吉姆立马就打电话给大律师助理梅小姐，约好了第二天和杨校长一同去见大律师。

晚上交接班，老太婆提醒吉姆，"今天警察来了好几趟，对面自动洗车场又停了一部警车，警察可能还有大行动，今晚你要把眼睛睁大一点。还有，上次那个把煤气管扳断的神经病胖黑人又来了，住在2号房。就数他最乱，最不听话，还神经兮兮，你一定要多加小心。"

吉姆抽出胖黑人的登记卡。他只在签字处胡乱勾了一笔，其他信息栏一片空白。

按一般要求，住汽车旅馆的客人必须出示有照片的身份证或驾照，然后填写客人登记卡。登记卡上除了要登记客人的姓名、住址、车牌号码等信息外，客人的身份证号码和出生日期一定要核对无误。因为只要输入这两条信息，警察就能查出此人的全部资料。所以，出示身份证明，对加强旅馆管理，吓阻犯罪至关重要。

问题是，客人如果没有身份证就不租，小汽车旅馆的生意至少要下降三分之一。

做生意本来就要担风险，回报越高风险也越大。在美国做汽车旅馆，更像是在刀尖上跳舞，但看在钱的分上，没有绿卡吉姆也租，这就是汽车旅馆生意为什么红火的原因。

夜里，胖黑人果然把小汽车旅馆搅得开了锅。他俨然就成了小汽车旅馆的主人，挨个儿敲门不说，还与刚进来的每个客人搭讪，吓得有些好客人掉头就走。他还不停地把路人拉进房间；朋友的车也进出不断……吉姆多次警告，他非但不听还对着吉姆大吼。如此乱下去肯定要出事。

"要是D在，该多好。"吉姆穿好鞋，手持无绳电话站到外面。这一招真灵，小汽车旅馆顿时安静了下来。

财路断了，胖黑人和吉姆大吵。吉姆佯装打电话给警察，他这才安静了下来。要知道，每打一次911都会有一次记录，累积多了，这个地方就会被警察列为"不安定地区"，巡逻就会加强，这对生意当然不利。所以，不到万不得已，绝不轻易就打911。

胖黑人在房间躲了会儿，看到警察没来，更加恣意妄为。

胖黑人朋友的车又来了，还下来了一拨拨男男女女。吉姆硬是把他们撵走了。

气急败坏的胖黑人隔着办理入住手续窗户和吉姆大吵。吉姆不理睬，他开始砸窗户。看到吉姆抄起了霰弹枪他才离开。直到这时，吉姆才能安心看CCTV-4的电视连续剧《杨乃武和小白菜》。

正当他为主人公的悲惨遭遇唏嘘不已时，亨利突然跑到办理入住窗前大喊："2号房冒烟了！"

慌得吉姆光着膀子就冲了出去。浓烟从2号门缝钻出，吉姆推开门，炙热的浓烟夹杂着浓烈的汽油味扑面而来。浓烟来自席梦思床垫。屋里什么情况，床上到底有没有人，可眼前一片漆黑，什么也看不见。吉姆一推灯开关，不亮，灯泡也给砸了。

吉姆拨打了911，然后和亨利拿着灭火器站在门外轮流往屋内喷。喷了好几个灭火器效果都不大。烟越来越浓，热浪越来越大。此刻的2号房俨然成了一座火药库，随时都会爆炸。救火车仍然没到。吉姆急得像热锅上的蚂蚁，脑袋一片空白。

六神无主的吉姆再次拨打了911。放下电话后，他突发奇想，"如果能把席梦思拖出门外，这火不就烧不起来了吗？"

于是，他毅然冲了进去。当他弯腰抓住席梦思用力往外一拖。"轰"的一声，滚滚浓烟瞬间变成了熊熊烈火。受到强大气浪冲击，门突然被关上。吉姆背部受到重重一击，他往火中一趴即迅速爬起。他转身开门，迅速冲了出去。

此时来了一部警车，失魂落魄的吉姆要求警察再打救火车电话。

救火车一下来了好几部，加上救护车、警车，宽敞的街区被堵得水泄不通。不一会儿，嚣张的火焰就被前后夹击的强大的水柱降服。消防员剪断了该栋建筑的电源，清除了可能复燃的隐患。

吉姆给肖老板打了电话。

救护员紧随着吉姆，对他身上不停地浇着什么液体，并劝他快上救护车。吉姆死活不愿意。他认为没这么严重。再说，如果他去住院了，小汽车旅馆谁来照看？

救护员向肖老板夫介绍了吉姆伤势：如果不住院，可能会有生命危险。

光着脊梁，只穿一条短裤的吉姆自己走进了救护车。他躺在担架上，戴上氧气面罩，被紧急送往休斯敦医疗中心。

休斯敦医疗中心是全世界最大的医疗中心，占地464.5万平方米，有61个医疗机构，其中包括21家医院。这里是世界上第一批进行心脏移植手术的医疗机构之一；这里有一些世界顶级的医疗和科研机构，比如拥有诺贝尔生理学或医学奖得主的安德森癌症中心；医疗中心总共有9200张病床；有超过10.6万名员工；每年接待800万求医者；每年在这里做手术的患者超过18万之多。全世界最好的烧伤医院就坐落于此。

吉姆被匆匆推进急救室。护士们开始忙碌。救护车的担架换成了医院的推床；短裤被剪开；挂上盐水瓶……

检查过伤情后是简单的询问。

吉姆的回答，由英语逐渐变成了中文……

一个会说中文的年轻女护士匆匆赶来。吉姆的回答语无伦次，意识也开始渐渐模糊……

第九章　涅槃

有一个美丽的传说。

凤凰是人世间幸福的使者，每500年，它就要背负着积累于人世间所有痛苦和爱恨情仇，投身于熊熊烈火中自焚，以生命和美丽的终结换取人世的祥和与幸福。同样在肉体经受了巨大的痛苦和轮回后，它们才能得以更美好地重生。垂死的凤凰投入火中，燃为灰烬，再从灰烬中新生，其羽更丰，其音更清，其神更髓，成为美丽、辉煌、永生的火凤凰。

休斯敦医学中心。被包裹成木乃伊的吉姆正在玩命地挣扎，"你他妈的，你把老子捆起来干什么？快给我松开，快给我松开！"京腔京韵的中文翻译在一旁苦劝，"先生，先生，你醒醒，你醒醒。你现在神志还不清醒，刚才来给你换药的护士小姐，有好几个都被你打了，她们这样做也是迫不得已。等你意识清醒了，我就叫她们给你松开。"

吉姆继续挣扎，"你胡说，你胡说，张柳叶来看我，你们为什么不让她进来，为什么不让她进来？"

"张柳叶是谁？她在哪儿？"

"她是我的未婚妻，她是来和我结婚的，她就站在门外，你看，她来了，她来了……"

"先生，门外什么也没有，你这是出现了幻觉。"

一针扎下去。吉姆继续做起了他那永不凋谢的女人梦。

有人说女人如诗：有韵味，有气质，风姿绰约，灵动隽永；

有人说女人如酒：食髓知味，千杯万盏也不醉；

有人说女人如花：花有百媚千红，女人有风情万种；

有人说女人是书：男人一辈子读不完，也读不懂；

也有人说："山下的女人是老虎"，是红颜祸水，头发长见识短……

潘军说，女人是集自然界美之大成，是美中之最，是人间极品。这种美超越了美学范畴，冲击生理学、心理学领地，在社会学和道德领域产生广泛效应。

因为，当我们看见女性的温婉和柔美，就会被她的圣洁、她的光彩夺目所震慑，我们会肃然起敬。

正如罗丹所说："自然中任何东西都比不上人体更有性格。人体由于它的力，或者由于它的美，可以唤起种种不同的意象。"

女性之美首先美在她的人体。人体之所以美，是因为没有一种线条、轮廓比人体的线条、轮廓更生动、柔和、富于变化和富有韵律美了；也没有一种体积、形态比人体更匀称有力、更有弹性和更有节奏感了；更没有一种色彩比人体的肤色更鲜嫩、滋润、透明，更有光泽和更具生命的感觉了。

女性之美其次美在她的气质。气质是一个女人丰富内心世界的集中体现，也是一个女人聪慧与文化修养的标志。如果说容貌是爹妈给的，那么气质就是后天培养的；如果说容貌会随时间凋零，那么岁月就会使气质历久弥新。"风韵犹存"说的就是这个道理。气质是女人的一种自信。它体现在女人的举手投足之间。如果把美丽的容貌和高雅的气质完美结合，那么，她就是攻无不克，战无不胜的女神。

什么样的女人才美？是身轻如燕的赵飞燕，还是体态丰腴的杨玉环？每个阶段的女人都有不同的标准。当然，东西方文化的差异，人们审美观点的不同，也自然会有不同的审美标准。说白了，就是"萝卜青菜，各有所爱"。

对潘军来说，胖瘦都不重要，关键是要高挑、挺拔。他更觉得，高个子女人有气场，气场就是压力，压力就是动力。他常说："站在高挑女人的肩上，我能眺望到最美丽的风景。"为了爬上高挑女人那可望而不可即的肩膀，眺望千姿百态的风景，他一次次被摔下，又一次次爬起。伤痕累累，仍不改初心。

潘军坚定地认为，一个成功男人的背后，必然有一个优秀的女人。

张柳叶走进潘军的生活，正是在他人生的低谷和至暗时刻，那时他的感情生活受到了致命的打击，精神开始崩溃。是张柳叶拯救了他，把他从死亡的边缘拉了回来，使他看到了生的希望，看到了自身的价值和美好的前程。于是，他又重新振作了起来。张柳叶征服潘军靠的不是她那张脸，正是她高挑、挺拔的身材，活泼开朗和极具感染力的性格。为此，潘军还为她专门写了一首小诗，诗名叫《女人如梦》。张柳叶吵着闹着要先睹为快。潘军说："不急，我还要再慢慢修改，到结婚那天，我就把它作为结婚礼物送给你。"

病榻上的吉姆慢慢地睁开了双眼。

"吉姆宝！你终于醒了，你都昏迷一个多星期了。"

一个被一次性隔离衣包裹得严严实实的年轻人，眼里射出了兴奋的光彩。

"吉姆宝？吉姆宝是谁？"

"吉姆宝就是你啊。吉姆宝是吉姆的爱称，中文名也叫金宝。

金宝横空出世。

他知道自己也该换个名字了，因为他已经脱胎换骨。

"你是谁，怎么会穿成这样？"金宝迷迷糊糊地问。

"我是法兰克，肖老板的表弟，你不认识了。就是每个月都到旅馆去拿租金的法兰克呀。"年轻人扯下口罩，"这里是无菌病房，探视病人都要这身打扮，否则不让进。"

"这是哪里，我怎么会在这里？"金宝嘶哑着嗓音，喃喃自语。

"这里是休斯敦医学中心。你被烧伤了。"

"我怎么会被烧伤？"

"你和客人吵架，客人在床上倒上汽油，在床下点火，你去拖床垫，汽油一爆炸，你就被烧伤了。医生说，你伤得很重，是三度烧伤，面积达50%。你的两手背，两肩和脸都植了皮，皮是从你大腿上取的。"

潘军想起来了。当时的情景像过电影一样，一帧帧一幅幅从他眼前流过。

墙上贴着不少朋友的联系电话。金宝不悦，"肖老板怎么没留电话？"

"他夫妻俩又到拉斯维加斯玩21点去了，他托我常来看你，有事就叫我通知他们。哦，对了，你出院的时候，警察还要找你问话。"金宝一惊。法兰克解释，"你别担心，他们找你只是了解一下起火的原因，不会问你的身份问题。警察到小汽车旅馆调查的时候，有人跟他们说，你可能是非法移民。警察说，这事与他们无关。"

1个月后，医生批准金宝出院。是法兰克开车把他接回小汽车旅馆的。临出院前，医院按照要求通知了警察，警察询问金宝完全是例行公事。警察询问了小汽车旅馆失火的原因及过程；询问金宝是否记得纵火者的长相和车牌号码；金宝的回答不是"No"，就是摇头。警察在临走时说："我在调查过程中，有人向我揭发你可能是非法移民，我的回答是，这事与我们无关。"

在回小汽车旅馆的途中，法兰克遵照医嘱帮他买了一打多芬中性香皂。

出院后的金宝早已面目全非，要不是法兰克从中介绍，老太婆都不知道他是谁了。

回到小汽车旅馆的第一件事，就是给家里报个平安。金宝嗓音嘶哑。可刚摸起电话的他，欲语泪先流。

复诊也是法兰克带他去的。金宝住院的时候是赤身裸体，没带任何资料，没办任何手续。医院这次把丑话说在了前头，来时要带身份证、社安号、医疗保险，没有医疗保险再换药费用就要自理。直到此时，医院才有了金宝的基本信息，才知道他姓甚名谁。

第一次回诊是出院半个月后。那次化的171美元如同在金宝身上割了一块肉。第二次预约又是在半个月后。金宝考虑到法兰克很忙，自己伤口也无大碍，只能靠慢慢休养，其实是花钱比他身上的伤口更疼，所以也就没有了第二次。

1个月后，金宝先后收到了两份账单。一份是医院的，一份是医生的。两份账单之和是25.18美元。吓得他眼珠差点儿没蹦出眼眶。他用计算器加了又加，小数点数了又数，还是这个数。他又算了算住院天数，"9月4号住院，10月5号出院，整整1个月。这就是说，金宝每天的住院费几近1万美元。"

面对如此天文数字，金宝反倒淡定了。俗话说，"债多不愁"，"人不死债不烂。""要钱没有，要命一条。"他顶多当回"杨白劳"。

老板娘支招，"你没有身份，完全不付也不好。你可以分期付款，每个月付一点点，至少说明你一直在付。"

按照老板娘的授意，金宝第一个月寄去了58美元；第二个月寄去了35美元；第三个月开始，每个月仅寄20美元……照如此进度，虽然医药费不计算利息，光还本金也要107年。

这种持久战刚开打半年，账单就不来了，院方主动缴械投降了。老板娘难得一笑，"这说明，你的医疗费联邦政府帮你付了。不要说你了，很多有钱人都赖账，美国政府每年这方面的开支很大的。"

事情并没结束。一天，金宝突然收到了追债公司的信。望着他慌乱的眼神，老板娘神情淡定，"扔进垃圾桶。听说邮票又要涨价了"。果然，扔了两次就再没人打扰了。医药费风波总算尘埃落定。

小汽车旅馆的2号房烧得非常严重。好在左邻右舍都是车库，故波及不大。但整栋建筑的电源都被切断了。只有九间房的小汽车旅馆，有五间客房不能用。尽快修复，尽快营业是燃眉之急。肖老板答应，维修费他和金宝均摊。

休斯敦搞维修的中国人现在是熙来攘往，当时可是屈指可数。经过比价，活被香港的黄先生揽下。

哪知道，"屋漏偏逢连阴雨"，刚开工没两天，大雨滂沱地哭了10多天，本来就摇摇欲坠的汽车旅馆更加惨不忍睹。

做电需要有资质的电工，其实根据小汽车旅馆当时的情况并不需要。当时休斯敦华人没有一张电工执照。不是华人不聪明，而是美国执照考试制度有弊端。电执照需要有做电十几年实践经验，还要有执照的老板推荐才能去考试。"教会徒弟，饿死师傅。"

肖老板的一个台湾朋友说："每间房500美元，五间房共2500美元，给现金就不收税。"这是有执照、新建房的价格。此君没有执照，要价也太高，被金宝婉拒。在中文报纸上打广告的中国人，因为没有电执照怕市政府找麻烦，连价也不愿意报。金宝只好叫老太婆从"休斯敦黄页"上找美国公司。

有电执照的电力公司个个都牛。电话打了一圈，不是没人接，就是说没空。其实都是嫌活太小。终于有家较大的公司答应来看。

来看的是一个黑人。他长得像根电线柱。他草草看了一圈后，神情不悦，"2号客房的电线是谁拉的？这活我们不能接。"说来也是，把线接到别人或老旧线上，是做电的一大忌。

2号客房的电线是金宝拉的。搞装修的黄先生一再催促，"做电的怎么还不来，我要贴石灰板了。"贴上石灰板，墙里的电线还怎么穿？

电线杆黑人前脚走，一座黑铁塔后脚就到了。不用说就知道他们是一伙的。黑铁塔说："你是金宝？听说你要做电？"看了一圈后，"1500美元我帮你搞定，不过要付现金。"

这么便宜，当然可以。

煤气管道本来无事，就因为老太婆一个电话，惹来了大麻烦。说来她也是好心，"金宝，这煤气管已经七八年没检测了，你最好检查一下。最近我老闻到有煤气味，如果漏煤气，会爆炸，会死人的，那麻烦就大了去了。"

煤气检测属于水管公司，也需要有资质。老太婆却把电话打到了煤气公司。煤气公司不管三七二十一，先把煤气表摘了再说。等你把煤气管道修理好了，市政府检测过关了，他才会给你把煤气表再装回去。

肖老板沮丧地说："这已经是第二次了。以后有问题就自己修，千万不能给煤气公司打电话了。"

来自中国台湾的张先生拥有休斯敦华人唯一一张管道执照。它的重大意义在于：大休斯敦地区，乃至整个得州华人的全部水、煤气工程，他独家垄断。

两个老墨跟他忙前忙后。金宝问："你怎么不请自己人？"

"唉，'教会徒弟，饿死师傅'。中文报纸上那个广告打得比我还大的羌先生，就是跟我打工的，没过半年他就另立了门户，抢走了我不少生意。但你这个生意他抢不去，他没执照啊。"

"你是怎么搞到管道执照的？"

"我刚从中国台湾移民过来，在美国公司打工，老板年纪大了，没人接班，他看我年轻聪明又肯干，就想培养我。直到我和他女儿结了婚，他才推荐我去考试。一拿到证，我就离了婚，就出来单干了。"

张先生用气筒往接上水银柱的煤气管打气，观察了一会儿，"有点漏，不注意，看不出来，老管道都这样。"张先生用洗涤液顺着管道喷了好几遍，也没找到漏气点。"越小越难找。这样吧，我把气筒丢给你，明天上午10点我约市政府来验收，你上午9点45分再往里面多打点气。如果过了，更好；过不了，就要动大手术了。"

金宝运气不好。煤气检测市政府检查没通过。张先生说："这一栋屋的煤气管道整个都要换。"

"需要多少钱？"

"2500美元。我要价比老美公司便宜多了，不信你可以比比价。"

一个美国公司，要价2000美元，抢走了这笔生意。后来又以种种借口，追要了500美元。

紧赶慢赶，1个月过去了，加上金宝住院1个月，停业两个半月的小汽车旅馆总算开业了，开业后的生意更加火爆。

"越烧越旺"，这是汽车旅馆业的一句流行语，意思是说，你如果买了较好的保险，旧汽车旅馆被烧了，你用赔偿款把旧汽车旅馆修得焕然一新，生意肯定会更好。

问题是小汽车旅馆今年没买保险。按租赁合同规定，地产税、保险及营业税的一半，均由肖老板支付。小汽车旅馆的保险3个月前就已经到期了，老板娘要个小聪明。她想等3个月后与金宝签新合约时，把这烫手的山芋扔给他。谁知人算不如天算。

最惨的还是金宝。被烧得体无完肤，付了近一万美元维修费不说，停业近两个半月，他就付了一个半月租金给老板。金宝一出院就开了张2500美元的支票，老板娘顿也没打就收了。再开另一张支票时肖老板坚决不收。但他留下话，从下个月开始就要收了。

办绿卡事因这场大火被耽搁了。金宝出院后，杨校长催了好几次，金宝坚持要等小汽车旅馆开业了再说。否则，自己心不安，肖老板也有意见。

小汽车旅馆总算开业了。办绿卡的事也排上了日程。

律师楼。潘军正襟危坐。大律师侃侃而谈。资深法律助理、中文翻译梅小姐口若悬河。林小姐年近六旬，风姿绰约，吐气若兰。"金宝先生，根据你在体育科研方面取得的成绩，我们认为，你的移民是符合美国国家利益的，大律师想帮你办职业移民第二优先特别类：国家利益豁免。这类移民不需要雇主，避开了申请劳工纸这个复杂、冗长的程序。但要求申请者具有硕士以上学历，或者学士学位加五年以上工作经验，3封专家推荐信……"

潘军插话，"我们工农兵学员只算大专。"

"谁说的？"

"他们都这么说。"

"谁说了都不算。我们要把你的《江南师范大学毕业证》和《上海体院助教进修班结业证》，送到学历评估中心去评估，移民局只接受他们的结论。"

评估结果很快出炉。经过美国最权威学历评估中心评估，潘军的学历等同于美国的本科。它的伟大意义在于，潘军不仅够资格办"国家利益豁免"绿卡，还摘掉了戴了13年之久的工农兵学员帽子，更重要的是，它狠狠地扇了潘书记的嘴巴；掌了张柳叶妈的脸，堵了"吃不到葡萄，还嫌葡萄酸"小人的嘴。

杨校长也十分支持金宝办"国家利益豁免"，他对金宝说："你准备一下，我报社的朋友明天就派记者去采访你。"

记者王小姐如约而至。

王小姐妙笔生花。麻雀很快就变成了凤凰。可半年都过去了，凤凰还待在窝里。

梅小姐说，"你这几篇论文都是专业术语，要全部翻译成英文，工作量和难度都太大，考虑到成本，我们决定还是帮你办职业移民第二优先E-B2。此类移民需要硕士以上学历，需要申请劳工纸。你虽然是本科学历，但如果加上你13年工作经验也相当于硕士学历。"

所谓劳工纸，就是美国劳工市场调查。劳工部批准劳工纸的条件：一是在当地没足够的合格美国劳工的情况下有能力、愿意并且可以即刻从事劳工纸所指明的工作；二是雇佣外国劳工，不会对从事类似工作的美国劳工的工资水准及工作条件产生不良影响。说通俗点，雇佣外国人，既不能抢美国人的饭碗，也不能用低廉的工资。

材料申报得州劳工部。得州劳工部提出质疑："中文学校的体育教师，为什么需要硕士以上学历？"学历要求越高，符合条件的人就越少，劳工部当然要把住这一关。

律师楼开会讨论，"现在第三优先E−B3和第二优先E−B2都有名额，都不要排队，干脆就办第三优先吧。省事。"所谓第三优先，就是要求申请者有此岗位本科学历，或者有两年以上工作经验。符合这一条件者，显然要比前者多得多。

劳工纸申请程序终于启动。律师轻车熟路，杨校长配合默契，按部就班完成每个规定动作后，杨校长字一签，就可报劳工部审批。匪夷所思的是，杨校长一个字竟然签了两个月。

一辆福特老爷车叽叽哑哑开进了汽车旅馆，一个年轻的中国人揿响了门铃。

他是台湾人，早年随父母移民来美，现在中餐馆打工。他说，他自幼体质就不好，常年头昏耳鸣。他说，他有特异功能，能看到别人看不到的东西，比如说鬼魂之类的。他就曾经看到过已经去世的家父坐在厅堂，喝酒吃菜和他唠嗑。他还有过到休斯敦"玉佛寺"出家一年的经历。

报纸刊登了金宝的"英雄事迹"。他对中国武术兴致勃勃。通过王小姐介绍，这名年轻人慕名而来拜师学艺，金宝哪来这份闲情，虽然被金宝婉拒后，他还请金宝吃了顿自助餐。

一场无情的大火，不仅改变了金宝的容颜，也彻底扭曲了他的三观。

从此他开始放浪形骸，游戏人生。

金宝想找个中国女友。听老太婆说，教会能找到好女人，于是他就混进休斯敦最大的华人教会。他听了两次牧师布道，赠了两顿免费圣餐，见无机可乘，就再也不去了。尽管教友们多次登门造访，他依然意兴阑珊。

找不到女友，为了填补空虚，打发时光，金宝来到休斯敦最繁华的W街，这里脱衣舞场林立。就这样金宝在烟花柳巷中，浑浑噩噩迷失了近一年。某天他突然意识到，"我的劳工纸怎么还没下来？"

一直喜欢说"没消息，就是好消息"的梅小姐打来电话，"移民局电话自动查询系统说，你的劳工纸批下来了。"

金宝欣喜若狂。

杨校长忙解释，"她们搞错了，这张劳工纸是我帮另一个台湾朋友申请的。"

一个字签了两个月终于有了解释，原来他是在"明修栈道，暗度陈仓"。可你巴掌大的中文学校，能同时申请两张绿卡吗？

杨校长出示了一张5万美元的银行存款证明，梅小姐计算了一下，说："行，没问题。"

杨校长悄悄对金宝说："我这钱还是从朋友那儿借的，从账面上过一下而已。谁有5万美元不拿出来投资，还放在银行里？"

劳工纸终于千呼万唤始出来。移民局的I-140七天获准。

各类职业移民均有配额，I-485调整身份和申请临时工作许可同步进行。

金宝从此有了身份。他再也不用为没有身份而藏着掖着了。

金宝正在端详刚刚收到的临时工作许可证，法警送来一份文件，要他签收。

金宝心脏一阵狂跳。文件很厚，都是法律术语，金宝根本就看不懂。查阅了几个关键词后才知道了个大概。上次车祸对方的律师把金宝给告了，向他索赔37万美元。

37万美元？这个玩笑开得也太大了。金宝就是在美国干上一辈子，再贴上小命，也挣不到这个数。

金宝的汽车有保险。两家汽车保险公司开始互掐。金宝这家汽车保险公司的华人女代理说："车祸属于民事诉讼，两年内提告都有效。对方律师查了你的住址，发现你这儿是家汽车旅馆，认为是条大鱼。所以连小汽车旅馆的肖老板也一起被告了。在美国，开车光小心还不够，一定要买保险，要不然麻烦就大了。这次因为你有保险，所以这场官司保险公司会出面帮你打。不过丑话说在前面，如果打赢了皆大欢喜，如果打输了，保险公司把3万美元全额赔完后，其余部分就要你自己掏了。"

华人女代理的话，金宝一句也没听进去。他被桌上的一句西方格言所深深吸引："你做对了，没人记住。你做错了，没人忘记。"

当他听说还要自己掏钱，金宝这才回过神来，"什么，还要我赔？我还欠美国政府25万美元呢，我哪有钱赔？"

听完金宝的讲述，女代理兴奋地说："这场官司我们赢定了。这样吧，我们把你的银行账户公开，对方一看，就是打赢了也捞不到钱，他们就会知难而退。孙子曰：'不战而屈人之兵，善之善者也。'"

金宝开始腾空账户。移民律师费提前付清，其余全部寄回国内。

对方果然撤诉。

为了明确责任，避免再受牵连，肖老板决定把小汽车旅馆的法人换成金宝的名字。其实这只是个借口。坊间盛传，肖老板在拉斯维加斯一夜就输掉了100多万美元，他这样做是为了转移财产，准备宣布破产。

美国转换法人的手续很简便。肖老板的表妹兼会计师带金宝到汽车旅馆斜对面的法院，仅用20分钟，花了10美元就将一切都搞定了。

刚安稳没两天，金宝又收到一份法警亲自送达的文件。

这次是劳工部强制他去面谈。小汽车旅馆的文件以前都是肖老板表妹帮助处理，法人换成金宝后，她就撒手不管了，因为金宝没付她钱。劳工部多次来信，催问工资税方面的事情得不到回应，劳工部是不得已而为之。

在肖老板的干预下，表妹一通电话打到劳工部，一切都搞定。

绿卡再传好消息。律师助理梅小姐说："你抓紧去打指纹、做移民体检，再等两三个月，你就能拿到绿卡了。哦，对了，现在拿绿卡不需要面谈了，但是你这个案子拖得太久，到时移民局可能还要你的雇主出示一封信，表明雇主现在仍愿意继续雇佣你。"

星星又来了。同所有坐过牢的美国人一样，一年多的监狱生活把她养得是又白又胖。

一天深夜，星星突然打来电话，说她想来。金宝问她在哪？她说就在小汽车旅馆旁边的加油站，用的是公用电话打去的。金宝顿起疑心。寻常，她是说来就来，说走便走。打电话预约这还是第一次，离得这么近也没有这个必要，再看来电显示，电话号码亦被遮住。金宝婉拒。

金宝一夜无眠。第二天一大早，老太婆一接班他就到旁边的加油站，分别从三只公用电话往小汽车旅馆打电话，三个不同电话号码在来电显示上被写得清清楚楚。金宝心头一颤，"星星把我出卖了，警察是在钓鱼执法？"

第二天相同时间，相同地点，相同电话，星星又来电邀约，被金宝一顿臭骂。

不一会儿，星星就走进了小汽车旅馆。她隔着办理入住手续窗口说她想借20美元和一包"万宝路"香烟。金宝不假思索悉数递出。

雇主愿意继续雇佣金宝的信，当然需要杨校长亲自写。梅小姐一直联系不上他，便委托金宝跑一趟。

中国城某面包店，这是他俩经常碰头的地方。最近一次碰面是半年前。

面包店老板娘听说金宝来找杨校长，一脸惊诧，"你还不知道啊，他最近得了脑出血，人虽然抢救了过来，却成了植物人了，现在还躺在医院里呢。"

金宝一屁股跌坐在椅子上。脑袋一片空白。

1996年9月，美国总统克林顿签署了史上最严苛的《非法移民改革和移民责任法》。该法一反历年日益宽松的移民政策，带有浓厚的反移民色彩。其中最触目惊心的条款是：在美非法居留超过180天，3年内不得再次入境美国；超过1年，10年内不得再次入境美国。

金宝至今也没搞清楚，他究竟是如何回到小汽车旅馆的。他重重地把自己摔在床上，梳理着纷乱的头绪。

金宝的绿卡在自己律师的操作下，一切合理、合法，正在正常运转。绿卡面谈时，雇主愿意继续雇佣你的信，要还是不要还两说。

都说"福无双至，祸不单行"，这边杨校长刚病倒，那边又传来晴天霹雳，移民配额排期出生类别，猛然倒退了6年。

移民配额是《美国移民法》规定每年进入美国移民的数量。美国国务院每个月都会公布最新的移民配额排期表。最新的配额排期表列出下个月各类移民的配额情况，以供移民官、移民律师以及移民申请人和受益人了解某一移民类别是否有配额。

移民配额排期就像跳探戈，时而前进，时而后退，时而原地打转均属正常。但如此大踏步地后退，在美国移民史上实属罕见。既是说，金宝唾手可得的绿卡，现在需要再等6年。

金宝把这一切都怪罪于大律师。他在美国出生，不会说中文，头脑一根筋，办事像电脑，虽然延续了龙的血脉，但缺少猴的灵性。金宝对此早就不满。

时间对一个无证移民来说何止是金钱，把它比作生命也不为过。大律师从接手金宝的案子到报劳工部申请在报纸上登广告，人家一个月足够，他扯淡就扯了半年。

听说职业移民第三优先还要再等6年，金宝的倔脾气又上来了。他决定找大律师讨个说法。梅小姐说："面见大律师一次的费用是100美元。"金宝眼都没眨，"行！我有预付款存在你们律师楼，你就从我账户上扣好了。"

金宝耐住性子，"职业移民第三优先，就是排队等配额，也就只要三年就能拿到绿卡。我申请绿卡时，所有类别都有名额，都不需要排队。我已经等了5年了也没拿到绿卡，而且，按照目前的移民配额排期，我还要再等6年。我的一个朋友，办绿卡比我晚3年，拿到劳工纸报移民局3个月后就拿到绿卡了。我为什么会是这样？"

大律师说："3个月就拿到绿卡是不可能的。上个月我去达拉斯参加移民改革研讨会，见到了移民局南方局局长，我们是老朋友了，我对他们的工作效率和混乱表达了强烈的不满。他也向我诉苦，说什么经费不足，人手不够，克林顿总统已要求国会增加对移民局的拨款，希望这种情况明年就会改善。为提高工作效率，移民局在审查案件时，也是先易后难，复杂的案件一般都会稍后点处理……"

梅小姐翻出金宝的护照。大律师看了半天也没说出个名堂。

金宝不依不饶："当初，你们怕麻烦不愿意帮我办'国家利益豁免'就算了，总该帮我办个'第二优先'吧，可你们为了省事，只给我办了个'第三优先'，当然，当时'第二优先''第三优先'都有名额，看不出差别，现在差别就出来了，第二优先有名额，'第三优先'呢，一下子就倒退了6年，难道我真要再等6年才能拿到绿卡？"

大律师耸耸肩。梅小姐忙解围："不会，不会。这个移民排期就像你们家乡跳的那个大秧歌，进三步退两步是常事，原地打转转也属正常。大踏步后退过后，必然会迎来大踏步前进。"

大律师说："我能理解你此时的心情，如果你想回国的话，我们可以帮你申请'回美证'。你父母身体现在还好吧？"

"母亲身体还好，父亲正在住院。"

"哦，听到这个消息我很难过。你想回去吗？"

金宝坚定地摇头。

父亲那次再也没有从医院出来。他死于肺癌。没能给父亲送终，成了金宝永远的遗憾。

为了迎接那即将到来的绿卡，为从这种漫长等待的煎熬中挣脱，金宝削发明志，毅然斩断"三千烦恼丝"。

他买了个新剃头推子，不看镜子顺着头皮理，三五分钟一个锃光瓦亮的光头就能问世。每两个月理一次。这一理就是三年。这和他后来变老了，头发全白了剃成的光头不是一码事。

为了打发时间，金宝每天都要跑一趟中国城，风雨无阻，有时一天还跑两趟。到中国城他什么也不买，只拿中文报纸，游览各超市贴的小广告。小广告可谓面面俱到，如招工、租房、卖家具、征婚，等等。

一天深夜，焦躁不安的金宝趁着客满的空当，又熟悉地拨打着移民局自动电话系统。移民局的电话太忙，白天你根本就打不进去，就是深夜，也还要见缝插针。进入系统后，经过多次语音提示，输入文件号码，今天机器的回答显然与往日不同。按重复键反复细听，金宝顿时热血汹涌。绿卡批下来了。

第二天，一夜无眠的金宝还得上小汽车旅馆屋顶补漏。他边干活边张望着路边的信箱。邮车终于来了。邮递员往邮筒里塞了一大把邮件。

金宝顺着梯子滑下。邮件中果然夹着一封移民局的信。

信中首先恭喜金宝绿卡已经批准，并提醒来移民局时要带哪些文件，其中有一款就是要带雇主信，以示雇主愿意继续聘用你。金宝顿时瘫软。

"怕什么，来什么。""墨菲定律"再一次在金宝身上得到了应验。

但金宝还得硬着头皮按时去了移民局。

女移民官笑容可掬地核对了金宝的全部资料，收回了"临时工卡"等移民局所有证件。正当她准备在护照签盖I-551临时绿卡印戳时，举起的手突然定格，"你这封雇主信，怎么没有公证？"

陪同来的律师助理梅小姐赶忙解释，"对不起，太仓促，没来得及，我们会尽快补齐。"

女移民官中规中矩，"那就等你补齐后，我们再约吧。"

金宝瞬间崩溃……

金宝仿佛经历了一场大病。曾经膀大腰圆的他，一个月不到就瘦了好几圈。

他每天靠喝雪碧度日。这天，雪碧喝完了。他睡眼惺忪地到隔壁加油站买一箱救急。加油站商品比超市要贵很多。付账时他眼前一亮，"星星，怎么是你，你在这上班了？"星星环视了一下四周，把食指竖在嘴上，"嘘"了一声，意思叫金宝不要声张。

金宝悄悄说："下班后你到我那儿去一趟，我找你有要事商量。"

星星如约而至。

里屋的万宝路香烟堆积如山。那是金宝从客人那儿买，再卖给客人的。买进是10美元一条，卖出是25美分一根。金宝递给星星一包万宝路香烟和一个打火机，"你男朋友D呢？"

星星点燃香烟后猛吸了两口，不疾不徐地回答："正在坐牢，他被判了25年。"

"你结婚了吗？"

"没有。"

"你想结婚吗？"

"不想。除非他非常有钱。"

"我有钱吗？"

"你当然有钱了，听说中国人都有钱，更何况你还是汽车旅馆大老板呢。"

"那我要娶你，就是我们两个结婚，你愿意吗？"

"别开玩笑了。"

"我不是开玩笑，我是很严肃的。如果我们两个结婚，你就不用上班了，我可以养活你，你愿意吗？"

"愿意，愿意，当然愿意，那今晚我就不走了。"

"我说的是结婚，不是同居，就是要到法院领结婚证的那种。"

"领结婚证我不干。算了，我走了。"

"哎，慢点，慢点，我们俩再谈谈。如果我给你一笔钱，你干不干？"

"多少？"

"1万美元。"金宝心中的底线是3万美元。他先抛出个石子，想探探水深，然后再讨价还价。

一听到这个数目，星星惊得是目瞪口呆，"多少，1万美元，真的？"看到金宝严肃地点着头，她忙不迭地说："那我们现在就去领结婚证，法院不就在斜对面吗。我们两一手交钱，一手领证。"

"钱我要分阶段付给你。领了证，我先给你第一笔钱，尔后，你每在我律师给你的文件上签一次字，我给你一次钱。"

星星有些晕，"你为什么一定要领结婚证，为什么还要我在你律师的文件上签字？"

"我想办绿卡，我希望能得到你的配合。"

"什么叫绿卡，为什么要办绿卡？"

"什么叫绿卡你不需要知道，但你必须知道我们是真正的合法夫妻，无论对谁都要这么说。而且在我没拿到绿卡之前，我们必须住在一起，以防移民局飞行检查。时间大约是半年，顶多一年。等我一拿到绿卡，我们就离婚。"

"OK！成交。"

想取得杨校长的亲笔签字，还要经过公证，显然是一宗不可能完成的任务。金宝不能在一棵树上吊死。他要为绿卡另辟蹊径。

结婚证顺利开出，婚礼照片光彩夺目。当金宝把这些全都捧给了说着一口流利中文的二律师时，二律师竖起了大拇指。

没有结婚典礼，没有亲朋祝福，没有新婚欢愉，两个文化迥异、同床异梦的雌雄媾和在了一起。

生活平淡无奇。这也许正是暴风雨来临前的平静。

一天，老太婆告诉金宝，"你要注意，星星又开始嗑药了。如果她在你这里被警察抓到，小汽车旅馆被关不说，你还要坐牢。"看到金宝手足无措，她又说，"她不能住在办公室了，叫她搬到客房去住吧。"

星星旧病复发，金宝是知道的。星星被杂货店老板炒了鱿鱼后，金宝帮她买的名牌包包和18k金项链被她变卖一空，两人的共同账户是存多少用多少，金宝就起了疑心。最终被做实是金宝拿着二律师文件找她签字。当时她口歪眼斜，哈欠连天，明眼人一看就知道她毒瘾又犯了。这次金宝是再如何劝，她死活就是不签字。直到金宝答应了她的要求，她这才拿起了笔。

占用一间客房的损失可想而知。但如果东窗事发后果更惨。好在只要再坚持几个月就大功告成了。金宝只得咬牙接受了老太婆的建议。

不日，老太婆再告，"今天你刚走，移民局就来人了。好在星星也不在。移民局调查员问你俩是否住在一起，婚姻是否真实等，我都一一帮你圆了场，他们说过几天还要再来。"金宝再次心惊肉跳，惶惶不可终日。

苦日子总算熬到头了。二律师亲自打来电话，"明天上午10点，到移民局面谈后你就可以拿到临时绿卡了。去时带上驾照、护照、三年交税记录……"并一再交代，"你太太一定要去。"

星星一天都没沾家。直到半夜，她才歪歪倒倒喝得醉醺醺回来。听说第二天要到移民局面谈，"夫君"就要拿到临时绿卡，她就要失去经济来源了，于是她就开始不停地折腾。

她嚷着还要喝酒，金宝把整箱的冰啤酒搬到她面前；她喊着要吸烟，金宝把整条万宝路放在她床前；当她说要嗑药时，金宝犹豫了，这嗑了药还怎么到移民局面谈？她说就吸一小口解解乏，要不然面谈她就不去了。金宝只得从早就准备好的纸袋里取出一点点，递上打火机。吸完后，她又说再来一点点，金宝说不，她就用不去移民局面谈来要挟。就这样左一点点，右一点点，一直折腾到天大亮。

金宝虽然一夜没睡，此时的他仍然满面春风，精神振奋。他一改往日的休闲，穿上了出国时做的西装。他早早就端坐在车内，不安地把玩着方向盘，静等星星沐浴，更衣。可左等右等也不见她出来。

正当金宝等得心烦意乱时，喷着酒气的老太婆步履蹒跚地前来禀报，"不好了，不好了，星星披头散发从后门跑了。她疯了，她真的是疯了！"

第十章 我的野蛮女友

接二连三的打击都没能把金宝击垮，这还要感谢苏三的温存和慰藉。

> 苏三离了洪洞县，将身来在大街前；
> 未曾开言我心内惨，过往的君子听我言；
> 哪一位去往南京转，与我那三郎把信传；
> 言说苏三把命断，来生变犬马我当报还。

这是苏三最爱唱的京剧名段。然而，此苏三非彼苏三。

此苏三就读于华东师大艺术系声乐专业，毕业后分配到上海郊县某师范学校任教。之后，不安于现状的她辞职下海，在江淮路租了个门面开了家服装店，生意被她做得是风生水起，风光无限。

赚得第一桶金后，她开始寻求更大发展，于是多家分店又相继开业。不久国内发展遇到了瓶颈，她开始把目光瞄准了国外。通过中介公司运作，她顺利取得美国签证，并与丈夫协议离婚。离婚为什么会这么顺畅？苏三讲了一段匪夷所思的经历。她说："虽然领了结婚证，但我俩一直都是同床异梦，他到处寻花问柳，我一有机会就红杏出墙。他说要到日本去'背死尸'，并悄悄带上情人，是我和我的男友亲自把他俩送上了飞机的。送走了丈夫，也用不着再偷偷摸摸了，所以一回到家，我俩就巫山云雨。玩得正尽兴，门突然被打开，我被丈夫抓了个现行。原来我丈夫的飞机刚起飞不久，突然出现机械故障，只得返航。所以，我俩离婚只是个时间问题。"

来接机的是中介公司美国代理三郎。三郎老婆在美国餐馆打工时跟个鬼仔同居了。3个月的欲死欲仙后她才发现，鬼仔除了生猛，就是一个活脱脱的穷光蛋，相比之下，再穷的中国人也算是个"富翁"，包括自己那个不争气的老公。俗话说，富贵思淫欲。现在连温饱都出了问题，哪还有这份"雅兴"？

于是破镜又重圆。因为这段出轨的经历，夫妻俩为此事没少争吵，有时还动手。最后还是劳燕分飞，各自安好。唯一的儿子也判给了三郎。

三郎直接就把苏三接到了独立别墅。那是他租的。洗去一路风尘，喝了简单的接风酒。苏三早早就歇息。她太累了。

夜半，三郎溜进了苏三的房间。先是半推半就，而后就是干柴遇烈火。

花天酒地，夜夜笙歌。两个月后的某天，苏三突然发现自己怀孕了。她喜形于色。三郎却脸色骤变。他暗忖，"怀孕了，我的？想诈唬？"他声嘶力竭地吼了一嗓子，"打掉！"

苏三语气坚定，"不！无论如何我也要生下来。"

同床异梦的两人，各自打着自己的小九九。苏三寻思，"自己已经有了个女儿，正想要个儿子，根据目前的反应来看，这次肯定是个男丁。上苍既然让我怀上了，我为什么还要打掉，如果这次打掉了，根据自己年龄，以后再怀孕已经是不可能了。再说，这不正是要挟三郎的好理由吗？如果嫁给了他，绿卡就成了迟早的事。"

"不行，一定要打掉，再贵的费用我也出！"三郎再吼一嗓子。

"不！我一定要生。"苏三毫不示弱，"你这个人怎么这么残忍，这可是你的亲骨血啊。"

"我的亲骨血？天知道！"

"不是你的是谁的？我一下飞机你就把我接到了这，我谁也不认识，谁也没接触。"

"那就是你前夫的。别扯淡了，不管是谁的，一定要抓紧打掉。小李已经取得美国签证，下个月就要来了。"

"来了，住哪儿？"

"当然住这儿啦，像你一样，刚来美国的单身女人都需要特别呵护……"

"我叫你住，我叫你住！"苏三气疯了。她风卷残云，把屋子扫荡得一片平。她无意中摸到了一把手枪。但三郎和儿子早已不知踪影。

不久，苏三剖宫产下一男婴。虽然她是无证移民，但婴儿是美国公民，所以全部医疗费用仍由美国政府支付。

小孩刚满月，窘境立刻显现。苏三从国内带来的家底早已坐吃山空。

她后悔自己一直没有打工。现在有了小孩，就更不能打工了。美国法律有规定，12岁以下儿童不得单独在家，否则监护人随时都会坐牢或失去监护权。如果找保姆，那点打工钱可能还不够付保姆费。

穷则思变。打工没人要，就自己做老板。于是，她做起了各种力所能及的小生意。如卖二手车；分租房屋；私家车接送，服务项目主要有：机场接送，接送中小学生上下学，陪孤寡老人逛超市，等等。没钱在报纸上登广告，她就在华人超市贴小纸条；没钱请保姆，她就背着小孩一起做生意。

她起早摸黑，风雨无阻，服务热情，要价合理，一开张生意就特别红火。可回头客却越来越少，生意越来越冷清。

问题出在小孩身上。小孩被捆在车上，饿了哭，累了哭，拉屎哭，撒尿哭，哭得苏三心烦，哭得乘客心酸。她们说："这个孩子真可怜，这个女人真难，国内好好的不待，非要跑到美国来遭这份洋罪，真是作孽啊。"于是，多给些小费后连头都不回地走了。她们不忍再听到孩子那撕心裂肺的哭声。

都说人要是倒了霉，连喝凉水都塞牙。苏三对这句话体会最深。一天，路过一家超市，看到大减价广告，她匆忙进去拎了袋鸡腿就往外跑。烈日下，一位警察正隔着车窗玻璃，哄着车内号啕大哭的儿子，她心头一热，"警察叔叔真好。"她抱出满头大汗的儿子，摇着儿子的小手，"谢谢警察叔叔！谢谢警察叔叔！"

"不用谢。有人报警，说你把小孩单独锁车内，这大热天的很危险。下次再出现这种情况，我就要抓你去坐牢。"说完，递来一张罚单。

苏三脸色一变，"什么警察，什么法律，什么美国。赚钱赚到老娘头上来了，别说老娘没钱，就是有钱，老娘也不给，看你能把我怎样。"

苏三一边开车一边骂，一不留神，又闯了一个停车警示牌，再吃一张罚单。

山姆大叔想赚苏三的钱，算是找错了人。

苏三背着小孩，一次次不厌其烦地出庭，法官看了也同情，第一张罚单免了。

第二张罚单，苏三叫一个整天围着她滴溜溜转的男人，把树枝拽下来遮住"停"招牌，然后拍了张照片。第二张罚单也撤销了。

都说恋爱中的女人智商为零。对此苏三体会最深。某天，苏三的老爷车再次"死"在了高速公路上。环顾四周，除了滚滚车流，就是荒凉一片，有的已经亮起了车灯。美国的《野生动物保护法》很到位，附近经常有大型动物出没是常事。苏三不觉泪眼婆娑，心底拔凉。"呲……"一阵刺耳的刹车声把苏三从绝望中惊醒。

一辆黑色奔驰顶级跑车Brabus SLR McLaren突然急停，一位风度翩翩的绅士走下车，彬彬有礼地说："您好，小姐，有什么需要帮忙吗？"

苏三如同抓到了救命稻草，"是的，先生，我的车抛锚了。"

"让我看看。"说着，他脱下笔挺的西装，卷起袖子就动起手来。

捣鼓一阵，绅士说："发动一下试试。"

苏三一拧车钥匙，老爷车变戏法般地复活了。

苏三激动得差点窒息："你是……你是修车的？"

"不不不！我个是修车的，我是飞行员。"

"飞行员？"苏三不自觉地多瞅了他几眼。绅士高大挺拔，气宇轩昂，温文尔雅，仪表堂堂。她不免春心荡漾。

绅士挤了些干洗液在手上，边搓边说："你这车太老了，随时会坏。这样吧，我跟在你车后，送你回家，你住中国城吧，我们正好同路。"

第二天中午，绅士请苏三吃饭。饭后他把苏三载到Hobby机场，遥指远方，"你看，那架编号0778的白色小飞机就是我的。我住在科罗拉多州，我有一片庄园，我在休斯敦有很多生意需要打理，开着小飞机往返图个方便。再过一个月就是我55岁的生日，届时我开着小飞机接你去参加我的生日派对。"

苏三激动得面红耳赤。

金宝听完这段故事后嘲讽，"Hobby机场停机坪上那台编号为9966的蓝色小飞机是我的，哪天你有空我带你去兜兜风？"

当晚，苏三和绅士就滚了床单。此后，绅士隔三岔五就到苏三这里过夜。苏三不仅要陪睡，还要酒水伺候。酒足饭饱后，绅士终于承诺下次来一定帮苏三买部新车。

这个"下次"被一推再推。半年后，"黄鹤一去不复返，白云千载空悠悠。"

与苏三相识，是金宝在中文报纸上登了一则招工广告，这是老板找女友惯用的伎俩。玄机就在"单身女性优先"这句广告词中。明眼人一看就知道，除非她脑袋被驴踢了。

苏三脑袋没被驴踢。她明知故问，欲说还休是在装傻卖萌。金宝可没这份耐心。他单刀直入。因为至少还有一个班的女人在排队。现在可以毫不夸张地说，在国内一直不受女人待见的金宝，在美国却成了香饽饽。他阅女人无数。但那都是匆匆过客，早被遗忘，让他刻骨铭心的女人只有两人：一个是苏三，一个就是杨玫瑰。

苏三和金宝这两条永不相交的平行线，在美国交织。有人说，这是缘分。有人说，这是乘人之危、趁火打劫，因为此时的苏三早已穷困潦倒，身无分文。

苏三搬到小汽车旅馆后，金宝才知道她不仅有一个刚满月的儿子，还有一个女儿叫琳琳。琳琳芳龄十五，聪慧可爱，长相甜美。最甜的还是她那张嘴，第一次见到金宝就一口一个爸爸叫得倍亲。金宝也把她视为己出。

当务之急是尽快帮琳琳转学。

美国的中小学阶段以公立学校为主，且实行按家庭所在学区就近入学的原则。如果有空额，也可以在学区内转学。

经过多方打听和努力，琳琳终于按期转入W高中一年级普通班。学校不大，但白人孩子居多，这是华人父母最在意的，而且离家也不远。

苏三带着儿子做生意，金宝接送琳琳上下学，两人各有分工。

第一天接琳琳下学就不顺。

那天接得有点晚，学生所剩无几。金宝寻遍了学校的角角落落，也没看到琳琳。"初生牛犊不怕虎。她会不会被哪个男同学骗到哪个角落……"想到这，金宝手足无措。他跌跌撞撞找到学校办公室。值班老师通过学校广播系统才喊来琳琳。

原来她在音乐厅，正在学校乐队练习"洋琴"。

一见到金宝，琳琳劈头就问了一个十分尴尬的问题，"中国人都吃狗肉吗？"

"你怎么想起来问这个？"

"美国同学都这样问我。吃狗肉，她们感到不可思议。"

"不吃，不吃。"说完，金宝心情无法平静。

同大多数独生子女一样，琳琳自小就喜欢才艺。

她七岁就学拉手风琴。苏三说："这主要是为今后学习钢琴作准备，由于上海住房太紧张，钢琴买得起，也没地方放。手风琴10级考试都通过了，也没能圆了钢琴梦。"

手风琴10级，都达到独奏水平了，却引来父母经常争吵。爸爸嘲讽，"能够名扬世界、流芳千古的大音乐家，不是小提琴就是钢琴，哪有手风琴？赶快换学小提琴还来得及。"

在爸爸的鼓励下。琳琳又学了一年小提琴。

W学校只有管弦乐队。琳琳被吸纳并融入全凭她深厚的音乐功底。

中西文化的差异，会造成诸多的不适应。

一天，琳琳看到银行柜台上有个玻璃糖果罐，便好奇地问："爸爸，为什么放个糖果罐在这？"

"给顾客吃的，美国办公室都给客人备有糖果，以示欢迎。"

"我可以吃吗？"

"当然可以，但不要多拿。"

琳琳兴高采烈地掏出一粒。她边嚼边说："我们教室讲台上也有一罐糖果，老师一上课就'咕喳，咕喳'吃个不停，我也能吃吗？"

"为什么不能，那也是专门给学生准备的。"

第二天放学，琳琳一上车就哭个不停。一再追问，琳琳才抽抽搭搭地道出了原委，"你说那糖果是给学生吃的，下课时我就拿了一粒，同学们看我拿了也都跟着拿，有人拿了好几粒。上课铃响了，黑人男老师进来了。他一看罐子里的糖果少了一大截，就大发雷霆，"你们谁偷了我的糖果？"

一听说是偷，没人敢吭气。老师就把警察找来了。我忙解释，"我爸爸说这个糖果是给学生吃的，所以我就拿了一颗。"其余拿糖果的同学也都承认了。老师叫我们拿糖果的七八个同学在讲台上站成一排，先把没吃完的糖果交出来，然后他说："你们每人写一份检查，再买一袋糖果赔给我，争取得到我的谅解。"

苏三一听火冒三丈，一定要拖着琳琳去找校长评理。她的理由冠冕堂皇：教师为人师表，上课怎么能吃糖果？拿，怎么能说是偷，还叫警察？拿一粒，为什么要赔一袋？"云云。

金宝死活不肯去。道理也简单：文化背景不同，鸡同鸭讲。金宝解释，"老师没喊警察，那个穿黑制服的是学校保安。"苏三不信邪，一定要去理论。两人吵得不可开交。

金宝昧着良心帮琳琳写了份检查。他一再强调，"我们是新移民，中西方文化背景迥异……

苏三怒气冲冲地去买了一袋打折的糖果。

再接琳琳的时候，她笑得很是开心。她说："老师原谅我们了。"

金宝笑问："怎么原谅的？"

"大家挨个儿上台，先读检查，再给老师一袋糖，老师就给你一个拥抱，以示和解。老师说，我的检查写得最深刻，就是糖果太少。今天老师笑死了，他收到好多糖果，讲台都堆不下了，还有人买了两袋。赔两袋的，老师就拥抱她两次。"

金宝无语。

琳琳咯咯笑个不停。金宝不免有些纳闷，"你写了检查又赔了糖果，怎么还笑成这样？"

琳琳边笑边说："你听我讲完，你也会笑的。今天上数学课，老师突然中断了讲课，对坐在我旁边的C同学大声吼道，快把你的眼睛给我睁开，我怎么一上课你就睡觉？同学们都不知道是怎么回事，C同学更是云山雾罩。我侧头看了看，忙给老师解释，老师他没有睡觉，他正在聚精会神地听你讲课呢。老师说，那我怎么看到他老是闭着个眼睛？我又解释，老师，他真没有闭眼睛，只不过他的眼睛比较小，他是亚裔。"说完琳琳又没心没肺地笑个不停。金宝心情沉重。

要想融入美国社会，首先穿衣打扮就要和同学们保持一致，要不然同学们就会喊你"老外"。于是，琳琳刻意模仿起周边的同学，染金发、打耳环、文身、书包背胸前……最不能容忍的是，她竟然想把耳环打在鼻子上。

苏三怒不可遏，"你要是把耳环打到鼻子上，老娘就把你当牛牵，天天给你吃草。"

说到打耳环，还有段趣闻。

某天，苏三带琳琳到沃尔玛去打耳环。她硬把金宝也带去当翻译。她说："我们英语不好，人家讲什么也听不懂，万一两个耳环打得不对称，还不丑死了，这又不是在墙上钉图钉，还可以随便挪。"

琳琳戴上耳环，确实多了份靓丽。

一个多月下来，琳琳的耳眼不仅没有长好，左耳垂忽然红肿了起来。

苏三问："你坚持天天点药了吗？"

"点了，一天两次。"

苏三心疼地看了看，"没关系，再坚持点药。"

三天后的早上，正在照镜子的琳琳忽然哭了起来，她侧着头说："妈妈，你看我的左耳环怎么不见了。"

苏三在床上找了半天，也没见到耳环的踪影。

随着一声尖叫，耳环终于在琳琳红肿的耳坠里被发现，原来它已经长进了肉里。

苏三找来一把尖嘴钳，要把耳环从烂肉里拔出。琳琳捂住耳朵大号，"不要！不要！"

苏三只好带琳琳到中国城找医生。花了45美元终于将耳环从烂肉中挖出。如果要到美国医院，10倍钱也打不住。

又过了三天，右耳的那只耳环又被医生挖出。

这次血的代价，都是缘于英语不好。

打耳眼的美容师当时给了一瓶药，叽叽咕咕叮嘱了一大套，金宝也没听懂。现在想来意思是说，每天点两次药后还要转动耳环。苏三把一切责任都扣在了金宝头上。金宝苦笑，"还转动耳环呢，你一碰她都嗷嗷叫，连点药都要自己点，你听懂了又怎样，问题是她不给你碰。"

勤奋好学是中华民族的传统美德，也是每一个学生都应该具备的优良品德。

初到美国的孩子，如同鱼入大海，鸟入林。

美国中小学主课是英语、数学。初来美国的中国学生，数学个个都是高手，即使他曾经成绩平平。琳琳就被同学们称为"小神童"。可见，中国的应试教育也有可贵之处。

至于英语，家长更无须担忧。有资料显示，12岁以下是儿童学习语言最佳年龄，其后，学习语言的难度，将随着年龄的增长而递增。也有资料说，只有14岁以下进入美国，并读完高中的人，才能融入美国社会。无论如何，只要在美国读完高中，英语都不是问题。反之，问题很大。成年人再努力，也不会有质的改变。

琳琳小时候说话很早，口齿清楚、伶俐，三四岁时就能背很多儿歌。上学后对语文情有独钟，作文不是"当成范文通读"就是"上展示墙"。

琳琳来美时虽然14岁多一点，但她在语言方面特别有天赋。她还担任了休斯敦学区举办的"亚洲暨太平洋文化节"主持人。琳琳纯正的英语发音，让人印象深刻，没人相信她是来美国还不到一年的新移民。美国最大的华文报纸《世界日报》还为此作了专题报道。

琳琳英语进步如此神速，除了她的语言天赋，更与她平时的刻苦努力分不开。一个出生在墨西哥，被妈妈抱着偷渡来美国的小女生，说琳琳说话带中国口音。她立马反唇相讥，说她有墨西哥口音，回家后还大哭一场。可见她对英语发音是多么在意。

坊间称，美国是儿童的天堂，中年人的战场，老年人的坟场。此话一点也不夸张。但凡来到美国的孩子，个个都是乐不思蜀。

得州法律规定，各公立学校前5%的高中毕业生，可以进入州内任何一所公立大学。美国某种权威机构还每年出书，专门介绍各校前5%的学生。毕业前一年，琳琳榜上有名。该书印刷精美，价格当然也不菲。美国的一切活动都离不开商业行为，虽然花了不少银子，但读着书中的溢美之词，苏三还是笑靥如花，"值！值！值！坚持到最后就是胜利。"

琳琳没能笑到最后。高中毕业时，她的排名迅速跌出前10%，只能进入一般大学。英语不好，是罪魁祸首。假以时日且听下回分解。

美国高中学生大多是自己开车上学。16岁生日刚过，琳琳就匆忙钻进一家驾校学习开车。拿到驾照后，才知道自己所在高中也定期开办这样的驾校。

琳琳小小年纪就经历过两次车祸。

早晨上学交通都很拥挤。一天不知哪根神经短了路，金宝忽然想探索出一条捷径，第一次路况肯定不熟，误闯了一个"停"招牌，结果被一白色面包车拦腰撞上。失控后的车，冲向路边一大房子，好在被院中一棵大橡树挡住。人没受伤，但惊吓不轻。那部黑色尼桑车被撞得更是惨不忍睹。

那次琳琳只好地走去上学。金宝留下等警察来处理。尼桑车前轴断裂，被拖车司机追着花50美元买去，这样还省了一笔拖车费。

这场车祸有太多的不可思议。它与七年前第一场车祸有太多的相似。一是都闯"停"招牌；二是两条路完全对称。三是第一次走，以后就再也不走了。

第二次车祸，是琳琳到校外参加同学聚会，驾车的是同班一男生。少男少女混在一起，那还不疯翻天？车在一个十字路口，被一辆闯红灯的卡车拦腰撞上。琳琳当时坐在副驾驶位置，尽管受到气囊和安全带保护，身上还是出现多处挫伤。最惨的是正在后座睡觉的墨西哥小女生，由于没系安全带，被撞飞了。车子完全报废，后来据说由对方保险公司全赔。

美国处理车祸赔偿的律师很多，广告词千篇一律：不获赔偿，绝不收费。琳琳身上受伤部位被律师拍成了照片，又坚持到律师安排的医院理疗了一个月，最后获得5000美元赔偿金。5000美元，对一个16岁的孩子来说，简直就是个天文数字，琳琳窃喜。金宝说："我们不想要这个钱。我们只是在维护自己的权益。"

墨西哥小女生伤得比琳琳还重，可不知为什么，她却没有向对方保险公司要求索赔，也许是没有经验，抑或顾及当时自己没有"身份"。可车祸索赔和身份也不搭界啊。后来，该小女生妈妈嫁了个墨西哥裔美国人，同时也帮她申请了绿卡。

正当琳琳为如何使用这笔钱犯愁的时候，却被警察偷吃了一口。

那天琳琳发烧，晚上没吃饭就迷迷糊糊上床睡觉了。夜里醒来，她感到有些饿，又不想惊动父母，就自己开车到附近的麦当劳去。小汽车旅馆对面的自助洗车场，经常有警察在那儿潜伏。半夜三更，一部没开灯的车从小汽车旅馆里悄悄开出，负责这片区域的"德国大洋鬼子"以为是条"大鱼"，就一路尾随。到了麦当劳，车还没停稳，好几个荷枪实弹的警察就围拢了过来，结果发现却是一个小女生。

罚单开出多少，是衡量警察业绩的重要指标，也是市政府不可或缺的财政来源。那次琳琳是三条罪状，两张罚单：一是违反"宵禁令"，得州法律规定，未满18岁的未成年人，夜里12点以后不得单独外出。二是没戴眼镜。因为琳琳从小右眼就不能共视，驾照要求开车必须戴眼镜。三是没开车灯。

接到罚单，琳琳一直没敢吭声，直到有律师来信表示愿意为她出庭辩护，她才道出了实情。久经沙场的金宝教琳琳打起了"太极"。

处理交通罚单的程序是：如果你认罪，就按照要求，在出庭日期前寄出全额罚款。否则，如期出庭。既不缴罚款，又不出庭者，法官将在电脑上发出逮捕令。小汽车旅馆的客人经常闹失踪，多半出于这个原因。

交通案件很多，一个庭要审六七十个案件，审一个案件只有1分钟左右时间，甚至还不到。第一次出庭，法官只问一句话，"你有没有罪？"回答当然是"没罪"，否则也不会出庭了。第二次开庭一般是在三四个月以后。开第二庭时，法官会要求当事警察出庭作证。如果警察去了，你就死定了。如果警察出于任何原因没去，案件就被撤销。运用这种手段打赢官司的小案件，屡见不鲜。律师打赢官司的诀窍，就是和警察打"持久战""疲劳战"，用时间赢得空间。他们会找出种种理由，把开庭日期一延再延，有的长达1年，甚至几年，警察哪有这个耐心和时间？这也是在浪费公共资源啊。

琳琳有3张罚单，分两次出庭。第一张罚单是违反"宵禁令"。因为麦当劳与小汽车旅馆遥遥相望，此罪过于牵强；第二庭"德国大洋鬼子"主动上庭撤诉。

审第二张和第三张罚单时，每进来一个警察，金宝和琳琳的心都悬到半空。琳琳不停祷告："警察叔叔，你别来吧。警察叔叔，你很忙，就放过我吧。警察叔叔，你大人不计小人过，不要和我们小孩一般见识。"

庭审进行了一半，也没见到德国大洋鬼子鬼影。金宝转动了一下僵直的脖子，长舒一口气，"看样子警察叔叔今天不会……"话说到一半，琳琳突然惊呼："爸爸！大洋鬼子来了，大洋鬼子来了。"

高大的警察和弱小的孩子对簿公堂，是民主的体现，还是对社会的嘲讽，见仁见智。

两条铁轨永不相交，如果硬要把它们拧在一起，撞车就成了必然。苏三和金宝就是这样。苏三脾气火爆，凶悍倔强，张口就骂，举手就打，抽烟喝酒，偶尔小赌，人称现代版的母夜叉孙二娘；金宝呢，桀骜不驯，傲头傲脑，口无遮拦，自以为是，人称是缩小版的李逵。如此两款结合在一起，吵吵闹闹也就成了家常便饭，动手动脚也就成了必然。

两人好久没有热乎的原因是各自的秘密都被对方窥视。

那是一个春寒料峭、寒风刺骨的凌晨。苏三要送客人到机场，便把熟睡中的儿子托付给金宝。金宝送琳琳上学时又把儿子托付给老太婆照看。

那天苏三被客人放了鸽子，正憋着一肚子火，又看到儿子在屎尿中号啕，就把怨气都撒在金宝身上。金宝也不是个省油的灯，两人便吵了起来，甚至还动了手。情急之中苏三随手拨打了911。但她什么话也没说就挂上了电话。她的本意不是想报警，而是想吓唬一下金宝。美国的911紧急救援系统功能十分强大，只要你是用座机打出，它就能迅速查出你的地址，你越是不讲话，她反倒认为事态越严重。所以，不一会儿小汽车旅馆就被数部警车挤满。好在苏三当时还算冷静，三言两语就把警察给糊弄走了，否则，金宝非吃牢饭不可。

虽然是场误会，金宝却被深深地刺痛。警察走后两人吵得更凶。此时苏三突然接到一单生意。她挟着儿子怒气冲冲地走了。房间太凌乱，金宝开始拾掇。他在挪动苏三行李箱时里面掉下一个厚重信封，里面有许多照片。

信，全是男人的求爱信，信的内容言辞淫荡、语句龌龊。照片，也全都是男人的，其中还真有一张穿飞行服的。这是苏三和他们有染的确凿证据。那可是她自己亲口说的。苏三和金宝同居后的某天，苏三取出一个傻瓜相机要给他拍照。金宝推辞："我还有活要做，有空再照吧，来日方长。"苏三娇嗔："是我的男人，我才会给他拍照收藏。"

看到自己的照片，金宝得意忘形。看到两张熟悉的面孔，他万箭穿心。他们竟然是三副和老鬼。看过信后，金宝更是气得双手哆嗦。他口中呢喃："怪不得上次和我拌嘴跑出去一个星期没回来，原来是和三副同居去了。这说明他们何止是认识，而早就是被他俩玩剩下的，我拣了只破鞋，还以为拣到个宝贝，唉……"

"苏三离了洪洞县，将身来在大街前；未曾开言我心内惨，过往的君子听我言……"苏三是哼着小曲回来的。从她脸上的微笑，就知道这次客人给的小费一定不薄。

金宝脸色铁青。她笑靥如花，"气还没消，你这小肚鸡肠的哪还像个男人？"

金宝语带嘲讽："小肚鸡肠，绿帽子被扣了一大摞，还想要男人宽宏大量？"

"你什么意思？我听不懂……"她四下环视，最后把眼光落在行李箱上，"啊，你竟敢偷看我的隐私，你这个流氓！"

"谁是流氓还两说。我问你，你和两个海员到底是什么关系？"

"什么关系关你屁事。实话告诉你，我俩是什么关系，我和他俩就是什么关系。你是我什么人，你有什么资格来管老娘？你能把自己管好了就不错了，你吃着碗里望着锅里，这边搂着老娘，那边还勾搭着小婊子，你还以为老娘我不知道？什么东西！"

"诶，诶，诶，什么叫吃着碗里望着锅里，这话你可要说清楚。你，那叫铁证如山，连你自己都承认了。我，你可不能无中生有哦。"

"我无中生有？老娘我是因为没有办法，才忍气吞声，要不然我早就把你给揭穿了。"

"你把我给揭穿？你揭，你揭，我是为人不做亏心事，半夜敲门心不惊。"

"哈哈，还心不惊呢。老娘我看你到底是惊还是不惊？"苏三一拍电话按键，"哔"的一声后，开始播放留言，"金宝，你好，我是杨玫瑰。我打电话你怎么老是不接？我已经不在那家中餐馆上班了，星期六我轮休，我们老地方见；哔……金宝，你好，我是杨玫瑰，你给我买的包包我很喜欢。星期三我轮休，我们老地方见；哔……金宝，你好，你帮我们母女租的房子落实了吗？我想尽快搬出去；哔……金宝，你好……"

往事如烟。苏三搬来小汽车旅馆的第二天，一个扎着马尾辫的高挑姑娘手拿中文报纸前来应工。她不说她叫杨玫瑰。金宝也一眼就把她给认了出来，但她认不出金宝，经过血与火的洗礼，他早已面目全非。金宝也不想旧事重提，所以也就佯装不认识。

两人一见如故。杨玫瑰一落座就数落起自家的老公。她老公身高一米八几，北大毕业，现在休斯敦大学做生物学博士后，正在申请"杰出人才"绿卡。

她说丈夫太花心，家中唯一一部新车尼桑奥托马被他常年占有，是为了采摘野花。有事实为证。

去年，北大在海外招聘高科技人才，杨玫瑰陪同丈夫回国应聘。小姑娘一看到她丈夫就发疯，宾馆的门槛都被踏平了。

某日，杨玫瑰单独一人在房间。敲门声不断，她只好开门。

一个年轻貌美的姑娘嗲声嗲气："吴董在吗？"

"不在！"杨玫瑰没给她好脸色。

姑娘满不在乎，仍嬉皮笑脸，"哦，那你一定是董事长的秘书喽？"

杨玫瑰正颜厉色，"你们看清楚了，这里只有太太，没有秘书。"

金宝解释："这怎么能怪你丈夫呢？高大英俊、才华横溢的男人，哪个女人不惦记？夫贵妻荣嘛，你应该感到骄傲才对啊！"

"我还怎么骄傲得起来？他在美国连个正式工作都没有，还在外面瞎吹自己是董事长，他不骗，小姑娘能那么疯？"

杨玫瑰抱怨丈夫所学的专业没有前途。当时电脑专业气势如虹，生物学则一直是明日黄花。为了吸引生源，生物学专业很容易申请到奖学金，甚至是全额奖学金。可毕业后找工作的机会渺茫。渺茫到全世界每年只开放一两个工作岗位。杨玫瑰丈夫上星期才从英国剑桥大学面试回来，一脸的沮丧，杨玫瑰就知道同往年一样，今年又没戏了。

博士后好歹也是一份工作。生物学博士毕业后在家洗衣、做饭、带孩子很正常。由于在美国学生物的人找工作太难，所以在"海龟"的行列里，生物学专业居多。

博士后工作年薪3万多美元，打掉三分之一税，拿到手的也仅够维持家庭正常开销。杨玫瑰只好硬着头皮到中餐馆去当女招待，以补贴家用。但在中餐馆受的累和气，自然就撒在了丈夫身上。

其次，杨玫瑰对丈夫的表现很不满意。他抱怨丈夫太文弱书生，半个小时不到的车程，一下班就累得唉声叹气。言下之意，他哪还有多余精力履行丈夫义务？Rose表示，一定要通过自己的努力，买部新车，改变现状。

杨玫瑰与金宝一见面就讲这些，其实是在向金宝发出一个强烈信号。对于杨玫瑰的处境和不幸婚姻，金宝很是同情，更何况她曾经还有恩于他。然而鹊巢鸠占，爱莫能助。金宝只能留下她的电话，以便日后有机会再说。

杨玫瑰悻悻地走了。随她一起走的还有金宝那颗炽热的心。杨玫瑰成了他的牵挂和思念。杨玫瑰虽然没能到汽车旅馆打工，但两人从来就没断过联系。她在中餐馆当女招待，他是她忠实的客人，她找工作他给她当司机，她与丈夫分居，他帮她搬家；她到超市买菜，他帮她付费；有事没事两人就煲电话粥……一来二去，感情迅速升温，以至发展到隔三岔五就到印度人的汽车旅馆开个钟点房，这就是杨玫瑰电话留言中所说的那个老地方。

杨玫瑰又搬回家去了，一是丈夫的苦口婆心；二是她发现自己怀孕了。

10个月后，杨玫瑰顺利产下一女婴。

公公、婆婆来美看孙女，杨玫瑰打心眼里高兴。丈夫要上班，照顾公公婆婆的责任她一肩扛。她出厅堂，下厨房，做保姆，当司机，一口一个"爸！妈！"叫得倍亲。两位老人被她伺候得合不拢嘴，女儿更被她哺育得胖乎乎、肉嘟嘟。

看着贤惠的媳妇，逗着可爱的孙女，两位老人笑得泪花飞溅，"前世行善积德，今生才修来如此正果。"

美国蓝天绿地、空气新鲜，但活蹦乱跳的国内老人一落地美国，就成了聋、哑、瞎、瘸的残障人。国内的老年生活十分丰富，诸如这个老年大学，同学聚会，搭伴出游，打麻将、斗地主，还有那个闪亮登场的广场舞。

这样能歌善舞的两位老人，哪能耐得住美国的寂寞？没有了刘姥姥进大观园的新鲜感后，满眼都是孤独和凄凉。"好山好水好寂寞。"是两位老人的深刻体会。

孝顺的杨玫瑰专为两位老人架起了"小耳朵"。于是，看中文电视、含饴弄孙，就成了两位老人在美生活的全部。

祖孙两代相伴相守、难舍难分。眼看签证就要到期，老两口合计着，想把孙女带回国内抚养个一年半载？

然而，晴天霹雳发生在孙女过生日那天。

孩子带着幸福的笑脸，搂着布娃娃入睡后，两位老人终于按捺不住悲怆，开始捶胸顿足。

丈夫脸色铁青，陷在沙发里低头不语。只有杨玫瑰还蒙在鼓里。她刚出浴，幸福还在燃烧，此刻的杨玫瑰，明媚妖娆，香娇玉嫩，双眸闪动渴望的秋波，胴体发出诱人的香味。也难怪，自打公公、婆婆来美，夫妻俩就很少亲热。

气氛不对。杨玫瑰疑惑，"今天是我俩孩子的生日，应该高兴才是，你脸色怎么这么难看？"

丈夫有些激动，"你说她是我俩的孩子？"

杨玫瑰不解，"你今天这是怎么啦，你说的她指的是谁？"

丈夫怒吼："指的是你的女儿！"

"女儿怎么啦？"

丈夫把化验单一扔，"你自己看看吧！""嘭"的一声，他把自己关在了门外。

抓住飞来的化验单。杨玫瑰一阵昏眩。女儿既然不是丈夫的，那一定非金宝莫属。

杨玫瑰的婆婆虽然目不识丁，但洞察事物的能力却十分惊人，要不，她凭什么把自己的儿子培养成洋博士？

随着孙女日渐长大，个性越来越鲜明，婆婆越发坚定了先前的怀疑：媳妇传的不是吴家的薪火。

儿子从小体弱多病，像棵病秧子，长大后才逐渐强壮起来，小孙女一出生就健如牛犊；儿子的性格内向，文静得像个姑娘，小孙女好似患了多动症；儿子小时候金口难开，三四岁才开口说话，小孙女一岁不到就满嘴唐诗宋词，认字速度更是惊人；至于长相，和她哥哥那更是南辕北辙……

男人最怕的就是被戴绿帽子。无论你是统领三军、威震天下的君王，还是唯唯诺诺、为五斗米折腰的小男人。

经过妈妈苦口婆心的劝说，儿子终于答应趁女儿感冒时，顺带做了个DNA亲子鉴定。

结果不出所料。于是哀鸿一片。

"女儿生的小孩怎么都是自家的，媳妇生的小孩就不一定了。"此话虽然有些绕口，却一语道破了天机。

一个风雨飘摇的家庭，就这样分崩离析了。老两口卷铺盖回了A省农村。丈夫背起空空的行囊带着儿子回北京大学任教。北大邀请函是一年前收到的，今天才去履新他是迫于无奈。

偌大个空屋子只留下孤女寡母，形单影只，相依为命。

公寓合约到期后，杨玫瑰搬到一间分租屋，房东是个白人老太太，月租400美金，比之前省了一半还多。小孩牛奶和尿布由政府提供。为了压缩开支，杨玫瑰把车都卖了，有事就搭公车。尽管节衣缩食，她仍感到入不敷出。

她一直想出去打工，可一盘算，打来的工钱还不够付保姆费，便兴趣索然。

由于中西文化的差异、生活方式的不同，杨玫瑰和房东老太常有摩擦。

惊悉杨玫瑰如此惨状，金宝心急如焚。他发誓，一定要把她母女救出火坑。

都说女人的第六感非常准，尤其是男女一事，更是敏锐异常。金宝一门心思扑在杨玫瑰母女身上，连小汽车旅馆的生意都懒得过问，对此苏三早有感觉。但最后被戳穿还是因为她翻听客人的留言。她机场接送生意用的也是汽车旅馆这部电话。

既然各自的隐私都被揭穿，那就不用再掖着藏着了，干脆搬来一起住不就得了？然而事情并不那么简单。潘多拉的盒子一旦被打开，嫉妒、仇恨、疯狂、报复……各种丑恶全都会飞出来。

嫉妒和仇恨使苏三几近崩溃。她的疯狂更令人吃惊。她披头散发，横眉立目，口喷白沫，"你这个不要脸的老东西，什么样的女人你不能玩，偏要玩只鸡，还生了个野种。你既然这么爱她，不如搬出去和她一起过算了，还想接来家，叫老娘来伺候她。没门！告诉你，只要老娘还有口气，那个小婊子就别想进这个门。有我没她，有她没我。老娘不发威，你还以为是只病猫呢！明天老娘就去医院体检，我要是被你感染上了艾滋病，看我不杀了你们仨。"

面对苏三的咆哮，金宝不得不收敛。他晚上不出门，主动关手机，白天非出门不可，经请示批准后，时间控制在一小时之内。否则，他就会被跟踪。

"一山容不得二虎"，此言不虚。两只母虎更不能共存。

为了避免事态进一步发展，确切说是为了她们母女的安全，金宝只好为杨玫瑰在中国城租了一套公寓。今晚是搬家的最后期限。白人老太太放出狠话，今晚8点之前再不搬出去，她就要报警。

看到金宝又要出去，苏三恶狠狠地说："我儿子有点发烧，今晚你哪里都不能去，否则别怪老娘我翻脸。"

金宝低眉顺眼，"杨玫瑰在中国城租了一套公寓，今晚我去帮她搬家。白人房东老太太要她今晚无论如何都要搬出去，否则她就要报警。"

听说两狗男女又要见面，还毫不避讳，苏三肝胆俱裂，心如刀割，自然又是一阵狂吠。

金宝没有搭理。要在往日他早就恶语相向了，今晚，就是天大的委屈，他也要忍。

挂钟爬到了7点整，再不走真的来不及了。金宝拿起车钥匙，转身欲出门，苏三凶煞神似的堵在门口，"不准去，你要是去，今晚不是鱼死就是网破。"

金宝没搭理。

苏三疯了。她冲回办公室。出来时手中提着一把"德国大左轮"，"站住！你要再敢往前走半步，老娘我就开枪了！"

望着黑洞洞的枪口，金宝轻蔑地一笑。

感情甚笃的时候，金宝多次邀苏三到靶场去打枪，均遭拒绝。有一次还是被硬拽去的。

事关人命。美国靶场对安全的要求绝对严格。所有客人必须了解枪支性能、安全常识，并严格遵守靶场规则，否则，拒绝你入场没得商量。

规则规定，客人进靶场前必须将弹夹退出、拉开枪膛、将手枪放入透明塑料袋内，提着塑料袋再进去登记。

如果是新客人，荷枪实弹的教官还要求你做两个规定动作：一、退出弹夹；二、拉开枪膛，露出跳弹仓口。两个动作缺一不可。目的就是检查枪膛内有无子弹。枪支伤人事件，往往都是由于误以为枪膛内没有子弹而酿成的。

尽管事前千叮咛万嘱咐，甚至当着教官的面，金宝还不停用中文提醒，苏三还是退出了弹夹，就把枪递给了教官，第二个拉开枪膛动作，被她忘得一干二净。气得金宝当场开骂。

不了解枪的性能，当然不能进场。但看在金宝是熟面孔的份上，教官答应放她一马。可苏三吓得早就没了踪影。至此，无论金宝怎么盛情，她再也不愿去靶场了，甚至看到金宝擦枪，她都躲得远远的。

如此一个见枪就吓破了胆、外强中干的小女子，她也敢开枪？

此刻，苏三怒从心头起，恶向胆边生，她哆嗦的手指无意识地触动了扳机。

警车、救护车、电视采访车呼啸而至。警察直升机低空盘旋。

金宝进了医院，苏三进了监狱。她以过失杀人罪被判入狱15年。一年后律师以幼儿需要照顾为由帮她办了假释，之后她便带着琳琳和儿子离开了休斯敦。

第十一章 太阳花汽车旅馆

在美国的中国人都有一个"老板梦"。

弗洛伊德认为：梦是潜意识欲望的满足；梦是人的欲望的替代物，它是释放压抑的主要途径，以一种幻想的形式，体验到这种梦寐以求的本能的满足。

在美国做老板需具备三个条件：一是资金；二是人手；三是经验。三者缺一不可。

金宝早就是老板了。但每当朋友言必称老板时，他总感到汗颜。他不知道那是褒还是贬。因为他那家小汽车旅馆的生意也确实小得可怜，小到如同在街边摆个地摊，地产还是人家的，日后少不了要受制于人。

古人说，"知足常乐"；古人又说，"居安思危"；古人还说，"人无远虑，必有近忧"。通过节衣缩食，金宝攒了点热钱；经过摸爬滚打，他积累了点经验；和杨玫瑰组成了家庭，他又多了个帮手。走自己的路，做真正的老板也就成了必然。

肖太太曾多次允诺："好好做，一旦你有了家庭，我就把这小汽车旅馆卖给你。"

到兑现的时候了。

九间客房，有一间还是房车改建。汽车旅馆建于1933年，历经七十多年风风雨雨，早已腐烂殆尽，随时都有倒塌的危险，面积也就巴掌大，旁边的一块空地说明它还有发展空间。

美国的房地产价格是公开透明的。金宝搜索了一下，往高里说也就值个七八万美元。曾经有个印度人想买后扩建，但只愿意掏出5万美元。就这等货色，肖太太开口就要28万美元。与之毗邻一块空地，市场价顶多两三万美元，她也开价要10万美元。即是说，小汽车旅馆加那片空地肖太太开价总计38万美元。

这也太不靠谱了。但由于经营多年，倾注了太多心血，多少还有点感情，金宝还是想买，只是稍微砍了一丁点价，结果就谈崩了。

不卖也就罢了，肖太太又耍起了小聪明。她要和金宝签新合约。名曰签新合约，其实就是要涨价。租小汽车旅馆10年间，金宝和肖老板只签过两次合约。第一次是刚接手，条件与二水相同。第二次是小汽车旅馆失火后，肖老板把小汽车旅馆保险甩给了金宝，其余条件不变。

肖老板最近到洛杉矶忙生意去了，小汽车旅馆的生意交由肖太太接手。

"新官上任三把火"，肖太太亦然。

第一把火：她将小汽车旅馆的押金由原先的6000美元，调涨到1万美元。押金又称"风险保证金"，就是当你付不起月租金时，或者中止租约时，旅馆设备有任何损坏，均可从中扣除。其押金多寡由双方协商，并和信誉成反比。金宝租此小汽车旅馆信誉满满，连肖太太自己都竖起大拇指。押金不降反涨，令人费解。

第二把火：肖太太将原双方共同承担的营业税，全推给了金宝。

第三把火：肖太太将原合同中的大额维修费由两家各半，改为2000美元以上才均摊，还要出示大公司正式发票。小汽车旅馆一般都是自己动手小修小补，能凑合营业就好。如果都请大公司装修，那还有什么钱赚？

10年间，千美元以上的维修费屈指可数。即使有，也是金宝自己掏腰包。如换电表、煤气管道测试维修等。真要房东掏一半的只有过两次。

第一次是失火那次。按当时合同规定，小汽车旅馆的保险由房东买。肖太太心存侥幸，想等半年后和金宝签新合同时推给租方买。结果人算不如天算。金宝不仅付了1万多美金维修费，还多交了一个半月租金。

第二次是为汽车旅馆申请"营业证"。

"营业证"是做生意必备之文件，由市政府核发，一旦获得，终身受用。没有则不能营业。新建筑竣工时由市政府验收、核发。这次需要重新申请的，主要是指那些没有进入电脑系统的老旧建筑。年份一般都在50年以上。

申请"营业合格证"是一个烦琐而复杂的过程，既耗时、又费力、还花钱。土木建筑是金宝自己动手，节约了很大一笔开支，但电、水管、煤气等需要有资质专业人员作业。历时两年，总共花了2万多美元，双方各半，才最终取得此证。

面对如此苛刻条件，金宝只能忍气吞声。不这样他又能怎么办？按过去的脾气，一甩手他就不干了，根本不用理她，顶多再重回休大校园，幕天席地，一人吃饱全家不饿。可眼下有了家庭就不能再那么任性了。再说了，你甩手不干了，肖太太肯定会暂时陷入窘境，但这似乎不重要，世界上失去谁地球都会照转，重要的是金宝这一大家子怎么办？

刚来美国的几个人个个都是眼高手低，如同一块顽石浑身都是棱角，看什么都不顺眼，放在哪儿都感到不舒服。经过残酷现实的冲刷、碰撞，时间的打磨，棱角逐渐消失，顽石变成了浑圆朴实的鹅卵石后，才能屈能伸，随遇而安。

金宝知道现实残酷，人心不古。他过去是顽石，一到美国自然就变成了鹅卵石，需要碰撞、摩擦和时间的历练。他能在休大校园委曲求全，现在又能忍气吞声就是最好的例证。

忍气吞声不是目的，而是为了骑驴找马，更是为了不再受制于人。

金宝要买汽车旅馆的消息不胫而走。他接到了不少电话。

第一个打来电话的是亨特。他说他现在汽车旅馆也做腻了，想再做餐馆，重操旧业。如果金宝对K汽车旅馆感兴趣，他愿意便宜点卖给他。

"什么价？"

"我是30万美元买的，现在28万美元卖给你，怎么样，咱够朋友吧？"

金宝嘴上说要考虑考虑，私下对杨玫瑰说："那个汽车旅馆送我都不要，别说买了。地点太偏，清一色黑人，全都是坏蛋，没有一个规矩人。其次，那里也太偏僻、太危险，被人杀了，尸体发臭了都没人知道。"

第二个打来电话的是老鬼。他没在电话中谈及卖汽车旅馆的事，只是约了个时间。

老鬼如约而至。他环视了一下四周，嘴边挂着冷笑，"你这个汽车旅馆也太小了，还这么破，就是天天客满也发不了财，要叫我早就扔了。刚到美国嘛，你口袋里没钱，租家汽车旅馆下个蛋是没有办法的办法。租汽车旅馆最棘手的问题就是修理，你是投资修呢，还是不投资？投资修吧，那地产不是你的，修好了房东说收回就收回；不投资修吧，又没有生意。所以，一旦有了钱，就一定要把汽车旅馆买下来，千万不能再租了。你看我，来美国三年不到就有了自己的汽车旅馆，如今我又买了一家中餐馆，生意又是十分火爆。你看你，来美国都十几年了，开着二手车不说，还在帮人家数钱。"老鬼话锋一转，"我那家R汽车旅馆生意一直都不错，不用我多说你也知道。但我无暇顾及，也做够了，所以我准备脱手，然后就一门心思做中餐馆了。不知你对我那个汽车旅馆有没有兴趣？如果有，我兄弟俩可以好好谈谈。"

金宝早就不耐烦了。他把手一挥，"别拐弯抹角了。你就说你那家汽车旅馆准备卖多少钱吧？"

"我是35万美元买的，头款付了5万美元，其余30万美元是谭老板贷款，期限是15年，利息10%。分期付款我已经付了8年了，再过7年就付清了。你给我7万美元，你接着往下做。我那R汽车旅馆生意好啊，我在那儿赚了很多钱。特别是周末，不仅间间爆满，我还要多做好几个房间。"

"你做钟点房，那是当然。"

"什么钟点房，都是过夜。钟点房做得差不多了，不都要转成过夜房吗？这时候来个客人。我说客满了，客人说，我和6号房是朋友，我付你过夜钱，我能进去吗？可以。就这样，一连来了五六个这样的客人，都挤进了6号房间。"

"既然这么赚钱，你为什么还要卖？"

"我不是与我女朋友合伙买了家中餐馆吗，忙不过来啊。"

"忙不过来可以请人啊。哎，你那家中餐馆在哪儿，有空我去看看。"

老鬼胡乱说了个地点，又言归正传，"你再请人，也不如自己亲自做上心。生意太好了汽车旅馆就乱，一乱警察就会来找你麻烦。所以既然要做，就一定要亲力亲为，如果警察认为你不管，他就会来管，他要管，就一定要把你管好。你现在又没有其他生意，一家人管个20间客房的小汽车旅馆，应该很轻松。你来美国都十多年了，还在给人打工，你也真能忍。唉……"

这一声长叹，触到了金宝的痛处，他讨价还价："我给你5万美元接着做，你看怎么样？"

老鬼眼珠一转，"这样好了，你先给我6万美元现金，那1万美元你打张借条给我，你什么时候有钱什么时候再还。"

说好了第二天去看R汽车旅馆，老鬼却不在，帮他看R汽车旅馆的是个福州小伙子。

眼前的R汽车旅馆满目疮痍、一片萧条，当年的朝气早已不在。停车场像稻田，墙上的裂缝随处可见，有一整栋建筑，地基下陷倾斜得非常严重，成了一栋危房。

因为这栋危房，老鬼还吃了一次闷亏。

想把整栋房地基扶正，至少要花上个十几万美元，而且非专业人员莫属。"黑人四兄弟"自荐，"我只要2万美元就能帮你彻底解决。"花这点小钱就能清除心头大患？老鬼顿时来了精神。

收到钱后，"黑人四兄弟"拉来了一堆建筑材料，随后就玩起了失踪。2万美金打了水漂，老鬼无语问苍天。

R汽车旅馆建筑惨不忍睹，管理又如何呢？

"生意怎样啊？"金宝试探地问。

"生意很好啊，要不然老鬼哪儿来15万美元买那家中餐馆。"福州小伙子答。

"他付你多少工钱？"

"我刚来美国，管吃、管住，不要钱。"

"有警察来吗？"

"多得很，一天来十几趟，他们是来保护我们的。"小伙子一语道破天机。他显然还没入行。

金宝主动去找CT，也是为了寻找商机。

CT早金宝3年来美，他是卖掉了台湾的全部房产，冲着美国汽车旅馆来的。来美不到一年，台湾房地产大幅飙升，仅此一项，他整整损失了一家汽车旅馆。每每提起这些，他肠子都悔青了。

CT早就具备了当老板的条件。迟迟没能当上老板就是因为"前怕狼后怕虎"。"赔钱，比赚钱快。"是他的口头禅。美国市场商机无限，但也稍纵即逝，只有果敢出手，才不会失之交臂。CT的优柔寡断让他错过了一次又一次机会。所以当三个海员裸体跳船早就当上了老板时，他仍然捧着金饭碗在讨饭。

休斯敦汽车旅馆华人中介，先后给CT介绍了多家汽车旅馆，他一家都没相中，最后连他自己都不好意思了。他对金宝说："哪天你给那个华人中介打个电话，叫他给你介绍一家汽车旅馆，我们一起去看看。"

华人中介给金宝推荐的"假日汽车旅馆"，最终被CT相中。那是一家全美连锁汽车旅馆，位于休斯敦M街与610高速公路交叉口，地理位置极佳。M街是休斯敦臭名昭著的三大妓女街之一。该汽车旅馆共有250个房间，要价250万美元，头款50万美元，余下由印度业主贷款。现在看来，这家汽车旅馆当时要的就是白菜价。一年后，一座崭新的棒球馆在附近落成，带动周遭的房地产疯长。现在这家汽车旅馆的市场价估计要翻好几个跟头。

生意做得越大，赚得越多，但风险相对也高。为求稳妥，CT和台湾亲戚联手。

5万美元押金付出后，业主终于同意进场验收。CT找朋友帮忙，金宝也算一个。

验收主要是看空调、电视等设备是否工作，发现任何问题记录在案，以此再向业主讨价还价。不知何因这笔买卖最后没谈拢。CT转身又和谭老板合作。

谭老板与朋友合伙在M街买了一家关了门的汽车旅馆。该汽车旅馆有200多间客房。谭老板一接手他们就将汽车旅馆一分为二。前一半很快脱手，后一半谭老板自己留下。

要想将后一半汽车旅馆重新开业，需要投入大量的财力、人力。谭老板一直在寻找合作伙伴。

谭老板对CT的拼命三郎精神和脚踏实地的作风赞誉有加，两人一拍即合。

经过一年多的风风雨雨，后一半汽车旅馆终于开业。CT给旅馆起了个吉利的名字，W汽车旅馆，这是台湾话发财的谐音。

CT迟迟没有买汽车旅馆还有一个原因，就是疯子汽车旅馆一直没找到人接手。在美国要想找到一个可以把生意放心托付的人很难。金宝他可以信赖。金宝没答应是因为CT提出的条件太苛刻，就是要他放弃小汽车旅馆。

现在CT把疯子汽车旅馆租给了一个台湾朋友。这个朋友喜欢"玩两把"，有事没事就往赌场跑，一跑就是好几天。疏于管理的疯子汽车旅馆坏蛋成堆，有的员工不是暗助坏蛋就是偷钱。警察经常来找麻烦，法院也发出整改通牒，否则就要关门大吉。

听说金宝想买汽车旅馆，CT劝："别买了。我把这家W汽车旅馆的股份卖点给你，但你必须放弃小汽车旅馆，把家都搬过来和我们一起干。"金宝认为小汽车旅馆还是有钱赚的，怎么也比打工强，放弃小汽车旅馆就好比断了自己的后路。他对大型汽车旅馆的兴趣不大。他认为他更适合做小汽车旅馆。

听说金宝也想租疯子汽车旅馆，CT这样回答："疯子汽车旅馆交给你做我当然放心。可我那个台湾朋友现在做得好好的，他也没说不想做，我怎么好叫他走呢？等以后有机会再说吧。"

金宝很是沮丧。CT又安慰，"赔钱，要比赚钱快得多。所以买汽车旅馆千万急不得，一着急就容易看走眼，一看走眼就要倾家荡产，这绝不是危言耸听，这种事我见得太多了。等以后有机会再说吧。"

既然买汽车旅馆并非易事，租汽车旅馆也有困难，脚踏实地经营好手中的小汽车旅馆成了不二选择。

金宝再次大干一场。他修墙补洞，油漆房间，更换地毯，油漆家具……经过近一个月的打拼，小汽车旅馆被他修葺一新。那时段，在杨玫瑰的鼎力相助下，小汽车旅馆的生意是风生水起、风光无限。9间客房竟然做到了20间客房的营业额，其潜力可以说是发挥到了极致，现在回想起来都有些不可思议。

小汽车旅馆生意好，除去修理，有诸多原因。时值春季万物复苏，老美的"力比多"更是飙升到最高水平,来开钟点房的特多。生意好的另一个原因,是因为有了月亮。

月亮是一个墨西哥裔女人。与她随行的还有一个比她小得多、玉树临风的墨西哥裔小男生。这些资料从他稚嫩的脸上都能读到。

与一般客人不同,月亮非常聪明。她从不在小汽车旅馆做生意,也不在小汽车旅馆里转悠,她进出小汽车旅馆都是车接车送,进出客房都是一路小跑。

月亮的活动也很有规律:上午10点出去,中午12点回来给小男孩拎个盒饭,然后找到杨玫瑰赊包香烟和几块巧克力给小男孩留下。下午1点再出去,天黑之前回来第一件事就是付房租,然后就躲在房间里不出来。

俩人感情好到如同姐弟。月亮每次出去,两人都要相互吻别,每次回来都要相拥。月亮回来稍晚,小男孩就像失魂落魄,小男孩一失踪,月亮也是魂不守舍。

金宝从她身上赚了不少钱,都是巧立名目。如:房租是35美元一天,她要付40美元,外加迟付费5美元;她找金宝借钱,借10美元还20美元,借20美元还40美元;一包香烟5美元,但赊给月亮就变成了一包10美元,朋友送金宝的两条香烟,要不是硬赊给了她,根本就没人要。巧克力是杨玫瑰到超市专为她买的。一大袋巧克力3美元不到,拆开后卖给她就变成了1美元两粒……就这样七七八八加起来,天使一天要支付七八十美元,相当于两个房间的租金。

那几个月,准确地说应该是那半年,小汽车旅馆创下史上最高业绩。金宝的第一部新车就是那时买的;老太婆也是那时被"炒"的。

杨玫瑰的到来,对老太婆无疑是一种威胁。她也预感到自己好日子不多了,而更加郁郁寡欢,整日狂饮。每当烂醉如泥时,她就瘫睡在地上,嘴里流着哈喇子,下面淌着尿,弄得办公室臊气熏天。金宝只得叫她回屋睡觉。虽然步履蹒跚,每次总还能摸回房间。一次醉得实在站不起来,她竟然从杨玫瑰的裆下钻出,匍匐爬回了房间。真是又可怜又可嫌,笑得杨玫瑰胸口痛了好几天。

炒老太婆鱿鱼也是迫于无奈。酗酒伤身也就罢了,如果影响了生意,甚至威胁到老板的饭碗情何以堪?客人时常抱怨老太婆有房不租。

杨玫瑰常吹耳边风，"炒了她算了，万一哪天醉死在这儿，那麻烦更大了。"

兔死狗烹？金宝不忍。

一次金宝和杨玫瑰从中国城买菜回来，一进小汽车旅馆，就看到一个老客人又在抱怨老太婆有房不租给他。

金宝趁机炒了她。

一年后老太婆就被上帝召见。她死于肺癌。

一个客人时间到了不付钱，也不走还耍横，金宝叫来警察处理完已是深夜。一通奇怪的电话吵得他心烦。一听到说的是英文，而且还是机器，金宝以为又是广告就随手挂断。但电话铃不依不饶，金宝只得静心聆听："这通电话是从哈里斯县拘留所打来的付费电话，如果你愿意付费就按1，如果你不愿意付费就按2，或者挂断。"

金宝好奇地按了1。清脆的机器声变成了沙哑的中文，"喂，喂，喂，你是金宝吗？我是二水，我是二水！"

"二水？你不是早就回国了吗，怎么会在拘留所？"

"唉，一言难尽。我太太到纽约探亲访友去了，你先把我保出来，我再慢慢告诉你。"

二水回国在纽约转机，同桌的阿花去给他送行。阿花比他长两岁，相貌平平但聪颖过人，是当年十里八乡有名的女学霸。她在国内读完硕士，在德国读完博士又辗转来到美国工作并取得了绿卡。她心无旁骛、潜心学习，一抬头已错过美好年华，如今仍孑然一身。

机场星巴克咖啡店内，两人相谈甚欢。二水的浪漫经历和风趣幽默让她印象深刻。渐渐地，她发现他实际上是一个很好的男人，大度、细心、体贴，符合她所欣赏的所有优秀男人应该具有的标准。言犹未尽。二水改签了机票。最后二水放弃了回国念头，是因为阿花答应嫁给他。

俩人是裸婚。连结婚证都还没领，二水就忙着给钱老板报喜。

季小姐和老古一夜风流被撞走后，A汽车旅馆的生意一直是钱老板亲自打点，钱太太有空就去送个饭。所以钱老板一直在找帮手，可找了好几圈没有找到一个对眼的。二水不回国还成了家，不甘心在纽约中餐馆送外卖，还想重操旧业，钱老板就劝他再回休斯敦，并允诺把A汽车旅馆以最优惠的条件租赁给他。至于阿花，钱老板说："我也可以托朋友帮她找工作。"

二水接手后的A汽车旅馆生意疯好。做生意当然是越"疯"越好。做汽车旅馆则不然。汽车旅馆如果生意做得太"疯"了，就一定会出乱子，一出乱子就会被警察盯上，一盯上就要摊上大事。

要想不出事，唯一的办法就是"撵"，把坏蛋撵出去，让好人住进来。撵人就是扔钱。扔钱就如同在自己身上剜肉，说到容易，做到难。

二水说得也在理，"坏蛋脸上又没刻字，只要客人出示身份证，付得起租金，我有什么理由不租给他？如果不租，客人告你个"歧视罪"也说不定。再说了，撵走一个客人，就空出一个房间，租金要付，水电费付得迟，一迟就要罚款，阿花目前还没找到工作，还有两张嘴张着要吃饭。生意上不说，我压力巨大啊。"

为了把生意搞上去，二水殚精竭虑。除了做正常汽车旅馆生意外，他还收访客钱，男人也好，女人也罢，凡是要进A汽车旅馆的每人每次收5美元。二水说，这叫买路钱。二水有事无事就搬个椅子在门口一坐，收钱就像公园收门票一样坦然。因此他得了个绰号，"5美元"。

一颗老鼠屎坏了一锅粥。20间客房的A汽车旅馆，烂客人就占了一多半，那还不闹翻天？外加客人川流不息，A汽车旅馆每天24小时，一周7天都是摩肩接踵，人声鼎沸。只要一有客人进来，立马就有一群女人围上来讨价还价，要不就掀窗帘或开门探头探脑。更有甚者，就干脆坐在门口对着大路挤眉弄眼，搔首弄姿。不远处就是警察所，她们也全然不顾。

A汽车旅馆的乱象很快就引起警察注意。于是巡逻加强，线人和便衣也相继入住。感到风向不对的二水也开始整治。但已积重难返，A汽车旅馆彻底失控。

按常规，如果房东要撵客人走，客人不走就要报警。二水要撵一个客人走，客人连连说不。还没等二水报警，客人就先打了911。警车一来，客人和警察嘀嘀咕咕，警车掉头就走了。

警察不配合，二水只好自己动手。

一对坏蛋撵了又来，来了又撵，撵了再来，折腾了一整天。天一擦黑，这对坏蛋又想往A汽车旅馆里面蹭。

二水夫妻往门口一站，"不准进来，快给我滚！"

黑人男子从衣袖里抽出一把长刀，"我就是不走，你能把我怎么样？有本事你就叫警察。"白人女子又跳又骂。

盛怒之下，二水夫妻向这对坏蛋发起了冲锋。阿花毕竟年轻，三下五除二就把白人女子压在身下，抓住假发拖出大门外。黑人男子过于高大，二水一直处于劣势，当阿花转身相助，紧紧贴在黑人男子背上的时候，黑男人笑着松了手，很绅士地搀扶着白人女子走了。阿花扶着二水一瘸一拐地挪进了办公室。远处警灯闪烁。

一个墨西哥男人从一个女客房出来，开车经过大门口时被二水拦住，"你没交5美元访客费，怎么就进我的汽车旅馆？"

墨西哥客人摇下汽车玻璃窗，二水以为他要付钱，就把头凑了过去。随着骂声，二水立马变成了熊猫眼。

二水虽然没有报警，但A汽车旅馆子时钻进一只蚊子，卯时飞出一只苍蝇，都在警察的掌控之中。二水对此全然不知。

直到法院送来传票，他才恍然大悟。二水遭到警察起诉，罪名是"妨害风化"。证据就是罗列在起诉书上一长串名单，他们都是从A汽车旅馆被警察抓走的坏蛋，平均每两三天就抓走一个，而且是一抓一个准。

被告也有一长串。除了二水夫妇，还有钱老板夫妇。阿花之所以也被拖下水，是因为她在租赁合同上也签了字，老谋深算的钱老板防的就是这一天。

此乃刑事案件，如果罪名成立至少要判10年以上，A汽车旅馆还要关门大吉。

但不久，警察很快就败下阵来。律师D字正腔圆："打击贩毒、卖淫是警察的工作，坏蛋脸上又没刻字，与我当事人何干？"说完后两手一摊。

想把汽车旅馆业者与"妨害风化罪"牵扯到一块确实很困难。这就是警察屡告屡败的原因。

律师D满面春风，"我们赢了。这次警察输得很惨，除了要付全部出庭费外，还要支付给你1.2万美元，你很快就会收到一张支票。所以你要再开一张6000美元支票给我。"这样一来，加上先说好的并已预缴的6000美元，打这场法律官司的律师费一下就变成了1.2万美元。

律师D食髓知味，"警察到你A汽车旅馆抓人，肯定影响了你的生意，要不要再告警察，叫他们赔偿你的经济损失？"

二水坚定地摇头。他不想再节外生枝。

A汽车旅馆风平浪静了半年。没收到警察支票，也没再看见穿制服的警察。

这天来了一对黑人男女。黑人女子问二水："你是经理吗？"

二水答："是的！"

"你有空房吗？"

"是的！"

"你租钟点房吗？"

"是的！"

"你卖打火机吗？"

"是的！"

"你卖避孕套吗？"

"是的！"

"我没带身份证，你也租吗？"

"是的！"

"我没带钱，我陪你睡觉算作租金，你给我开个房间，行吗？"

"是的！"

黑人男子掏出手铐，"咔嚓"一声，二水糊里糊涂就"是的"进了监狱。

在美国饭可以乱吃，但字却不能乱签，"是的"也不能乱说。二水就是一面镜子。他跌进了警察"钓鱼执法"的陷阱。

金宝把二水保释出来的当天，阿花也风风火火从纽约赶了回来。她首先做了几道拿手菜，开了一瓶茅台酒给二水压惊；第二天又陪他到"水上乐园"放松；接着就是朋友造访安慰……

律师D又来生意了。他对警察这一下三滥招数不屑一顾。他循循善诱，"你不会说英语，是吗？"

"是的！"

"警察说什么你根本就没听懂，是吗？

"是的！"

"说'是的'只是你的习惯，是吗？"

"是的！"

律师D摇头，"不，不，不，在美国你不能光会说是，还一定要学会说不，这点很重要。你这个案子并不复杂， 你'不会说英语'是我们的主张。"他做个手势，"这好比是警察的喉咙，只要我们紧紧掐住不放，还怕他不投降？"沉吟了一会儿，"会不会说英语是全案关键。当然，会不会说英语你一张嘴我们就知道。不过，出庭那天你最好还是带个证人去。"

二水不会说英语是事实，又不是作伪证。问题是，在美国大家都在为生计奔忙，谁有那么多空闲陪你玩？

金宝主动请缨。

金宝先后出了三次庭。但一次庭也没开起来。不是警察没到就是律师没来。钱老板苦笑，"我就知道警察不会来，来了他肯定输。他就是要这样折磨你，叫你把不义之财全都吐出来。"

半年后警察主动撤诉。

A汽车旅馆第三次被起诉是在第二年年底。

一看庭上那阵仗，就知道警察这次是有备而来。十几个全副武装的弟兄一字排开，证人席被A汽车旅馆的左邻右舍挤得满满。

美国汽车旅馆何止是臭名昭著，和邻里的关系更是剑拔弩张。谁要是摊上汽车旅馆这个邻居，算是倒了八辈子血霉。汽车旅馆的烂客人四处游荡，不仅有碍观瞻，危及安全，对子女影响也最直接最负面，甚至还殃及周遭的房地产。邻居们对A汽车旅馆早就恨得牙根痒痒，欲除之而后快。

凡事总得讲个先后。汽车旅馆的年龄一般都在七八十岁左右，休斯敦市政府行文称之为"祖父级汽车旅馆"。也即是说，A汽车旅馆的资历比这些邻居们的爷爷奶奶们年纪还老，后来人之所以搬过来，就是冲着这里的房地产便宜，现在却动起了歪脑筋，做起了黄粱梦，想把A汽车旅馆关掉，让周遭的房地产涨起来从中牟利。

美梦成真。法院判A汽车旅馆关闭1年。二水的2万美元押金被钱老板悉数没收。

钱老板与A汽车旅馆纠结了一辈子，身心疲惫，心力交瘁；一双儿女事业有成；两年后他行将退休，需提前"净身"。A汽车旅馆"刑期"一满，钱老板就有心出售。

这消息是三副透露给金宝的。

金宝晚饭都没吃就夜奔A汽车旅馆。

一路灯火辉煌！唯独A汽车旅馆一片漆黑。

"还没供电，说明A汽车旅馆尚未脱手。"金宝舒了口气。

车子在A汽车旅馆门口游荡了好几个来回，没看到人，金宝也没敢进去。在美国贸然进入他人领地，被枪子伺候那是常事，更何况还是黑灯瞎火的。正准备离开，忽然有了亮光。摇曳的烛光下走来两个人影，有一个像是钱老板。金宝没有立马进去，而是停到附近一个购物中心定了会儿神。

喘息片刻，他才慢慢开了过去。

果然是钱老板。来意不言自明。钱老板不卑不亢，"这家A汽车旅馆是我20年前买的，当时要价28万美元，头款8万美元，其余业主贷款，利率是10%。现在我原价卖出，一分钱不赚也省得再交税了。"

"行。"金宝一口答应。

一个黑影凑近，金宝问："这是你女儿？"

钱老板苦笑，"我哪有这么大女儿啊。她是阿花，二水的太太，你们不认识？他们也想……"买字被钱老板咽了回去。

与朋友争，太不厚道，更何况二水还有恩于他呢。金宝悻悻而回。金宝早就把买A汽车旅馆的事忘到了脑后，是钱老板一通电话又提醒了他，"你不是说想买我这家A汽车旅馆吗，怎么也不过来谈谈？"

"二水不是也想买吗，你就卖给他吧。"

"他是想买，但我不能卖给他，就算我同意，我太太也不答应。你如果真想买的话就过来聊聊。"

金宝有没有能力经营好这家汽车旅馆，钱老板想试试他的能力。他随手拈了两样活叫金宝做做看。一是在临街大门建一截木围墙，隔断警察的视线，要美观，又不能太高。钱老板说："高了很丑，像监狱。"二是把"A汽车旅馆"招牌搞亮。钱老板讥讽道："二水真能干，招牌两年都不亮他也能做生意。"

无论是给围墙下木桩，还是给招牌埋电管，都要掘地三尺。据说"休斯敦多少万年前是一片海"，刚挖到30多厘米深这一传说就得到了证实。金宝遇到了60多厘米厚，硬如磐石的贝壳层。铁锹磨秃了，手磨破了，但他却赢得了钱老板的信任。

A汽车旅馆觊觎者甚多。钱老板一心只想卖给金宝。一是他经验丰富；二是他信誉满满。美国是一个讲究信誉的社会。在休斯敦做汽车旅馆生意的中国人不多，但摊上事的不少。十多年来小汽车旅馆被他经营得井井有条就是一例证。

拿下A汽车旅馆几成定局，只待择日过户。

平地波澜，无风起浪。

二水气急败坏把一摞美元往钱老板面前一推，"钱老板，恕我直言，我好歹也租了你汽车旅馆两年，没有功劳也有苦劳，我为这家汽车旅馆注入了多少精力和资金你是知道的。自来水是我接的，柏油路是我铺的，大门是我做的……现在这些果实就要被他人强占，我心有不甘。同等条件下我有优先权，这是做生意的规矩。但我今天放弃这个优先权，打破这个规矩让钱来说话。卖汽车旅馆谁都希望卖个好价钱，谁出价高，你不就卖给谁吗？金宝现在出28万美元，我出30万美元；他出30美元，我出32万美元；他出32万美元，我出34万美元，不管他出多少，我都比他多出2万美元。多付的这2万美元今天我带来了，你先收下。"

钱老板将钱退回，不疾不徐，"我不是想多卖钱，而是希望日后不再有麻烦，因为我是贷款给你，我和A汽车旅馆还有关系，除非你彻底买断。在同等条件下你当然有优先权，都是生意人，这点规矩我还是懂的。但是我不能卖给你，卖给你就等于害了你。警察已经把我们都盯死了，我们两个都不能再做汽车旅馆了，所以我才卖的。卖了以后我就退休了。你嘛，还年轻，这些钱足可以开个中餐馆或做个其他什么生意。总之，远离汽车旅馆这块是非之地。"

"除了做汽车旅馆，我什么都不会。既然买下了，那就是我自己的了，我会加倍小心的。"

钱老板白了他一眼，"不管做谁的生意，都要小心。有些事不是小心不小心的问题，而是警察对我们的印象太坏了。就算我愿意卖给你，警察也不会答应，那还不天天来找你麻烦？不出一年，你肯定又要被关门。除非你一次性买断。这样吧，如果你能从银行贷到款，我就卖给你。"

金宝信以为真，"万一他真贷到款了，你还真卖给他？"

钱老板笑着摇头，"我那是在应付他，我不这样说他天天缠着我，害得我们连过户的时间都腾不出来。我此言一出，他好几天都没来了，一定是在忙银行贷款了。你放心，他贷不到，我已经问过银行的朋友了，他说'9·11'以后银行对汽车旅馆的贷款控制得很严。"

沉思良久，他叹了口气，"我这个人就是刀子嘴豆腐心，但我人不坏，如果要是坏的话，我就把A汽车旅馆卖给他了。"

"怎么讲？"

"狗改不了吃屎，他还会乱做，警察还会把它关掉。一旦关掉，A汽车旅馆不又重回到我手里来了吗？"

约好了上午11点去办过户手续。金宝早早就摆弄起他那套出国西装。一有重大事件，他总爱披挂上这身行头。

办过户的女律师是越南华侨。她拿出早就准备好的文件逐项解释。当女律师问A汽车旅馆有几个法人时，钱老板答："除了我夫妇俩，还有我的三个兄弟。"

律师说："那我需要一个书面授权书，否则你的签字无效。"

钱老板脸色一沉，"既然我无权签字那还卖什么，不卖了，不卖了。"抓过文件转身就走。

金宝一头雾水。此时的他俯首帖耳，低眉顺眼，"钱老板，是不是我说错了哪句话，惹你生气了？如果是，我给你赔不是。"

"不是，不是，不关你的事，律师说我不能签字，还怎么卖？我要再找其他律师问清楚，卖A汽车旅馆的事等等再说。"

金宝颠三倒四地叙述了一遍原委。杨玫瑰说："你这次没错。问题是你上次答应得太爽快，钱老板还想再提价但又说不出口，才玩了这么一手。如果我们把价格再往上提一点，我保他准卖，不信你试试？"

"加多少？"

"我们把总价和头款都各加2万美元。"

金宝双眉紧锁，"这样吧，我们先把头款提高2万美元，看看他的反应，如果还不行，再提总价。"

一听头款增加2万美元，钱老板顿时就眉开眼笑，"行，行！你们自己重找律师吧，我们择日再签。"

元旦放假。过户日期只能定在2003年1月2号。实际上感恩节前两天，金宝就已经正式进驻A汽车旅馆。感恩节期间钱老板家族在达拉斯聚会，台湾的亲戚都来了。A汽车旅馆生意冷清，客人寥寥，钱老板干脆就提前撒手了。

刚接手的A汽车旅馆，千头万绪。金宝首先给A汽车旅馆易名为太阳花汽车旅馆。

接着修门、换锁、补墙洞，修漏水、换电插座、装灯、油漆，换地毯……还要照看办公室、清理房间、照顾洗衣房……三个人的活金宝一个人扛。他乐此不疲。

一天一顿饭是常事，一天只睡三四个小时成了习惯。有了黑人K这个帮手后，情况才有所改善。

K是A汽车旅馆的老客人，之前偶尔帮钱老板搞搞维修，报酬仅是一间免费住房，有时赏点茶水钱。他的生活来源主要靠做点小生意。

换了新主人的汽车旅馆，外墙颜色都要改变。一是昭示路人该汽车旅馆换老板了；二是想以此改变财运。粉刷太阳花汽车旅馆的外墙，就成了K的第一份活。

一个"落霞与孤鹜齐飞"的瑰丽黄昏，劳作了一天的金宝痛痛快快地洗了个澡，换了身干净的衣服，在属于自己的一亩三分地上转悠。不知不觉天色已晚，一道强光突然从大门外射来，金宝有些目眩。他下意识地用工作电瓶灯对射过去，光线虽然相对柔弱，效果却很明显，对面的光柱顿时熄灭。

一架专业摄像机正对着"新业主"的横幅拍摄。

金宝迎了上去。原来又是休斯敦电视二台的记者，还是上次到小汽车旅馆去的那两位。

记者的问话有些莫名其妙，"请问你是经理，还是老板？"

"我是老板。怎么了？"

记者指着横幅说："有人反映，说这个A汽车旅馆在骗人，明明还是以前老板，却打出横幅说换了新主人。"

"是换主人了，横幅说得没错。"

"你到底是经理，还是老板？"

"我再说一遍，我就是这家汽车旅馆的老板。"

"我们上网查了，这家A汽车旅馆并没有易主，还是在以前老板的名下。"

"这家A汽车旅馆我已经买了，我就是新老板，现在就站在你面前，你们怎么还不信？"

记者态度软了下来，"你什么时候买的？"

"1月2号。"

"哈里斯县网站怎么没有显示呢？"

"网站更新总要有个过程。我的律师说至少要一到三个月时间，我们过户才二十多天。"

"这个A汽车旅馆因妨害风化罪被关了一年，你知道吗？"

"我当然知道，但现在没有了。我们不做那个生意，知道了就撵。这不，A汽车旅馆都给我撵空了。不信，你们进去看看。"

记者没进去。这段采访视频也没有播出。

落日余晖的第二天。一辆吉普车在A汽车旅馆门前急停。车上坐满了人，有男有女，有白有黑。手扶方向盘的是一个英俊威武、气宇轩昂的白人男子。他好像是个"头"。"头"用犀利的目光把金宝浑身上下搜索了一遍，问了相同的问题，"你是经理，还是老板？"

"老板。"

"什么时候过的户？"

"1月2号。"

"你姓什么？"

"我姓潘。"

"我能看看你的身份证吗？"

"当然可以。"金宝以为A汽车旅馆产权出了问题。

"头"用车载电脑调查金宝背景资料时，一个黑人女子接着问："你这卖打火机吗？"

"不卖。"

"卖避孕套吗？"

"不卖。不信你们可以进去看。"

"不用看，我们相信你。"

没查出什么问题。"头"跳下车，"我们可以进去看看吗？"

"当然可以。"

他们腰间都别着枪。金宝这才意识到他们是便衣警察。这帮人迅速散开，各司其职，到处窥视。金宝和"头"边走边聊。"头"指着后院敞开的大门问："天都黑了，怎么大门也不关？"

金宝解释："夜里垃圾车要来倒垃圾，所以大门才没关。"

"你把A汽车旅馆的名字都换了。你不喜欢那个名字？"他自问自答，"嗯，是应该换了，没人喜欢那个名字。"

"头"指着一部五十铃皮卡，"这是钱老板的车，怎么还停在这儿？"

"他卖给我了。"

"那这部尼桑皮卡呢？"

"也是我的。"

"有一部皮卡就够了，为什么要再买一部？"

"便宜。"

"多少钱？"

"他说只要500美元，我给了他1500美元。"

"头"笑了，"那我以后我要换车，也把旧车卖给你，你也给我个好价钱。"

两人都笑。气氛缓和了许多。

金宝是苦笑。1500美元买这部车确实有点高了。钱老板也知道，所以他在交接时又塞给金宝不少新床单。

"头"接着说："怪不得邻居们都抱怨，说这家A汽车旅馆根本就没卖，钱老板的车天天都停在这儿。原来他不仅把A汽车旅馆卖了，连车也卖了。"话锋一转，"你们是怎么认识的？"

"10年前我在这家汽车旅馆打过工，不长，就打了20多天。"

"哦，10年后你就把它买下来了，听起来像在说故事。""头"伸出拇指，"中国人就是聪明。你在国内是干什么的？"

"大学教师。"

"难怪。"沉思会儿，"头"突然脸色一变，"聪明一定要用到正道上，如果你不改弦易辙，仍步钱老板的后尘，也难逃被关掉的下场。"

"我不做那种生意。我有一家小汽车旅馆在牧羊人路上，已经做了十多年了，跟警察一直都没有过麻烦。"

"记下来。查一查。""头"手一挥，朝紧随其后的女便衣命令道，"既然买了，你就要好好做，搞干净点，租给打工的，不要再租给那些坏蛋了。看到你们生意好，有钱赚，我们也高兴。"

各路人马窥视完毕。"头"向一脖子上吊着市政府工作证的中年男子说："看来这家A汽车旅馆是卖了，那就少开点罚单吧。"

原来他们是想来大开杀戒的。

市政府开出罚单前，会先给你个书面通知限时整改，时间是一个月。依然故我，再开罚单。太阳花汽车旅馆这次需要整改的都是些鸡毛蒜皮。诸如，配电盘要上锁啦；屋檐板要补洞啦；仓库门前的几根木头，要挪到背面去啦……

金宝说："这几根木头等几天就要用，我是临时放一放的。"

市政府工作人员说："放这儿藏老鼠。"

"放到背面不是更藏老鼠吗？"这句话金宝是在心里说的。

第二天K就被撵走了。这是"头"再三交代的。"头"说："钱老板有没有留给你一份'黑名单'，告诉你哪些人不能租？K就在黑名单上。"

便衣走后，金宝果然从钱老板移交的文件中，找到了这份"黑名单"。这是警察对A汽车旅馆的约法三章。

清晨，折腾了一夜的金宝刚刚入睡，突然被老贪喊醒，"老板，老板！有人打电话来，问租不租小时？"

"租。"金宝眼都没睁就吼了一嗓子，又迷迷糊糊睡去。对此他一直后悔，那是警察打来的也说不定。

"老板，老板，快起来，快起来，市政府来人了，他看我们什么也没做，很生气，正在开罚单呢。"老贪一阵咋呼，金宝彻底醒了。他跟跟跄跄冲出办公室，一辆印着市政府字样的小白车，从他眼前一闪而过。

望着车子远去的背影，金宝有些犯糊涂。市政府给的整改时间是1个月，明天是最后一天，市政府怎么今天就来了，难道是自己记错了？

金宝怎么能记错，那是市政府忙昏了头。

还有最后一天，期限一过肯定被罚，罚多罚少全凭市政府那张嘴。有异议，法庭上见。这种官司很难打赢。

金宝大气没敢喘，头没空抬，风风火火忙了一整天。华灯初上，冲完凉，接过老贪为他热几次的早餐：快餐面卧鸡蛋，才狼吞虎咽地吃了起来。

第二天金宝眼一睁就给安娜打电话，叫她通知市政府来验收。安娜嫁了个白人老公，英语地道是因为和老美耳鬓厮磨的结果。

安娜和老贪是杨玫瑰和金宝分别请的两个帮手。

安娜在小汽车旅馆的上班时间是从上午11点到夜里11点，这个时间是经过精心设计的。汽车旅馆的工作大都集中在这个时段。一天12个小时，日工资仅40美元，那时在汽车旅馆打工就是这个行情。半老徐娘的她只能委曲求全。

来小汽车旅馆之前安娜一直都在中餐馆打工。那可不是人待的地方。年纪轻点还行，上了年纪简直就是遭罪。她因此常累得小腿抽筋，月经失调，常受老板骚扰，还遭老板娘白眼。辞工才一个星期，她就心急火燎。因为汽车贷款要付，丈夫的房租要给，欠丈夫的钱要还，自己还要吃喝开销。压力大的是丈夫的这两笔开销，晚付两天都横眉竖目，一个月不付就要被撵走，一旦被撵走绿卡就泡汤。她说："就是刀山火海，我也要坚持住这最后一年。"

杨玫瑰越听越糊涂，"什么，什么，你再说一遍。你住你丈夫的房子，你要付给他房租，还要还他钱，为什么？"

她潸然泪下。

安娜出身寒门但聪颖过人。护校毕业后，在上海某医院从事护理工作。然而，无论她如何努力，也没有周遭的闺密们过得滋润。她们有的不知大学门朝哪开，有的甚至连小学都没毕业，但她们都有个共同的特点：都嫁了个好人家。

"干得好不如嫁得好，嫁得好不如过得好。"成了她的信条。

通过中介运作，她嫁了个美国人。她收获的不是爱情，而是谈成了一笔交易。

中介和她丈夫如何分成她不知道。她只知道她付给了中介3万美元，到美国后每月还要付给丈夫1000美元，直到拿到绿卡，时间预估是3年，房租还要另算。她不拼命干能行吗？

老贪其实姓谭。听完了他讲的故事，金宝开玩笑地喊他老贪，他也就默认了。老贪说他是南方某地区科协主任，正县级。

老贪总爱忆苦思甜。他说："我老家在河南农村，20世纪60年代我们那儿受灾最严重，那年我才11岁。"

沉默良久，老贪继续说："我全家7口，父亲、母亲、两个哥哥、两个姐姐，我是老小，有什么能吃的，先紧我。我是眼睁睁看着他们，在我面前一个接一个活活饿死掉，后来只剩下了母亲和我。我那时已经两眼发黑，奄奄一息。为了保住我这根独苗，妈妈只得托小舅带我逃荒到云南去。小舅说南方山多、树多，有吃不尽的野菜、野果，于是就联络了一帮年轻人，准备一路往南乞讨。

"妈妈已经饿得下不了炕，她有气无力地对我小舅说：'我没两天活了，我不想死在路上。你把这孩子带走，给我们谭家留条根。'我们走后的第三天，妈妈就饿死在炕上。

"历时半年，我们终于到了南方……"

老贪接着说："后来我当了兵，复员后又当了工人。再后来，通过自学考试，我取得汉语言文学专业专科学历，从此平步青云。单位的小金库成了我的提款机。但后来，我用公款旅游，足迹遍及东南亚、非洲、欧美……我的护照上面挤满了五颜六色的各国签证，光美国我就来过两趟。终于我被人告发了，被"双规"，受到处分。"

第十二章 疯子汽车旅馆

　　烂客人被清干净后，太阳花汽车旅馆安静了许多，但生意也随之降至冰点。门庭冷落，使金宝压力倍增。福特350大卡车的一阵轰鸣，驱走了他满脸乌云。大卡车的主人叫鲍，是个中年白人男子，外形白净、高大、帅气、绅士，拥有自己的公司，还有空调维修执照。在美国有专业执照就意味着捧上了金饭碗。

　　鲍住进了1号客房。那是太阳花汽车旅馆最好、也是最贵的房间。鲍不在乎房租多少，那时他好像很有钱。他从不拖欠房租，还时不时给金宝和老贪塞些小费。他整天都待在房间不出来，大事小情都有朋友张罗，他被伺候得服服帖帖。

　　大约两个星期后，鲍终于步出了房间，对着正在安装配电盘的金宝说："来，来，来，让我来帮你。"他边忙边说，"我今天没钱付房租了，我有一台修空调用的氧焊机你要不要，这东西很贵的，送给你抵一天房钱就好。"金宝对工具天生就有兴趣，虽然用不上，他也留了下来。

　　第二天，他问金宝要不要窗式空调，是冷暖两用的，商店要卖500多美元一台，卖给金宝只要85美元一台，如果要，他就到商店去买。机会难得，金宝一口气买了三台。

　　接着他又卖给金宝一台惠而浦冰箱，市场价1000多美元，他只要100多美元，也是现要现到商店去拉。

　　从客人手中买点小东小西是常有的事，但一次性购得如此大宗商品还是头一遭，也是最后一次。在美国购买赃物也是违法的，但鲍所卖的物品都有发票，这至少说明他不是偷的。他说："发票你只能看，但不能给你。"金宝叫他在印有他驾照复印件手写的收据上签字画押，他没意见。金宝这么做是怕重蹈老鬼覆辙。

老鬼就曾经花钱买过麻烦。经过是这样的：黑人甲卖台旧空调给老鬼；黑人乙第二天就来要。老鬼说："没有，也没人卖空调给我，你一定是弄错了。"

黑人乙说："不会错。昨天下午3点40分，我朋友卖一台GE空调给你，他帮你安在了10号客房，你给了他45美元。那台空调是他从我房间偷的，你要是不还给我，我就打电话给警察。"老鬼显然落入了圈套，结果落了个人财两空。

同样的经历金宝也遭遇过。还不止一次，都是发生在小汽车旅馆。一次是黄昏，一个年轻黑人捧来一台录放机要卖，金宝假装推辞。黑人说，我等钱给汽车加油，请你帮帮忙。小汽车旅馆给客人播放录像正需一台录放机备用，金宝就给了他20美元。

第二天相同时间，金宝正在测试一台旧冰箱，那也是一个客人要卖给他的。昨天卖给他录放机的那个年轻黑男人又来了，身后还跟个黑人女子。黑人女子的嘴就像被热萝卜烫的，"我是他姐姐，他卖给你的那台录放机是弟弟偷我的，你要还给我，要不然我就要打电话给警察。"

警察这回来得还真快，因为黑人女子说金宝身上有枪。警察下车后的第一个动作就是给金宝搜身。时值盛夏，金宝一身短打扮，哪儿还有地方藏枪？

听完黑人女子的叙述后，警察叫金宝把录放机还给她。金宝说："我能说不吗？"警察说："你不能！如果你说不，我们就要逮你去坐牢。"

金宝一脸沮丧。黑人女子接过录放机转身就要走。警察说："钱呢？你要把钱还给他。"

黑人女子说她没带钱。警察说："没带钱你就赶快回去拿，我们在这儿等你。"

金宝气得脸色铁青。警察安慰，"那台录放机是偷的，你留着以后也会有麻烦。"

再一次是深夜。小汽车旅馆不远处有一大片停车场，流动游乐场会定期来这儿做巡回表演。游乐场的工作人员都住在房车里，偶尔到小汽车旅馆租个房间洗洗澡，吹吹冷气，也有的是来放松放松。

金宝被一阵急促的门铃声惊醒。一个白人男孩抱着一大一小两个布绒大熊猫站在窗前。大的如真人等高，小的可以怀抱，煞是可爱。金宝问他要多少钱？价码从70美元一直被狂砍到10美元终于成交。

早上，金宝把小熊猫送给了老太婆，那只大的留在了办公室沙发上。

金宝睡意正浓，老太婆突然把他叫醒，"金宝，金宝，有人来要大熊猫了。"

"不给，你就说没有！"金宝没睁眼就吼了一嗓子。

"他已经看见了，说沙发上的那只就是，如果不给，他就要报警了。"

金宝猛一激灵。站在窗口的是一个中年白人男子，他说："我很抱歉。那对大熊猫是我们游乐场的道具，被我的工人偷出来卖给你了，那对熊猫市场价要一百多美元还买不到，希望你能还给我们，要不然这个节目我们就不能演了。"

一对熊猫被抱走了，金宝好不沮丧。好在10美元也还了回来。

之前金宝买的东西都是偷的。鲍卖的可件件都有发票。他是怎样得到的，如此折腾又为哪般？金宝百思不得其解。

CT一语点醒梦中人，"这些东西都是他用公司信用卡买的。他急等用钱，才会如此低价出售。狂买过后他就会宣布破产。"

CT的话很快得到了印证。鲍最近的房租都是靠每天给金宝干些活来抵。修空调的都懂电，他换配电盘的手艺比金宝要好许多。换完最后一个配电盘后，太阳花汽车旅馆电这个老大难问题就算是彻底解决了。早上鲍还给金宝开了个清单，催金宝快点去买电材料。当金宝风风火火从家得宝赶回来时，鲍已经人间蒸发。

鲍临蒸发前那天晚上，有一件事把老贪吓出了一身冷汗。鲍说想去看一个朋友，但没有车。金宝就帮老贪撮合了一笔生意：老贪用车送鲍去，车费来回一趟10美元。结果老贪是吓得屁滚尿流丢下鲍自己开车回来了。原来鲍哪是去看什么朋友，而是去人家空房间偷东西去的。幸亏老贪发现得早，处理得果断，否则后果不堪设想。

都说好事成双。太阳花汽车旅馆转户手续还在运转，杨玫瑰就打来电话，"今天CT夫妻俩到小汽车旅馆来找你，说租赁疯子汽车旅馆的那个台湾朋友不愿意做了，他希望你能去接手。他说你曾多次向他表示过想租这家疯子汽车旅馆，现在机会来了。我告诉他我们才买了家新的汽车旅馆，可能腾不出手来。他说生意越大越好做，腾不出手来可以请人。他说他要亲自过去和你聊聊，再看看我们新买的这家汽车旅馆。"

电话刚刚挂上又响了，还是杨玫瑰，"我认为还是不接为好。我们现在已经有两家汽车旅馆了，你我各守一家，我知足了。疯子汽车旅馆就是个烂摊子，跟警察麻烦不断，他那个台湾朋友做不下去了，没人敢接手，也没钱可赚，他才会来找你，我还是劝你千万别接。再说，我们也腾不出人手啊！"

金宝心平气和，"疯子汽车旅馆确实是个烂摊子，正因为它烂，才没人敢接；没人敢接，才会轮到我们。赚钱的生意怎么会轮到我们呢，但是你要知道，疯子汽车旅馆在高速公路交叉口，地理位置十分优越，潜力也相当大，这就是我一直想租的原因。之前苦于没有机会，现在机会来了，我们岂能轻言放弃？机会面前人人平等，机会更是稍纵即逝，就看你能不能及时把握。把握住，你就成功了；擦肩而过，你就追悔莫及。三分靠机会，七分靠打拼；爱拼才会赢，不拼连赢的机会都没有。所以，我们先占住这个'茅坑'再说。"

CT前天就顺路来过太阳花汽车旅馆两趟，但金宝都不在。CT今天又来了。可谓"三顾茅庐"了。

CT对太阳花汽车旅馆并不陌生，他也曾多次动过想买这家汽车旅馆的脑筋。然而眼前的景象还是让他耳目一新。经过两个多月的突击维修，太阳花汽车旅馆已经焕然一新：新油漆的建筑、新翻修的围墙、新换的门、新补的窗、新铺的二手地毯……CT最感兴趣的还是金宝新安装的路灯。

路灯别具一格，独特新颖，是金宝因地制宜、就地取材，自行设计、亲自组装的。法兰盘被牢牢固定在厚重的屋檐板上，猫眼感应灯被L型电管高高挑起，宛如娉婷少女羞答答地俯视着客人。悬空屹立，不接触地面，杜绝了被车撞的风险，是路灯的最大看点。

昂视着路灯，CT呢喃，"高灯下明。独具匠心。聪明啊聪明。"

午饭是金宝做东。就在隔壁的盒子里的杰克快餐店。两人边吃边争论，租赁条件怎么也谈不拢。

最后达成一致：搁置争议，先在中文报纸上登个招工广告，招到的工人先送到CT的W汽车旅馆培训，二十天后即4月1日，金宝带着培训好的工人正式进驻疯子汽车旅馆。金宝先当经理，月工资1500美元；3个月后，即7月1日金宝全面接手疯子汽车旅馆。租赁条件根据当时营业情况再谈。

有了绿卡，打工也就合法了。既然是合法打工，那就得按照美国法律规定最低工资标准付工资了。老贪一直在拐弯抹角地暗示着金宝。

金宝直言相告，"这不可能。你拿的工资，就是汽车旅馆行业目前的工资标准，除非你换岗位，或者跳槽。如果说你去中餐馆打杂，工资肯定要比汽车旅馆高许多。"

老贪嗫嚅，"中餐馆肯定是不能考虑了。我年龄这么大，又有'三高'，为了多赚那么点钱，把老命搭上就不划算了。这个换岗位，怎么个换法？"

"就是当经理，独当一面管理一家汽车旅馆。当经理虽然钱拿得多点，但是很辛苦的，要上夜班，要负责维修，要处理客人各种纠纷，硬件、软件样样都要管。能不能当上经理，一要看你的能力，二还要等待机会。"

走正门无望，老贪就动起了歪脑筋。

他翻出一对"泰国玉镯"，偷偷送给了杨玫瑰，想通过杨玫瑰给吉姆吹吹枕边风。老贪有些时空倒错，他忘了这里是美国。结果肯定是肉包子打狗，他好不沮丧。现在听说老板要扩大生意，他又燃起了希望。

在汽车旅馆打工管住不管吃。太阳花汽车旅馆只有两个中国人，又住在同一屋檐下，使用同一个冰箱，同一个灶台，哪能分得那么清？因此金宝买菜老贪烧，也就顺理成章了。

老贪一天三顿饭必须准时准点，雷打不动，金宝是干完活才吃饭。所以两人很少同桌。

在老贪眼里，金宝就是个闲不住的人，一天24小时，一周7天他时时刻刻都在干。老贪也时常劝，"老板，别干了，休息休息吧，钱重要，身体更要紧。像你这种干法，在国内一定被评为'劳动模范'。如果我儿子来了，我一定叫他好好向你学习。"

金宝心里说："虚情假意，休息过了不还得我干。如果你说，老板你休息，这活我来干，那还差不多。"

同往常一样，今天的晚饭吃得也很晚。老贪颤抖着双手端出两菜一汤：醋熘包心菜、葱爆肚丝、腰花鸡蛋汤，外加一罐冰镇啤酒，那是老贪清房间时从客房捡的。

与往常不同，这次老贪没有马上离开，而是在金宝对面坐下。他说："冰箱已经空了，今晚先凑合一下，明天等你买了，我一定多整几道菜。"

吃饭准时准点，饭菜丰富多样。老贪来了以后金宝的体重增加了许多，是不争的事实。看着金宝狼吞虎咽，老贪很有成就感。两人便聊起了家长里短。说到金宝走后，还要再请一个中国人来做经理时，老贪一脸的不悦。

金宝解释："经理要独当一面，依你目前条件还不具备，首先你的英语就不过关，我在这儿，你听不懂没关系，我不在了，你听不懂怎么处理问题？其次你还不会修理。做汽车旅馆一天也离不开维修，不会修理，怎么能独当一面？你先学好这两样，今后有的是机会。"

老贪说："这家太阳花汽车旅馆也不大，就20个房间，我一个人能顶得住。你多付我点工钱，就不要再请人了。你省了一份工钱，我也赚了点辛苦钱，一举两得，何乐而不为呢？"

金宝试探地问，"你工钱想要多少？"

"不多，你一个月给我1500美元就行了。"

金宝到疯子汽车旅馆当经理才1500美元，你值吗？但他还是耐住性子，"两个人的岗位，你一个人怎么能做。三五天还行，时间长了还不影响我生意？"

"不会。实在不行我就都租成按星期。"

"我怕的就是这个。按星期只能保本，赚钱主要靠钟点房和过夜。你都租成了按星期，我还有什么钱赚？"

"如果你真要找个经理来了，我就不会像现在这样起早摸黑干了。"

"不需要。你做好你的本职工作就行了。"

"那我的工钱……"

"不动。"

"那我要考虑考虑了。我看到报纸上还有招'编辑'的，我准备去试试。"

金宝把碗筷一推，"还有选总统的呢，你去啊！这里是美国，中文报纸编辑也需要有流利的英文。你要是不愿意干，随时可以走人，连招呼都不用打。"

招工广告一登出，应聘者络绎不绝，金宝筛选了三位。两位准备带到疯子汽车旅馆，一位留在太阳花汽车旅馆当经理。

第一个来应聘的是小李，那是个烟雨朦胧的星期天。金宝记得如此清楚，是因为那天他遇到一个大麻烦。

小李是美国公民，休斯敦大学学士，20岁，父母离异，父亲因失去婚姻而被遣送回广州。小李虽然年轻，却没有年轻人那种朝气。他脸色憔悴，形容枯槁。躲闪着金宝狐疑的目光，他从老爷车后备厢内取出一只哑铃秀了几个动作，见金宝没有反应，他又取出一副小杠铃举了起来，被金宝叫停。

金宝准备把他安排到疯子汽车旅馆去坐柜台。坐柜台要的是英语，而不是体力，于是就安排他到CT那去接受培训。

小李刚走没一会儿就打来电话，说他的老爷车开到半路抛锚了，呼叫金宝去增援。此时的金宝正血流满面，哪还有心情管他。

太阳花汽车旅馆10号客房住进了一位瘦高中年白人男子。中午11点是客人离店时间。10号客房堆满了东西，不见客人的踪影。这种事屡见不鲜。按汽车旅馆规定，此时应将客人东西搬出及时清理房间。考虑到最近生意不太好，金宝一再招呼老贪，"再等等，再等等。"

直等到下午4点，白人男子才现身。他说："我没有找到钱，我明天再付你行不行？"

当然不行。

遭到拒绝后，他开始胡搅蛮缠："我可以帮你干活，我会油漆，你这个房间也太脏了，如果再不油漆，市政府会来找你麻烦，你一定会被罚款。"

太脏了你为什么还赖在这儿？但金宝懒得和他扯淡，坚持要他搬走。白人男子不仅不搬，还恐吓说要打电话给市政府。金宝原以为他仅说说而已，没想到他动起了真格。

趁着他到斜对面加油站打公用电话空当，金宝和老贪赶紧把他东西往外搬。刚搬到一半，老贪一声惊叫，"老板，他回来了。"

金宝怒吼，"回来了也得搬。"

美国素有"民族的大熔炉"之称。但"白人至上"主义依然根深蒂固。两个黄皮肤竟敢把白皮肤的东西往房外扔，那还不触犯了天条。白男人像斗红了眼的西班牙公牛猛扑过来，冲着金宝挺拔的鼻梁猛击一拳。他好像受过拳击训练，要不然他如何能打出如此稳准狠一记漂亮的右直拳？

当时金宝双手正抱着衣物，没想到，没躲闪，也没手招架，所以才会被打得满脸开花。原本就挺拔的鼻梁，顿时隆成一座小山。金宝没有还击。他也打不过他。金宝捂住血流如注的鼻子冲回办公室，拨打了911。

白人男子不紧不慢地往自己车上搬运东西。他笃信在警察到来之前，他有足够的时间离开。

吃了如此大亏，怎能轻易让他跑掉。金宝把小卡车掉个头，横在白人男子的车后，断了他的退路。

白人男子这下慌了神。

鼻血还在流。老贪心疼地说："我先把你这血手巾洗一洗，你再擦。"

金宝嗡嗡地说："怎么能洗？这就是证据。这次我一定要叫他坐牢。"

"要坐牢的是你。是我被你打了。我要打电话给哈里斯县警官。"白人男子插话。

警察属于休斯敦市，哈里斯县警官属于哈里斯县，但他们没有隶属关系，而是两个平行的警察系统。打911，出警的一般都是休斯敦警察。除非你直接打给哈里斯县警官。

听说恶人要先告状，老贪气愤地用中国话说："明明是你打了我们老板，怎么能说他打你呢？我们老板鼻子还在流血，那你的伤呢？你这不是睁着眼睛说瞎话吗?"

白人男子好像听懂了似的，他把脸一侧，"你看这儿。" 一只乌紫贼亮的大肉包赫然长在了白人男子的右颧骨上。

金宝、老贪先是面面相觑，转而失声大笑，"自己打自己，自己打自己。哈哈哈……"为了逃避坐牢，白人男子上演一场苦肉计。他躲进屋间，对着镜子，毫不吝啬地、重重地自己打了自己一拳。

金宝的满脸血污就是铁证；白人男子脸颊上的青包显然是自导自演。警察笑着问金宝："你想怎么处理?"

金宝坚定地说："我要叫他坐牢。"

警察说："到时候你需要出庭作证的。"

"没问题。"

咔嚓一声，白人男子被铐走了。

金宝余恨难消。他叫坐出租车回来的小李，把四个车胎全扎了后叫拖车拖走。

第二个来应聘的是老杨。老杨四十出头，T省人，通过中介来美刚三个月，无车，不会英语，但心灵手巧，人生阅历丰富。当过司机，办过食品厂，做过包工头，会做西装，会修缝纫机，还会修锅炉……疯子汽车旅馆正需要这样一个维修工。

问他为何来美，他说他欠了人命。

盛怒之下他枪杀了一个合伙人。合伙人欠他一笔工程款，多次追讨无果还扬言要他命，他来了个先下手为强。

金宝惊诧："你哪儿来的枪?"

"我花了1万元人民币从泰国走私来的。"

"你打死人了，你哪还能跑掉。你俩有债务纠纷，第一个怀疑的就是你。美国就一个李昌钰，国内警察个个都是，还破不掉?"

"我叔伯哥哥暗示我快跑，跑得越远越好。"

金宝一开始也信以为真，回过味来才明白，老杨编这么低级的故事，无非想表明："我是流氓，我怕谁？"

老杨说："之前我打遍休斯敦所有中餐馆无敌手，打一枪我换一个地方，短的三五天，长的两三个月我就换一家中餐馆。"老杨自豪地说，"每次都不是老板炒我，而是我炒老板的鱿鱼。每次我临走的时候，都会撂下一句重话：爷不伺候你了！中餐馆真不是人待的地方，那儿工作时间太长，整天都忙得连轴转，另外那儿人太多，张家长李家短，钩心斗角，争风吃醋，新来的少不了要被老的欺负。有一个小娘们儿多次爬到我头上拉屎，我一气之下把她的车胎给扎了。还是汽车旅馆好，人少，关系简单，我喜欢。"

老杨很是健谈。第一次见面他就讲了两个有趣的故事。一是到美国超市买面粉，他拣了一袋又大又便宜的扛起就走。回到家后，合租的朋友说，"你又没养猫，买这么多猫食干什么？"

二是他在一家中餐馆打工，夜里下班车子在半路抛了锚。他打电话给合租的朋友来救急。合租的朋友问他现在的地址，老杨看着路牌上的字母一字一顿地念着，"W、E、S、T、P、A……"下面一个字母他不认识，憋了老半天才脱口而出，"哦，我知道了P，P，P字伸条腿。"合租朋友笑了，"那是大写的R，你说的这个地方叫West Park。"至此，老杨这个名字就被"P字伸条腿"代替，因为名字太长，故简称老P。

第三个来应聘的是阿贵。阿贵三十出头，美籍华人，祖籍广东，香港出生，台湾长大。父母同床异梦，对阿贵刺激很大，他宁愿留在香港陪外婆，也不愿再过那种吵吵嚷嚷的生活。于是小小的年纪就开始自食其力。他摆过地摊，卖过报纸……外婆去世后，他辗转去了台湾。服完兵役，才移民到美国加州。

久违的父爱还没捂暖，继母的白眼就如同三九严寒。个性刚烈，饿死不吃嗟来之食的他受不了这份气，留下父亲悄悄塞给他的200美元，他再次净身出户。

他走南闯北，遍尝酸甜苦辣。他当过司机、卖过广告衫、推销过食品，也帮人修过电脑……这些，都只能解决温饱问题。要想多赚钱，还得要挺起袖子下中餐馆。

干中餐馆就得按部就班。他先从洗碗打杂做起，1年后做配菜，2年后掌油锅，三年后升炒锅。熬到炒锅，终于算修成了正果。他再也不用为找工作犯愁。然而，做中餐馆太辛苦。

几年下来他惹了一身病。"三高"不说，双手也莫名颤抖。老贪手颤抖是因为酒喝太多，阿贵手抖归罪于铁锅太沉，累的。他要休息。他同美国的懒人一样，不仅是月光族，还过起了"三天打鱼，两天晒网"的生活，不熬到身无分文，他绝不出来工作。唯有玩起电脑，他才会废寝忘食。

阿贵没上过几天学，对电脑是无师自通。什么硬件、软件他信手拈来。所以他有时也帮朋友修修电脑，赚点茶水钱。

自从接触了汽车旅馆这个行当，他就疯狂地爱上了它。边上班边玩电脑，哪个行当能享受如此待遇？所以他才更喜欢上夜班。

汽车旅馆付的工钱虽少，但有免费住房，除了吃，连车都可以不用养。他眼下是光棍一根，一人吃饱，全家不饿，又有时间玩电脑，何乐而不为？

汽车旅馆虽说工作时间长，但工作量和强度，与中餐馆天差地别。中餐馆忙得是两腿抽筋，汽车旅馆不仅工作轻松，上班时间还可以夹杂私活。比如：烧个饭，洗个衣裳，看个报纸，散个步，甚至打个盹……所以，到汽车旅馆找工作的老弱病残者居多。

汽车旅馆招工机会极少。有时一年半载也看不到一则招工广告。

阿贵是一看到太阳花汽车旅馆的招工广告，就第一个摸起了电话。

"45美元一天。"

"可以。"

"一天要工作12个小时。"

"我知道。"

"经理要负责全面工作，还要上夜班。"

"没问题。"

"我们广告才登出去，你能不能被录用，要等一个星期以后才能决定。"

这下阿贵沉不住气了，"我等不了那么久，房东限我三天之内必须搬出。要不是看到你登的广告，我又要进中餐馆了。三个月前，我在一家大汽车旅馆做经理，老板是台湾人，他在加州也有一家汽车旅馆。休斯敦这家汽车旅馆又破又烂，坏蛋成堆，要不是我在打点，早就给警察关门了。我有持枪证，我能镇住这帮坏蛋。我帮他赚了不少钱。我做得好好的，他突然把休斯敦这家汽车旅馆给卖了，叫我跟他到加州去，我不愿意，所以才失业。你看这样好不好，我到你那儿去看看，你要是不满意，我就进中餐馆，我实在是等不起了。"

阿贵当晚就来了。开着他那辆美国老爷车。荷枪实弹。

两人交谈甚欢。金宝当即拍板。

20天后，金宝带着CT培训好的两个帮手如期进驻疯子汽车旅馆。

疯子汽车旅馆果然是个烂摊子。烂的程度远超出了金宝的想象。

汽车旅馆工作千头万绪。金宝把它归纳成四个字：修理、管理。修理是硬件；管理是软件。先说硬件。

疯子汽车旅馆的参天招牌掉了好几个字母；围墙爬满了藤蔓和野树枝，有的地段被灌木欺负得东倒西歪；屋顶全都老化成了"鱼鳞"状，风一大就纷纷剥落；墙体腐烂到处是洞；最惨不忍睹的当数客房里面，金宝瞅了一眼就不敢再往下看。一句话，这不是人住的地方，甚至连猪圈都不如。

由于常年缺乏修缮，有的墙体乌黑，有的到处是洞，有的张着大嘴往里涌着热浪；有的地板吱吱作响，随时都会一脚踩空；有的地毯污秽不堪，发出阵阵恶臭；有的水龙头滴个不停；有一个房间更夸张，淋浴龙头的水不是在滴，而是在往外喷⋯⋯

最头痛的要数卫生间。瓷砖发霉、脱落不说，由于地板腐烂，造成淋浴间水泥底盘塌陷，污水不走地漏，而直接流入地板下。修，已无从下手，砸烂重建，工程浩大⋯⋯

再说软件。

由于长期缺乏管理，疯子汽车旅馆已经成了坏蛋的天堂，如同一块臭肉，叮满了蛆和苍蝇。因此疯子汽车旅馆与警察摩擦不断，眼下更是水火不容。警察对其早已恨之入骨，警察的"头"多次撂出狠话，不把疯子汽车旅馆关掉，誓不罢休。

为了兑现承诺，警察把疯子汽车旅馆列为"重点防范区"，不仅加强了巡逻，还放出了便衣和线人。只要疯子汽车旅馆一住进坏蛋，警车就会蜂拥而至。

疯子汽车旅馆还存有两颗"未爆弹"。一颗是金宝的前任、CT的台湾朋友给法院写的保证书：承诺配合警察工作，再也不能姑息纵容坏蛋，否则就要关门大吉……

另一颗是疯子汽车旅馆还没有申请到新的"营业执照"，没有"营业执照"当然不能营业。休斯敦新的商业建筑都有营业执照，老旧商业建筑一般都没有，即使有，也是时间太久远，休斯敦市电脑系统也查询不到。因此休斯敦市政府决定，对全市的老旧商业建筑来一次全面的重新审核，不符合安全要求的水、电、气、空调、建筑等，可以边营业边整改，时间是两年。疯子汽车旅馆这两年时间已到，但什么工作也没做。

小汽车旅馆通过市政府验收，取得了新的营业执照，就是金宝一手经办的。他有这方面的实际经验，这也是CT三顾茅庐主要缘由。

金宝接手就是这样一个烂摊子。如此"烂"的汽车旅馆，按说早就该关门大吉了。疯子汽车旅馆的生意却一直红红火火。

美国人说这是位置好。中国台湾人说这是风水好。中国台湾人很讲究风水。CT在每个汽车旅馆里都供奉了一个神龛，有事无事都去拜拜。

进驻疯子汽车旅馆第一夜，金宝就遇到一件闹心事。

金宝是被一阵阵惊叫声给吵醒的。出去一看，中国台湾朋友正扯着嗓子冲着房顶狂吼："快下来，快下来，这太危险，这太危险。"

只见一个黑影，双手扯着白床单在屋顶上边跑边喊：

"我要飞啦，我要飞啦！我是蜘蛛人，我是蜘蛛人！我要飞啦！我要飞啦……"

黑影身手矫健，体轻如燕，他左腾右挪，上蹿下跳，一会儿爬这个房顶，一会儿又爬那个墙头，害得大伙前堵后截，屡屡扑空，乐得孩童们一片惊呼："蜘蛛人！蜘蛛人！蜘蛛人！"

突然，"蜘蛛人"飞越围墙时被铁丝围墙上的倒刺挂住了裤脚，他一头栽了下来，倒悬在铁丝网上。此时的他已伤痕累累，血迹斑斑，衣衫褴褛，气喘吁吁……金宝走近一看，原来是亨利。

金宝现在只是个经理，台湾朋友还没走，疯子汽车旅馆的工作金宝还插不上手，三个月后才正式办理移交手续。中国人比较复杂，怕引起不必要的误会，金宝对柜台事表面上从不过问，暗地里叫小李偷偷抄下每天的营业额。台湾朋友不明就里，"你不是来租疯子汽车旅馆的吗，你也不到前台来看看生意，还怎么接手？"

金宝开始插手前台工作，是因为台湾朋友开始抱怨了，"我教不了他了，你来教吧！他是不是有什么病啊？"

这个他，指的是小李。金宝询问事由。

小李说："不是我不会，而是他太笨。明明很简单的问题，他非要搞得那么复杂。我叫他把资料输到电脑里，我帮他编个程序用电脑管理，他就是不干。"

金宝解释："每个老板都有自己的一套记账方法，一个好的员工，就应该听老板的话。至于说用电脑管理，当然是个好主意，但这家汽车旅馆太小，使用电脑对员工的要求更高，反倒更复杂，等到你自己熬到老板了，再用电脑管理吧。你眼下的工作，就是要抓紧学会台湾朋友传统的记账方法，争取早日上岗。"

还没等到正式上岗，小李就被金宝给撵走了。

疯子汽车旅馆办公室楼上就是员工宿舍。CT一家人曾在上面住过。小李和老P住在里面足可以翻身打滚。CT多次提出想把C也安排进来同住，被金宝严词拒绝，"不行，他这个病说犯就犯，被打了事小，如果被他强奸了，那怎么得了？"

C是CT从大旅馆带来的年轻白人，有间歇性精神病，一旦离开药物就发疯。他嗑药合法，有医生处方。母亲送他出来工作不是为了钱，而是为了让他散散心。CT以为捞到了个大活宝，工资付得少，勤劳又听话。殊不知他的唯唯诺诺完全是被药物控制的结果。

还有一个客人更奇葩，他每天都把用过的餐具放到厕所里用小水冲刷，这是老P挨个儿房间查哪里漏水时才发现的，显然也是精神不正常。疯子旅馆高额水费的原因终于找到了，金宝决定结账退房时间一到就把他轰走。

同为中国人，理应互相帮助，老P和小李俩人却闹得不可开交。老P给小李罗列了三条罪状：

第一，他从不做饭，整夜不睡觉，时而亢奋，时而萎靡，脸色蜡黄。

第二，小李经常赖在他房间不走，东扯葫芦西扯瓢，最后就挤在他床沿上睡着了，夜里还动手动脚。他说他不敢在楼上睡了，能不能睡在客房。

第三，他经常恐吓老P。小李一直都怀疑老P没有身份，他说只要他一个电话打到移民局，老P立马就滚回去，像他父亲一样。

前两条无关痛痒，这第三条触及灵魂。如果老P真被递解出境，金宝"非法雇佣"的罪名也不轻。

金宝耐住性子对老P说："你先上楼去吃午饭，晚上我来找小李好好谈谈。"

老P说："我不敢上楼了，两人一见面肯定又要吵。他好像有点缺心眼，如果他真打电话到移民局，那我就死定了。你找他谈谈看，实在不行，我只好走人。跟这种神经病，犯不着计较，惹不起，我躲得起。如果他真把我逼上了绝路，我无非再多背一条人命。"

中午，金宝只好带老P一起去吃自助餐。刚到餐馆门口，一不留神，小卡车钥匙被锁在了车里，马达还在轰鸣，真是越忙越打岔。

金宝只得打电话给小汽车旅馆的杨玫瑰，叫她送来备用钥匙。一顿中饭折腾了两个多小时。金宝和老P风风火火赶到疯子旅馆时，又一头栽进了警察的包围圈。

警察是小李叫来的。他说老P打了他。

警察说："他刚从外面回来，他怎么能打到你？"

小李嘴歪眼斜，大汗淋漓，"他是非法移民！"

看到闪烁的警灯，老P吓得小腿直颤。他嗫嚅，"我不是非法移民，我签证还没到期。"

铁路警察各管一段。移民法属于联邦法律，执法单位是美国移民局。既然有人揭发，休斯敦警察也不得不做做样子，"请你把护照拿给我看看。"老P通过金宝翻译说护照在中国城。警察说："那你是怎么来到疯子汽车旅馆的？"

金宝说："是我去接的。"

警察一笑置之。再打再骂，属于脾气不好，揭发同胞是"非法移民"，欲置之死地而后快，如同汉奸，罪可当诛。金宝气得脸色铁青，他指着小李对警察说："他有神经病，他不适合在我这工作，我要叫他现在就离开。"

在金宝的怒骂声中，小李灰溜溜地滚走了。当着警察的面，带着他的简单行李和欠金宝的40美元。金宝气疯了，要不然他不会如此绝情。

这边余气未消，太阳花汽车旅馆那边又闹得不可开交。

老贪打来电话，"接班时间已经过了半个小时了，阿贵还没来接班。"

"他人呢？"

"在里屋睡觉。"

"那你喊他一下不就行了。"

"上不上班是他自己的事情，又不是小孩，怎么动不动还要叫人喊呢。如果养成了习惯，还不要我天天喊。"

"他不是故意的，肯定是睡得太死了，麻烦你喊他一下，这么远，总不能叫我去喊吧，再说，我这边现在也脱不开身啊。"

"喊一下当然可以。不过我可要跟老板说清楚，他这可不是第一次了，而是经常这个样子，我每次都要等他睡醒了，才能下班。迟到不说，他还早退。我每天早上接班时都看不到他人影子，他早早就钻进里屋睡觉去了。他一天根本干不满12个小时……"

没等他说完，金宝就挂了电话。他身心俱疲，焦头烂额。

半个小时后，老贪又打来电话，说阿贵还没有醒。

金宝压住性子，"你敲门了没有？"

"我敲了。"

"他在不在里面？"

"在。"

"你怎么知道？"

"我能听到他打呼噜声。"

"你给我出劲敲。"

"我出劲敲了，他就是不醒。"

"你的意思是不是非要我亲自去一趟不可？"

"你来一趟更好，我真的喊不醒。总不能叫我上24小时吧，我又不是经理。"

终于道出了实情。老贪对没能当上经理，一直耿耿于怀。金宝火冒三丈，"屁大点事，也要我跑一趟。好，我马上就去，去了我就把你撵滚蛋，你抓紧收拾东西吧。"

金宝风驰电掣赶到时，老贪正老泪纵横地往车上慢慢搬着东西。金宝一腔怒火顿时被他的眼泪浇灭。他最看不得别人流泪，更何况还是一个身处异国他乡的老男人。

金宝拍拍老贪的肩，像哄孩子，"不走，不走，都这么晚了，总不能睡大街上吧，我那是气话。我这个汽车旅馆需要人，你们两个我都要。来来来，我来敲门，你在旁边看着。"

金宝对门轻敲了几下，阿贵立马就醒了。

回到疯子汽车旅馆已经是夜里零点。他还要到小汽车旅馆去吃晚饭。老P也跟着去凑热闹。

饭刚吃到一半，电话铃就响了，是CT从疯子汽车旅馆打来的。他问金宝现在在哪，还不赶快回来。

金宝以为出了什么大事了，空旷的大街上他风驰电掣。副驾驶座上的老P突然发出一声惊叫，"红灯！"一个急刹车，巨大的惯性还是把车子抛到了十字路口中间。此刻，一辆警车闪着警灯，擦着金宝的车头呼啸而过。他吓出了一身冷汗。

警车掉头回来，把金宝引向路边。警察边开罚单边揶揄，"连我的车你都敢撞，吃了豹子胆啦！"

金宝一脸沮丧。回到疯子汽车旅馆又被CT数落一顿。

什么事也没发生。CT发疯就是因为疯子汽车旅馆里没有"人"。

台湾老板都有个习惯，喜欢夜里打电话到汽车旅馆询问生意情况，否则难以入眠。这次CT打电话到疯子汽车旅馆，听前台小姐说两个中国人都不在，他心一下就悬了起来，套上裤子就和太太匆匆赶了过来。

此时金宝火暴脾气也上来了，"没有事你催我回来干什么，害得我差点撞车，还吃了一张罚单。我忙活了一整天，一切都安排妥当了，房间也满了，刚端起饭碗你就打来电话，我以为出什么大事，原来什么事都没有。你谁都不相信，我还怎么干？"

CT往前台一站，边整理台面边说，"你要不干，我就来干。"

"那你就干吧。"

CT太太忙打圆场，"金宝啊，肯定是你误会啦。想租疯子汽车旅馆的多了去，不相信你，我们能租给你吗？CT的意思是说，这么大个汽车旅馆，没有一个中国人盯着怎么行，万一出个什么事，连个通风报信的人都没有。美国人太不靠谱，不是偷钱，就是贩毒。你们两个都走了，我们怎么能放心。CT脾气不好，但心地很善良。他工作压力太大，最近得了抑郁症，但他硬说没有。刚才我睡得好好的，他硬把我拖起来，说疯子汽车旅馆出事了。到这儿一看，什么事也没有。他这么折腾，别说是你，就连我都吃不消，回去我就给他吃药。你别和他计较，回去我就骂他。"

金宝释然。资料显示，抑郁症病人会出现幻觉、妄想、怀疑等病态症状，严重时还会自杀。CT总是疑神疑鬼，除了他自己，谁也不相信，完全符合这一疾病症状。

前台走的都是现金，CT更是不放心，硬塞进两个自己人，白人C和中国台湾人小陈。两个人只能当一个人使。一般汽车旅馆前台每周要工作6天，每天12个小时。C每周只上4天，每天只上4个小时，有时候还提前下班。C是美国人，又是带病工作，情有可原。年纪轻轻的小陈也过起了朝九晚五的生活。他每星期只干5天，每天不超过8小时。汽车旅馆一个班都是12个小时，小陈每天剩余的那4个小时全都是金宝来"擦屁股"。谁叫他是经理呢，经理就是万金油，哪里需要往哪里抹。

金宝要负责维修，还要照看前台，整天忙得焦头烂额。工资袋里每个月悄悄多出的那100美元，也算是一种安慰。

有了两个自己人，CT就如同长了千里眼。不说疯子汽车旅馆发生了什么事他立马就知道，就是飞进一只蚊子，他也知道是公的还是母的。他多次拐弯抹角地提醒金宝："经理的工作不只带动员工一起干，更应尽到监督、管理的责任。员工的一举一动我们每时每刻都要掌握，吃饭、上厕所的时间我们都要严格控制，更别说上班的时候喝酒、睡觉了。喝了酒还怎么干活，出了事谁负责，我出钱是请你干活的，不是来请你喝酒睡觉的。"

他显然说的是老P。

关于修理工一天究竟要干多少个小时活，CT和金宝曾有过激烈的争论。CT认为修理工一天也要工作12个小时，这是中国人做汽车旅馆的惯例，规矩不能打破，我们不能学老美。

金宝觉得修理工与前台不同，活脏、活重、活又累，所以一天只能干八个小时；再说11点客人才离店，之前就敲得叮叮咚咚，客人肯定也会抱怨。

考虑到三个月后金宝就是疯子汽车旅馆的老板了，CT也就没再坚持。就这样，修理工早上9点上班，晚上6点下班，中间1个小时吃饭不算，一天工作8小时，一周工作6天，这一新的工作模式就这样被争取了过来。

下午1点吃午饭，两点就该上班，时针都指到3点了，老P还没下楼。金宝边呼喊着"老P，老P"，边扶着摇摇欲坠的木楼梯摸了上去。推门一看，老P正坐在椅子上呼呼大睡，嘴里还喷出阵阵酒臭。

金宝悄悄退出，轻轻掩上门，蹑手蹑脚下了楼。他生怕打扰了老P的好梦。此事不是经常有，而是天天都这样。有一次就更离谱。下水道堵了，要用下水道疏通机疏通。疏通机工作时，需要不停往下水道里灌水，这样效果才会更好。若油脂太多了，用热水冲功效更佳。

这天，一个客人突然跑到疯子汽车旅馆办公室抱怨，"我的房间没有热水了，我怎么洗澡，我要退钱。"一定是热水炉灭了。金宝边安慰边提着点火棒去点火。打开炉门一看，里面烈火熊熊；侧耳一听，炉内水声潺潺。

疏通下水道的机器还在不停地旋转，水还在不停地往里面灌，就是不见老P的人影。下水道疏通机是空气开关，要用脚踩住皮囊机器才会转动，脚一松，机器就停。老P人都不见了，机器怎么还在呼呼转动呢？

走近一看，皮囊被一块石头压住，老P坐在客房地上打着呼噜。没有热水是因为热水炉"入不敷出"。

老P这一觉睡到下班前两个小时才醒。配电盘上午已经装好了，下面的工作就是接线。因为牵涉到整栋建筑，房间里还有客人，炎炎夏日，停了空调谁也受不了，所以必须带电作业。

配电盘上的电线已经被金宝接好了大半。老P才睡眼惺忪地接过金宝手里的剥线钳继续干。金宝一再提醒："注意，有电，危险，最好站在木板上做。"

老P嘴吐酒气，眼冒金光，"不用！110伏的电根本就电不死人，哪像国内是220伏。"话音没落，"轰"地喷出一团火球。

金宝赶紧把木板塞进他的脚下，被老P一脚踢开，"不用！我用手摸都没事，美国就这点好，每条线路都有断路器，一旦短路，瞬间跳闸，绝对安全。刚才我是没注意……""轰"地又是一团火球。危险在不断上演，但总是有惊无险，也没造成什么损失。

损失直到两年后才显现。接入配电盘的点都是220伏。美国的220伏电是由两根110伏火线组成，外加一根零线。接好两根火线后，老P喷着酒气说："这个零线没用。"话音未落，"咔嚓"一声零线就被他一剪子给剪断了。

这天风特别大。老P突然给正在中国城买菜的金宝打来电话。他说："老板，出大事了，疯子汽车旅馆第二栋建筑整栋房间电灯都是一闪一闪的，突然就没电了，我查了一下，有三台空调，四台电视都给烧坏了，客人都开始抱怨了，你赶快回来吧。"

金宝也查不出个所以然。他上网咨询。网友们回答："这种情况多是没有零线作回路所造成。"打开配电盘一查，果然就是零线在两年前被老P揭断所致。

之所以之前一直都能工作，是因为电线铁管子代替了零线，天长日久，特别是这次大风一吹电管接头脱落，造成回路中断，所以就没电了。至于灯为什么会一闪一闪造成许多电器烧坏，是因为在风的作用下断开的接头时而接触时而断开所造成的。

零线一接上，万事就OK了。老P这次满脸通红不是因为喝酒，而是被臊得。

老P脸臊红还有一件事。门铰链的轴坏了，有一个旧铰链的轴稍粗点插不进去。买一个新铰链也就一两美元的事。老P独出心裁，他把旧铰链轴在"制钥匙机器"上打磨，被金宝一声吼才住手。用这么精细的机器打磨这么粗糙又廉价的铁棍，这不是脑袋进水了吗？

再说CT。安插了眼线，CT对前台还是不放心。他不知从哪儿摸来一台老旧传真机，叫金宝每天早上7点，准时将头天的账目传真过去。所以，每天早晨闹铃一响，金宝脸不洗，牙不刷，首先就去捣鼓那个破玩意。一个星期后，CT太太竟然说她一张账单也没收到。她说："可能那台传真机是坏的，因为那是从她家车库翻出来的。"

金宝说："那就买一台新的吧。"

CT太太说："算了，太贵。"

金宝说："那你能不能给前台买个钱盒子，这个也花不了几个钱。现在钱放得太乱，容易出错。"

CT太太量了一下抽屉的尺寸，说："没问题，这件事情就交给我了。"

没过两天，CT太太就捧来了一个纸糊的钱盒子，做工还十分考究。C太太一脸骄傲，"金宝啊，瞧瞧我的手艺怎么样，我整整糊了一个晚上，觉都没睡，你可得要付我工钱哦。"

CT抠门的故事很多。瘾君子踹坏了一扇房门，需要换一节木棍作门楣，金宝正要到家得宝去买却被CT挡下，"等一等，我先找找看，专门跑一趟，还不够汽油费。"

说完他一头扎进大垃圾箱内，吭哧了半天，终于从底层翻出了一节腐烂的木棍。他边擦边说："这木棍怎么能扔呢，把烂的这头锯掉就能用了。"

门楣相当于人的脸，怎么也得讲究点。一个门楣约0.6米长。一根约2.4米长的木棍那时也就1美元多一点。贵的是人工，而不是材料。

客人用剩的肥皂头，当垃圾扔还脏手，CT却如获至宝。他用纱布裹成小包，给员工洗手，或放到洗衣机里面。

各项工作按部就班，全面接手的日子日趋临近。CT突然提出想卖掉疯子汽车旅馆所持有的股份。股份买卖首先要在股东间进行，这是不成文规定。

疯子汽车旅馆共有三个股东，CT是大股东，股份占50%，拥有经营权；二股东是谭老板，股份占44%；三股东是6号汽车旅馆的刘老板，股份仅占9%。谭老板目前所拥有的多家汽车旅馆正遇到前所未有的麻烦；CT认为这两个股东都没有精力和人手接手疯子汽车旅馆这个烫手的山芋，他以退为进，趁机吃下疯子汽车旅馆全部股份。他毫不掩饰地告诉金宝，"只有全部买下，才好出钱修啊。"

CT打错了算盘。

谭老板说："疯子汽车旅馆是有很多麻烦，其余问题都好解决，关键就是重新申请营业执照。金宝被你请来了，事情就好办多了。他不仅勤劳、懂管理、会修理，还有申请营业执照的经验，我们需要的正是这样的人。眼下问题不是谁买谁卖，而是要齐心合力共度时艰。我们出钱，金宝出力，争取两年内把疯子汽车旅馆营业执照拿下来。那时再谈买卖，也能谈出个好价钱。可眼下这状况，没人敢买不说，也卖不出个好价钱啊。我最近忙得是焦头烂额，不是出庭就是跑律师楼，不是我不愿意接手，而是我分身乏术。我劝你还是再考虑考虑，最好别卖啦。"

谭老板果然兴趣索然。CT窃喜，"不管多少钱，我都要卖啦，眼下这修理费，花的绝不是仨瓜俩枣。既然70万你不要，那我就68万卖给你们吧。"

谭老板再劝，"你还是再考虑考虑，我劝你最好还是不要卖。"

"那就66万吧，你要不要？"

"你再考虑考虑吧，我还是劝你别卖。"

CT两万两万地往下递减。谭老板仍然劝他不要卖。

当CT喊出58万这个最底价时。谭老板一拍桌子，"成交！"

偷鸡不成反蚀把米。CT好不沮丧。金宝劝，"你就说你不想卖了，只要没签字随时都可以反悔。谭老板不也是经常反悔吗，你就反悔这一次又有什么关系呢？"

CT摇头，"不行。做生意要讲信誉。"

CT为金宝精心拟定的租赁合约被塞进了碎纸机。金宝和谭老板签约地点选在中国城一家中餐馆。谭老板叫了一壶菊花茶，点了几样北方面点，两人边吃边聊。

谭老板说："疯子汽车旅馆我们是租给CT的，那是10年前的事了。当时的租赁条件是，押金5万美元；月租金6000美元；每月的按揭是1200美元。另外，地产税、营业税、保险费、修理费、垃圾处理、水、电、煤气、电话、工人工资……全部自负盈亏。现在是我直接租给你，没有了CT这个中间环节，你的负担就会轻许多。这其中的30年每月按揭1200美元，去年就已经付清了。我是这样考虑的，你看行不行，疯子汽车旅馆需要大修，申请营业执照还要花很多钱，你的5万美元押金加上我的每月1200美元的分期付款，我暂时都不要，你留作疯子汽车旅馆维修费。如果你申请营业执照有什么困难，我还会帮助你。另外，等以后你有条件了，我还可以再卖点股份给你，这是我们中国台湾人的习惯，就像CT一样。"

老鬼听后惊呼，"妈呀，你这做的不是无本生意吗？"

三副唉声叹气，"天上掉馅饼，空手套白狼，在美国信誉也是钱啊。"

7月1日，金宝全面接手疯子汽车旅馆。千头万绪，金宝放了三大招：

第一招，他把客人离店时间，由12点提前至11点。

第二招，客人大清洗。但凡坏蛋，一律连根拔除。

第三招，员工大换血。包括CT带来的两个员工，仅留下肥婆一人。

肥婆是墨西哥人，会说英语和西班牙语。一子二女都在美国出生，子孙满堂的她却仍是非法移民。她在疯子汽车旅馆虽然有些年头，却一直坐着冷板凳，仅周末做两个夜班保安，或者哪个女清洁工没来她就顶个"窝"。受到如此冷遇仍不离开，除了她没有"身份"之外，利用工作之便她还能做些"小生意"。

金宝全面接手后，肥婆成了疯子汽车旅馆的"夜班经理"，一个星期7个夜班她一人独揽。原先由她担任的星期五、星期六的两个夜班保安由老P取代，时间改由晚8点到夜里零点。老P拿的是计时工资，刚来美国的人谁不想多挣点钱。

肥婆对工作认真负责，任劳任怨，第一天上班就交了一张漂亮的成绩单。

一个白人女孩牵着一个中年白人男子的手，卿卿我我地来到办理入住登记窗前说要租钟点房。

"没有，我们这从来就不租钟点房。"肥婆语气坚定。

金宝愣神，客人登记架上空房间明明一大片，来了客人你怎么能不租呢？正在疑惑，"咔嚓"一声白人女孩被锁上锃亮的手铐，白人男子冲着肥婆竖起大拇指，"干得好！"

原来是警察在"钓鱼执法"。为了表彰肥婆的机警，金宝当即就奖励了她20美元。

一星期干7天，固然辛苦，但也有回报。肥婆捉襟见肘的状况很快有了较大的改善。她住的离疯子汽车旅馆很近，但她连10分钟的路都懒得走，上下班一律"打的"，夜里还叫外卖。当时一个班金宝就付她40美元，她的收入和支出显然不对称。

一队头戴安全头盔，脚踏自行车的警察鱼贯进入疯子汽车旅馆。金宝的笑脸蹭到了女队长的冷屁股，"我警告你，我要再看到你租钟点房给这些在街头乱转的坏蛋，我立刻关掉你的汽车旅馆，还要抓你去坐牢。不信你试试看。"

金宝申辩，"坏蛋我们从来都不租的。"

"你的邻居经常打电话来抱怨，我们那儿都有记录……"女队长指着一个穿着暴露的白人女孩，"你怎么又租给她了。"

金宝解释，"她有身份证，我怎能不租？是不是坏蛋，我总要观察几天才知道吧。"

"好人坏人一眼就能看出来，还要观察？"

"我没那本事，她脸上又没刻字。"

"那是你的事。只要你敢租给这些坏蛋，我就给你开罚单。"

两人争得不可开交。肥婆过来解围，她对女队长说："露西，这是金宝，是新来的老板。他和以前的老板不一样，如果他知道谁在这里干坏事，他是坚决不租的。这点我可以作证。"

露西紧绷的脸终于松弛下来，她递给金宝一张名片，"遇到麻烦就给我打电话。"

第十三章 鬼妹也疯狂

　　说是鬼妹也疯狂，其实，只要沾上汽车旅馆的哪个不疯狂？"鬼妹"是粤语中对西方白人女孩的特别称呼，白人男孩叫鬼仔。休斯敦华人汽车旅馆业，私下都称呼女警察露西叫鬼妹。露西端庄典雅、气质如兰，就是任性狂躁；崇尚"白人至上"；专到华人汽车旅馆"挑刺"，因而与华人汽车旅馆从业者结怨很深。

　　这天，露西一行又照例到疯子汽车旅馆挑刺。这次她巡视的更仔细。转了一圈又一圈。尔后她径直来到办理入住登记窗口要见经理。

　　金宝荷枪实弹出来。露西劝他回去把枪卸了。

　　看到金宝徒手出来，露西轻松了许多，她用脚踢了踢地面，"这块水泥地为什么高出地面这么多，万一要把客人绊倒了怎么办？"

　　金宝和风细雨，"停车场地势太低，一下雨水就从街面往里面倒灌。我想把停车场全修成水泥地，所以必须抬高地面。"

　　"你有没有许可证？"

　　"修停车场还要许可证？"

　　露西也未置可否。她又指着挖了一半的水沟明知故问："你这是在干什么？"

　　"挖排水沟，我要把停车场的雨水排到外面去。"

　　"你有许可证吗？"

　　"排污水需要许可证，排雨水又不要。我挖的是明沟，排的是停车场里的雨水。"

露西气呼呼地走了。

不祥预感随之升起，金宝赶忙打电话给谭老板。叙述了刚才发生的情况后，他一再提醒，"疯子汽车旅馆营业执照要抓紧申请延期。前天市政府来了个大胡子，说我们的营业执照过期了，要我们抓紧到市政府去申请延期。他要了你的电话号码，他说会跟你联系。你们联系上了没？"

谭老板说还没有。他说他最近很忙，这事他会尽快腾出时间来处理。不等谭老板腾出时间，第二天一大早露西就风风火火地领来了一帮市政府的人，那位大胡子也在其中。露西这次是做足了"功课"，她惊喜地发现，疯子汽车旅馆何止是修水泥地、挖排水沟没有许可证，甚至连营业执照都没有，属于违法经营。疯子汽车旅馆藏污纳垢，麻烦不断，一直被警察视为眼中钉、肉中刺，欲除之而后快。但每次起诉警察都是屡战屡败，这次机会来了。

露西趾高气扬地问金宝，"你们有营业执照吗，请拿出来给我看看。"

"营业执照正在更新，我们已经和市政府联系好了。"金宝眼盯着"大胡子"，"大胡子"目光躲闪。

"这么说，你是没有了？"

"有，有，有。"金宝递上一叠文件。

露西瞥了一眼，"我说的是营业执照，你这是营业执照的申请文件，还是两年前的，早就过期了。"

"市政府说可以更新，市政府会再给我们两年时间。"

疯婆娘不愿再多打嘴炮。她手一挥，市政府的人立马四下散开，各司其职。

金宝抽身给谭老板打电话，要他现在就到市政府去申请营业证延期。谭老板说现在不行，他还要准备文件。

疯子汽车旅馆是20世纪50年代建筑，年久失修，水、电、气、建筑物样样问题都很严重。最让露西恼火的是，有好几个房间排污管或堵或脱落，粪便直接漏在地面臭气熏天。恼怒之下，露西一口气开出了17张罚单，罚款总额高达2.5万美元。休斯敦华人汽车旅馆业顿时一片哗然。

露西说："疯子汽车旅馆烂成这个样子还怎么做生意，出了问题怎么办？"

金宝回呛，"我们买了保险。"

"买了保险也不行，必须立刻给我关门，否则你开业一天，我每天都会给你们开这么多罚单。"

金宝黑着脸，"那我就准备一只水桶，天天在这接着。"

勒令疯子汽车旅馆歇业，就意味着强迫员工失业，艾米气冲冲地迎了上来，"你凭什么叫我们关门，你又不是法官，你这是种族歧视，你看我们中国人比你们聪明，赚钱比你们多，就眼红，就嫉妒，就来砸我们的饭碗，我们找份工作多不容易，关门不关门要法官说了算，咱们法庭上见。"

艾米是金宝新近招募的一个前台。她得到这份工作是一波三折，个中滋味只有她自己最清楚。

疯子汽车旅馆招工广告一登出，应聘者络绎不绝。

艾米是沈阳人，美国双硕士，大学教授的独生女。问她为什么读两个硕士学位，而不读博士学位时，她这样回答："我第一个硕士学位读完后，没能在OPT实习期内找到工作，为了保住身份，我只好重返学校选择了有全额奖学金的生物统计学专业。这第二个实习期又快届满了，如果再找不到工作，我只好再去读生物学博士了。纽约大学已经给我发了录取通知，他们也答应给我全额奖学金。但我不想再做"啃老族"，我急需一份工作。"

漂漂亮亮的一个大姑娘，只身来到美国混世界本来就不容易，别说临时落了难，就是满面春风也会有人嘘寒问暖。相较于金宝之前已经答应的理工男，她显然更适合，也更迫切需要这份工作。金宝便答应她第二天就来上班。理工男被金宝拒绝了。

半夜艾米突然打来电话，说她在某超市找到了一份收银工作，明天就不来上班了。金宝顿时手足无措。众多应聘者都因她而被拒绝，这么仓促到哪儿去找替补队员？他决定自己先顶着，然后再拐弯抹角通知理工男过两天再来上班。

两天后，还是夜半，金宝正在顶班，艾米又打来电话，说她想再回来上班。显然是经过试工，她没被录用。

金宝声色俱厉，"你不要来了。我已经通知那个理工男天一亮就来上班了。"

一抹朝阳洒在柜台上。上了一夜班的金宝睁开惺忪的眼睛，伸了伸懒腰，手举到空中时就再也没放下来。办理入住登记窗口的防弹玻璃上正映衬着一张美丽而又后悔的笑脸。

"我来上班了。"一听到她那北方口音，金宝立马抓了狂。艾米不请自来，理工男正在路上，这如何是好？

伸手不打笑脸人。纵有一千条理由，一个大男人也不硬生生当面撵走一弱女子。理工男再一次中途折返。

艾米如愿来上班，老P兴奋得如同打了鸡血。他端茶递水，嘘寒问暖，三鲜饺、生煎包、炸酱面，葱油饼……每天变着花样献着殷勤。艾米退了中国城的合租屋，搬进疯子汽车旅馆来住，也是老P出的馊主意。

艾米的房间也是老P打扫的。艾米嫌席梦思床太软，老P自作多情帮她打一张硬板床，但材料费是艾米自掏腰包。

单人床打得确实不错，就是有点高。金宝开玩笑说："这哪里像床，说是妇产科的手术台，或者卖猪肉的案板还差不多。"

艾米说："管它像什么，睡着舒服就行。来美国四年了，我这是第一次住汽车旅馆，第一次睡免费房间。"

好不容易得到的工作又要失去，艾米怎能不揪心。

收到罚单的第二天，谭老板满面春风地送来了一叠文件，"市政府已经同意我们营业执照延期申请了，这是文件。我什么也没说市政府就我给办了，市政府眼里只认钱。"

金宝像卸去千斤重担。他仔细翻阅文件。疯子汽车旅馆共有五栋建筑，每栋建筑一张许可证，应该是五张才对，可现在只有四张，谭老板申请时漏报了一栋。

谭老板说，"没问题，我明天就去补办，市政府很客气，不放心你们也跟着一道去看看。"

不看不打紧，越看事情反倒变得越复杂。市政府不仅不同意补办漏掉的这一栋，甚至连已经批准的那四栋许可证都要被注销。理由是，你们与警察有了麻烦。

为了逼迫疯子汽车旅馆关门，露西天天都来。她一来艾米就和她斗嘴，谭老板也和她多次理论。露西猖狂到了极点，她根本不和你说理，只死咬一句话，"你开一天门，我就给你开17张罚单。"

接到警察罚单通常有两种处理办法：一是按期悉数交出罚款；二是与警察法庭上见。此次罚单数额巨大，后者成了不二选择。

开庭日期定在一个月后。与一个失去理智、手握权力的疯子硬顶显然不理智，疯子汽车旅馆只得暂时歇业。

露西笑逐颜开，"客房一律不能住人，员工一律住到办公楼上。"

客人全部退房；员工全部遣退，只有老P一人留用，工资由金宝另两家汽车旅馆分担。艾米从客房搬到了办公楼上，与老P住在同一屋檐。她每天早早就出去找工作，很晚才垂头丧气地回来。金宝安慰，"没关系，放心在这住，直到你找到工作为止。"艾米仍是心烦意乱，焦躁不安。

杨玫瑰惺惺相惜，"美国压力太大，艾米又心高气傲、争强好胜，找工作四处碰壁，口袋里连100美元都不到，签证又面临到期，三十大几的老姑娘，连个可以依靠的肩膀都没有，不焦虑那才叫不正常呢。"

艾米回答地更经典，"你看在美国的中国人，有哪一个是正常的？"

一天晚上，艾米突然莫名发飙。她是在找老P发泄。之前两人就经常煲电话粥，现在又住在同一屋檐下，这孤男寡女的，个中关系谁也说不清道不明。此时艾米冲着老P的房门又骂又跳，又砸东西又踹门，震得楼板直晃悠。老P死活就是不吭声。

杨玫瑰说，"她找工作找得都快崩溃了，发泄发泄也好。她明天就要去纽约了，听说要开三天三夜，她那部老爷车能不能开到还两说，就算能开到，她身上那100美元恐怕连买汽油都不够，别说食宿了。独生女在大陆个个都享福，她偏偏要跑到美国来遭这份洋罪，唉……"

稍微冷静后，艾米说，"没关系，我习惯了。困了，我可以在车里打个盹，只要凑足汽油费就行。"

为了筹措汽油费，艾米又缠上了老P。她非要老P买回那张"杀猪案板"不可，她说她只想收回成本，可老P死活也不肯。两人又吵得不可开交。直到老P愿意做一次"冤大头"，战火这才停息。

艾米走了。那是一个大雨滂沱的清晨。

疯子汽车旅馆的巨额罚单经过法庭调解，最终以6000美元罚款结案。

疯子汽车旅馆开始大兴土木。谭老板的愿望是力争在半年内开业。

谭老板找来了两支工程队加班加点。金宝的任务是继续铺设水泥停车场。

停车场实在是惨不忍睹。与其说是停车场，倒不如说是"稻田"，一遇到暴雨，又成了养鱼塘。为了防止垃圾箱下沉，垃圾车下陷，垃圾箱周遭全都铺上了破旧地毯。

停车场足有半个足球场大小，水泥地面厚度要达到约15厘米，工程之浩大可想而知。金宝袖子一卷，带上老P，再雇上两个老墨，四个人就大干了起来。

老墨负责挖土、装车，金宝和老P各开一部皮卡车往外运土，土就倒在隔壁的6号汽车旅馆旁。那里的十八轮大卡车的停车场早就坑坑洼洼，买土、倒土都需要花钱，现在正好互补。

预埋好下水道和各种管线，整好了地坪，用水平仪测量出高低，钉好水泥框架，扎好了钢筋，经市政府检查合格，就可以叫水泥车来浇灌水泥了。

每次浇灌水泥就如同打仗，累人、费神还吵吵嚷嚷。订购水泥就是一门学问。虽然小学生都会计算体积，但毕竟地势起伏不均。订多了浪费，订少了还要火急火燎地到家得宝商店去买袋装水泥。这些活都必须抢在一小时内完成，水泥凝固了后果不堪设想。所以说，浇灌水泥抢的是时间，拼的是速度，要全体动员，其压力之大可想而知。如果考虑不周，一场暴雨会冲得你前功尽弃。

一天，为了到底要不要叫水泥罐车，金宝和杨玫瑰吵了起来。

金宝认为，30%的下雨概率一般都不会下，一切准备就绪，工人已经全员到齐，两个小时内完活应该没有问题。天气预报说近半个月都有雨，越往后拖下雨的概率越大。抢了两个小时就等于争取了一个星期时间。疯子旅馆停业期间，谭老板虽然不要租金，地产税也是谭老板付，但每个月的水、电、煤气、电话等基本开销；老P每个月1800美元的工钱；金宝夫妻俩每天24小时，每周7天白搭进去的人工……这一切无不说明疯子汽车旅馆每天都在烧钱。早完工，早开业。时间就是金钱，金宝坚持应当浇灌。

杨玫瑰咬住一个死理：浇水泥地千万不能冒险，一旦下雨，一切都前功尽弃。两人你来我往，互不相让，最后开始骂娘。

在杨玫瑰的哭闹声中，水泥罐车隆隆开进了工地。水泥都凝固了也没下一个雨点。

金宝小时候常听外婆唠叨这样一个故事："一只小猴子，拣到不少的东西。可惜它拣一样丢一样。最后，小猴子为了拣一粒芝麻，竟然放弃了手里的西瓜。"

没想到金宝也干了一件这样的蠢事。

浇灌混凝土时需要从劳工市场添补人手。休斯敦劳工市场星罗棋布，清一色的都是没有身份的西班牙语系的劳工。每一个劳工市场里都有一个"头"，其工资价格，甚至谁去谁不去都由"头"掌控。虽然供大于求，一份工作十几个人抢，但没有一个敢"降价"。

因为这些老墨干的都是刨沟挖地的粗重活，所以他们被称为"地面部队"。选老墨很有讲究。年轻、个头不高、不太胖、圆头、粗脖子是重要考虑因素。然后，拍拍肩膀，当胸一拳，"就是你了！"

按照此法金宝每次都能找到老墨。这次却在阴沟里翻了船。

混凝土浇到一半，两个老墨突然提出要加钱，理由是水泥活太重，将每小时7美元增加到8美元……如此说来，每个人再加个6美元就全部搞定。

这个要求并不过分，金宝却没有答应。他说："这不是钱的问题，他俩是在要挟、是在叫板，我最恨的就是这种人。"

两个老墨很齐心，也很有志气，他们连工钱都没要就走了。这下金宝彻底乱了阵脚。

金宝只得请正在搞房屋维修的"黑人四兄弟"紧急救援。

结果两个小时的活，金宝付了他们200美元，"黑人四兄弟"还嫌钱少。

金宝后悔不已。他表示，以后再也不争这口气了。

金宝的水泥停车场在半年内如期完工。但房屋维修却进展缓慢。

建筑物究竟是什么标准，除了专业人员谁也闹不清，折腾来折腾去，最后"黑人四兄弟"说，由于停车场浇灌水泥提高了地面，所以整个疯子汽车旅馆的全部建筑都要举高60厘米，这可不是闹着玩的，除了大型专业公司，谁也掌握不了这门复杂技术。

"工欲善其事，必先利其器。""黑人四兄弟"的工具也太简陋。30多米长的整栋建筑要抬高，他们用的水平尺只有一尺长。结果是，这边举平了，那边下去，那边举平了，这边又下去，反反复复折腾了半年。

"黑人四弟兄"经常出去干私活也是工程缓慢的原因之一。

开业遥遥无期，谭老板十分光火。

他请了不少装修公司来看，其中也不乏中国人，但谁都不敢接这活。不是技术跟不上，也不是要价太高，而是没有人愿意和市政府打交道。

这副重担最终还得由金宝担起。

要把整栋建筑物举起来，听起来有些不可思议，其实很简单。美国的房屋都是木质结构，盖房子如同搭积木，地板下都是空的，地基只是几块水泥砖，只要把若干千斤顶塞下去，整栋建筑物就能徐徐升起，再用水平仪找平即可。平房可以自己做，楼房就要请专业公司了。

找到了正确方法，就等于成功了一半。

两个月后，破旧不堪的四栋建筑，依次傲然挺立。

其间"中国制造"的千斤顶功不可没。它价廉物美，为金宝节约了一笔不菲的费用。

被举起来的建筑物仅仅是个正确的框架，要做的工作还很多。这些都是"黑人四兄弟"的事，金宝的工作再告一段落。

"黑人四兄弟"能动的，仅限于建筑物，得州维修建筑物不需要执照，可自行申请"许可证"。但水、电、煤气，必须请有执照的公司向市政府申请"许可证"方能施工。

泽罗是有执照黑人电工。他是谭老板的老朋友。朋友又如何？他第一次来疯子汽车旅馆看一圈，什么事都没干，就向金宝要了100美元。

帮泽罗买电材料，也是金宝的工作。用量最大的是电线。电线分为两种：一种叫胶皮线；一种叫铝电缆。前者用于居家；后者用于商业。两者价格相差无几。汽车旅馆属于商业，必须用铝电缆。

泽罗坚持叫金宝买胶皮线，并夸下海口，"若市政府通不过，工钱和材料费都由我付。"

疯子汽车旅馆的电路改造，拖拖拉拉忙活了一年多才完工。

市政府一检查，胶皮线不符合规定，必须全部返工，所有电材料和人工全都付之东流。泽罗的信誓旦旦，只能当作放屁。

拆下来的胶皮电线堆积如山，不是被泽罗带回家，就是被他的助手偷走当废铜卖掉。他的助手手脚一直都不干净。一次，他背着空包进来，出去时包却又鼓又沉，被金宝和老P当面拦下。包中翻出一只老旧的手提电动疏通机。至此，他被永远拒绝再进疯子汽车旅馆大门。

电没通过市政府验收的当天夜里，疯子汽车旅馆发生了一场离奇的大火。

当时金宝正在小汽车旅馆值夜班，突然接到杨玫瑰打来电话，说疯子汽车旅馆失火了，来了十几部消防车正在扑救。她叮嘱金宝不要来，来了也没用。

起火点是诡异的13号客房。失火的原因消防局也说不清楚，一会儿说是老旧电线引发，一会儿说是流浪汉点燃……

两种理由都不成立。老旧电线已经更换成新胶皮线；13号客房塞满了家具，门也上了锁，根本就不可能有人。

熊熊烈焰中，一个装满柴油的塑料桶安然无恙，一套音视频调制器也毫发无伤。

音视频调制器是安装有线电视不可或缺的设备，价格相当昂贵。

CT和谭老经营的W汽车旅馆被一大地产集团公司买去了。买方一掷千金看中的是W汽车旅馆的地皮，而不是建筑物。他计划把W汽车旅馆全部推倒重建成一栋栋连体公寓，那一片的地价近几年涨得也太不像话。

既然卖的是地，W汽车旅馆里面的设备家具都必须限期处理，否则都将被视为垃圾。

金宝动用两部皮卡车，带上老P和他两个朋友，疯抢了一个星期，疯子汽车旅馆已经被家具塞爆。

金宝对这套音视频调制器最感兴趣。CT要价5千美元，说这还是看在谭老板的份上，按内部价处理的。

CT的台湾朋友，一位H汽车旅馆的大老板对这套设备也有兴趣，出价更高。CT想卖个更好价钱，就做金宝工作，劝他忍痛割爱。

谁知那位大老板又突然变卦，碍于面子CT也不好劝金宝再买，最后被谭老板当作废品拉进了疯子汽车旅馆，所以金宝才会说这套设备是他白捡的。那位H汽车旅馆大老板后来成了金宝的朋友。他那大汽车旅馆的结局更惨。

他的H汽车旅馆位于59号高速公路旁，靠近中国城，一直挂在网上卖，由于出价过高而无人问津。H汽车旅馆有一附属餐馆分租给了一印度人经营。一天上午金宝到中国城去，在高速公路上看到H汽车旅馆浓烟滚滚，有许多救火车在扑救，金宝惊诧之余暗自为朋友祈祷。

晚上就传来坏消息，H汽车旅馆大厅倒塌，3个消防队员因公殉职，H汽车旅馆因此被封。

H汽车旅馆失火的当天早晨，一位白人老头就摸索了进来。他说，他从电视新闻里看到这里起了大火，他可以帮助客人向保险公司申请到最高赔偿，但他要提成5%到10%。

金宝把他推荐给了谭老板。H汽车旅馆最终得到5万美元最高赔偿。

老P来美经过3个月的颠沛流离，总算找到了汽车旅馆这份他喜爱的工作。虽然工作稳定，衣食无忧，但对妻儿的思念却与日俱增。

在金宝的帮助下，几经辗转，老P终于也拿到了绿卡。他走的是捷径。

老P取得绿卡后一年不到，妻儿就来美团聚了。夫妻久别重逢都需要重新磨合，平时两人叮叮当当为的都是一些生活琐事。这次闹大了可是个原则问题。

夫妻长期分居都会惹来闲言碎语，分居在太平洋两岸的老P，差一点没被唾沫星淹死。

老P羞愧难当，"这绝不是空穴来风，而是被我当场抓了个现行。"

房间刚漆到一半，油漆就用完了。在开新油漆桶之前，老P抽空回到房间抽根烟，喝口茶。正要推门，就听到老婆正在电话上和什么人调情，他就站在门口凝神静听……

当他得知电话的那头是太太在国内的情人，自己儿时的玩伴时怒发冲冠。他冲进房间揪住老婆的头发劈头就打，抬脚就踢。打得太太是鼻青脸肿、遍体鳞伤。自知理亏的太太只能掩面痛哭，老P仍不依不饶。放学回来的儿子无力制止，于是便拨通了911。

老P锒铛入狱。儿子才知道自己捅了个天大的娄子。他忘记了这里是美国；他本以为警察来了会采取劝阻教育，没想到却把父亲推进了深渊。

把老P从拘留所里捞出来成了第一要务。老P的保释金是2万美元，这是一笔不小的数目。P太太翻箱倒柜也凑不齐，只好找保释所。保释所除了要收取很大一笔费用外，还要有两至三人作担保。P太太对杨玫瑰千恩万谢，是因为这一切都是她帮忙办妥的。

律师也是杨玫瑰推荐的。律师说："根据我以往的办案经验，你这个案子至少要判七年到十年，念你是初犯，我认为免于刑事处罚还是有可能的，但你太太要出具一份谅解书。"

一年后此案圆满落幕。老P对杨玫瑰感激涕零，"如果没有你的帮助，我这次牢饭是吃定了。今后我一定要努力工作。"

珍妮是金宝雇用的美国员工。老P一直都是她茶余饭后的佐料。珍妮育有两男一女，三个孩子三个爹，这在母系社会的墨西哥来说稀松平常。珍妮的男人虽然数不胜数，但都有统一的标签：非法移民；说西班牙语；监狱的犯人。故珍妮亦被称作"监狱之花"。

金宝曾问过她，"你为什么喜欢坐过牢的男人？"

她羞怯一笑，"坐过牢的男人生猛、仗义、哥儿们。"原来"丛林法则"，是她的择偶标准。

珍妮与美国男人的风流韵事为人不齿，然而她与一个中国男人的恋爱故事却感天动地。这是一典型的现代版的帕拉图式恋爱。

这个男人叫时新，石家庄人，为人憨厚老实，但性格执拗倔强，是台湾一艘远洋运输船上的伙夫。因长期受到船员集体霸凌。一个风高浪急的深夜，他挥刀要捅死船长和三副。后来他被众人制服，锁在工具舱内并报警。案发时船已驶入美国海域，美国联邦法院负责审判此案。

检察官说："如果你协商认罪，可获轻判20年；如果你拒绝认罪将被重判30年，且不得假释。何去何从由你选择。"他选择了后者。由于尸体无法找回，他又死不认罪，无法形成完整证据链，故意杀人罪只得改为"恐怖分子罪"，目前已服刑10年。

现在是网络时代，人们的交友方式也是多种多样，珍妮拿起手机玩微信，通过搜索"附近的人"，她找到了监狱里的时新。两人聊了起来，而且聊得还很投缘，大有相见恨晚，于是相约见面。见面前珍妮特意把"时新"的大名文在胸前，以表忠心。

第一次见面男方通过西联汇款，给珍妮汇来400美元。据说那是他在狱中打工和私下酿酒卖给狱友积攒的。

监狱离休斯敦有6个小时车程。珍妮那部老爷车肯定力所不及，于是她租了一部车，前夫做司机，带上小女儿一路风驰电掣。

晚上她们在监狱附近一家汽车旅馆住下。第二天一早，珍妮排在探监家属队伍的最前面。

探监统一集中在一个大厅，全程有狱警注视。家属和狱犯一见面可以拥抱，交谈时必须正襟危坐，不能有亲密动作。中午可在贩卖机买水和零食。

就这样一个索然无味的见面，阅人无数的鬼妹竟然辗转反侧了好几天。

第二次见面男方寄来600美元，托珍妮帮她买条18K金项链。项链是小女儿握在手中，拥抱时塞进他口袋，他从厕所出来时已挂在了项上。

珍妮突然整天以泪洗面，差点没抑郁，是因为她与时新突然失去联系。

一个月后收到时新来信，才摸清原委。原来他违规在狱中吸烟，被关进了"小号子"2个月，手机亦被没收。信中还说："狱中手机十分紧俏，搞一部进来可净赚七八百美元。你帮我多搞几部。搞到后，请与××联系，他有渠道运进狱中。他的联系电话是……"

珍妮最近手头十分阔绰，与这桩买卖脱不了干系。

从"小号子"出来后，两人交谈更欢。第三次见面的资金是男方的姐姐从加拿大寄来的，一同收到的还有一封信。杨玫瑰帮忙翻译。信的大意是，弟弟在异国坐牢至今，从没有家人去探望，现在有你这位善良的姑娘代表我们去探视，我们全家都感到高兴，并表示感谢，有什么困难和要求请告知，我们会全力帮助，欢迎来做客。云云。

此后，珍妮不断收到从狱中寄来的散钱。她说，那是为他们结婚而准备的。时新出狱后，她要随他到中国去生活。

杨玫瑰说，"这怎么可能，你回国去了，你那三个小孩怎么办？"

珍妮说："管他呢，到时他们都已经长大了。小女儿就在疯子汽车旅馆做个柜台，到时候还要烦托你照应一下，两个儿子随他们怎么混，反正他们还有政府补助。"

珍妮所说的政府补助，是她有两个小孩每月从政府领取的735美元残障金。珍妮的三个孩子个个都是问题少年。迟到早退，打架斗殴、骂老师、骂警察，被学校勒令家长带回，进监狱、看心理医生已经成了家常便饭。目前已经有两个被确诊为"精神病"。精神病就能领到735美元残障金，还有保姆费，据说珍妮的第三个孩子也正在争取此待遇，确诊为精神病后就可以领取政府残障金了。为此，珍妮不仅不悲伤，反倒兴高采烈。这可是她使出吃奶劲才争取来的。

天上掉馅饼，是指不用出力即可享受现成的东西。天上不会掉馅饼，是人们对那些坐享其成人的一种劝诫。殊不知，天上还真的掉下了馅饼，而且还结结实实地砸在了珍妮的头上。

时新姐姐在澳大利亚有个企业，她是CEO。她做的生意是在网上销售LED灯，工厂在国内，在澳大利亚和洛杉矶各有一个销售网点。为了让弟弟刑满释放后能和珍妮结婚留在美国，于是她准备在休斯敦也设立一个销售点。一是给珍妮安排一份工作；二是以此拴住珍妮。她给珍妮的待遇不菲：免费住房，医疗保险，税后月工资4000美元，这可是美国硕士毕业的待遇。珍妮虽然一夜摆脱了贫困，但勤劳的她仍在疯子汽车旅馆兼两个夜班。一辈子与汽车旅馆打交道的她，太热爱这份工作了。

自从认识了中国男友，珍妮总算摆脱了贫困，她再也不用去卖血了。

之前珍妮手头拮据时也经常靠卖血贴补家用。"你也卖血！"看着金宝好奇的眼神，珍妮淡淡地一笑："是的。在休斯敦这样的献血站有10多家。前50次抽血，每袋血50美元，之后每袋血20美元。相当一部分人依靠每周卖两次血来维持正常生活，我是到了迫不得已才会偶尔去卖血，有人卖血是为了干坏事。我卖血是为了孩子，为了生活。性质不一样。"珍妮的一席话，不由得勾起了金宝幼时的回忆："美国黑人小汤姆在水深火热中挣扎着，他每天只能靠吃黑面包和卖血勉强度日……"这是小学课本里的一段描述。令人唏嘘的是，如今黑面包早已成了健康食品，而卖血者在美国却有增无减。

杨玫瑰对珍妮一直都很器重，因为她帮她除掉了一根眼中钉。有一个黑人经常到疯子汽车旅馆偷用房间，杨玫瑰一直都为抓不到他而焦虑。望着杨玫瑰沮丧的眼神，珍妮说："你去休息吧，我来帮你盯着，他敢再来我就报警。"一天夜里，珍妮向杨玫瑰报告，"经常偷用客房的那个瘦高黑人又来了，他钻进了306号客房，被我堵在里面，我已经报过警了。警察到现在还没来，怎么办？"

杨玫瑰果断地说："再打911！"

这次警察终于来了。还来了架警用直升机。直升机在疯子汽车旅馆上空不停盘旋，探照灯一个劲地往下扫射。警察贴在306房门两侧，再喊门就是不开。第二批警察也闻讯赶来，还带来了一只警犬。

警犬张着血盆大嘴，吐着舌头，警察单腿跪地，与警犬同高，如同100米短跑的"预备"起跑姿势。306房门被警察撞开的一刹那，警犬像闪电一样冲了进去，此时黑人已经从后窗翻了出去。

第二天中午，杨玫瑰叫金宝去修306客房后窗。他在窗下发现一很大的腰包、一串钥匙和一瓶香水。杨玫瑰在包内发现一个汽车充电器、一个可以外接USB的三眼插座，后又在包内翻出此黑人ID、法院文件。于是，又打电话给警察。

有了这个黑人的信息后，不久他就吃上了牢饭。

杨玫瑰之所以看重珍妮，还缘于她会说西班牙语。

美国被称为民族的大熔炉，绝非浪得虚名。美国有270个民族，使用着200多种语言，官方语言是英语，其次就是西班牙语。在美国，你光会说英语还远远不够，最好还要会说西班牙语；光会说普通话也不行，最好还会说广东话，普通话和广东话在美国具有同等的地位和分量，当你说需要中文翻译时，对方会追问一句："你是要会说普通话的，还是要会说广东话的？"金宝经过多年打磨，汽车旅馆的英语总算能够对付了，但一遇到墨西哥客人仍然是"鸡同鸭讲"。所以金宝聘用的员工一般都是既会说英语又会说西班牙语。

说完了员工，再来聊聊客人。客人都是匆匆的过客，来了又走，走了又来，形同走马灯般不停地旋转。金宝对他们没有一丝印象。正如《沙家浜》里阿庆嫂所唱"……来的都是客，全凭嘴一张，相逢开口笑，过后不思量，人一走茶就凉……"然而，唯有A博士和他的女儿康尼令金宝印象深刻。

A博士是休斯敦大学生物学教授、博士生导师。A博士亦是金宝汽车旅馆的常客。金宝之所以对他没齿难忘，是因为据说他麾下有几个才华横溢的中国留学生。A博士常到汽车旅馆不是为了住宿，而是为了帮教会做慈善，如送《圣经》；送免费食品；接送教友到教堂做礼拜；自掏腰包帮教友付房租……同时他也是一位虔诚的基督教徒，做礼拜、做慈善成了他退休生活的全部。

在鱼龙混杂、泥沙俱下的客人中，康尼算是一股清流。她的年龄最小，却是金宝汽车旅馆的老客。她每次都是翻着"螃蟹跟头"进客房，而让金宝过目难忘。知道她是A博士的女儿，缘于一次处理客人的纠纷。

那是一个春光明媚的星期天。一个黑人女子拖着4个小孩已经占了金宝一天便宜，还想赖着不走。趁着她们不在房间，金宝和老P一鼓作气把她的一大堆行李全都扔出了房间。正当老P在黑人女子的行李中拣出汽车旅馆的手巾、枕头套、烟灰缸、草纸往一旁放时，黑人女子一行回来了。看到行李被扔得满地都是，她突然开始发飙，"我说我去教堂参加礼拜了，回来就付你房租，你怎么还是把我的行李扔了出来？这是我的房间，没有经过我的同意，你怎么能随便乱进？我有200美元压在枕头下，现在不见了，你们要负责，否则我就打911。"

这种无赖见多不怪，根本就不值得理睬。黑人女子开始踢门，老P开始和她拉扯。

正吵得不可开交，A博士的车来了。他笑盈盈地对金宝说："她是我们的教友。她拖着四个小孩也挺不容易。她欠你的房租我来替她还，她欠你多少？"

这哪儿是什么钱的问题，这个黑人女子简直就是"地痞+无赖"，让她继续住在这儿，疯子汽车旅馆就永无宁日，金宝早就想撵她走了。

汽车旅馆如同温度计。从汽车旅馆生意的好坏，就能判断出美国人手头还有没有钱。美国人发薪水的时间各有不同，有的是月结，有的是半月结，有的是周结，有的是日结。所以每到月头和周末，汽车旅馆生意火爆；月底和周三，客人发的工资都快花得差不多了，故生意比较清淡。

政府给穷人发放的支票一般是每个月第一天的零点直接打到卡上。这就出现一个有趣现象，一到月底最后一天晚上，汽车旅馆的门口坐着一堆客人在那熬时间。零点一到，他们便急急忙忙到自动取款机上取钱。然后再来付房租。不可理喻的是，找的零钱美国人不把它放在口袋里，女的藏在乳罩里，男的藏在袜子里。所以他们的钱总是臭味熏天，杨玫瑰经常为此抱怨连连。

最难缠的还是这个黑人女子。你必须租房给她不可，否则她就没完没了地和你折腾。有一次疯子汽车旅馆客满了，她竟然荒唐到拨打911，侮告金宝不租给她房间是种族歧视。这是哪儿对哪儿啊？付了一个星期的房租，剩余的钱都被她拿去糟蹋了。一个星期后，她就开始卖食品券，卖食品券一般都是半价，既100美元食品券，她只要50美元现金。没钱付房租了，她就丢下满满一冰箱食物拖着一帮小孩走了，这些食物不是用食品券买的就是从食品银行领的，要不然就是教会送的，然后就满街乞讨，讨到钱就住汽车旅馆，讨不到钱就在疯子旅馆围墙外搭个帐篷住下。

动物可以幕天席地，人必须结庐而居。于是，帐篷便成了休斯敦一道亮丽的风景。立交桥下、街道旁、公园里，星罗棋布，到处都是。帐篷也是造型各异，色彩鲜艳的是买的，硬纸板围成的是自建的，最简陋的就像黑人女子这样，两三个购物车上面蒙一条毛毯。你打911，警察也拿他们没辙。这边刚撵走，那边又回来。休斯敦流浪汉太多，早已积重难返。金宝早就对黑人女子厌烦到了极点。你说，金宝这次还能再租给她吗？金宝决心已定，这次无论如何也要把她撵走。再说了，汽车旅馆是做生意的地方，又不是慈善机构。

看到金宝态度如此坚决，A博士赔着小心，"你看这样好不好，她欠你的钱我替她还，你再给她住1天。明天中午11点，我用教会的面包车把她们一家送到另一家汽车旅馆，你看怎么样？我给她做担保。"

话都说到这份上了，金宝只能说"OK"。

A博士到窗口付钱时，金宝看到一个绚烂如春花的美少女，正在低头抠手机。少女约莫十三四岁，身材高挑、肌肤微黄、睫毛甚长、鼻梁娇挺、秀发披肩、长裙曳地。最惹人瞩目的是她那张"中美合资"的鸭蛋脸，既有东方的温柔妩媚，又有西方的粗犷奔放，美丽得令人销魂。金宝怦然心动。

看着金宝好奇的目光，A博士带着骄傲，"哦，这是我的女儿康妮，她妈妈也是中国人。"

康妮依旧常来光顾金宝的汽车旅馆。每次她仍然是翻着"螃蟹跟头"进入客房。

金宝问她，"你为什么喜欢到这种鱼龙混杂的地方？"

她嫣然一笑，"我妈妈常把家里闹得鸡犬不宁，我到汽车旅馆来图个清静。再说了，你这网速特快，我做起作业来也特别顺手。"

每天中午11点，是客人离店时间。及时清理房间，关水关电，小本生意，节约要从点点滴滴做起。

轮到清理4号客房了。金宝站在一侧边敲客房门边喊"你好"，连喊数声也没人答应，他便用钥匙开了门。

只见一个小女子侧卧在床上，睡姿优美。金宝轻轻推了她一把，没有反应，稍一用力，她仰面朝天。原来是康妮。

金宝以为她死了，吓得落荒而逃。

折返的时候，他身后多了一个D。

D熟练地重复着曾经的动作。他把装满水的小垃圾桶端到床前，拣一小毛巾伸进水里，拧干，敷在康妮的前额。轻拍脸颊，没有反应。他喝了一口水，喷在她脸上仍没动静……

金宝慌了神，"要不要打救护车？"

D信心满满，"不用。"话没说完，整桶水凌空倾泻，康妮一个激灵猛然立起。

折腾了一宿的金宝倒头就睡着了。一阵轻柔的敲门声又把他惊醒。他心头一紧。但凡客人有事都到办理入住登记窗口按门铃，难道有人想打劫不成？

他迅速从枕头下抽出爱枪HK点45，隔着门低吼了一声："谁？"

门外，飘来一个甜美的女声，"爸爸，是我。"年幼客人总爱这样称呼金宝，因为与中文的爸爸同音，故无须翻译。

金宝紧绷的神经立马松弛。刚沐浴过的康妮宛若出水芙蓉，说不尽的温柔可人。特别是少女身上的那股天然香味，沁入发梢，让人痴迷不已。金宝隔着防盗门问："有什么需要帮忙？"

"能让我进去吗？"

"不行，有事就在这儿说。"

康妮一脸无奈，"爸爸，你能借点钱给我吗？我已经一天没吃饭了。麻烦了！麻烦了！"

面对一个柔弱少女这个小小的请求，侠骨柔肠的金宝能不答应吗？

自此，康妮一需要用钱，就到办公室找金宝借。

一天，康妮的手机落在办公室。金宝随手翻看。照片中的康妮摇曳多姿，千娇百媚。金宝尽情游览，沉醉其中。突然一首"君生我未生，我生君已老。君恨我生迟，我恨君生早"的古诗跃入眼帘，金宝大惑不解，她怎么会有这首古诗？

康妮取手机来了。偷看别人隐私是一大忌，因此吃上官司并不少见。好在康妮年幼单纯，没多想还千恩万谢。

"你妈妈怎么不来接你？"金宝突然溜出一串中文。

"她进精神病院已经1年多了，最近就要出院，她一出院，我哪里都不能去了，所以我要抓紧玩。"康妮不仅会说中文，还一口南京腔。

"你爸爸最近怎么也没来？"

"他也住院了。他得了白血病，正在接受化疗。医生说他的日子不多了。"

金宝心情沉重，怜香惜玉之情油然而生。

第十四章 龙游浅滩

一波三折，好事多磨。关门歇业两年半后，一个落日黄昏，饱经沧桑的疯子汽车旅馆终于开张大吉。与其说是营业，不如说是"试运转"。其一，刚开门不一定有客人；其二，疯子汽车旅馆里的各种设施能不能用，还有待检验；其三，试运转的20天谭老板不收租金。

在中国历代兵书中，无不强调天时、地利、人和。打仗如此，做生意亦然。"一夫当关，万夫莫开"的疯子汽车旅馆"正在营业"牌子一挂，客人如潮，络绎不绝。周边汽车旅馆的生意纷纷都被它吸引了过来，当然各种问题也随之浮出水面。这些问题不是疏忽大意，也不是产品质量问题，而是有人刻意为之。

有客人抱怨没有热水。热水炉离煤气表六七十米之遥，孤零零的一丝不挂，没接任何煤气管道，何来热水？这不是故意的又是什么？如此骗子工程，竟然也能通过市政府验收，更是一朵奇葩。

有人说淋浴太烫，但怎么也调试不过来，只有忍痛给客人退钱才作罢。淋浴器都是崭新的，怎么会坏呢？打开一看，配件全都装反了。一两个房间有问题可以说是疏忽大意，或者说是产品质量出了问题，十几个房间都出现同一问题，就不能不惹人生疑了。

麻烦事还远不止这些。

有的房间粪便依然排在地上。

下水道到处堵塞。从里面掏出的不是砖块、垃圾，就是海绵块……

问题全都出在"水工"身上。杨玫瑰气得跳脚，"水老板一定是疯啦？"

金宝绷着脸，"水老板没疯。水工是'黑人四兄弟'介绍的。谭老板付工钱也是通过他们付的，水老板被黑吃黑，只能把怨气撒在我们头上了。"

这些都是小案子，牵涉到的只是部分房间，出点力气，花点小钱就能摆平。如果造成整个疯子汽车旅馆生意停摆，那才真叫"摊上大事"了。

疯子汽车旅馆这次还真的"摊上大事"。这次爆出的大事不是煤气，也不是电，而是"水漫金山"——主下水道被堵了。

折腾了半天，忙了一身臭汗，也没能找出下水道哪里被堵。下水道是埋在地下的，看不见，摸不着，有劲也使不上，只能干急不淌汗。金宝决定请专业水管公司，他们不仅有经验，还有仪器。

经过比价，A公司被金宝选中。

情况远比电话中介绍的要复杂得多。A公司技术员费了九牛二虎之力，最后动用下水道相机才找到了症结所在。原来是在疯子汽车旅馆围墙外与市政府下水道连接的水喉被堵住了。找到了问题，就等于解决了问题的大半。下面只要把地面一挖开，接上新管道就万事OK。

此时A公司突然提出要加价。合约上白纸黑字明明写的是700美元，现在红口白牙竟然说要2500美元。一下子狂涨了近四倍，这也太离谱了。金宝说什么也不答应。

A公司拂袖而去，但中途又折返。A公司老板心潮难平，拨打了911。

警察瞟了一眼合约，说："谁付钱？就按这个上面这个数字付。"

A公司悻悻然。

老P手举洋镐在A公司划定的圈上挥舞着，又突然被金宝叫停，因为这几个黄皮肤在动市政府的下水道，已经引来路人异样的目光和邻里的窥视。如果此时哪个热心人打一通电话到市政府，那罚单又会像雪片般飞来。"一朝被蛇咬，十年怕井绳。"自从被露西狠咬了一口后，金宝一听到市政府就筛糠。

金宝打电话给谭老板，问他怎么办？谭老板又调来了"黑人四兄弟"。"黑人四兄弟"只要600美元，真是物美价廉。

一得意就忘形。金宝和"黑人四兄弟"唠嗑时，无意中将A公司如何"黑"他钱的经过叙述了一遍。说者无心，听者有意。

由于A公司准确定位，加之活已经被金宝干了一半，"黑人四兄弟"两个小时就把活轻松干完。

当"黑人四兄弟"伸出黑乎乎的熊掌，再索要1900美元时，金宝愣了神。

说好的600美元，没开工之前就已经付了，怎么又恶狠狠地张开了血盆大口？A公司要高价，他们有执照、有仪器，还有个名分，你"黑人四兄弟"凭什么？就凭你们那黑乎乎的脸，两手空空，就连工具都要向金宝借？再说了，疯子汽车旅馆刚运转半个月，还在3个月保修期内，这次维修也是你们的责任啊。

但看在谭老板的份上，金宝忍了。如此算来，加上已经付给A公司700美元，金宝这次亏大了。

"硬件"麻烦刚刚解决；"软件"又出了问题。

看到疯子汽车旅馆又开业，生意比之前还红火，露西心如针扎，她再次找茬，"有人说你们在租钟点房，这是违法的，这次我给你们警告，下次我可就要开罚单了。"

休斯敦议会最近通过一系列打击贩毒卖淫、净化社会风气的地方法案，其中就有关于汽车旅馆业租钟点房的条款，虽然没有明说租钟点房就是贩毒卖淫，但意思就是不给租钟点房，否则就有面临罚款、坐牢、没收物业等难以承重之风险。

既是说，具有200多年历史的，具有美国特色的钟点房，在大休斯敦地区将走入历史。

此法律一经休斯敦市长签署，华人汽车旅馆业噤若寒蝉；金宝也不敢怠慢；印度汽车旅馆业则我行我素。在休斯敦汽车旅馆业这块大蛋糕中，印度人占95%；华人仅占5%还不足。

疯子汽车旅馆开业至今，一次钟点房也没租过，金宝怎能背如此黑锅？

按照谭老板的授意，金宝派老P和柜台小姐珍妮把周遭做钟点房汽车旅馆的地址、电话、价格全都收集上来打印成表。其中有一家华人汽车旅馆被金宝从表上抹去。

谭老板和律师来到辖区警察分局面见局长和露西。局长端茶倒水，笑脸相迎。律师义正词严，"我当事人的汽车旅馆被你们无端关了两年半，刚刚开业不久。我的当事人一贯遵纪守法，开业以来一次钟点房也没租过，这些都有案可稽。你们这位女士却说我的当事人一直在租钟点房，请拿出凭据。如果拿不出来，我的当事人有足够理由起诉你们这是种族歧视。"律师从卷宗里取出金宝调查的那份表格，"在你们的辖区内，有这么多汽车旅馆都在做钟点房，你们充耳不闻、视而不见，却紧盯着我的当事人不放，凭空捏造出我的当事人在做钟点房，你们这不是种族歧视又是什么……"

露西脸色蜡黄，从此遁形。

疯子汽车旅馆急需一个夜班柜台。龙先生是应聘者中学历最高，要求工作最迫切的一位。然而金宝却被他放了鸽子。

"不来总得打个电话吧，都是中国人，怎么能跟老墨学呢。"金宝叹了口气。

"要来的人一大把，你非说他最需要。不来就算了，换下一个。"杨玫瑰抱怨。

"先弄清楚情况再说。"

金宝拨通了龙先生的电话。电话那头的女人音色甜美，"他刚刚睡下。"

"麻烦你喊他一下，我想确认一下他到底是来我这里上班，还是不来。"

"嗯"了一声后，就再也没有了下文。

杨玫瑰苦笑，"艾米说得真对，你看我们刚到美国，哪一个是正常的？"

"第一年豪言壮语；第二年默默无语；第三年胡言乱语。"虽然这是段顺口溜，却反映出龙先生对生活的真实态度。

龙先生叫龙得海。他说："这名字是我爷爷帮我起的。他希望我能像蛟龙一样在大海里呼风唤雨，腾云驾雾。当年在大陆我是要风得风，要雨得雨啊。可如今到了美国，唉……"

北方某著名医学院每年仅培养7个药学博士，龙先生有幸能成为这七分之一，真可谓凤毛麟角。才高八斗的丈夫，闭月羞花的娇妻，龙先生有一个令人艳羡的家庭。太太是某医院妇产科护士，龙先生读博期间，两人相识、相恋。

"土博士"是妻子对丈夫的昵称。为了满足妻子的虚荣，龙先生一心想到美国"镀金"，经过多方联系，终以访问学者身份，如愿到美国哈佛大学从事博士后研究工作。

访问学者所持的签证叫J-1。跟其他签证不同，美国政府对J-1签证持有者有一个特殊的要求：其间不能转换成其他任何签证，除非得到"赦免"；在交流访问期满之后，必须返回原属国，住满两年，才能再重新进入美国。

J-1是非移民签证中最苛刻，也是最容易获得的一种签证。妻儿来美探亲，签证官也都网开一面。他不怕你不回去，因为你头上有根"紧箍咒"。

"人无远虑，必有近忧。"这句充满了先人智慧的古老谚语，告诫人们一定要未雨绸缪。在美国生个"小公民"，不失为一良策。只要苦熬21年，小公民就可以为年迈的父母申请绿卡。

这也叫"先斩后奏"。

龙先生的儿子诞生于哈佛大学医学院。他的生日最好记，是因为那天中国驻南斯拉夫大使馆国正好被美帝国主义轰炸。

由于中国驻南斯拉夫大使馆被炸，哈佛大学医学院气氛显得十分诡异。医护人员个个神情肃穆，来去匆匆，看到中国人都绕着走，唯恐避之不及。此时，宫口已开至10厘米的龙太太被晾在了一边。结果婴儿在阴道时间过长，因缺氧造成脑瘫。

哈佛大学医学院因此被龙先生告上了法庭，漫漫诉讼之路就此开启。

美国的残疾儿童不仅拥有正常儿童的一切权利和义务，还享有许多得天独厚的福利。如免费医疗；免费特殊教育；生活补助费；保姆费……这些都是终身的。

龙先生对此深有体会。他说，"'美国是儿童的天堂，中年人的战场，老年人的坟场'说得太确切了。原本我就不想回去，孩子这个样子了，我就更不能回去了。单位领导一直在劝我回去，他们给了我许多承诺，如教授、博士生导师、高薪、大房子、科研经费、组建实验室……回国对我来说，前途一片光明。但孩子呢？如果是个正常的孩子也就罢了，可他是个残疾儿童，他需要治疗，光这个医疗费就能把我逼死。我活着还好办，我可以照顾他的每一天，但我死了呢？美国就没有这些问题。他虽然残疾，没人歧视，享受着世界上最好的医疗，最好的教育，最好的照顾……我死了还有政府。在美国，专业用不上，再高的学历也形同废纸，甚至连农民都不如，农民还有付强壮的身体。在美国，我看不到任何希望。但至少给孩子留了条生路。医生说，只要坚持康复训练，孩子仍有康复的可能。所以我不能回去，再苦，再累，我也要坚守，一切都是为了孩子。"

访问学者签证到期后，龙先生靠打体力活独撑起家庭重担。如果妻子也能担起一份责任，他的压力会小许多。妻子年轻貌美，找个工作应该不成问题。但龙先生一直以孩子需要照顾为借口，不让她出去工作。说白了，他对如花似玉的妻子不太放心。外面的世界太精彩，人才济济，物欲横流，太多的机会，太多的诱惑，太多的饿狼，太多的陷阱。中国女人更是洛阳纸贵。放妻子出去打工，岂不如同断了线的风筝？"老婆不能找得太漂亮。"是龙先生的肺腑之言。

龙先生确实是个人才，在大陆属于凤毛麟角。然而美国藏龙卧虎，龙先生只是其中之一。俗话说，"龙游浅滩遭虾戏，虎落平阳被犬欺"，更何况他还是一个"永世不能翻身"的非法移民。为堵悠悠之口，他逢人就说自己是H-1B工作签证。

龙先生必须打两份工，否则生活将难以为继。金宝被"放鸽子"那夜，他正在一家录像带出租店上夜班。

半年后，龙先生又打来电话，说他还想来上班，并对上次的误会表示了歉意。

金宝的三个汽车旅馆暂时都没有空缺，金宝便把他介绍给了CT。CT如获至宝，他给龙先生描绘了一幅美好愿景，日后叫他当经理。龙先生却一再推辞，说他住得太远，只想打个钟点工就行了。

CT说："你全家都可以搬来住，我这有的是房子，你们想住几间都可以，这样你还可以省一笔开支。"

"那我太太上班就不方便了，她不会开车，还需要我接送。"

"她也可以在这工作，清房间、洗衣房都行，英语好的话，也可以做柜台。"

龙先生终于交底，"我想打两份工。我已经有了一份，是在一家录像带点做夜班，我不想辞。如果我给你做了经理，就不能做两份工了。所以，我只想打个钟点工，洗衣房也行。"

CT依然耐住性子给他解释，"你日后拿了经理工资，再省了房钱，怎么也比你打两份工要强得多……"

龙先生抢答，"二怎么也比一大。只要你给我安排洗衣房工作，我就知足了。"

一天上午，金宝拎着两瓶茅台酒去见CT，顺道再看看龙先生。在金宝眼里，CT既是朋友，也是恩师。汽车旅馆的管理和修理是跟他学的，疯子汽车旅馆的生意是他给的。金宝今天能衣食无忧，与他分不开。CT累了总爱喝两口解解乏，对大陆的茅台酒更是情有独钟。"受人滴水之恩，理当涌泉相报。"金宝只要手头有货，总不忘给CT拎去。

谁知这次金宝去的不是时候。此时的CT正忙得焦头烂额。原来他W汽车旅馆的主下水道被人给堵了，整个W汽车旅馆处于停摆状态。堵下水道的不是别人，正是他的台湾朋友、前面汽车旅馆的Y老板。梁子是这样结下的：当年谭老板与朋友合伙盘下的这座大汽车旅馆被他一劈为二，前面一半卖给了Y老板，后面一半自己留着。卖前说得好好的，后一半做什么生意都可以，就是不能再做汽车旅馆。这只是个口头协议。现在谭老板突然食言。他找来了合伙人CT，把后一半仍然开成了汽车旅馆。两家汽车旅馆紧挨着，肯定影响生意。Y老板就像被一团狗毛卡在嗓子眼里，吞不进去也吐不出来。走法律程序吧，又空口无凭。这两家汽车旅馆共用一条下水道。于是Y老板只能出此阴招，一解心头之恨。

看到金宝来了，CT感到了些许安慰。他边用小山猫挖掘机挖着下水道边和金宝交谈。聊到龙先生时，CT一个劲地摇头，"他头脑是不是有什么问题，还是受到了什么刺激？我算是被他打败了。一个大男人，年纪轻轻的，又有这么高学历，放着经理不当，硬要进洗衣房和老妇女混在一起。进洗衣房你就好好干呗，上午11点上班，他12点也没来，一打电话，他太太说他在睡觉，害得我洗了一天床单。第二天他终于来了，仅仅干了3天，又没了人影，打电话没有人接，工钱也不要。你说这叫什么人呢。"

说曹操，曹操到。咿咿呀呀开来的一辆破车里钻出来的正是龙先生。也许是"贵人多忘事"，抑或是眼镜度数太深，总之他视金宝如无物。他径直走到CT小山猫前，指着一张写满日程表的破纸片，不厌其烦地解释说他哪天哪天有空，希望CT能给他安排洗衣房活或者清清房间。

CT半天不语，满脸纠结。

金宝终于耐不住性子，"安排了活，你就要来干。不干也没关系，事先总得讲一声，这是最起码的礼貌，也叫互相尊重，老板好安排工作，也给自己留了条退路。说不来就不来，连个招呼都不打，这种事只有墨西哥人才干得出来。 CT没有把我们看成打工的，而是当朋友看待，越是这样我们就越要自重，不能叫老美看笑话，不能丢大陆人的脸。好马不吃回头草。你也没有志气，要是我，饿死也不会再来。"

再次见到龙先生，大约是两年后。此时的他目光涣散、神情木讷、体态臃肿、反应迟钝……与手舞足蹈，活蹦乱跳的儿子形成鲜明对比。

他是来控诉娇妻的。当年海誓山盟的夫妻，如今已劳燕分飞，令人艳羡美满家庭已分崩离析。昔日心中的女神，如今成了他口中的"潘金莲"。

这都是"美国梦"惹的祸。

龙先生牢骚太盛，"美国有什么好，自诩最民主、最自由、最富有、机会最均等，呸！满嘴仁义道德，一肚子男盗女娼。美国就是个大染缸，再纯洁的人也会被染黑。女人不能太漂亮，男人也不能太聪明。太漂亮了就不安分，聪明反被聪明误。我生命中最臭的一步棋，就是到了美国，否则，我怎么会落到今天如此境地。"

龙先生积劳成疾，终于病倒了。他只得答应妻子安然出去打工。妻子开始做中餐馆，她觉得太累，换了好几样工作她都不适应，后来找了一家洗脚店，终于有了用武之地。

洗脚店开在白人区。店面不大，只有五六个小姐。店名起得绝，叫"知足长乐"。这家店，不知是店名不思进取，还是小姐相貌平平，总之生意一直惨淡。洗脚店也好，按摩店也罢，都是挂羊头卖狗肉。此类营生，玩的都是漂亮的小姐。

安然风姿绰约，仪态万方，浑身雅艳，遍体娇香。她的加盟，拯救了举步维艰的小店，也改变了自己的人生轨迹。情迷意荡的绅士们，为得到安然一个香吻，一掷千金不算，还要预约。惹得姐妹们门庭冷落，骂声一片。要不是妈咪按着，她早被姐妹们撕成了碎片。安然因此而迅速蹿红，成了休斯敦洗脚业一块头牌，"东方维纳斯"是她的名片。

妈咪赚得盆满钵满，安然的窘境也迅速改变。她开新车、穿名衣、背名包……人是衣裳马是鞍，安然更加娇艳。她说，"这一切本来就是属于我的，只恨我觉悟得太晚。"

家庭生活日益改善，夫妻关系却风雨飘摇。角色开始反转，龙先生委曲求全当起了全职"妇男"。

是日，"知足常乐"如常开门。那位经常光顾此店的"抠门绅士"又踱着方步走了进来。这是姐妹们背地送给他的雅号，他的大名叫韦弗。韦弗壮硕伟岸，气宇轩昂，不仅深深扣动着姐妹们的心弦，就连妈咪也心荡神迷。他是标准的"师奶杀手"，唯一的缺点就是太"抠门儿"。

韦弗与知足常乐洗脚店的姐妹们厮混得很熟，只是光聊天，不洗脚，光逗乐，不"越位"，真正的"君子动口不动手"。阅人无数的姐妹们私下议论，能与这种男人亲热一次，死而无憾，漫说什么钱了。遗憾的是，令韦弗动心的姐妹还没出现。

为了保持"新鲜"，小姐们常在各店之间调剂。有着"吸钞机""救火队长"美称的安然最受欢迎。

妈咪的一个朋友看人家吃豆腐眼红，也开一家洗脚店，生意一直惨淡，眼看就要歇业，妈咪把安然派了过去，一个月不到，小店就"起死回生"。今天，安然拎着满满的一包现金直接就来上班。

一见到安然，韦弗的肾上腺素立刻飙上了云天。他心脏狂跳，浑身燥热，眼神迷离，好像喝醉了一般。他心里清楚，蓄势待发的"力比多"，急需这样一个美丽的出口。于是，矜持、风度全抛到身后，他开始掏银两，宽衣解带。本来是隔三岔五，现在几乎是天天都来。姐妹们羡慕忌妒恨，妈咪乐开了怀。

一天，韦弗呷了口冰啤酒，心神不宁地说，"你不能在这儿干了，必须马上离开。不要问为什么，以后你就会明白。你可以搬到我的大房子去住，现在就跟我走。"

安然娇羞一笑，"这怎么可能，你想我，可以随时来。我跟你走，这个店就要关门，妈咪还不杀了我。"

韦弗把脸一绷，"现在管不了那么多了。你去准备一下，妈咪那我去说。"

听说要包养安然，妈咪一脸不悦。她开出天价是想留住安然，韦弗竟一口答应，"我现在就开支票给你，你肯定不会要，明天一早我就送现金过来。"

第二天一早，韦弗送来的不是现金，而是一部携带着重武器的装甲运兵车。"知足常乐"洗脚店被警察和FBI团团围住。铁闸门被凝胶炸弹炸开。妈咪和姐妹们戴着锃亮的手铐，被身着黑制服的FBI探员们从屋内依次押出。韦弗头戴面罩，指挥着手下五六个壮汉把妈咪的保险箱连根拔起，里面20多万美金被悉数没收。

"知足常乐"被连锅端掉，安然躲过了一劫。直到韦弗丢掉了"饭碗"，他"卧底探员"的面罩才被彻底掀开。

韦弗何止是探员，他还是个不小的头目，要不然他怎能把安然从抓捕名单中剔除。"知足常乐"被抄时他虽然头戴面罩，但还是被妈咪一眼就认了出来。他在给妈咪上手铐时，露出了手上的胎记。

"英雄救美，饭碗被砸"，成为休斯敦各大媒体头条。

断了生活来源，过惯了奢侈生活的韦弗很快陷入窘境。各种账单雪片般飞来。压力最大的就是30年期的房贷和10年期的奔驰S600分期付款。银行已发出最后通牒，再不付款，房屋将被拍卖，车子将被拖走。

吃住都成了问题，还如何能金屋藏娇？韦弗愁云满面。

"咱俩结婚吧，我还有笔私房钱。"安然终于说出了憋了很久的心里话。

安然持的是J—2签证，头上也戴着与丈夫同型号的"光环"。来美已经7年了，就是因为没有绿卡，有国不能回，有父母也不能来探亲。听到有人畅谈回国感想，她无语凝噎。看到他人把父母接到美国颐养天年，她避开。只要一打电话，大陆的父母、兄妹、亲戚朋友总是把绿卡事挂在嘴边，并一再叮咛，不拿到绿卡，你死也不要回来……两头都有压力，安然心乱如麻，真想一死了之。

跟美国公民结婚，一切都会迎刃而解。认识了韦弗，安然仿佛又回到了少女时代。上餐馆、下酒吧、进影院、出歌厅……她说，这才叫生活，这才叫人生。这些丈夫都不曾给她，如今通过自己的奋斗她全都享有，唯一缺的就是绿卡。

韦弗仪表堂堂心地也很善良。这次为了救她，不惜丢掉工作，痴心可见。嫁给这种男人，不仅能拿到绿卡，还能享受人生，何乐而不为呢？对了，有了丈夫作掩护，她还可以重操旧业，那可是个日进斗金的美差。

得州法律规定，夫妻分居超过半年即可向法院起诉离婚。接到了法庭的"离婚判决书"，龙先生这才意识到，他连"绿帽子"都没资格戴了。

自己的女人，躺在美国佬怀里享尽荣华，自己搂着残障儿处在水深火热，他心如刀剜。

最近，儿子整日发烧，哭得死去活来要找妈妈。父子登门，不见；打电话，不接。他气疯了，坐在电话机前疯狂地一遍接一遍地打。

终于有了回话，是韦弗的声音，"你如果再骚扰我们，我就报警了。"

他从不信邪，照旧一遍又一遍拨打着电话。

直到再次接到法院的传票，龙先生这才住了手，还请了律师。

律师说，"案情的走势对你十分不利，硬撑下去你会被递解出境。我建议，放弃监护权争取庭外和解。"

夫妻本是同林鸟，大难来时各自飞。龙先生仰天长叹，"形同陌路也就罢了，你为什么还欲除之而后快，还要独占我的痴儿呢？如果不是为了痴儿，我早就回国了，就算不回，我也到玉佛寺去当和尚去了。"一生顺风顺水的他，只得含泪答应。

没有了痴儿的牵挂，龙先生反倒更自由了。他有事无事总喜欢和金宝聊天，两人因此成了无话不谈的朋友。

聊到吃饭时间，金宝就请他去吃个自助餐；有时龙先生自带食材，亲自动手炒个西葫芦炒肉片，西红柿炒蛋等家常菜，金宝吃得也是狼吞虎咽。

龙先生总爱夸自己英语好。金宝很是羡慕。这天金宝把他带到了市政府。

金宝到市政府想搞清楚一个问题，如果小汽车旅馆的"营业执照"没能按期申请下来，会有什么后果。

市政府说："两年期到了，你确实在做，但没做完，可以申请延期。如果你什么都没做，我一栋罚你5000美元，你有几栋？4栋就是每年罚你2万美元。直到你'营业执照'申请下来为止。不服，咱法庭上见。"

龙先生能听懂的，金宝也能听懂；金宝听不懂的，他也听不懂。自此金宝对他所谓的英语好大打折扣。两人为此还经常发生争执，但这并不影响两人的友情。

一想到头上还有"紧箍咒"，龙先生就心神不宁。有一次他与绿卡擦肩而过，成了他终身的遗憾。

龙先生到一个小镇中餐馆应聘男服务生。中餐馆老板娘阿春的小儿子在当地上公立小学，新移民小孩听不懂老师讲课稀松平常。对此，素有"民族大熔炉"之称的山姆大叔早就未雨绸缪。小镇学校墨西哥裔小孩占较大比例，西班牙语辅导老师就配了好几个。华裔小孩从来就没有，没有中文老师也在情理之中。但校长一刻也没忘记这个唯一不会说英语的中国孩子。他对阿春说，"我们一直都在帮你们物色中文老师，你们家长如果找到有合适的，也可以向我们推荐。"巴掌大的小镇，除了独树一帜的这家中餐馆，连个中国人的影子都看不见，更别说中英文双语人才了。

龙先生的到来令阿春眼前一亮，她竭力向校方推荐。校长二话没说，立马给移民局写了一封同意帮其办工作签证的信函。

公立学校出面帮外国人办工作签证，那还不是板上钉钉。正当龙先生沉浸在"衣锦还乡"的美梦时，律师一盆凉水浇得他透心凉，"你的工作签证申请已经被移民局拒绝。因为你在美国的身份已经黑了。你提供的所有资料，移民局查无实据。"

时值1996年《非法移民改革和移民责任法》已经出炉。该法最严苛的规定是，在美非法居留超过180天，3年内不得再次入境美国。超过1年，10年内不得再次入境美国。

同时被终止的还有245（i）条款。不过该条款后经克林顿总统签署行政令又延长至2001年4月30日。该条款允许某些符合条件的外国人（包括非法入境的外国人）缴纳一千美元罚款，可在美国境内申请调整身份，而不需要再回到母国面谈。

期限将至，没有身份的中国人急得如同热锅上的蚂蚁，纷纷自找门路。

龙先生突发奇想。他对金宝说，他准备向阿春求婚。

阿春就是地道的长乐女人。在美的福建长乐人究竟有多少？根据长乐市侨务办公室在全县挨家逐户进行的海外人口普查数据，约有20万人侨居美国，其中大部分居住在大纽约地区，包括纽约附近的康涅狄格州、新泽西州及费城等。其中有相当一部分是偷渡客。偷渡客取得绿卡的途径，除了婚姻外，主要靠申请政治庇护。

阿春花了8万美元偷渡费才进入美国。

为了还清这8万美元的偷渡费，阿春起早贪黑，每天只睡四五个小时，什么脏活重活都抢着干。然而，无论她如何挣扎，沉重的债务仍压得她喘不过气来。

迫于无奈，阿春只能委身于比她大20岁的阿旺，加入了"小三"行列。

阿旺在纽约开了一家"高大上"的福州菜馆。

直到阿春开始呕吐，她才意识到自己怀孕了。经过一番吵闹，阿旺分了财产的一半给了"糟糠"，"小三"终于转正坐上福州菜馆老板娘这把交椅。

风水轮流转。红极一时的福州菜馆刚刚出现衰相，阿旺就及时出手，转而到得州小城盘下这家中餐馆，生意又被他夫妻俩做得风生水起。

男人天生就花心，阿旺更是。年轻貌美、风情万种的女服务生小美扭动了几下蜂腰，抛了几下媚眼就把阿旺勾上了床。阿春的故事被复制。小美发现自己怀孕后，一哭二闹三上吊，阿旺根本就不理睬。直到小美摸起电话要告他强奸，阿旺这才服服帖帖。最后家产又一分为二，阿旺带着小美在纽约唐人街开了一家炸鸡店，小镇这家中餐馆留给了阿春继续经营。

阿旺临回纽约前，在小美的授意下先炒了龙先生鱿鱼。阿旺亲自开车把龙先生引上了通往休斯敦的高速公路，看着龙先生的车在视野中消失，这才放心离去。小美认为，她和阿旺的风流韵事全都坏在龙先生那张乌鸦嘴上，要不然阿春如何能知道得那么多，那么详细？

龙先生的城府比他的学历还要深。他把车开到了半道，又掉头折返。

此时的龙先生俨然就成了中餐馆的男主人。他吃五喝六，大事小情样样都管，哪里缺人他哪里补缺。他的动作快得风驰电掣，常常是一个人干两份活，而从不计较报酬多寡，乐得阿春不停伸出大拇指。

阿春也是个性格外向，快言又快语之人。中餐馆活乏味枯燥，为了活跃气氛，她总爱和餐馆员工调侃。某天，她穿了件清凉时装。龙先生奉承，"哎哟哟，你今天穿的这件衣服真好看。"阿春嗔怪，"我不穿衣服更好看，你想不想看。"龙先生激动得心直跳，"想啊，你哪天让我看？"阿春妩媚一笑，"你等着吧。"引来笑声一片。

中餐馆打烊时最忙也最危险。每到此时龙先生的手脚就更加利索。 洗碗、拖地、擦桌子、倒垃圾，各个拐角、门后都检查一遍确定安全无虞后，才关灯、锁门，把带着钱包的阿春护送上车。回到宿舍后还不忘给阿春打个电话，确认她已经安全到家，道过晚安后，这才放心睡下。偶尔关怀，令人感动，天天如此，难免生厌。阿春终于愠怒，"你以后别再给我打电话了，你以为我们俩是什么关系啊？做好你的本职工作就行了。"

龙先生依然我行我素。轮休日他也不在宿舍休息，而是坐在中餐馆大堂里翻看着厚重的英文版医学专业书。他一是想告诉阿春他是一个有抱负、有理想、学识渊博的好男人，打中餐馆一是在忍辱负重；二是中餐馆有什么急事他好随时帮忙。尽管阿春一再告诉他不用不用，他仍坚持不懈。

有一天晚上，阿春突然打电话到中餐馆柜台，说她的车坏在路上了，下班前可能去不了中餐馆了。说者无意，听者有心。

还没等中餐馆打烊龙先生就匆忙离开。他开车沿着小镇高速公路转了一圈又一圈，终于找到阿春。此时黑暗中的阿春正急得满头是汗，手足无措。龙先生的坚持让这位倔强的女人湿了眼眶。

听完龙先生的叙述，金宝神情肃穆，"如此关系也想摊牌，这也太不靠谱了吧。如果她知道你想利用她取得绿卡，被扇肿了脸，还不知道是怎么回事？"

龙先生良久不语。他忽然想起了什么，"你这不是有验钞笔吗，你看看我这张100美元大钞是真的，还是假的？"

一接过美元，金宝就说："不用试了，这张肯定是假的，我用手一摸就知道了。如果我要用验钞笔一划就会出现一道黑线，这条黑线你永远也去不掉。你要不要试试？"

"不要，不要！"

"你又不做生意，怎么会收到这张假钞？"

"是阿旺这次付工钱时给的。"

"给你钱的时候你也没注意？"

"他把我领到高速公路时才给我的，没有时间仔细看，问题是也没想到啊。"

既然向阿春求婚不靠谱，朋友的事金宝也不能不管啊。于是他就帮龙先生支了个损招：给人做"小三"。

休斯敦有个地产大鳄，据说资产上亿。老板娘叫阿玉。阿玉，广东人，芳年五十，风韵犹存，大鳄中风常年卧床。生意需要打理，她还要经常出差，瘫痪在床的丈夫更离不开人伺候，家境殷实的她请了个保姆和年轻力壮的男司机也属正常。不正常的是，男司机不仅要陪她出差，还要陪她睡觉。此时的阿玉正如狼似虎。

卧榻之旁，岂容他人鼾睡。如此奇耻大辱让大鳄病情加重，几近成为植物人。如此一来，阿玉更加肆无忌惮。她不仅给男司机加工资，还帮他办绿卡，唯一要求就是必须同时伺候好她夫妇两个人。

寄人篱下的日子并不好过。男司机一熬到绿卡就提出要离开。阿玉只得再登广告找下家。阿玉对司机的挑选近乎苛刻。除了不能有不良驾驶记录外，还必须是单身男性，年轻、帅气。其实她选的就是"小白脸"。

龙先生一听觉得这个工作不错，既能拿到绿卡，又能吃餐馆住宾馆拿高薪，还能得到个免费女人，何乐而不为？至于年龄嘛，就顾不了那么多了。他一心想填补这块肥缺，但打了多通电话都没人接，于是他查看了一下地图，就急吼吼地驱车前往。

直到后半夜龙先生才回来。他满脸沮丧，"就晚了一步，她已经找到了一个司机正在试工。她叫我把信息留下，她暗示，正在试工的这个年龄有点偏大，试一段时间，如果不行就换人。我告诉了她实情。我说什么时候上班都行，问题是245（i）条款不等人。老板娘十分通情达理，也许是她看上我了，她说这样吧，你先找个律师，我们先把你绿卡的案子启动起来再说，条件我们以后再慢慢谈。如果你以后能来我这里上班，那更好，如果不能来……她的意思我明白，那就是叫我淌点血。我一口答应，说行。所以我准备明天就去找律师。"

在律师的操作下，龙先生的绿卡运转得十分顺利。3个月后，龙先生突然提出要终止合约。原来阿春投怀送抱，答应跟她结婚帮他拿绿卡。他听说，唯有和美国公民结婚，他的"紧箍咒"才会得到"赦免"。

听说阿春要再婚，亲朋好友的反对声浪排山倒海。

"你疯啦，这么艰难的日子都熬过来了，再过几年就含饴弄孙了，怎能晚节不保？即使要嫁人，也要找个年龄相当的好人家，相濡以沫厮守终身。小龙比你小这么多，走在一起像母子，还不给人笑掉牙？什么'执子之手，与子偕老'，什么'海枯石烂，地老天荒'，这些少女都不信的逸言，倒把你这个老太婆给感动得死去活来。他看中的是你的美国护照，觊觎的是你的钱财。我把话先放这，他一拿到绿卡立马就会走人，不信你就走着瞧。为他人做嫁妆，竹篮打水一场空，都一大把年纪了，何苦来哉？"

恋爱中的女人智商为零。老女人也不例外。此时的阿春什么"油盐"也不进。她说："活在当下，不想未来。只要他能陪我过个七八年，足也。"

没有鲜花，没有掌声，没有宴客，没有祝福，婚这就算是结了。

婚后的龙先生也想做老板。离婚后他攒了3万美金，投资了共同基金，之后基金被美国房贷两大巨头——房利美和房地美掀起的金融危机"套牢"。现在要取，缩水一半还要多。当时共同基金的回报率是10%，银行的存款利率是7%。利息相差无几，风险却是天壤之别。如果当初他能听金宝劝，顶住金融公司小姐的甜言蜜语，交点罚款，转存银行，也不至于落得如此下场。

离婚后龙先生买了一部崭新的轻型卡车，想随时派上用场，但生意一直没做成。为了节约开销，他将皮卡的"全保"改成了"半保"。人算不如天算。一次左转，前面的车挡住了视线，他一"探头"，被飞驰而来的货柜车撞个满怀，人没受伤就已经是不幸中的万幸。因为是龙先生的错，所以保险公司不赔龙先生。刚开半年的新车就这样报废了。

龙先生一直没当成老板，是缺乏启动资金。阿春虽然富有，但她紧守钱袋不撒手。要想叫阿春自觉掏钱，唯一的借口就是俩人合伙做生意。当时小镇中餐馆已经出手，他们两口子已举家搬到了休斯敦，阿春暂时赋闲在家，龙先生在疯子汽车旅馆值夜班。

来疯子汽车旅馆打工之前，龙先生在太空中心附近一家中餐馆当服务员。他说，幸亏他辞工辞得及时，要不然肯定要入移民监不说，还会被递解回去。

龙先生辞工的第二天，这家中餐馆的老板就打来电话，要龙先生去"救个场"。原来龙先生这边刚辞工，那边中餐馆就被移民局和FBI连锅端了个底朝天。无证员工悉数被抓进移民监狱，等待遣返。就连老板接送员工上下班的一部面包车都被拖走了。龙先生惊出了一身冷汗，心脏狂跳了好几天。他发誓，今后再也不到中餐馆打工了。

与其说龙先生是来疯子汽车旅馆上夜班，不如说他是来睡觉的。因为他白天还在一家便利店打临时工。晚7点半准点上班的他，第一件事就是给双人沙发上铺床单，然后换拖鞋，接着闭目养神，不久就传出呼噜声。天天如此。

一天傍晚，小汽车旅馆2号房外面的煤气管又被一个疯子给撞断了，金宝和老P抢修完回来时才9点多，龙先生就已经进入了梦乡，再按铃也不醒。金宝气得大吼一声，他这才懒洋洋地起身开门。

龙先生不仅睡觉，手脚还不干净。

汽车旅馆接触的都是现金，偷钱是一大忌。

为防止员工偷钱，老板们招数出尽，虽然有一套严格管理方法，仍然是防不胜防。

汽车旅馆虽然是以现金支付，但数额都很小，美国人兜里的钱都有限，你借他，或她借你，都不愿意。大多情况是赊账，而不是借钱。汽车旅馆结账都以"每日现金收入表"为准。忘记了一笔，现金就会多出来。当然，客人是绝不会多给你钱的。

为了避免这种情况，有经验的老板都要求员工先数钱，丢入保险箱后，再算账。有出入，再查账。

为了防止有些员工手脚不干净，金宝在疯子汽车旅馆前台安装了一套"三星"牌9英寸黑白监视器。有一个探头直接对着柜台。一到交接班前算账时，金宝就会坐在办公室里间的卧室里，眼睛一眨也不眨地盯着显示屏。

一次，珍妮把手从钱柜悄悄移进自己的口袋，金宝立马就冲了出去，大声质问。珍妮尴尬地从口袋中掏出2美元，辩称那是客人给她的小费。

"小费为什么要放进钱柜里？钱柜里的钱都是汽车旅馆的。这次就算了，下不为例。"

当时珍妮的几个子女都在场，金宝全然不顾。他对偷鸡摸狗的事一向疾恶如仇。

当画面变成龙先生时，他宁愿相信自己看走了眼，也不相信中国人也会干出这种事。

这套设备不能录像，无法回放。金宝心情沉重地从山姆士抱了台24英寸彩色监视器。这是当时美国市场上最好的监视设备，他当时花了1500美元，杨玫瑰气得直骂他又犯什么神经了。

尽管探头高悬，第二天凌晨相同画面还是再次出现。这个监视器画面清晰，色彩鲜艳，什么回放、放大、慢动作、定格……各项功能一应齐全。金宝、杨玫瑰、老P三个中国人关起门来看了一遍又一遍。这次可是铁证如山。杨玫瑰和老P都惊得目瞪口呆。金宝的心在滴血。

金宝犯了难。说吧，面子实在挂不住；不说吧，又成何体统？最好是有人点拨一下，但谁也不愿意去。金宝只好说："观察几天再说吧。千万不要说出去，若让鬼妹们知道了，那还不笑掉牙？她们不知道你是谁，只知道你是中国人。"

珍妮很快就有了感觉。

这天，珍妮一接班就拦截了一个硬往里面闯的熟面孔。他属于"黑名单"上的前三名。但凡经常在疯子汽车旅馆附近转的坏蛋，是不能租房子给他们的，否则会摊上大事。为此，金宝罗列了一份黑名单。

"熟面孔"理直气壮地说："为什么不让我进，我是访客，昨晚已经交过钱了。"

汽车旅馆规定，访客需到前台登记，每人交12美元。

昨晚是龙先生值夜班。珍妮翻查了昨晚的记录，没看到这笔进账，便报告了金宝。

金宝问正要下班的龙先生是怎么回事？

龙先生嘴上说客人没交钱，但满脸的尴尬已经说得明明白白。

珍妮不依不饶把"熟面孔"拉来对质。为避免尴尬，金宝只得示意龙先生先离开。

"熟面孔"把交钱的时间、地点，甚至交了几张，面值多少都说得一清二楚，连他的朋友帮他凑了4个25分硬币，他都记得。监视器也作了完整记录。

金宝顿感脸红心跳，但他还是不忍心揭穿，只是加大了监视力度。

终于又有了新发现。凌晨3点，龙先生睡足了觉，套上鞋袜，精神抖擞，目光如炬，开始在大门口盘查每一个进进出出的客人。

嘴里还不停地吟着，"此山是我开，此树是我栽。要想打此过，留下买路财"。

正当金宝为这根烫手山芋不知如何是好的时候，龙先生主动提出说要出去旅游一趟，祛除一下晦气，说这是休斯敦著名的相面大师给他的建议。言下之意就是他要辞工。

话还要从一个星期前说起。

刚上晚班的龙先生难掩激动对金宝说："这是我最后一班岗了。离休斯敦1小时车程的一个小镇上，有一家小汽车旅馆要卖，我相中了，准备把它买下来，5000美元定金都已经下了，明天签完字就要进场……"

没等龙先生说完，金宝就已经知道他说的是跑狗场附近的那家T汽车旅馆，后来又被二水再次玩关门的那家。

A汽车旅馆被法院判罚关门后，二水一天也没耽搁直接就搬到跑狗场附近租下了T汽车旅馆。T汽车旅馆就是季小姐和老古曾经租赁过的那家汽车旅馆，狗改不了吃屎，季小姐把T汽车旅馆做得又是惨不忍睹。结果被警察一状告到了法院。季小姐和老古锒铛入狱。在假释期间，这对狗男女弃保溜回了老家。

T汽车旅馆的老板叫提姆，是位中国台湾老兵，20年前带着退伍费只身来美，买下了这家T汽车旅馆。"栽下梧桐树，自有凤凰来。"提姆的征婚广告一登，3个月内就与越南华侨黑寡妇完了婚，并很快取得婚姻绿卡。

提姆患有严重的糖尿病，胰岛素针管从不离身，因而人长得瘦小、干瘪。虽然结婚二十余载提姆仍没能续上香火，而黑寡妇则是子孙绕膝。

黑寡妇常年居住在新泽西与儿孙们同享天伦。T汽车旅馆全靠提姆一人打点。黑寡妇每年都要来T汽车旅馆住上一段时间，任务只是收钱。

谁接生意谁收钱，是这对同床异梦夫妻的默契，也是维系俩人婚姻的唯一纽带。黑寡妇收的钱全都带回新泽西，提姆收到的钱全存到自己的名下。两人分床睡觉，分灶吃饭，唯一的交集就是两人同时争抢同一客人的租金。

两人交流很少，一说话两人就拌嘴。提姆说："你哪是嫁给我呢，你分明嫁的就是汽车旅馆。"黑寡妇则反击道："没有我，你能拿到绿卡？！"

自打认识提姆后，二水常去看他，去时总不忘捎些他喜欢吃的青菜、豆腐等，而后亲自下厨。二水的未雨绸缪，为今天的"无缝对接"打下了基础。

二水租下T汽车旅馆后，夫妻俩对提姆更是关怀备至，照顾有加。一日三餐，准时准点，端茶递水，寻医问药，缝补浆洗，揉脚擦背……在阿花这个干女儿的精心伺候下，提姆的脸色逐渐丰满红润了起来。

提姆感动不已。他多次表示，死后遗产要留一半给干女儿。阿花也发誓要给提姆养老送终。

常言道"吃一堑，长一智"，又道"江山易改，本性难移"。按说重掌T汽车旅馆的二水应该汲取前车之鉴，好好经营T汽车旅馆了，然而眼中只有钱的他仍然初心不改，我行我素，以至T汽车旅馆还是"毒虫"到处爬，"野鸡"满天飞，令警察头痛不已。一气之下警察喊来市政府，以"危险建筑"需要"检验"为由，逼其步上疯子汽车旅馆的后尘：关门维修。

市政府的检验报告很厚，需要整改的地方很多也就罢了，问题在于自己不能动手，还需要请有资质的建筑公司维修，如此一来，修的钱，比买的钱还要多。提姆决定脱手。二水死活不要。转而问金宝，金宝更不愿当这个冤大头了。龙先生看到中文报纸上卖T汽车旅馆的广告，还以为捡到了个宝。T汽车旅馆老板娘黑寡妇当时对他说得也清清楚楚，并给了他一份市政府检验报告复印件。错就错在龙先生要当老板心太切，根本就无心细看。

听到这，龙先生脸色煞白，一屁股瘫坐在沙发上。他立马拨通阿春电话，要她立刻拒付已经开出的支票。他忘了此时已是深夜。

第十五章 老骥伏枥

老贪和阿贵长期不和，给老板添堵事小，影响生意事大，已经到了非解决不可的时候了。美国没有做思想工作这一说法，其中一人必须离开是不二选择。要离开也只能是老贪，因为他无力支撑起太阳花汽车旅馆这半边天。老贪后来暂时又没走，是因为他找了钱老板，钱老板帮他向金宝求了情。既然不想走，安安稳稳埋头干活不就得了，他其实不然。

阿贵给金宝打来电话，说老贪又玩起小动作了，问他今天太阳花汽车旅馆的账面上怎么少了50美元，他不正面回答，一个劲地说老板知道。

金宝一头雾水。他知道个蚂蚱。费了老大劲，事情真相才终于浮出水面。

太阳汽车花旅馆来了一位衣冠楚楚的中年白人男子，他一跨出凯迪拉克豪华轿车就说要见经理。阿贵到中国城中餐馆吃午饭顺带买菜去了。老贪接待了他。

白人男子出示了一下警徽说："我是休斯敦警察局专门负责拉赞助的。汽车旅馆坏蛋太多，我们在这方面消耗的警力和资源也最大。休斯敦市政府每年拨给我们警察局的经费有限，很大一块还需要靠社会赞助。所以我希望能得到你们的支持，以共同维护好社会治安。这是休斯敦各个汽车旅馆赞助的名单和数额，你看看……"

老贪扫了一眼，他就拨通了金宝的电话，然后把电话递给警察。

金宝这样回答："我的朋友英语不好，经理又不在家，请你留下你的全部信息资料，我一回到太阳花汽车旅馆就立马开张支票邮寄给你。现在请你把话筒递给我的朋友，我告诉他该怎么做。"金宝对老贪说，"这事等阿贵回来后再处理，你英语不好就不要插手了，这事很复杂。最近有人冒充警察在多家汽车旅馆行骗。我们一定要长个心眼，你只要留下他的信息资料就行了。"

没有迈过金宝这道坎，老贪又绕道打电话给杨玫瑰。杨玫瑰啥也不懂，竟然糊里糊涂答应赞助休斯敦警察50美元。赞助只能开支票，才好抵税啊，老贪付给警察的却是现金。事后查明，这个白人男子果然是个骗子，他行骗的对象主要是华人汽车旅馆，且屡屡得逞。金宝和杨玫瑰为此大吵了一架。金宝一气之下就把老贪给开了。不久，阿贵也另攀了高枝。此时太阳花汽车旅馆急需一位经理。

西南区中国城百利大道临街有一片房屋群，它始建于1969年。建筑虽然老旧，工作、生活却十分方便，因而备受国人青睐。早年这片屋主是清一色的白皮肤，自打"新中国城"建立，屋主们的皮肤渐渐黄了起来。他们多为老广东、香港和台湾的早期移民，大多是中餐馆老板。他们高价"蚕食"这片白人领地，有的是自住，有的是出租。投资者可谓慧眼独具，这里的出租屋个个都是香饽饽，常常一房难求。租房者大都贴有统一的标签：来美不久、不谙英语、安步当车、单身贵族。他们进商店、出银行、吃中餐、拿报纸……图的就是一个方便。金宝后来一口气买下的两座独立别墅，就是在这片黄金地段。当时房地产市场正陷入低谷，他是以极低的价格买进，半年后房地产市场就开始回暖，房价翻了一番还带拐弯。朋友们都惊呼，金宝这次赚大了。

老杜就是从这里被金宝接到太阳花汽车旅馆的。

老杜是北京人，北大石油专业毕业，70有余。金宝说："你都这么一大把年纪了，为什么不在家享享清福，还要出来打拼？"老杜回答得铿锵有力，"我这叫老骥伏枥！"老杜说他曾经做过汽车旅馆，绿卡是自己给自己办的，女儿在读药学博士。搬出来单住是因为跟女儿闹别扭，走时连招呼都没打。

金宝问："你女儿可有男朋友？"

老杜目光闪烁："哦，她早就结婚了，刚生了个可爱的外孙女。"

当金宝问他在哪家汽车旅馆打过工时，他支支吾吾。

半个月后老杜的女儿就寻了过来，原来是丽莉。怪不得金宝第一眼看到老杜就觉得眼熟，父女俩就像是一个模子刻出来的。丽莉和金宝曾有过交集。

老杜气急败坏地说："原来你们这么熟，还叫我出来不要乱讲。老板不说我说谎吗？"

丽莉毕业于北师大英语系，立志做一名春风化雨的老师，是她从小的愿望。但崇洋媚外的父亲软硬兼施硬逼她嫁给一位澳大利亚老华侨，男方大她两轮。婚后两人辗转来美，在休斯敦买了一家加油站，阿根是他们请来的员工。

金秋十月，秋叶醉人。为了追寻那份异国风情，更为了感受那一年中最浓烈的红叶秋色，老夫少妻到加拿大度假赏红枫。由于操劳过度，加上舟车劳顿，老夫一觉睡去就再也没有醒过来。他死于"马上疯"。

尸骨未寒，遗产争夺大战刚刚落帷幕，阿根就吵着要走。

丽莉心力交瘁，她有气无力地说："你不要走，我给你加薪。"

丽莉对阿根要离开毫无心理准备。今后的路要如何走，生意怎样才能得以维系？一个年轻寡妇，能不能在尔虞我诈的资本主义社会与狼共舞，倦躺在空旷、寂寞的大房中，她陷入了长长的思考。

发薪那天，丽莉从怀中掏出的不是美元，而是一对雪白的丰乳……从此，她床上有了男人，生意上有了帮手，都是免费的。

阿根有几个关键词：高大、魁梧、未婚、中国澳门人、中文生硬、小丽莉一轮……能嫁给这样一个既温顺又生猛的小男人，小寡妇一直胸怀愧疚、心存感激。

阿根虽然年少，经历却不凡。

他很小就混迹于社会，对赌场更是情有独钟。与十赌九输的赌客们不同，阿根每次都小有斩获，因此有"澳门小赌神"之称。

澳门赌场玩腻了，阿根想到美国拉斯维加斯试试手气，羞于手头拮据。

天上突然掉下馅饼。有一个赌友愿意为他出来回机票和不菲的赌资，条件是只需给他在休斯敦久未谋面的女友捎带点礼物。

交接"礼物"的瞬间，阿根的双手被锃亮的手铐铐住。所谓的"礼物"，原来是假美元。一个制造假美元的跨国集团就此被一网打尽。阿根一进洛杉矶海关就被FBI盯梢，一路上没动手是为了放长线钓大鱼。

阿根被判监20年。美国监狱人满为患，大部分犯人坐了一段时间牢后，都可申请假释。其间，外国人还可以在美申请合法打工，但刑满后将被递解出境。阿根属于此类。

在认识丽莉前，阿根曾在三副的那家汽车旅馆做过一段时间维修工。看到休斯敦汽车旅馆生意红火、轻松，吃、住、工作"三位一体"，他边劝丽莉卖掉了加油站和房屋，在休斯敦买了一家汽车旅馆。丽莉负责管理，阿根负责维修。

一天，三副打电话给金宝，"乖乖，丽莉在美国发展得真快， 她又买了第二家汽车旅馆了。"

"你看到啦？"

"没有。我是听说的。"

"你信吗？我看她能把这一家做好就很不错了，还买第二家呢。扯淡！"金宝不屑。

为了证实自己所言不虚，三副硬要拉金宝去看个究竟。

物是人非。清房间的女老墨说："两个月前就换老板了。 听说她最近又买了一家炸鱼店，离这不远。"

炸鱼店里热气腾腾。阿根负责油锅，丽莉管收银，老杜专门打包。

聊到为什么要放弃那家汽车旅馆时，丽莉叹了口气，"那家汽车旅馆太烂，坏蛋太多，与警察麻烦不断。房子烂还可以修，客人烂了真没辙，撵走了就没生意，不撵走吧，警察一天去好几次，弄得你整天都提心吊胆的，连睡觉都睡不安……"后半句，被她咽了回去，她想说，"阿根在假释期间，稍微有个风吹草动，随时都可能被收监，我不能没有男人。"

老杜早年离异。他有5个女儿。她们分别嫁给了中、美、俄、英、法五国男人。

老杜的小女儿嫁的是美国大兵，住在夏威夷军事基地。她主动提出要帮老爸办绿卡，并一再解释，部队办绿卡速度比地方快多了，几个月就能搞定，却遭到了老杜的拒绝。

老杜嗷嗷叫，要到大女儿住的休斯敦办"杰出人才"绿卡。

"杰出人才"绿卡，主要是指那些在科学、艺术、教育、商业、体育五大领域中具有特殊才能，取得很高成就，并享有国家级或国际性声誉，而且其成果和贡献在该领域得到广泛认可的杰出专业人才。

　　申请"杰出人才"绿卡有三大好处：无须雇主；不需申请劳工证；没有移民签证排期。如果一切顺利，一两个月就能搞定。

　　老杜1952年毕业于北京大学，1958年被错划为右派。"文革"中挂着"反动学术权威"的纸牌，被批斗、游街……

　　一个寻常老头，哪来这么大底气，敢夸下如此海口，是因为老杜手中握有一项专利："微生物驱油技术"，即在最新采油技术支持下，让废油井"变废为宝"，重新规模量产。一口废井的投入大约是20万美元。他有技术，但无资金。他正在寻找合作伙伴。

　　休斯敦是石油之都，废弃的油井星罗棋布，商机无限，这正是老杜施展拳脚的好舞台。

　　"杰出人才"绿卡办得很顺畅。办此类绿卡，需要提供大量材料佐证，老杜什么也没准备，律师也不找他要。他的资料图书馆里都有，《世界名人录》也有专门词条，只要一上网，各种信息都能查到。

　　绿卡很快就办了下来。但生意伙伴却一直没有着落。

　　生意做不成，日子还得过。他只得出去打工。

　　员工像走马灯是做生意一大忌。金宝有3个汽车旅馆，忙得他更是一个头两个大。为了稳定军心，金宝决定给太阳花汽车旅馆经理较大的自主权。

　　免费住宿一直是中国员工的专项福利，自不待言。

　　20个房间汽车旅馆月工资总额2700美元，这是华人汽车旅馆业当时的行情。其中经理1500美元，工作是夜班兼修理，员工1200美元，责任是清理房间兼照看办公室。金宝的三个汽车旅馆由老P统一维修，故太阳花汽车旅馆经理只负责夜班和管理。

　　金宝把全部工钱交由经理掌握，员工也由经理聘请，暂时没请到，员工的工钱算经理的加班费。另外，月营业额超过1万美元以上部分，再提成10%。

面对如此优厚条件，老杜眼放金光，逢人就说："终于碰到好老板了！"

老骥伏枥，说的是一种气概，一种雄心壮志。但毕竟年龄不饶人。独吞了一个星期的"肥肉"后，老杜感到血压升高手冰凉，只得请来了他之前的室友——老胡做夜班。

值夜班的人，白天一定要补个觉。老胡可享受不到这个待遇。值完夜班后只能小憩，上午11点他还要起来清理房间，然后再做两个人的饭菜，吃过午饭后他才能安心睡一会儿。老胡在中餐馆滚打了20多年，做得一手好菜，也落得一身病。听说汽车旅馆的活比较轻松，他才答应来，没想到这里的活不仅不轻松，反倒比中餐馆还累？

白天黑夜连轴转了1个月，老胡终于熬不住了。他怀揣着1200美元工钱，又回到了中国城他那熟悉的出租屋。

接替老胡的是一对华人老夫妇。

老人姓董，曾是部队政工干部，官至正团。董太太年轻时是部队文工团独唱演员，美丽的痕迹依稀可见，声音仍然甜美醉人。每当客满，闲来无事的时候，董太太总喜欢吼上一嗓子。她最爱唱，金宝最爱听的就是那土得掉渣，美得撩人的山西民歌《走西口》：

哥哥你走西口
小妹妹我实在难留
手拉着那哥哥的手
送哥送到大门口

哥哥你出村口
小妹妹我有句话儿留
走路走那大路口
人马多来解忧愁

紧紧地拉着哥哥的袖
汪汪的泪水肚里流

只恨妹妹我不能跟你一起走

只盼你哥哥早回家门口

……

一听到这凄凉悲苦的歌声，金宝总是心潮难平，浮想联翩。

老董两口子经营了一辈子中餐馆，是个忙碌命。之前，头痛、感冒一直与他们无缘，没想到退休在家赋闲半年，就要经常吃药。此次出山，一是为了舒展筋骨；二是自住的连体别墅地产税年年在涨，当老板时没感觉，退了休后压力倍增。

老两口卷胳膊捋腿，把客房清得干净，床单洗得雪白，停车场扫得像明镜。太阳花汽车旅馆的活老两口给全包了。老董说："汽车旅馆这点小活与中餐馆比，简直就是小菜一碟。"

老董人很聪明，喜欢玩电脑，还喜欢捣鼓电视机。太阳花汽车旅馆好几台废旧电视都被他修好了。他谦虚地说："我只会换喇叭，别的咱也不懂。"金宝也没亏待他，每修好一台电视，就给他20美元。

老董两口子还一天三顿变着花样把老杜像菩萨一样供着，并亲切地称他"二老板"。

每当此时，老杜总是大言不惭地追加一句："还是跷脚的。"

老杜也够大气，经理的工资让给了老两口不说，连伙食费都给包了。

其实，老杜的钱也没少赚。

"暗"的说不准。光账面上多出来的"钱"，就足够他仨每天开销了。对此，老杜也不假以辞色，说那是他们的生活补贴。

月底结账，1号那天的租金应算在下一个月营业额内。老杜自掏腰包，把老客人1号才该付的租金，登记在31号那天，说客人提前付了，这样他就可以多得10%的提成。这是他最爱耍的小手段，屡试不爽。

也许是亏心事做多了，"二老板"时常感到胸闷。一天，他正在跷着脚看电视，忽然一阵心悸，脸色惨白，一头从老板椅上栽了下来。

紧急就医后，医生说他要做"心脏搭桥"。

老杜说什么也不肯。一来他认为没那么严重；二来他也没有医疗保险；三来他怕失去现在薪资优渥的工作。

医生通过中文翻译告诉老杜，"你的病情很严重，必须尽快做手术，否则，后果我们无法预测；医疗费用你不用担心，我们医院可以帮助你申请政府医疗保险；至于你的工作，更不用担心，如果老板因此炒了你的鱿鱼，你可以到法院去告他。"

老杜只同意留院观察几天，至于做手术，他仍然把头摇得像拨浪鼓。

1个月后，老杜意外地收到了一张支票。经多方打听才弄明白，医院鉴定他属于失去劳动能力的残障人士类别，所以在帮他申请政府医疗保险的同时，也帮他申请了残疾金。这是美国政府发给他的第一张支票，每月735美元，享受终身。

天上掉下馅饼，老杜喜不自禁。老董心理不平衡了。

他逢人便唠叨："我是美国公民，他是绿卡；我拼死拼活交满了10年税，好不容易才凑够40个点，他一分钱税也没交过，到头来他领的钱却比我的还要多，这叫什么世道，这个理我到哪去讲，这就是美国的自由、民主、公平、正义？我们交的税就是用来养活这些人？"

金宝安慰道："这叫残疾金，好好的人谁愿意领这个钱，多难听啊。"

"我愿意，管它什么难听不难听。"

一天，老董两口子到纽约去看侄女。金宝担心老杜一个人罩不住，就抽空到太阳花汽车旅馆去看看。看到了金宝，老杜紧锁的眉头终于舒展了开来，"老板你来得正好，省得我给你打电话。客人喊着没热水，我查看了一下，13号客房旁边的热水炉灭了，我点了几次也没点着，你去看看，不行就要喊老P过来换个新的。"

金宝一摸水管，冰凉；打开炉门，里面有许多灰烬。他疑惑地问："这是怎么回事？"

"炉门太低，我裤裆都蹭炸了，也看不到点火位置，只好把纸塞进去烧了。"

金宝边示范边讲解，"要这样，不要怕脏，趴在地上你就能看见里面的火苗了，这样才好干活。"清理完灰烬，金宝把点火棒往炉门内一伸，点着母火，再一拧煤气阀，"嘭"的一声炉火熊熊。

一天，老杜突然打来电话，说办公室被撬了，已经报过警了。他到中国城去买菜，办公室请一个老客人B照看。B是个白人女子。老杜买菜回来后，B不仅人间蒸发，还端走了柜台上的钱盒子。

听到这一噩耗，金宝的第一反应就是，"你卧室的门有没有被撬开？"听说没有，暗自庆幸，他对杨玫瑰说："卧室的门没有被撬就好，一天的营业额也就算了。如果他说卧室门也被撬了，你去咬他，近一个月的营业额全在里面，那损失可就大了去了。"

刚落地的心，一个小时后又被悬了起来。老杜说，他卧室的门被撬开了，三个星期的营业款都不见了。

金宝和杨玫瑰风风火火赶去。老杜卧室的门锁处果然有一道刻痕，显然是自导自演。金宝就像吞了一个苍蝇。按规矩，被偷去的钱老板和员工各赔一半。

还是老董两口子在纽约期间，老杜申请老年公寓，需要去面谈，金宝去顶班。

D跌跌爬爬前来报告，白人女子B的丈夫，正用你的割草机在斜对面加油站帮人家割草呢。

B夫妻俩长期住在13号房间。老杜时不时地撒些小钱，请B干些零活，如清房间、扫扫地、看办公室等。

半个月前，B的丈夫突然不见了。随之不见的还有放在洗衣房刚买不久的新割草机。

B说她丈夫到外州去工作了，每小时18美元。安排好了就来接她。当时也没想到割草机丢失与她丈夫有关，现在想来放在路边的可口可乐贩卖机多次夜间被撬，与她丈夫也脱不了干系。

偷东西，理应坐牢。但警察却没有抓他。除了他是白人外，D也从中打了圆场。

张太太在纽约时，脑袋被侄女洗得很干净，一回到休斯敦便开始了她的疯狂"传销"活动，也没心思做汽车旅馆了。

　　传销一般都在熟人圈子内忽悠。老杜知道自己在劫难逃，没等董太太张口，就主动做了她的第二个客人，第一个客人是张太太自己。每个月500美元的保健品，吃得老杜是龇牙咧嘴，心口更闷。

　　"堤内损失，堤外补。"金宝的荷包也跟着缩水。

　　老P终于成了张太太的第三个客人，但他只答应买一小瓶试试，并没有像老杜那样加入会员。老P抱怨，"我就这么一点点工资，烟酒都要省着用，哪还有多余的钱买这个。董太太真是个传销高手，只要一见到人，不管认识不认识都滔滔不绝，没完没了，吐沫星子直往你脸上喷，大有你不买绝不罢手之势。老P和她又是同事，低头不见抬头见，再不买一瓶，也太不给面子了。

　　董太太把亲戚朋友的关系全部用罄，也没敢动金宝的脑筋。动也白搭，金宝从来就不信邪。

　　董太太搞传销已经着了魔，为了尽快登上"金字塔顶"，禁不住她的软磨硬泡，老董被迫辞去了太阳花汽车旅馆工作，全力支持她搞传销。

　　来填补空缺的是老杜的干儿子小欧。小欧是西北某大学计算机专业高材生，一毕业就被某知名电脑公司高薪录用。来美是为了寻求更大发展，谁知一晃十年过去了，钱没赚到不说，身份还仍然黑着，而女友早已移情别恋。一个头两个大的小欧只得到中餐馆做服务生，收入虽然可观，但累得实在够呛。

　　听说汽车旅馆的工资还不到他目前工资的一半，他一口拒绝。老杜拍着胸脯，把心脏拍得几乎从嗓眼里蹦出来，"我保证你每月的收入在2500美元以上，否则用我的工资帮你补齐。"老杜能有如此底气，说白了就是鼓励小欧揩金宝的"油"。

　　三个月下来，小欧笑逐颜开。吃住免费，连汽油都不要买，收入也十分可观。如此干个三年五载，无论是回国，还是留在美国继续发展，都不愁没有本钱。

　　尝到了甜头，有老杜的纵容，小欧胆子越干越大，手法也更娴熟。

太阳花汽车旅馆也有一套三星牌27英寸彩色监视器，也有编上了日期的31盘录像带，每天录一盘，金宝每次拿7盘回去翻看，如此循环。

其实，这只是个聋子耳朵，它防君子不防小人，因为拿回去的录像带金宝从来都不看，他哪来那么多时间。除非你发现了问题，重点翻看某个时段。

一开始小欧对监视器还有所顾忌，动手脚时背对着镜头、找个死角，或抹一下探头角度。后来，他干脆就把监视器的线头给拔了。后来金宝每次拿回去的都是空白带子，因为他不看，所以也不知道。

当接到市政府要求太阳花旅馆做煤气检测通知时，金宝这才意识太阳花旅馆的问题远不止员工偷钱这么简单，还存在着被关门的风险。

这只是经验之谈。当警察怀疑某个汽车旅馆坏蛋太多，但目前的证据尚不足以向法院起诉时，就会把市政府喊来找你麻烦。

当金宝通知老杜赶快把1号客房住的D赶紧撵走时，他万般不舍，"D是个好人，要不，他怎么会有持枪证呢？警察是来找过他几次，但都没发现问题。他是我们的老客人，自己包了两个房间不说，还经常介绍朋友来住，如果把他撵走了，肯定要影响生意。"

"影响生意也要撵，警察已经盯上我们了，总不能等接到起诉书再撵吧？他为什么要租两个房间，肯定没干好事。他介绍来的生意都不能要，太危险。"金宝动容。

"真的要撵，也要给他几天准备时间，他毕竟在这住了好几年了？小欧还和他约好了，明天一起到靶场打靶呢。"

听说员工与D走得如此近，金宝语气更加坚定，"不行！今天上午11点之前D必须离开这个建筑物，不走就打911 。"

撵走了D，下面的事就是抓紧做煤气检测。到市政府申请煤气检测许可证的是一个黑人。

煤气检测是按"表"收费的，每个表大约600美元不等，修理费另计。太阳花汽车旅馆有两个煤气表，办公室后面那只表是有点漏气，另一只应该没有问题，但黑人水工却说两个表都有问题，肯定是这个黑人水工从中做了手脚。黑人水工还说有一个热水炉也要更换。金宝只得硬着头皮在2500美元的合约上签了字。

验收那天，市政府在窗口上贴了张绿单子，这说明验收已经通过。

黑人水工的活到此已经结束了。他忽然拉住市政府负责人说："这栋建筑太老旧，很多地方都不符合市政府的规范要求，你看这个热水炉的进出水管应该约1.9厘米，他这个只有约9毫米，还有这节水管……"

这些问题确实存在，而且被当面指出，市政府能说不吗？那就继续做呗。

金宝问："做这些活还需要多少钱？"

水工答："我还没具体算，估计要过万。"

金宝气疯了，"你杀了我吧！我这是老建筑，问题肯定很多。我请你来，是做煤气检测的，市政府也没要我做其他活。你怎么能没事找事呢？这次的账先结了，下面的活我们再联系。"

一个星期没听到消息，黑人水工亲自登门问什么时候可以动工。金宝没好气地回答："已经有人做了。"

相安无事半年，本以为已经过了这道坎，没想到市政府一封信，又搅得金宝心乱如麻。

金宝只得硬着头皮到市政府去。看到金宝出示的绿单子，市政府工作人员也疑惑，"有绿单子说明已经通过了，可电脑里怎么说还有活要做？"

金宝向他解释了当时的情况，并请他询问当事人。市政府工作人员说："当事人已经退休了，到哪儿去找他？"

金宝说："你看这样可不可以，把这两件事分开，上次的许可证已经结束了，下面要干哪些活，我再重新申请许可证。"

市政府工作人员接受了金宝的建议。

一波刚平，一波又起。一个风雨交加的午后，老杜突然打来电话，说太阳花汽车旅馆的招牌被雷电击倒了。

金宝的第一反应就是，"伤到人没有？"

回答应该是"有"，或者"没有"，老杜的回答却是，"我去看看。"

招牌要倒是迟早的事。该招牌始建于1959年，半个多世纪的风雨侵蚀，约15

厘米粗的钢管的根部早已裂开了一个大口子，如果下面有人或车，肯定会被拍成肉饼。好在苍天有眼。

老招牌都有这个毛病。疯子汽车旅馆的招牌也是，但发现得比较早，两条腿都被及时套上了"水泥"护腿，才会屹立不倒。

金宝和杨玫瑰跑断了腿，为的就是想在休斯敦寻找到一家物美价廉的招牌公司，结果很失望。

老P建议："那我们就自己做吧，一定很省钱。"

金宝说："我放了一个临时灯箱在原地，市政府都不同意，如果发现你偷做招牌，还不罚死你。"

老P问："那为什么隔壁的酒吧可以放临时灯箱，我们就不可以放？"

"市政府说他们申请了许可证。有没有申请不知道，我只知道他们是白皮肤。"

"那我们也申请一个许可证，不就行了吗？"

"市政府不同意，说一个路口只能申请一个，在侧面那个路口可以再申请一个。并说，我们挂在门前的那片招牌也要拿掉，或者移到里面去。"

这场麻烦，最终以近万美元走腿而收场。

当警察对汽车旅馆的起诉屡告屡败而苦无对策时，2006年1月25日，休斯敦议会通过一项极其严苛的地方法令："任何人知道他们租出的房间将被用于卖淫、贩毒，最高可罚款2000美元；屡犯者也可能会被没收他们的财产……"该条例主要是针对汽车旅馆，但也包括所有的出租屋，如公寓、房屋，等等。

也既是说，在美国运转了200多年，与山姆大叔同龄、最具资本主义色彩的"钟点房"，从理论上讲将在大休斯敦地区消失。条例中没出现"钟点房"字样，那是"醉翁之意不在酒"，但租"钟点房"者，不干好事，却是不争的事实。警察对此既无奈，又恨得牙痒痒。

该条例对警察的举证也提出了较高的要求。要想证明被告"知道他们租出的房间将被用于卖淫、贩毒"，确实很困难。关键是"知道"二字。

"坏蛋的头上又没有刻字，我的委托人怎么知道他们是坏蛋？"这是被告律师在法庭上反复使用的辩护词，屡试不爽。因此，穿着便衣在口袋里悄悄塞进录音机，成了警察取得直接证据的不二法门。霎时，休斯敦汽车旅馆业一片肃杀。老板对员工反复强调"莫论国是"，员工们则人人自危。当月，休斯敦汽车旅馆业生意普遍下降近一成。

该条例出台，对警察来说无疑是一把尚方宝剑，而对汽车旅馆业者来说则是一记重拳。

小汽车旅馆首当其冲。对这种专靠出租钟点房为继的小买卖，何止是一记重拳，简直就是灭顶之灾。"钟点房"对小汽车旅馆的意义，如同人体中循环往复的血液，其收入占了营业额近三分之一。

杀头生意有人做，赔本买卖没人干。金宝给肖太太打了个招呼，就径直到法院放弃了自己小汽车旅馆的法人身份。肖太太一时也找不到人接手，权宜之下，金宝当起了经理兼夜班，工资45美元一天，一星期7天。

金宝当经理刚当了1个星期，就有人鬼头鬼脑地去打探小汽车旅馆要卖什么价。来者就是小欧，幕后黑手肯定是老杜。金宝没好气地说："如果我没工作了，我首先把你们撵滚蛋。"老杜这才老实。

疯子汽车旅馆开业后，3个汽车旅馆确实忙不过来，金宝准备给小汽车旅馆找个好"婆家"。

机会确实难得，应该抢破头才是，但事实并非如此。金宝眼中几个属意的，均推三阻四。 最后还是找到了龙先生，此时他再次离婚，绿卡还是没能拿到。

龙先生答应得很是爽快，但附加了两个条件：一要把他教会；二要帮他修理一个月。

龙先生确实聪明过人，文书工作一教就会，但动手的活从不沾边。

老P抱怨，"他根本就不想学。我修东西的时候，他连看都不看，躲到办公室玩电脑。今天我帮他换热水炉，这么重的东西我一个人挪上挪下，他连手都不伸一下。这是最后一次，下次再坏了，他就花钱请人修吧。"

"汽车旅馆维修，一定要自己动手，请人修，那还有什么钱赚？"杨玫瑰也学会了这句话。

一天金宝在中国城偶遇肖老板夫妇，他们也发出了同样的抱怨，"你介绍来的那个龙先生头脑是不是有点问题，每个月结账都给我一大堆修理发票。半年下来了，一毛钱饭钱也没给我，我还要往外掏腰包。实在不行我就把洛杉矶的生意关掉，亲自回来做，虽然累点，但至少不会赔吧。"

金宝很不好意思。龙先生做点手脚在意料之中，但连肉带汤一锅端，吃相如此难看却在情理之外。金宝对龙先生一再交代，"钱要慢慢赚。老板也要吃饭。"龙先生也赞同这一观点，可一见到钱怎么就把持不住了呢？

杨玫瑰又开始啰唆，"我说他不能做吧，你非说他找工作困难，需要帮助。吞了营业款还不过瘾，找人修理的发票还开大小头，这也太不像话了，要是在老家，他早就被双规了。一年内就想把亏空的5万美元补回来，这也太着急了吧。"

那5万美元，是龙先生最不愿提及的伤痛。他对外宣称，是被越南人上门打劫抢去了。其实不然。中国人虽然有爱在家中藏现金的习惯，但数额也不会那么巨大。真相究竟如何，金宝也只能从龙先生的只言片语中拼凑出真相。

龙先生终于攒了一笔私房钱，撩得他一直想做生意。经多方考察，他选中了游戏机。所谓的"游戏机"，说白了就是赌博机。原店主是越南人。

店主说："生意你已经看了1个多月了，每天都有好多客人在等着开门，你也是看得见的。我这游戏机房已经开了十多年了，生意稳定也有固定客源，我所有的钱都是在这里赚的。唯一的不好，就是要经常搬家。最近我又投资了一家越南河粉店，生意实在是照顾不过来，才忍痛割爱。5万美元也不要太便宜啦，你要是开个新店，恐怕连机器都买不到，我还免费给你保修一年。只要不怕吃苦，我包你3个月回本。"

3个月过去了，龙先生如同害了一场大病，"门庭若市的生意，怎么一到我手里就变成门可罗雀了呢？"

杨玫瑰笑了，"你那脑袋肯定是进水了，什么'门庭若市'，分明是原店主花钱雇人来忽悠你的。"

龙先生一拍脑袋，"第一次做生意就上当受骗，下次一定要汲取教训。"

情况远没有他讲得那么简单。不久龙先生又惹上了官司。

在得州，赌博和卖淫贩毒同样都是犯罪。店主说要经常变换地址，就是一种暗示。

结果，赌博机被警察悉数没收，龙先生被投进监狱后，取保候审。

苦熬了近一年，几近崩溃的肖太太终于决定扔掉这个烫手的山芋。她对龙先生说："小汽车旅馆我18万美元卖给你，你要是不买就立马走人。"

肖太太说话如此硬气，是因为她做了周密安排。20年前一起做汽车旅馆的一个合伙人如今无事干，答应前来给她当经理，每天做4个小时，负责收钱和维修，月薪1000美元；肥婆24小时照看小汽车旅馆，搬进办公室住，不收她房钱，工资不长，仍是40美元一天。

被剥削得如此淋漓尽致，换谁谁都甩手不干了，肥婆却激动得脸颊通红。多年的媳妇熬成婆。她从此偷钱、贩毒再也不用藏着、掖着了。

金宝曾一再提醒龙先生，想在小汽车旅馆扎根，就一定要把肥婆撵走，断掉肖太太的念想，省得她想入非非。龙先生不以为然。一来他觉得，抢饭碗只在中国人之间；二来他感到一个人一天24小时照看小汽车旅馆太累，看看办公室还可以，清房间他不行。再说，有些抛头露面的事，没有肥婆还真玩不转。

龙先生所说的抛头露面，指的是与警察打交道。

D被杨玫瑰从疯子旅馆撵到了小汽车旅馆。开始他非常节制，随后便肆无忌惮，缘由他发现肥婆在和他抢饭碗。两人从明争，到暗斗，最后发展到打911互掐。肥婆自知势单力薄，只得求助于龙先生，"你不把D撵走，我就不干了。"

D当然不愿意搬。金宝电话指导，"那你就给警察打电话。"

龙先生显得有些为难。金宝说："那你就把情况写在纸条上，叫肥婆递给警察。"

龙先生不愿意抛头露面，是顾及当时他还没有身份。肥婆也没有身份，她怎么就能放得开呢？肥婆得了急性胆囊炎打"911"也就算了，她连头痛、感冒都坐救护车，而且神情坦然。

金宝毅然抛掉小汽车旅馆，是为随时接手太阳花汽车旅馆腾出手。为此他一直都在寻找借口。

借口终于来了。某日，老杜开诚布公地对金宝谈了自己日后的打算。他说，自己年龄大了，身体日渐不行了，政府的老年公寓也分配下来了，他想搬过去住住，长时间不住，政府是要收回的；太阳花汽车旅馆的工作他想叫他干儿子小欧挑大梁，自己打个下手，不知金宝意下如何？

金宝毫不留情，"既然这样，你就好好休息吧，太阳花汽车旅馆的事你就不用操心了，7月1日我去接手。"

第二天，老杜又打来电话，说他身体还行，人太闲了反而会生病，云云，一句话，他还想再干。但被金宝再次拒绝。

金宝一接手太阳花汽车旅馆，就堵住了一个淌了3个月真金白银的大漏洞。

太阳花汽车旅馆的水费居高不下，每月都比寻常多出一千多美元，金宝多次要求老杜围着太阳花汽车旅馆周遭看看，是不是有哪个地方漏水。

老杜每次的回答都千篇一律，"都仔细看过了，一切正常。"

收回太阳花汽车旅馆的第二天黄昏，忙活了一天的金宝冲完凉，换上干净衣服围着太阳花汽车旅馆转悠，墙根一汪清水吸住了他的目光。他试着挖了一锹，一股"清泉"喷涌而出。

好在当时家得宝还没有关门。他赶紧通知老P放下酒杯，买好水管材料火急赶来。他下车的第一件事，就是小心翼翼地把发票交给金宝。凭此发票可以向市政府要补贴。

市政府有个不成文规定，凡是从地下漏掉的水，都可以比照平时的用水量，在下个月的水单得到补贴。发票、照片等都是不可或缺的证据。这一信息是D告诉金宝的。

金宝接手太阳花汽车旅馆后急需一个帮手。老胡主动要求再回来。

老胡是中国台湾人，美国国籍，在中餐馆里摸爬滚打了半辈子，身无分文，孑然一身还惹了一身病，这些都归结于他嗜赌如命。要不然，他早就步入美国中产阶级行列了。光"美国公民"这块金字招牌，当时市值就是3万多美金，可重复使用，行情还在看涨。

老胡"美国公民"这一"剩余价值"被蛇头看中。福州有一美丽少妇带着两个十六七岁漂亮女儿，想通过假结婚来美国。她哥哥在纽约开了家中餐馆，生意不错，据说妹妹也参了股。对她们来说，只要能拿到绿卡，堂而皇之进入美国，钱不足惜。

说到一个月的福州之旅，老胡的脸上再次荡起甜蜜的涟漪。他说，那真是神仙般的日子，住的是酒店，吃的是餐馆，游山玩水，不亦乐乎。

问到有没有和少妇同床？他说："没有。少妇一直推辞说下次吧，来日方长。这次去的主要目的是拍一些照片，所以只亲了亲嘴，搂了搂腰，还是当着她前夫的面。他们办的是假离婚，离婚不离家。"

"你们不是有个夫妻共同账户吗，这钱你也可以用啊？"

"他们知道我好赌，早就防着我了，没告诉我账号，也没说是哪家银行。这难不倒我，我挨个儿查银行，发现了账户里才有100美元，我取了99美元，留那1美元是为了账号不被取消。3万美元，买三张绿卡，这也太划算了，现在可不是这个价了，现在一张绿卡就要8万美元。他们找我签最后一次字的时候，我忘了要求再增加一点。"

老胡说："那3万美元我都送给赌场了。如果不赌的话，我现在一定很有钱了。"

金宝问他离开太阳花汽车旅馆后，这几个月是怎么过的，他说："早上我们这帮赌友乘上从中国城开往赌场的免费巴士，一上车每人就领10美元，赌场吃喝全免费，半夜再跟车回来，就这么浑浑噩噩，几个月就这样混了过来，要不是欠了一屁股债，我还想不起来给你打电话呢。"

当晚，老胡就畅谈起今后的远大理想，"这次我下决心再也不赌了，以前发过多少次誓，经受不住朋友一劝，半推半就又去了，每次都说是最后一次，一直说"最后"到现在。这次你监督我，我的工资全放你这，我再要，你也不要给。可存这么多钱又怎么用呢，是买部新车好呢，还是买座屋子，你给拿个主意。"

金宝说："你不需要买房子，你可以申请老年公寓，就像老杜一样。"

"老年公寓我不想住，太不自由了，进出都在人家眼皮子底下，朋友来了还要登记，跟坐牢没什么区别，还是住自己屋子舒服。"

"老杜拿了绿卡，都申请到了残疾金，你怎么不去试试？"

"我试了好几次了，都没通过。我这甲状腺肿大又不是假的，你看我这手关节都变形了，是长期端炒锅端的，我还有'三高'。但医生说我还没有丧失劳动能力，看样子非要等我躺在床上不能动了，才符合他们的标准。"

有了帮手，工作轻松了许多，生活也变得有规律，三顿按时吃，饭菜也可口。

由于长期与某一人或事物接触，而产生非常厌烦的情绪，不想再有完成某项任务的心理状态，心理学称之为"心理饱和"现象。金宝做了近二十年汽车旅馆，他最厌倦的就是清房间。请老胡来的目的，就是要释放这一心理障碍。没想到老胡比他更害怕清房间。

老胡清理房间太慢，金宝出手相助出于三种考量，一是怕影响生意；二是老胡每天都要做中饭；三是尽快清好房间，金宝出去才安心。

清理房间的活完完全全落到金宝头上，他始料未及。

老胡并不偷懒，但他宁愿倒又脏又重的垃圾，宁愿一天做三顿饭伺候金宝，也不愿清理房间。

发完第二个半月工资的当晚，金宝被迫与老胡摊牌，"你好像不太愿意清理房间？"

"以前在中餐馆干活，都是站着的，我习惯了。现在铺床要蹲下来，活虽然不累，但我的膝盖不能打弯。所以，除了铺床，我什么活都能干。"

"白班的主要任务就是铺床，你连床都不能铺，这个活你还怎么干？"

"那我就铺慢点，实在不行我还可以给你做饭。"

"吃饭事小，怎么凑合一口都行。尽快把房间清出来，让生意运转才是关键。"沉默了好一会儿，金宝毅然决然，"不行的话，你就停下来。"

老胡喃喃，"那就停吧……"

"什么时候停？"

"等你找到人了。"

"不用等了，今晚就停，明天我叫老P送你回中国城。"

杨玫瑰在中国城超市碰见老胡大约是半年后。他悄悄地对杨玫瑰说："你结账时跟我讲一下，我用食品券帮你付，你给我现金。"

事后金宝问杨玫瑰，"那次你一共花了他多少食品券？"

"不多，也就一百多美元吧。"

"你给他多少现金，一半？"

"不！少一分他也不愿意。下次我再也不买他的了。就算他求我，我也不干了。"

"一样，都一样，就算你帮他个忙，反正你也要买东西，你又没有多花一分钱。"

杨玫瑰仍感到委屈，"这怎么能一样呢？珍妮每个月都卖200美元食品券给我，我才给她一半现金，客人卖给我的所有食品券都是按半价，就算我多给你点吧，你也不能要全价啊。买卖食品券是违法的，不是为了省点钱，谁愿意冒这个风险？"

食品券是美国政府为低收入贫困家庭提供的福利，可在超市、食品店，以及海鲜和水产品商店使用。除烟酒和熟食不能买外，只要是食品，如饮料和水果等都能买。食品券的数额必须当月用完，如果当月不用完，下月将减少。所以一到月头，汽车旅馆到处都是用食品券套现的。

第十六章 飓风"艾克"

老天爷要是发起疯来，人类岂敢望其项背！

这是一个波谲云诡的夜晚。平日车水马龙的得州35号公路，车辆突然消失殆尽，路灯也十分黯淡，偶尔一道强光刺来，那也是巡逻的警车。往常人头攒动的太阳花汽车旅馆，此刻连一个"鬼影"也看不见，客人们都本能地龟缩在屋中。

焦虑和忐忑驱除了睡意，金宝心神不宁地在办公室内来回踱步。他一会儿看看"黑云压城城欲摧"的窗外，一会儿看看抢购来的抗灾物资：方便面、矿泉水，充足电的德瓦尔特工作灯和灌满了汽油的微型发电机……说来也怪，眼看就要大难临头了，他竟然想一窥飓风"艾克"芳容的猎奇心态丝毫不减。他说得也对，"有幸遇到'艾克'，对我来说，生平头一遭，对休斯敦来说，则是百年不遇，千载难逢。"

"艾克"是2008年大西洋飓风季第八个获得命名的风暴。9月1日在北大西洋中部洋面生成；7日过境海地，造成64人死亡；8日凌晨光顾古巴全岛，导致1千栋房屋被毁损，4人丧生，120万人紧急撤离。据美国国家飓风中心预测，飓风"艾克"将于美国东部时间13日3时，在得克萨斯州加尔维斯顿岛登陆。

美国国家飓风中心同时发出严重警告，仍滞留在低洼地区居民"将面临确凿死亡威胁"。

美国前总统布什立即宣布得州进入紧急状态。得州东南沿岸7个县则已向居民发出强制或自愿疏散令，加尔维斯顿岛顿时变成一座空城，休斯敦近百万居民被迫撤离。

汲取了2005年9月飓风"丽塔"虚张声势的教训，杨玫瑰这次说什么也不愿意再离开休斯敦了，因为那次惊心动魄的经历，至今还让她心有余悸。

当年休斯敦高速公路蔚为壮观，出城方向成了停车场，进城方向的车辆寥寥无几。尽管举步维艰却没有人抱怨，也没人按喇叭，飓风"丽塔"正在考验着美国人的耐心。

"慢车比赛"纪录也同时诞生。单单要开出休斯敦城就要10多个小时，平常只要三四个小时就能开到的达拉斯或奥斯汀，这次要花20多个小时也不新鲜。有的车汽油用罄，有的汽车因故障抛锚，有人为了节省汽油关闭冷气……一辆载满老人院老人的巴士在快到达拉斯前，携带的氧气筒突然发生爆炸引发大火，23名老人魂归故里……

飓风"丽塔"即将登陆的前一天，金宝早早起床帮杨玫瑰打点行装。她要带小安妮去圣安东尼奥避难。

傍晚，金宝估摸她娘儿俩已经抵达时，杨玫瑰一脸惊悚地回来了。她抱怨，"我压根就没有离开休斯敦，要不是你硬往我汽车后备厢里塞了一桶汽油，我和小安妮今晚就要在车里过夜了。"

庆幸的是，飓风"丽塔"与休斯敦擦肩而过，人们只是虚惊了一场。

太阳花汽车旅馆距加尔维顿市仅一个小时车程，可谓风口浪尖。但金宝是老板，平日客人有个什么闪失都会被告，在这生死攸关的当口，他不与太阳花汽车旅馆共存亡，还能有什么选择？

飓风"艾克"如约而至。金宝也领略了大自然的歇斯底里。

黑暗中，飓风"艾克"裹挟着强降雨排山倒海、呼啸而来。树大招风，遮天蔽日的老橡树被飓风"艾克"疯狂地撕扯着、摇晃着……宁死不屈者被连根拔起，昂首挺胸者被拦腰折断，俯首称臣者虽然幸运躲过一劫，但早已是备受摧残、面目全非……只有那些不受待见的粗壮矮树，依然昂首挺立。

被吹得碎片漫天飞的招牌，胆怯地"闭上了眼睛"，有的轰然倒下，有的摇摇欲坠，唯有太阳花汽车旅馆的新招牌迎风傲立，熠熠生辉。

门窗在摇撼，屋顶被掀翻，围墙被吹倒……"轰"的一声巨响，一棵碗口粗的树枝被吹落到太阳花汽车旅馆办公室屋顶，枝叶贴在了窗前……灯，倔强地眨了眨眼睛。休斯敦终于全城大停电，眼前一片黑，世界一片暗……风仍在怒吼，雨仍在咆哮，任性的"艾克"更加肆无忌惮……

在大自然面前，人类显得多么渺小。

风停了，雨歇了，休斯敦终于从噩梦中醒来。

金宝刚刚才平复的心情，在开门的瞬间又跌进了谷底。

地上堆满了残枝败叶，好几根碗口粗的大树干斜搭在屋檐上，随时都有滑落的危险；吹落的屋瓦随处可见，屋顶多处裸露着木板；倒垃圾的后院大门侧翻在地，60多米长的木围墙齐扎扎地歪倒在路边……

两个汽车旅馆都没买"风灾险"，金宝沮丧到了极点。亨利的汽车旅馆虽然买了风灾险，但钱却被保险公司的女代理刘小姐装进了自己的口袋。亨利要告她，她会立马宣布破产。

早上7点，艾克准点上班。此艾克非彼"艾克"，他是金宝请的帮手，一口南京腔的年轻才俊。眼前的情景让他笑歪了嘴，不是幸灾乐祸，是他睡得太死，眼一睁天翻地覆，他觉得挺好玩。都四十大几的人了还像个孩子，孑然一身也就不足为怪了。哪个女人会屈就于这等男人？

艾克把饭桌往门口挪动，"这一下可惨了，不光我们汽车旅馆，整个休斯敦没有一个月根本通不了电……"

金宝愕然，"你这是在干什么？"

"屋内光线太暗，靠门口近一点我好写作业……"

金宝愠怒，"你工作都快没了，还有心情做作业？"

艾克嗫嚅，"全休斯敦都失业了，没钱谁还到汽车旅馆来？"

"这满地的树枝难道就不要清了？"

杨玫瑰说疯子汽车旅馆损失更惨，叫金宝赶快过去看看。

满目疮痍、肝肠寸断、惨不忍睹、触目惊心……这些关键词个个都在叙述着沿途的惨烈。

只见：招牌支离破碎；红绿灯荡着秋千；树木倾倒；电线杆歪斜；屋顶裸

露；商家歇业；休斯敦的最高建筑75层高的摩根大通大楼有许多玻璃窗被强风吹破……南国风情的美丽城市加尔维斯顿岛早已变成了泽国一片……

商店关门司空见惯，加油站歇业实属罕见。汽油对美国人来说相当于人的血液，一分一秒也不能中断，就连感恩节、圣诞节、元旦这三大节日所有商家都歇业，唯有加油站和汽车旅馆仍在加班加点。

飓风"艾克"吹乱了人们的生活节奏，休斯敦出现了史上的第一次"油荒"。有的是飓风来之前汽油就已售罄；大部分是由于停电泵不出油；个别脑袋好使的老板自备了发电机，但门前排起的长龙蜿蜒1600多米。金宝就曾经排了4个小时的队，才买到约19升定量汽油。

面对如此严重的灾情，得州政府共出动57架直升机及1500百名救援人员，搜救来不及撤离的受困灾民，这是得州发展史上最大规模的救援行动。由于未雨绸缪，面对偌大的天灾，人生财产损失才降至最低。

电力公司日夜抢修，外洲也调派精兵强将紧急支援。发电机成了最紧俏的商品，尽管商家紧急调运仍供不应求。

各地收容站以及义工协助发放免费冰块、瓶装水及熟食等救灾物资以协助灾民渡过难关。

为维护灾区安全，休斯敦市政府实施为期一周的夜间戒严。

联邦紧急灾难管理署宣布起动长至一个月的旅馆住宿补助，使暂时回不了家园的灾民有地方可以栖息。

同时启动的还有蓝屋顶工程。得州有太多的屋顶需要翻修，而修理这些屋顶可能需要很长一段时间。为了防止下雨导致二次损害，屋主只需一通电话，就可以通过美国陆军工程兵部队承包商，为屋顶受损的部分免费临时蒙上塑料布，直到房主可以永久修复，或有资质的专业人员临时修复。因为所铺塑料布是蓝色，故称为"蓝屋顶工程"。

杨玫瑰所言不虚。疯子汽车旅馆的惨状更是触目惊心。

回到太阳花汽车旅馆时天色已晚，看到满地的残枝败叶已被清扫得干干净净，金宝高兴地说："你真能干，斜靠在屋檐的几棵大树你移哪儿去了，我最担心的就是这个。"

"我哪儿能移得动，被市政府拖走了，他们只清除危险树木。"

疯子汽车旅馆南边坐落着多家食品公司的冷库。没电对冷库来说是致命的。也许是沾了这些冷库的光，疯子汽车旅馆的客人不到一个星期就吹上了冷气。二十多天过去了，太阳花汽车旅馆的客人还在和暑热作斗争。金宝例外。他除了每晚享受两个小时的CCTV-4和吹吹电扇，其余时间只能躺在床上发汗。电源来自一台小型发电机，由于功率小，汽油珍贵，金宝只能独享，还要限时。那台小型发电机是小汽车旅馆那个白人男孩亨利卖给他的，记得当时仅花了五六十美元。

艾克不知从哪拣了一盏煤油灯，整天趴在桌前挥汗如雨，挑灯夜战。老师布置的作业，就剩他一个没有完成，老师说："下次再不交，你这门课就算零分。"他正愁得睡不着觉时，飓风"艾克"让他又气定神闲，"哈哈……全城大停电，学校肯定也关门了。"

艾克在附近一所社区大学上课，学的是机械专业，老师这次布置的作业是电脑制图，光买这个软件就要1200美元。他没钱，有钱也舍不得买，同学也不肯借，才耽误至今。飓风"艾克"突然给他带来了灵感，他决定用手工绘制。中国人心灵手巧乃举世闻名，艾克手工绘图的效果比电脑还要好。这门课他仍然没能通过。老师不是教他画图，而是教他如何使用电脑这款软件。

艾克上的依然是白班。除了清几个房间、扫扫地、叠洗几缸床单，白班大多时间是照看办公室。看办公室时，员工可以做自己爱做的事情，如看电视、打电话、看报纸杂志……艾克则喜欢做作业。所以说汽车旅馆这活更适合留学生干，只要你不嫌工资低。

关于工资，艾克时常发出这样的抱怨，"美国法律规定每小时最低工资为7.25美元。我一天做12个小时才50美元，一小时才摊4美元多一点，你说这活我还怎么干？"后一句话他只能在心里说，除非他不想在这儿干了。

金宝气愤地驳斥，"我那住房不是钱吗？你住哪儿不要付房租，住我这就不要钱了？如果把房租也加进去，你算算要摊多少钱一小时？说句玩笑话，你在这儿做作业我还要付你工钱呢。你每天还要提前一个小时去上课，我还要给你擦屁股。现在全休斯敦人都没活干了，你什么事也没做，工资不还照拿？"

为了腾出时间做作业，艾克经常连床单都不叠，他把烘好的床单直接从烘干机按进大垃圾袋扛在肩上背进客房，像个拾荒者。

床单不叠，会留下很多皱褶，影响观感。从烘干机直接铺到床上，也就算了，剩下的总得叠好、放整齐吧。艾克却不然。

金宝多次严肃指出。他这样回嘴，"房间清干净不就行了吗，为什么非要叠床单呢？"

金宝强压怒火，"你在中餐馆打杂，碗洗好了不摞起来，铺成一片？你出去看看，有哪家汽车旅馆不叠床单？"

非常时期，共克时艰。金宝对迟交、少交，甚至不交租金的客人多不计较。但仅限于停电期间。

来电了，一切都要恢复正常。2号房客人仍然不愿交房租。

2号房是一个瘦子带两个胖子。瘦子是墨西哥白人，胖子是他的老婆和拖油瓶的儿子。他们在这住了已有大半年。考虑到是老客人，金宝对他们特别照顾。

一个星期都过去了，2号房仍不交房租，又不愿离店，金宝不得已拨打了911。

两部警车到来之前，男主人早已溜之大吉，他不愿与警察面对面可能是有罚单。

胖女人一把鼻涕一把眼泪地数落着金宝的"罪状"。她和警察说的是西班牙语。

乡音产生了共鸣，眼泪得到了同情。警察告诉金宝，"2号在这已经住3个月以上了，要想叫他们搬走，屋主必须到法院去起诉，法官作出判决后，再给他们一个星期搬离时间。"

金宝很惊讶，"你说的那是公寓，我这是汽车旅馆，不是一码事。公寓和客户签有合约，我这没有……"金宝抖了抖手中客人的登记卡，"要有，也就是这个，一天或者一个星期，而且一定要交了现金才生效。2号房已经欠我一个星期钱了，考虑到飓风，钱我也不要了，只要求他们现在就搬走。我们是做生意的，不是慈善机构。我已经做了20多年汽车旅馆了，每次遇到麻烦，或者客人赖着不走，都是警察帮忙解决，你们这种处理方法我还是第一次领教。如果你们真不知道该怎么办，可以请示你们的监督，否则，我就给哈瑞斯警官打电话，再不然，我就把她房间的水电掐掉。"

金宝的据理力争，迫使警察改变了态度。他做了一个"停"的手势，"等会儿！等会儿！"转身和胖婆娘嘀咕了半天，然后对金宝说，"你看这样好不好，她说她家的房子给飓风吹坏了，孤儿寡母的也没地方去，你再宽限她几天，今天是星期三，星期六中午11点，准时搬。不搬，你再给我们打电话。"

金宝在汽车旅馆这一行当中摸爬滚打了20多年，什么类型的"老赖"他都领教过，只要一拨911，"老赖"不是离开汽车旅馆，就是进监狱。如此不作为的警察，金宝不齿。

丽莉做过公寓，对付"老赖"很有一套。她告诉金宝，"先递给客人一张限时搬离客房通知，如果不接就贴在他的门上照张相，3天后到哈里斯县政府网站上下载一张表，表名叫'从住宅房产驱逐请愿书'，填好后连同一张97美元的支票，一并寄到就近的民事法院。要想快就亲自送去。开庭时间快的话半个月，慢的话要1个月。判决后，再给客人一个星期的时间搬离……"

"这也太麻烦了，花钱不说，还要折腾1个月。你那是公寓，和客人有合约，我这没有。我每次遇到麻烦都打911，警察都会热心帮我撵，不知怎么了，这次警察却站在客人一边，还帮客人出馊主意。"

"你才碰到一次，我们这每次都是。谁叫我们是老板，又长着亚洲人的脸呢？杀富济贫，种族歧视，美国就是这样。"

"再请教你一个问题，我能不能把客人的水电掐掉？"

"水电账单上的名字是谁的？"

"是我的。"

"是你开的户，你当然有权掐掉。公寓的水电都是客人自己申请的，客人再不走，我们也不能动，否则客人会告你。即使水电是你的，我劝你最好还是不要掐，否则事情会变得更复杂。这大热天的，她还有个孩子，万一有个三长两短，她不要告死你？还是走法律程序比较稳妥。"

真是一个头两个大。但金宝从不信那个邪。

打仗需要运筹帷幄，排兵布阵。拔"钉子户"亦然。为此金宝想了一夜。

星期六，上午11点，男主人脚底再次抹油说明他肯定有罚单。

吸取了老鬼动作过大，被墨西哥女人诬告的教训，这次金宝喊来了杨玫瑰。

胖婆娘推三阻四，反复呢喃着警察教她的那句话，"你到法院去告我，要不，就打911。"

"断电！"金宝一声令下。老P一路小跑。

一个小时过去了，两个胖子捂得汗流浃背仍赖在屋里不出来。

"关门，关空调。"金宝下达了第二道命令。艾克慌忙推开作业本，搬来了梯子。

金秋十月本应秋高气爽，休斯敦仍热浪袭人。失去了门窗遮挡，2号客房俨然就成了一口大蒸锅。水阀门控制整栋建筑，而非各个房间，自来水没法切断，胖婆娘才有水不停擦脸，胖儿子则四仰八叉平躺在床上。娘儿俩又坚持了一个多小时。

"搬床！"金宝这次御驾亲征。

三大招出来后，胖婆娘开始往外搬东西了。

金宝果断处置2号客房，就是怕客人有样学样。

12号客房年轻黑人很神秘，是老杜当经理时收下的客人，住了好几年也不欠一文钱，除了工作就是待在房间里，也从不和其他客人有来往，这与他拿不出身份证是否有关不得而知。飓风"艾克"使他失去了工作，他也开始欠钱了。金宝叫他搬出去，他也学着2号房客人叫金宝找警察。

金宝笑答："我找个屁，2号房是怎么被我撵出去的，你肯定看到了。"

最后通牒下来，12号房立马搬离，丢下了满屋的东西。

老客人赖个把两天，情有可原。过路客也想占便宜，岂能容忍？

16号房是个新面孔的白人，很绅士。中午11点金宝敲门叫他离店，他说出去找钱。黄昏时他两手空空原路返回。金宝只得再次叫他离店，他说，他可以帮金宝干活抵房钱。被金宝拒绝后仍然不走，并开始狡辩，"我付的是一天，我是昨天夜里11点进店的，要到今天夜里11点离店才24个小时。"如此强词夺理的客人并不少见。

金宝指着窗口上的招牌苦口婆心地解释，"如果你上午8点之前入住，当天上午11点钟你就必须离开。"有的旅馆要求客人下午3点才可入住。

金宝说得口干舌燥，他就是赖着不走，还叫金宝打警察。

金宝按照自己的处理方式，开始把他的东西往外搬。他贼喊捉贼地拨打了911。

出警的是个越南裔小警察，处理2号房纠纷时他就是其中一员。他说："现在是宵禁期间，如果他在外面被抓了，知道是从你这出去的，你会有麻烦。你让他在这住一夜，明天再叫他走。"

金宝心想，"我又不是被唬大的，他违反了宵禁与我何干，汽车旅馆是做生意的地方，又不是慈善机构，更不是避难所。"金宝这次变聪明了，他没有和警察争辩，而是狡黠地说："上次处理2号房的时候你也来了吧？你们用处理公寓的方式处理汽车旅馆是不对的，我已经问过我的律师了。这次你叫他再住一夜，我没有意见，但你要签个字，或者给我个案件号码。"

这一招肯定戳到了他的痛处。警察只得用警车把赖皮绅士带走了，估计是送到避难所去了。

有件蹊跷事，至今无解。都已经交接过班了，艾克要在柜台做作业，顺便再帮金宝照看生意。金宝躺在床上看CCTV-4播放的赵本山小品。

笑声被艾克的喃喃自语声打断，"哎！这张100美元的纸币怎么不见了？"

看到艾克在钱盒里乱翻，金宝问："怎么回事？"

艾克焦急地说："这个客人要过夜，给了我一张100美元纸币，填好登记卡后，他突然又改变主意说不住了，叫我把钱还给他。可那张100美元纸币我却怎么也找不到了。唉，真是奇了怪了。"

金宝起身帮着找也没找到。要住店的是两个年轻黑人，一个站在窗口等着要钱，一个坐在车内，马达轰鸣，车头冲外。一副"各就各位"，随时准备起跑的姿态。

金宝一激灵，"又遇到用假钱的了。"

美国社会假钱横行，稍不留神就会上当受骗。

识别假钱的方法很多，有验钞机、防伪钞笔……随着印假钞科技含量的提高，机器设备也显得力有不逮时，金宝练就了一双"火眼金睛"。

所谓的火眼金睛就是一摸、二看。假币纸质较差，一摸就能感觉到；除了看防伪线和水印外，主要看油墨的色彩变化；金宝还有一独门秘籍，那是跟老太婆学的，把草纸窝成团，反复在票面上摩擦，草纸上沾有绿色既为真，反之为假。假币一般都是20美元以上，至于为什么没有1美元假钞，杨玫瑰回答得好，"还不够成本钱。"

假钞防不胜防，金宝就亲身经历过一次。

那是个睡意正浓的凌晨，金宝突然被一阵门铃声惊醒。两个黑人一个手握方向盘，一个走到窗前，车头朝外也是处于"起跑"状态。他们不是要住店，而是要换钱。换钱都是以大换小，这个黑人却是以小换大。黑人给了金宝一大把零钱，要换一张百元大钞。柜台正缺零钱，睡眼惺忪的金宝也就没有多想。

黑人接过金宝递过去的百元大钞对着灯光照了照，边摇头边将其递回，"不换了，不换了，请你把我给你的零钱还给我。"

直到金宝在营业款中发现了一张100美元假钞，他才知道这个黑人玩的是"狸猫换太子"。

闹剧又要再次重演。金宝悄悄把枪插入腰间，说："我能再看看你的身份证吗？"

黑人从容掏出。

金宝将其复印后，对着窗口问："你究竟给多少钱？"

"100美元，不信你问他。"

金宝侧脸再问艾克，"他到底给你多少钱？"

"100美元。"

"你看清楚了？"

"看清楚了，没错。"

"那钱呢？"

"我放进钱盒子里了。"

两人又把钱盒子翻了个底朝天，还是没有。

金宝已有主意。他对黑人说："你给的不是100美元，而是10美元。"

黑人发飙，"说什么狗屁话，我明明给的是100美元，你朋友都承认了，你怎么能说是10美元呢？"

"我们刚刚交接过班，钱盒子里都是零钱。"

"那你让我进去看看！"

"咔嚓"一声子弹上膛。跃跃欲试的黑人被挡在了办理入住登记窗口外。

"只有警察才能进来，你想叫我打911吗？"金宝把手一晃，"我有你的身份证复印件。"

黑人立马松懈。他柔声地问："请你找找看，有没有一张白色的10美元？"

"是不是这张？"

"对！对！对！就是这张。"

这张旧版的10美元与100美元长得确实有点像。

有惊无险。金宝抹了抹头上的冷汗。如果钱盒里有100美元大钞，艾克肯定还给黑人了；如果黑人不改变主意，艾克也会给他找零钱。不可理喻的是，黑人都走了，艾克还一口咬定黑人给他的就是100美元。

不可理喻的事还有很多。

晚上，冲过凉，吃过饭，在灯光明亮的空调房间里学习该有多惬意。艾克却不然。他不吃不喝不洗，就着路边的灯光，捧着书，蹲在草地里挥汗如雨，任凭蚊叮虫咬。杨玫瑰戏称："他那是在卧薪尝胆。"

交接班时，艾克在柜台上留了张纸片，告诉金宝要注意的几件事。中英文交杂，其中有一句"＃2 Lack $2"，金宝怎么也看不懂。

艾克解释，"不是Lock，是Lack。"

"什么意思？"

"这个你都不认识，就是缺少的意思。2号房客人应该付29美元，她只有27美元，还少2美元，Lack 2 Dollar。不信你查词典？"

"哦。少2美元我们一般都说Short 2 Dollar。"

艾克讪笑，"嘿嘿，Short，Short是短裤。"

金宝无语。

此时正好一个客人到办理入住登记窗口用了"Short"一词。艾克顿时一脸尴尬。

美国是成人教育最先进的国家之一。美国政府鼓励新移民接受英语和各种技能培训，然后再服务社会，并为此投入大量资金。

学费由政府出，同时还享有多项福利，如医疗保险和食物卷等，是艾克在美重拾课本的主因。他只选修政府资助的两门课。不选，觉得吃亏；多选，他又舍不得自己掏钱。

身处美国，上学也好，生活也罢，首先要过语言关。

掌握日常用语，是学好英语的第一步。艾克的英语可谓平平常常，口语更是不尽人意。但他没有选 E S L（English as a Second Language），却选了两门机械制图。机械制图专业术语生冷怪癖。艾克大部分精力都花在了记单词上，这边刚背熟转身又忘，把他折腾得够呛，整天口中念念有词，就连接待客人也这样。经常有客人问："他怎么了，是不是脑袋出了什么问题？"

艾克在大学学的是机械专业。专业对口，学以致用，无可非议，但接下来的话又叫人瞠目结舌。他说："我毕业后就可以自己设计图纸，帮人造房子了。"

"设计图纸造房子，你要学土木工程，这是两个不同专业，风马牛不相及。"

艾克冷笑，"你是搞体育的，又是工农兵学员，你不懂。既然都是制图，原理都一样，我们学理科的转行也快，这叫触类旁通，哪像你们搞体育的，四肢……"

金宝忍住心痛，"隔行如隔山。毕竟是两个不同学科。"

"哎呀！我已经打听过了。我认识一个朋友，他在美国学的就是机械制图专业，毕业后他就帮人设计造房子图纸，已经造了好几栋房子了，他就是这样走过来的，这又不是吹牛，是看得见摸得着的。我就准备照他的路子走，不会错。"

"我的意思是说，人生大事，岂能当儿戏。平时聊聊天，吹吹牛还可以，谁也不用负责任。真把它当成今后的人生规划，怎么能靠'听'，不彻底搞清楚怎么行？你学完这个专业少说要两年，你考托福还要花时间，托福不过你也拿不到学士学位证书。你本科毕业估计至少还要4年。在美国，干哪行都要有执照。毕业后你要考不到建筑设计师执照怎么办？从头再来？人生有几个4年？那时候你多大了？"

"执照还不好考……"艾克仍然嘴硬。

金宝劝说，"你已经有学士学位了，只要考过托福，专业对你来说不是问题，两年你就可以拿下机械专业硕士学位。所以，全力以赴拼英语才是关键，而不是忙着学专业。"

艾克是1963年生。1982年考入南京工学院。据此推算，如果按部就班，艾克进大学的时间应该是1978年。恶补了4年，这说明他并不聪明，但毅力惊人。

艾克的毅力，金宝从来就没敢小觑。住在庇护所也坚持上课，金宝一直认为他就是一个不可思议的人。

住进避难所的大多是受到家暴的妇孺、孤寡老人、无家可归的流浪汉，鱼龙混杂。避难所虽然管住管吃，但管理极其严格，规矩繁多，有准军事化管理之特征：如定时睡觉，准点起床，进出有记录，亲朋好友不能探访，集体就餐。如果是教会办的，饭前还要祷告……如此繁文缛节，一般人很难接受。

所以，当金宝想把"老赖"踢进避难所的时候，"老赖"宁愿打救护车去住医院，也不愿搬进避难所，说避难所比监狱好不了多少。虽然有些夸张，但自由受到了限制却是不争的事实。

"端人家碗，就要受人家管。"艾克却不以为然。他是避难所的常客。休斯敦有几家避难所，每家避难所有几张床，条件怎样，伙食如何，门前是哪路公交车……他都烂熟于心。艾克在社区大学第一年的学业，就是在几个避难所的流连中完成的；他在太阳花汽车旅馆"拥抱"的几个流浪汉，也都是在那里结识的；

他后来陆续搬进太阳花汽车旅馆的行李物品也是在那儿寄存的。

艾克通体都贴满了"免费"的标签。但凡免费的，他一律都不放过。如住避难所、政府资助的学费、食物卷、用金卡（穷人医疗保险）配眼镜，甚至连政府福利房他都在耐心排队……享受政府补助，问心无愧，沾点慈善之光，更是心安理得。如果说到教会领免费盒饭艾克是隔三岔五，那么到超市背回一书包免费罐头那才叫定时定点。问他为什么不多拿一些，省得每个星期都跑一趟。他一脸严肃，"商店规定一人一次限拿24罐，没有人看着也不能多拿，人要自觉，要遵纪守法，不属于你的东西绝对不能要。"

唯利是图的小人如此高谈阔论，金宝是又好气又好笑。罐头是艾克的主食，刀劈斧剁是他开罐头的绝活，但毕竟没有开罐器好使，来太阳花汽车旅馆后，艾克收藏了好几个开罐器。

一次，金宝在客人丢弃的大堆行李中拣了一个电动开罐器，艾克不知是何物。看了金宝的演示，他惊呼："这家伙好使！这家伙好使！"

金宝说："就放在这儿，我们一起用吧。"

没两天，电动开罐器就失踪了。随之不见的还有一个精美的瓷碗，明明上面印着"日本制造"字样，艾克硬说那是中国的"宋瓷"。

说到中国的瓷器，金宝还真收藏了几件真品。那都是他用白菜价在旧货商店淘的，上面分别刻有"大清康熙年制"和"大清乾隆年制"底款。金宝欺负的就是美国人不识中国字，所以才拣了个漏。金宝的那件底款刻有"大明宣德年制"字样的"粉彩双耳八方瓶"，是D送给他的。D说，那是一位瘾君子从古董店偷出来跟他换毒吸的。

再便宜总不能每月才吃50美元吧。50美元这正好是艾克拣一个月易拉罐的收入。

一天，艾克推着购物车去卖易拉罐，正好碰到警察在废品收购处查赃物。警察给他开了一张罚单，被罚350美元。罪名是非法使用购物车。这个购物车是客人从商店推到太阳花汽车旅馆的，也可以说购物车到处都是，哪个推都没事，唯独艾克"躺着也中枪"。出庭那天，连法官看到这张罚单都感到莫名其妙，自然也就取消了。

艾克喜欢吃肥肉。他吃的其实应该叫肥油，因为连皮都没有。肥油价格极低，也只有墨西哥超市才有卖。买来的肥油不洗，加上葱姜斩成末，搅在面浆里，舀一勺子放进冒着油烟的锅里，煎成两面焦黄，一块香喷喷的肉饼出锅了。小饼堆成了一座小山他才熄火。这是他一星期的食物。

他对金宝说："很好吃，很香，小时候只有逢年过节妈妈才做这个，平时还吃不上呢。你也尝尝？"

"不尝，我有糖尿病。这样吃下去，你也快了。"

"哎呀，糖尿病我早就有了，医生说我有高血压、高血脂加糖尿病，叫我注意饮食，我不信这一套，照吃照喝照干活，就是不吃药。我身体很好，没感到哪里不舒服。医生和律师一样，唯恐天下不乱。这也怪我，要不是贪图免费体检，'三高'怎么会扣到我头上？病都是查出来的。有的人更奇怪了，无病无灾硬要去体检，乐此不疲，不查出病来绝不罢休，查出来了又吓得要死。人就是这么贱。这叫作'天下本无事，庸人自扰之'。"

金宝也赞成这一观点。

把生西洋芹或黄瓜切成段，蘸着免费罐头，喝着拣来的免费啤酒，吃着热乎乎的肉饼，艾克的中饭就是这么简单。

矿泉水瓶罐上自来水，书包里塞进几块肉饼，学校的晚饭也有了。

艾克特别钟情于99美分商店。这是个以经营日常用品为主的廉价商店，每件商品价格都是99美分，每件商品都有贴"中国制造"标签。

"中国制造"在美国以价廉物美广受欢迎。但放在不同的商店，价格迥异。

杨玫瑰的老花眼镜片刻不离身。之前她在沃尔玛买了一副掏了16.99美元，当她发现相同品牌的眼镜99C商店只要99美分时，肠子都悔青了，她一赌气买了10副，包里、车上、床头、桌上……摆得到处都是。

美国人有个特点，每个人都有自己最喜欢的商店。这种最喜欢的商店是根据他们的身份、地位、收入、兴趣、爱好来决定的。他们只进自己最喜欢的商店，其他商店很少进，甚至从来不进。不同档次的商店，有不同层次的客人。同一种商品，在不同的商店也就有了不同的身价。

美国人买东西也比价，但绝对没有中国人那么顶真，特别是那些闲来无事的大妈、二嫂，每个商店她们都进，各种价格烂熟于心，一有机会就在一起切磋讨论，哪家最便宜，哪里廉价促销。艾克与99美分商店结缘也是杨玫瑰牵的线。

杨玫瑰经常光顾99C商店，是给汽车旅馆买些用品，如浴帘、清洁剂之类，反正是给这些客人用，质量差点也无妨，艾克进99美分商店则是为了买吃的，如方便面、小饼干，等等。在美国买任何商品都可以无条件退货，唯有99美分商店不行。商店的招牌上写得清清楚楚：概不退货。也既是说，吃坏了肚子没人负责。

艾克从来就不听劝，"没事，吃坏了肚子就去看医生，反正看病又不要我花钱，我有政府医疗保险。"

一天，一只邻家兔子，误闯进了艾克的锅里。兔子又肥又大，艾克足足吃了3天。

锅底朝天后，他咂了咂嘴，意犹未尽，"这个狗肉肯定比兔子肉还好吃，小时候一到冬天，我们就到邻村去打狗。那条流浪狗如果再来我们汽车旅馆，我就把它给炖了。"

听说艾克想吃那条流浪狗，金宝冷冷地说，"你千万胡思乱想，在美国吃狗肉是要坐牢的。"

艾克后来坐牢不是因为吃狗肉，而是他被人洗了脑。

从来不和人联系的艾克，这一阵子书信往来特别频繁。每当收到这些沉甸甸、既大又精美的信封时，他总是呼吸急促，一脸神秘。金宝的想象力一次次受到挑战，面对着金宝的好奇，艾克欲言又止。

信件来自抽奖公司，祝贺艾克中了巨奖，数额大到惊诧。捧着花花绿绿的奖券，艾克泪眼婆娑，"苍天有眼，祖宗在上，要不是祖上积德行善，馅饼哪能砸到贤孙我头上？"

按照兑奖规则，艾克每次都要在回信中夹些"小钱"。金宝提醒他千万别上当，艾克说他这是羡慕忌妒恨，"我中了巨奖，都上了美国财政部名单了，不缴税怎么行，美国是法治国家。"

"馅饼"在嘴前晃悠了大半年。邮寄去的"小钱"之和很是可观。当抽奖公司再要最后一笔"手续费"时，艾克这样回信，"我真的没有钱了，我所有的钱都寄给你们了。请你们把兑奖支票尽快寄给我，所欠款项我会加倍寄还给你们。请你们相信我，就像我相信你们一样。"

支票终于收到了。美国人头脑是一根筋，直到戴上锃亮的手铐，艾克才深有体会。他满肚子委屈，"支票又不是我伪造的，上面有许多小字我没注意，你们不兑现给我也就算了，为什么还要逮我坐牢？我也是受害者啊！"

回答是机械的，"请你去跟法官解释。"

从两手空空到买了车、买了电脑，再到有了一笔存款，艾克仅花了一年半时间。按照如此速度，再过个一年半载就可以娶婆娘了。杨玫瑰和他开玩笑，"在太阳花汽车旅馆好好干吧，干长了，你连结婚家具都不用买了，拣都能拣齐了。"

大龄青年的婚姻总惹人关爱。杨玫瑰劝他去和一个"徐娘"见面，艾克打心底不情愿。他说："广告上说得很清楚，她要找的是美国公民、正职、有一定经济基础、还要一米七五以上，我一条都不符合，何必自取其辱，还耽误一天工钱。"

杨玫瑰答应帮他顶一天班，他这才答应去见见。

艾克把爱车里外擦洗一新，穿上黑西装，扎上红领带，蹬上白皮鞋，杨玫瑰还在他头上喷了些发胶，小伙子顿时精神抖擞。杨玫瑰突然扑哧一笑，"不错，很好，准行，抱了胖小子，别忘了谢媒……"一声轰鸣，艾克绝尘而去。杨玫瑰突然惊奇地发现，"他，他怎么赤着脚开车，我没看错吧？"

金宝点点头，"没错。他就是这样，怕弄脏了他的车。如果让这个女人看见了，肯定认为他有洁癖，这次相亲我看悬乎。"

"悬乎什么，除非她不想在美国找对象。像艾克这个条件，在国内什么样的女人找不到，非要来美国受这个洋罪，何苦来哉。"

女方对男方一见钟情。男方因为女方不能生育而作罢。不能生育只是个借口，他怀疑她是妓女才是根本原因。

如此节约的艾克，也有吃闷亏的时候。

艾克喜滋滋地把玩着一套锈迹斑斑的工具。他说："客人急等钱用，我趁火打劫才花20美元就买了下来，太便宜了。我的车时常要修，不准备一套工具怎么行？"

金宝说："不管买什么东西，先搞清楚商店里的价格，然后你才能下手。我刚到美国时，看到车库出售有一方形电扇，讨价还价后12美元成交，心里美滋滋的，还认为拣了个宝。后来看到家得宝标价11.99美元，你说我是什么心情。你这套工具五美元我都不要，新的也不过15美元。做汽车旅馆经常能拣到工具，为什么要买呢？"一盆凉水泼得艾克透心凉。

钱进了别人的腰包，要想再掏回来比登天还难。面对艾克的不依不饶，客人只能敷衍，"钱我已经用了。等我有钱的时候一定还你。"

这次吃的只能算是小亏。买错车那才叫上了大当。

艾克的一个朋友3年前就嚷着要把爱车忍痛割爱给他，迟未得手，是因为当时艾克囊中羞涩，现在羽翼渐丰，不免旧话重提。

车是1998年款，乳白色，没有明显碰撞过的痕迹，罗马表指在135000迈。如果样样都工作的话，旧车的市场参考价是1500美元。艾克花了4500美元把它开了回来。这是他们3年前谈定的价格。现在迈数增加了，空调也不工作了。

买之前金宝就多次提醒，"买旧车最好看《休斯敦纪事报》，美国人有个特点，一有钱就换新车，登广告卖旧车，时常有惊喜。旧车行的老板都看报纸买。朋友的车最好不要买，鬼迷熟人，也不好意思还价。另外，在休斯敦开车没空调怎么行。空调不工作，要再减1000美元。现在天冷，在出风口试不出来，一定要打开车前盖，用手握住冷凝管……"

"哎呀，我是学机械的……"艾克不耐烦地说。接着他话锋一转，"其实我更应该买部摩托车才对，在国内时我就有一部南京产的玉河牌摩托车。骑摩托车的感觉要比开汽车好得太多了。"

话音未落，一个西部牛仔打扮的猛男，威风凛凛地骑着一款豪华摩托车风驰电掣地冲了进来。摩托车装有四缸水冷发动机，排量1200cc，还自带音响。面对如此大功率且豪华的摩托车，艾克和金宝眼前都为之一亮。他俩围着摩托车转了一圈又一圈，爱不释手。

金宝和艾克三观不同，说话很少在一个频道上，可谓话不投机半句多。唯有谈到摩托车这一共同话题时，两人才滔滔不绝、慷慨激昂。艾克对摩托车情有独钟。金宝早就与摩托车结下了不解之缘。

金宝把王文化老婆借去做生意的2000元人民币要了回来，如愿买了台幸福牌250型摩托车，余下900元又被他压进了箱底。那是计划经济时代，那部摩托车的价格也是计划内价格。价格本来就低，再加上左方向灯运输时被折断，又减了100元，潘军如获至宝。

20世纪80年代初，中国改革开放的巨轮刚刚启航，群众生活尚在逐步改善阶段。屁股冒烟的不多，满街骑的都是自行车。当时能有一部"凤凰"牌自行车，就已经很有面子了。幸福250摩托车功率强大、体型彪悍，跑起来像匹枣红马，又快又稳，歪倒了，则像头老水牛，很难扶起。铁疙瘩也很有个性，稍不满意就发飙。

幸福250是脚踏启动，点火稍早，脚踏杆就会反弹，金宝经常被打得单脚乱跳；汽缸里的积炭太多，被点燃时，发动机会像咆哮的雄狮，关了电门也不停，只有加大油门，用汽油才能将其浇灭，这叫"飞车"……尽管如此，金宝仍然爱不释手。金宝来美国第一部车就是手动挡，还能自己动手修些汽车的小毛小病，与这段经历脱不了干系。

每当夕阳西下时，金宝总爱骑着他心爱的"枣红马"绕安东县城转一圈，风雨无阻。夏日，他总爱光着脊梁，冬天，他总是一身运动装。张柳叶搂着金宝的腰，侧坐在摩托车上更成了小城里的一道风景。那年头，拥有如此大宗商品者属凤毛麟角。那也是金宝当时的全部家当。第一代摩托车手，侥幸活下来的不多，那时的摩托车老出车祸。磕磕碰碰不算，金宝的记忆中至少经历过两次车祸。

一次周末，金宝到农村中学去接张柳叶。经过铁道路口时，摩托车前轮卡进了两铁轨之间，一个马失前蹄，金宝被重重地摔了出去。还好，没有伤筋动骨，只是擦伤，有些瘀青，车也无大碍，但右方向灯又被折断。

第二次就没有那么幸运了。那是放暑假的头天，金宝要到母校江南师大担任

A省技巧比赛裁判，他要先骑摩托车到C城父母家，然后再坐火车去江南市。摩托车正在预热，张柳叶挡住了去路。她说她也要跟去凑凑热闹。

车祸发生在半道。经过一个村庄时，一个年轻农民突然横穿马路，潘军刹车不及，张柳叶飞了出去，躺在路旁哼唧；年轻农民身上多处擦伤，因为他只穿一个裤衩；金宝毫发无损。此时村民们从四面八方围了上来。

潘军答应了村民们的要求，先把伤者送到医院。伤者刚要起身，村民们呼喊："躺着别动，叫出租车。"好几部"蹦蹦车"围了过来。

金宝四下环顾，"医院在哪儿？"

村民遥指，"在那儿。"

潘军一抡胳膊将伤者轻松抱起，朝医院健步如飞。村民们目瞪口呆，慌忙闪开。

堂堂的一个镇医院，竟然连擦伤都看不了，你说这小地方的人该有多坏。潘军只得将其抱上"蹦蹦车"，由柳叶忍痛陪同伤者到C市父母所在的地区医院去看。金宝被扣下当作人质。这时天已黑了下来，村民将摩托车用铁链锁上。金宝把玩着柳叶塞给他的那把折叠刀。

"蹦蹦车"直到深夜才折返。车上坐的是老父亲。

老父亲又是赔礼，又是递烟，再由"蹦蹦"车司机向乡亲们汇报情况。由于受到了款待，喷着酒气的司机出面打了圆场。

听说伤者得到了治疗，晚饭安排在餐馆，现在他正睡在本属于金宝的床上，村民们看在老父亲的面上，才勉强解开了链条锁，并表示天亮还要派"代表"去看看。

母亲在厨房里折腾了一个上午，只是为了伺候伤者。"代表"来时金宝修理摩托车正在气头上，看到金宝脸色很难看就知趣地走了。伤者在金宝床上躺了三四天，拿了点小钱就被打发了。后来又摸上门讨过一次后账。搁现在可没有这么简单了。

"人摔坏了有公费医疗，车碰坏了要自己掏腰包。"这话就是金宝那次说的一句名言。

后来，为了筹措和张柳叶结婚的资金，金宝以3500元人民币高价将摩托车卖给了"公家"，狠狠赚了一笔，发票是王文化妹妹帮开的。

婚没结成，金宝又以计划内价格买了一部幸福250D型。有了前车之鉴，金宝才知道新车还需要磨合，所以才有了在漆黑的山道上，金宝用芭蕉扇帮发动机降温的有趣画面。

再后来，幸福250D变成了一张飞机票，载着金宝漂洋过海飞到了美国。

艾克买汽车吃了闷亏，便打起了太阳花汽车旅馆营业款的主意。

客人住店都要交2美元作为钥匙押金，离店时凭钥匙退还。退了钥匙不要押金的客人常有，有的是不在乎，有的误以为包括在房租之内。所以当客人问价时，必须把租金和钥匙押金分开说明白。艾克却不。直到一个抠门白人来找后账，金宝才发现其中的隐情。

白人说："我昨天已经交了2美元钥匙钱，今天你怎么还扣我？"

艾克当班。金宝正在玩电脑。艾克支支吾吾。金宝起身欲问个究竟，艾克一摆手，"你上你的网，这事我来处理。"

明明看到艾克退给了白人2美元，登记表中没有记载。再查，凡是艾克经手的客人，个个都要回了钥匙押金，却没有一个人签字。

金宝多次提醒，退钥匙押金客人必须签字，字迹必须与登记卡相同。

玩小钱不过瘾，艾克终于玩了一次大的。

金宝刚从中国城回来，正在往冰箱里塞冷冻水饺，艾克来了个先斩后奏，"13号房两个老墨到外州干活去了，他们要求退钱，我就退给他们了。"

金宝漫不经心，"哦，退多少？"

"老板帮他们付了一星期，才住两天，我算了一下，就退给他们120美元。"

金宝一怔，"120美元，你没开玩笑吧？汽车旅馆是不退钱的，招牌上写得清清楚楚明明白白。你在这做了这么长时间了，这个你也是知道的。为了退钱一事我们经常和客人吵得不可开交，你也是看见的。为了退一天租金，客人喊来警察我们都不答应，你倒好，120美元就这样退给客人了。就算要退，事前也得跟我打个招呼吧。"

艾克嗫嚅，"你不是到中国城买菜去了吗？"

"可我有手机啊，太阳花汽车旅馆里也有电话，打个电话能费你多大事？13号房是我们的老客人，经常提前走，从来就没提过要退钱，这次怎么突然提出要退钱了呢？"

"我也不知道，他们要求退钱，我就退给他们了。"

"退给谁了？"

"一个胖老墨。"

"登记卡上谁签的字？"

"是老板。"

"那你怎么能把钱给他呢？谁签字，房间就属于谁，钱也只能退给他。你退给了胖老墨，如果老板不承认，你怎么办，警察也会说你给错了人。签字了没？"

"没签字。他们走得太急。"

金宝动了感情，"这叫什么话，2美元钥匙押金都要签字，这么大一笔钱怎么能连字都不签？光签字还不行，还要注明退款的金额，而且要客人亲笔写。否则，你说把钱退给了客人，有什么凭据，我又怎么能相信你……"

艾克不语。

在真金白银面前，人性总是那么脆弱。但总体来说艾克的工作是积极的，态度是认真的，也能急老板之所急，想老板之所想。只是由于经验不足，有时好心办了坏事。

一个黑人妈妈定期来帮儿子付租金。

经过一段时间观察，金宝发现了许多异常。比如：他总爱盯着客人，特别是年轻女性，却反说有人窥视他；他常自言自语，时而烦躁，时而大笑，目光呆滞，神情木讷，行动迟缓，反应迟钝……

根据多年经验金宝得出一个结论，他是一个精神分裂症患者，而且是刚从精神病院出来。

间歇性精神病患者平日跟无事人一样，一旦发作，其攻击性和破坏性难以想象，且无法控制。手握着政府大额支票的监护人，不履行监护责任，隐瞒实情，花很少的钱让其住进汽车旅馆的事经常发生。此类客人最大特点就是租金付得及时。为这点小钱，既当监护人，又引进未爆弹，成本未免太大。

黑人妈妈再来付钱时，被金宝婉拒。

一个星期后，黑人神经病又回来了。他肯定也是被附近的汽车旅馆给撵出来的。艾克说："我考虑到最近太阳花汽车旅馆生意不太好，所以就收了。"

过了两天提心吊胆的日子，生意仍不见起色，金宝还是决定将他撵走。

中午11点，金宝第一个敲的就是他的门。门半天才打开，里面的画面更是惊悚：家具翻江倒海般被砸得一片平，电视机也被他扛到当铺给卖了……

愤怒、沮丧、懊恼、迁怒……金宝椎心泣血，痛彻心扉。明知没用，他还是报了警。

讽刺的是，作为监护人的妈妈没提一句赔偿的话，没说一句道歉的话，而是主动出示疯儿子的身份证，鼓励金宝报警。那种淡定和从容无疑是在挑战金宝的神经。精神病枪杀美国总统都没有罪，你算哪根葱？

事件以金宝手捧着警察给的案件编号，颓坐在办公室黯然神伤而收场。

艾克另谋高就是因为一顿饭。

杨玫瑰找了一个客人帮她修屋顶。这是个年轻老墨，没有身份但身手不凡，屋顶陡峭到常人都无法站立，他扛着重物却如履平地。开始他是利用业余时间偷着干，后来看到钱挣得比打工多多了，干脆就甩手单干了。

疯子汽车旅馆的活告一段落，老P就把他接到了太阳花汽车旅馆修屋顶。

中午金宝带老墨出去吃饭。老P这次也没缺席。

艾克当班走不开。按说应该给他带个盒饭，但金宝没有。当他们打着饱嗝回到太阳花汽车旅馆时，办公室大门深锁，桌上有一张便条，上面草草几句："我到中国城买菜去了，一会儿就回来，艾克。"

直到天黑，艾克才姗姗来迟。金宝强压怒火，"你怎么能扔下汽车旅馆不管，就算你有紧急事情，也应该打个电话叫我们提前回来。万一办公室门被人踹开，或者哪里失了火怎么办？"

艾克嗫嚅，"我，我不想做了……"

金宝追问："那你准备什么时候离开？"

中国人都千篇一律。他说："等你找到人了，我就走。"

金宝斩钉截铁，"不用等了，现在你就停下来。"

离开太阳花汽车旅馆没多久，艾克就出了场车祸。事故发生在十字路口，警察判责任各半。美国律师安排他到关系医院，艾克说他头确实有点疼，坚持到大医院去照CT。遇到如此不配合的客人，几乎没钱可赚，律师只得又草拟了一份合约，写明律师和医院该得的部分，余款才属于艾克后，案件才得以继续推动。

两年过去了，艾克也没拿到保险公司一毛钱。开始，他还安步当车，来去匆匆；后来，他斜挎着书包在中国城孤独游荡；再后来，他就从人们的视线中消失了。有人说他回了南京，也有人说他住进了得州神经病医院，云云。

若干年后，杨玫瑰在中文报纸上看到一则报道："有一华人男按摩师，在给女客人服务时手脚不干净，常吃女客人的豆腐。警察接到报案后，派出年轻警花'钓鱼执法'，一举将其擒获。"指着报纸上刊登的照片，杨玫瑰惊得语无伦次，"这，这，这不就是那个给我们打过工的艾克吗？这个名字不是他，但这个照片一定是他，我敢保证。他一定是入了美国籍，连名字都改了。"

第十七章 疯狂的杀手

这里所说的杀手主要有两类：一类是生理上的杀手，如糖尿病被称为"甜蜜的杀手"，肾脏病被称为无声的杀手；另一类社会上的杀手，指的就是那些穷凶极恶的抢劫、杀人犯。

就在艾克被停止工作的当晚，金宝突然胃绞痛，接着呕吐不止……原以为挺一挺就过去了，没想到却越来越严重。呕吐声搅得艾克更加无法入睡。他多次过来嘘寒问暖，"怎么样，要不要我来帮你上班，你睡会儿。""要不要我帮你打911叫救护车接你到医院，太阳花汽车旅馆由我帮你顶着？"

眼下正是用人之际，按说理应顺水推舟化干戈为玉帛，金宝断然谢绝是另有原因。

"工农兵学员""学体育的""四肢发达，头脑简单"是金宝最忌惮的几个关键词。

逃离了原来那个嘈杂的氛围，好不容易逃到美国过上了一段清静的日子，没想到它又如影随形，说的人竟然还是自己雇佣的员工。艾克时不时就说："哎呀，学体育的跟我们学理工的怎么能比；学体育的不就是蹦蹦跳跳，还写什么学术论文；什么国家级学术刊物，《体育科学》根本就没有科技含量，连我们'南工'的校刊都不如；搞体育的四肢发达，在美国干体力活当然比我们强，干技术活我就不敢恭维了……"

杨玫瑰多次提醒他，"你可以有自己的看法，但你千万不要在老板面前说，如果你不想被炒鱿鱼的话。三百六十行，行行出状元。体育也是一门科学。

由于潜意识中的根深蒂固，艾克还是有意无意露出对体育人的不屑。金宝对此早就耿耿于怀。

第二天一早，杨玫瑰把一切都安排妥当后，就带金宝去中国城看医生。医生断言，"你这是急性胆囊炎，可能与你昨天中午吃的自助餐有关。你一定要去看急诊，要不就先做个B超。"

中国城新架设的唯一一台B超机门庭若市，预约最快也要到后天。又经过一夜翻身打滚，金宝疼得实在受不了，不得不去休斯敦医学中心看急诊。

医生建议立即手术。盖着温暖柔软的白床单，金宝心里踏实了许多。一听说要当"无胆"英雄，他谦虚了起来，"能不能不摘，先打打针吃吃药看能不能压住，实在不行再手术？"

"不行，要立即手术，否则后果很严重，因为你有糖尿病。"这是医生坚定的口吻。

金宝无可奈何地躺在了无影灯下。

糖尿病这一甜蜜的杀手，早就惦记着金宝了。糖尿病是一组由多病因引起的以慢性高血糖为特征的终身性代谢性疾病。长期血糖增高，大血管、微血管受损并危及心、脑、肾、周围神经、眼睛、足等，据世界卫生组织统计，糖尿病并发症高达一百多种，是目前已知并发症最多的一种疾病。

金宝得糖尿病已有时日，被发现却是在最近。

最近金宝总感觉哪里有些不对劲。如尿频，口苦，一干重活就眼发黑，吃过自助餐就嗜睡，走路像踩在棉花上……

杨玫瑰说："你可能得了糖尿病，珍妮就是这样。她有一个血糖仪，是用政府医疗卡买的，你测一下试试。"

"我得了糖尿病？这怎么可能？搞体育的一无所有，身体健康、与疾病无缘是唯一的资本。在美国20多年了，饥一顿饱一顿常有，你说我胃不好还有可能。糖尿病这种莫须有的罪名离我也太遥远了。"

一次偶然，抑或是好奇，金宝把玩起了珍妮的血糖仪。血糖仪爆表让金宝心跳加快，脸色惨白。为了确认，他专门买了一台血糖仪也没能改变这一事实。

金宝愤怒、后悔，他冲着杨玫瑰大吼：“我说不测，你非要测，这下终于测出病来了，你满意了吧。”“天下本无事，庸人自扰之。”病都是被查出来的，这是他一贯的谬论和从不体检的理由。尽管无法接受，他还是在谷歌上打进了“糖尿病”这个关键词。

　　“全身器官常年都泡在糖水里。”是糖尿病如何侵害人体最形象的比喻。“甜蜜的杀手”是人们赠送它的美丽雅号。它不可饶恕的罪行在于，引发并发症，杀人于无形。

　　糖尿病的成因很复杂。经常吃自助餐，一吃就满到喉咙；雪碧当水喝；嗜糖如命……再加上遗传因素，这些都是诱发糖尿病的原因之一。

　　家族有无糖尿病史，无从考证。但金宝嗜糖如命，却是不争的事实。他把自己的口味定性为甜酸型。他确实喜好外酥里嫩的“甜酸鸡”“甜酸肉”“柠檬虾仁”，甜又香的“白糖裹花生米”，清凉可口的“糖拌西红柿”“糖拌西瓜”……他爱喝稀饭或泡饭，一碗稀饭里要放白糖二两……

　　血糖仪爆表那天，杨玫瑰愤愤地把他刚开封的一袋五磅重白糖扔进了垃圾桶，嘴中喃喃，“叫你不要吃，你非说便宜，你吃死就算了，小安妮还小，她坚决说不要后爸，我可不能为你守活寡。”

　　手术很成功。没有开肠破肚，只在胸前打了3个小孔，胆囊就被掏了出来。金宝以一种姿势，仰面朝天在医院里躺了整整一个星期还不让出院，对此他颇有微词。他知道医院在拿他当冤大头。这么大的医院住院病人寥寥无几，每人每天花销五六千美元，你又有医疗保险，医院怎么能轻易放你走人？

　　第10天，他终于出院。金宝要自己走出去，护士小姐说什么也不答应，一定要叫他坐在轮椅上推着出去。出门时柜台小姐复核了金宝的资料，就盯着他屁股后面要钱。坐在轮椅上的金宝说：“我不是给你保险卡了吗？我的保险公司会帮我付的。”

　　“我说的是自付款。”

　　“多少？”

　　“6625美元。”

"我现在没钱，你们寄账单给我吧。"

"带信用卡没有，有信用卡也行。"

"没带。带了我现在也不能给你。你们说多少钱不算数，我的保险公司还要复核。我一接到保险公司的账单就立马付给你。"

金宝付了大约1000多美元后，就开始和医院讨价还价，"如果我一次性付清的话，你们给我多少折扣？"

一次付清给点折扣，是美国金融市场不成文的规定，这次医院竟然说没有。联想到医院为了"创收"，扣着不让他按期出院，一气之下，4796美元余款金宝拒付了。多次乞讨无果，医院只得答应给折扣。给折扣也不付，医院最后把金宝移交给了讨债公司。讨债公司只能寄信催，又不能上门讨。讨债公司给的折扣一再加码，金宝也不为所动。他把所有讨债信都扔进了垃圾桶。虽然不了了之，但对金宝的信用影响很大。医疗费与信用挂钩，是最近的事。至少金宝烧伤住院欠25万美元时，两者还没有联系。

为方便照顾，金宝被孤零零地扔在疯子汽车旅馆。他继续仰面朝天，一种姿势在床上睡一整天，累得他腰酸背痛，连翻身、上厕所都痛苦不堪。也就是在那时，他才深深体会到，"能翻身打滚睡个囫囵觉，也是一种奢侈。"

金宝刚能下床，眼睛又出了问题。这也是糖尿病引起的并发症。他换了好几副眼镜，视力仍然急速下降。他只得再去中国城看眼科医生。

眼科医生说："你左眼视网膜出血、水肿很严重，需要看视网膜医生。我介绍你去的是世界上最好的视网膜医疗团队，我现在就帮你预约，若不抓紧，造成视网膜大出血，眼睛失明，神仙都没辙。另外，你的右眼视网膜也有轻微出血、水肿，右眼的白内障比上次扩大了许多，已经影响到了你的视力，这些都不着急。当下是你要抓紧去看视网膜医生，左眼视网膜水肿治好了，我再帮你做右眼白内障摘除手术。这都是糖尿病惹的祸。你有糖尿病为什么不早点告诉我？"

左眼视网膜出血、水肿，两次激光就彻底解决了。

右眼白内障手术也很成功。术后视力为10，这是美国的标准，相当于国内的视力标准1.5。然而没保持多久，右眼视力急速下降，原因是摘除白内障的右眼视网膜开始水肿。金宝又掉过头再去看视网膜医生。

这次就没有上次那么顺利了。多次激光效果不彰，转用眼底注射。打针仍没有效果，就加大剂量。一次打完针后，金宝右眼就像蒙了层黑布，医生慌忙又用针管抽出一点液体，他才勉强看清医生伸出的手指。

视网膜医生叫理查德，是在美国长大的越南华裔，人长得又瘦又小不说，还架着一副深度近视眼镜。金宝每次都这样想，"自己的眼睛都没保护好，还怎么能帮助病人治疗眼病？"

一天，理查德操着一口不太流利的中文说："你右眼视网膜水肿，针打了一年多，药也换了好几种，目前看来这些对你都没有效果。我们决定给你用类固醇，这是一种已经被淘汰的药……"

金宝打断，"你说什么药，我听不懂？"

理查德脸憋得通红。他拿出手机点了点，手机发出中文语音："类固醇。"

金宝点了点头。他接着说："类固醇被淘汰的原因，是因为它有副作用，有些人用过眼压会升高，但每个人情况不同，所以我决定给你试试。"

"你不是说厂家最近生产出一种新药，正在免费临床试用，你给我试了吗？"

理查德没有回答。金宝也没再追问。

应该是用过了，只是仍然不起作用。试用药是免费的，但金宝的共同支付从来就没少付过。理查德因此才会三缄其口。

最后一次治疗费150多美元的共同支付都已经交到了柜台，又被全额退了回来，是因为金宝被理查德医成了青光眼，费用他没好意思再要。

被淘汰的"类固醇"对金宝确实有效。半年不到，视网膜水肿已基本消退，但副作用也同时显现。金宝得了"青光眼"。理查德给金宝吃了两片降眼压药后，火速联系了金宝的眼科医生。

眼科医生给金宝换了好几种降眼压药也不起作用，只得介绍他去动手术。

给金宝动手术的是贝勒医学院一位年轻的中国台湾女博士。

奇怪的是，女博士帮他量的眼压并不高。金宝说："既然眼压不是太高，能不能不动手术。"

女博士嫣然一笑，"记录显示，你的眼压一直都很高，怎么会突然降下来，我也很纳闷。眼压长期居高不下，会造成视神经损伤，视神经一旦受损伤就不可逆转，你目前视神经还没有受到损伤，这是其一；其二，类固醇不是对你很有效吗？做了手术你可以继续使用，眼压不会再升高。其三，手术室一直都很紧张，现在预约也要到一个月以后。所以，我建议你现在就决定抓紧手术，不能再犹豫。"

手术非常成功，还要坚持定期复查。

杨玫瑰狠狠白了他一眼，"你已经复查一年多了。明天的预约我帮你取消了。汽车旅馆这么多烦心的事，不要有事没事就屁颠儿屁颠儿地往医院跑，就像不要钱一样。我算了一下，我们俩每月的医疗保险费，加上你每次的自付款，每年要1万美元以上，幸亏我们还做点小生意，靠打工怎么吃得消。明年我准备换奥巴马健康保险，这样会省很多钱。下一次我还要投民主党一票"。

奥巴马健康保险于2014年1月1日起生效，直接受惠的是美国普罗大众。以杨玫瑰为例，之前她购买的医疗保险：月保费600美元，年自付款2500美元。奥巴马健康保险分铜、银、金、白金四个级别，保费低，自付额就高，依次类推，可自行选择。杨玫瑰选择了"金"：月保费才250美元，年总自付额1500美元，其余保险公司全付。

有了奥巴马健康保险，金宝反倒不用去医院了。他眼睛的水肿彻底消了。"你只能靠终生打针维持，否则就会失明。"眼科医生的这一预言破产了。不进医院不代表就没病，糖尿病这个甜蜜的杀手无时不在侵蚀着他的机体，一刻也没消停。1年后的一次体检，他又查出了有尿蛋白，这说明肾脏又出现了问题，罪魁祸首仍然是糖尿病。

中国城的肾内科医生看了一眼24小时尿检报告，说："不是很严重。糖尿病药、高血压药都要坚持吃，它们对保护你的肾脏有好处。高蛋白食品要少吃，特别是肉类，哪些食品蛋白质含量高，我给你一张表，你回去慢慢看。我现在需要一份肾脏的B超报告，就在隔壁做，你抓紧时间，等报告出来再说。"

金宝问到能不能开些治疗肾脏的药，肾科医生说没有，就吃治疗糖尿病和高血压的药。

B超显示，金宝的左肾有结石，堵在排尿口。按说应该疼痛不已，但金宝却没有一丝感觉。他被转入肾外科。

经过"体外冲击波碎石"手术，大部分碎片随尿排出，但仍有一大片留在肾脏内，堵在排尿口。金宝仍然没有感觉。医生都感到神奇。在医生的指导下，经过大量饮水，加上蹦跳，一阵腰酸之后，残留结石终于被排出体外。

金宝在肾外科坚持复查了近两年，但没再去看肾内科。他认为肾内科什么事也不做，只提些建议，连药都没有，病情发展了也不能干预，肾内外两科都看是一种浪费。

肾外科医生很认真。定期做B超不说，还做"深度"化验，开销不菲事小，只是多有重复。一次做膀胱镜检查，疼的金宝是撕心裂肺。

再做体检时，金宝又吓得脸色惨白。护士打电话来说："你的尿检报告出来了，尿蛋白高得很，医生叫你抓紧去看肾内科医生。"

金宝吓得差点没站稳，急问："有多高？"

"说了你也不懂，总之比正常值高出许多。"

"肾功能正常吗？"

"肯定不正常……不过，验血报告好像还没出来，出来了我再告诉你，你先约一下肾脏医生，一定要抓紧。"

又过了两天，金宝悬着的心终于落了地。护士说："验血报告出来了，肾功能正常。不过你还是要抓紧看肾内科医生。"

看了递上去的化验报告，肾内科医生只说了一句："一个月以后再来，来时增加一份24小时尿检报告。另外，含钾高的食物要少吃，什么是高钾食物，这里有张表。"

看着这张表，心情复杂。

过上好日子的标准，无非就是吃得好穿得好。

然而，这一切对糖尿病人来说已经失去意义。

他爱喝雪碧，爱吃糖，爱喝稀饭，爱吃五花肉……以前没得吃，是因为没钱，现在不缺钱了又不能吃。

豆腐、千张、豆腐干等豆制品，还有鸡蛋也是他的最爱；豇豆烀一大锅，就着小菜早晚各一顿。只要有小菜，他吃什么都香。按下葫芦浮起瓢，血糖算是控制住了，尿蛋白却增至三个加号，外加高血压和严重贫血。"仨兄弟"中唯有高血脂迟迟没来报到。

能吃的只剩下蔬菜和水果了。手中的表格提醒金宝，大多数蔬菜、水果都是高钾食品，要切碎了，用水浸泡至少2小时以上才能食用。

对金宝来说，美国算是白来了！钱更是白挣了。金宝仰天长叹。

当年的粗茶淡饭如今成了健康食品。一同摆在健康食品货架上的还有20世纪60年代计划粮中搭配的20%粗粮：如大麦面、玉米粉、地瓜干、豇豆……

忆苦思甜的豆腐渣上了宴席；喂猪的山芋玉米糊糊成了盘中餐；是时光倒流，还是命运在作弄人？咽着"猪食"，金宝泪眼婆娑。

1个月以后，肾科医生告诉他，"各种生理指标没有变化。3个月以后再来。"

金宝疑惑，"我是肾脏病人吗？"

"不是的话，你为什么要来看我？"

"那我的肾病处于什么程度？"

"二级。"

"一共分几级？"

"五级。"

"最后会怎样？"

"洗肾或换肾。你目前还不需要。"

"我还有多长时间？"

"按照你目前肾功能的下降速度来看，还有半年。"

金宝眼前一片黑暗。他翻出历年体检表，分析各项指标。他发现，他的肾功能之前很正常，之所以开始急速下降，是因为吃了一种叫"捷诺维"的黄色降糖药片。这是鉴于金宝最近的血糖居高不下，他的家庭医生给他添加的一剂新药。服用此药半年后的一次体检，发现金宝的肾功能开始急剧下降，医生悄悄把这药给停了。金宝发现血糖又居高不下，就又去问医生说这药控制血糖效果很好，你为什么把它给停了？医生什么也没说，又专门开了张处方给加上了。至此，金宝的肾功能每况愈下，越发不可收拾。

找到了原因，金宝逢人就说："有些医生只知道给医药公司卖药，然后享受医药公司给他们的免费旅游招待，而从不顾及副作用和病人的死活。你看我这一嘴牙齿现在变得苍黄，都是吃药吃的。我说药不能吃得太多，医生说没事，这吃药就像吃饭一样。这是哪儿对哪儿啊？糖尿病对肾脏是有伤害的，但那是缓慢和漫长的，而药物对肾脏的伤害却是立竿见影。再说，糖尿病人只需改变饮食结构而不需要过多吃药。我现在不吃药了，血糖反倒正常了。"

至此金宝停止了所有药物，不量血糖，不做体检，也不看医生了。金宝的精气神较之前好了很多。

如果说生理上的杀手，要你的命是渐进的和有心理准备的，那么社会上的杀手，夺你的命则是在瞬间，往往猝不及防。每每想起那几次被打劫的经历，金宝至今还心有余悸。

话还要从20年前说起。

第一次发生打劫的时间是某个圣诞前夜，地点是小汽车旅馆，金宝正在值夜班。如果把美国的圣诞节与中国的春节相比较，美国人的痴狂程度比中国人是有过之而无不及。人人都回家过节，处处杳无人烟，汽车旅馆的生意更是一片惨淡。

是夜，黑洞洞的小汽车旅馆院落像张开大嘴的怪兽，两间亮着灯的窗户如同怪兽的两只眼睛。金宝虽然玩着电脑却心烦意乱。

一道强光刺来，总算来生意了。金宝刚刚喜上眉梢却又愁上心头，汽车在停车场打了个转又走了。

门铃声再次响起。一个又瘦又小的黑人塞进一把零钱。他要租一个小时，可连钥匙押金都凑不齐，金宝只好出去给他开门。小黑人点名要9号房车，看来他对小汽车旅馆并不陌生。

打开门，拨亮灯，金宝转身往回没走多远，小黑人突然追了上来，冰冷的枪口顶住了金宝的后脑门，"钱！"

"轰"的一声，金宝的脑袋顿时一片空白。他知道遇上了劫匪后，反倒异常镇静。眼前的劫匪又瘦又小，如果都是徒手，他会像当年"男双"底座那样，把小黑人高高举起，再远远抛出。但面对疯狂的歹徒，他只得高举双手作出投降状。他冷静地回答："钱在办公室。"

"走！"小黑人用枪顶着他，边走边问，"有没有监视器？"

"没有。"

"不准报警？"

"好。"

金宝被小黑人用枪顶进了办公室，走到收银台前，金宝指着收银桌侧面说："抽屉钥匙在那儿。"

劫匪说"是的"后，金宝才敢伸手去拿。他当时非常清醒，如果没有得到劫匪的允许就伸手乱摸，劫匪会误以为你在伸手掏枪，而会死于非命。此事不胜枚举。开车被警察截停时也一样，双手一定要放在方向盘上，得到警察允许后，方可开驾驶室旁的抽屉，再找汽车驾照和汽车保险。

当天确实没有什么生意，加上又付给客人一点工钱，所以抽屉里连"底钱"在内也才六七十美元。小黑人随手拿了个塑料袋子，连同硬币都一股脑装了进去。他心有不甘地四处寻觅。他指着床头一个铁盒子问："这是什么？"

"电钻。"

"打开！"确认是电钻后，又指着一个纸盒子问："那是什么？"

"账单。"

小黑人把办理入住登记的小房间翻了个底朝天，也没再找到一文钱。大钱都在里面金宝睡觉的大房间里，门就在小黑人身后，门上挂满了备用钥匙，不仔细看很难发现。

小黑人用枪顶着金宝的头往外走，路过老太婆紧锁的房门，酒气和呼噜声从门缝里钻出。小黑人轻声问："里面是谁？"

"给我打工的老太婆，她喝醉了，在里面睡觉。"

走到门口，小黑人突然歇斯底里大吼，"大钱！"接着把门关上，用枪疯狂地点着金宝的脑门。胁迫他又退回到办理入住登记的小房间。

金宝边退边解释："今天确实没有生意，所以才没有大钱。"

看到实在榨不出什么油来，小黑人就叫金宝抽出自己的裤带，脸朝下趴在地上，他用皮带反捆住金宝的手腕，捆了几次没捆住，干脆就用枪托对着金宝的后脑猛力一砸……

金宝醒过来时四周一片寂静。他感到天旋地转，却不敢轻举妄动。他轻声喊道："先生！先生！先生……"喊声越来越大也没人回音，他估摸劫匪已经走了，便艰难地爬了起来。他瘫坐在床沿上，摸着后脑上的大鼓包，他一阵后怕。

到底要不要报警，金宝陷入了两难。最近一个时期，小汽车旅馆麻烦不断，警察抓走了好几批妓女和毒贩，FBI的便衣也时常光顾。此时报警，无疑是雪上加霜。不报吧，不仅一箭之仇难消，劫匪可能还会再来，权衡再三，金宝还是拨通了911。

刚放下电话，直升机就在头顶轰鸣，探照灯把黑夜照得如同白昼。警车鸣着警笛闪着警灯鱼贯而来，不大的一个小汽车旅馆顷刻间被围堵得水泄不通。

劫匪早就走了，还如此阵仗。矫揉造作、虚装声势是美国警察的一贯作风。

第二次被打劫是发生在白天，地点还是小汽车旅馆。休斯敦的夏季，赤日炎炎。金宝到中国城银行存款后回到小汽车旅馆。他下车后轻敲办公室门后，没人应声，于是便走到办理入住登记窗口按门铃。突然，他夹在胳肢窝的小包被人从后面抽走。包内有一部手机、30美元现金、驾照、信用卡等。这一幕恰巧被杨玫瑰从里面看见。金宝转身急追。一个高大黑人钻进路边同伙的一辆轿车。望着绝尘而去的劫匪，金宝反复念着劫匪的车牌号，隔着办理入住登记窗口叫杨玫瑰记下。

此时一个好心人走进小汽车旅馆，告诉金宝打劫者的车牌号码，并帮语无伦次的金宝报了警。

一部满载乘客大巴士，专门掉头回到小汽车旅馆门口停下，司机也告诉了金宝劫匪的车牌号码。

事后警察告诉金宝，这是一个专门在中国城作奸犯科的犯罪团伙，目标就是进出银行的华人。他们作案多起，已并案侦查。一个月前一个中国城珠宝行华裔女老板从银行取钱出来，进超市买菜，停车场的车窗被砸，包被偷，应该也是这伙人所为。

由此推断，这次打劫者应该是劫匪从中国城银行一路跟踪金宝过来，他们误以为金宝是提款。他们做梦也没想到，金宝到银行从来都是只存不提。

警察喊金宝去辨认劫贼。几十张照片看得他眼花缭乱，除了能分清黑白，几乎都是清一色。金宝眼中的黑人几乎长得一个样，更何况他看到的只是背影呢。

金宝把这些全都怪罪于杨玫瑰，如果不是她为了节约电把录像机给关了，劫匪这次肯定跑不掉。

杨玫瑰说："你是脸盲。下次警察再叫辨人，我和你一起去，我保准一眼就能认出来。"

市中心休斯敦警察局。

单面镜一侧坐着金宝、杨玫瑰、中国城珠宝行华裔女老板，还有一位是另一宗抢劫案的女受害者，她从银行取钱出来，回到商店开门准备营业，被尾随的劫匪捂住了嘴，抢走了刚换好的零钱和价值不菲的包包。

单面镜另一侧，十几个挂着号码牌的犯罪嫌疑人一字排开，按照口令做着统一的"队列练习"。个别犯罪嫌疑人被证人要求单独出列。

但没人敢轻易指认。警察说，每被指认一次，该犯罪嫌疑人刑期将被增加10年，所以不能说"也许""可能""好像是"，一定要有百分之百的把握才能指认。此案不了了之。

最惊心动魄的要数第三次被打劫。那次金宝被劫匪打成了重伤，还躺进了医院。时间是深夜，地点仍然是小汽车旅馆。

要讲清楚这次打劫过程，先要画一张小汽车旅馆办公室的平面图。

办公室是一座大房子，与之毗邻的是一栋两层小楼，楼上是两间客房，通过一木制外楼梯上下。楼下的两个车库早已变成了仓库。办公室与小楼建筑之间加盖了屋顶，被改建成了洗衣房，门只能开在外楼梯下，这是进出办公室唯一的通道，进出都必须低头。

进洗衣房左转是小厨房，进入小厨房后右转是约3米长1米宽的过道，里面没有灯；直走是老太婆卧室，门常年关着；右手是洗手间和走入式壁橱，左手就是办公室，再里面是办理入住登记的小房间；进出金宝的卧室都必须经过这个办理入住的小房间。

搏斗发生在过道。当时里面一片漆黑。因为厨房和洗手间的灯都没开，办公室虽然开着灯，但大门是关着的。

是夜，金宝躺在小汽车旅馆办公室的沙发上观看CCTV-4，等待清下一个钟点房。

时针指向凌晨两点一刻，这是4号房离店时间。金宝起身拉门，刚进入过道就和一个高大黑影撞了个满怀。他顿时吓得魂飞魄散。

黑影用钝器猛力击打金宝头部。是什么凶器他至今也不知道，估计是一截铁棍。由于过道太窄，两人抵得太近，凶器根本就抢不开，加之过度紧张，尽管被多次击打，金宝都没有感觉。生死攸关时刻，金宝全身肾上腺素总动员。他边吼边拼命往外冲，逼得黑影步步后退，一直退到厨房煤气炉前，此处空间稍大，金宝转身就往门外跑。此时黑影一只手死命拉住金宝，一只手抢起凶器猛击金宝后脑。这一击力达千钧，稍偏一点是不幸中的万幸，否则金宝不死也成了植物人。

金宝徒手跑出门外，边嘶喊边冲向办理入住登记窗外的付费电话，那是他安装给客人用的。打911不要钱是这类电话的法定功能。

金宝在外面大声报警。劫匪在里面到处乱翻。隔着窗户两人都能互相看得见。劫匪越急越翻不到钱，甚至连放着钱盒子的办理入住手续的小房间都来得及进，就转身跑了。一是因为金宝在外面报了警，二是他猛然看见桌上放着24英寸彩色监视器。但此时的录像机已经多日不工作了。

警察姗姗来迟，劫匪早已溜之大吉。他一分钱也没有抢到。

金宝指出了劫匪的逃跑方向。警察不理会，劝他坐下。警察不紧不慢地记录着被打劫的过程。

血流太多，金宝感到有头些晕。此时老P闻讯匆忙赶来，金宝一一向他作了交代。金宝这才安心地被扶上救护车，驶进附近的一家医院。

绽开的头皮被清洗、缝合，留院观察了一夜，说好第二天一早就可以出院。

第二天一早进来两个大汉，不由分说就把金宝塞进了救护车。金宝困惑，"怎么啦，上哪儿去？"

"转到大医院。"

"为什么？"

"因为你有医疗保险。"一根筋的美国人说话就是这样直来直去，连个弯都不知道拐。

救护车摇晃了一阵后，大汉们开始忙碌。他们给金宝接上心电图，扣上氧气面罩。金宝挣扎说："我很好，我不需要。"

回答毫不掩饰，"别动，快到医院了。"

金宝被打扮成危急病人，急匆匆地被推进了急救室。

金宝在大医院又观察了3天。这里的条件不错，伺候得也很周到，有人嘘寒问暖，也有人端水递药，一日三餐，你想吃啥，看着菜单随便点。金宝对西餐从来就没胃口，他只惦记着红烧肉，所以一直嚷着要出院。护士一直敷衍，"出院要有医生命令，医生正在做手术。"

第五天，终于看到了医生。金宝强硬地表示一定要出院，否则就自己走。医生说："你不是有医疗保险吗，为什么要这么急着出院？多观察几天对你有好处，脑出血抢救不及时会有生命危险。我可以让你出院，但出了事你自己负责。"

听说医疗保险自付额很高，小汽车旅馆生意没人照料，医生表示理解。

金宝被杨玫瑰直接接到小汽车旅馆。小汽车旅馆生意这几天全靠老P一个人顶着，虽然以酒为伴，但他仍然需要好好睡上一觉。

老P边收拾枪支弹药，边说："老板你说得不对，打劫的不是之前和你吵架的2号房客人。他后来回来了，看到了满地的血迹，还问我是怎么回事，如果真是他，他回来不是送死吗？你那支手枪为什么不带？他进你办公室，你就有权开枪打死他，打死了也不犯法。这次枪带了没有？没带的话，就把我这支留下。进办公室一定要把门锁好，我每次进来都检查好几遍，我老婆都说我得了'强迫症'。"

"门我肯定锁了，还扣上了搭扣，他是怎么弄开的，我一直很纳闷，看来是遇到高手了。这次我把枪也带来了，如果他再敢来，我肯定不客气。"

一枪在手，浑身是胆雄赳赳。血案并没有吓倒金宝，反倒激起了他好斗的血性，他一直处于亢奋状态。他真的希望劫匪能再来，他要复仇，他想杀人。他千百次模仿着西部牛仔的拔枪动作。虽然没有他们快，但也慢不了多少，惊得客人们是一愣一愣的，都说老板疯了。

枕戈待旦，劫匪反倒销声匿迹。

美国是世界上个人拥有枪支最多的国家。"美国宪法第二修正案"明文规定：人民持有及携带武器之权利，不可侵犯。

这一权利为何要写入宪法？这源于美国的起源和历史。

"五月花"号的美国的先民们在与野兽和印第安土著的斗争中能存活下来，靠的是枪杆子；美国西部开发，靠的是枪杆子；防止美国政府权力膨胀，进而侵犯公民权利，靠的是枪杆子；美国人安身立命，靠的也是枪杆子；美国能独立建国，靠的还是枪杆子……

第一次被打劫后，金宝就决定要买一把属于自己的枪。小汽车旅馆已有两把枪，一短一长，那都是肖老板留下的。短的只有巴掌大，跟电影《红日》中沈军长送给女战士的那把一模一样，这枪就是打到头上只会"扑腾"，而不会死人；另一只是威力强大的霰弹枪，据说能把整个人都轰成马蜂窝。

金宝的爱枪是世界名牌：德国HK USP 9毫米半自动手枪。选择9毫米，是考虑到打靶时9毫米子弹最便宜。金宝为爱枪配了枪套、两个弹夹和一条皮带，还专门考了持枪证。

考枪证把金宝累得够呛。当时还没有中文授课，金宝只得参加英文枪照讲习班。英文授课，英文考试，又都是专业术语，邻座的小白孩把试卷遮得严严实实，生怕金宝沾光，那次金宝只考了65分，70分才及格。全讲习班30多人，金宝是唯一一个中国人，也是唯一一个没通过考试的考生。他抱怨，"这哪里是在考枪照，分明是在考我英语。"

教官宽慰，"这是法律，我的朋友。"

金宝参加了下一轮持枪证考核讲习班。这次是免费。这次班上多了一个中国人，是台湾同胞，还瘸了条腿。他的英语比金宝烂得太多，他却信心满满。单看他交卷的速度，金宝就坚信他一定给邻座小费了。

笔试完了，试卷都反扣在桌上，教官带考生们进靶场实弹考核，教室里就剩金宝一人。这次他狠心偷看了两题，终于勉强过关。教官带头给他鼓了掌，他羞愧难当。

实弹考核，金宝弹无虚发。

看着医院寄来的账单，金宝心情沉重。虽然有医疗保险，但那个20%自付款就是一座大山。正当他纠结不已时，接到警察局寄来一份"得克萨斯州刑事被害人补偿福利申请表"。金宝决定试试。

这一试就是两年。其间一波三折，枝节横生。一次次被否决，一次次抗辩，一次次受质疑，一次次补充说明……原因就在于："基金会不承认金宝是刑事被害人，而是与客人发生了纠纷。"

被打劫的当晚，2号房住进的那个黑人一刻也不安稳，遇人就搭讪，要不就挨个儿敲门，受到金宝多次制止而发生争吵。血案在黑暗的过道中发生，金宝根本就没看清歹徒，就主观臆断他是2号房客人，故被警察记录在案。

无论金宝如何解释，也改变不了美国人这一根筋脑袋。直到金宝绘制了一张小汽车旅馆办公室草图，详细标示了血案发生的时间、地点、过程，特别强调了当时周遭一片黑暗，根本就看不清歹徒的脸，说是2号客人纯属个人猜测云云，基金会这才答应举行电话听证。

电话听证那天基金会请了一位中国警察当翻译，才终于把事情原委说清楚。

所欠医院各项费用，基金会终于答应一一偿还。

杨玫瑰由一个弱女子蜕变成悍妇，也是在多次被打劫中一步步练成的。

一个风雨交加的夜晚，金宝带小安妮在里屋玩耍，杨玫瑰在外屋梳洗准备就寝。两个黑人说有首饰要卖，他们毫不掩饰地说这些都是偷来的。一贯爱占点小便宜的杨玫瑰便开了门。突然，首饰变成了黑洞洞的枪口，杨玫瑰顿时瘫软。

"钱！"

"钱在里屋。"

劫匪伸手拧门把手的瞬间，门把手自己转动了。劫匪落荒而逃。金宝提着枪一脸茫然。杨玫瑰战栗地说："老天保佑，老天保佑，你出来的真是恰到好处。迟一秒早一秒不是劫匪开枪就是你开枪。我的妈呀，吓死我了，吓死我了。"

一个落日黄昏。疯子汽车旅馆办公室门洞门大开。杨玫瑰坐在沙发上手持电话正在和太阳花汽车旅馆的金宝炫耀小安妮是如何聪明。此时突然闯进三个黑人，一人持枪，一人拿刀，一人提棍。他们伸手夺下杨玫瑰手中的电话，大吼一声，"钱！"

杨玫瑰心搏骤停，浑身战栗。她脱口而出，"没钱！"

事后金宝问她，"你为什么要这么说？把钱都给他们不就算了，是钱重要，还是命要紧？"

杨玫瑰说："我也不知道，我那是脱口而出，当时我脑袋一片空白。"

提枪的劫匪命令杨玫瑰站起来，掏出沙发垫下的手枪，退出子弹，扔进角落，一歪头，两个劫匪进到里面开始搜刮。

电话说到一半突然没了声音，再打过去全是忙音。这种情况时常发生，可能正好来了生意，金宝也就没多在意。

半个小时后电话铃再次响起，此刻的杨玫瑰早已泣不成声。

劫匪翻走了当天的全部营业款。有一捆大钱侥幸漏网，那可是整个疯子汽车旅馆半个月的营业额。杨玫瑰当天带着这笔钱准备去银行存，但银行已下班，所以又带了回来。进办公室后她随手将包往床头柜上一扔，包滑落到床头柜和墙之间。杨玫瑰破涕为笑，"别说劫匪了，就是我自己都找不到。"

有一奇葩事，金宝和杨玫瑰一提到就忍俊不禁。

疯子汽车旅馆混进了两个坏蛋。黑男人办理入住时，白人女子蜷缩在车座下混了进来。

天一擦黑，这对狗男女就在汽车旅馆里开始乱窜。他们像走马灯一样把街边的行人往房间里带，不听劝，态度还极其蛮横。疯子汽车旅馆被搅成了一锅粥，客人纷纷前来抱怨。这一乱象引起了116房注意。珍妮说116房住的可能是一个卧底便衣。

中午11点一到，被折腾了一夜的杨玫瑰就去敲两个坏蛋的门要他们离店。门半天才开，门缝里塞出一把钱，蹦出一句警告，"别再敲了，我们很累，需要好好睡一觉！"

杨玫瑰将钱推回，把门推开，"你们不能在这儿住了，必须马上离店。"

黑人大汗淋漓，口齿不清地问："为什么？"

"你心里清楚。警察已经注意到你们了，如果不走就会有大麻烦。"

"下次我们一定注意，请再给我们一次机会。"

"机会我已经给过你们多次了，你们就是不听劝。所以你们现在必须离开。"

两人正在讨价还价，脸色蜡黄、睡眼惺忪的白人女子忽然冲了过来，"哐"的一声将门关上。杨玫瑰的手被门框夹住，疼得嗷嗷直叫。门一次次被推开，又一次次被关上……白人女子开始发飙，她一嘴的脏话，杨玫瑰也不示弱，她一一回敬，偶尔还夹句中国话。此时听懂听不懂不重要，吵架讲究的就是个气势。

嘴上没沾到便宜，气急败坏的白人女子便动起了手。扯头发、撕脸颊、用脚踹……两个女人滚成一团……

金宝本想上前劝架，没想到被黑人一拳打成了熊猫眼。两个男人也开始扭作一团……

金宝吃了亏。他跑进办公室取出爱枪本想吓唬吓唬他。没想到此君正在亢奋状态，面对枪口不仅不躲，反而脱下身上的背心迎了上来。

金宝清楚开枪的后果十分严重，就算是正当防卫不负刑事责任，但民事诉讼也会叫你倾家荡产。

于是就出现了这样一幅啼笑皆非的画面：荷枪实弹的金宝在前面跑。光着上身的黑人在后面追。如果枪被黑人抢去，后果难以想象。情急中杨玫瑰挡住黑人，金宝才跌跌撞撞躲进办公室。黑人在办公室门口止了步，金宝再挑衅他也不敢进去。此时的金宝两眼喷火，只要黑人胆敢跨进办公室一步，他就会毫不犹豫地扣动扳机。黑人并不傻，他只是以疯作邪罢了。

杨玫瑰脾气越来越狂躁，与她这段坐牢经历脱不了干系。

残阳如血的黄昏。还是那位白人女子。她连续三次分别带着3个不同的男人来疯子汽车旅馆开钟点房。每次她都蜷缩在车座下，杨玫瑰一次都没看见，否则她也不会租给她。

第三次办理入住刚完成，男客人就亮出警徽。十几部警车风驰电掣，闪烁的警灯把疯子汽车旅馆点成了一片火海。不等杨玫瑰开门，警察就一脚把办公室门踹开。他们将杨玫瑰反扣上手铐，拖到警车前搜身、拍照、取证。一部分警察进办公室里屋搜查。

与此同时，太阳花汽车旅馆水管突然爆裂，水柱冲天，金宝正在抢修。

夜里，睡意正浓的金宝被一阵阵电话铃声吵醒。是机器说话。他挂上。再次响起。他再次挂上……

第二天，当杨玫瑰被保释出来的时候，一上车她就发飙，"昨晚我打电话给你，你为什么不接？"

"没有啊，夜里我接到几通电话都是机器讲话，我没听懂就挂了。后来我不还是接了吗？"

杨玫瑰被警察起诉。罪名虽然是莫须有，但如果罪名成立，她余生将在监狱中度过。杨玫瑰几近崩溃。

疯子汽车旅馆出事只是迟早问题，金宝早有预感。除了打911的记录陡增外，杨玫瑰得罪了警察也是主要原因。

最近一段时间疯子汽车旅馆确实很乱，为了把坏蛋的车辆堵在门外，杨玫瑰动了不少脑筋。她叫老P做了一块"钉板"，坏蛋的车一进去，她就把"钉板"悄悄放在大门口。效果还不错，坏蛋的车辆每次都能踏响"地雷"。但疯子汽车旅馆为此也没少付出代价：窗户被无厘头砸碎，门被莫名踹开，坏蛋还扬言一定要置杨玫瑰于死地，因为她挡了他们的财路。金宝劝杨玫瑰不要再扎了，她就是不听。

一次，坏蛋的车没扎到，尾随的警车却被戳爆了胎。警察气急败坏。

美国是一个逐利社会，有钱就没有办不了的事情。付了5万美元后，得州名律师K把胸脯拍得嘭嘭响，"好了，回去安心做你的生意，我保你没事。"

果然，杨玫瑰出了几次庭后，警方就主动撤销了对她犯罪的指控。不是因为律师的雄辩，而是警方的证人：那个白人女子失踪了。

疯子汽车旅馆的麻烦刚刚解决，太阳花汽车旅馆又出了大事。其实什么事也没有，全都是警察在虚张声势。

金宝到家得宝建材商店买材料，刚走到半道，老P就气急败坏地打来电话，"老板！老板！不好啦，出大事啦，警察把整个太阳花汽车旅馆团团围住啦，你赶快回来吧！"

金宝一激灵。早上一醒来，他从监视器里就看到有一辆吉普停在太阳花汽车旅馆深处。金宝脸没洗口没漱就出去看个究竟。

金宝问："需要帮忙吗？"

车内两个正在玩电脑的年轻人忙说："不用，不用，我们一会儿就走。"

现在看来这是前来探路的便衣。

太阳花汽车旅馆大门口停满了各式警车；还有一部海军陆战队的装甲运兵车；空中直升机在盘旋；士兵们个个头扣钢盔，身披防弹背心，荷枪实弹。这次可算是海陆空全员都到齐了。金宝只得将车停在路边。

车还没停稳，一个"头"模样的警察就迎了上来，"你叫金宝？"

"是的。"

"你用你的手机给我打个电话，我的手机号码是……"

"头"的手机响了。他看了一下电话号码，确信无误后才问："你是房地产所有者？"

"是的。"

"你是哪国人？"

"中国。"

"疯子汽车旅馆的地址跟你是什么关系？"

"那是我另一家汽车旅馆。"

"杨玫瑰是谁？"

"是我太太。"

警察之所以知道杨玫瑰的名字和住址，是因为太阳花汽车旅馆申请电脑网络时，用的是她的信息。

"你有电脑吗？"

"有。"

"你经常上网聊天？"

"是的。"

刚走进办公室，老P就指着歪斜的门说："你看这些警察有多流氓，我说你到商店买建筑材料去了，他们死活不信，非说你在里面。这个房间当时锁着，我一着急，这一大串钥匙捅了好几次也没捅对，他们就一脚将门踹开了。他们还叫我把后院那个倒垃圾的大门也打开，不知道是什么意思。"

金宝脸色阴沉。

"头"问："你知道不知道哪些客人有电脑？"

"不清楚。但用我的无线上网的客人我都知道，因为他们需要一个密码，才能登录。"

"你记得有哪些客人问你要过密码？"

"最近有过两个客人。一个是9号，一个是13号。"

"他们都是什么样的人？"

金宝翻出这两个客人的登记卡，"13号是黑人，9号是白人。"

听到白人二字，"头"眼睛一亮。他忙问："9号是干什么的，他现在在哪？"

"他是个网球教练，现在应该在上课……"金宝看了一下挂钟，"再过3个小时他才会回来，他是我们这里的老客人，已经住了1年多了。"

"请把9号客房门打开，我们先搜查房间，然后再等他。"

那边警察在9号忙着搜查房间，这边金宝在办公室边翻看客人登记卡边和"头"聊天，"发生了什么事？"

"有家长报案，说他们的女儿在网上聊天，被一个白人诱奸了。女孩才13岁，男方用的就是你的IP地址。"

"什么时候发生的事？"

"大约10天前。"

金宝急忙在客人登记卡中翻找，抽出一张，"嗨！你怎么不早说呢，我还以为你说的是昨晚。13号客房昨晚住的是个黑人，10天前住的是这个白人男孩，他在我这住了好几天，他问我要过无线上网密码。"

"头"大喜过望，当胸擂了金宝一拳。然后他打开警车后备厢，从里面取出两页文件交给金宝后，就对着对讲机高呼："收队！"

瞅着手中的两页纸，金宝半天才弄明白，原来这是法院的搜查令。有了尚方宝剑，警察能不飞扬跋扈？

劫匪断了对金宝的念想，是因为他有了D这个贴身保镖。

那次金宝又被劫匪用枪顶了头，忽然一声震天怒吼，劫匪丢下钱袋子，捂着头，血流满面地逃离了现场。原来是D用枪托子敲开了劫匪的脑袋。

D一边用衣襟擦拭着枪托上的血迹，一边对金宝说："你放心吧，他们不敢再来了。他们已经知道这是我的地盘了。这次我只是给他们一个警告，下次再来我就……"D做了一个射击动作，"需要帮助你就吭一声，有我罩着，你什么也不用怕，只管安心做你的生意就是了。"

D是一位谦谦君子。他热心助人、哥们儿义气也是有口皆碑。他枪不离身，因为他有持枪证，0.45英寸大口径HK手枪不仅使同僚闻风丧胆，连警察也惧怕三分。在美国申请持枪证是要经过严格背景调查的。所以，从法律层面上来讲，D是个好人。正因为如此，他才会在与警察的麻烦中一次次全身而退。警察明明知道他在做肮脏的生意，但苦于抓不到证据，一直都是"狗咬刺猬，无从下口"。

汽车旅馆是警察重点整治对象，客人鱼龙混杂，客人、便衣、线人时常搅和在一起。为避免瓜田李下之嫌，汽车旅馆业工作守则明确要求：员工应与客人保持一定距离。对客人都如此，对坏蛋更应该划清界限。

金宝与D牵扯，有自己的理由。

经过烟熏火燎，疾病缠身，加之多次被打劫，金宝的"三观"已经彻底变形。"人生苦短，及时行乐"成了他的生活信条；中国城屡遭黑人打劫；汽车旅馆无赖又多；警察出警要3个小时以上。如果不"以夷制夷"找个人罩着，生意难以为继事小，落个终身残疾，抑或搭上小命事大。俗话说得好，"身正不怕影子斜""为人不做亏心事，半夜不怕鬼敲门"，金宝怕他个屁。

于是，金宝每次到银行存款，D都持枪护卫；凡是碰到"老赖"，D一出面都能解决；两人还经常一同去打靶，金宝百步穿杨的手艺就是那时练就的；有疯子要攻击金宝，他率先出手……

一次，一个刚办理入住的客人脸色煞白地跑出房间，问金宝有枪没？金宝心一下子跳到了嗓子眼，"怎么啦？"

"蛇！蛇！房间里有蛇！"

走进房间一看，金宝的鸡皮疙瘩落了一地，抽水马桶上果然盘着一条金色眼镜蛇。是D伸手抓住蛇的七寸将其生擒活捉。原来眼镜蛇是D饲养的。金宝一再催促，他才将其移走。

还有那个既传瘟疫又丑陋的负鼠。就是金宝上大学时，夏夜里几百号学生跟着疯跑的那个丑八怪。它动不动就钻进库房或垃圾桶里睡觉。金宝一看到这家伙腿就打抖，别说驱赶了。还得靠D，库房里的被他用枪射杀；垃圾桶里的被他放水淹死……

出来混迟早要还的。D遇到了麻烦，也少不了金宝出手相助。

第十八章 野蛮其体魄

2012年"第23届世界技巧锦标赛"将在美国奥兰多举行。中国技巧队教练王中王再次披挂远征。想到两位老友即将见面，金宝一夜无眠，浮想联翩。

此次世界技巧锦标赛，在奥兰多美丽的布纳维斯塔湖畔举行。世界上最大的综合游乐场迪斯尼乐园坐落于此。这次他要和王中王好好叙叙儿时的趣事和离别之情。1997年6月"第五届世界青年技巧锦标赛"在美国夏威夷举行，中国队男双勇夺单套冠军，教练就是王中王。金宝当时在美国的"脚跟"还没站稳，没能力去摇旗呐喊，他遗憾至今。物换星移，今非昔比。为了不让遗憾再度发生，金宝这次做足了"功课"，但还没出机场就枝节横生。

奥兰多国际机场。安飞士出租车公司的柜台小姐告诉金宝，他一个星期前预定的红色雪佛莱轿车停在C12车位，钥匙就放在车里面。

C12车位很快就被找到，可眼前的场景令人讶异，红色雪佛兰轿车正在发动，车内塞爆了一个大家庭。

金宝晃动着手中的收据，告诉手握方向盘的白人女子，"这车是我预定的。"

白人女子扔下一句，"不！是我的。"便绝尘而去。

金宝只好茫然地回到柜台。柜台小姐耸耸肩，摇摇头，接着查看电脑，随后露出招牌式笑脸，"对不起，先生，发生了误会，我们现在给你换一部，车停在G20车位。"

G20车位停的是一部黑色林肯城市，这是一部大型豪华车，租金应该稍贵，金宝窃喜。在工作人员的协助下，金宝很快就熟悉了车况，接上早已设定好的"卫星导航仪"，就可以上路了，可一抬头，车上怎么已经有了一台卫星导航仪，只不过它又老又丑。租用出租车公司的卫星导航仪是要付费的，金宝决定送回。

"卫星导航仪"对旅行者来说，如同向导和眼睛，到了陌生城市更是不可或缺。为了让这次会面圆满，金宝不得不研究起这个"高科技"。他买了退，退了又买，直到这第三台，他才基本上搞清楚它的秉性。

接过导航仪，柜台小姐边翻阅电脑边说，"先生，这次是你弄错了，这部车不是你的，你的车停在F16车位，是部黑色的雪佛兰轿车。

奥兰多高速公路盘根错节，金宝云里雾里，一切全靠"卫星导航仪"引领。"卫星导航仪"不仅要听，还要看。听，金宝耳朵十分灵敏，英文也没问题，但他还是把语音调成了中文；看，如同雾里看花，金宝右眼视网膜出血正在打针，开车要望远，地图要看近，开车时又不能来回换眼镜，语音提示向左，没到路口金宝就提前左转了。

尽管走了不少冤枉路，他还是摸到了布纳维斯塔宾馆。这是一家四星级大酒店，酒店建筑雄伟，气势恢宏，有1014个房间，占地约11万平方米，始建于1983年3月。与汽车旅馆相比，如同天上人间。

旅游胜地奥兰多，高级宾馆星罗棋布。汽车旅馆寥若晨星，价格也相当便宜，但比较偏远。为了方便，更为了安全，金宝选择和王中王住同一个宾馆。

订房间时，柜台小姐问金宝喜欢什么类型，要不要水景房？金宝对此毫无兴趣，他一再强调，"无所谓，只要便宜就行。"

再便宜也要150美元一天，光付清洁女工的小费一天就要19美元，几乎抵近汽车旅馆一天的租金。金宝来美至今，从没为住房花过一毛钱，这是头一笔。此类大酒店没有以一星期计价，他也是第一次知道。

听说是来会见老友，前台小姐特意把金宝的房间安排在王中王房间的隔壁。刷了磁卡，走进房间，简单的行李被放在拐角，客房的全貌就被金宝的数码相机拍了下来。作为同行，这绝对是一次观摩学习的好机会，他要留下第一手资料。

当年的发小，花甲之年喜逢在异国他乡，激动之情难以言表，如梦如幻。金宝喃喃，"这场景，只在小说和电影里见过。是不是在做梦？"

王中王轻轻拧了一下他的胳膊，两人相视一笑，"还真疼，哈哈哈……"

听说房租不菲，王中王心疼地说："退了吧，和我挤一挤。"

一句关心话，唤醒金宝早年创伤性体验。

星期天，金宝从江南师大到省城省体工大队会老友。"不留亲友食宿"是体工大队的明文规定。王中王却像变戏法一样，从军大衣里掏出一碗饭，饭粒又大又白，紧随其后的小队员从军大衣里掏出一大碗香气扑鼻的红烧肉。王中王说："饿了吧，快点吃，午睡时教练会来查铺，不过不要紧，我在门外帮你望风，你吃快点。"早已饥肠辘辘的金宝，会意地闪躲到门后狼吞虎咽起来，腮帮被咬破了也没停。金宝用肉汤泡饭时，王中王又笑着开了一盒羊肉罐头。

下午，王中王去训练。金宝到四牌楼代王中王买了块西铁城手表。

晚上，两人在田径场聊天。一直挨到熄灯，金宝才像小偷一样跟着王中王悄悄溜进寝室。一张单人床，挤上两个人。但尴尬一幕还是出现，早上锻炼时蚊帐还是被教练掀开了……

白驹过隙，时光荏苒。如今再挤一张床岂不成了笑谈。再说，中国技巧队住得也不宽敞，两张床的房间挤了5个小队员。休息不好，影响了比赛成绩，这个责任金宝可担待不起。他劝王中王搬进自己的房间。金宝的房间有两张床。

担待不起的还有，王中王衔命参加"赛前预备会"，他邀金宝同去当翻译。日常用语，金宝还能凑合，可"赛前预备会"说的都是体育术语，不要说是金宝，就是中国留学生也弄不懂。兹事体大，金宝说什么也不愿揽这活。他说："逛商店做翻译我还行，做司机也随叫随到，预备会我不能去，这个国际玩笑开不得。"

"不去就不去吧，我们先去见见杨部长再下去吃晚饭，今晚我们订了中餐。吃过饭坐你的车，给队员们买点食品、水果。西餐我们吃不惯，时差还没倒过来，小队员们体力下降得很厉害。"

杨部长很年轻也很干练。杨部长送给金宝的一套"中国队队服"，他欣然接受，喊他下去吃饭，他犯了难。早年的阴影太深。

王中王心领神会，"好吧，那你先回房间休息，我吃过了给你带点。"

吃过晚饭，金宝开车带王中王和几位老师出去办事。因为在"奥特莱斯"（工厂直销店）耽误了太多时间，各大超市都已关门，加油站的食品又贵又不全，在市内兜了好几圈，食品也没买全。

实不相瞒，金宝那晚很窘。晚饭他吃了几片肥肉，所以他肚子一直发胀。

一吃油腻就拉肚，特别是空腹，这是胆囊被摘除后最大的困扰。拉肚子本不是什么大事，但关键时候掉了链子小事就不小了。有一段囧事，他至今难忘。

五十铃吉普车在45号高速公路狂奔。金宝思绪万千。桀骜不驯的吉普车忽然慢了下来，是因为休斯敦中文广播电台正在播报一则新闻，"星期六上午十点，在休斯敦火箭队NBA商店，篮球明星刘明将莅临现场为售出的新款球衣签名，望大家相互转告……"

金宝不喜欢篮球，但钦佩刘明。他从不看休斯敦火箭队比赛，包括电视转播，也没看过其真身。有一次两人竟不期而遇。

中国城有家闽南菜馆，那是刘明的最爱。三副是仨股东之一，所以金宝也常去用餐。问题是，三副动不动就拿出刘明签字的篮球穷显摆，弄得体育人金宝很没面子。

应该是星期一，那天中国城人不多。办完事后，金宝又去台菜馆吃午饭。

刚下车，杨玫瑰轻语，"你看，篮球明星刘明。"

金宝四下张望，"在哪儿？"

小安妮说："爸爸你真笨，那么高你都看不见？"

杨玫瑰说："在闽南菜馆门口，他刚出来。"

说话间这位世界巨人和他那矮小的朋友向金宝健步走来。相视无语，擦腰而过。那气场，压得金宝半天没喘过气来。

目送刘明费劲地钻进经过改造的蓝色宝马745i，金宝的呼吸才恢复正常，"乖乖，高，高，真的高。"

小安妮咯咯笑，"天哪，爸爸只到刘明的腰。"

金宝苦笑，"刘明身边那个朋友好像不太高。"

杨玫瑰说："那是被刘明衬托的，不太高也有一米九以上。刘明的父母也很高。他们经常到中国城买菜，我经常看到，刘明我这是第一次见到。"

能得到刘明的签名，一直是金宝的愿望。星期六，他破例起了个大早。在停车场付费折腾了半天，当他徒步走到NBA商店门口时，已是上午8点30分。此时已有二十多人排在他前面。金宝搜索了一下松散的队形，亚洲面孔仅他一人，有两个白人女孩悠闲地坐在帆布折叠椅上看着书。看样子她们是有备而来。

金宝从不修边幅，这次可是盛装出行，他穿的仍然是出国时公费做的那套毛料西装，这次他带足了现金，腰间还别了个数码相机。相机肯定是不能用，带着是以防万一。

休斯敦初冬的阳光依然灼人。金宝站得是腰酸腿痛。他喃喃自语，"站了一身臭汗，都把老子给热死了。"

身后忽然有人接茬，"你也是南京人？哎呀，好久没听到这乡音了，好熟悉、好亲切啊。"他紧紧握住金宝的手，像是久别重逢。

熟悉的乡音抹去了金宝满脸的尴尬，两人聊得很投机。金宝疑惑，"中国人怎么会这么少，我还以为大部分都是中国人呢？"

留学生答："美国球迷是真正的球迷，火箭队打到哪，他们就跟到哪。"

时针爬到上午10点，NBA商店准时开门。每次只放行几个人进去，等他们出来了，再放几个人进去，如此轮番。出来的人说，可以多买，但签名限一人一件，刘明要到下午2点才来签名。金宝和这位老乡是同批进去的，两人各挑了一件。出来后两人一商量，又排一次队，又各买了一件。

中午金宝到疯子汽车旅馆去吃饭，其实他想去"抓差"。

中国城舞蹈学校下午要彩排，杨玫瑰和小安妮脱不开身。正是在那天，母女俩各遇到一件难忘事。

杨玫瑰战战兢兢地说："我到停车场车上取舞蹈服，一个中年白人男子突然脱下裤子，吓得我赶紧跑回去叫校长打电话给警察。警察半天才来，变态男早就溜之大吉。"

小安妮先是号啕大哭，接着泣不成声，"我的两个好朋友，还有她们的爸爸妈妈都给人打死了，她们死得好可怜啊，呜呜呜……"她说的是休斯敦就职于美国石油公司的一对中国夫妇被灭门案。该夫妇为人低调，两个小孩活泼可爱。不知何故一夜之间全家都死于非命。据传枪手心狠手辣，十分专业，行凶是为了灭口，所以才会连小孩都没放过，也没有留下任何痕迹。此案至今未破。

老P正在挖停车场排水口。儿子小P正在柜台上班。听说老板要找人请刘明签名，老P想了想说："这样吧，我来替儿子上班，叫他陪你去，他是刘明的粉丝，如果有可能，他也想请刘明签一件。"

金宝一再声明，"那必须等我这两件都签好了，他才能签自己的。"

小P抢答："那当然，那当然。"

小P买球衣时，金宝又买了第三件。这时他才心满意足地站在签字长龙后。

金宝的肚子忽然"唱起了歌"。中午他空腹吃的几块红烧排骨此刻正不安分。他到NBA商店要用厕所被拒后，只得开车出去找厕所，星期六家家商店都关门，厕所真的不好找。此刻手机响了。小P说："商店经理说了，一人限一件，有监视镜头录影，提醒大家不要浑水摸鱼。刘明下午2点来。"金宝急忙掉头赶了回去。

两点，签名准点开始。一个黑人小孩，出示一张单子，拿了一件球衣和一个篮球，黑人经理说，"只能签一个，哪一个？"黑人男孩依依不舍地收起了篮球。

见到中国人，刘明说了声："你好！"

"你好！"小P回了声后，突兀地问，"你还玩'魔兽'吗？"刘明一怔，接着点了点头。后来金宝问小P，"你怎么知道刘明玩'魔兽'游戏。小P说，"玩游戏的人都知道。"

经理问小P签在前面还是后面，小P说："后面。"小P拿出的是自己买的那件白色球衣。

金宝对刘明说："你好！"经理重复着，"签前面还是后面。"金宝用中文答："前面。"经理一愣，金宝是说给刘明听的。刘明签完名后，金宝一着急用英语说了声"Thank You!"转身就冲出去找厕所。

刚出门，碰到两个不明国籍的小男孩。金宝说："刘明在里面签名，一人只能签一件，你们俩能帮我去代签一下吗？我一人付你们20美元。"两小孩不知所云，但意思是不愿意。金宝只好对小P说："我去找厕所，你在这找人代签，给他们钱。"小P一个劲地说使不得。金宝没辙。

刘明这次签名活动没有达到预期。原计划100人，实际只签了71人，中国人只去了三四个。

次日，草草咽了几口大会安排的早餐，金宝就带着杨部长一行把方向盘对准了山姆士俱乐部。这是一家会员制的批发超市，食品新鲜，物品丰富，价格便宜。当地的零售商都到此进货。

食品应有尽有，老师们采购得很尽兴。金宝给他们介绍商品，做翻译，照顾得是无微不至。

满载而归。回程路过"奥特莱斯"，王中王买了两个古驰包。

到了宾馆后，王中王揣了两个面包就匆匆赶去训练。

金宝的午饭也是面包。不同的是，饭后他能在宾馆狠狠地睡上一觉。

晚上，金宝容光焕发地到"餐厅"和中国技巧队一同就餐时，他恭敬地给各位老师递上了自己用电脑设计的名片。保证运动员每天能吃上一顿中餐，是体操中心领导的承诺。送外卖的这家中餐馆是杨部长在网上搜索到的。

奥兰多中国人太少。中餐馆经营的对象都是美国客人，所谓中餐也都是经过改良的美式中餐。采购不到中国食材，如何能做出地道可口的中国饭菜？

所谓的中餐其实就是家常菜，出自妇人之手也就罢了，而且还是大锅熬制，加之经过长途跋涉，即使新鲜也变得烂糊糊、酸溜溜。金宝难以下咽。小队员们吃得可香啦。

晚饭后，集体到"奥特莱斯"，以后就不准再去了，因为根本就挤不出时间。王中王和几位老师坐金宝的雪佛兰，其余打出租，每人发3美元。

"奥特莱斯"是旅美中国人的最爱。中国人也是美国奢侈品的最大买家。为了把中国人荷包里的钱榨出来，大多数商店都印有中文标签，有的商店还配有会讲中文的店员。

有件事，金宝一直不解。

张导笑容可掬地挤了过来。王中王问："怎么这么高兴？"张导旋转着新买的旅行箱说："新秀丽旅行箱正在甩血大拍卖，买一送一。我和李导搭伙花了一份钱，买了两个箱子，我能不高兴吗？"

王中王脸放红光，"还有这等好事？哪个商店，你带我去，我也要买一对。"

王中王选了一黑一红。标签上明明写着229美元，结账时却要336美元。叫来了经理才弄清楚，原来是"买一送半"，再加7％的销售税。

金宝说："你不是买一送一吗，怎么一转脸就变了？我朋友才在这儿买的。"

经理说："没有啊，我们一直都是这个价。你朋友是不是在其他店买的？他现在在哪儿？"

张导被拽了过来。经理问："请把发票给我看看。"

张导说发票在李导那儿。经理说："如果你能出示发票，我就按发票上的价格卖给你。"

王中王嘀咕，"这不是钱的问题，花了不该花的钱，人家不说你是傻冒吗？"

张导辩称，"你买的两个箱子颜色不同，所以就是这个价。"

金宝后来看到了那张发票。发票没有说"买一送一"。后来金宝帮王中王买了两个耐克旅行箱。

还有一件事更让金宝糊涂。

某天傍晚，忙活了一天的金宝从疯子汽车旅馆，开着皮卡回太阳花汽车旅馆上夜班。下车后他一摸裤子口袋，心头不由得一颤：皮夹不见了。倒不是皮夹里有多少美元，而是皮夹里有驾照、信用卡等各种证件。虽然这些证件都可以挂失补办，但手续繁杂且耽误时间。金宝正愁云满面，忽然被裤带上的一根弹簧塑料绳弹出了笑脸。顺着塑料绳的牵引，他发现自己的皮夹正安静地躺在皮卡车厢里。皮夹究竟是怎么从裤子口袋，从驾驶室飞身翻进后车厢，一直无解。当时他就把这一谜题告知了杨玫瑰。她也一直无解。好在杨玫瑰带领几位美国员工，在金宝上高速公路前这段路上，找到了他所有的证件和部分现金。为表示感谢，金宝只留下证件，现金谁捡到属于谁。

第二天上午，一车挤了6个人。先到"奥特莱斯"，两位女士被丢下后，三位男士被金宝悄悄带到罗斯。罗斯是一个以销售服装为主的全美连锁店，金宝总爱去，是因为那里总是有惊喜。

罗斯店价格便宜到不敢相信。王中王他们开始狂买。

金宝说："这里服装虽然很多，但尺码好像不全。"

王中王说："这叫断码店。"

金宝说："你怎么什么都拿？"

王中王答："这些都是名牌。"

金宝虽然常年生活在美国，但对什么叫名牌，远不及国内朋友。这趟奥兰多之行他虽然什么都没买，却长了很多知识。

回程，杨部长打来电话。他愠怒，"你们是来采购的，还是来比赛的？"

三人失色，"老板生气了，回去等着被刮胡子吧。"

杨部长急着要到银行去提现。金宝是司机。王中王是金宝的眼睛，因为那时金宝视网膜出血，还在不停打针……

再次回到宾馆，王中王空着肚子搭大会的交通车赶去训练。金宝到宾馆后面的餐厅，花了近13美元买了一个汉堡和一袋薯条，吃饱喝足倒头便睡。

晚上吃中餐时，体操中心领导发布命令，"明天开始比赛，谁也不准出去。"

第二天一早中国技巧队早早就搭乘大会交通车赶到赛场。金宝不疾不徐地单独驾车前往，虽然有卫星导航，还是因为眼神不好，结果十分多钟的车程，金宝却绕了一个多小时才到。

大凡电视上播出的国际赛事，都是车如流水马如龙，"第23届世界技巧锦标赛"，却是门庭冷落车马稀。看台上坐的除了运动员，就是啦啦队，要不就是随行的家长，看客寥寥无几。只有金宝一个是中国人。在迪斯尼乐园退休的一对华人夫妇答应来也没来，金宝顿感孤掌难鸣。

中国队的精彩表现，也常引起如雷的掌声。美国观众就是这么好客，这么热情，这么大度。体育不分国界，技巧运动在传递着友谊。

江苏男四，雄霸世界技坛多年，是中国队此役唯一金牌觊觎者。王者归来，谁与争锋。一套"绝活"下来，赢得满堂彩，却没能说服裁判。问题出在服装上。

规则规定，运动员服装上的图案只能绣，不能印。因此中国男四服装被扣掉0.5分，成绩反倒不如中国男四二队，男四二队也是来自江苏。本来伙食就不好，中国男四一队的四个小伙子更是懊恼得滴水不沾。"赛前预备会"金宝幸亏没参加，否则那才叫跳进黄河也洗不清。

中午，金宝蹭了一顿难以下咽的大会自助餐。进餐厅时，王中王特意叫金宝披了一件中国队队服，其实美国人只认餐券不认人。

金宝的车子终于为中国技巧队立了大功。王中王都已经回到了宾馆。突然有小队员报告，杨部长要王中王火速把明天参加决赛的两组队员的"难度表"送到大会组委会。还有半个小时大会组委会就要收摊了。王中王心急火燎，金宝风驰电掣。事后王中王感慨，"如果没有你这部车，这次肯定要误大事。"

再回到宾馆吃晚饭时，金宝看到了感人的一幕。

"第23届世界技巧锦标赛"之后，紧接着的就是"2012年世界少年技巧锦标赛"。中国技巧队少年组的小队员活蹦乱跳地如期住进了同一宾馆。

小队员们来得太突然，餐具不够用。所谓的餐具无非就是那些纸碗、纸碟。为了保证小队员们按时就餐，全体教练员，包括体操中心领导，全都用约113克的纸杯子吃饭。金宝是客人，他享受着小队员的待遇，但他难以下咽。他思绪万千，一夜未眠。

金宝和王中王聊了一整夜。金宝说："在国内，你们像独生子女般娇贵，饭来张口，衣来伸手，天天像过大年。现在中国的GDP已经跃居世界第二，你们出国比赛怎么没翻译，没汽车，甚至连一日三餐都无法保证，没有体力如何比赛，如何为国争光？"

王中王慨叹，"出国经费有限，一切都要从简。每次出国比赛都是这样，我们已经习惯了。中国竞技体育现在主打的是'奥运战略'，有限的人力、财力、物力都投入到'奥运项目'上去了。技巧运动是非奥运项目。有些省份都把技巧队给砍了。技巧运动是我省传统项目，虽然保留了下来，但也不受待见，招生一直都很困难……"

赛前才有点空当。接送少年组老师到"奥特莱斯"的任务自然就落到金宝肩上。

"中国制造"也降低不了中国人对古驰包的热情。王中王疯买了七个仍不解馋，还要金宝再帮他买四个。

结账时经理说："同一款包一人只能买三个，这种包你上午已经买过了。你要换其他款式。"

不买也罢，上午这包还是109美元，下午就变成了119美元，美国佬也真会宰人。金宝正悻悻然，经理又补充了一句，他说沈教练可以买，因为她买的包中没有这款。

金宝忙递钱给收银员。经理和收银员异口同声说不行，要沈小姐亲自付。金宝把钱递给沈教练，两人还说不行，一定要用沈教练自己的钱。沈教练明白后，毫不犹豫地付了500美元。两人私下结账时同声谴责，这叫什么话，美国人办事真是死脑筋，特傻。

美国人从来就不傻，即使傻也是傻别人，从来就不傻自己。

沈教练慌慌张张请金宝帮忙，说刚刚接到信用卡公司发来短信，她就买了一个包，却被刷了两次卡。

经理看了看电脑说："你是不是在其他店也买了？"

"没有，同一时间我怎么能逛两家商店，我又不会分身？"

"那你是不是昨天买的？"

"昨天我还在飞机上。"

经理只得同意退款。

金宝要去看决赛。女士们还要继续逛店。为了轻装简行，所有的奢侈品都往车上后备厢里塞。金宝很为难，说小偷很猖獗，如果被偷了就说不清。女士们很豪爽，"被偷了就算，不要你赔一文钱。"

中国男四二队技术性退赛。中国男四一队四个小伙子昂首登场。这次他们仍然是"黄袍加身"。金宝在《技巧运动中的美学探讨》一文中曾把江苏男四作为研究对象，他们当年穿的就是这套黄色队服。如今服装虽然和30年前一样，动作难度却是翻了好多倍。

轿抛三周站轿——双膝抛屈体三周——甩浪屈体前空翻抓手——甩浪屈体后空翻两周抓手——甩浪直体前空翻站手……

全套动作，既如行云流水，连绵不断，又如惊涛骇浪，摄人心魄。

掌声经久不息。赢得了观众，也征服了裁判。

弯道超车。中国男四与英国男四并列冠军。

王中王领军的混双和男双分获第四名和第五名。

王中王没去参加晚宴。他要好好放松放松。当义工的金宝都累得一回到宾馆倒头就睡，更何况肩负着祖国荣誉的教练们。再说，明天就要启程回国，行装也需要打点。

两人交换了礼物。金宝送给他一套美式军装。金宝对军用品情有独钟。

王中王送给金宝的是一架苏制望远镜。他说："这是你的最爱，现在完璧归赵。"

苏联技巧队和A省技巧队联袂到安东表演。王中王悄悄告诉潘军，"苏联运动员每次出国比赛都会夹带些'走私货'卖，价格很便宜。有毛皮军大衣、皮靴、照相机、手表、望远镜……据说光学仪器很不错；我建议你买架望远镜玩玩，机会难得。"

交易地点在地委二招的专家楼。金宝单独去还被撵了出来，要不是拽着王中王的衣褂襟子还真进不去。

讨价还价从来都没有语言障碍。这架望远镜最终以200元人民币成交。那是金宝当时全部的家底。

俄制望远镜和幸福牌摩托车虽然是金宝的两个最爱，但为了凑足来美国的盘缠，也不得不变卖。

吃完大会最后一顿早餐，大家抓紧留影。

九点三十分，满载中国技巧队的大客车消失在潇潇春雨中和金宝的望远镜里。

"来也匆匆，去也匆匆，就这样风雨兼程……"

第十九章　疯狂的世界

乌儿拼命地唱，花儿任性地开，
你们太痛快，太痛快呀！太痛快。
乌儿为什么唱，花儿为什么开，
你们太奇怪，太奇怪呀！太奇怪。
什么叫痛快，什么叫奇怪，
什么叫情，什么叫爱。
乌儿从此不许唱，花儿从此不许开，
我不要这疯狂的世界，这疯狂的世界。
什么叫痛快，什么叫奇怪，
什么叫情，什么叫爱。
乌儿从此不许唱，花儿从此不许开，
我不要这疯狂的世界，这疯狂的世界。

歌中的唱词，正是当今世界的真实写照。如：疯狂的股市；疯狂的房价；疯狂的网络；疯狂的恐袭；还有疯狂的贸易战……

中国台湾女诗人席慕蓉说："真的，有很多事，是要发一点疯才能做出来的。"

亚里士多德有句名言："凡是伟大的天才都带有疯狂的特征。""没有疯狂性格的人，绝没有伟大的天才。"

网上盛传，"人的一生总要疯狂一次，无论是为一个人、一段旅途，或一个梦想。"

有一首歌，歌名就叫《再不疯狂我们就老了》。

风流才子唐伯虎有诗云："别人笑我太疯癫，我笑他人看不穿。不见五陵豪杰墓，无花无酒锄作田。"

如此说来，"疯狂"不仅是一个热词，更是从古至今之潮流。"世界潮流，浩浩荡荡，顺之者昌，逆之者亡。"

边听歌曲边遨游网络世界，已成了金宝的习惯。他为什么偏爱周璇《疯狂的世界》这首老歌，连他自己都说不清楚，杨玫瑰回答得却很干脆，"你就是一个活脱脱的神经病，你天天都在发神经，疯吧疯吧，再不疯狂你就老啦！"

这显然是句气话，但也不是空穴来风，因为金宝最近诸多行为常常惹人侧目。例如，原本活泼开朗的性格突然变得孤僻冷淡不合群，脾气也越来越暴躁；行为举止也变得诡异，喜欢发呆，独来独往；对任何人或事都敏感多疑，有时还会出现幻视；时常被噩梦惊醒；偶尔他还会梦游，可怕的是梦游时他还提着枪。弗洛伊德认为梦游是一种潜意识压抑的情绪在适当的时机发作的表现。

金宝最常做的噩梦就是缺课无法考试；拿不到上海体院结业证书……可见当年潘书记对他造成的心理创伤有多么的深刻。

杨玫瑰劝他去看心理医生，但每次都被他骂得狗血淋头而龟缩到一边。

是夜，金宝又做起了因缺课太多而拿不到上海体院结业证书的噩梦。梦突然被一阵清脆的门铃声打断，金宝睁眼一看，办理入住窗口连个鬼影都没有。原来这铃声来自梦中。此刻他睡意全无，于是便索性上网游玩。玩着玩着他突然闪过一个念想，我曾经发表过的论文不知在网上能否搜索到，特别是他那篇正在酝酿的《试论体育运动的残缺美——写给残疾人体育运动会》论文，不知有没有人研究发表。当他随手在谷歌上打进几个关键字后眼前一亮，20多年前在国内发表的论文不仅全部上网，还显示着一群研究方向相近的论文。浏览了摘要后，他的好心情瞬间变成了沮丧。有两篇论文被他人抄袭。

网页上，紧挨着《中国体育科技》《试论体育运动的悲剧美》两篇文章的作者照片是一位年轻貌美的姑娘，一位南方某大学的副教授。刊登女学者论文的期刊名不见经传，但美女不能不瞅。不瞅不打紧，越瞅金宝觉得她长得与自己越像。再往下看就要付费了，金宝只得打电话向论文合作者王中王求援，同时以探讨为由和美女搭讪。美女看出他居心叵测，当然不搭理。

王中王很快就回了电邮。拜读完美女的大作，金宝心情很是复杂。该论文质量低劣姑且不论，就连文字都不顺畅；文中大量抄袭了金宝的段落，参考文献中只字不提；更可怕的是，该论文还被他人引用，影响恶劣、流毒甚广。

但他忍了。这都是评职称惹的祸，同病相怜；她只是抄袭部分内容，只是没在"参考文献"中列出潘军大名而已；能被美女认可，他也感到有些甜蜜。再说，"得饶人处且饶人""好男不和女斗"，此事到此打住。

与抄袭《技巧运动中的美学探讨》一文的是一个丑陋的男人。抄袭者胆大妄为到全文照抄只字不改，甚至连题目都懒得换，就全文发表在其不入流的某《师专学报》上。

网络的高度发展，为科学研究提供了便捷，同时也让抄袭者无处遁形。顺着在网上搜索到的信息，金宝给抄袭者打去了电话。

"不错，我姓贾。你是谁？《技巧运动中的美学探讨》作者？你开什么玩笑，论文的作者早就死了，你还想冒充？你现在人在美国，谁信啊，你这个骗子……"

接下来的蛮横，更让金宝愤怒，"叫我道歉？没门！我只是挂个名，论文登出后才被第一作者告知，我也是受害者。第一作者已经调走了，调到哪儿我怎么知道。你爱到哪儿告就到哪儿告，我堂堂一个正教授，行不更名坐不改姓，难道还能被你这个所谓的海外死鬼吓倒了……"

"你他妈的给我等着！"金宝气得抓狂。

抄袭是一种违反学术道德的行为，是学术界的一颗毒瘤。若不铲除，必将导致科学信仰危机、科学真理荒芜、学术风气败坏，教师队伍形象受损。

为此，教育部《关于严肃处理高等学校学术不端行为的通知》等一系列文件陆续出台，各级处理学术不端行为的工作机构相继建立健全。一大批学术不端者受到严处。

金宝提醒王中王，"按照目前国内对'学术不端'行为的处理案例，我们若向有关部门举报，贾教授如日中天的前程必将毁于一旦，我们于心不忍。但总要讨个说法，所以只要他给我们认个错，就到此打住。"

王中王赛事不断，国内国际满天飞，一年后才想起给贾教授打电话，结果他也气得脸色惨白，"他死不认错。他说作者早就死了，他说我这是在敲诈，好像是我们抄袭了他的论文一样，我气得给他发了首打油诗，我念给你听听……"

金宝勃然大怒。数封检举信分别发往抄袭者所在学院各个部门，但一直没有回音。贾教授言中了，他被关系网庇护得严严实实。

"子规夜半犹啼血，不信东风唤不回。"金宝拉高了举报层级。

不日，"H省普通高等学校学风建设领导小组"就给金宝回了电邮：

"潘先生：您好。您的来信收悉。您所反映的××学院××老师论文抄袭一事，我们正在查办。待情况查实后，再将有关处理结果告知您……"

金宝长舒了口气。正当他静待处理结果时，王中王却慌张喊"停"。原来他被人"锁了喉"。

"锁喉"的不是别人，而是一位德高望重、温文儒雅的老教授；历届全国技巧比赛总裁判长；他是王中王的老熟人，两人时常一同参加国际比赛，一个是国家队教练，一个是国际裁判。

时逢全国技巧锦标赛，总裁判长当众对王中王拱手抱拳："对不起，对不起，小贾这件事做得太不对，对您这种态度更不应该，我已经狠狠批评过他了。我代表我的学生再次给您道歉，就算您给我个面子，拜托，拜托……"

总裁判长的谦卑、柔和，使在场的裁判不知所措；王中王诚惶诚恐；金宝则像打翻了五味瓶。

技巧运动属评分类比赛。评分类比赛都有"印象分"。选手间实力十分接近时，"子丑寅卯"的品第完全由"印象分"决定。人是社会性动物。人非草木孰能无情？"印象分"无疑为拉关系、博感情预留了空间，也成了腐败的理论温床。

王中王说："发表学术论文也一样。如今国内的学术环境与当年大相径庭，论文能不能发表，不光看论文质量，更要看能不能托上关系。你在美国宣读的论文想在国内发表，而且要在体育核心期刊上发表，这说明你对目前的国情太缺乏了解，所以才会到处碰壁。

"贾教授这件事闹到如此地步，完全是咎由自取。昨天他终于在电话中给我道了歉。既有今日，何必当初？一开始就道歉，事情不早就了结？哪用得着到处拉关系托人情。贾教授的关系网果然过硬，他竟然找到了我们的总裁判长。总裁判长是技巧比赛的掌舵人，一言九鼎，平时巴结都还来不及呢，为这事他却要求我，实不相瞒，我真有点受宠若惊，若不答应，我以后在技巧界还怎么混？你也是干这一行的，不用多说你也知道。总裁说小贾确实冤枉，论文刊登后才被第一作者告知……"

金宝打断，"他在撒谎。最近我又搜索到，我们的这篇论文还被他发表在《蹦床与技巧》上，是他单独署名，这又该做何解释？"

王中王一愣，"我也知道他是在诡辩，问题是，现在是他卡住了我的脖子，哎……这样吧，这件事就让我来处理。"

金宝无语。腐败到如此程度，关系网铺天盖地连他在美国都被罩住，他做梦也没想到。

日月如梭，往事如烟。日历翻回到30年前。

一年一度高校体育招生专项加试，体育教师的角色开始反转。考生们点头哈腰属于正常，校领导也笑脸相迎就有些说不清道不明了。体育加试期间，体育教师不仅受到格外敬重，生活水平也大有改善。抽烟叼的是"大前门"，喝酒抿的是"古井贡"，品茶泡的是"黄山毛峰"……王文化还收到了一箱砀山酥梨外加一个数额不大的"红包"。

金宝也收到了一份特别的礼物：一串咯咯叫的"子公鸡"。送礼的是一位农村考生，去年体育加试只差一分，几个不如他的考生却榜上有名。残酷的现实，让他脑洞大开。是年他进城补习，恰巧与张柳叶表妹同桌才攀上金宝这层关系。

金宝很是生气，"送什么不行，偏偏送个'半夜鸡叫'，闹得左邻右舍都探头，如果被潘书记知道了，正好拿我开刀。"

"我表妹说，他家徒四壁只养了这群鸡。你们体育系哪家门槛不被考生踏平了，你还在这装正经。你们这些搞体育的，平日没人瞧得起，也就这几天神气神气。他给我家送的是只老母鸡，我妈嘴都笑歪了，沾了你的光也没敢让我妈知道，别不识抬举。这个忙你能帮也得帮，不能帮也得帮，否则……"禁不住她的软磨硬泡，100米加试时金宝秒表提前掐了，一个农村考生的命运从此被彻底改变。

夕阳西下。燃烧的空气开始降温。柜台小姐珍妮伸头向里屋喊道："金宝，快来，有一个中国小伙找你。"

一位肩背行囊，推着自行车，黑黢黢的年轻人拘谨地站在柜台外，见到了中国人显得有些兴奋。他自我介绍说："我是西安人。我是一位骑自行车环游世界的旅游爱好者。我已经环游了几十个国家，再过两年等我跑遍了世界，我就功德圆满、解甲归田了。这次我是从加拿大取得签证进入美国，先到了洛杉矶，再到纽约，没想到路过休斯敦时，在高速公路上被警察拦了下来。警察说出了城才能在高速公路上骑车，这次给个警告，如果再碰到就要给我开罚单。我一下高速公路，就看到了你们这家疯子汽车旅馆的招牌，于是我就进来了。"

金宝疑惑，"骑自行车环球旅游，这个太平洋你怎么骑？"

"我是先坐飞机到某个国家，然后再骑自行车旅游。"

"哦……从洛杉矶到休斯敦要经过一片大沙漠，汽车旧了都不敢开，抛锚了，人就会被烤干，你骑自行车怎么能过来？"

"我这不是过来了吗？要不，我能被晒这么黑？"

"环球旅游要化很多钱，你是官二代，还是富二代？"

"什么都不是。我在国内工作了十几年，吃住啃父母存的一笔钱。到了国外再到处化缘。"

"原来是旅游达人。有什么需要帮忙？"

"我要去纽约，但要出了城才能上高速公路骑车，我不想被罚款，那会很麻烦。所以我想请你们用汽车把我送出城外。"

祖国同胞遇到了困难，老P义不容辞，"没问题，没问题，我来送你……不过我那是部轿车，你这自行车也塞不进去啊？"

旅游达人浅浅一笑，"我这自行车可以折叠，这是我的发明。要不，飞机怎么能托运？"

金宝说："这样吧，用我的皮卡车送一下，自行车折来折去也挺麻烦。"

"那太谢谢啦。我们照张相留个纪念吧。"旅游达人熟练地掏出相机，扯起一面国旗，珍妮帮忙揿下快门之前，小安妮蹦蹦跳跳地钻进了画面。

皮卡正要上路，旅游达人犹豫了，"天太晚了，荒郊野外的也不安全，我想在你们这随便凑合一个晚上，明天一大早赶路，你们看行不行。"

"当然行啦，我劝你不要走，你非要走。不过这家汽车旅馆已经客满了，待会带你到我另一家汽车旅馆去，给你开个免费房间。"

"你那家汽车旅馆有网络吗？"

"办公室有，客房还没有。无线网络出了点故障，还没修好。"

"那我还是住这吧，我有好多照片需要往家里发，没有网络不行，随便给我找个地方就行。"

"那只有对面仓库了，但没有空调，这大热天的……"

"行！行！行！总比睡在外面强。能给我找个电扇那更好，再给我找个洗澡的地方，我已经好几天没洗澡了。"旅游达人在背囊里摸出一叠文件，"这是我的护照和驻各国中国大使给我的签名留念，你先拿去看看不要搞丢了，等我旅游结束了，中国国家博物馆还要收藏这些文件。你也可以上网搜索一下，要不然你们还以为我在胡扯。"

旅游达人所言不虚，护照上果然盖满了世界各国签证，驻各国中国大使给他的美好祝词也有厚厚一叠。资料珍贵，金宝复印了一份。金宝临回太阳花汽车旅馆时对杨玫瑰一再交代，"我们也给他化点缘吧，一个人在外挺不容易的。"后来杨玫瑰改变了主意，是因为她看到了网络上有负面报道。

第二天，出城一事没人再提。除了老P喊他上楼吃饭，旅游达人整天都把自己关在蒸笼般的仓库里往家中传送着照片。他太累了，确实需要好好休息休息。

10天后，旅游达人终于伸着懒腰钻出了仓库。红润的脸色、矫健的身影、旺盛的精力、铿锵的话语，无不说明他恢复得很彻底。他吐出的第一句话不是送他出城，而是帮他找份工作。

外州小镇一家中餐馆急需一个打杂，管吃、管住，工资付得也不错。此时三副的职业介绍所早已扩大了规模。他说："都是中国人，又是熟人介绍的，这介绍费我就收你40美元吧。"

金宝亲自把他送到市中心的灰狗巴士车站。

数小时后，旅游达人在电话里说的不是感谢而是抱怨。他说："我已经到小镇了，怎么没人来接，你给三副打个电话，叫中餐馆老板抓紧来巴士车站接我。"

金宝回答："你有中餐馆老板的电话，说的都是中国话，你为什么不直接打给他，而非要绕这么个大圈子？你也有中餐馆的地址，你也可以骑自行车自己去啊。"

旅游达人从此人间蒸发。

疯子汽车旅馆最近来了位修理工，人称老西，也是三副介绍来的。杨玫瑰逢人就夸，"老西是我目前见到的最好的一位员工。中国人来见工少不了要讨价还价，老西不是。他说只要有房住，有饭吃就行。老西聪明好学，干活也不惜力气，他虽然不懂维修，但心灵手巧一点就通。两个人才能搬动的窗式空调，他一只手托起来就走。老西待人接物有分寸，懂礼貌，宁愿自己吃亏，也不与人争执。他埋头苦干听话、好使，哪怕半夜三更遇到紧急情况也是随叫随到；他深居简出，生活简朴，大门不出二门不迈，整天都在家啃方便面。不足之处就是性格孤僻、沉默寡言，不愿意与人交流，甚至连手机都没有，还有些神神秘秘。

经验和直觉告诉金宝，老西是个"武林中人"。他的一举手一投足也无不说明。但老西坚决否认。他说自己从小就不喜欢运动，更不知道什么叫武术。说得金宝整个儿是丈二和尚摸不着头脑。

网上一篇"杀妻弃女案"报道，让金宝惊出了一身冷汗。

金宝步履蹒跚地找到了正在洗空调的老西，拐弯抹角地试探了几句。老西脸色顿时大变，但仍然坚称自己一直住在休斯敦，从没结过婚，更没有去过什么澳大利亚。

说得金宝如坠云雾山中。正当他为到底要不要报警而纠结时，杨玫瑰风风火火地跑来，劈头就问："活干到了一半，房间里的物品还在，老西人怎么就不见了，他到底去哪儿了，真是奇了怪了。"

金宝如释重负。他风轻云淡，"走了好啊，走了一了百了。三十六计走为上，《孙子兵法》运用得如此娴熟，也只有武林中人了。否则，后果不堪……"

金宝为不知所云的杨玫瑰打开了电脑。

如果我们把各类非移民签证比作姑娘，那么绿卡就是媳妇，公民就是婆婆。

"多年的媳妇熬成婆"，说的是熬成婆的艰辛和不易。杨玫瑰熬成了"婆"却怎么也高兴不起来，反倒倍感失落。她说："我从此就成了没妈的孩子了。"

金宝劝慰，"这是好事啊。现在你不仅有了妈妈，又有了一个继父。"

"此话怎讲？"

"母亲永远不会抛弃你，现在你又找到了父爱，这不是两全其美吗？"

杨玫瑰破涕为笑，"是啊，我不仅是一个美国人，同时也为自己出生在中国而感到骄傲。祈福中美两国人民世代友好，希望中美贸易战早日结束，我们也好常回娘家看看。"

"娘家"一直没去成。杨玫瑰的父母来到了美利坚。4个月后二老就拿到了绿卡。随后各种福利接踵而至。首先申请了政府医疗保险；老年公寓开始排队；5年后就能申请食品券了……

都说婚姻是女人的第二次生命。第一次生命无法选择，那是父母给的，而第二次生命则操之在我。如今，女儿事业有成，生意做得风生水起，每天数银子都数到手抽筋，外孙女健康、聪颖、美丽……看到女儿把自己的第二次生命演绎得如此完美，如鲜花绽放，二老喜不自禁。美中不足的是，女儿和金宝至今还未领取结婚证。

妈妈嗔怪，"你们为什么不领结婚证，金宝这么优秀的男人，踏破铁鞋无觅处，现在睡在枕边你还嫌弃？"

"他是工农兵学员。"

"这有什么关系。那是历史的原因。"

"他是学体育的。"

"学体育的怎么啦，学体育的身体好啊，要不然我外孙女能有那么健康、那么聪明？"

"他年龄大。"

"年龄不是问题。"

"他个子矮。"

"身高不是距离。"

"这些都是网络语言，你怎么也学会了？"

"你老妈就不能上网啦，电脑又不是你们年轻人的专利。我也有很多网友，老少咸宜。你老妈如果晚出生个15年，风流绝不输给你。"

"你净瞎说些什么啦。唉，当初我姐谈的那个对象，条件跟金宝一模一样，两人都要结婚了，你为什么以死相逼活生生将他俩拆散？"

"你说的是那个又老又丑又矮又穷的体育老师？他跟金宝怎么能比呢？一个天上，一个地下。具体情况要具体对待。能来美国的男人哪个不优秀？女儿啊，你闭着眼睛尽管嫁就是啦，相信妈的眼光。说一千道一万，男人一定要能赚钱，能赚钱的男人才是好男人，有钱才能养活老婆、孩子，才能为你爸妈买来美国的机票，才能一次拿出1万多美元为你爸妈办绿卡，才能供我们去全美各地游玩……你要是再磨磨唧唧的不去领结婚证，那我就死给你看！"

"你也真有意思，这两个你一个都没见到，一个你以死相逼将他俩活活拆散，一个以死相逼硬要我俩结婚，我不知道你到底是怎么想的。这些年我一直都在催金宝领结婚证，可他就是不愿意去领我能有什么办法。生意上的事都够烦的了，你又来整天逼我。你要是那么喜欢他，你嫁给他好了。"

"你这臭丫头片子，再乱说看我不撕烂你的嘴，越说越不像话了。你嫌你妈老了是不是？你妈年轻的时候好歹也是十里八乡的村花。红颜薄命鲜花插在了牛粪上，鬼迷心窍嫁给了你爸，就因为喜欢他个子高，结果当了一辈子工人，还带着你们也跟着遭罪。我是怕你步了你妈的后尘，别好话坏话都分不清。你姐姐要嫁的那个小矮人叫潘什么来着，我怎么没见过？一次你姐姐硬是把他领进家来，要给我看看，被我一顿臭骂撵出了家门。此后我还经常叫你妹妹在我们家四圈转转，看他有没有再来缠着你姐姐。他要是有金宝这么优秀，我能不答应吗？"

初到美国的中国人就如同"刘姥姥进大观园"，样样惊奇，事事新鲜，看也看不够，说也说不完……再忙，也要挤出时间陪同国内来的亲友看一圈西洋景，是美国华人待人接物最基本的礼数。杨玫瑰也不例外。游"太空中心"，尝"得州牛排"，为火箭队呐喊……休斯敦玩腻了，就随旅游团逛纽约时代广场，欣赏尼亚加拉大瀑布，游大峡谷国家公园，看赌城拉斯维加斯经典秀……最后加入豪华邮轮加勒比海7日游。

"这真叫神仙过的日子。"二老一路感叹。

疯狂之后，生活归于平淡。二老都是苦出身，闲狠了怕得病，于是边侍花弄草、开荒种菜、晒的衣服像"万国旗"迎风猎猎，火腿香肠风中摇曳，或拣易拉罐，或当清洁女工，或做"柜台小姐"……总之忙得是不亦乐乎。

讽刺的是二老为拣一分硬币闪了腰。汽车旅馆的客人经常把一分的硬币，一枚一枚地往身后扔，据说这样可以把晦气扔掉。每当客人把一分硬币一枚一枚往身后扔时，二老就不辞劳苦地跟在后面一枚一枚地弯腰捡。有时一天能拣一两美元。要知道，捡1美元就意味着要弯100次腰，这个运动量绝不容小觑。所以捡了两三天后，二老就双双躺在了床上开始哼唧起来，到医院一检查，腰肌劳损。拣的钱全付了医疗费的自付额不说，杨玫瑰还贴了不少。至此，二老看到一分硬币，再也不敢弯腰了。

说到除晦气，不得不说说2美元纸币。这种纸币在市场上很少流通，因为其发行量极低。人们一接到这种2美元纸币就像接到了晦气，为了消除晦气，一般是将2美元纸币剪去个角，要不然就拿到赌场去改改运气。

清房间时常会拣到各种物品，那都是客人留下的；以件计算的，是客人遗忘的；成包成箱，甚至堆满半间屋的，是客人坐牢去了；也有的是因为带不走，想叫汽车旅馆代为保管。所以汽车旅馆招牌上写得明明白白，"凡客人丢在房间里的物品，都将被视为垃圾统统扔掉。"话虽如此，一般都会保留一段时间，立马就扔掉客人的全部家当于心不忍。

同时被客人丢弃的还有各种食品，那都是用政府食品券买的，抑或是从食品银行领的，再不就是教会送的。

　　"与其说美国是个消费大国，不如说是个浪费大国。"这是二老对美国的又一印象。

　　二老来美国已经3个月了，金宝一直躲着不见。原来他把那次进监狱的账，全都算在了二老头上了。

　　二老还没拿到赴美签证，杨玫瑰就为其张罗起生活用品。她经常光顾的那家黑人商店又玩起了"清仓放血大拍卖"。人头攒动、摩肩接踵，金宝差点没被挤扁。人满为患。金宝预感要出事就一直劝杨玫瑰放弃，但她执意不肯。他只好提醒，"我钱都放在屁股口袋里了，你在后面多注意点，万一钱被偷了，这次就亏大了。"

　　商场终于开门了，人们争相涌入开始疯抢。杨玫瑰眼疾手快，不一会儿一大摞耐克鞋便被她揽入怀中。她擦着满头汗，笑嘻嘻地叮嘱金宝，"你在这看好，我再去抢。管它什么样式什么尺寸，只要是耐克我都要，这也太便宜了，我爸妈回国内送个亲戚朋友多有面子。"话音没落，她又消失在沸腾的人群里。

　　商店某旮旯。金宝一边安静地守护着战利品，一边微笑地欣赏着抢购的人群。忽然，战利品不知怎么少了一盒，扭头一看，被一个年轻女老墨捧在了手中。金宝一把夺了回来。

　　不一会，她又伸出了手，又被金宝夺了回来。第三次，金宝在夺回的同时，愠怒地在那只玉手上轻拍了一下。于是祸起萧墙。

　　几个黑店员蜂拥而上，把金宝扔出了店外。

　　抚摸着擦伤的手臂，金宝愤然报警。

　　一个白人警察姗姗来迟。他看见金宝脸气得通红，便说："你喝酒了？"金宝摇头。

　　叙述完了经过，金宝气愤地说："这一次，我一定要叫他们坐牢。"

　　黑人经理辩解，"是他先打了女人，这个女人怀孕了，所以我们才打了他。"

　　金宝说："她抢了三次我手中的商品，我只是轻轻拍了她一下手背。"

警察说："先看录像。"

录像不会说谎。看完录像后警察却说要送金宝去坐牢。

金宝不免诧异，"为什么？"

"你袭击了她。"

"我只是轻轻拍了她手背一下，怎么叫袭击？是她先抢了我的东西，你不是看了录像了吗？"

"那不是你的东西，那是商店的，因为你还没有付款。"

"那是我选好的商品，正准备付款。照你这么说，在你没付款之前，任何人都可以抢你手中的商品？"

警察没有正面回答："所有的店员都说你先打了这个怀孕女人。你说你没打，你有证人吗？"

"我当然没打。她抢了我三次，我只是轻轻拍了她手背一下，这怎么能叫打呢，你不是看了录像了吗？"

"我再问你一句，你说你没打，你有证人吗？"

"当然有啦，我太太。"

警察转身问杨玫瑰："他到底打没打？"

杨玫瑰怯生生地说："我不知道，当时我正在里面抢东西。"

金宝气得发疯。他用中文开骂，"你他妈的真不是个东西，平时和我吵架，你像条母狗，怎么一见到警察就尿了呢。你怎么能说不知道呢，就是我打了，你也应该说没打，更何况我确实没打呢？"

杨玫瑰的一句"不知道"，便把金宝送进了看守所。金宝平生第一次被戴上了手铐。进监狱对美国人来说是家常便饭，对中国人来说却是奇耻大辱。他气愤地对警察吼道："你这是种族歧视，你这是种族歧视，我一定要请律师告你们，你叫他们把录像带保存好。"转身对杨玫瑰说，"你抓紧帮我请个最好的律师，我要告这家商店和这个警察。"他是用英文说的，他就是要让他们都知道。

警车风驰电掣却很平稳。路上金宝不停地问警察，"我要在那儿被关多久？"警察说："不长。你这罪是C级。"所谓C级，既是三级轻罪，这是犯罪中最轻的那种。金宝先被带到警察局，在那儿登记完各种信息后，被集中送到了看守所。

美国的州，相当于国内的一个省；县，相当于国内之前的地区；下面就是市。只有县才有看守所。关押金宝的看守所隶属于哈瑞斯县，位于休斯敦郊外，是一崭新建筑群。被关进看守所的犯人都要先做毒品测试。瘾君子要先送去戒毒，然后再按犯罪级别分别关押。金宝好奇地观察着四周。C级罪的"号子"有40多平方米，已经关押了五六十人，大部分是黑人，然后是墨西哥人，也有白人，金宝是唯一的一张亚洲脸。

号子里有一长条凳；一淋浴间；一厕所；还有一电话。它们都是铁制的，而且被牢牢地固定在地上。

一声声嘶力竭的野狼嗥，金宝这才注意到原来里面还有一个单间。所谓单间其实就是被铁栅栏隔开的一个空间。单间里关了一个年轻黑人。可能是间歇性精神分裂症，总之他是在玩命地吼叫挣扎。

叫了约莫半小时，牢门突然洞开，一队防暴警察冲了进来。他们个个头戴安全头盔，手持透明盾牌如临大敌。

疯子被从里间架出，按倒在地上。疯子拼命反抗，蹬胳膊伸腿，吼声凄惨，如同将被屠宰。

十几个警察累出一身汗，才把这个疯子戴上手铐、脚镣，抬了出去。疯狂的呐喊这才逐渐微弱。

这哪是人待的地方。电话稍有空闲，金宝便挤了过去。监狱的电话有三个特点：一是只能打出不能打进；二是只能打座机不能打手机；三是对方收费且价格不菲。

金宝试着打了两个汽车旅馆的电话都没人接。但他一遍又一遍坚持不懈。终于有人拿起了话筒。但无论金宝如何"你好"，也没人答应。金宝打了十几通，依然故我。

大厅里推来了一部餐车。一间号子门被打开，犯人们依次走出，在餐车前排队领取食物，然后回到号子里食用。领完食物的号子门被锁上后，另一间号子门再被打开。整个过程安静、有序。

金宝这才意识到，晚饭时间到了。他也好奇地领了一份。晚饭很简单，两片面包夹了点什么，一小包饼干，一纸袋牛奶，外加一个水煮鸡蛋。另外，每个犯人还发一条化纤毯，那是晚上打地铺用的。晚饭被金宝吃得精光。

金宝正在品味着美食，忽然听到狱警喊他的名字。原来杨玫瑰已经帮他办妥了保释手续。

保释费再加律师费总共花了2000多美金，人格还受到了侮辱。金宝对此一直难以释怀。两人也经常吵得不可开交，手机和电脑也成了他们的出气筒。

最可怕的一次是在高速公路上，两人对骂逐步升级。金宝突然发疯，他猛拉杨玫瑰手中的方向盘，"你她妈的不想活，我们就一起去死！"车子在高速公路上左冲右突，同行的车辆喇叭齐鸣，纷纷避让，一辆十八轮拖挂车排山倒海，呼啸而过，气浪冲得小皮卡车直晃悠。小安妮吓得直哭，杨玫瑰更是脸色惨白。

事后，杨玫瑰还不停地拿金宝坐牢一事开涮："连副总领事都被错抓了而坐牢，他还有外交豁免权呢，你算哪根葱？再说了，你不是在写小说吗？你不坐坐牢，不亲自体验体验，哪来的生活素材？"

两人关系缓和于一次突发事件。

太阳花汽车旅馆的洗衣房也太烂了。烂了不仅影响观感，可能还会影响到买保险，市政府也随时可能来找麻烦。金宝请人来维修。

维修竣工于某个黄昏。一不留神洗衣房外的塑料水管被碰裂，水花四溅，需要换一截新的塑料水管，金宝进洗衣房去取。

塑料管放在屋梁上。屋梁不高，金宝站在两步梯上还差一步，站在旁边的洗衣机就正好了。为了省事金宝做了个危险动作。他将左脚放到洗衣机上，右脚仍站在两步梯上，右腿一用力，身体往上一蹿，抓住了塑料水管后，右腿也安全落回到两步梯上。

下面正确动作应该是，将左腿先收回到两步梯上，然后再踩下一个台阶。金宝却不然。他直接将左脚从洗衣机上去踩下一个台阶，结果一脚踩空，左侧胯骨直接跌落到水泥地上，左手掌跌肿了事小，他被扶起来后，就再也不能挪步了。

金宝的帮手，老美给他找来了一个助步车，那是客人留下的。汽车旅馆里此类物品应有尽有，诸如拐杖、轮椅，甚至还有电动轮椅。金宝认为留着这种东西占地方不说还不吉利，所以只要一看见就统统扔掉。没想到这次竟派上了用场。

汽车旅馆的帮手都是从客人中培养的。太阳花汽车旅馆这个老美员工也是。他一开始是和一个马来西亚老太婆同居。老太婆抱怨两人只是一般朋友。后来老太婆搬到加州去了。老美一开始是清房间的，他清得很仔细，就是动作太慢，所以金宝只能按房间数付他工钱，后来才逐渐发展到全面照看太阳花汽车旅馆。老美有件醒龌事。10年前他因强奸亲生女儿而坐牢，目前是监外执行状态，还要定期到有关部门报到。此事被别有用心的人公布到了网上，对太阳花汽车旅馆声誉影响很大。

杨玫瑰闻讯紧急赶来增援。她帮金宝脱下脏衣裤；扶进淋浴间冲了凉；做了可口饭菜，看着金宝吃得大口小口，她关切地问："感觉怎样，要不要去医院照个X光？"

金宝说："能站，能前后摆动，不疼，也摸不到什么异样，就是不能走动，估计骨头没断，可能是肌肉拉伤，暂时不上医院，先观察观察再说。"

夜班是杨玫瑰上的。

第二天一早，情况仍没有改变。在杨玫瑰的一再坚持下，金宝终于被劝进了医院。那天正好是星期天，只能看急诊。

护工用轮椅把金宝推进了急诊室。也许去得早，当时医院患者并不多。

X光片显示，金宝是左侧股骨头断裂。治疗方案有二：一是打钢钉，年轻人多采用；二是更换不锈钢股骨头，是年长者不二选择。金宝不老不少，但考虑到他有糖尿病，故医生建议他采用第二套方案。为此，医院特意安排了一位会说国语的医生，把所有利弊给金宝讲得清清楚楚。哪里的医生都一样，小病都当作大病医，目的就是为了多赚钱。自从换了不锈钢股骨头后，金宝大腿弯曲的幅度明显减少，就连穿裤穿袜都十分吃力。现在想起来金宝连肠子都悔青了。

手术安排在第二天下午。三点推进手术楼，五点半推进手术室。手术室很宽阔，手术台上方有两盏无影灯，和一群忙碌的身影。金宝的医疗团队大约有六七个人，清一色蓝衣帽中，有一个身着黑色衣服的中年白男人正在往脚上穿一次性塑料鞋套。他动作娴熟、干练，像是主刀医生。

金宝被推回病房已是晚上9点。他终于能美美地吃上一顿饭了，尽管是西餐他仍然吃了个底朝天。因为他已经整整一天没进食了。然后他惬意地看着中文电视，再然后他似睡非睡。

第二天一早，他慌了神。术前他怀疑自己尿频，术后怎么一夜没尿尿？

会说国语的医生告诉金宝，他的肾功能现在很不好，可能是骨折引起的。金宝的肾功能不好是事实，但这跟骨折有什么联系？术前还好好的，术后就尿不出来了，这不是麻醉剂在作祟又是什么。他坚信只要麻醉一消失，肾功能很快会恢复。果不其然，大量喝水后，不久金宝就屁滚尿流。3天后金宝就被批准出院。

在回太阳花汽车旅馆的路上，金宝疑惑地问："我住院这几天，太阳花汽车旅馆的夜班是谁在顶着？"

杨玫瑰漫不经心，"柳枝。"

"谁？"

"杨柳枝，我那三胞胎妹妹。"

"她也来美国了？"

"是呀。她最近婚姻亮起了红灯，我妈妈把美国夸成了一朵花，又听说我在这边混得还不错，她头脑一发热就把婚给离了，给了一笔中介费就过来啦。现在办美国签证比我们那时容易多了，而且一签就是10年。"

"她有什么打算？"

"要求不高，嫁个好人家，早点把儿子接过来。看到有合适的，你也关心关心。钱多钱少无所谓，但一定要是美国公民。"

说话间就到了太阳花汽车旅馆。杨柳枝热情地迎了上来。杨玫瑰骄傲地说："你看我们俩长得像不像？"

"何止是像，简直就是一个模子刻出来的。"金宝表面风轻云淡，内心却波涛汹涌。

都说伤筋动骨100天。金宝虽然出院了，可生活仍无法自理，就更别说要上夜班了。

还是杨玫瑰办法多。她说："这样吧，你腿不好使，可你还有嘴。柳枝虽然活蹦乱跳，可她英语又不行。你看她做的这几个夜班，生意差得一塌糊涂。如果能把你两个结合起来取长补短，这问题不就解决了吗。柳枝还可以照顾你的饮食起居，烧个饭递个药什么的。"

柳枝羞得满脸通红。她嗫嚅，"姐姐，你瞎说什么呀，这多不方便啊。"

"这有什么不方便的。他腿都断了，还敢动什么歪脑筋？他要是敢欺负你，你就拿这根拐杖敲他这条断腿，敲了就跑。他还能追上你？"

"怎么结合？"柳枝怯生生地问。

"他睡在外面，你睡在里面。如果有客人来按门铃，你就起来接待，他给你当翻译。"

"如果客人按铃我没听见呢？"

"你们俩就隔着一道墙，他用力一敲你不就醒了？世风日下，人心不古。一个女人要想在美国立住脚，眼头不活，不多长几个心眼哪成呢，我的傻妹妹。"

墙上的精工挂钟敲响了音乐。金宝挪了个姿势，说："该吃药了，药在手提包里，杨玫瑰，把桌上那个黑提包递给我。"

被唤作杨玫瑰的女子细腰一闪，"你弄错了。我是柳枝，她才是柳絮。"

金宝尴尬地笑了，"这第一次见面就弄错了，这以后闹笑话的地方肯定不会少，你们俩以后不要再穿一样的衣服了，就是穿了也要做个记号。我眼盲。"

杨玫瑰狠狠地瞪了他一眼，"瘸胳膊少腿的，嘴倒不尿。"

金宝一夜没睡。他在赞叹遗传神奇的同时，也在慢慢地品味杨柳枝的风韵。姐俩虽然同龄，她看上去比她姐姐更漂亮，也更年轻。人如其名。杨柳枝身形如柳、白裙飘逸；长发如瀑布、肌肤如凝脂；双目犹似一泓清水，气质冷艳而又迷人；坚挺傲人的双乳，浑圆性感的臀部……她身上的每一处都惹人遐想，令人心醉。

于是便出现这样一幅画风：金宝蹒跚学步，她扶着；端水倒尿，她伺候着；洗澡换衣，她照料着；来了生意，一个动口一个动手……惹得客人都误以为他们是一对夫妻。然而，人非草木，孰能无情……

三个月后，当金宝健步如飞的时候，杨柳枝则悄然离去。她去了纽约。她在网上结识了一个白人老头。他答应帮她办绿卡；还答应帮她把儿子早日接过来。

　　当杨柳枝把这一好消息告诉前夫时，前夫在电话中对白老头一遍又一遍地说着，"谢谢！谢谢！"

第二十章　君生我未生

20世纪70年代，在湖南长沙唐代铜官窑窑址处，出土了一批瓷器。人们惊喜地发现每个瓷器上面都题写了四句诗。

君生我未生，我生君已老。
君恨我生迟，我恨君生早。

这首诗所要表达的是，由于年龄的差距，有情人难成眷属。

金宝之所以对这首诗念念不忘，是因为他第一次向张柳叶表白时，她就是引用这首古诗婉拒的。

这首古诗，之所以又被旧话重提，这还要从金宝和小师妹在休斯敦"太空中心"的一次美丽邂逅说起。

论及小概率事件，当属小行星撞击地球。概率虽小，不代表不会发生。大约6500万年前，一粒直径大约10公里的小行星一头栽到地球上，结果导致尘云密布，阳光阻绝，天地变色，进入冰河期，不但恐龙全数灭绝，地球上多达75%的物种也相继灭亡。

金宝与平章在"太空中心"撞了个满怀，其概率之小，其效果之震撼，无异于小行星撞击地球。

休斯敦美国国家航空航天局太空中心。阳光灼热，游人如痴。女解说员甜美的嗓音余音绕梁：

这里曾是阿波罗登月计划的地面指挥中心，也是电影《阿波罗十三》取景地。1969年7月20日，休斯敦时间下午4点17分43秒，阿波罗11号指令长阿姆斯特朗向地球呼叫："休斯敦！休斯敦！这里是静海基地，'鹰'舱已经着陆。"三个小时之后，两个宇航员问休斯敦，他们可否省去预定的4个小时休息时间而现在就下机。休斯敦回答："我们支持你们这一行动。"于是，阿姆斯特朗穿上了价值30万美元的太空衣，背朝外，开始从九级的梯子上慢慢下去。当他的9号半B的靴子接触到了月球表面时，他激动地说："这是我个人的一小步，却是全人类的一大步。"

有朋自远方来，不亦乐乎。王文化携女友来美国旅游，绕道来看金宝。 休斯敦一马平川，又是新兴城市，引人入胜的景点真的不多。因此，游"NASA太空中心"、吃"得州牛排"、到靶场过过枪瘾，成了不二选择。杨玫瑰热情好客，车开得好路又熟，当义务司机也再适合不过了。

斗转星移，岁月沧桑。虽然同岁，乍一看上去王文化比金宝要年轻得多。何如？深吸了一口万宝路后，王文化道出了秘籍，"人老心不老，老亦不老。心老人不老，不老也老，心态要正，这是其一；不要给自己太多压力，压力大了要学会释放，旅游是最佳方法之一，这是其二；这其三嘛……"王文化吐出一串烟圈，"你也不要见笑，因为是老友我才推心置腹，女人一定要年轻。现代医学证明：活力充沛、春意盎然的女人会感染你，滋润你，刺激你，点燃你，让你销魂，让你如痴如醉，使你新陈代谢加速，使你荷尔蒙分泌更加旺盛……所以，如今才会有那么多的父女恋、爷孙恋。千言万语一句话，吸靓女之灵气，取美女之精华，你不年轻岂不怪哉？"

金宝这才注意到专供王文化享用的这位新面孔。小女子果然不同凡响。年轻高挑自不必说，单看那双勾魂的大眼，浅浅的酒窝，一颦一笑，一举手一投足都令人心醉，一个十足的万人迷。

游太空中心有两条游览线。一条是蓝线：太空任务控制中心＋火箭公园，金宝三次游的都是这条；另一条是红线：太空人训练中心＋火箭公园。无论走哪条游览线，都要搭乘游园车。

目酣神醉，流连忘返。金宝等一行回程游园车没能及时赶上，只好等下一班。

站台上候车的人越聚越多，红黄蓝白黑各种肤色一个不落。物以类聚，人以群分。相同的语言让他们交谈甚欢。

此时一个西装革履、目光如炬的中年男人甩着没擦干的双手，从厕所方向不疾不徐地走来。左顾右盼的神态，说明他正在寻找同伴。

他的目光与万人迷偶遇，一怔之后他面露惊喜，"小万，怎么是你，王总呢？"

万人迷一时语塞，"王，王……"灿烂一笑后，闪身把王文化拉了过来，"哦，王老师，王老师在这儿。这是王老师。王老师，这位是金总。"

被叫作金总的中年男人一头雾水，气氛顿时诡异起来。久经沙场的金总趋前一步，热情伸出双手，尴尬瞬时化解，"哦，王老师，王老师你好，幸会幸会，认识你很高兴，能在美国遇到你更是缘分。"侧脸风轻云淡，"小万，你们怎么也到休斯敦来了？"

恢复了平静的小万口吐若兰，"我们到休斯敦是专程来看望潘老师的。"四下环顾，"咦，潘老师呢，潘太太，潘老师呢？"顺着杨玫瑰手指的方向，"哦，潘老师在那儿，潘老师！"

"王总"变成了"王老师"，一叶知秋的金宝知趣地踱到了一边，听到了召唤，他又踱了回来。

小万热情似火，"这是潘老师，这是潘老师的太太杨玫瑰，这位是金总。"

听说是潘老师，金总已经吃惊不小，看见了杨玫瑰，更是让他惊掉了下颌。两人对视良久无语。此时一个戴着变色镜、秀外慧中的少妇款款走来。金总这才回过神来，他迎了上去，"平章，这是潘老师。"

面面相觑，相视无语。

平章是金宝在大陆的同事、小师妹。两人年龄相差较大，互动不多，但彼此尊重，印象深刻。可是，要在眼前这位端庄文雅的少妇和当年性格倔强的小师妹之间画上等号，金宝怎么也不敢相信。王文化也有同感。小师妹更是一脸茫然。

寥寥数语，等号各自建立。握手也超出了正常时间。眼前这位半截老头，正是当年拿着标枪撵得潘书记满旮旯钻的青年才俊。面前这位仪态万方的少妇正是当年巾帼不让须眉、拿着扫帚把司务长的脸扫得一尘不染的小师妹。那年头，谁听到"体育系"这三个字不闻风丧胆？

好汉不提当年勇。金宝目光闪躲，"有些夸张，有些夸张，我哪有那么疯狂。"小师妹一朵红云飞上脸，"不是那样，不是那样，我哪有那么彪悍。"

"你怎么也认不出平章了？"

面对金宝的数落，王文化一肚子委屈，"你到美国第二年她就到北京体院进修去了，这一去就再也没回来，我也是20多年没见过她了，还不跟你一样。幸亏我太太见多识广，她不认识平章，却认识金总，要不然……"

"要不然我们这辈子都不会相见。"金宝接荏，"在火箭展览大厅，我们围着火箭转了好几圈，我至少和平章三次擦肩而过。她正在给儿子讲解着什么，因为都是亚洲脸，说的又是国语，所以我多看了她好几眼，就这样也愣是没认出来。真的要感谢小万。"

小师妹也难掩兴奋，"昨晚我和我丈夫扯闲篇时，还谈到你的传奇，之前光听说你在美国，也不知道在哪个城市，没想到眼一睁你就站在了面前，好像做梦一样，这也太神奇了吧。"

更神奇的还在后面。平章一家被邀请到太阳花汽车旅馆做客，口若悬河的金总，不经意的一句话，捅塌了半边天。

他说："认识小万是在赴三亚谈项目的一个饭局上。王总做东，女友小万买单。席中王总曾夸下海口，要带小万到国外遛遛。来美国旅游在情理之中，但'大变活人'却在意料之外。怎么换男人比换衣服还快？林子大了，什么鸟都有。小万究竟是谁的女人，究竟谁给谁戴了绿帽子，我有些晕。你给分析分析？"

金宝浅浅一笑，这事与他无关。当听说："杨玫瑰我认识，她的中文名叫杨柳絮，是张柳叶的妹妹，她们姐妹仨是三胞胎。张柳叶是老大，杨柳絮是老二，杨柳枝是老三……"时，金宝突然血压升高手冰凉，一头从沙发上栽下来。体育人反应就是快，小师妹一个"鱼跃垫球"，接住了金宝雪白的脑袋。

为掩饰失态，金宝自嘲，"平章的排球打得还是那么好。谢谢，谢谢！老啰，年龄不饶人，我最近血压有些偏高。"话锋一转，"刚才你说什么，你说杨柳絮是张柳叶的妹妹，这两人不同名不同姓的，长相也不大相径庭，这怎么可能？"

　　"不同姓，但同名。你看这柳叶、柳絮、柳枝，不都是柳字辈吗？"

　　金宝默默点头。可他还是不理解，"她父母都是工人大老粗，怎么能给三个闺女起这么富有诗情画意的名字，这可不是一般人所能。"

　　"杨家一次开出三朵花，争奇斗艳，美不胜收，在当时的安东小县城荡起了一阵涟漪，亲朋故旧都觉得脸上有光。当舅舅的更是喜在眉头笑在心里。她父母没有文化，她舅舅可是十里八乡远近闻名的中学语文老师。这老夫子有事没事都喜欢吟上几句唐诗宋词。名字是舅舅给起的，这个姓可是大姐她自己改的。张柳叶原本也姓杨，'文革'中父亲经常被批斗，为了和地主成分的父亲划清界限，她自己到派出所把姓给改了，随母姓张。"

　　金宝再次点头，"可以理解。'文革'中改姓名的现象很普遍，王文化原名叫王修道，红卫兵硬是上纲上线，说"修道"就是走修正主义道路，他只好将名字改成了王文化，意思是要将无产阶级'文化大革命'进行到底。可这张柳叶和这杨柳絮俩人长得也太不像了，这又如何解释？"

　　"生双胞胎的概率本来就小，生三胞胎的概率更是少之又少。生三胞胎的遗传因素十分复杂。很多机理现代医学目前仍无法解释。不过生三胞胎的基本常识，我可以帮你科普一下。三胞胎可以分为同卵三胞胎和异卵三胞胎。同卵三胞胎是一个受精卵在分裂过程中，分离成三个或多个独立的胚胎细胞或细胞群体，它们分别发育成不同的个体。这种分裂产生的孪生子具有相同的遗传特征，因此性别相同，性格和容貌酷似。异卵三胞胎是有三个卵同时或相继受精，因为胚胎是来自不同的卵子和精子，故具有不同的遗传特性，因此性别、性格、相貌也可能有所不同。张柳叶和她两个妹妹长相迥异，可能是三胎两卵的缘故。"

　　金总喝了口矿泉水继续说："杨柳絮不仅夸妈妈年轻时有姿色解风情，还特别能生……"

金宝打断，"这么说，这仨姊妹你都认识？"

"柳枝我从没见过。我只认识柳叶和柳絮。那应该是20多年前的事了……"

20年前休斯敦大学教授A博士在生物学领域登峰造极、蜚声中外。

当年他麾下有三个才华横溢的博士研究生，那就是张柳叶的前夫夏阳、杨柳絮的前夫昊然，还有我。我们仨学术上共同研究，生活中互相照顾，情同手足。同乡、同学、同一个导师这三个关键词羡煞了当时许多国内留学生。那年我和夏阳还是单身，昊然已"红袖添香"。我喊夏阳大哥，喊柳絮二嫂。

二嫂热情好客，中国厨艺也很有水准。我和夏阳西餐吃腻了，就隔三岔五到二嫂家去蹭顿中国饭，逢年过节就更不例外。某年感恩节。酒过三巡菜过五味，借着酒酣耳热，二嫂突然喋喋不休起来，"来来来，这两只火鸡腿，你俩一人一只，你二嫂的厨艺会不断提高，不见外就常来。"话锋急转，"最近我妈妈都快把我给逼疯了，她一星期一封信，催我抓紧给我那个三胞胎的大姐在美国找个对象，最好是像昊然这样的。找对象又不是买东西，这爱情要两情相悦……

这是我姐姐的近照。她不仅长得比我漂亮还很浪漫。浪漫到玩起了师生恋。师生恋也无可厚非，问题是她的这段恋情也太不靠谱，男方比她大8岁不说，还是个工农兵学员，工农兵学员也就算了，还是个学体育的，学体育的虽然四肢发达头脑简单，但个个都是有身高有肌肉的猛男。他却是个小矮人。我妈妈说了，现代版的'白雪公主和七个小矮人'的故事，绝不能在我杨家重演，我丢不起这个人，否则，我死给你们看。"

"可怜天下父母心。无论妈妈如何苦口婆心，姐姐依然我行我素，男方明明是个四肢发达头脑简单的体育人，她硬说他是青年才俊，是个难得的秀才。我妈说，他就算是个秀才也是个穷光蛋，我姐说莫欺少年穷，反正你讲一句她怼一句，就是要嫁给他，甚至连婚期都排上了日程。妈妈生性好强从不食言，她发出毒誓，'你姐姐的婚期，就是我的忌日。柳絮，别忘了每年都给你妈烧点美元，烧几张1美元的就行，大面额的千万别烧，我好打点阎王，把这个小矮人也早点拖入十八层地狱，叫他永世不得翻身。柳絮，我们杨家就你最有出息，最壮门楣。如果你能在美国替你姐姐找个对象，就等于救了你妈妈一命啊。'

"我初来乍到两眼一抹黑，姐姐这事我只能拜托昊然。可这半年都过去了，他仍然金口难开。为这事我俩没少闹别扭。今天是感恩节，感恩节就是要做善事，就是要感恩。昊然怕做恶人，我不怕，他金口难开，我就来唠叨唠叨，你们俩……你们俩谁愿意救救我妈妈……"

"啪"的一声，手起酒瓶落。昊然脸色铁青。

自那以后，杨柳絮的厨艺有没有提升，我就不得而知了。

大约半年后的某天，我做完了最后一项试验，最新大数据显示，《生命体内细胞的死亡和存活机制》这一前沿课题，将有重大理论突破。一口胃酸涌了上来。我这才意识到，我已经一天滴水未沾了。正当我起身准备去买大汉堡时，忽然发现试验台上有张结婚请柬。落款是夏阳和张柳叶。

我又有中国饭蹭了，还是两家轮流着蹭。大哥二嫂比邻而居，我蹭饭就更方便了。

大哥大嫂婚后生活甜蜜，两人如胶似漆。张柳叶的肚子也日渐隆起。抚摸着比常人大得多的肚子，她娇嗔地说："我想吃酸的，肯定是男孩，有时又特想吃四川菜，是龙凤胎或是三胞胎也说不定。我妈就特别能生，左邻右舍都说我长得和我妈特像。"

我好奇地问大嫂，"是男是女，你是怎么知道的？"

她羞羞答答地说："都说酸儿辣女嘛。这是经验之谈。"

我说："这种传言你也当真？现在医学这么发达，是男是女，还是多胞胎，做个B超不就知道了？不过你生双胞胎的几率还是挺高的，遗传基因真是不可思议。"

夏阳说："阴差阳错，柳絮的医疗保险一直没有批下来。我说那就自己掏钱看吧，可她死活也不肯。她说，去一趟医院就要花掉她在国内好几年的工资，她在美国又不能打工，我的奖学金只够维持正常生活，还是等医疗保险批下来再说吧，她说她还年轻，身体一直都很健康，应该没有问题，叫我放宽心。"

紧催慢赶，张柳叶的医疗保险总算在临盆前批了下来。

大嫂腹痛难忍。医生伸手一摸，脸色凝重，"立即手术！"

张柳叶腹中取出的不是哇哇啼哭的婴儿，而是一颗鲜血淋淋的大肉瘤，装了满满一大盆。医生说，"她患的是'左侧卵巢囊肿'，好在是良性的，由于发现得太晚，左侧卵巢一同被摘除，日后再孕的机会渺茫。"夏阳顿感天旋地转。

夏阳来自农村，三代单传。他何止是十里八乡远近闻名的大才子，更是位大孝子。对农村人来说，不能延续香火会被人耻笑，会在村民面前直不起腰。因此"不孝有三，无后为大。"一直是夏阳家族的祖训。经不住父母的唉声叹气，更忍受不了七大姑八大姨的软磨硬泡，夏阳最终选择了放弃。当他含泪准备把这个残酷的决定告诉张柳叶时，却怎么也找不到人了。张柳叶早就提着简单行李知趣地离开了。

A博士的发妻身患肝癌、白血病、脑出血等多种疾病，常年卧床。A博士不离不弃相偎相依，日复一日年复一年。A博士团队的最新研究课题正处于最后冲刺阶段，照顾发妻的保姆突然有急事要离开，急得他是一个头两个大。直到张柳叶循着招工广告摸了过来，他才脸露曙光。

在张柳叶的精心调理和无微不至的照料下，三个月后发妻枯槁的脸色就变得红润，干瘪的身材被填充，脏乱的屋子井然有序，香飘四溢的中餐频频上桌……最不可思议的是，发妻竟然可以扶着轮椅在林荫道上缓缓踱步了，左邻右舍无不啧啧称奇。

A博士抹了把额头上的汗珠，激动地说："这年头，找个放心的保姆比找个女朋友都难。十几年来，全世界的保姆我都用过。中国女人含蓄婉约、温柔似水，勤劳善良、知性贤淑，是世界第一。我崇尚东方文化，我更爱中国女孩。我们老两口结婚三十余载，至今膝下无子，你若不嫌弃就做我们的干女儿吧。"

发妻嘴角蠕动。杨柳絮含羞未语。日出日落，一如从前。

一日，张柳叶正在帮发妻梳洗。发妻试探地问："我看你最近脸色很好，是不是找到男朋友了？"

张柳叶一怔。她未置可否。

3个月后，张柳叶的腹部渐渐隆起。发妻好奇地问："你有男朋友了，能不能介绍给我们认识一下？"张柳叶还是没有回答。

又过了一个月。发妻不断重复同样的问题，张柳叶早就不耐烦了。她知道纸是包不住火的，此事瞒得了一时，瞒不了一世，迟摊牌不如早摊牌。于是张柳叶摩挲着隆起的肚子，语带挑衅，"你真想知道？你真想知道那我就不瞒你了，我早就有男朋友了，他就是你的丈夫。"发妻顿感天昏地暗。

离开了夏阳，衣食无忧，最令张柳叶揪心和尴尬的就是如何保持住"身份"。美国移民史上最严苛的移民法，1996年《非法移民改革和移民责任法》已经出台。在美非法居留超过180天，3年内不得再次入境美国；超过1年，10年内不得再次入境美国。在美国拿绿卡亦然。解决之道唯有和美国公民结婚，法无二门。

A博士锃亮而又充满智慧的前额，经常照得张柳叶头晕目眩。

A博士睿智、幽默、绅士、魁梧……是家长里短的女人口中完美的男人，年事已高也只是相对张柳叶而言。相差"三旬"，在两人之间筑了道高墙。

但张柳叶目光坚毅，"爷孙恋又何妨？既能拿到绿卡，又能报复我那个丧心病狂的妈妈，何乐而不为？"

想到曾经的美好姻缘被活活拆散，她语带哽咽，"妈妈，你是我的亲妈吗？如果不是你从中作梗，我哪会落到今天如此田地。潘军就差我8岁你都嫌大，现在我就嫁个大38岁的给你看，你叫他女婿也好，叫他爸爸也罢，你就看着办吧，反正我和你们从此一刀两断，你没有我这个女儿，我也不认你这个妈。我活着也只是一具行尸走肉，我多次自杀没成，现在我终于明白：我不死，我要活，我要看到你如何受到报应。呜呜呜呜……"张柳叶哭得肝肠寸断。

擦干眼泪。对镜梳妆。一个邪恶计划在张柳叶心中逐渐形成。

把大量、繁杂的科研数据输入电脑，是科研工作不可或缺的一环。这是助手的工作。A博士态度严谨，关键数据他总是亲力亲为。看到A博士经常在电脑前坐到深夜，张柳叶心疼，"做试验我帮不上忙，输入数据我还行。"A博士哪里放心。张柳叶一发嗲，A博士就招架不住了，只得让她试试。张柳叶的纤指在键盘上跳起了华尔兹，输入的数据既快又正确。A博士被征服了。于是，在照顾发妻之余，她又多了一份活。

张柳叶的手指如此灵活，这是她苦练3个月的结果。一次偶然，垃圾箱旁边一台旧电脑让她驻足，沉思良久，她毅然把它抱进了自己的房间。

这天，A博士起得特别早，他要去做一项关键性试验。昨晚他睡得很晚是因为张柳叶仍在不停地敲打着键盘。他站在身后摩挲着她的双肩，慈爱地说："这次要输入的数据量大、复杂，明天急等着用，今晚就辛苦你了。"

早上，书房里的那台手提电脑不见了踪影。紧张之余，A博士脸露微笑，"一定是被张小姐拿进自己房间了。"

这是他第一次轻敲张柳叶卧室的门，没回音。再敲，仍没反应。轻拧门把手。门没上锁。

屋内灯光透明。手提电脑疲倦地立在床边的书桌上。A博士径直走过去，把电脑轻轻合上，抱起，转身欲走，忽然被一幅唯美的画卷震撼。

不管从哪个角度看，这都是一件完美的艺术品：精致的脸庞，披肩的秀发，高耸的乳峰，圆润的美臀和修长的大腿……

A博士血脉偾张，荷尔蒙迅速飙升。都说英雄难过美人关，但此时A博士坐怀不乱。

问题就出在他鬼使神差地又折返，怜香惜玉地为张柳叶拉上了床单。A博士俯身瞬间，张柳叶突然睁眼，双手搂脖，双腿勾腰，像蛇一样把A博士紧紧缠绕，狂吻滥舔……

A博士眼冒绿光，摔掉眼镜，扔掉电脑，急不可耐地撕下道貌岸然的西装，瞬间，天雷勾动地火，一发不可收……

鱼水之欢日日上演。

奇迹出现了。张柳叶怀孕了。她喜极而泣。

张柳叶的初心是为了绿卡，没想到她却跌落滔滔情海找不到了北，陷进泥沼不能自拔。杨柳絮现在考虑的不是绿卡，也不是婚姻，而是要完整地占有。她的孩子不能师出无名。

爱情不能分享。任何情敌都必欲除之而后快。

发妻虽然病入膏肓，再拖个七八年甚至更长时间也没问题。人生苦短，女人等不起。

张柳叶爱看《三国演义》。书中诸葛亮三气周瑜，乃至周瑜最终仰天长叹既生瑜，何生亮？随即吐血而亡的故事，令她印象深刻。所以才会出现前面的画面：张柳叶不计后果地道出男友姓甚名谁。

嫉妒是人的本性。发妻涵养够深，肚量大到也够撑船。张柳叶横刀夺爱，她虽然心如刀扎，但她承认现实，知道自己年老体衰无力竞争，余生不多，也没几天好活了，对于张柳叶的多次挑衅，她只能打落了牙齿，血吞。

见前两招效果不彰，张柳叶祭出撒手锏。她再次摩挲着隆起的肚子，语气尖酸刻薄，"我怀孕了，怀的是你丈夫的骨血，不能生育的女人，如同一只不能下蛋的母鸡……"

发妻一直为没能给A博士生下一男半女而深感自责，张柳叶这一招正中要害。发妻一口气没咽上来，口喷污血，一命呜呼。临死前她低头哀鸣，"我死，你也别想活。"随即射出枪中全部子弹……

发妻的丧事办得风光体面。张柳叶哭得是呼天抢地，如丧考妣。左邻右舍对她纷纷点赞，A博士对她更是心存感激。他满脑袋装的都是大数据，对同一屋檐下两个女人的战争浑然不知。

为了摆脱这尴尬处境，夏阳毅然决定回到北京大学。北大对他不薄，拨了巨额研究经费，配备了助手，建立了新的实验室……夏阳也很争气，多项世界前沿研究题被他的团队一一攻破。鉴于他的卓越成就，他成了目前北大最年轻的教授，最年轻的博士生导师，最年轻的国务院特殊津贴享受者……他不仅事业有成，家庭也美满幸福，他麾下的一位美女博士成了他的娇妻，并为他诞下一个活泼健壮的男娃。

5年后，杨柳絮的前夫昊然由于家庭生变，在国家"千人计划"的召唤下也毅然带着儿子回到了北大。夏阳的事业、荣誉、爱情被他悉数复制。

10年后，我也加入了他们的团队。我们再创辉煌。我也享受了与他们一样的荣誉、地位，唯一的不同就是我没有和自己的学生结婚，而是邂逅了平章，生了个男孩。我们一家这次到美国是来旅游的。我们弟兄仨终于又生活、工作在一起了。我们仨成了国内生物学领域无法撼动的三根砥柱。当然，这些都是后话。

张柳叶后来诞下一个女儿，如果我没记错的话，她的生日应该是9月15日，今年14岁。

金宝一激灵，"和我女儿小安妮一样大，还是同年同月同日生？这怎么可能，根据推算，她今年应该15岁才对。"

金总惊奇地说："这就不是什么巧合，而是她们三胞胎之间的'心电感应'，其机理目前无法解释，或许从'量子纠缠'理论中能找到答案。哦，对不起，张柳叶流产一事怪我没交代清楚。发妻的那梭子弹虽然失之千里，倒也把她吓得不轻，加上办丧事操劳过度动了胎气，孩子没能保住。"

失去孩子的重创，对张柳叶来说是致命的。她的头脑也因此变得时而糊涂，时而清醒，记性也坏了许多。她逢人就诉说她的不幸，喋喋不休地唠叨那早已流产的胎儿……姊妹们只得含泪把这个美国版的祥林嫂引进了休斯敦玉佛寺。从此她成了一名虔诚的佛教徒。

虔诚也能创造奇迹。一年后，张柳叶终于诞下一名女婴，取名叫康妮，全名叫张康尼，随母姓。"

"康妮！"一听到这个熟悉的名字，惊得金宝矿泉水瓶从手中掉落了下来，心脏跳出嗓子眼又被咽回。

"怎么，你们也认识？"

"哦，不认识，不认识，可能是同名同姓。"金宝表面镇定，其实内心一阵狂喜："众里寻他千百度，蓦然回首，那人却在灯火阑珊处。"

"君生我未生""南京腔"，谜底终于被揭晓，从不唱歌的他哼起了王菲的《传奇》：

只是因为在人群中多看了你一眼
再也没能忘记你容颜
梦想着偶然能有一天再相见
从此我开始孤单思念
想你时你在天边
想你时你在眼前

想你时你在脑海
想你时你在心田

宁愿相信我们前世有约
今生的爱情故事从未改变
宁愿用这一生等你发现
我一直在你身边
从未走远

哼着哼着他又陷入了纠结，怎样才能尽快见到张柳叶呢？

"有康妮做人质，还怕你不出来？"金宝醍醐灌顶、脑洞大开。

然而，用尽了洪荒之力他也没能如愿。

手机关机；短信不回；微信不加；捎去的信如石沉大海；背着望远镜到她家蹲守，每次都是悻悻而归……

一次与张柳叶擦肩而过，金宝激动得差点昏厥。

那是A博士的葬礼。一个落叶飘零、秋风萧瑟的黄昏。

金宝的老皮卡车一路麻烦不断，最终"瘫痪"在枯叶覆盖的小径上。这儿离墓地不远。此时"曲终人散"，金宝只能在小桥上"凭栏远眺"。他视力不好，必须借助望远镜。

墓地鲜花簇拥，庄严肃穆。墓旁一株老垂柳在肃杀的秋风中显得孤独无助，所剩无几的枯黄柳叶仍在被风撕扯，飘零。一群乌鸦立在光秃秃的柳枝上，凄惨的叫声令人头皮发麻毛孔倒立，乌鸦是休斯敦的特产，到处都是。天际，黑云压城城欲摧。

墓前，依然矗立着两个女人。一老一少，一哭一笑。少的是康尼，笑的应该是她的妈妈。

金宝颤抖地换上摄像机，这样他可以把镜头拉得更近。老妪身着褪了色博柏利风衣，肩挎磨损了的LV包，奥克利太阳镜只剩下一个镜片，背略驼，白发如银丝，皱纹如沟壑，目光空洞，表情呆滞，沧桑和苦难写满了脸。那诡异的笑容，分明就是一朵枯萎的菊花，如果不是眉宇间那颗美人痣依然，金宝怎么也不能相信那就是她。尽管铅华褪尽，但她那美丽的痕迹依然清晰可见。

从她那空洞、无神的泪眼中，金宝读懂了一个漂流在外女人的沧桑、苦涩、悲伤和悔意。

镜头怎么变得越来越模糊？金宝湿了眼眶。

秋风乍起，枯叶纷飞。乌云翻滚，秋雨苍凉。

秋雨无情地砸在她娘儿俩脸上，说不清哪是雨，哪是泪。康妮拽了拽妈妈的衣襟，示意她该走了，老妪依然像石雕一样矗立、痴笑。雨越下越大，在女儿的再三催促下，老妪终于被塞进了汽车。

迎着徐徐而来的车头，金宝心无旁骛地立在路中，他舍命也要拦下她。

不顾康妮的劝阻，老妪猛踩油门，疯狂地向金宝冲来，她误以为有人打劫。金宝趔趄跌倒。望着绝尘而去的黑烟，和无语问苍天悲怆的背影，金宝的心碎了一地。

"枯藤老树昏鸦，小桥流水人家，古道西风瘦马。夕阳西下，断肠人在天涯。"借用这首古诗来形容此情此景，真的是太贴切了。

此后，娘儿俩好像人间蒸发。金宝只能靠翻看录像打发思念。

是夜，金宝靠在沙发上再次翻看录像。一阵熟悉的敲门声让他喜不自禁。康妮来了。

金宝劈头就问："这几个月你都到哪儿去了？"

"妈妈强行把我送进医院，一个星期前我才出来。"

"你妈妈为什么要送你去住院？"

"我最近一直低烧不退，面色苍白，牙龈出血，皮肤上出现瘀青，嗜睡。医生说我可能得了白血病，需要住院观察。"

"那你妈妈呢？"

"她一直都在精神病院，最近也出来了。"

金宝急切地问："她认出我了吗？她告诉你我是谁了吗？她把我们的故事讲给你听了吗？你能带我去见她吗……"

康妮满脸问号，"她怎么会认识你？她什么人也不认识了。她更不想见任何人。她有'被害妄想症'，你去了会很危险，她开始摆弄起枪支来了。她说："谁要是敢欺负我宝贝女儿，我就去杀了他……"

康尼祈求，"爸爸，我是来借钱的，你能借些钱给我吗，我妈妈不能工作，我们失去了经济来源，吃饭都成了问题，别说给我妈买营养品了。 我妈妈出院后一直念叨着想吃龙虾，想吃海参和冰糖燕窝。如果你能借点钱给我，她的愿望就能实现了，这样对她的康复也有助益。爸爸，你放心，我妈妈已着手申请政府食品券了，一旦批下来，我会叫我妈加倍还你。"

"借钱没问题，你必须答应我一个要求。"

"什么要求？你说。"

"你带我去见你妈妈。"

"好的，好的，我答应带你去见我妈妈，我答应带你去见我妈妈……"

康妮带金宝去见她妈妈。

门被从里面反锁。康妮隔着门喊："妈妈，妈妈！快开门，快开门！爸爸来看你了，他是个好人，他说你们认识，他是你的男朋友，你快出来认认。请！请！请……"

无论康妮如何哀求，屋内死一般寂静。金宝很沮丧。康妮安慰，"医生说我妈妈得的是'间歇性精神分裂症'，时好时坏，哪天她好点了，我再带你来看她。"

第二次，终于有了回答。回答的不是张柳叶，而是破窗而出的一枝霰弹枪。玻璃散落一地，接着便是声嘶力竭的狂吠，"滚！滚！滚！再不滚，老娘叫你万箭穿心。我从来就不认识什么金宝……"

康妮吓得脸色煞白，拉着金宝一路狂奔，边跑边说："我出门时她还好好的，这病怎么说犯就犯了呢？"

第三次，是警察接待了他们，"有人报警，说你多次私闯民宅。"说着，掏出手铐。康妮道出了原委。警察这才说了声："下不为例。"

登门造访不成，那就引"蛇"出洞。

契机来自康妮被确诊为急性骨髓性白血病，急需化疗或做干细胞移植。金宝故意在微信上与她展开了热烈讨论，并允诺把自己的骨髓捐献给她。

金宝再次被噩梦惊醒。还是那个缠绕了他整整20多年的噩梦：缺课太多，考试通不过，考试不及格就领不到上海体院的结业证……

睡不着觉他就玩起了手机。微信刚打开，一个叫"叶"的吱溜一声就钻了进来，请求添加好友。"加"键刚按下，对方就迫不及待问："你是谁？"

"我是金宝。"

"太阳花汽车旅馆的老板？"

"是的。"

"康妮经常到你那儿去？"

"是的。"

"她经常向你借钱？"

"是的。"

"她最近得了白血病，你知道吗？

"我知道。"

"你答应捐骨髓给她，是不是？"

"是的。"

"你这个骗子，你骗得了小孩，你还骗得了老娘。你跟她又没有血缘关系，你凭什么捐骨髓给她，我告诉你，你们俩骨髓配型的成功率几乎为零。"

"医生说，无血缘关系骨髓配型成功也不乏先例，只是可能性太小罢了。我和康尼的配型如果不成功，我捐出的骨髓可以用在其他患者身上。这样今后康尼遇到了合适的骨髓，她就有了优先权。"

"就算是这样，你身体不也不好了吗？你捐的那个骨髓谁还敢要啊？"

"我的身体是不好，但目前还是健康的。医生说，如果我愿意的话，可以先做个骨髓配型试试。这样吧，如果方便的话我们见面再聊？"

"好吧，你等着！"

这一等就是3个月。

那年的冬季特别寒冷。漫天的鹅毛大雪让从没接触过雪的休斯敦人欣喜若狂，但对金宝来说简直就是一场灾难。疯子汽车旅馆的水管全部冻爆，需紧急抢修，这种修修补补的事对汽车旅馆来说如同一日三餐，这次可不同凡响。疯子汽车旅馆的水管全都埋在墙里，要修水管：首先就要"开肠破肚"。这可就不是小修小补，而是一项浩大的工程。雪上加霜的是，这次还被市政府撞见了，市政府硬要金宝申请许可证，再请有资质的公司来修，如此一来这个维修费就不是什么仨瓜俩枣了，而是一笔巨额开支，弄不好这几个月就算是白干了。金宝当时就没给市政府好脸色看，后来更没理它。

金宝种的花花草草在这奇冷的寒夜里全都被冻死，就连长了一人多高的仙人柱也未能幸免。参天高的18棵棕榈树，冻死了10棵。都说高处不胜寒嘛。然而，为什么参天的楠竹却能傲雪迎风？

"咬定青山不放松，立根原在破岩中。千磨万击还坚劲，任尔东西南北风。"郑板桥在这首脍炙人口的诗中，把竹子坚韧不屈的精神描绘得淋漓尽致。亭亭玉立的竹子经霜雪而不凋，历四时而常茂，集坚贞、刚毅、挺拔、清幽于一身。这就是金宝偏爱它的原因。

金宝对沙漠植物也情有独钟，如仙人掌、芦荟，等等。由于它们生长在终年干旱的沙漠地区，因此它们的生命力极强，对身边的恶劣环境没有一点挑剔，没有一丝埋怨，哪怕是丢下它的一小段根，它们都会顽强努力地随着时间而生长。不用浇水，不用施肥，它都能越长越好；即使它被人残忍地连根拔起，它也仍能滋生出新休。杨玫瑰告诉金宝，疯子汽车旅馆有个客人丢了一棵芦荟在停车场都好几天了，要金宝把它栽到太阳花汽车旅馆看能不能活，没想到，它不仅活了，如今还子孙绕膝。这种顽强的生命力和韧性，同那些娇生惯养、弱不禁风的花花草草比起来，不显得更难能可贵吗？

深夜。北风像野兽一样敲打着窗户。康妮穿着睡衣打着出租车就来了。见到金宝她就像见到了救星，"我妈妈把我关起来了。她哪里也不让我去。就连上下学也是她亲自接送。最近我正在医院接受化疗。今夜趁着妈妈睡熟了，我才偷偷跑了出来。爸爸，医生说如果我做了骨髓移植就跟正常人一样了。我妈妈现在寻死觅活要捐骨髓给我，但她有病，我怎忍心接受呢。爸爸，你不是答应捐骨髓给我的吗？这是骨髓捐赠协议，你在上面签字吧。你签了字我妈妈就不会寻觅死了。"

金宝顾左右而言他，"你妈妈偷看你的微信了？"

"我手机都被她没收了，还用得着偷看吗？"

沉默良久，金宝才喃喃地说："我讲个故事给你听吧……"

"好啊，好啊，我最喜欢听故事了，我妈妈就经常讲故事哄我睡觉。"

……

故事讲完了。金宝一吐为快。康妮早已泣不成声："我是听着这个故事长大的。但我现在才知道，故事中的男女主人翁原来就是你和我妈妈。太凄美了。我那外婆比'白雪公主和七个小矮人'中的女巫王后还要歹毒。这个老妖婆她现在在哪儿，我去帮你们讨个说法……"

突然传来一阵剧烈地敲门声。康妮惊呼，"别开门，别开门！那是我妈妈！我一定是被她跟踪了。"说着便跑进了里屋。金宝急忙开了门。他终于和念兹在兹的女人打了个照面。

金宝邀她进来暖和暖和。她说："火大，就在门外。"

金宝撇开张柳叶那不寒而栗的目光，怯怯地问："你是张柳叶？"

"不！我是康妮她妈。我叫'叶'。"

"叶"的枕头英语很地道："你就是金宝？"

"是的。"

"康妮在里面？"

金宝未置可否。

"你是墨西哥人？"

"不。我是中国人。"

"中国人？鼻梁还挺高。你会说国语？"

"当然。"

"叶"怒发冲冠，"既然同为中国人，你为什么还要骗我女儿，说什么要捐赠骨髓给她？你们俩又没有血缘关系，你怎么能捐骨髓给她？我这个傻丫头还信以为真，死活也不要我捐的骨髓，非要你捐的不可。你这叫黄鼠狼给鸡拜年——没安好心。你要真敢做黄鼠狼，老娘我就灭了你。"说着就把手伸进了包里，又空手抽出，"杀了你会脏了我的手，也太便宜了你，你就等着去坐牢吧，我叫你生不如死。我是个神经病。神经病杀总统都不用坐牢，更何况杀了你这头畜生。告诉你，你这条老命就攥在我手中，我想什么时候杀你，就什么时候杀你，而不用承担任何法律责任。哈哈哈……"

这怪异的笑声着实让金宝毛骨悚然。他辩解，"一定是误会了，我说捐骨髓是真心实意的，我已经在捐赠协议上签了字。反正三言两语也说不清楚，说了你也不信。你现在又这么亢奋，等你冷静下来后，我再慢慢解释给你听。"

"亢奋？还挺注意修辞。你倒不如直接说我是神经病更痛快。你说，你说，你是不是在骗她？你说，你说，不说我就杀了你。"这次她真的掏出了枪，一把德国大左轮。

生死攸关，金宝仍不疾不徐地解释，"我说了你也不会相信。 你可以去问康妮，你总不能连自己女儿都不相信吧？"

"我问过她了，她死活就认定你了。她被你洗过脑了，你这头畜生……"

康妮突然冲了出来，"妈妈，妈妈，一看到你穿的两只袜子不一样，我就知道你病又犯了。你知道他是谁吗？他是金宝，哦，不对，不对，他的中文名字叫……"转头向金宝求援。

"叫潘军。"

"对对对。叫潘军，叫潘军。他是你的前男友，你想想，你想想……"

"叶"喃喃，"潘军，潘军……"仔细端详后摇头，"不不不，他不是，他不是……"

"妈妈！他就是，他就是。他来美国后在汽车旅馆打工被火烧过，脸上也做过皮肤移植，你看他的嘴，他的鼻子，他这身肌肉，他这个头……"

"叶"仍摇头。

康妮没辙。她忽然想起什么，"妈妈，妈妈！你教我背过的那首古诗，你还记得吗？'君生我……'"她又向金宝求援。

"君生我未生，我生君已老……"

康妮被点醒，"君生我未生，我生君已老；君恨我生迟，我恨君生早；君生我未生，我生君已老；恨不生同时，日日与君好……"

这首古诗词终于引起了张柳叶的回忆和共鸣。

"咣啷"一声，手枪掉了地。康妮拍手跳跃，"妈妈，妈妈！你想起来了，你终于想起来了。"

第二十一章　最后的疯狂

俗话说，百年修得同船渡，千年修得共枕眠。没等金宝启齿，张柳叶就主动提出要与他完婚。她说："婚礼无须奢华，但一定要在国内举行，最好赶在今年春节期间，趁着亲朋好友们都有空好好热闹一番。"

金宝诚惶诚恐。

消息不胫而走。麻烦也接踵而至。

杨柳枝风风火火从纽约赶了过来。她气喘吁吁地说："我也要和你结婚，我怀了你的种，还是个男孩。孩子不能没有爸爸！"

金宝气急败坏，"什么什么，你想'诈和'？扯什么淡，你别跟着瞎起哄了，好不好？你不是在网络上找到了真爱，一个腰缠万贯的鬼佬吗，要不然你怎么会连招呼都不打就以身相许了？"

杨柳枝泪眼婆娑，"他是个骗子。我被他骗得好惨啊。我现在才知道虚拟世界哪有什么真爱。"

"哦，现在你才知道。当初我那么苦口婆心地劝你留下，你好像被鬼迷了心窍就是不听，既然你知道是他骗了你，为什么不去找他算账却反过来诬陷我，说什么你怀了我的种，这顶绿帽子我可不敢受用。"

"我真的没有诬陷你，他确实是你的儿子。"

"有什么凭据？"

"我一发现自己怀孕了，就立马告诉了他。他冷笑着说，亲爱的，我早就做过结扎手术了，你怎么可能再怀孕？我说：'你没结扎干净也说不定啊，大千世界无奇不有。'于是他就带我到医院去做检查。看着检查报告单，他扳着指头开始计算起日期。算着算着他脸色突变，说我怀孕时间是在来纽约之前，他可不愿做这个冤大头。"

"我说时间相差还不到1个月，来美国后我一直就月经紊乱。他说也许。当我在做羊膜穿刺时，他偷偷给我加了一项胎儿DNA亲子鉴定。化验结果一出来他就人间蒸发了。"

这种水性杨花的女人，金宝哪儿还敢要。

杨玫瑰也嚷着要和金宝去领结婚证。她说："小安妮不能没有爸爸。"

杨玫瑰，金宝更不敢娶？俗话说："鞋合不合适，只有脚知道。"金宝早就对她满腹牢骚。

开枝散叶，操持家务，男主外、女主内是中国传统的家庭模式。

杨玫瑰却一次次向这一传统发起挑战。

对于金宝的埋怨，杨玫瑰这样解释，"不是我不喜欢料理家务，而是我根本就没有时间。生意这么忙，麻烦事这么多，小安妮天天都要早送晚接，珍妮三个小孩都是神经病，学校一打电话来她就要请假，她一不来我就要顶班，有时是24小时连轴转，我哪天不忙得屁颠儿屁颠儿的？我做腰椎间盘突出手术，是我自己开车到医院动的手术，连个陪护都没有，只有眼泪陪伴我。这边做完手术，第二天就上班，你还要我怎样，已经很不错了，知足吧。"

杨玫瑰对工作认真负责，那是没话说。为求生存也好，被生活所逼也罢，总之一个女人家，整天工具不离手，到处敲敲打打，大事小事亲力亲为确实难得。问题是，她管得也太宽，权力欲也太强了。因此俩人吵架成了家常便饭。

夏天日长夜短、冬天日短夜长。为节约用电，停车场的自动灯需要经常调整时间。疯子汽车旅馆的灯天没黑就亮已经好几个月了，金宝叫老P调了，她也大为光火，理由是，"时间设定不对，开早了，关晚了"。就为这点小事两人吵得不可开交。

金宝和老P讨论修理事宜，她也岔七岔八，不讨一顿臭骂，她绝对不闭嘴。

还有一事更奇葩。一个月黑风高的夜晚，杨玫瑰突然跌跌撞撞地奔进办公室，对着金宝惊一阵狂吠，"鬼！鬼！鬼！我看到鬼了！"

金宝吓了一大跳。他跑出去一看，原来是早就死去的三副。最近，杨玫瑰不知从哪儿得到消息，说三副死了。杨玫瑰最喜欢议论张家长李家短，反正闲言碎语也不需要缴税。听到了三副的死讯，杨玫瑰便架起了小喇叭，逢人就广播，闹得休斯敦华人圈沸沸扬扬。每当金宝翻出三副的手机号，总想拨通试试，转念一想，人都死了还打什么电话？一天金宝的手机响了。当他看到是三副的电话号码，不免浑身一激灵。他战战兢兢地"你好"了一声，对方传来的是一个女人甜美的嗓音，原来是三副的女友。她以为金宝一定会向她核实三副的死讯，金宝却装聋作哑，半个字也没提。没办法，三副只得亲自现身来辟谣。

吵架总得有个前因后果。如果说相安无事也能吵架，你肯定不信。杨玫瑰就是这号人。

老P喝高了，半醉半醒买了张奖券中了大奖，奖金不菲。朋友中奖了，应该高兴才是，杨玫瑰却和金宝大吵大闹。这显然是羡慕嫉妒恨。金宝鸣冤叫屈，"人家中奖了与我何干，又不是赢我的。这是哪儿对哪儿啊？"对此事金宝至今无法释怀。

为这等小事争吵，只会影响情绪，但无伤大雅。真正把两人感情推到悬崖边的，是下面这件事。

有事没事就敲打几下键盘，成了金宝暮年生活的全部。客房能不能租，无所谓，生意好不好，不重要，但一天不写上几句，金宝总感到心里空落落的。

金宝命运多舛，人生跌宕，但他凭着一股执拗劲，大部分目标都已达成。写好这部长篇小说，"了却君王天下事，赢得生前身后名。"是他给自己设定的最后一个目标，对此他信心满满，除非"百年"，或者脑梗。为了完成这一夙愿，他也做好了最坏打算：如果双目失明，他就口述，找人代笔；如果需要"透析"，就在病榻上写；如果英年早逝，小说成了"一盘没有下完的棋"，那么就叫小安妮接着下。

就是这样一部金宝看得比生命都重要、写了近10年的小说，一夜之间竟然从电脑中凭空消失了。金宝顿时感到天旋地转。

"是她，是她，肯定是这个臭婆娘……"金宝喃喃。

小说究竟该如何写，金宝也没谱，他谦虚地和杨玫瑰讨论。杨玫瑰鼓励道："你的构思还不错，就照这个思路写，我支持你。"

写着写着杨玫瑰的语气就变了，"你这哪儿是在写小说，分明是在写自己的风流史嘛。写论文和写小说都需要文学功底和想象力，但两者的风格正好南辕北辙，论文讲究严谨求实，文学要求夸张浪漫。你能写好论文，不代表你就一定能写好小说。"

金宝似乎嗅出了一些味道。为了写出自己的风格，塑造出自己喜欢的人物，他决定不再和她讨论，写好的章节也不再让她过目。你越是这样，她的偷窥欲就越强，看后就妒火中烧，和金宝大吵大闹。

金宝对着手机狂吼，"是我写，还是你写啊？不妥的地方我可以再修改，但你总不能把它全毁了吧，那是我多年的心血啊！"

"我知道，所以才没有彻底删除，我只是把它丢进了电脑的'垃圾桶'里了，你可以再捡回来。我要彻底删除，你这个神经病还不杀了我。这次我只是想给你个教训，再疯言疯语，就别怪我不客气了。"

有了这次教训，金宝不仅给电脑设置了密码，还复制了多个U盘，分别收藏在不同的地方。

三个姐妹疯抢同一个男人，这可乐坏了老妈妈。她深陷在沙发里抖动着二郎腿，洋腔洋调，现在我的三个女儿抢同一个男人，无论谁抢到谁抢不到，这个金龟婿我都抱定了，哈哈哈……

老妈妈突然止住笑声，严肃地问了一句，"我说闺女们啦，请告诉你老妈，你们为啥非他不嫁，你们究竟爱他啥？"

三闺女异口同声，"优秀，会赚钱。"

老妈妈喜形于色，"女儿们啦，这就对了。优秀的男人一定能赚钱，会赚钱的男人一定优秀，嫁人就要嫁这样的好男人。看来我这三个丫头片子个个都是好眼力啊。"

老妈妈若有所思，试探地问："丫头们呀，听说金宝正在写一部长篇小说，这是真的吗？"

三个女儿齐答："是！"

老妈妈又问："听说他还要捐骨髓给康妮，这也是真的？"

得到确认后老妈妈激动得手舞足蹈，"哎哟，这还怎么得了，又能文，又能武，心地还这么善良，这么优秀的男人，你们上哪儿去找？你们谁抢到谁没抢到我不管，如果你们把我这金龟婿给放跑了，我就死给你们看！"转身对两妹妹，"你姐姐对金宝好像还有误会，她嘴里不停咕噜着什么，我要灭了这只黄鼠狼，我要灭了这只黄鼠狼，也不知道是什么意思？总之她最近精神有些恍惚，情绪有些失控，我怕她会做出什么傻事，你姐妹俩一定要保护好金宝。"

两个女儿爽快答应后，老妈妈情不自禁地哼起了一段情歌，"……小妹妹我心有所想，俺嫁人就嫁哥哥这样，每天晚上对着月亮，梦见哥哥在身旁……"

金宝心中唯有张柳叶。要想摆脱目前窘境只有尽快逃离。逃哪儿去呢？2005年金宝曾经报名参加过"移民火星计划"，一大笔定金都交了，后来发现那是场骗局。现在唯一能去的地方就是回国。祖国成了他最后的安全岛。现在他有太多的理由该回国了。

白云苍狗，沧海桑田。改革开放40多年，祖国的政治经济形势发生了翻地覆地的变化；中国的GDP已跃居世界第二；工农兵学员何止不再被人歧视，他们在祖国的发展建设中，挑起了大梁，成为国家的脊梁。他们不负时代，不负韶华，不负党和人民的殷切希望。

老贪先金宝一步回国了。他是被押解回去的。他是"红色通缉令"全球通缉100名外逃人员之一。

再说，金宝最近得了汽车旅馆恐惧症。再不尽快离开汽车旅馆业，他肯定会得抑郁症。他现在只要一看到新客人心里就发毛，夜晚他再也不敢离开办公室半步，无论客人用什么理由，他宁愿退钱，也不愿意到客房为客人服务。

这是有缘由的。珍妮的一位前男友，曾在一家汽车旅馆当夜班经理，是夜，男友一人当班。一个女客人说客房电视机收不到四频道了，要他去调整，结果被隐藏在客房里的两个黑人给活活勒死，办公室被抢劫一空。每每想到这件惨案，金宝总是不寒而栗。此时在他眼里似乎每个客人都是抢劫犯，也许是他得了被害妄想症。

金宝想尽快回国还有一个重要原因：他不想步三个海员的后尘。

"桃园三结义"说的是刘备、关羽和张飞，早年在涿郡张飞庄后那花开正盛的桃园，备下乌牛白马，祭告天地，焚香再拜，结为异姓兄弟，不求同年同月同日生，只愿同年同月同日死。这是被人们一直传诵的故事，也一次次有人效仿着焚香结义。

三个海员在跳船前也在海上效仿"桃园三结义"演过这出戏，没想到却一语成谶，他们真的死在了同一天。也许是上苍成全了他们。

首先说说三副。三副离开汽车旅馆这个行当后，开了家职业介绍所。中国城职业介绍所大多门可罗雀。唯有三副的职业介绍所车水马龙，日进斗金。其秘籍就在于他有一个老墨做"托"。把没有身份的墨西哥人，介绍到全美各地中餐馆，这就是三副的工作。

这个"托"是他的前任留下来的。前任职业介绍所老板东窗事发，用激将法将该职业介绍所以3万美元的不菲价格卖给三副后不久，就被联邦法院判入监20年，没收全部非法所得。其间，移民局探员曾多次登门警告三副，"不许再做违法生意。你的前任老板就是你的一面镜子，你要好自为之。"

三副也曾一度有所收敛。他摘下门匾，只在出租屋内做些熟人的生意，与"托"谈生意时也从不说话，只做手势或用笔写，他生怕被人录音。此时他也步入炒股大军，但不久就被美国的次贷危机套牢。

三副在韬光养晦。此时中国城的职业介绍所如雨后春笋。眼睁睁看着一统天下的蛋糕被人瓜分，从心底涌出的那份悲凉，如杜鹃泣血。

三副把袖子一捋，又在中国城黄金地段租下一爿门面，前面办公，后面免费给老墨吃住。抹去尘埃的金字招牌刚一挂出，客人就摩肩接踵。多是回头客，"托"还是那个"托"。

毕竟是老字号，又是轻车熟路。职介所的生意再次被三副打点得风生水起，如火如荼。

一年后的某天，"托"对三副说："我父亲病了。我要回墨西哥很长一段时间。K是我最好的朋友。他能力比我强，人缘也比我好，你们一定会合作得很愉快，生意也会更上一层楼。"

果不其然。赚得盆满钵满的三副，天天哼着歌，唱着调，时不时地还在金宝面前秀几句西班牙语；买了一部韩国大宇的SUV，也开到金宝那儿去穷显摆。

老P羡慕嫉妒恨。他哀叹，"乖乖，一天发一车老墨，三个司机连轴转，三副还不赚疯了？"

金宝劝慰，"这钱可不能要，哪天犯案了，全部没收不说，还要坐牢。"

都怪金宝这张乌鸦嘴。这天早上刚开张。三副的职介所就被头戴面罩、手持重武器的FBI团团包围，不大的停车场挤满了装甲运兵车……如此大阵仗，仅仅是为了抓几个手无寸铁的无证移民。美国佬就喜欢这样虚张声势。

同时被捣毁的还有另一家职介所。敲门没开，FBI就用塑胶炸弹把防盗门炸开；保险箱中20万现金被悉数没收。女老板叫安，和三副颇有渊源。

三副爱玩女人，也爱玩枪。申请持枪证需要到市中心警察局打指纹。三副这一进去，就再也没出来。接到三副从哈里斯县看守所打来的求助电话，金宝把他保释了出来。

安和男友合开了一家职介所。生意一直没有起色。三副的职介所为何门庭若市？聪明貌美的安终于瞅出了点名堂。"托"在三副和安之间左右逢源，从中渔利。

同行是冤家。有人竟敢动三副的奶酪。一气之下，三副把安拖出来一顿暴打。安到医院做了伤情鉴定，并报了案。

在律师的建议下，三副当庭认罪获得轻判："18个月的假释，监视居住；100个小时的社区劳动，一年之内完成；罚款2000美元。"至于律师费，民事赔偿金，三副从来不提。三副也承认，这次他是赔了夫人又折兵。

"损失点钱也就罢了，要叫我坐牢，还不如叫我死呢！"三副如是说。

还是同一个律师。这次他把胸脯拍得嘭嘭响，"杀人放火的案子我都能辩得他无罪释放，你朋友这个案子简直是小菜一碟。问题是，如何尽快把他从拘留所里捞出来。"

5万美金律师费是金宝代垫的。

审阅完三副沉甸甸的卷宗，律师面露难色，"FBI的卧底探员把你近3年来的每笔生意，都详细记录在案。根据我30年的办案经验，要想说服大陪审团推翻这些证据比登天还难。听我建议，当庭认罪，争取轻判。"

FBI卧底探员显然指的就是那个新来的"托"K。三副追悔莫及。

又是通过"认罪协商"，三副被轻判入狱18个月；绿卡被吊销。三副刑满后没有被立即释放，而是被转入移民监狱等待遣返。三副无颜再见江东父老。"士可杀不可辱"。在假释期间，三副选择了自杀。

其次再谈谈二水。二水之所以离开汽车旅馆业这个行当，是因为他做了一件蠢事。好端端的一个汽车旅馆硬是被他活生生拱手送人。如果送给了中国同胞，也算是做了件善事，他送的竟然是奸诈、处处抠门的外国人。

话说二水离开T汽车旅馆后，在离休斯敦一小时车程的一个小镇上又盘了一家汽车旅馆。这个小镇就是金宝在第二家餐馆打工的那个小镇。当时那个小镇有七八家汽车旅馆，二水买的这家汽车旅馆无论是建筑、生意还是位置，在那个小镇上都算首屈一指，美中不足的就是空调是中央系统的，同6号汽车旅馆一样。中央系统空调在汽车旅馆业早已被淘汰。现在新建的汽车旅馆都是一个客房一个独立的冷暖两用空调。中央系统空调利弊参半。利是当你全部客满时，它很省电；弊是当你只有一两个客人时，整个汽车旅馆的空调系统都要运转，又太费电。汽车旅馆的主人是印度人。该汽车旅馆共有45间客房。总价85万美元，头款15万美元，其余70万美元由主人贷款，期限15年，年息10%。二水接手这家汽车旅馆后，生意确实不错，几乎天天客满。但好景不长，约莫过了半年，客人突然全部离店了，偌大个汽车旅馆只剩下一两个客人。生意一落千丈。二水更是一头雾水。经过详细打听才知晓，之前这家汽车旅馆生意之所以十分红火，是因为有一家石油公司在附近开采石油，包了这家汽车旅馆90%以上的客房给工人住。现在石油开采完了，石油公司要搬到外州去了，生意一落千丈也就有了答案。石油公司要搬走这一信息，卖家印度老板早就知情，这就是他为什么急于出手的原因。买家二水却一直被蒙在鼓里，才会跌进早已布好的深坑。没有了生意，每月巨额分期付款如何付？工人工资如何给？按合同规定，两个月不按期付款，印度老板有权把汽车旅馆收回。因此，二水成了"伍子胥过昭关，一夜白了头"。为了减轻夫婿的压力，阿花辞退了所有工人，自己也委身到中餐馆做了女招待。偌大个汽车旅馆就二水一个人苦撑苦熬着。

屋漏偏逢连阴雨。此时汽车旅馆的中央系统空调突然坏了。这时中央系统空调的短板就暴露了出来，一旦中央系统空调坏了，整个汽车旅馆的生意都要停摆。缺德的是，请来的美国白人维修工不修也就罢了，他还趁二水没注意，把空调系统中的一个主要零件给破坏了。然后叫他的朋友再来漫天要价，为了生意，二水只能认栽。

俗话说："山重水复疑无路，柳暗花明又一村。"正当二水为入不敷出的生意唉声叹气时，进来了一个印度年轻人。他说他想租这家汽车旅馆。这显然是印度老板的白手套，想来趁火打劫。走投无路的二水也顾不了那么多了，便爽快地答应了下来。条件是：租期1年，押金5万美元；租金每月200美元。由于生意确实太差，二水也无心讨价还价，不管怎么说，总比每个月都往里面贴钱要强得多。他说："我这叫断臂求生。"

一年租期转眼就到了。印度年轻人说他不想再租了，要二水把5万美元押金还给他。刚扔出的烫手山芋又被扔了回来，二水顿时"麻爪"。看到二水手足无措，年轻印度人不免心中暗喜。他要继续投井下石，他说："要不然这样，我这5万美元的押金也不要了，每月200美元租金我也不付给你了，你就把这家汽车旅馆转到我的名下。这样孬好你还落个5万美金，如果老板真把你这个汽车旅馆给收回去了，你还不鸡飞蛋打？你自己掂量掂量吧。"二水权衡再三，一咬牙一跺脚，就在早已准备好的合约上签了字画了押。

汽车旅馆不做了，二水就到中餐馆去打工。中餐馆每天工作12个小时忙得连轴转。就在三副开枪自杀的那天，二水突然感到有点头疼，老板同意他回去休息。刚走到公寓大门口，他就一头栽倒在地。

警车、救护车呼啸而至。但已回天乏术。为了查明死因，二水的遗体被运走，说是要做病理解剖。

二水死于脑出血。他的双眼被蒙上纱布，身躯薄如蝉翼，一直是个谜。

谜底惊世骇俗：他的眼角膜、五脏六腑，凡是能用的，都被用作器官移植了。器官移植是惠及人类的大好事，无可厚非。但二水死前没有愿望，死后也没有征得其太太同意，二水的人权和尊严是否受到侵犯，见仁见智。

阿花跟跄地来到银行，想查询二水的账户。女职员说："妻子也不行，继承遗产一定要通过律师。"

阿花说："你能告诉我他账户上的余额吗？我看值不值得请律师。"

女职员叹息："不行。我只能告诉你，不值。"

最后再聊聊老鬼。老鬼经营的那家中餐馆破产后，一直赋闲在家。老鬼对大海情有独钟，是因为他生于海上，长在船上。生日那天，正在海上捕鱼的妈妈突然感到肚子一阵阵疼痛。爸爸急忙收网返航。紧赶慢赶还是破了羊水，但老鬼横在妈妈肚子里，死活也不肯出来。疼得妈妈是呼天抢地，命悬一线。爸爸手足无措，只有跪拜妈祖。突然，狂风大作巨浪滔天。渔船被高高举起，又重重落下；再举起，再落下……三下五除二，老鬼竟被颠了出来。正在祈祷的爸爸，被一阵阵婴儿的啼哭声惊醒，　此时映入他眼帘的，是一个胖嘟嘟的男婴正在甲板上蹦跶的鱼群中伸胳膊撂腿……霎时，海上风平浪静，天空碧蓝如洗。老鬼说，"我的生命是妈祖给的。我是海的儿子。我生在海上，死也要死在海里。"

于是，他当了海军；做了海员；他爱玩游艇；他喜好垂钓……一次老鬼的游艇靠岸时没拴牢，一阵狂风把游艇和老鬼吹离了岸，而且越漂越远。要不是美国海岸警卫队及时救援，老鬼早就葬身鱼腹了。说来也怪，老鬼就连旅游，他也喜欢走水路。一次刚下邮轮，他突然感到胸闷气喘。从不知道医院门朝哪开的他，第一次走进了医院。

小小病房挤进一拨人。老鬼有一丝不祥预感。通过翻译才知道，这正是世界著名的安德森癌症中心肿瘤专家F教授和他的团队。F教授宣布："你这是肺癌晚期；尚有半年好活；不宜手术，只能化疗。"美国医生说话都是这么直白，从不顾及病人的感受。

妻子闻之色变。老鬼云淡风轻。这是他的家族病。他早有心理准备。他戒烟戒酒；吃水煮蔬菜，不放油，不放盐；他管住嘴，迈开腿……但还是防不胜防。也许，这就是宿命。

每每谈到化疗，人人谈虎色变。呕吐直到吐出胆汁、脱发直到一根不剩，精神萎靡，抵抗力下降……

老鬼岂能例外。他说："谢谢你们来看我。只要能让我活着，什么名啊利的，你给我座金山银山我都不要了。看到你们到处跑，我真的很羡慕。我现在是生不如死啊。不能吃，不能睡，吐得我是翻江倒海，疼得我是撕心裂肺。你们也不会笑话我这个濒临死亡的人。

一次，太太出去帮我找药品，耽误了时间，疼得我又是死去活来的。我满屋子乱翻，药品没找到，却翻出了一把手枪。我把子弹拉上膛，对准自己的脑袋，心想不如一死了之，省得活受罪。'鸟之将死，其鸣也哀，人之将死，其言也善。'此时我想到了我的太太、我的女儿……正在犹豫间，太太冲了进来……

我隔壁病房住着一个山西煤老板，也是肺癌晚期。他除了钱，一无所有。人都要没了，还要钱干啥。为了延续生命，他就到美国来'烧钱'。一天打一针就要2万美金。美国有一个公益慈善组织，专门帮助癌症患者如何节省医疗费。在他们的帮助下，现在一针降到了1万美元，就这价普通老百姓也付不起啊。与之相比，我也太幸运了。这真要感谢山姆大叔。听说我没有医疗保险，医院主动帮我申请了政府医疗保险，就连自付款也给免了。唯一的遗憾就是我没买人寿保险。

哦，告诉你们一个好消息，前天我去医院检查，我太太说，美国的医疗也太先进了，我的癌细胞已经全都被杀死了。这还要归功于我太太，是她鼓励我，照顾我，天天扶我出去散步。哦，我忘了告诉你们，最近我们全家又要出去旅游了，我一回来立马就去看望你们……"

站在豪华邮轮的甲板上，领略着大海的无限风光，如同投身到母亲的怀抱。老鬼顿感神清气爽，心旷神怡。往日的病痛、纠结、烦恼……一扫而光。久违的笑容，再次驻足在他红扑扑的脸庞上。

清晨，他品味，"晓看日出沧海东，蜡炬百万烧天红。"

黄昏，他吟哦，"落霞与孤鹜齐飞，秋水共长天一色。"

此时他感慨良多，"唯有面对无垠的大海，我才知道什么叫酣畅淋漓，什么叫荡气回肠。我爱大海胜过我的生命。我爱它那波涛汹涌、磅礴的气势；爱它那无边无际的胸怀；爱它那海纳百川，有容乃大的品格……"

太太给他披了件夹克，温柔地打断他，"好了好了，回去睡觉吧，夜深了，海上风大。回舱房一样看，我们定的是海景房。你两天两夜没睡觉，已经产生幻觉，开始胡言乱语了。你念叨着什么你是海的儿子，要投身到母亲的怀抱，纵身就要跳。要不是我和女儿把你紧紧抱住，你早喂鱼去了。先回去睡觉，明天早起，我们一起来看日出。亲爱的，听话。"

老鬼依然很兴奋，"我在甲板的躺椅上再过一夜，看完日出就回舱房睡觉。我真怕一进去就再也出不来，我怎么看那舱房都像一口铁棺材。"

"你胡说些啥子哟。"太太摇头。

被折腾一夜的太太，被一阵急促的敲门声惊醒。一柱如血朝阳射入舷窗。

老鬼仰面躺在甲板上，平静、安详。海风是他的呼吸，海浪是他的心跳。大海以气吞山河之势，包容万物之量接纳了他……三个海员终于死在了同一天，完成了他们的夙愿。

邮轮在福克兰群岛紧急停泊。老鬼遗体被抬上岸。

土葬是当地的习俗。这可难坏了孤儿寡母。

太太哭诉："亲爱的啊，叫你不要出来，你非说要看海，你哪里不能死，非要死在海上。你两腿一伸，两眼一闭进了天堂，我们孤儿寡母却进了地狱。我们这是上不沾天、下不沾地，叫天天不应叫地地不灵啊。这里连个火葬场都没有，叫我们如何带你回去？把你葬在这里是你的愿望，但作为妻子儿女我们于心何忍。你成了孤魂野鬼也就罢了，日后孝子贤孙们如何祭拜，那我不就成了千古罪人？你一走了之，可急坏了我们这些大活人。树高千尺，落叶归根。就是背我母女俩也要把你给背回去。否则，我们就死在一块。"

出于人道，英国的一架军用运输机载着老鬼的遗体徐徐降落在伦敦机场。费用肯定不菲。

后来，老鬼的骨灰一半撒向了大海，一半安葬在了故乡。这是他的遗愿。

第二十二章　把美揉碎了给你看

　　吉祥挂满了圣诞树，欢乐塞满了圣诞袜，喜悦写满了圣诞节，幸福敲响了圣诞钟，祝福载满了圣诞车……这一切无不在昭示人们，圣诞节到了。

　　欣赏着小安妮自制的"圣诞贺卡"，金宝这才意识到圣诞老人的脚步已经越来越近，节日的气氛也越来越浓烈。

　　美国的圣诞节和中国的春节具有同等分量。但金宝更希望拥有一个祥和热闹的春节。

　　中西方文化何止是存在差异，有的简直就是南辕北辙。

　　最典型的就是松柏花圈。国人将其放在灵堂用来祭奠亡灵，表示庄严和肃穆；美国人却把它挂在门楼和公共汽车上，打扮成欢乐和喜庆。还有那些纸人、纸马，在大陆那都是烧给死人的，美国人却把它当成礼物互赠……不一而足。

　　每当金宝把花圈藏起来，小安妮总是一脸严肃，"爸爸！这里是美国！"

　　金宝只得又挂了回去。他苦笑着说："那你把爸爸的照片也放在中间吧，再挂副挽联。"

　　小安妮没心没肺地说："好啊好啊，只要你高兴。"

　　今年圣诞节，花圈中虽然没放照片，但小安妮拼命地帮他录像、拍照，金宝又开起了玩笑，"难道你是在给我拍遗照？"

　　照片照得都不错，每一张他都是不苟言笑。这是金宝招牌式笑脸。但客人们读不懂啊，还误以为他心情不好，故常引来一些女客人与他逗乐，"笑一笑。"

　　与往年不同，今年小安妮不仅把花圈挂在了房屋门楼上，还把它挂在爸爸的丰田皮卡车的车头。金宝虽然不快，也只能笑纳。小安妮在他的心中比天大。

圣诞老人、圣诞礼物、驯鹿雪橇、漫天飞雪，这是圣诞节的经典画面。圣诞节总是与雪相伴，二者相映成趣，雪越大，圣诞节的气氛就越浓烈。然而，火热的休斯敦几乎与雪无缘，所以只能在圣诞树上点缀出雪的效果，据说这还是休斯敦人的专利。

今年休斯敦的天气有些异常。奇冷不说，还纷纷扬扬散起了雪花。

凝视着漫天皆白，金宝不由想起中国的传统丧礼，还有最近他总是收到一些催他赶快买墓地给优惠的信。他心头不免一颤，怀着忐忑和不安，他将这几十年不遇的雪景用索尼摄像机记录了下来。

大数据告诉我们，非血缘关系造血干细胞移植配型相合的概率是四百分之一到一万分之一。瞎子纫上了针，巧了。金宝和康尼的骨髓配型竟然成功了。骨髓移植手术进行得也非常顺利。金宝很快就出了院。康尼排斥反应严重仍需住院观察。

圣诞前夜。流光溢彩，火树银花，烛光摇曳，烟花璀璨。鞭炮声中夹杂着枪声，是美国人庆祝圣诞的独特习俗，更是得州牛仔狂野不羁的禀性。这是阖家欢乐温馨时光，又是美国人的狂欢之夜。

金宝出院已经两个星期了。她和张柳叶回国的机票订在明天，当务之急是打点好行装。哦，对了，临走之前他还要把办公室的电灯开关修一下，由于太过老旧，只要一推开关就会冒出一团火花。

当圣诞的焰火照亮夜空，当节日的鞭炮声和枪声此起彼伏，金宝身着出国时定做的青色毛料西装，腰挎爱枪，手戴24钻18K劳力士金表深陷在沙发里，边听着张碧晨那首极具感染力，唱得撕心裂肺的《花心》，边梳理着人生。

　　花的心藏在蕊中
　　空把花期都错过
　　你的心忘了季节
　　从不轻易让人懂
　　为何不牵我的手

共听日月唱首歌

黑夜又白昼

黑夜又白昼

人生为欢有几何

春去春会来

花谢花会再开

只要你愿意

只要你愿意

让梦划向你心海

……

听着听着忽然想起了什么，金宝起身走到保险箱前，熟练地按动着密码。

这是个一人多高的豪华型保险箱，里面四圈还装有LED灯。说是保险箱，其实就是一个能放50只长枪的大型枪柜。

枪柜里挂满了各式长短枪，数不清金币、金条、美元，这些都是他在美国打拼了几十年的积蓄。这些都带不回去，他要全都留给杨柳絮和两个孩子。康尼已经托付给了杨玫瑰。柳枝已经有了下家，是杨玫瑰帮她撮合的，一个比柳枝小12岁的鬼佬，美国人只要有"帽子"戴就好，至于帽子的颜色他们从来都不在乎。

保险箱里还藏着许多不可告人的秘密。金宝首先把保险柜里一大沓人民币塞进口袋里，那是他花很低的利率从一客人那兑换来的。客人毫不掩饰地说，这是他从华人家庭偷的。

接着他从枪柜的珠宝抽屉里，取出一款24钻18K女式劳力士金表。这与他手上的正好是一对。杨玫瑰只知道他买了这款男表，如果知道他买的是一对情侣表，那还不闹翻天。金宝现在真的有些后悔，因为这表已经成了他的累赘，放在家里怕偷，戴在手上怕抢，丢掉小命或落个残废也说不定。手表虽然买了多年，他只能偷偷地把玩，一次都没敢戴过。他说，"太遭罪了，那张24钻18K劳力士金表证书，更像是一张死亡通知书，时常闹得他心惊肉跳。"

金宝又从保险箱的文件夹里翻出几页发黄的纸。他自语，"这是什么？"当他戴上老花镜仔细看后，就像被毒蛇咬了一口。一张是金宝20年前做的一份艾滋病抗体检测报告。结果显示：艾滋病毒抗原／抗体HIV呈阳性。

尽管人类在医学领域日新月异，凯歌高奏，但对艾滋病这个魔鬼仍然束手无策。说白了，艾滋病一旦被确诊，就意味着死亡。

面对死亡，金宝哈哈大笑，"扯淡！得艾滋病的概率比中乐透奖还要低。我能中奖，打死我也不信。"

说到乐透奖，要数2018年10月23日那天最震撼。风靡全美的兆彩已连续多次无人中奖，头奖奖金额已累计达16亿美元。全美为之疯狂。CCTV-4在播报了这一新闻的同时，也随手浇了一盆凉水，"此次中奖的概率比被雷电击中还要低。"

金宝曾有过险遭雷击的经历，至今让他心有余悸。

电闪雷鸣多发生在夏季、雨天。探视金宝的雷公公却专挑冬季、晴天，而且还是干打雷，不下雨。这天，迅雷不及掩耳，雷声惊天动地，闪电如达摩克利斯之剑，撕肝裂胆。

这次雷击，总共打坏了太阳花汽车旅馆一台电脑，两台路由器，三个探头，四台空调，五部电视……可谓损失惨烈。

雷公公第二次是路过，顺手打坏了配电盘，瘫痪了整个太阳花汽车旅馆。

第三次最可怕。一个足球大小的"球形闪电"，先是悬在太阳花汽车旅馆上空，然后在停车场滚动……最后冲着好奇的金宝飞来，破窗而入，轰然爆炸……金宝虽然毫发无伤，但早已吓得肝胆俱裂。

后来，他给配电盘、电视天线、高空探头等都接了地线，雷击情况才有所改善。

CCTV-4这盆凉水，不仅没能浇灭美国人购买乐透奖的疯狂火焰，反倒成了火上浇油。

每当奖金累计达到4亿美元以上时，金宝才会试着玩两把。他知道得奖无望，只不过是想给自己留个念想。

都说这个能掐会算，那个有特异功能，还有那个什么《最强大脑》，全都是瞎掰！有能耐，有能耐你玩把兆彩和强力球试试？

扯得有些远了。面对艾滋病这一死亡判决，金宝不屑一顾。他照吃、照喝、照赚钱……他坚信那肯定是医院搞错了，理由是，艾滋病传染性很强，杨玫瑰有没有被传染不重要，关键是小安妮没被感染是既定的事实。因为她一出生医院就帮她做过HIV检测。

再说，艾滋病的潜伏期是5年到10年。金宝掐指一算，至今30多年都过去了，他不仅依然健在，风流仍不输当年。这不是活扯淡又是什么？

第二张是一份DNA检测报告。小安妮与他长得一丁点也不像，坊间少不了有些闲言碎语，于是他就偷偷带小安妮做了个DNA亲子鉴定。结果显示：基于15个不同基因位点结果分析，待测父亲样本和子女样本之间，确认无血缘关系。

面对这一结论金宝很是坦然。有无血缘关系已经不重要了，他早就视小安妮如同己出。重要的是，小安妮为什么没被艾滋病感染也有了明确的答案。

金宝手上拿的是赞助大地震开具的收据，目光却紧盯着移民局的一纸"递解出境令"。

各种申请绿卡的方式均告失败，金宝至今还在这个深不见底的泥潭中挣扎。一次次上诉，一次次被驳回，金宝是身心交瘁，律师则是乐此不疲。用时间换空间，美国律师最擅长的就是打"持久战"，但金宝玩不起，"血"被吸干事小，耽误青春事大。

金宝一再表示要放弃，但律师恐吓他，"当初劝你用另一种办法办卡，我说那是缓兵之计，虽然它不能申请绿卡，不能申请家属；也不能离开美国，但可以合法打工，可以为我们赢得时间再想其他办法，可你死活不愿意，我有什么办法。现在只有一条路走到黑，继续打官司，否则你就会被立即递解出境。官司打了几十年，最终还是赢了的案子多了去了。你这十几年都坚持下来了，还在乎这一年半载？所以只要你永不言弃，胜利就一定属于我们。再说了，在这申诉期间，你在美国居留打工都算合法，钱也没少赚啊。"

自己种下的苦果只能自己吞。问题在于，但凡申请的人，没一个敢公开承认。金宝何止不敢公开，甚至连杨玫瑰都要瞒着。杨玫瑰说："你问我自己都有绿卡了，为什么还要坚持男方一定也要有绿卡。答案很简单，一个男人，在美国如果连张绿卡都混不上，他哪还有什么本事挣钱养活自己老婆和孩子？"金宝只得违心地骗了她。

金宝把这些全都塞进碎纸机。他又深陷在沙发里继续沉思。

经过岁月的磨砺和苦难的洗礼，金宝相信宿命论。宿命论认为，人生中早已注定的遭遇，包括生死祸福、贫富贵贱等，或者相信一切事情，都是由人无法控制的力量所促成的。宿命论还认为，人间发生的每一件事都是注定的，由上天预先安排，人无法改变。尤其是姻缘。

金宝对宿命论者雅克就一见如故。他认为，两人何止很像，他简直就是雅克的化身。雅克，出身卑微，性格坦率，几分固执，机智而不失幽默，却常常口不择言，反应憨直，有时又不免言行不一，语言粗鲁，举止放纵……所以，杨玫瑰才会惊呼，"像，像，你俩真的是太像了，一对难兄难弟，桀骜不驯、自以为是的疯子。"

金宝缓慢挪到电脑前。他开始仔细品味起刚刚脱稿的小说。

关于小说，老舍曾经说过，"我想写一出最悲的悲剧，里面充满了无耻的笑声……"

鲁迅也说过，"我横竖睡不着，仔细看了半夜，才从字缝里看出字来，满本都写着两个字是'吃人'！"

金宝说："我想写一部最疯狂的小说，里面的人全都是疯子：疯狂的人物、疯狂的年代、疯狂的作者、疯狂的读者……可写了10年了，我只写出两个字：疯狂！"

金宝想通过写这部小说来揭露资本主义的腐朽和没落，美国繁华背后的龌龊和黑暗，他要为体育人正名；他要向女人大声呐喊……

小说究竟如何写，金宝也没谱。当仔细研读了大部分"茅盾文学奖"获奖作品后，他信心满满。然而，学者和作家毕竟是两股道上跑的车。10年来，他在文学的浪漫和科学的严谨中纠结；在科学的抽象和文学的具象上流连；在真善美和假恶丑的博弈里挣扎；在理智和疯狂中熬煎。

电脑写作好坏参半。好处是节省纸张，易于修改，坏处是按错一个键，小说就有可能灰飞烟灭，如果是电脑坏了，小说就会烂在里面。为此，金宝复制了多个U盘，但他仍不放心，他还想把它打印成传统的纸质稿。他正要按打印键，电话铃声急促响起，是康妮打来的。

她说："爸爸！我妈妈刚才来看过我了。她情绪很不稳定，嘴里还不停咕噜，黄鼠狼被老娘灭了，黄鼠狼被老娘灭了，然后就咯咯咯地傻笑。当她知道我的骨髓确实是你捐赠时，她大惊失色，像发了疯一样冲了回去，你一定要注意！我看我妈那神经病肯定又犯了。"

张柳叶一直认为金宝捐献骨髓是假，企图诱骗她女儿是真。最近张柳叶精神有些不正常，金宝早有察觉。刚才她把两个大行李箱丢给金宝后，就匆匆赶往医院，说是给康妮煲了罐西洋参红枣桂圆汤，要给她送去。临走时她神情恍惚，语无伦次地对金宝说："圣诞期间到处都在打劫，你千万不要出去，这两道门我都帮你锁好了，不然黄鼠狼会溜出去。"

休斯敦的空气中时常弥漫着汽车尾气。汽车的尾气和煤气很难分辨。每每闻到这种气味，金宝都要一探究竟。煤气泄漏会爆炸，性命攸关绝非儿戏。一个人住更要当心。此时他又闻到了这种气味。他起身查看，但办公室与厨房相通的门被张柳叶反锁上了。

他小声嘀咕："到底是没有经验，你把这门反锁上了，要是发生了火灾，那我还不被活活烧死？"好在张柳叶说她去了就回，金宝也就没多在意。他回到电脑桌前继续咀嚼起他的小说。

煤气味越来越浓。金宝正在纳闷，门铃突然大作，办理入住窗户防弹玻璃上印着张柳叶那张扭曲的脸，"潘军！办公室门钥匙被我扔了，快把你的钥匙递给我。我来关煤气，你千万别开灯！"

一切都明白了。金宝此刻越发淡定。他缓缓走到电脑前，轻轻按下发送键，小说电邮给了国内某出版社；再按打印键，小说像雪片一样从打印机里飞了出来。接着他一脚把通往厨房的门踹开，刺鼻的煤气扑面而来。他屏住呼吸在黑暗中摸索……

张柳叶在撞击前门。D也在帮忙。煤气还在咝咝往外冒着。金宝摸到了灯开关，他在静静地等待。前门终于被D一脚踹开。张柳叶第一个冲了进来。此刻，金宝把灯开关猛地向上一拨，"轰"的一声巨响。烈焰冲天……

金宝走了。带着爱恨情仇。《女人如梦》，成了千古绝唱：

没有我的矮小，谁衬托你的高挑？
没有我的谦虚，哪有你的骄傲？
没有我的平凡，你又如何崇高？
没有当年的误会，何来今日之懊恼？

莽莽林海，你木秀于林。
滚滚人流，你行高于人。
你高山仰止，你鹤立鸡群。
你高瞻远瞩，你俯视人生。

珠峰是你高挑的倩影，
黄山是你娇媚的容貌。
长城是你不屈的脊梁，
黄河是你奔放的个性。

我射下太阳，给你做戒指。
我掰开月亮，给你做耳环。
我捧出彩虹，给你做项链。
我撕片白云，给你做霓裳。

惊涛为你沐浴，
飓风替你梳妆。
大地是我的媒人，
嫦娥是你的伴娘。

后记

郁达夫说："文学作品，都是作家的自叙传。"

我不是作家，我是体育人。每个人都有自己的故事。我的故事与众不同。它太夸张，太曲折，太离奇，太疯狂。每当我向朋友们讲述我的这些经历，总能引起他们的惊叹和好奇。能够把它写出来与大家分享，是我多年的愿望。

我写这部小说是1992年我一踏进美国汽车旅馆就决定的。书名也是那时就想好的。汽车旅馆是一个神秘而龌龊的角落，是一个被山姆大叔遗忘的旮旯。这里有着太多的奇闻逸事，有着太多鲜为人知的离奇故事。这里是美国底层老百姓真实生活写照。美国虽然繁荣强大，但阳光的背后也有黑暗。

由于有生意需要打点，所以我写小说只能利用空闲时间。小说从开始执笔到脱稿历时整整10年。开始执笔缘于我参加国际学术研讨会的这篇论文《弗洛伊德学说与体育运动——意识与无意识的比较研究》在国内多处投稿无人问津，所以我想把内容摘要以另一种方式表现出来。汽车旅馆给了我丰富的素材和创作灵感，同时也给了我充足的写作时间和空间。10年来，我是一边经营着汽车旅馆，一边收集、整理写作素材。这10年间我笔耕不辍。

体育人写原创小说的很少。我写这部小说是在向世俗挑战。我要证明：体育人不仅有强健的体魄、钢铁般的意志，也有聪明的大脑。

小说是以我的人生轨迹为主线，在真人真事的基础上，加上很多年耳濡目染的事情，运用创作小说的艺术手法和表达技巧，经过虚构、想象、加工而成。

汽车旅馆里发生的故事，远比当今的小说、电视剧精彩得多，如果没能吸引读者眼球，只能怪我笔太拙。

写作是一件既快乐又痛苦的事情，特别是写长篇小说。其间我曾多次想放弃，但对朋友有过承诺，不能言而无信；加之小女儿被美国哈佛大学录取，大女儿又更上一层楼，女儿们都这么努力，作为父亲能不老骥伏枥吗？在朋友和女儿们的鼓励和支持下，我终于一鼓作气脱稿。

说句实在话，体育只是我的个人爱好，把它作为职业不是我的初衷。我很特别。我热爱学习，高中毕业时的成绩十分优秀，门门功课都在95分以上，还不偏科。倘若假以时日，我完全可以选择除体育之外的任一科目，但历史从来就没有倘若。捧上体育这个饭碗，完全是偶然。凡事都有正反面。虽然我是一只误入体育丛林的小白兔，但在文学这个领域里，我也施展拳脚，发挥聪明才智。

值此，我要特别感谢上海体育学院，特别是师资科戚老师对我的保护和厚爱。

谨以此书献给中国体育人。

孙建军

2023年5月30日